이 호 철

LEE HO-CHUL

글누림 작가총서

이 호 철

원융의 삶과 곧은 지향의 문학

강진호 엮음

글누림

분단을 가로지른 창작 60년의 여정

1955년 단편 「탈향」이 추천되어 문단에 나온 이래 60년에 이르는 이호철의 문학은 분단문학을 대표하는 아이콘(icon)이었다. 그는 작품과 삶 양면에서 분단 반세기를 온몸으로 관통해온 작가이다. 가족과 고향을 북에 두고 월남길에 올랐고, 분단 체제가 야기한 상처와 질곡을 두루 겪은 증인으로서 그의 인생행로는 곧 현대사의 집약판이었다. 그런 까닭에 이호철의 전 생애를 한결같이 지배한 화두이자 실존의 주제는 분단이었던 것이다.

분단의 세월을 가로질러 그가 마침내 2000년 8·15 이산가족 상봉 시 평양의 한 호텔에서 북에 두고 온 누이동생과 50년 만에 해후했을 때, 그는 지난 시간들을 묵묵히 견디어 왔듯이 웃음과 격려로 동생을 얼싸 안는 모습을 보여주었다. 그 통한의 현장에서 이호철이 보여준 담담한 모습은 많은 사람들에게 깊은 인상을 남긴 바 있다.

이호철 문학을 정리하는 자리에서 이 영상이 떠올랐던 것은 이호철 문학이란 기실 이런 작가의 모습을 고스란히 옮겨놓은 듯하기 때문이다. 담담하고 묵묵(默默)한 모습. 창작 60년에 이른 이호철의 소설은

격하지도 요란하지도 않은, 그저 말없이 잠잠한 표정이다. 그렇지만 그 이면에는 그리움과 아픔, 분노와 통한의 노정(路程)이 굽이굽이 서려 있다. 고향 마을을 둘러싼 작은 산들과 그것을 품고 우뚝 선 큰 산에 대한 기억을 담은 「큰 산」이나, 월남 직후 부산에서 잡역 노동자로 전전했던 경험을 그린 「탈향」과 『소시민』, 친구의 권유로 미군부대 경비원을 그만둔 뒤 퇴직금까지 잃게 된 암담한 체험을 다룬 「나상」, 천호동에 처음으로 집을 샀다가 골치 아픈 일에 얽혀들었던 체험을 소재로 한 『남풍북풍』 등과 같은 작품들에는 지나온 삶의 여정이 일기처럼 기록되어 있다. 그렇지만 그 기록은 단순한 개인사의 고백이 아니라 민족의 비극을 환기하고 궁극적으로 사회와 인간의 삶을 성찰한 것이라는 점에서 깊은 감동을 제공한다.

이 책은 이호철 문학을 정리하고 새롭게 조망하고자 하는 의도로 기획되었다. 이호철의 문학은 분단문학을 대표하는 아이콘일 뿐만 아니라 전후 현실을 구조적으로 천착한 리얼리즘 문학의 상징으로서 중요한 의미를 갖는다. 전쟁 이후 황폐한 현실에서 솟아오른 전후 현대문학을 조망하는 과정에서 이호철을 빼놓고는 그 진경을 파악할 수 없고, 또 1970년대 이후 큰 줄기를 형성한 리얼리즘 문학사를 이해하기도 힘들다. 그런 의도에서 이 책은 이호철의 특성을 다각도로 살피고자 했다.

제1부의 '총론'에서는 이호철의 삶과 문학 전반을 개관하였고, 제2부의 '주제론'에서는 이호철 소설의 중요한 특성을 이루는 여러 요소들 가령, 분위기, 인물의 성격, 풍자, 자전적 요소, 작품의 공간, 소시

민, 반공주의 등을 고찰한 논문들을 수록했고, 3부의 '작품론'에서는 초기소설, 「무너앉는 소리」 연작, 『소시민』 등 이호철의 문제작들을 깊이 있게 연구한 논문들을 수록하였다. 4부의 '부록'에서는 작가의 자서전인 「촌단 당한 삶의 현장」과 생애 및 작품 연보, 연구 목록을 수록하였다. 여기에 수록된 글들은 몇 개를 제외하고는 모두 최근에 발표된 논문들이다. 이들 논문을 통해서 요즘 이호철이 어떻게 연구되고 있는지, 나아가 장차 어떤 방향으로 연구되어야 하는지를 파악할 수 있을 것이다.

애쓴 공로를 가로챈 듯한 송구한 마음에도 불구하고 여러 논문들을 묶는 것은 이호철 연구가 좀 더 깊어지고 풍성해지기를 바라는 마음에서이다. 의도대로 이호철에 대한 연구가 심화되고 넓어져 작가의 특질과 문학사적 소임이 한층 분명하게 규명되기를 기대한다.

재수록을 허락하고 원고를 주신 여러 선생님들께 진심으로 감사드린다. 이 책에 대한 설명을 듣고 격려와 애정을 주신 이호철 선생님께도 각별한 감사의 말씀을 올린다. 아울러 좋은 책으로 연구자들을 지원하는 든든한 후원군 이대현 사장과 글누림출판사의 최종숙 사장, 이태곤 편집부장께도 고마운 마음을 전한다.

2010년 8월 초순

강 진 호

차 례

제 1 부
이호철의 삶과 문학

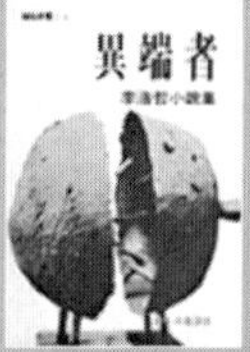

원융의 삶과 곧은 지향의 문학

1. 사람살이, 미묘한 그 무엇

한 작가를 아우르는 특징을 굳이 몇 개의 단어로 규정하자면 이호철의 경우는 탈향과 분단, 통일, 소시민 등이 아닐까. 작품의 배경이자 소재로, 나아가 서사의 동력으로 '분단'은 이호철을 규정하는 근원적 파토스(pathos)이자 원형질이다. 가족과 고향을 북에 두고 월남 길에 올랐던 탈향민이자 분단의 상처를 온 몸으로 감내하고 현실에 뿌리내려야 했던 비운의 당사자로서, 이호철에게 분단이란 실존의 터전이고 동시에 삶의 화두가 될 수밖에 없었다.

이호철은 1932년 3월 함경남도 원산시 현동리에서 태어났다. 14살이

---

* 강진호 / 성신여자대학교 교수

되던 1945년 원산공립중학교에 입학했고, 곧 해방을 맞았다. 1950년에는 고등학교 3학년으로 인민군에 동원되어 동해안 방위여단 소속으로 전장에 투입되었다. 그렇지만 총 한번 제대로 잡아보지 못한 상태에서 국군 포로가 되었는데, 공교롭게도 국군인 자형을 만나는 천행으로 바로 풀려날 수 있었다. 이후 단신 월남해서 부산에 도착하였고, 갖은 고초를 견디면서 남한이라는 이역(異域)에 뿌리를 내릴 수 있었다. 제면소 도제, 미군 부대의 경비원, 출판사 직원, 정부 공보실의 간행물 교정원 등을 두루 전전하였고, 그 과정에서 친구로부터 사기를 당하기도 하는 등 파란만장한 곡절을 겪었다. 이후 작가의 꿈을 갖고 신고를 거듭한 끝에 마침내 소설가로 등단하였다. 등단한 뒤에는 작품 활동을 본격화해서 산업화에 따른 사회 전반의 물신주의와 이기심을 고발한『소시민』(64)과『서울은 만원이다』(66) 등의 사회 비판적인 작품과, 남북이 대치하는 분단 현실을 망각한 채 점차 속물화되는 소시민의 미망을 고발한「판문점」(61) 등의 역작을 연이어 발표하였다.

이 과정에서 이호철은 활동의 반경을 소설가로만 한정하지 않고 억압적 현실에 맞서는 등의 실천하는 지식인의 면모를 적극 보여주기도 하였다. 1974년에는 김우종, 정을병, 장병희, 임헌영 등과 함께 반공법 및 국가보안법을 위반했다는 혐의로 이른바 '문인간첩단 사건'에 연루되어 혹독한 고초를 겪었고, 1980년에는 김대중을 비롯한 20여 명이 북한의 사주를 받아 광주 민주화운동을 일으켰다는 혐의의 '김대중 내란음모사건'에 연루되어 군사재판에서 3년 6개월의 실형을 선고받았다. 또 1986년에는 유신정권의 서슬 퍼런 압력 속에서 진보적 문인단체 '자유실천문인협의회' 대표를 맡았으며, 1987년에는 민통련과 야당

(통일민주당)이 수축이 된 사회운동단체 '헌법쟁취국민운동본부'(6월 항쟁을 주도적으로 이끌고 민주화 세력을 결집시켜 정치적 구심체의 역할을 한 단체)의 공동대표를 맡아 운동의 최선봉에 서기도 하였다. 그리고 1992년에는 예술원 회원으로 피선되었으며, 2000년에는 평양의 남북 이산가족 상봉에서 50년 만에 북에 두고 온 누이동생과 해후하는 감격을 맛보기도 하였다. 이렇듯 이호철은 분단과 그에 따른 억압적 현실을 몸소 겪으면서 문인이자 실천적 지식인으로서의 삶을 시종일관 유지해 왔다.

이호철 문학의 리얼리티(reality)는 바로 이 일련의 과정에서 획득된 체험적 진실에서 우러나온다. 이호철은 다른 어느 작가보다도 개인적 삶과 작품이 일치되어 있다. 이호철의 거의 모든 작품에는 북한에서 겪었던 유소년기와 전쟁, 월남과 남한에서의 생활 등 개인적 체험들이 문신처럼 각인되어 있다. 등단작 「탈향(脫鄕)」(55)은 월남 직후 부산에서의 체험을 소재로 하고 있고, 「나상(裸像)」, 「만조(滿潮)」, 「빈 골짜기」는 인민군에 복무할 당시의 체험들을 다루고 있다. 그리고 대표작 『소시민』은 부산 제면소에서 근무했던 경험이 중심을 이루며, 『남녘사람 북녘사람』(96)은 가슴 깊이 묻어 두었던 인민군 복무 당시의 체험을 끌어내 소설화했다. 또한, 이호철의 본원적 지향과 가치를 담고 있다고 평가되는 단편 「큰 산」은 고향 현동에서의 기억에 뿌리를 두고 있고, 장편 『문(門)』은 1974년의 이른바 문인간첩단 사건에 연루되어 옥살이한 실제 체험을 소재로 하고 있다. 이렇듯 이호철은 자신이 살아온 과정을 즐겨 작품의 날줄과 씨줄로 활용하였다. 그렇지만 이들 작품은 단지 개인적 체험을 사실적으로 얽어놓은 수준은 아니다. 이호철은 분단의 희생양이었지만, 그것을 예술로 승화하는 놀라운 수완을 발휘해서 개인사를 통해 민족사의 비극을 환기하고 궁극적으로 사회와 인간의 삶을 성찰하는 특성을 보여주었다.

이호철 소설이 이러한 성과를 획득한 것은 무엇보다 주어진 삶을 거짓 없이 받아들이고 수용하는 그 특유의 낙천적 기질과 관계가 있다. 스스로 고백한 바 '둔감과 교지'로 요약되는 작가 특유의 낙천성은 이호철이 민족의 현실과 대면하면서 험로를 헤쳐 온 근원적 힘이 되었다. '자서전적 연보'에 의하면 이호철이 그런 기질을 확인한 것은 초등학교 2학년 때였다. 홍수 직후 마을 앞강에서 동갑내기 6촌과 멱을 감다가 급류에 휘말려 들어간 적이 있었는데, 그때 물속에서 힘껏 몸을 뒤채어 목을 내밀어 숨을 쉬고는 다시 깊은 물속으로 들어가는 짓을 되풀이하다가 혼자의 힘으로 아무 탈이 없이 물 밖으로 나왔다고 한다. 어린 시절의 이 어렴풋한 기억을 떠올리며 이호철은 그 뒤 어떤 난국도 겪고 나서 뒤에 생각해보면 늘 이런 식으로 감당해 왔다고 하며, 그런 자신을 "천성적인 둔감과 교지가 묘하게 배합된 성격"[1]으로 설명한다. 말하자면 현실에 몸담고 있으면서 무리하게 일을 추진하거나 또는 힘들다고 외면하지 않고 그저 묵묵히 받아들이고 견디는 자세를 취해온 것이다. 여기에 비추자면 이호철이 남한 사회라는 탁류를 헤치면서 온갖 어려움을 극복할 수 있었던 힘의 원천은 얕은꾀를 쓰지 않고 현실에 뛰어들어 우직하게 감당해온 이런 성격에 있었던 것이 아닌가 한다.

이호철 작품에서 미래에 대한 과도한 전망이나 단순하게 삶을 재단

---

1) 이호철, 「자서전적 연보」, 『이호철 전집1』, 청계연구소, 1988, 415면.

하는 도식화된 인물을 찾기 힘든 것은 그런 자세와 관계된다. 이호철에게 있어서 '사람살이'란 '무한의 깊이를 갖는 미묘한 그 무엇'이다.

> 사람살이란 건 애써서 될 일이 있고 애써도 안 되는 일이 있는 법. (중략) 인간관계의 이 지점의 '미묘성'에서부터 '문학'이 시작되고 '정치'도 시작되는 것 같다. 문학은 그것을 어루만져 부드럽게, 불교문자를 원용한다면 원융(圓融)으로 이끌고, 정치는 그것을 관리, 통어해 낸다. 이때 가장 중요한 일은, 섣불리 어느 한 기준으로 잣대를 마련해서 자의(恣意) 대로 재고, 맞추고, 옳고 그름을 가리고, 어느 한쪽을 잘라 내는 것과 같은 그런 '오만한 무리(無理)'를 삼가는 일이다. 더구나 특정 이념에 입각한 거창한 '프로그램' 같은 것, 더 나아가 그것의 시스템화, 그것은 바로 비극의 시작이다. 모든 것이 쉽사리 시스템으로 수렴되고 시스템 속에 옭아매어져 파묻혀 버릴 때, 최소한의 '인간적 온기', '사람살이의 본원적인 활달함과 자연스러움', '인간 천성에 대한 이해' 같은 것은 설 자리가 없어진다.[2]

문학이란 '인간관계의 미묘성'을 어루만져 '원융'으로 이끄는 것이라는 생각. 해방 후 북한에서 사회주의 정권이 들어서고 곳곳에서 계급투쟁이라는 이름으로 '재래적인 것'들이 하나 둘 파괴되는 현실을 지켜보면서, "서 푼어치 지식인들의 치기어린 놀음"이라고 갈파했던 것은 삶에 대한 이러한 믿음에서 비롯된다. 그들은 "우리네의 진짜 삶의 뿌리와 슬기는 제쳐 둔 채" "세계를 이데올로기라는 프리즘을 통해서" 보았을 뿐이다. 이호철이 남한 사회에 정착하는 과정에서 개인적인 불

---

2) 이호철, 「촌단 당한 삶의 현장」, 『이호철 문학앨범』, 웅진출판, 1993, 135면.

이익을 감수하면서도 사회·정치적 폭압에 맞서는 등의 용기 있는 행동을 계속했던 것은 이런 사실과 연결되어 있다. 이호철이 보기에 전제적이고 강압적인 현실은 원융(圓融), 즉 원만하고 막힘이 없는 삶과는 거리가 먼 '작위적인 그 무엇'이었다. 거기에는 최소한의 인간적 온기라든가 사람살이의 활달함이 존재하지 않는다고 본 것이다.

이호철의 이런 생각에는 세상을 보는 해박한 지식과 함께 삶에 대한 깊은 통찰력이 뒷받침되어 있음은 물론이다. 「자서전적 연보」나 「촌단(寸斷) 당한 삶의 현장」을 비롯한 여러 글들에서 알 수 있듯이, 이호철은 청소년기에 이미 김소월, 임화, 나츠메 소오세키를 비롯한 톨스토이, 고리끼 등을 광범위하게 읽었고, 특히 고리끼를 위시한 19세기 러시아 민중문학에 깊이 매료되어 있었다. 그런 독서 체험에다가 북한에서 전개된 토지개혁과 지방의 당 조직 결성과정을 직접 목격하면서 이호철은 이데올로기와 사람살이의 참뜻을 깊이 자각했던 것으로 보인다. 반세기를 상회하는 길고 험한 창작의 여정에서 이호철 문학이 좌초하지 않고 순항할 수 있었던 것은 이런 요인들이 뒷받침되어 있었기 때문이다.

2. 일상에서 길어 올린 삶의 온기

이호철이 문단에 첫발을 내디딘 것은 1955년 「탈향」으로 황순원의 추천을 받으면서부터였다. 당시 이호철은 미군 부대 경비원으로 일하고 있었고, 그래서 문학잡지에 소설 한 편만 발표되면 그런 생활에서 벗어나 뭔가 큰 변화가 있으리라고 기대하는 상황이었다. 그런데 추천을 받았음에도 불구하고 그의 생활에는 별다른 변화가 나타나지 않았고, 그래서 이호철은 상당히 실망했다고 한다. 그의 생활에 큰 변화가 찾아온 것은 「나상」으로 2회 추천을 받은 뒤 정식 작가가 되면서부터였다. 전후의 피폐한 현실에서 신진작가라는 명함을 갖고 이호철은 왕성하게 작품을 발표했고, 한편으론 사회 현실에 관심을 가지면서 점차 실천적인 지식인의 면모를 갖추어 나갔다. 분단과 일상 현실에 대한 깊이 있는 천착은 그를 일약 분단문학을 대표하는 작가로 만들었고 그와 함께 실천적 사회활동가라는 명성을 획득하게 해주었다.

반세기를 상회하는 시간만큼 이호철 소설의 폭과 깊이는 실로 다양하다. 현실의 사소한 일상에서 6·25 체험담까지 그의 작품은 매우 넓은 진폭을 갖고 있다. 그런데 작품은 소재와 주제를 중심으로 살피자면 크게 두 부류로 나누어진다. 하나는 소시민의 일상 현실을 소재로 한 작품들이고, 다른 하나는 분단 현실을 중요하게 다룬 작품들이다. 물론 분단과 소시민의 일상은 긴밀하게 연결되어 있어 명확하게 분류하기 힘들지만, 작품의 무게중심을 따지자면 분단 소재와 일상 현실을 다룬 작품이 두 축이 된다는 말이다. 『소시민』과 『심천도』『서울은 만원이다』 등이 전자를 대표한다면, 「판문점」『남녘사람 북녘사람』『문』 그리고 최근의 『별들 너머 저쪽과 이쪽』 등은 후자를 대표한다. 먼저 전자의 작품들을 살펴보자.

『소시민』은 1964년 7월부터 다음해 8월까지 『세대(世代)』지에 발표된 장편소설로 이호철을 일거에 전후 대표작가의 반열에 올려놓은 출세작이다. 작품은 6·25전쟁이 한창 진행 중인 시점의 부산 완월동의 어느 제면소를 배경으로 한다. 거기서 생활하는 10여 명의 인물들을 통해 작가는 전시 하의 삶과 전후 세태에 주목하면서 궁극적으로 현실의 구조적 변화과정을 문제 삼는다. 전후의 혼란을 이용해서 신분 상승을 이룬 부류들이나 과거의 신념을 유지한 채 현실과는 거리를 두고 사는 인물들의 삶은 작가가 잠시 몸담았던 제면소의 실제 현실과 긴밀하게 조응된다. 그런 구체적 체험을 바탕으로 몇몇 인물들을 추가해서 작가는 특정 계층의 몰락과 상승이라는 시대적 변화를 포착해내고, 궁극적으로 전후에서 지금까지 지속되는 분단 현실의 구조적 특성을 해부한다.

작중에서 그런 현실은 몇몇 인물의 부침을 통해서 제시된다. 중심인물의 하나인 김씨는 과거 한때 적색노조에도 관여했던 활동가였지만, 지금은 그런 과거를 훌훌 털고 '돈'을 위해서 자신의 모든 것을 바친 인물이다. 현실은 '돈 많은 놈이 우위에 설 수밖에 없다'는 신념에서 "별의별 쌍놈의 짓 다 해서 돈만 벌면 그 날부터 양반도 될 수 있는기라"는 생각을 갖고 있다. 그래서 과거의 이념이나 주장은 무력하고 시대착오적인 구호일 뿐이라고 배척하고 대신 미군의 물품을 빼돌리는 등 돈을 긁어모으는데 혈안이 되어 있다. 이 김씨와 잠시 동거하기도 했던 천안 색시 역시 김씨 못지않은 수완가이다. 그녀는 원래 충청도 촌여자의 투박함과 인정을 지니고 있었으나 급속히 "도회지의 못된 버릇"을 익혀 갔고, 15년 후에는 부호가 되어 나이가 훨씬 아래인 남자와 결혼해 살고 있다. 그리고 화자의 고향 사람 역시 남다른 수완의 소유자로 등장하는데, 그는 모든 '인습적인 것, 농촌적인 것'을 부정하면서 자신이 가장 진취적인 사람이라고 자처했고, 마침내 '장사'밖에는 살 길이 없다는 신조를 갖게 되었다. 풀빵 장수에서 상점 주인으로 변신을 거듭하면서, 이승만 정권의 관제 데모에 앞장을 서는 등의 정치적 변신마저 서슴지 않는 과감한 모습을 보여준다.

그런데, 주목할 점은 이 급박한 부침의 결과 이들이 도달하는 최종적인 귀착지가 기껏 추악한 속물들의 세계거나 아니면 반성 없는 소시민의 세계라는 데 있다. 과거의 정결성과 윤리가 사라지면서 물신주의가 그 자리를 대신했고, 결국 이들은 몰염치한 소시민으로 전락하는 것이다.

> "봐라, 이제부터 어떤 세상이 시작되는지 아나? 이걸 똑바로 알아야 하능 기라. (중략) 지조(志操)라는 게 뭐고, 제까짓 게 알량하게 지킬 게 뭐 있노? 원래가 발바닥밖에 없었지만 새로 발바닥에서부터 단련을 해야 하능기라. 발바닥에서부터 시굴 바닥이 아니라 도회지 발바닥으로. 세상 살아가는 일 이것저것 피하다가 보면 남아나는 일이 뭐 있겠노? (중략)"
>
> 김씨는 바로 앞에서 히죽히죽 웃고 있는 낯선 청년에게까지 이렇게 동의를 구하는 것이었다. 나는 이런 김씨는 또 처음이었다.
>
> 전차 속의 남자 손님들은 히죽히죽 웃고 있고 여자 손님들은 슬금슬금 피해 가고 있었다.
>
> "이런 소리 지껄이는 걸 쌍놈이라고 생각할 사람이 있겠지만, 쌍놈이 안 되면 대관절 어짜겠다는 거고? 어짤기여? 내 원참, 대관절 어찌 됐다는 거고? 별의별 쌍놈의 짓 다 해서 돈만 벌면 그날부터 양반도 될 수 있능기라. 그래서, 그래서 그게 어찌됐다는 거고?"3)

지조라든가 윤리란 이제 더 이상 의미가 없다는 것, "별의별 쌍놈의

---

3) 이호철, 『소시민』, 신구문화사, 1968, 108면.

짓 다 해서 돈만 벌면 그날부터 양반"이 된다는 게 이들이 갖게 된 새로운 가치관이다.

이들 인물이 분방하고 방종한 생활을 일삼고 허무주의적 경향을 노정하는 것은 그런 생활이 초래한 당연한 결과로 볼 수 있다. 수시로 남자를 바꾸면서 성을 탐닉하는 주인집 여자의 무절제한 편력이나, 아버지의 시신을 매장하기도 전에 성희(性戱)에 빠져드는 매리의 패륜적 행각, 천안 색시와 본마누라 사이를 오가면서 이중생활을 즐기는 김씨 등은 모두 당대의 윤리적 진공상태를 보여주는 사례들이다. 이들에게 성이란 무력감을 달래기 위한 심심풀이 땅콩과도 같은 일시적인 쾌락의 수단일 뿐 서로가 소통하고 사랑을 나누는 행위는 아니다. 그런 점에서 『소시민』은 전쟁의 폐허 위에서 어떠한 전망도 갖지 못한 채 방황하는 당대 젊은이들의 무위감과 환멸을 날카롭게 포착하는 성과를 획득한다.

또 하나 이 작품에서 주목할 점은 인물들의 허무주의적 행태가 곧바로 이승만 정권을 비호하는 정치 세력으로 전환된다는 대목이다. 『소시민』이 보여준 중요한 성과의 하나는 전후 사회의 혼돈과 소시민 의식이 어떻게 이승만 정권의 전횡과 결탁되었는가를 예리하게 포착한 것인데, 그것은 작중의 김씨와 고향 아저씨를 통해서 드러난다. 언급한 대로 이들의 삶을 견인하는 것은 '돈'이고, 동시에 그것을 통한 수직적 신분 상승이다. 김씨 등이 이승만 독재 권력과 결탁하는 것은 바로 '돈' 때문이었다. 이들은 이승만 정권이 계속 유지되어야 돈을 벌 수 있다고 생각했고, 이승만 역시 이들의 지지를 획득해야 다시 권력을 장악할 수 있는 편리한 공생관계를 형성한 것이다. 작품에서 암시되듯이 당시 이승만은 전쟁 중이었음에도 불구하고 권력 유지에 혈안이 되어 있었다. 백골단과 땃벌떼 등 정체불명의 어용·친위 단체들이 난무했고, 그런 현실을 빗대어 영국의 <런던 타임스>는 "한국에서 민주주의를 바라는 것은 쓰레기통에서 장미꽃이 피기를 바라는 것과 같다"는 경멸적인 논평을 내놓기도 했던 때였다.

물론 작중의 김씨나 고향 사람이 데모에 앞장 선 것은 당시의 정치적 역학관계를 이해하고 한 행동은 아니었다. 화자의 진술대로 관제 데모는 외견상 살벌한 분위기를 빚어내고 있었으나, 실상은 '산만한 분위기'가 감돌았고 길가의 군중 역시 그저 조용히 가라앉아 건너다보고만 있었다. 하지만 사회적으로 상승할 기회를 거머쥔 사람들은 그와는 달랐다. 김씨와 고향 사람은 내각제를 골자로 하는 정치 구조의 재편을 결코 환영하지 않는다. 급작스러운 사회 변화는 그들이 힘들게 획득한 기득권을 박탈할 가능성이 높기 때문이다. 자유시장에서 점포 하나를 갖게 되자 점차 "대한민국의 충성스러운 국민의 한 사람이 되어 갔다"는 '고향 사람'의 진술처럼, 비판적 이성과 윤리가 마비되고 대신 물신주의와 이기심이 모든 것을 지배하는 현실에서 사회적 변화는 현재의 지위를 근본에서 부정할 가능성이 높은 까닭에, 이들은 변화 자체를 두려워한다. 그런 이유로 인해 이들은 이승만이 독재를 하든 아니면 민주주의를 하든 전혀 문제 삼지 않는다. 중요한 것은 이승만 정권이 지속되고 사회적인 변화가 없어야 한다는 것, 그래야 자신들의 신분 상승이 가능하다는 믿음이다. "농촌 구석의 한 사람이었던 자기에게 별안간 이런 길을 열어 준 것이 이승만 씨의 그 민주주의의 덕"이라는 확고부동한 믿음, 작중의 김씨 등이 보여준 정치적 선택은 바로 이러한 개인적 욕망과 이승만 정권의 정치적 계산이 맞물리면서 이루어진 것이었다.

이렇듯 우리는 소설의 전개를 통해 전후 소시민들의 정치적 보수화 경향과 함께 물신주의에 젖어가는 과정을 실감나게 목격할 수 있다. 『소시민』이 갖는 의미의 하나는 이와 같이 상승하는 인물들을 통해 전후 소시민들의 정치적 거취를 사실적으로 포착해낸 점에 있다.

『소시민』에서 주목할 수 있는 또 다른 성과는 이승만 정권 반대투쟁 에서 4·19로 이어지는 건전한 시민의식에 관한 것이다. 전쟁을 경과 하면서 한국 사회에는 물신주의와 속물주의가 만연했으나, 다른 한편 에서는 4·19에서 한일회담 반대로 이어지는 건전한 시민의식이 배양 되고 있었는데, 작가는 그 희미한 줄기를 작중의 '정씨' 등을 통해서 찾는다.

한때 적색노조에 관여하기도 했던 정씨는 현재 곤궁한 처지에 놓여 있지만, 그럼에도 불구하고 막연하게나마 미래에 대한 믿음을 간직하 고 있다. "돈 많은 놈이 우위에 서게 되"는 현실 속에서 비록 "겉늙은 이"로 전락하기는 했지만, 정씨는 과거 김씨의 상관으로 남로당 계열 의 하부조직에 관여했던 화려한 경력의 소유자이다. 그는 과거의 신념 을 송두리째 내팽개친 김씨와는 달리 아직도 그것을 내면화한 채 "일 관된" 삶을 살려는 윤리적 정결성을 지니고 있다. 그는 언젠가는 다시 '앙양기(昻揚期)'가 도래하리라는 믿음에서 속된 현실에 굴복하지 않는 의연한 자세를 견지한다. 그런 점에서 그는 현실과의 교섭 자체를 완 강하게 거부하는 강영감과는 달리 현실의 변화를 인정하면서도 자신 의 믿음을 포기하지 않는 한층 유연한 성격의 소유자이다. 이런 정씨에 대해 작가가 깊은 애정을 보이는 것은 그의 믿음이 비록 '환상'에 불과하더라도 그것이 있어야만 사회 발전이 가능하다고 보았기 때문이다. 화자가 정씨를 두고 "물들지 않는, 전염되지 않는 정신"을 소유한 "대단한 사람"이라는 평가를 내린 것은 그런 이유이다.

이런 인물과 함께 사회 발전과 진보에 대한 믿음을 한층 구체적으로 보여주는 인물이 작중의 '정씨 아들'이다. '정씨의 아들'은 "정씨의 얼굴을 단단하게 압축시킨 듯한 강기(剛氣)"를 지녔고, 이전 세대에서는 찾아볼 수 없는 "확신에 차" 있는 청년이다. 어린 시절부터 그에게는 "소년답지 않은 적의"가 번득였고, 그런 그의 눈에서 화자는 "칠칠한 바람"을 느꼈었다. 15년이 지난 뒤 화자가 다시 그를 만났을 때, 그는 한일회담의 주체는 "20대가 되어야 하"고 "구체적 상황의 구체적 인식"만이 정념의 단계를 넘어 문제의 본질을 직시할 수 있다는 생각을 내보이는 한층 성숙한 모습을 보여준다. 비록 간단하게 처리되기는 했으나 정씨 아들이 "외세 배격과 주체성 회복이라는 명제를 내걸고 데모를 일으킨 그 학생 데모의 주동자"로 성장했다는 진술은 전후의 허무주의와 속된 이기주의로부터 벗어나려는 새로운 세대의 가능성으로 그가 주목되고 있다는 것을 보여준다.

그렇다면, 『소시민』은 단순히 사멸하는 것에 대한 동정을 보인 작품이라기보다는 오히려 건전한 시민의식을 통해 현실 타개의 전망을 찾는 전향적 성격의 작품이라는 것을 알 수 있다. 6·25가 한국 사회에 남긴 것은 국토의 황폐화나 인명의 살상과 같은 물량적인 것보다는 오히려 건전한 비판정신과 미래에 대한 꿈을 앗아갔다는 점, 일견 평범한 듯한 이 주제를 집요하게 천착한 작품이 바로 『소시민』이다. 그래서 이 작품은 "한 시대가 가고 새 시대가 오는 전환기적 변동상을 담아내고 있다"[4]는 평가와 더불어 "소시민적 일상과 그 한계를 점검하고 그것을 넘어선 삶의 가능성을 조심스럽게 모색한 작품"[5]이라는 평가를 동시에 받을 수 있었다.

『심천도』와 『서울은 만원이다』 역시 사회 현실을 사실적으로 그려내면서 동시에 그 한편에서 꿈틀대는 사회의 구조적 변동상을 날카롭게 포착한 작품들이다. 여기서 『심천도』는 근대화 주도 세력에 대한 비판과 함께 반공주의의 규율에 대한 문학적 고발의 구체적 사례로 주목될 수 있다.[6] 작가 자신의 실제 체험을 소재로 했던 『소시민』과는 달리 이 작품에서 공무원 사회라는, 당시로는 금단의 영역과도 같은 곳을 의도적으로 선택했다는 것은 말하고자 한 바가 그만큼 분명했다는 것을 의미한다. 작품에서 언급되듯, 공무원 사회란 혁명의 회오리가 지나간 뒤인 1965, 6년의 시점에서도 전혀 그 영향을 받지 않은 '혁명의 무풍지대'와도 같은 곳이었다. 안일주의·보신주의·현실 추종주의·기회주의 등이 판을 치는 공무원 사회란, 마치 『소시민』에서 그려진 바 있는 협잡과 사기·정경유착이 판을 치는 '구악(舊惡)'에다가, 영악한 출세주의·기회주의라는 '신악(新惡)'이 들끓는 아수라장이나 다름없었다. 더구나 그 집단은 박정희 정권이 들어서면서 본격화된 근대화 정책을 이끄는 주도세력이라는 점에서, 근대화 정책의 필요성과 의

---

4) 정호웅, 「서늘한 맑음, 감각의 문학」, 『이호철 문학앨범』, 웅진출판, 1993.
5) 백낙청, 「작가와 소시민-이호철의 작품세계」, 『민족문학과 세계문학』, 창비사, 1985.
6) 자세한 논의는 강진호의 「한 원칙주의자의 좌절과 선택(이호철의 '심천도'론)」(『작가연구』 9호, 2000, 상반기) 참조.

의를 인정하고 있었던 작가의 입장에서 보자면 한층 비판적일 수밖에 없었다.『심천도』는 그런 당대의 속된 흐름에 맞서는 주인공 이원영을 통해서 공직사회의 구태와 안일을 비판한다.

『심천도』에서 주목되는 또 하나는 당대 사회를 먹구름처럼 뒤덮고 있던 반공주의에 대한 비판이다. 작품에서 반공주의의 폐해는 두 가지의 사례를 통해 제시된다. 하나는 이 주사가 아버지와 논쟁을 벌이는 대목에서고, 다른 하나는 이 주사가 과장과 충돌하는 장면에서이다. 이런 사례들을 소개하면서 작가는 비판자를 빨갱이로 몰아붙이는 당대의 억압적 분위기를 고발하고 동시에 월남자로서의 불편한 심기를 토로한다. 북한 체제 아래서 고등학교를 다녔고 인민군에 복무하다가 포로가 되어 단신 월남한 실향민으로서 이호철은 주변으로부터 받을 수도 있는 오해를 의식하지 않을 수 없었다. 최인훈이『광장』에서, 북한에서 간부로 활동하는 아버지를 둔 이명준이 정치 모임에 참가하기를 주저하는 이유를 서술하면서 "아버지 아들인 그는 조심해야했다"고 읊조렸던 것을 상기하자면, 이원영의 신중한 처신은 바로 월남자로서 작가가 취할 수밖에 없었던 불가피한 보신책이었던 것이다. 이명준처럼 체제를 부정하고 북행길에 오르는 극단의 선택을 하지 않는다면 이원영이 취할 수 있는 행동은 체제를 인정하고 그 속에서 묵묵히 살아가는 길밖에 없을 것이다. 그런 점에서 이 작품은 당대인들을 옥죄는 족쇄와도 같은 반공주의의 실상을 고발하는 문학적 성과를 획득한다.

한편,『서울은 만원이다』는 60년대 최고의 대중소설로 평가되는 작품이다. 1966년 ≪동아일보≫에 2월 8일부터 10월 31일까지 연재된 소설로, 해학적인 문체와 속도감 있는 전개로 뿌리 뽑힌 뜨내기들의 삶을 그리고 있다. 시골에서 상경한 뒤 갖은 곡절을 겪는 길녀의 인생유전을 통해 작가는 산업화 초창기 서울의 모습을 사실적으로 포착해낸다. "서울이란 곳은 겉으론 화려하고 요란해도 그 속에 우글거리는 것은 새삼 인생 말종지물처럼 보이는 것이었다."는 진술처럼, 서울은 만원이고, 그것도 동물의 세계와 같은 처절한 생존의 전쟁터가 되었다. 그런 현실에서 길녀는 몰락의 길을 걷지 않을 수 없지만, 그럼에도 그녀는 삶에 대한 자존을 당당하게 견지한다는 점에서 인간적 가치와 기품에 대한 작가의 믿음을 엿볼 수 있다.

3. 분단에서 길어 올린 삶의 원형

이호철 소설의 또 다른 축을 형성하는 것은 분단 현실에 관한 집요하고도 깊이 있는 성찰이다. 이호철에게 있어서 '분단'이란 단순한 지정학적 구획이 아니라 탈향자로서의 삶과 생활을 규정하는 근원적 질곡이자 상처(trauma)의 원천이었다. 분단으로 인해 고향을 등지고 부평초와도 같은 이역의 삶을 살게 되었고, 분단으로 인해 그리운 사람들과 헤어져 평생의 상처를 간직하게 되었다. 작품 속의 중심인물이 대부분 실향민인 것이나 작품의 내용이 이들이 겪는 심리적 고통과 그리움인 것은 그런 사실과 관계된다. 여러 작품에서 드러나는 특유의 답답하고 우수 어린 분위기, 즉 무드(mood)는 실향자로서 작가의 그런 복잡한 심리를 단적으로 보여주면서 동시에 독자들에게 분단의 아픔을 전달하는 역할을 한다.

「판문점」을 비롯한 『남녘사람 북녘사람』 그리고 최근의 『별들 너머 저쪽과 이쪽』(2009) 등에서는 앞 부류의 작품들과 달리 분단 현실에 대한 비판과 그것을 넘어서고자 하는 열망이 상대적으로 두드러진다. 분단된 현실을 망각하고 소시민적 삶에 젖어들어 분단을 '이역시(異域視)'하는 세태를 꼬집은 「판문점」이나 분단 현실과 전쟁을 돌아보면서 남북한 두 체제의 문제점을 고발한 『남녘사람 북녘사람』, 이승과 저승을 넘나들고 남과 북의 인사들을 망라해서 통일 문제에 대한 '총괄적인 접근'을 보여준 『별들 너머 저쪽과 이쪽』 등이 그런 경우들이다. 이들 작품을 통해서 작가는 분단 현실을 고민하고 극복의 실마리를 찾는 집요함을 보이는데, 그 원류가 되는 작품이 바로 「판문점」이다. 여기서 작가는 남한과 북한이 점차 이질화되는 현실을 망각하고 점차 속물화되는 소시민들의 일상에 주목하면서, 분단 극복은 정치나 이념과 같은 고차원적인 문제가 아니라 청춘 남녀가 밀담을 나누듯 서로가 서로를 믿고 소통하는 원초적 과정을 통해서 가능하다는 메시지를 전해준다.

작가가 고백한 것처럼, 「판문점」(61)은 1960년 가을 공보실 보도과 담당 직원의 야료(惹鬧)로 유령 기자 자격증을 얻어서 판문점 회담을 참관한 뒤, 즉 월남한 이후 처음으로 북쪽 사람들을 만났던 실제 체험을 소재로 하고 있다. 이 체험을 통해 작가는 분단된 지 10년도 안 된 시점에서 점차 이질화되어 가는 현실을 진단하고 문제 해결의 실마리를 찾고자 한다.

작품에서, 분단 현실에 대한 소시민들의 시각을 상징적으로 보여주는 인물은 '형 부부'이다. 남과 북이 대치하는 현실에 대해서 이들은 별다른 관심을 보이지 않는다. 이들은 자신의 삶을 향락하면서 편안한 일상을 즐기고 싶은 소시민적 욕망의 소유자들이다. 적당히 '야한 냄새'를 풍기고 둘만의 오붓한 시간을 갖고자 하고, 또 그것을 누구로부터도 방해받고자 하지 않는다. 동생이 용무가 있어서 방에 들어오지만 형 부부는 특유의 '야한 분위기'를 숨기지 않으며 오히려 동생이 어서 빨리 방에서 나가기를 바란다. 반면에 '어머니'를 대할 때에는 그와는 정반대의 태도를 보여준다. 이를테면, 어머니가 먹고 싶어 하는 음식을 챙기는 등의 '작위적 진지성'을 드러내면서도 또 한편으로 욕망에 사로잡히는, 이중적인 태도를 취하는 것이다. 이런 양면성을 목격하면서 화자는 이 형으로부터 묘한 '이역감'을 느낀다.

이런 삽화를 제시하면서 작가는 형 부부의 그런 태도가 바로 외국인들이 '판문점'을 방문하고 느끼는 감정과 하등 다를 바 없다는 것을 알려준다. 기자들을 태우고 '판문점'으로 향하는 한 시간 남짓한 버스 속에서 외국인들이 보여주는 반응이란 외국의 기이한 풍경에 대한 단순한 호기심과 두려움 그 이상이 아니었다. 이들이 주고받는 이야기란 기껏 자식들의 대학생활이나 여행, 용돈 등 신변 일상사이고, 남북의 군사적 대치라든가 이질화는 전혀 문제되지 않는다. '판문점'은 그저 신기한 '볼거리'에 지나지 않았던 것이다. 이런 대비적 배치를 통해 작가는 소시민들에게 느껴지는 이역감이 바로 이들 외국인의 감정과 하등 다를 바 없다는 것을 알려주고, 그런 사실을 통해서 분단의 냉혹한 현실을 잊고 점차 세속화되는 당대 현실을 비판한다. 실제로 4·19와 5·16을 겪으면서 한국 사회는 새로운 '건설'의 열기에 사로잡혔고, 소시민들의 관심사 역시 경제 쪽으로 무게중심을 옮기면서 전쟁과 분단 등 민족사의 현안을 소홀히 하게 되는데, 형 부부가 보여주는 향락적인 행태와 이기심은 그러한 현실을 단적으로 시사해준다.

그런데, 그러한 현실을 그대로 수긍하지 않고 '판문점'이라는 특수한 공간의 환기를 통해서 그 극복의 가능성을 시사하는 적극성을 보인다는 데 작품의 진수가 있다. 화자가 판문점에서 북한의 여기자를 만나 어색하게나마 소통의 분위기를 만들어내는 것은 그런 사실을 말해준다. 즉, 판문점에서 남북회담을 구경하는 도중에 '화자'는 북한 여기자를 만나고 자연스럽게 대화를 주고받는다. 서로 다른 체제에서 교육받고 살아온 까닭에 두 사람의 대화가 처음부터 원활하게 오갈 수는 없었다. 체제와 이념의 차이에 따른 단절감이 둘 사이를 가로막고 있었던 것이다. 그런 상태에서 둘은 뜻하지 않은 교감을 맛보는데, 그것은 둘이 모두 이데올로기와 정치적 입장에서 벗어나 홀가분한 청춘남녀가 되고 난 이후부터였다. 남한 기자인 화자가 먼저 인간적인 이야기를 꺼냈고 북한 여기자가 거기에 조금씩 반응하면서 굳게 닫혔던 마음의 문이 열리는 것이다. 이 과정에서 '소나기'는 둘의 거리를 급격히 단축시키는 가교의 역할을 하는데, 즉 갑자기 쏟아지는 소나기를 피하기 위해 두 인물은 차안으로 피하고, 거기서 둘은 연인이 밀담을 나누듯이 대화를 주고받는다. 차안이라는 고립된 분위기와 거침없이 오가는 대화로 인해 여기자는 당황해서 어쩔 줄 모르지만, 이미 경계심을 풀고 처녀 본연의 부끄러움을 드러낸 상태였다. 화자가 북한 기자의 젖은 머리에서 "신 살구알 냄새"를 느꼈다는 것은 정치와 이념을 벗어던지고 나면 결국 남는 것은 인간 본연의 모습이라는 것. 작가는 이런 내용을 서술하면서 남과 북이 대치하는 현실이란 실상은 허망하고 우스꽝스러운 '익살'임을 새삼스럽게 환기해낸다. 그렇다면, 남과 북을 갈라놓은 휴전선이란 "가슴패기에 난 부스럼"과도 같은 "해괴망측한" 존재일 수밖에 없는 것이다.

화자가 작품의 후반에서 중얼거리는 독백은 그런 현실에 대한 통한의 고백이다. "인간의 성실성이라는 것이, 이렇게도 어이없는데 소모될 수도 있다"는 사실, "이 얼마나 어이없는 일이었고 민족의 에너지를 쓸데없이 좀먹는 일이었던가, 통탄, 통탄이다"라는 진술에는 작가의 그런 참담한 심경이 투사되어 있다.

 2백 년쯤 뒤 판문점이란 고어로 '板門店'이 될 것이다. (비몽사몽간에 진수의 생각은 또 비약했다.) 그때 백과사전에는 이렇게 쓰일 것이다. 1953년에 생겼다가 19XX년에 없어졌다. 지금의 개성시의 남단 문화회관이 바로 그 자리다. 원래 점(店), 혹은 점포라는 말은 '상점'이라든가 '가게'라는 말과 동의어로 쓰였다. (중략) 그러나 이 판문점의 경우는 그런 전통적인 뜻의 점포가 아니라 희한한 점포였다. 이 점포의 특수한 성격을 밝히자면 당시의 세계정세, 그 당시 세계의 하늘을 뒤덮었던 냉전기류를 비롯하여 그밖에도 6·25라는 동족상잔을 설명해야 하고, 그것은 적지 않게 거창하고도 구구한 일이기 때문에 여기서는 일단 생략하기로 한다. 일언이 폐지하여, 회담 장소였다. 휴전 회담이라는 것을 비롯해서 군사정전 회담이라는 것이 무려 5백여 회에나 걸쳐 있었다. '휴전 회담'이라든가 '군사정전 회담'이라는 말도 긴 설명이 필요한데, 여기서는 역시 생략하기로 한다. 그 회담 기록이 적힌 거창한 문건이 지금 인류 역사의 기념비적인 익살로서 개성 박물관에 안치되어 있는 것은 이미 다 아는 사실이다. (중략) 단도직입적으로 얘기하자. 판문점은 분명 '板門店'이었고, 이 나라 북위 38도선상 근처에 있었던 해괴망측한 잡물이었다. 일테면 사람으로 치면 가슴패기에 난 부스럼같은 거였다. 부스럼은 부스럼인데 별로 아프지 않은 부스럼이다. 아프지 않은

원인은 부스럼을 지닌 사람이 좀 덜됐다, 불감증이다, 어수룩하다는 데
에 있다. (중략) 이럭저럭 세월이 지나는 동안 정작 당사자도 부스럼 여
부는 까마득히 잊어버리고 멀쩡한 정상인의 행세를 시작했다.[7]

먼 후일의 시점에서 보자면, '판문점'으로 상징되는 분단의 실체란
이렇듯 정상과는 거리가 먼 우스꽝스러운 모양일 수밖에 없을 것이다.
그래서, "통탄, 통탄이다"라고 했던 것이다. 그렇지만 그 탄성은 단순한
회한이 아니라 머지않아 "기념비적인 익살"로 판명나리라는, 분단 극복
의 전망을 내재한 것이라는 점에서 전향적이고 낙관적이다.

최근의 『별들 너머 저쪽과 이쪽』(2009)에서 갈파한 것처럼 통일은 그
리 어려운 문제가 아닐 수도 있다. 그것은 한마디로 말해서 '물 흘러가
는 것'과 같은 것, 어느 한 사람의 자의나 어느 하나의 이론대로 인위
적으로 꾸려가다가는 기필코 어느 대목에서부터는 돌이킬 수 없이 꽉
막힐 수밖에 없을 것이다. '판문점'의 두 청춘 남녀가 몇 마디 말을 통
해 이념적 허위와 적대감을 벗고 순간적으로 하나가 되었듯이, 통일
역시 그러한 과정을 통해서 오는 게 아닐까. 작가는 「판문점」에서 그런
생각을 환상과도 같은 200년 후의 시점을 빌려서 보여주고 있다.

『남녘사람 북녁사람』은 6·25 동란 당시 북으로 후퇴하는 인민군의
대열에 있었던 주인공 '나'가 양양에서 포로로 붙잡힌 뒤 고성에서 배
를 타고 남쪽으로 이송되기까지의 일화를 소재로 하고 있다. 작가의 실
제 체험처럼, 양양에서 포로로 붙잡힌 화자가 38선 이북인 양양, 간성,
고성 등지로 끌려 다니면서 겪은 에피소드를 소재로 한 관계로, 이 작

---

7) 이호철, 「판문점」, 『판문점』(이호철 전집1), 청계연구소 출판국, 1988, 81-2면.

품은 한국전쟁 당시 인민군 포로들의 생활을 사실적으로 복원해낸 것으로 평가된다. 여기서 특히 시선을 끄는 것은 화자가 경험한 지역의 주민들이 이념이나 사상 때문이 아니라 어쩔 수 없는 상황으로 인해 남과 북의 옷을 바꿔 입게 되었다는 대목이다. 국군의 지배를 받았을 때에는 국군 편이 되었다가 인민군 세상이 되면 돌연 인민군 편이 되었던 것은 그들의 성격이 교활해서가 아니라 살기 위해서는 어쩔 수 없는 일이었기 때문이다. '살아야 한다는 것', 이런 절박함을 증언함으로써 작가는 삶에 대한 욕망이 이념과 제도를 초월한 본질적이고 근원적이라는 사실을 환기하고, 그것을 통해서 분단 극복의 가능성을 엿보는 것이다. 통일은 체제와 이념의 이면에 놓여 있는 이러한 인간 본연의 욕망과 그 실체를 복원함으로써 구체적 가능성을 여는 게 아닐까.

4. 골똘한 성심과 곧은 지향

이호철의 문학과 생애는 매우 밀접한 관계를 맺고 있다. 고향 원산에서 단신 월남해서 남한 사회에 정착한 이호철에게 분단과 전쟁, 그리고 이산과 정착은 그의 문학을 관통하는 일관된 주제이자 화두였다. 월남 직후의 체험을 소재로 한 「탈향」에서 『이산타령 친족타령』(2001)에 이르기까지 이호철은 줄곧 그러한 주제와 씨름해 왔고, 지난 2009년에는 "분단과 6·25전쟁의 원흉은 스탈린"이라고 강조하면서 허구와 역사의 결합을 통해 남북 분단을 새롭게 조명한 신작 『별들 너머 저쪽과 이쪽』을 펴내기도 하였다. 2001년 고희(古稀) 기념으로 그간의 활동을 총 결산한 『이호철 문학선집』을 출간한 뒤에도 여전히 문학적 열정을 느꾸지 않는 노익장을 과시하고 있다. 1955년에서 2010년까지 장장 55년에 이르는 긴 기간을 분단 현실과 씨름하면서 노심초사한 작가적 열정은 우리 문단에서 그 유례를 찾기 힘든 장거(壯擧)라 하겠다.

그런데 이호철은 오랜 기간을 문단과 사회활동을 병행해 온 까닭에 때로는 주변의 적지 않은 오해를 받기도 하였다. 『소시민』의 개작에서 볼 수 있듯이,[8] 초기의 진보적 신념이 이후 변절했다는 게 오해의 주된 내용인 바, 이는 작품 전반에 대한 이해를 전제하지 않은 단견으로 판단된다. 『이산타령 친족타령』에서 알 수 있는 것처럼, 이호철은 체제와 이념보다는 삶의 진정성에 기반한 인간 본연의 모습에 보다 깊은 관심을 보였다. 인간 본연의 성정을 통해서만 사상과 이념에 의해 왜곡된 분단의 완고한 껍질을 제거할 수 있으리라 믿었고, 그러한 믿음을 시종일관 견지하면서 작품 활동을 해왔다. 오늘날 자기를 있게 한 근원적 힘이 어머니와 아버지의 '비손', 곧 '오롯한 성심'이었다는 고백은 그런 사실과 연결되어 있다.

> 다시 밝히거니와, 이렇게 그때 내가 겪은 그 모든 요행의 근저에는 틀림없이 어머니 아버지의 비손이, 성심이, 자리해 있을 것이라는 생각은 나이가 들어갈수록 더 확고한 것이 되었다. 그렇다면 이 시각까지도 끊임없이 작용해 오는 그 아버지와 어머니는 지금 과연 어디에 계시는 걸까. (중략) 오직 어머니의 그 하늘을 향한, 우리 산천을 향한 오롯한 성심에만 다가가고 싶은 것이다. 바로 거기에만 사람 살아가는 상서로

---

8) 『소시민』의 개작에 대해서는 강진호의 「이호철의 '소시민' 연구」 참조.

운 맑은 길이 있을 것임을 확신하고 있다.[9]

이런 성심을 가지고 한 평생 문학의 외길을 걸어온 까닭에 이호철이 진보적 믿음을 버리고 훼절했다고 말하는 것은 적절하지 않은 것으로 보인다. 물론 사회주의적 시각을 앞세운다면 기존의 비판이 정당할 수도 있다. 이호철은 본능적으로 사회주의를 혐오했는데, 그것은 "계급투쟁이라는 이름으로 모든 것이 한쪽으로 너무너무 쉽게 수렴되면서, 우리답고 재래적인 귀한 것들은 '스탈린적 프로그램'에 의해 하나하나 철저히 부서지"[10]는 까닭이다. 그런 관계로 그는 계급투쟁을 중심 동선으로 하는 작품을 쓰지 않았고, 작중의 사회주의자들에 대해서도 전폭적인 지지를 보내지 않았다. 이호철에게 중요했던 것은 '인간적 온기'라든가 '사람살이의 본원적 활달함과 자연스러움'이었다. 그래서 작중의 인물들은 단순 직절한 모습이 아니라 우유부단하거나 때로는 의뭉스러운 모습을 보이기까지 했던 것이다. 『소시민』의 주인공이자 화자인 '나'가 보이는 우유부단하고 허무적인 모습은 우리의 삶이란 어떤 하나의 시각으로 재단할 수 없는, 깊고 오묘한 그 무엇이라는 사실을 단적으로 시사해준다.

물론 이호철 소설에서 아쉬움이 없는 것은 아니다. 현실을 구조적으로 천착하지 못하고 마치 회상하듯이 감각적으로 나열하는 것은 리얼리즘의 견지에서 보자면 작품의 중요한 한계로 지적될 수 있다. 이호철 소설은 현실에 대한 계기적 고찰이나 인물과 인물의 갈등 등과 같

---

9) 이호철, 『별들 너머 저쪽과 이쪽』, 중앙북스, 2009, 355-356면.
10) 이호철, 「촌단 당한 삶의 현장」, 『이호철 문학앨범』, 웅진출판, 1993, 144면.

은 서사성이 떨어지는 경우가 많은데, 가령 작중의 인물과 인물, 사건과 사건이 충돌하고 발전하면서 현실의 구조적 심층이 드러나는 것이지만 이호철 소설에는 그런 측면이 부족하다. 『소시민』에서 정씨와 김씨가 서로 다른 가치관을 가진 인물로 등장하여 동시대를 살아가는 상반된 모습을 보여주지만, 결코 서로 대립하거나 갈등하지 않는다. 자신의 길을 묵묵히 걸어가고 그래서 각기 다른 삶을 보여줄 뿐, 삶의 다양한 국면과 양상을 보여주지는 못한다. 『소시민』이 한 시대의 몰락과 새로운 시대의 도래를 날카롭게 포착하고 있음에도 불구하고 한편으로는 '세태소설'에 지나지 않는다는 평가를 받았던 것은 그런 사실과 무관하지 않다.

이호철 소설의 매력은 무엇보다 시대의 아픔과 현실적 과제를 실감나게 포착해냈다는 점, 그렇지만 그것을 단순한 스케치가 아니라 체험에 바탕을 둔 실감을 통해서 드러냈다는 데 있다. 「탈향」과 「판문점」에서 분단과 실향에 따른 고통과 함께 극복의 열망을 읽어내는 것은 어려운 일이 아니며, 『소시민』에서 산업화에 따라 인정이 메말라가는 세태와 함께 그에 대한 안타까움을 읽어내는 것도 결코 힘든 일은 아니다. 죽은 자가 소환되고, 적대시했던 남과 북의 인사들이 대화를 주고받는, 게다가 미국과 소련의 비밀문서까지 직접 인용하는 등의 파격과 만용(?)에도 불구하고 『별들 너머 저쪽과 이쪽』이 황당하게 다가오지 않는 것은 그런 성실함이 작품 전체를 관통하기 때문이다. 이호철 소설에는 "사특한 욕심이 아닌 지극하고 맑고 상서로운 것의 올곧은 지향"이 내재되어 있다.

　　단지, 나로서 이 대목에서 한마디만 더 덧붙이자면, 우리 남북 관계
가 제대로 풀어지자면, 삼천리강산 산천의 도움이거나, 저 어느 먼 별에
가 있을 그이들(남북을 망라한 수많은 그이들)의 총체적인 조력을 소홀
히 다루지 말아야 할 것이다. 혹자는, 겨우 그것이냐고 진부하게 받아들
일 것이지만, 그래도 나는 나대로 그냥 가만히 있을란다.　(중략)　뜨겁
고 골똘한 성심, 사특한 욕심이 아닌 지극하고 맑고 상서로운 것의 올
곧은 지향이야말로, 그 모든 것을 뚫어내고 관통하는 오직 마지막 잣대
가 아닐 것인지.[11]

　　위의 진술에는 팔순을 눈앞에 둔 작가 이호철의 철학이 집약되어 있
다. '남북 관계가 제대로 풀어지기 위해서는 뜨겁고 골똘한 성심'이 견
지되어야 한다는 것.

　　이제 「판문점」에서 예견한 '19XX년'은 세기 전환과 더불어 아득한
과거로 흘러갔다. 21세기도 벌써 10년을 넘긴 상태지만, 안타깝게도 50
년 전에 토로된 이호철의 희망은 아직도 요원하게만 느껴진다. 작가의
탄식처럼 "이 얼마나 어이없는 일인가?" 그렇지만 이호철이 말했듯이,
자식을 향한 어머니의 지극한 정성과 비손처럼 통일을 향하는 골똘한
성심이 유지된다면 그 꿈이 언젠가는 이루어지지 않을까. 이호철을 통
해 우리는 통일 될 그날을 꿈꾼다. 이호철의 존재가 우뚝한 것은 아직
도 그 꿈이 여전히 유효한 까닭이다.

---

11) 이호철, 『별들 너머 저쪽과 이쪽』, 중앙북스, 2009, 365-367면.

제 2 부
주제론; 이호철 소설의 특성과 의미

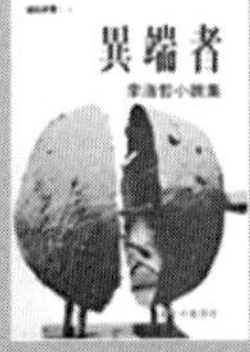

이호철의 1950년대 소설 연구
― 감정과 눈물의 윤리적 의미를 중심으로

1. 이호철의 50년대 소설과 '감상성'

이호철은 「탈향」(1955), 「裸像」(1956)을 황순원의 추천으로 『문학예술』에 발표하면서부터 작품 활동을 시작한 대표적인 전후소설가이다. 손창섭, 장용학, 선우휘, 오상원, 서기원 등 대부분의 전후소설가들이 60년대 이후 작품 활동을 포기하거나 그 결과물들이 긴장감을 상실한 것에 반해 이호철은 60년대 들어 「판문점」(1961)과 「닳아지는 살들」(1962)로 현대문학상과 동인문학상을 받는 등 한 차례의 변신을 통해 오히려 문단의 각광을 받았으며 『소시민』과 같은 60년대 최고의 리얼리즘 작

---

* 조현일 / 원광대학교 국어교육과 교수

품을 창작했다. 그리고 70년대 이후에는 실천적 지식인으로서의 면모를 유감없이 발휘하였으며 90년대까지 문학사적으로 유의미한 창작활동(『남녘사람 북녘사람』, 1996)을 계속하였다. 도대체 이 힘은 어디로부터 연원하는 것일까라는 질문이 제시될 수밖에 없고 그 원동력을 밝히는 일은 중요한 문학사적 과제 중의 하나라 할 것이다.

다양한 접근이 가능하겠으나 본고는 그 한 방법으로 1950년대 소설, 특히 그때의 작품들에 나타나는 눈물과 감정의 의미에 주목하고자 한다. 그의 작품들은 통상 60년대 이후 크게 변화한 것으로 간주되며, 그 이행의 과정은 "상황성의 인식으로부터 역사성의 발견"[1], "개인적 현실로부터 사회적 사실로의 관심의 이행"[2], "감성적 세계에서 이성적 세계로의 전환"[3]으로 평가된다. 「판문점」, 「닳아지는 살들」은 전후소설의 세계에서 벗어나 60년대 이후의 리얼리즘적 작품세계의 시작을 알리는 작품으로 간주되고 이후의 연구 역시 『소시민』을 중심으로 한 60년대 이후 90년대까지의 리얼리즘적 경향을 밝히는 데 초점이 놓여 있다.

그럼에도 50년대 소설과 그 작품들에 나타나는 눈물과 감정에 주목하는 데는 몇 가지 이유가 있다. 첫째, 작가 자신이 「裸像」(1956)에 대해 "실은 인간과 역사, 이념 이런 것들에 대한 내 세계관과 태도가 고스란히 녹아 있"[4]다고 지적하고 있듯이 1950년대 작품을 통해 이호철

---

1) 권영민, 「닫힘과 열림의 변증법」, 『한국현대작가연구』, 문학사상사, 1991, 179쪽.
2) 정명환, 「실향민의 문학」, 『창작과비평』, 1967.6, 236쪽.
3) 김치수, 「관조자의 세계」, 『현대한국문학이론』, 민음사, 1972, 355쪽.
4) 한수영, 「탈향, 그 신산한 역사적 삶의 도정 : 이 계절의 작가 이호철」, 『실천문학』, 1997.2, 400쪽.

은 그의 작품 전체를 관통하는 여러 관점들을 확립하고 있다고 보기 때문이다. 둘째, "이호철의 소설집(신구문화사간 현대한국문학전집 제8권) 한 권에서 주인공들이 눈물을 흘리거나 울음을 우는 경우는 100회 이상이나 되고 그 가운데 일인칭인 '나'가 눈물을 흘리는 경우도 20회가 넘는다. 인간에게 있어서 눈물은 감정의 가장 직설적인 표현이다"5)라는 지적에서 드러나듯 50년대 이호철 소설의 단적인 특징은 '눈물과 감정'의 표현에 있다고 할 수 있고 바로 이를 통해 이호철 여러 관점들, 특히 고유의 윤리학이 표현, 확립되었으며, 작가 자신은 물로 대부분의 연구자들이 인정하는, 이호철 소설 전체를 관통하는 "실감의 세계"6)란 바로 이 감정·눈물의 윤리학에 의해 뒷받침되고 있다고 보기 때문이다.

유종호가 지적하고 있듯 이호철의 50년대 소설은 "산문으로써는 도저히 포착하기 어려운 감정의 영역, 아니 감정과 의식의 미분화 상태를 즐겨 다루고 있"으며 이것이야말로 『소시민』으로 대변되는 60년대의 "도약을 더욱 믿음직스럽게 하는 것"으로서 중요한 의미를 갖는다고 할 수 있다.7) 그러나 50년대 이호철의 소설에 대해 "무드의 미학", "주정적 스타일"8), "감정적인 정념"9), 실향민의 "동정적 애수"10)를 표

---

5) 김치수, 앞의 글, 353쪽.

6) 최원식, 「사멸하는 현실과 살아 있는 현실」, 『민족문학의 논리』, 창작과비평사, 1982, 192쪽.

7) 유종호, 「안정된 에뛰드의 세계 : '나상', '판문점'」, 『현대한국문학전집 8 : 이호철』, 신구문화사, 1968, 466쪽.

8) 천이두, 「묵계와 배신」, 『현대한국문학전집 8 : 이호철』, 신구문화사, 1968, 445쪽, 448쪽.

9) 유종호, 앞의 글, 466쪽.

현하고 있다는 중요한 지적들이 있었음에도 불구하고 눈물·감정 그 자체의 의미, 특히 윤리적 의미에 대한 구체적인 탐색은 미흡하였다고 볼 수 있다. 50년대 소설을 포함하여 60년대 소설에 이르기까지 이호철 소설에서 나타나는 그러한 특성은 "감상성"(정명환), "센티멘탈리즘"(김주연), "감상적 휴머니즘"(민현기)[11]으로 규정되는데, 긍정적으로 평가되든, 부정적으로 평가되든 윤리적 의미에 대한 구체적인 천착이 없는 한 부정적 함의를 지니게 될 수밖에 없게 되며, "이러한 서정적 세계란 감성의 소산이다. 따라서 여기에서는 어떤 논리적 근거를 보여주지 않는다."[12]라는 김치수의 평가에 힘입어 결국 긍정적 평가보다는 부정적 평가를 낳는 근거가 된다. 90년대 이후의 연구의 경우 초기 소설과 관련하여 중요한 진전이 이루어졌지만 부정적 평가에서 크게 벗어나지 않고 있으며, 눈물·감정의 세계를 그 자체로 근대적 윤리의식의 표현으로 파악하는 데까지는 나아가지 않고 있다.[13]

---

10) 정명환, 앞의 글, 238 쪽.

11) 정명환, 위의 글, 242쪽 ; 김주연, 「왜곡된 소외의 사회학」, 『세대』, 1967.4, 340쪽 ; 민현기, 「이호철의 1950년대 소설 연구」, 『어문학』, 한국어문학회, 1992.2, 225쪽. 한편 정호웅은 등단작 「탈향」이 오히려 "얄팍한 인정주의, 감상주의와 결별"한 데 문학사적 의의가 있는 것으로 평가한다.(「서늘한 맑음, 감각의 문학」, 『이호철 문학앨범』, 웅진출판, 1993, 109쪽) 이는 『소시민』으로 이어지는 50년대 소설의 리얼리즘적 계기를 포착하데 핵심이 있는 지적으로서 매우 중요한 의미를 가지면서도 '감상주의'에 대한 부정적 평가라는 차원에서는 공통된다고 볼 수 있다.

12) 김치수, 앞의 글, 351쪽.

13) 이호철의 초기 소설에 대한 대표적인 논문으로 초기 소설 전체를 꼼꼼히 검토하고 있는 민현기(「이호철의 1950년대 소설 연구」, 『어문학』, 한국어문학회, 1992.2)의 논문과, 이호철 소설 전체에서 나타나는 전근대적 공동체 사회에의 동경에 초점을 맞추어 각각 윤리의식, 시간의식, 낭만적 세계관을 규명하고 있는 김원철(「이호철 소설의 변모과정 연구」, 서울대학교 석사학위논문, 1998), 김미란(「이

반면 본고는 크게 다음 세 가지 전제로부터 출발한다. 첫째, 김치수의 주장과는 달리, 눈물과 감정은 일정한 논리적 판단을 전제로 한다는 점이다. 동물의 눈물과 달리 인간의 감정적 눈물은 "사회적으로 인정되는 특정한 사유에 의해서 매개되어"[14] 있다. 그리고 이를 통해 표현되는 감정들은 "그것에 따라 우리들이 살아가며 세계를 경험하는, 세계 속의 우리의 위치와 우리의 자아들에 관한 근본적 판단이며, 가치들과 이상들의 투사"이며 세계에 대한 "실존적 참여"이다.[15] 한 예로 "누군가가 우리의 인격 혹은 우리와 가까운 사람들의 인격을 근거 없이 경멸했을 때 가지게 되는 복수의 욕망"[16]인 화(anger)는 내가 모욕하는 자와 동등한 위치에 있다는 판단, 근거 없는 모욕은 옳지 않다는 가치관의 투사, 비난이며[17] 그와 나로 구성된 세계에 대한 나의 참여의 한 방식이다.

호철 초기 문학의 시간의식 연구」, 『이호철 소설 연구』, 새미, 2001), 박은태(「이호철 소설에 나타난 낭만적 세계관의 변화 양상연구」, 『비평문학』, 한국비평문학회, 2004.11)의 논문을 들 수 있다. 김원철의 경우 최초로 윤리의식을 문제 삼은 점, 김미란의 경우 초기 소설의 감상성이 문명에 대하여 윤리적, 정치적 비판의 역할을 담당하고 있다고 본 점, 박은태의 경우 초기 소설을 고향에서 근대적 일상으로 넘어가면서 갖게 되는 '부끄러움'이라는 감정의 극복과정이라고 본 점 등은 주목할 만하다.

14) Jerome Neu, "A Tear Is an Intellectual Thing", *A Tear Is an Intellectual Thing : The Meanings of Emotion*, Oxford : Oxford University Press, 2000, p.31.

15) R. C. Solomon, "A Subjective Theory of the Passion", *Philosophy and the Emotions*, ed. S. Leighton, Broadview Press, 2003, p.68, p.76.

16) Aristotle(이종오 역), 『수사학Ⅱ』, 리젬, 2004, 16쪽.

17) 스스로를 모욕하는 자보다 열등하다고 판단할 때, 화는 원한으로 전환되며 모욕하는 자가 정당하다고 판단할 때 수치심으로 전환되고, 그 모욕이 개인적인 인격의 문제를 넘어서 보편적인 도덕적 기준들에 어긋난다고 판단할 때 도덕적 분개가 된다.

둘째, 감정은 육체적인 '느낌'(두통), 구체적인 대상이 없는 '무드'(멜랑꼴리)와 구별되며[18] 연민(pity), 함께 고통스러워 함(compassion), 동감(sympathy) 같은 부드러운 감정들(도덕 감정)과 선망, 질투, 원한, 복수심과 같은 부정적인 반감적 감정으로 나뉘는데[19], 감상성(Sentimentality)은 근본적으로 "부드러운 감정에의 호소"[20], 즉 연민, 함께 고통스러워 함, 동감 등의 대표적인 도덕 감정에 대한 호소를 의미하는바, 그 자체로 윤리적 가치를 갖는다는 점이다. 감상성이 과도함, 나약함, 자기 탐닉, 세계에 대한 왜곡 등의 부정적 함의를 갖게 된 것은 19세기 이후 이성을 중시하고 감정을 폄하하는 데서부터 비롯되었다고 볼 수 있으며, 비본질적인 부정적 함의로 인해 부드러운 감정(도덕 감정)에의 호소라는 감상성 자체의 윤리적 가치를 부정할 수 없는 것이다.

셋째, 통상의 이해와는 달리 근대적인 자유주의·개인주의 사회의 윤리학은 이성이 아니라 개인의 자유로운 감정에 대한 긍정으로부터 시작된다는 점이다. 이성적 원리를 중시하는 칸트 이후 감정/정념은 도덕과 미의 영역에서 '경향성'으로 간주되고 저열한 것으로 배척되었지만 그 이전 18세기의 자유주의자 스미스와 흄에 따르면 이성이 아니라 동감(sympathy)으로 대표되는 도덕 감정에서 도덕적 행위가 가능하며[21], 이 도덕 감정으로부터 아름다움의 감정, '아름다운 혼'의 미학이

---

18) R. C. Solomon, "The Myth of the Passion", *The Passions : Emotions and the Meaning of the Life*, Indianapolis : Hackett Publishing Company, 1993, pp.70-71.

19) R. C. Solomon, "Sympathy and Vengeance : The Role of Feelings in Justice", *In Defence of Sentimentality*, Oxford : Oxford University Press, 2004, p.21.

20) R. C. Solomon, "In Defense of Sentimentality", *In Defense of Sentimentality*, p.9.

21) D. Hume(이준기 역), 『정념에 관하여』, 서광사, 1996 ; A. Smith(박세일, 민강국

가능하게 된다. 전근대적 공동체의 윤리적 토대가 붕괴되고 저마다의 욕망을 추구하는 근대적 개인주의 사회에서 윤리적 행위가 무엇으로부터 가능한가라는 질문에 대해 초기 자유주의자들은 인간이면 누구나 자연스럽게 갖고 있을 수밖에 없다고 여겨지는 연민, 동감의 감정에 주목하고 이로부터 근대적 개인주의·자유주의 사회의 윤리적 행위가 가능할 수 있다고 주장한다. 그들에 따르면 도덕 감정은 '근대적' 윤리와 아름다움의 토대에 해당한다고 볼 수 있다.[22]

본고는 이상의 전제하에 50년대 이호철의 소설의 눈물과 감정 역시 일정한 논리, 판단의 소산이라는 점, 이성중심주의적 사고로 인해 저평가되어온 감정, 도덕 감정, 눈물을 통해 휴머니티가 붕괴된 전후의 상황에서 윤리적 대안을 제시하려는 노력의 소산이라는 점을 규명하고자 한다.

역), 『도덕감정론』, 비봉출판사, 1996 참조.

[22] 근대의 윤리적 상황은 가치와 사실의 분리로 요약된다. 외부(공동체)로부터 객관적 가치가 주어지고 이에 따라 행동할 때 윤리적 행위를 할 수 있었던 전 근대적 공동체 사회와는 달리 근대적 개인주의·자유주의 사회는 주체 내부에서 가치를 구성하고 도덕적 행위의 토대를 발견해야 하는 상황에 처하게 된다. 이 때 발생할 수 있는 윤리학은 크게 세 가지로서 선을 욕망의 만족으로 정의하는 욕망의 도덕(홉스), 선을 이성의 정언명령에서 찾는 이성의 도덕(칸트), 그리고 홉스의 뒤를 잇되 도덕 감정에 호소하는 스미스, 흄, 루소 등의 동감·연민의 도덕을 들 수 있다. R.M. Unger, *Knowledge & Politics*, New York : The Free Press, 1975, pp. 31-36, pp.49-51 ; 황규선·정향교, 「스미스의 동감이론 : 흄의 이론과 비교 검토를 중심으로」, 『경제학논집』, 한국국민경제학회, 2001.12 참조.

2. '裸像'의 상황과 출발점으로서의 감정

"그저 울먹거리만 했다." "소리 내어 쿨적 거리기 시작했다." "엉엉 소리 내어 울었다"[23] 등 최초의 소설인 「탈향」(1955)에서 눈물과 관련된 어휘는 30번, 「裸像」(1956)에서는 40번, 50년대 말의 소설인 「탈각」(1959)에서는 20번, 「중간동물」(1959)에서는 8번 이상 등장한다. 이제까지 주목되지 않았지만 눈물뿐만 아니라 웃음과 관련된 어휘 역시 빈번히 등장하는데, "비죽 웃었다", "벌쭉 웃었다", "끼드득 거리며 웃었다."[24] 등 「裸像」에서는 20번, 「탈향」에서는 18번, 「탈각」에서는 30번, 「중간동물」에서는 20번 이상 등장한다. 눈물과 웃음이 '눈과 얼굴의 움직임, 안색의 변화, 전율, 무기력, 기절, 신음, 탄식' 등과 더불어 감정을 표현하는 가장 중요한 증상들이라는 점을 고려하면[25], 이호철의 50년대 소설은 시종 눈물과 웃음을 통한 다양한 감정 표현에 집중되어 있음을 알 수 있다.

도대체 이호철은 왜 그토록 눈물, 웃음 그리고 감정의 표현에 치중하는 것일까? 이호철 소설에서 제시되는 눈물과 감정의 구체적인 양상을 고찰하기에 앞서 이호철에게 눈물과 감정이 어떤 의미를 갖는지에 대해 살펴볼 필요가 있다. 이호철의 소설들은 특정한 눈물과 감정 이전에 눈물과 감정 자체에 대해 긍정적이고 적극적인 의미를 부여하고

---

23) 이호철, 「탈향」, 『문학예술』, 1955.7, 67쪽, 68쪽, 서지사항을 밝힌 작품들을 또 다시 인용할 때는 본문 중에 작품명과 쪽수만을 표기하기로 한다.
24) 이호철, 「裸像」, 『문학예술』, 1956.1, 95쪽, 96쪽, 98쪽.
25) R. Descartes(김형효 역), 『방법서설, 성찰, 정념론 외』, 삼성출판사, 1981, 241-251쪽.

있기 때문이다. 이와 관련하여 주목해야 할 것이, 이호철의 소설들이
다양한 감정들의 표현에 초점을 맞추고 있는 것은 물론 아예 눈물과
감정을 서사의 중심에 놓고 있다는 점이다. 주지하다시피 이호철의 50
년대 소설은 전근대적 농촌공동체를 상징하는 고향과 결별하고 남한
의 자본주의 사회에 정착하게 되는 과정을 그리는 데 핵심이 있는 것
으로 파악된다. 그런데 문제는 바로 탈향의 과정이 다른 한편으로는
감정적 인간이 되는 과정을 의미한다는 점이다. 「탈향」의 중심에는 남
한에 정착하기에는 턱없이 순진하고 미욱한 하원의 "애원하듯한 애스
러운 표정을 대할 때마다…… 외면을 하곤 했"(70쪽)던 '나'가 하원을
버리면서 서러움의 눈물을 흘리게 되는 과정이 놓여 있으며, 「裸像」의
중심에는 오연하고 냉정했던 동생이 끝내 "형의 그 마음 가락에 휩쓸
려 들어가는 스스로를 의식하며 벅차게 서러워"(98쪽)하며 울 수 있는
인간으로 변화하는 과정이 놓여 있다. 50년대의 대부분의 소설들은, 「백
지풍경」에서 수완과 갓난이 함께 서러워하며 눈물을 흐리는 것으로
끝이 나는 것, 「부군」에서 인민군 소대장 완호가 눈물 흘리며 연락병
인규를 찾아 헤매다가 죽는 것으로 끝이 나는 것 등에서 드러나듯 어
떤 감정에 사로잡혀 눈물을 흘리게 되는 상황에 도달하게 되는 것이
작품의 중심 서사를 이루거나, 최소한 "무언가 팽개쳐버린 연후의 어
처구니없는 충일감"(「무궤도 2장」) "발작적인 충일감"(「살인」), "무작정한
충일"(「백서」), "전율 섞인 충일감"(「탈각」), "기묘한 충일감"(「중간동물」)26)

---

26) 이호철, 「무궤도 2장」, 『문학예술』, 1956.9, 48쪽 ; 「살인」, 『현대문학』, 1958.9,
113쪽 ; 「백서」, 『지성』, 1958(『나상』, 사상계사, 1961, 214쪽) ; 「탈각」, 『사상계』,
1959.12, 389쪽 ; 「중간동물」, 『사상계』, 1959.12, 318쪽.

등의 충일감(감정)을 추구하거나 이 감정적 상태와 그렇지 못한 어떤 상태의 대립 속에서 이야기가 전개된다.

이처럼 이호철이 눈물과 감정을 중시하는 것은 전후라는 시대적 상황과 밀접한 관련이 있다.

> (1) 이미 우아하다든가 민감하다든가 교양이 높다든가 앞날이 촉망된다든가 이런 것을 결판 지을 수 있는 표준이 상실된 그 속에서는 과연 누가 더……<u>남은 것은 발가벗은 몸둥아리뿐이다.</u>(「裸像」, 102쪽)(밑줄 : 인용자)

> (2) 하기야 요즈음 세상을 살아가는데 있어 자기 나름의 '독한 렌즈'를 준비하는 것은 보편타당성을 지니고 있고 정상적인 것이긴 하겠지. 이런 사람들에게 있어서는 '기묘하게 사모쳐 오는 울분'이라든가 '썩은 석양'이라는 어투 같은 것조차 애초에 거슬릴 밖에 없겠고 하루하루는 늘 환한 대낮처럼 명료한 것일밖에 없긴 하리라.27)

> (3) 둘은 어처구니 없게 잠시 떨어져 나왔다. 어딘가 엉뚱한 이역(異域) 같은 곳에 떨어져 나왔다. 그리고 참 기분이 좋다. 호젓하고 가볍고 쓸쓸하고 적당히 구슬프면서도 좋다.(「중간동물」, 317쪽)

인용문 (1)은 전후의 상황에 대한 이호철의 인식을 단적으로 보여준다. 이호철에게 전후의 상황은 우아, 민감, 교양 등 시민적 삶이 붕괴되고 '裸像', 즉 벌거벗은 몸둥아리만 남은 상황을 의미한다. 이와 같은 인식은 손창섭이 「인간동물원초」(1956)에서 전후의 상황에 대해 휴

---

27) 이호철, 「새옹득실」, 『사상계』, 1958.7, 369쪽.

머니티를 부정하고 식욕, 성욕에 지배되는 인간 동물만이 남겨져 있다고 보는 인식과 궤를 같이 하면서도 여전히 '동물'이 아니라 '인간'을 주장한다는 점에서 상이한 면을 보여준다. 인민군으로 참전하였다가 포로가 되고 우여곡절 끝에 고향인 원산에 머물다가 LST를 타고 단독 월남하여 부산으로 오게 된 이호철의 전쟁체험은 전후 작가들의 근원에 놓여 있는 전형적인 대재난의 체험이라 할 수 있다. 대재난의 체험은 최소한의 휴머니티의 관념, 시민성 개념의 붕괴, 문명의 붕괴라는 감각을 낳을 수밖에 없는데, 이 상황에서 손창섭이 인간은 동물이라는 극단적인 인식에 이르고, 절망적인 우울의 표현으로 나아갔다면[28] 이호철은 마치 18세기 자유주의적인 경험주의 철학자들이 이성이 아니라 인간의 자연적 부분인 감정으로부터 인간의 도덕적 삶을 규명하고자 한 것처럼, 벌거벗은 인간이 갖고 있는 최후의 지점으로서 '감정'에 주목하고 이를 통해 새로운 윤리학을 추구하고자 했다고 볼 수 있다.

그리하여 대부분의 작품들에서 인용문 (2)에서 드러나듯 '독한 렌즈'로 상징되는 이성적, 합리적 삶, 현실적인 삶과 '기묘하게 사모쳐 오는 울분', 즉 반감적 감정들까지 포함하는 감정 일반, 감정적 삶의 대립을 설정하고 후자에 편들고 있다. 이와 같은 모습은 50년대 최후의 작품인 「중간동물」에서도 여전하다. 광석과 순발이 짜장면 집에서 서로의 감정을 확인하는 모습은 '함께 느낌'이라는 동감(sympathy)의 전형적인 과정을 보여주는데, 인용문 (3)에서 드러나듯 작가는 이 감정의 세계를

---

28) 대재난으로서의 전쟁체험, 손창섭 소설에서 나타나는 동물적 인간상, 절망적 우울에 대해서는 조현일, 『손창섭과 장용학 소설의 허무주의적 미의식』, 『전후소설과 허무주의적 미의식』, 월인, 2005 참조.

'이역'이라 칭하면서, "호젓하고 가볍고 쓸쓸하고 적당히 구슬프면서도 좋다"라고 표현하는바, 근본적으로 감정의 세계에 편들어 작품 창작을 하고 있는 것이다. 마지막 장면에서 오열하는 운전수까지 고려한다면 이 소설의 제목인 '중간동물'이란 울 수 있는 인간, 감정을 갖고 있는 인간을 의미하는 것으로 해석될 수 있을 것이다.

3. 눈물·웃음과 복합 감정으로서의 '서러움'

이호철은 눈물과 감정에서 인간의 본연의 모습을 보고 이를 통해 무너진 휴머니티를 재건하려 했다고 볼 수 있는데, 눈물과 웃음, 그리고 감정의 구체적 양상은 그리 단순하지만은 않다. 인간은 감정과 감정 표현이 꼭 일치하는 것도 아니며, 눈물과 웃음을 통해 단일한 감정만 표현하는 것도 아니고 표현하지 않았더라도 다양한 감정을 품을 수 있다.[29) 이호철의 소설 역시 눈물과 웃음을 통해 표현되는 감정은 직접적인 감정과 복합적인 감정을 아우르며, 눈물과 웃음을 통해 직접적으로 표현되지 않더라도 전후라는 상황에서 인간이 가지게 되는 다양한 감정들을 제시하고 있다.

---

29) 윌리엄 제임스는 '슬프기 때문에 우는 것이 아니라 울기 때문에 슬프다'라고 주장하면서 슬픔이라는 감정과 울음이라는 신체적 현상을 동일시하는 반면, Jerome Neu는 인간은 울지 않아도 슬플 수 있다고 주장하면서 신체적 현상과 감정을 구별하며 눈물은 엄연한 사회적, 이성적 논리가 작용하고 있는 복잡한 현상이라고 주장한다. 본고는 후자의 입장을 따른다. William James(정양은 역), 『심리학의 원리3』, 아카넷, 2005, 2027-2095 ; Jerome Neu, "A Tear Is an Intellectual Thing" 참조.

　　우선 눈물과 웃음은 「탈향」의 하원과 「裸像」의 형과 같은 순진무구한 인물들의 경우 '슬픔'과 '기쁨'이라는 단순한 감정의 증상, 표현이다. 「탈향」의 하원은 택진과 삼손이 싸울 때 슬퍼서 "엉엉 소리 내어"(68쪽) 울며, 싫어하는 택진이 떠나 기쁠 때 "흐흐흐"(75쪽) 웃고, 「裸像」의 형은 동생에게 주먹밥을 줄 때 기뻐서 "벌죽 웃"(97쪽)고, 인민군이 때릴 때 고통스러워 "엉엉"(97쪽) 운다. 슬픔과 기쁨은 인간이면 가질 수 있는 가장 기본적인 감정 중의 하나로서[30] 이호철 소설의 눈물과 웃음은 일차적으로 이에 대한 표현이라 할 수 있다.

　　그러나 하원과 형을 바라보는 나와 동생 같은 나머지 인물들의 경우 사정은 좀 더 복잡해져서 복합 감정의 표현이 중심을 이룬다.

　　(1) 사실 나는 삼손이 곁으로 갔을 때, 어떤 자조(自嘲)도 느꼈다. 또
　어떤 자랑스러움도 느꼈다.(「탈향」, 70쪽)

　　(2) 그들은 피차 좀 서러운듯한 웃음을 웃었을 뿐이었다.[31]

---

30) 감정의 분류는 논자마다 달라 일관된 설명이 불가능하기까지 하다. 데카르트의
　　경우 기본적 감정으로 경이, 사랑, 미움, 욕망, 기쁨과 슬픔을 들고 경멸, 희망,
　　걱정, 질투, 조롱, 선망, 연민 등은 그로부터 파생된 복합적 감정으로 간주하며,
　　흄은 욕구, 혐오, 슬픔, 기쁨, 희망, 두려움, 절망, 안도 등을 직접적 감정으로,
　　긍지, 소심, 야망, 허영심, 사랑, 미움, 질투, 연민, 심술, 관용 등을 간접적 감정
　　으로 간주한다. 어떤 경우든 기쁨과 슬픔은 인간의 가장 원초적인 감정이라 할
　　수 있으며 눈물과 웃음은 각각의 감정을 표현하는 가장 중요한 외적 증상으로
　　간주될 수 있다. R. Descartes(김형효 역), 『방법서설, 성찰, 정념론 외』, 225쪽 ;
　　D. Hume(이준기 역), 『정념에 관하여』, 서광사, 1996, 27쪽.
31) 이호철, 「裸相」, 『문학예술』, 1957.6, 56쪽.

(3) 형우는 이렇게 웃기는 하면서도 자꾸 울음 섞인 웃음이 되는 것을 참을 수가 없었던 것이다.[32]

(4) 못 견디게 못 견디게 웃음들이 터져 나왔다. 사무친 울음들을 터뜨리듯이 웃음이 터져 나왔다.[33]

「탈향」에서 고향 사람 삼손이 치명적인 부상을 입었을 때 택진은 도망치고 '나'는 삼손을 버리지 않는데, 이때 '나'는 인용문 (1)에서처럼 고향에 돌아가더라도 "부끄러움을 느끼지 않고 떳떳할 수 있으리"라는 자랑스러움을 느끼면서도 다른 한편으로는 자조를 느낀다. 「裸像」의 동생 역시 "철이의 입가엔 연한 조소(嘲笑) 같은 것이 떠 있었다"(102쪽)는 표현에서 드러나듯 오연함으로 다시 돌아왔을 때 스스로에 대해 조소한다. 그들 모두는 자기 자신에 대해 조롱(scorn)하고 있다. 조롱이란 어떤 사람의 악을 발견하고 그 악에 대한 미움의 감정을 갖게 되면서도 또 한편으로는 그럴만한 사람에게서 그 악을 보게 되는 즐거움의 감정이 결합될 때, 즉 미움과 즐거움이 결합될 때 발생하는 복합 감정이다.[34] 「탈향」의 나와 「裸像」의 동생의 자기 자신에 대한 비웃음은 하원과 형을 버릴 수밖에 없었던 스스로에 대해 미움과 비난 받아 마땅하다는 매조키스틱한 즐거움이 결합된 복합 감정을 표현하고 있다. 또한 「裸相」(「裸像」의 속편)에서 모든 것을 잃어버린 창녀와 월남민이 어설프게 살림을 차렸을 때의 감정을 표현하는 인용문 (2)와, 형우가

---

32) 이호철, 「여분의 인간들」, 『사상계』, 1958.1, 343쪽.
33) 이호철, 「파열구」, 『사상계』, 1959.9, 357쪽.
34) R. Descartes(김형효 역), 『방법서설, 성찰, 정념론 외』, 271쪽.

어머니가 자신을 버렸다는 사실을 고백한 후 완태에게 위로받을 때의 감정을 표현하고 있는 인용문 (3), 그리고 국방군의 일원으로 초라하게 후퇴할 때의 웃음을 표현하는 인용문 (4)에서 제시되듯 이호철 소설에서 웃음은 즐거움의 표현이 아니라 오히려 슬픔과 서러움의 표현인 경우가 많다. 요컨대, 이호철 소설에서 '웃음'은 즐거움뿐만 아니라 슬픔과 서러움이라는 정반대의 감정을 표현하고 단순 감정에서 나아가 조롱이라는 복합적 감정을 표현하는 장치가 된다고 할 수 있는 것이다.

'눈물'의 경우 특히 주목되는 것은 서러움이라는 감정의 표현이 중심을 이룬다는 점이다.

(1) 하원이는 아직 삼손이가 죽은 것을 모르고 있는 것이다. "……" 나도 모르게 눈물이 두 볼을 스쳐 흘렀다. 당황해서 눈물을 막으렬 때, 하원이는 멀끔이 나를 건너다 봤다. 칵 울음이 터졌다. 나보다 더. "너 왜 우니? 너 안…… 안 울문 ……나도 안 울지…… <u>흐흐흐</u>……" 하원이는 이렇게 지꺼렸다. "<u>흐흐흐</u>…… 울……울지 말자 잉……잉……" 하원이는 또 이렇게 겨우 겨우 울음을 참아 넘기려고 애썼다. 나는 펄지가니 주저앉았다. <u>칵 서러웠다. 죽은 삼손이보다 이런 꼴을 당하고 있는 나 자신이, 또 저런 하원이 꼴이……</u>(「탈향」, 72쪽」)(밑줄 : 인용자)

(2) 형은 또 칵 울음이 터졌다. 밤이 깊도록 어머니를 불러가며 엉엉 소리내어 울었다. 동생도 형 곁에서 남모르게 소리를 죽여 흐느껴 울고 있었다. <u>밥덩이를 못 얻어 먹어서라기 보다, 그저 형의 설음과 울음을 따라 울 뿐이었다.</u>(「裸像」, 99-100쪽)(밑줄 : 인용자)

인용문 (1)은 삼손의 죽음을 알지 못하는 하원을 바라보며 '나'가 최초로 눈물을 흘리는 장면이고 인용문 (2)는 형을 보살펴 주던 인민군이 떠났을 때 형이 울자 '나' 역시 따라 우는 장면이다. 「탈향」의 나가 우는 이유는 삼손의 죽음 때문이 아니라 "이런 꼴을 당하고 있는" "서러움" 때문이며, 「裸像」의 나 역시 밥덩이를 얻어먹지 못하게 되었기 때문이 아니라 형의 서러움을 자신의 감정으로 느끼기 때문에 운다. 나와 동생의 눈물은 육체적인 고통이나 슬픔이 아니라 서러움을 표현하는데, 서러움은 단순 감정인 슬픔(sadness)과는 달리 다양한 판단을 전제로 한 복합적 감정이라는 점, 특정 사태에 대한 주체의 인식과 윤리적 대응 모두를 모두 함축하고 있다는 점에서 중요한 의미를 갖는다. 슬픔이란 인격적으로 소중한 대상(사물, 사람, 가치관)을 상실했을 때 갖게 되는 고통의 감정으로서 상실된 대상의 중요성에 대한 판단이 중심을 이룰 뿐, 그 상실이 누구의 책임인가에 대한 판단, 타자와 자신의 지위에 대한 판단 등은 존재하지 않는 단순 감정이다.[35] 반면 서러움은 화, 분개, 원한 등과 마찬가지로 복합적 판단의 결과물이라 할 수 있다. 「裸像」에서 서러움이 형의 감정으로 제시되지만 사실 그것은 동생이 형에게 감정이입하여 상상적으로 갖게 된 감정이라 할 수 있고, 「탈향」의 나, 「裸像」의 서러움은 모두 자신에 소중한 의미를 갖는, 하원·형과

---

35) 이에 반해 복합 감정은 다양한 판단들의 결과물이다. 예를 들어 화의 경우 '인격적으로' 중요한 것이 상실되었다는 판단과 그 책임이 누구에게 있는가라는 책임성에 대한 판단, 그 책임자와 '나'가 대등한 관계에 있다는 주체의 지위에 대한 판단을 포함한다. 나머지 판단들이 화와 동일하더라도 '도덕적'으로 중요한 것이 상실되었다는 판단이 중심을 이루면 분개의 감정을 갖게 되며, 그 책임자보다 내가 열등하다고 판단할 때는 원한의 감정을 갖게 된다. R.C. Solomon, "The Logic of Emotion", *The Passions : Emotions and the Meaning of the Life*, pp. 206-217 참조.

하원·형으로써 상징되는 가치들(고향, 전근대적 농촌공동체, 가족, 순진무구함)이 피난지 부산에서 모독 받고 상실되고 있다는 판단(슬픔), 그 모독과 상실이 인격적으로 뿐만 아니라 도덕적으로 옳지 않다는 판단, 그리고 누군가 책임져야 함에도 불구하고 책임자가 없으며 이 상황에서 자신은 너무나 미약한 존재라는, 이 세계 속에서의 자신의 지위에 판단(억울함)이 결합되었을 때 발생하는 감정, 크게 보아 '슬픔'과 '억울함'이라는 감정이 결합하여 탄생한 전혀 다른 제3의 복합 감정이다. 그것은 자신에게 결정적으로 중요한 것이 상실되었다는 사태 인식이며 동시에 비록 옳지 않지만 자기로서는 어찌할 수 없어 슬퍼할 뿐이라는 윤리적 차원의 대응이기도 하다.

(1) 수완이네가 돌아오는 날, 갓난이는 방구석에 앉아 남편이 끌려갈 때보다 더욱 서럽게 서럽게 울었다.[36]

(2) 뜻 없이 서러워지고 (중략) 혼자 가만히 찔금찔금 우는 버릇이 생겼다.[37]

(3) 여자의 눈에는 문득 눈물이 고였다. 무엇인지 많은 서러움이 한꺼번에 휩쌓아 왔다.(「裸相」, 57쪽)

(4) 큰 마나님두 무엇이 서러운지 울음에 잠깁디다만(「탈각」, 390쪽)

---

36) 이호철, 「백지풍경」, 『문학예술』, 1956.4, 58쪽.
37) 이호철, 「부군」, 『현대문학』, 1957.1, 227쪽.

　　(5) 인걸이는 별안간 눈물이 글썽글썽해지며 확확 까닭 없이 즐겁고 서러워지며[38]

　　(6) 차라리 형이 살고 내가 죽었드라면 하고 상상해 보며 혼자 서럽게 눈물을 흘려 보는 때도 있는 것이다.[39]

　인용문들 외에도 서러움이라는 감정은 "순희는 형우를 샤모치게 서러운 눈으로 바라보는 것이었다"(「여분의 인간들」, 350쪽), "지금 생각하면 적잖이 희화(戱畵)다. 서러운 것이 있었다."(「파열구」, 357쪽) 등 이호철의 50년대 작품 거의 모두에 등장하는데, 여러 감정 중 하나를 넘어서 지배적인 감정으로 볼 수 있으며 인용문들에서 드러나듯 대부분 눈물을 동반한다. 그리고 「백지풍경」, 「부군」, 「裸相」, 「탈각」, 「만조기」, 「세월」 등 인용문에서 제시되는 서러움의 눈물 역시 세부적인 상황은 다를지라도 근본적 구조에 있어서는 「탈향」, 「裸像」과 동일하다고 볼 수 있다. 데카르트에 따르면 성인들은 단순한 슬픔만으로는 좀체 눈물을 흘리지 않으며 슬픔에 사랑, 즐거움이 결합되는 식의 복합 감정일 때 더 많은 눈물을 흘리는데[40] 이호철 소설의 경우는 「탈향」, 「裸像」의 하원이나 형 등 순진무구한 어린애 같은 인물들을 제외한 대부분의 인물의 경우 크게 보아 슬픔에 억울함으로 대변되는 또 다른 감정이

---

38) 이호철, 「만조기」, 『신문예』, 1959.3, 96쪽.
39) 이호철, 「세월」, 『자유공론』, 1959.11, 264쪽.
40) 데카르트는 구체적인 예를 들고 있지 않는데, 아마도 상실된 과거의 대상을 슬퍼하면서도 그 대상을 반복적으로 떠올리며 과거에 대한 사랑과 즐거움을 지속시키는 노스탤지어가 대표적인 예가 될 것이다. R. Descartes(김형효 역), 앞의 책, 248쪽.

결합되어 발생한 서러움이라는 복합 감정론으로부터 눈물이 ‘발생하며 당연히 서러움이 이호철 소설 전체를 지배하는 감정이 된다고 볼 수 있다. 그것은 전쟁의 소용돌이 속에 단신 월남하여 홀로 자신의 삶을 개척할 수밖에 없었던 이호철이 월남민으로서 갖게 된 감정의 표현이면서, 한 걸음 나아가 대재난으로서의 전쟁체험 이후 이전의 삶의 뿌리를 박탈당한 전후의 인간이 갖게 되는 지배적 감정의 표현으로서 전후의 존재론적 상황에 대한 뛰어난 통찰력의 소산이라 할 수 있을 것이다.[41)

4. 연민과 동감 그리고 위로의 눈물

「탈향」의 ‘나’와 「裸像」의 동생은 서러움에 눈물 흘릴 뿐 하원과 함께 하거나, 형을 구하려 하지 않는다. 서러움과 서러움의 눈물, 그리고 나아가 이호철 소설의 모든 감정들과 눈물들은 도덕적 행동으로 곧바로 이어지지 않는다는 점에서 감정의 과도함, 주체의 나약함, 맹목성, 현실에 대한 부적절한 대응의 의미를 갖는 ‘감상성’으로 비판받을 수도 있지만, 사정이 그리 단순하지만은 않다. 「탈향」과 「裸像」에서 서러움은, 도덕 감정들이라 할 수 있는 ‘연민’(pity), ‘함께 고통스러워 함’

---

41) 정호웅은 『소시민』에서 ‘서러움과 억울함’, ‘강한 분노’, ‘쓸쓸함’의 감정이 복합적으로 표현되고 있음을 지적하고 있다. “혼란의 소용돌이”에서 “‘나’의 가슴을 채우는 것은 서러움과 억울함의 정서이다”라는 정호웅의 지적을 고려하면 서러움은, 『소시민』과 같은 60년대 소설의 밑바탕에도 중요하게 자리 잡고 있는 지배적 감정 중의 하나라고 볼 수 있다. 정호웅, 「서늘한 맑음, 감각의 문학」, 116-118쪽 참조.

(compassion), 그리고 '동감'(sympathy), 즉 상상적으로 타인의 입장이 되어
봄으로써 그 사람의 감정을 함께 느끼고 동시에 그 감정이 적정하다고
시인하는 '동감' 등의 부드러운 감정들[42]과 밀접히 관련되어 있으며
이호철의 대부분의 인물들은 서러움뿐만 아니라 바로 이 부드러운 감
정으로부터 눈물을 흘리기 때문이다.

'나'와 동생이 하원과 형에 대해 서러워할 때, 이는 아무 잘못 없이
고통 받는 하원과 형에 대한 연민(pity), 그들의 고통에 대해 함께 고통
스러워함(compassion)의 소산이다. 그리고 무엇보다도 「탈향」의 나가 "콱
서러웠다……이런 꼴을 당하고 있는 나 자신이, 또 저런 하원의 꼴이"

---

42) 솔로몬은 타인에 대한 염려(care), 타인의 부당한 고통에 대해 마음아파함인 연
   민(pity), 타인의 고통에 대해 함께 고통스러워 함(compassion), 그리고 동감
   (sympathy) 등을 부드러운 감정, 도덕 감정이라 칭하면서 상황에 따라서는 행동
   으로 이어지는 것과 상관없이 그 자체로 윤리적 가치를 가질 수 있다고 주장한
   다. 이중 특히 중요한 것은 동감으로서 논자마다 매우 다른 의미를 갖는데, 본
   고는 스미스와 솔로몬의 개념의 입각하고자 한다. 스미스에 따르면 동감은 "상
   상에 의한 입장의 전환"(A. Smith, 박세일·민강국 역, 『도덕감정론』, 비봉출판
   사, 1996, 46쪽), 즉 타인의 입장이 되 봄으로써 그들의 감정을 함께 느끼고(동
   료 감정으로서의 동감) 한 걸음 나아가 공정한 관찰자의 입장에서 타인의 감정
   이 적정하다고 판단할 때 갖게 되는 시인 감정(시인감정으로서의 동감)이다. 솔
   로몬에 따르면 스미스의 '상상에 의한 입장의 전환'은 감정이입을 의미하며, 스
   미스는 이를 통해 동감 개념을 결국 연민, 함께 고통스러워 함 등의 특정한 감
   정을 넘어서 타인의 다양한 감정에 대한 이해를 의미하는 개념으로 확장시키고
   있다. 이때 감정이입은 "감정적 전염이라는 단순한 뒤따라 느낌으로부터-단순한
   근접성에 의해 타자의 침울 혹은 즐거움을 받아들이는 것- 상상적으로 그리고
   상당히 의식적으로 '타자의 입장에 자신을 놓는 것'을 통한 감정의 '고도로 인
   지적인 공유'까지 걸쳐 있"(R.C. Solomon, "Care and Compassion : Moral Senti-
   ment Theory Revised, *In Defence of Sentimentality*, p.71)는바, 솔로몬에 따르면 도덕
   적 감정은 연민, 함께 고통스러워함, 감정전염, 그리고 고도로 인지적인 동감의
   감정까지 아우르는 것으로 볼 수 있다.

라고 할 때, 그리고 「裸像」에서 "그저 형의 설음과 울음을 따라 울 뿐
이었다."라고 할 때, 그 서러움은 자신만의 감정이 아니고 상상된 하원
과 형의 감정이기도 한 것으로서 비록 하원과 형 자신은 서러움이라는
감정을 느끼지 않을지 몰라도 나와 동생은 그들의 입장에 상상적으로
자신을 위치시켜 그들 역시 서러움의 감정을 느낄 것이라고 판단하고
그 서러움에 공감하고 함께 느끼면서, 즉 동감하면서 눈물을 흘린다.

「탈향」과 「裸像」에서는 주로 현실적인 인간들이 순진무구하고 현실
적응력이 없는 인간에 대해 갖게 되는 연민, 동감을 표현하고 있다면,
「탈향」의 나가 하원을 버린 후 술집여인을 만나 사랑을 나누다 헤어지
는 과정을 그린 「무궤도 2장」과, 「裸像」의 동생이 생활로 돌아온 후
창녀를 만나 결혼 생활을 하게 되는 과정을 그린 「裸相」에서는 현실
적인 인간들 간의 연민과 동감이 그려지고 있다. 「무궤도 2장」의 아주
머니(술집 여인)와 「裸相」의 여주인공(창녀)은 남자 주인공들을 처음 봤
을 때 "왜 이리 풀이 죽었나 (중략) 고생 많이 했구면, 고생 많이 했
어"(「무궤도 2장」, 47쪽)라며 연민의 감정에 사로잡히고, "남자를 보자,
못 견디게 또 가여운 생각이 들"어(「裸相」, 56쪽) 눈물을 흘린다. 지쳐
"잠이 든 여자의 머리를 두 손으로 쓸어주기 시작했다. 그러자 눈물이
글썽하여 왔다"(「裸相」, 56쪽)라는 표현에서 드러나듯 「裸相」의 경우 남
자 역시 여인(창녀)에 대한 최초의 감정은 연민이다. 타자의 부당한 고
통에 마음 아파하는 연민으로부터 주인공들의 관계가 시작되는 것인
데 이는 이내 서로 붙들고 우는 관계로 진전된다.

  (1) 둘이 다 가물가물한 람푸불 밑에 술이 얼근해서 마주 앉아 있노

라면, 별 탓도 없이 킬킬킬 우스워지는 때도 있었고 흐르륵 울어버리는 때도 있는 것이었다. 청년은 늘 아주머니 치마폭에 얼굴을 묻곤 이것저것 넋두리 하며 서럽게 서럽게 우는 것이었고 아주머니는 한 손에 담배를 꼬나물고 웃으며 울며 하는 것이었다. 이러는 아주머니의 표정엔 언제나 어떤 달래는 듯한 여유 있는 것이 떠 있곤 하는 것이었다. (「무궤도 2장」, 45-46쪽)

(2) 여자의 눈엔 문득 눈물이 고였다. 무엇인지 많은 서러움이 한꺼번에 휩쌓아 왔다. (중략) 여자는 소리를 죽여 울기 시작했다. 남자는 여자 곁으로 닥아앉아 그날 저녁처럼 여자의 머리를 쓰다듬을 뿐이었다. 불도 켜지 않은 어두므레한 방에 둘이는 서로 볼을 맞대고 뻥히 앉아 있었다. 잠시 후 여자는 눈을 들어 애원하듯 남자를 바라보았다. “……” “……” 남자의 눈 기슭에도 눈물이 어려 있었다. 남자는 부러 웃음엣소리를 지껄이듯, “울지 말자” 했다. 여자는 피-하듯 입을 쭝긋거리며 웃었다.(「裸相」, 57쪽)

「무궤도 2장」과 「裸相」의 인물들은 모두 전쟁으로 인해 저마다의 고통을 간직하고 있는 인물들이다. 「무궤도 2장」의 청년은 스무 살의 나이에 고향을 떠나 낯선 곳에 던져진 채, 살기 위해 고향사람 하원을 버린 것에 대한 죄책감과 해방감이라는 양가감정 속에서 고통 받고 있으며 아주머니는 함흥에서 귀하게 자랐지만 우여곡절 끝에 ‘스스로를 철저하게 팽개치고’(53쪽) 부산에서 술집 여인으로 살아가고 있다. 처음 만났을 때 아주머니의 연민의 감정을 접하고 청년은 “댓짜곳짜 울음을 터뜨리고”(47쪽) 마는데, 이후 청년과 아주머니는 인용문 (1)에서처럼 밤마다 술에 취해 서로 눈물을 흘린다. 청년의 눈물은 주로 자신의 서러움의 표현이고 아주머니의 눈물은 주로 청년에 감정이입하여 청년의 서러움을 함께 느끼며 시인하는 동감의 표현이다. 「裸相」의 남자 역시 일사 후퇴 때 월남하여 "짙은 체념"(55쪽)에 사로잡혀 있는 인물이며 여자는 "사변바람에 폭삭 무너지고 홀몸이"(55쪽) 되어 창녀로 전락한 상태이다. 그들 역시 서로에 대한 연민에서 시작하여 마침내 결혼하게 되고 첫날밤, 인용문 (2)에서처럼 여자가 서러움에 눈물 흘리자 남자 역시 동감의 눈물을 흘린다. 「무궤도2장」과 「裸相」의 눈물은 공히 서러움에 대한 표현이면서 동시에 서러움에 대한 동감의 표현이라 할 수 있는 것이다.

여기서 주목할 점은 눈물이 단순한 감정 표현의 기능을 넘어서 동감, 감정의 교류를 더욱 강화시키고 서로 위로 받게 만드는 역할을 한다는 점이다. 눈물 속에서 감정은 빠르게 전파하고 더욱 강렬해지며 눈물을 흘리는 당사자 상호간의 결속감이 강화된다.[43] 그리고 나의 눈물에 대한 상대방의 눈물은 나의 감정에 대한 상대방의 시인의 단적인 표시, 즉 상호 동감의 단적인 표시로서 눈물 속에서 오히려 상호 동감의 기쁨을 느끼면서 서로의 고통을 위로받게 한다.[44] 「무궤도 2장」의 청년과 아주머니가 밤마다 서로 우는 것, 「裸相」의 여인이 울면서 "애원하듯 남자를 바라"보는 것은 모두 이와 관련이 있는 것으로서 그들은 눈물을 통해 감정적으로 소통하고, 상호 동감의 기쁨 속에서 서로

---

43) A. Vincent-Buffault(이자경 역), 『눈물의 역사』, 동문선, 2000, 53-60쪽 참조.
44) 아담 스미스는 "동감의 원인이 무엇이건 간에, 또는 그것이 아무리 자극적이라 하더라도, 우리 마음속에서 느끼는 것과 같은 것을 느끼고 있는 동포감정을 타인에게서 발견하는 것 이상으로 즐거운 것은 없다."고 보며 이 상호동감의 기쁨으로부터 고통스러운 감정들이 위로받는다고 주장한다. A. Smith, 앞의 책, 35-39쪽.

를 위로하고 있는 것이라 할 수 있다. 그리고 이와 같은 모습은 「백지 풍경」(1956), 「부군」(1957), 「탈각」(1959), 「세월」(1959), 「중간동물」(1959)에서도 결정적인 순간이면 어김없이 나타난다.

(1) 벌써 갓난이는 수완이 두 손을 머금어 잡고 있고 둘은 마주보고 울고 갓난이 등의 어린 것도 앵 울음을 터뜨리고 있었다. (중략) 부엌문을 살금히 열고 내다보던 수완이 어머니의 눈에도 눈물이 글썽해지며 어느 듯 허청허청 뜰에 내려서고 있었다. 갓난이를 붙들고 우는 것이었다.(「백지풍경」, 61-62쪽)

(2) 인규는 따금 울음을 그쳤다. 순간 완호는 좀 멋젓게 피식 웃으려다가, 어쩐지 확 서러워 왔다. "……", "……" 완호는 다시 인규의 두 손을 넙쭉 글어 잡곤 "인규 동무, 연락병 동무" 완호의 눈에는 눈물이 글썽하였다. 인규는 너무나도 뜻밖이어서 화석이나 한 듯 섰다가 다시 흐르륵 울어 버리며(「부군」, 232-233쪽)

(3) 이미 필구를 앞세우고 문 밖으로 나서던 동연이도 형석의 꺼이꺼이 울음에 잠긴 소리를 듣자 콧대가 씽해와 지긋히 입술을 깨물었다. 필구도 문밖으로 나서자 기어이 참지를 못하고 울먹울먹 댔다.(「탈각」, 395쪽)

(4) 나도 눈물이 돌았다. 새삼스럽게 형이 죽은 서러움이라기보다 이렇듯 서럽게 서럽게 울어주는 상걸형이 끔찍이도 끔찍이도 고마워서 ……어떤 변함없는 (하긴 따지구 생각하면 적당히 안까하기도 한 것이지만) 인정이라는 것이 나를 울렸다.(「세월」, 267쪽)

(5) "(전략) 어떤 밤이었을까. 내가 어느 어머니의 뱃속에 생기던 밤은

어떤 밤이었을까……" 광석이는 그냥그냥 자꾸 이렇게 지껄이고 싶은
모양이었다. 어느새 순발이는 입을 지긋이 깨물고 소리 없이 눈물이 흐
르고 있었다. "울지 말어 재수 없게……." 그러나 이렇게 말은 하지만
광석이 눈에도 눈물이 어리고 있었다.(「중간동물」, 317쪽)

　구체적인 상황은 모두 다르지만 이들 작품의 인물들 모두는 서로의
감정을 공유하며 눈물을 흘리고, 눈물 속에서 서로를 위로한다. 물론
이호철 소설의 주인공들이 타자에 대한 연민에 사로잡히고, 동감하며
서로 눈물을 흘린다 하여 어떤 윤리적 행위로 곧바로 나아가지는 않으
며, 서로의 감정을 공유함으로써 발생한 눈물의 공동체는 현실의 강고
함 앞에 곧 깨져버릴 수밖에 없다.「탈향」,「裸像」과 마찬가지로 「무
궤도 2장」에서 아주머니는 결혼하자는 청년의 청을 뿌리치며,「裸相」
에서 남자는 아내를 버리고 결혼 전으로 되돌아가려 한다. 총알받이
전투에서 소년병 인규를 구하려하는 완호의 모습을 제외하고는 이호
철 소설의 대부분은 윤리적 행위로 이어지지 않는 것이다. 또한「백지
풍경」의 수완, 갓난이, 수완 어머니,「탈각」에서 필구, 동연, 형석,「세
월」에서 상걸과 나,「중간동물」에서 순발과 광석 사이에 이루어진 감
정의 교류, 눈물의 공동체는 현실 속에서 이내 파괴되고 파괴될 것으
로 암시된다.
　이와 같은 모습은 윤리적 불철저성으로 비판받기보다는 오히려 도
덕 감정에 대한 이호철의 호소가 철저히 근대적 개인주의·자유주의
윤리로서 제기되고 있다는 점을 증명하며 그 만큼의 현실적 감각에 기
초하고 있다는 점을 증명한다는 점에서 중요한 의미를 갖는다. 주인공

들이 도덕 감정으로부터 윤리적 행위로 나아가지 않는 것으로 그려지는 것은, 윤리적 행위가 죽음으로 이어질 수 있는 전후의 상황에서 개인의 자기 보존의 욕망을 부인할 수 없기 때문이다. 그리고 눈물의 공동체가 붕괴되는 것으로 그려지는 것은 당사자들이 저마다의 이해관계와 욕망에 의해 지배되기 때문이다. 개인주의·자유주의가 가치의 서열을 따지지 않고 개인들의 욕망과 이해관계를 그 자체로 긍정하는 데서 시작한다고 할 때,[45] 이호철의 도덕 감정에의 호소는 개인주의·자유주의의 토대 속에서 제시되는 윤리적 방안이라 볼 수 있고 개인들의 저마다의 욕망, 그 현실을 긍정하는 만큼 리얼리티를 확보하게 된다고 볼 수 있는 것이다.

윤리적 행동으로 이어지는가 여부와 상관없이 이호철 소설의 연민, 함께 고통스러워 함, 동감, 눈물은 그 자체로 매우 중요한 의미를 지닌다. '연민'에 대하여 루소는 자연 상태에서 인위적인 법·풍습·덕목들을 대신하여 각 "개인의 이기심의 활동을 눌러, 온 인류의 상호 보존에 협력하는 타고난 감정"[46]이라고 규정한다. 「탈향」과 「裸像」에서 하원과 형에 대한 연민의 감정, 「무궤도 2장」과 「裸相」에서의 상호 연민의 감정 등 이호철 소설에서 등장하는 연민과 '함께 고통스러워하는 감정' 역시 이와 유사하다. 비록 그것은 타인을 돕는 행위로 이어지지 않을지 몰라도 최소한 타인에게 악행을 하지 않도록 강제하는 감정이며, 서로 소외되어 있는 인간 존재들 간의 동일성, 평등성을 확립하는 감

---

45) R.M. Unger, *Knowledge & Politics*, pp.42-46

46) Jean-Jacques Rousseau(박은수 역), 「사람들 사이의 불평등의 기원과 근거들에 관한 논문」, 『사회계약론 외』, 인폴리오, 1998, 64-65쪽.

정이고[47) 그 자체로 인간의 아름다운 감정이라는 점에서 의미 있다.[48)

이호철 소설에서 등장하는 '동감' 역시 꼭 「무궤도 2장」의 아주머니의 독백만큼의 동감이라는 점에서 중요한 의미를 갖는다.

> 풀어 버리라구 풀어 버리라구, 뭐 그리 애스러울 것 없잖나, 청년 난방관할 테니까 어서 어서…… 내게 남은 것은 이렇게 일정한 거리(距離)를 두고 방관하는 일밖에 안 남았어, 무언지 많이 스쳐 지나왔든……나야 자네의 짐짝에 관여(關與)할 계제가 못 되지 않나, 일정한 거리를 보장한 채 눈물이나 흘리자, 내 경우로서는 …… 알겠나?
>
> (「무궤도 2장」, 48-49쪽)

이호철 소설의 인물들은 타인의 감정에 동감하고 눈물 흘린다 하여 곧바로 윤리적 행위로 나아가지 않으며, 인용문의 "일정한 거리를 유지한 채 눈물이나 흘리자"라는 표현에서 단적으로 드러나듯 일정한 거리를 유지할 뿐 자신의 모든 것을 걸지 않는다. 그럼에도 자기 보존의

---

47) Keith Ansell-Pearson는 연민이 사회질서를 확립하는 데는 근본적으로 미흡하다고 평가한다. 그럼에도 연민이 나와 타자를 상상적으로 동일시할 때, 즉 타자 또한 나와 동일한 종류의 존재라고 파악할 때에만 가능하다는 점에서 인간 존재간의 동등성을 확립하는 감정이라고 보고 그 중요성을 인정하고 있다. Keith Ansell-Pearson, *Nietzsche Contra Rousseau*, Cambridge University Press, 1991, pp.65-68.

48) 칸트는 후기작과는 달리 초기작에서 심미적 감정을 아름다움의 감정과 숭고의 감정으로 구별하고 연민을 아름다움의 감정의 대표적인 예로 제시하고 긍정한다. 그는 "쉽게 연민의 감정에 빠져들게 하는 일종의 따뜻한(선한) 마음씨는 아름답고도 사랑스럽다. 왜냐하면 그것이야말로 타인의 운명에 대한 자비로운(선한) 관심을 보여주기 때문이다."라고 주장한다. I. Kant(이재준 역), 『아름다움과 숭고함의 감정에 관한 고찰』, 책세상, 2005, 28쪽.

욕망은 누구도 부인할 수 없다는 점, 전후의 상황에서 타인의 고통에 무조건 동조할 때 자기 보존이 불가능하다는 점을 고려하면 '거리를 둔 동감'이야말로 자기 보존의 감정과 이타심의 감정에서 교묘한 균형을 유지하는 감정으로서 전후의 상황에서 '보통'의 인간이 취할 수 있는 최고의 윤리적 자세 중 하나라고 할 수 있다.49) 그것은 자유주의적·개인주의적 윤리의 한 방향성을 매우 전형적으로 보여주고 있는 것이다. 뿐만 아니라 동감은 상상적 입장 전환, 즉 감정이입을 통해 서로의 감정에 대한 상호적 이해를 가능케 한다는 점에서 그 자체로 근본적 차원에서 중요한 의미를 갖는다. 타인의 감정에 대한 이해 없이 사회적 삶, 감정적 삶은 가능하지 않다는 점에서 감정에 대한 상호 이해야말로 우리의 감정적 삶, 사회적 삶을 위한 출발점이며 유일하지는 않더라도 윤리적 삶을 위한 중요한 토대이기 때문이다.50)

요컨대, 이호철 소설에서 지속적으로 표현되는 연민, 동감 그리고 눈물은 루소의 자연 상태에 빗댈 수 있는 전후 상황, 즉 법, 풍습, 덕이 혼란에 빠진 상황에서 개인주의·자유주의자 이호철이 내세운 고유의 윤리적 출발점이자 대안이라 할 수 있다. 이호철 소설에서 등장하는 무수한 연민과 동감은 '자신의 이해관계와 상관없이 본성적으로

---

49) 셸러는 진정한 동감이 타인의 감정을 뒤따라 느끼되 거리를 두어 자신의 주체성을 포기하지 않을 때 가능하다고 보고 군중 속의 감정전염이나 최면술을 통한 감정합일 등과 구별하는데, 이호철의 동감 역시 크게 보아 셸러의 동감과 유사하다 할 것이다. M. Scheler(조정옥 역), 『동감의 본질과 형태들』, 아카넷, 2006, 51-99쪽 참조.
50) R.C. Solomon, "Care and Compassion : Moral Sentiment Theory Revised", *In Defense of Sentimentality*, p.44 참조.

타자의 행복을 바라고 타자의 고통을 혐오하는 데서 비롯되는 자연스러운 도덕 감정'[51]이자 도덕적 능력을 의미한다. 그리고 눈물들은 슬픔, 서러움의 눈물이면서 동시에 바로 이 도덕 감정, 도덕적 능력의 소유자들이 그 능력을 잃지 않고 발휘하여 상호 동감할 때 흘리는 눈물로서 그 자체로 인간의 도덕적 능력을 증명할 뿐만 아니라, 감정 표현의 기능은 물론이고 고통 받는 인간을 상호동감의 기쁨으로 위로하는 기능을 수행한다. 이를 고려하면 통상 부정적으로 평가 되는 이호철 소설의 '감상성'은 서러움과 더불어 연민, 동감이라는 도덕 감정을 표현하고 그로부터 발생하는 눈물을 표현한 것에 핵심이 있는 것으로서 오히려 고평되어야 할 부분이다. 이호철은 도덕 감정과 눈물에 힘입어, 엄청난 폭력으로 인해 저마다의 삶이 붕괴된 전후의 상황에서 '인간은 본질적으로 이기적이다'라는 윤리적 절망론과도 구별되며 '도덕성은 합리성이다'라는 공허한 윤리적 당위론과도 구별되는 고유의 길을 걷고 있었던 것으로 평가될 수 있는 것이다.

5. 반감적 감정의 등장과 수치심의 의미 변화

이호철의 소설들은 비록 눈물·웃음을 통해 직접 표현되지 않더라도 전후의 상황에서 가질 수 있는 그 외의 중요한 여러 감정들 또한 표현한다. 그리고 여전히 서러움과 연민, 동정 같은 도덕 감정 그리고 눈물을 중심적으로 표현하면서도 이와는 별도로 1950년대 후반으로

---

51) A. Smith, 앞의 책, 216쪽.

가면서 일정한 변화를 보인다. 우선, 이제까지 살펴본 것들 외에 주목되는 초기의 감정들로 「탈향」에서는 수치심과 자긍심, 「裸像」에서는 교만, 겸손, 경외의 감정을 들 수 있다.

(1) 사실 나는 삼손이 곁으로 갔을 때 어떤 자조(自嘲)도 느꼈다. 또 어떤 자랑스러움도 느꼈다. 다만 이렇게 삼손이 곁으로 온 바엔 삼손이가 죽고 안 죽고는 내가 알 바 아니다. 삼손이가 죽을 때까지 삼손이를 지키고 있었다는 것을, 이 다음에 고향에 가더라도, (갈 수만 있다면) 조금도 부끄러움을 느끼지 않고 떳떳할 수 있으리라……. (「탈향」, 70쪽)

(2) 종래(從來)의 모든 것을 철저히 단념해 버리고 잃어버린 지금 마음 밑바닥에 철저한 무관심이 자리 잡고 있다고 자신하면서도 이런 형의 그 마음가락에 휩쓸려 들어가는 스스로를 의식하며 벅차게 서러워 오고 지난날의 형에 대한 스스로가 후회스러우며 더불어 엉뚱한 향수(鄕愁) 같은 것이 즐거움 같은 것이 느껴지는 것이었다. <u>지금 이런 형에게서 의지(意志)와 논리(論理)로서 얻어진 신념 같은 것이 멀리 미치지 못할 어떤 위엄(威嚴) 같은 것조차 느껴지는 것이었다.</u> (「裸像」, 98쪽)(밑줄 : 인용자)

「탈향」에서 삼손이 피난지 부산 생활 도중 치명적인 부상을 입었을 때, 삼손의 곁을 지켰던 '나'는 인용문 (1)에서 제시되듯 "자랑스러움", "떳떳함", 결국 자긍심을 느끼며, 도망쳤던 택진은 "어허허허 내…이제 무신 낯 작으로 동네 가간"(75쪽)이라는 표현에서 드러나듯 부끄러움, 수치심을 느낀다. 이때의 자긍심과 수치심은 제3의 관찰자로서 고향사람을 설정하고 그에게 감정이입하여 자신의 행동을 바라봤을 때 갖게 되는 감정이다. 개인보다는 공동체를 중시하는 전근대적 농촌공동체의 윤리의식에 입각할 때 택진의 행위는 자기만의 삶을 주장하는 것으로 수치스러운 행동이라면 '나'의 행위는 비록 곁을 지켜주는 것에 불과했지만 공동체의 삶을 실천한 것으로서 자랑스러운 행동이 된다.

「裸像」의 경우 "오연(傲然)한 성미"(94쪽)의 소유자였던 나는 전쟁 전 "좀 둔감했고 위태위태하도록 솔직했고, 결국 좀 모자란 축"(94쪽)인 형에 대해 경멸의 감정을 갖고 있었는데, 적군의 포로로 같이 생활하게 되면서 "형에게서 의지와 논리로서 얻어진 신념 같은 것이 멀리 미치지 못할 어떤 위엄"에 대한 감정, 즉 형에 대한 경외의 감정을 갖게 된다. 표준적인 삶에서 "모자란 축에 속"하는 형은 포로로 끌려가면서도 "주위에 대한 쌔폭한 관심과 경이와 솔직함을 여전히 지니고"(95쪽) 있는 '순진무구한 존재'였으며, 밤마다 동생에게 주먹밥을 얻어다 주는 무조건적인 '선의(good-will)의 소유자'였기 때문이다. 동생은 "의지와 논리" 즉 이성적인 도덕 원칙과는 달리, 형에게서 존재 그 자체로부터 우러나오는 '순진무구함'과 '선의', 그리고 그것의 위엄을 발견함으로써 형에 대해서는 경외의 감정을 갖게 되고, 스스로에 대해서는 교만("오연한 성미")에서 겸손의 감정으로 이동하게 된 것이라 볼 수 있다.[52]

---

52) 데카르트에 따르면 교만은 선의지 외의 것을 기준으로 삼을 때 발생한다. 교만한 자는 부, 명예, 정신적 재능을 기준 삼아 이것이 부재한 자에 대해 경멸하게 된다. 반면 고결함은 선의지만을 기준으로 삼을 때 발생한다. 고결한 자(the most high-minded)는 부, 명예, 정신적 재능과 상관없이 선의지만을 존경하고 그 앞에 겸손의 감정을 갖게 된다. 이에 따르면 동생의 변화과정은 교만에서 겸손으로, 선의지 외의 것을 기준으로 삼는 존재에서 선의지를 기준으로 삼는 존재로의 변화를 의미한다고 볼 수 있다. Descartes(김형효 역), 앞의 책, 260-263쪽.

이는 동생이 '울 수 인간'으로 전환하는 과정에서 발생한 감정의 미묘한 변화 과정을 보여주는 지점으로서 이호철 소설의 섬세함을 또 한번 드러내 주는 것으로 평가할 수 있을 것이다.

「탈향」과 「裸像」에서 제시되는 이와 같은 감정들은 전근대적인 농촌 공동체의 세계, 인간의 순진무구함의 세계에 대한 감각이 여전히 유지되고 있을 때 가능한 감정들이다. 반면 이호철의 소설은 50년대 후반으로 가면서 미묘한 변화를 보인다. 첫째로 「새옹득실」(1958), 「파열구」(1959), 「세월」(1959)에서 '울분', '억울함', '복수심'과 같은 감정이 표현된다는 점을 들 수 있다.

> (1) 서편 하늘에 썩은 석양이 걸릴 무렵 해서 기묘하게 사모쳐오는 울분이라든가 고독감이라든가 이런 일종의 흐름 같은 것에 떠밀리어
>
> (「새옹득실」, 369쪽)

> (2) 우린 만나기만 하면 으릉 대기부터 하잖우? 어째선지 알아요? 너머두 서루 억울한 거야요.(「파열구」, 361쪽)

> (3) 형 대신 내가 건드러지게 목대를 휘두르며 불러 줄 테다. (중략) 누구에게 복수나 하듯, 내 속에다 형을 집어넣고 술끼와 더불어 내뿜어 줄 테다.(「세월」, 270)

「새옹득실」에서 주인공은 인용문 (1)에서처럼 전후 사회에 대한 어떤 사무쳐 오는 '울분'에 사로잡혀 있다. 「파열구」에서는 전쟁이 끝나 제대한 갈표와, 갈표의 친구(석후)와 동거하다가 버림받은 옛 애인 계영이 함께 살면서 그저 싸우기만 할 때, 인용문 (2)에서처럼 그 이유를

계영은 서로 너무 '억울'해서라고 말한다. 그리고 「세월」의 '나'는 전쟁 중에 사망한 형의 옛 애인 소영과 형의 친구 상걸이 결혼한다고 했을 때 인용문 (3)에서처럼 '복수심'을 느낀다. 울분이란 자신이 받은 해에 대한 매우 강렬한 분노의 감정이고, 억울함은 자신의 탓이 아닌 것으로 인해 받은 해에 대해 도덕적으로 옳지 않음을 주장하는 감정이며, 복수심은 자신이 받은 해를 상대방에게 정확히 되갚아주고 싶어 하는 감정이다. 서러움이라는 감정에 비해 울분, 억울함, 복수심은 인격적 모독이나 해에 대해 그 '구체적 가해자'에게 '잘못을 추궁'하고자 하는 성격의 감정들이라는 점에서 중요한 차이를 보인다. 그렇다고 하여 50년대 후반의 소설들이 구체적인 가해자를 제시하고 그들에게 책임을 추궁하는 형식을 취하지는 않는다. 여전히 작가는 주인공들에게 가해진 해악이 전쟁으로 인해 발생한 일이라는 관점을 취하고 있다. 그리하여 이 소설들은 오히려 책임을 추궁하고자 하나 책임질 구체적인 대상을 찾지 못하여 울분, 억울, 복수심과 같은 풀길 없는 적대적 감정으로 인해 고통스러워하는 모습에 초점을 맞추고 있다.

「파열구」에서 석후와 계영을 생각하면 "왈칵 덮어놓고 노여움부터 치솟는"(360쪽) 갈표가 석후와 계영에게 잘못을 묻기보다는 "탓이 있다면 네가 아니라 우리를 둘러싼 이 각박한 세상이야"(360쪽)라고 말하면서도, 또 한편으로는 매번 정지신호를 무시하고 지나가는 G.M.C와 얼마 후 미국으로 떠나는 동료 경비원 현욱을 억울함과 분노의 표적으로 삼아 총질하며 오열하는 것은 이를 단적으로 보여준다. 「새옹득실」의 경우 주인공은 울분에 사로잡힌 채 우연히 들어간 술집에서 자신이 전쟁의 혼란 중에 강간했던 여인을 만나게 되는데, 피해자인 줄 알았던 자신이 가해자였음이 밝혀지고, 죄 값을 치르고자 하지만 여자가 그럴 필요조차 느끼지 못하여 죄 값을 치를 수 없게 되었을 때 눈물을 흘릴 뿐이다. 이때의 눈물은 속죄의 눈물이 아니라 피해자이면서도 가해자이기도 한, 그리고 죄 값을 치를 수도 없는 상황에서 느끼는 또 다른 울분의 눈물이라 할 수 있을 것이다. 「세월」의 동생의 복수심 역시 사정은 유사하다. 동생은 소영과 상걸 탓에 형이 죽은 것이 아니라는 것을 알고 있으며, 또한 "죽어버린 사람에 대한 종내의 타성을 고집하는 것은 도리어 내 불찰이다."(270쪽)라는 표현에서 드러나듯 죽은 형이 마치 살아 있는 듯 고집하여 그들에게 복수심을 불태우는 것이 무의미하다는 것을 알고 있다. 동생의 복수심 역시 구체적인 대상을 찾을 수 없어 풀길 없는 적대적 감정에 해당하고 작품의 초점은 그로 인해 고통스러워하는 모습에 놓여 있다고 볼 수 있다.

비록 이호철이 울분, 억울, 복수심 등의 감정에 대한 본격적인 추구로 나아가지 않았음에도 불구하고 이러한 감정들은 연민, 함께 고통스러워함, 동정 등 타인에 대한 사랑을 표현하는 부드러운 감정들과는 달리 선망, 질투, 원한 등과 같은 타자에 대한 반감적(antipathetic) 감정에 속한다는 점에 주목할 필요가 있다. 솔로몬에 따르면 부드러운 감정과 달리 이 반감적 감정이야말로 '정의'를 가능케 하는 감정이다. 정의의 본질은 공정함에 있는데, 이는 근본적인 차원에서 이성적인 도덕적 원칙이 아니라 감정에 의해서 추동되며, 정의에 대한 감정적 추구는 부정의, 공정하지 못함에 대한 반감, 특히 격노와 복수심으로부터 시작되기 때문이다.[53] 이를 고려하면 이호철이 울분, 억울함, 복수심을 표현하기 시작했다는 것은 한편으로는 부드러운 감정에 호소하면서도 또 다른 한편으로는 바야흐로 반감적 감정에 입각해 정의를 요구하기 시작했다는 것을 의미한다고 볼 수 있다. 물론 여전히 누구의 탓일 수 없다는 인식이 지속되고 전쟁의 책임에 대한 추구는 존재하지 않는다. 그럼에도 이는 4·19를 다루고 있는 「여울」(1960), 「진노」(1960), 「용암류」(1960) 등의 작품이 정의의 문제와 무관하지 않다는 점을 고려하면 60년대 소설로의 전환을 알리는 중요한 계기가 되는 부분이라 할 수 있을 것이다.

둘째, 50년대 후반의 미묘한 변화를 보여주는 또 하나의 중요한 대목으로서 「탈각」에서 제시되는 감정들을 들 수 있다.

(1) "이런 법이 없느니라아, 이런 법이. 역대루 이런 법이 없느니라아. 흥 너이들 둘은 고향 돌아간 턱이로군. 나만 혼자 남겨두구. (중략) 오붓하게 고향 냄새 나게 알뜰하게 고향냄새 나게 자알 살아라. 자알 살아, 이 년놈들아. 하늘이 내려다본다. 하늘이. <u>내 소린 다른기 아니다. 억울하다는 소리다. 억울하다는 소리야. 천만번 억울하다는 소리다.</u>"(「탈각」, 395쪽)(밑줄 : 인용자)

(2) 그길로 난 집을 챙겼지 머, 그이는 으젓지 못하게 눈물을 흘리구, 본처를 앞에 앉쳐 놓구두 본처와 이혼을 하겠다는 둥 별 되먹지 않는 소릴 지꺼립디다만 어림 있어? 키들키들 웃을 땐 언젠데?…… 큰 마나님두 무엇이 서러운지 울음에 잠깁디다만 난 눈물 한 방울 안 흘리구,

---

53) 솔로몬은 "격노와 복수심"을 인류 최초의 정의감이라 간주하고 특히 복수심의 경우 내가 받은 해만큼 계량하여 그 해를 가한 당사자에게 가하고자 하는 "공평하고자 하는 감정"으로서 "사실상 (역사적으로 그리고 심리학적으로) 정의의 나무가 성장한 씨앗"이라고 주장한다. R. C. Solomon, "Sympathy and Vengeance : The Role of Feelings in Justice", *In Defence of Sentimentality* 참조.

정말 눈물 한 방울 안 흘리구, 깨끗이 물러나왔어. 자 어때요? 이만하면
북쪽 여자 자격이 있나 없나, 고향 체신 깎일 일을 했나, 안 했나……

(「탈각」, 390쪽)(밑줄 : 인용자)

(3) 자기 자신의 소극성, 불투명하게 허황한 투가 동연이와 대조되어
확연히 떠오르며 수치감이 휩싸여 오는 것이다. 실상 이때까지 동연이
를 생각하고 작정하고 각오했다지만 결국 감상에서 더 넘어서지 못했거
나, 혹은 의식했건 안했건 형석이에 대한 엉뚱한 시위조 같은 것(그렇다
요컨대 시위다)이 깃들어 있었다는 의식이 덮쳐오는 것이다. '이제까지
네가 나를 앞질러 갔지만 자 봐라 이제야 나도……' 이런 투.(「탈각」,
393쪽)(밑줄 : 인용자)

주지하다시피 「탈각」은 고향 사람인 형석, 동연, 필구가 "성지의식",
"공동의식"을 내세우며 함께 거처하다가 필구와 동연이 결혼하여 분가
하면서 남한 사회에 나름대로 정착하게 되는 과정을 그린 소설이다.
우선 남한 사회에 일찌감치 정착하여 고향 사람 동연과 필구를 거두어
들였던 형석의 경우 동연과 필구가 결혼하려 하자 억울함을 호소한다.
인용문 (1)에서 드러나듯 그들만 고향에 돌아간 격이고 남한 여자와 결
혼한 자신은 홀로 남게 되었다는 억울함이 그것인데, 이는 비록 강렬
성에 있어 그 정도가 떨어지지만 근본적으로 앞서 제시한 바 있는 울
분, 억울함, 복수심과 동일한 차원에 있는 감정이라 할 수 있다.

전쟁 통에 떠밀리듯 강준장과 결혼하여 월남하였다가 본처가 찾아
오자 눈물 한 방울 흘리지 않고 물러 나온 동연의 주된 감정은 인용문
(2)에서 드러나듯 자긍심이다. 자긍심이란 자신의 재산, 외모, 덕에 대
해 갖게 되는 자랑스러운 감정이라 할 수 있는데,[54] 동연의 경우 첩살

이를 거부하고 깨끗이 물러나온 덕 있는 행동에 그 원인이 있다. 「탈향」에서 삼손의 곁을 지킨 '나'의 자긍심과 비교할 때, 동연이 비록 표면상 고향 체면과 아버지의 위신 깎일 일은 안했다고 주장하지만 엄밀히 말한다면 그녀의 행동은 공동체의 윤리의식보다는 개인주의 사회의 윤리의식과 더 관계있다. 첩살이는 위계적 질서에 입각해 있는 농촌공동체 사회의 윤리의식보다는 개인주의 사회의 윤리의식에 더 어긋나는 행동이라 볼 수 있기 때문이다.

변화를 보다 선명하게 보여주는 것은 필구의 감정이다. 「탈향」에서 택진의 수치심은 공동체를 버리고 자기애를 추구했다는 데 있다. 반면 필구는 동일하게 수치심을 느끼면서도 그 원리는 전혀 다르다. 인용문 (3)에서 필구는 이중의 수치심을 느끼고 있다. 하나는 동연만큼 주체적이지 못하다는 데서 오는 수치심이며, 다른 하나는 "이제까지 네가 나를 앞질러 갔지만 자 봐라 이제야 나도"라는 생각에서 간접적으로 읽을 수 있는, 남한 사회에 이미 터를 잡은 형석에 대한 수치심이다. 보다 중요한 것은 오히려 형석에 대한 수치심이다. 고향을 떠나 형석과 더불어 부산에 도착했을 때 "'누가 잘 되나 두고 보자'는 경쟁의식 같은 것이 형석이는 몰라도 적어도 필구의 마음 속에 자리해 있었"(386쪽)고 이후 수년이 흘러 뜨내기 일꾼이 된 필구가, 남한 사회에 자기 집을 가지고 정착한 형석을 다시 만났을 때 가졌던 감정은 "반갑다느니 보다 우선 창피"(386쪽)함이었다. 필구의 수치심은 「탈향」의 택진의 경우처럼 공동체적 윤리를 지키지 못한 데서 비롯되는 것이 아니라 공

---

54) D. Hume(이준기 역), 『정념에 관하여』, 서광사, 1996, 31쪽.

동체에서 벗어나지 못하고 열등한 자로 남아 있는 데서 온다. 선망, 경쟁심은 공동체 사회와는 달리 자본주의 사회에서 오히려 개인과 사회의 발전을 위해 없어서는 안 될 필수적인 사회적 감정인데,[55] 필구의 수치심은 바로 이 선망, 경쟁심에서 유래하는 수치심이라 할 수 있다. 「탈향」에서도 삼손과 택진 사이에는 내밀한 경쟁심이 표현되고 있기는 하다. 그러나 중심을 이루지 못하며, 「탈각」에 이르러서 경쟁심과 이로부터 발생하는 수치심이 등장인물의 주된 감정으로 제시된다. 이는 「탈향」과 「나상」과 비교할 때, 이호철이 남한의 개인주의적·자유주의적 자본주의 사회에서 발생하는 고유의 감정을 표현하는 데로 보다 접근해 들어가고 있음을 보여주는 대목으로서 60년대에 들어서면 남한의 자본주의적 인물들에 대한 본격적인 리얼리즘적 탐색으로 이어진다고 볼 수 있을 것이다.

6. 결론

이호철은 대표적인 전후작가이면서도 60년대 들어 리얼리즘 작가로 갱신하여 90년대까지 문학사적으로 의미 있는 창작활동을 계속한 우리 문학사의 기념비적인 작가 중 한명이다. 통상 그의 50년대 소설은 60년대 이후의 리얼리즘 작품들보다 상대적으로 소홀히 취급되었으며, 특히 50년대 소설의 핵심이라 할 수 있는 '감정과 눈물'은 '감상성'의 표현으로 간주되고 부정적 평가의 대상이 되어 왔다. 본고는 50년대

---

55) R. C. Solomon, "Sympathy and Vengeance : The Role of Feelings in Justice", p.36.

소설의 눈물·감정이야말로 50년대 문학은 물론 이호철의 이후의 문학의 토대가 된다는 관점에 출발하여 50년대 소설에 나타난 감정·눈물의 구체적 양상과 윤리적 의미를 밝히고 있다.

첫째, 이호철에게 감정과 눈물은 시민적, 인간적 삶이 무너진 전후의 삶, 즉 "벌거숭이 몽둥아리"만 남은 삶에서 인간의 가장 근원적인 차원에 놓여 있는, 결코 부정할 수 없는 윤리적 출발점을 의미하였으며 당연히 이에 대한 탐구가 중심이 될 수밖에 없었다.

둘째, 이호철은 눈물·웃음을 통해 슬픔·기쁨 등의 기본적 감정은 물론 조롱(조소)·서러움 등의 복합 감정을 표현하는데, 특히 서러움은 그의 전 작품에서 표현되는 지배적 감정이며 대부분의 눈물의 원인이기도 하다는 점에서 중요한 의미를 갖는다. 서러움은 상실의 판단, 책임성에 대한 판단, 자신의 지위에 대한 판단이 결합된 복합감정으로서 자신의 가장 중요한 부분이 상실되었다는 사태 인식, 그럼에도 자신은 어찌할 수 없어 슬퍼할 뿐이라는 윤리적 차원의 대응 모두를 함축하고 있는바 전후의 존재론적 상황에 대한 뛰어난 통찰력의 소산이라 할 수 있다.

셋째, 무엇보다도 이호철의 1950년대 소설은 연민, 동감과 같은 부드러운 감정(도덕 감정)을 표현하고 이 도덕 감정으로부터 발생하는 눈물을 표현한다는 데 핵심이 있다. 그의 소설에서 연민, 동감은 직접적으로 윤리적 행위로 이어지지는 않는데 이는 오히려 도덕 감정에 대한 호소가, 개인의 욕망을 긍정하는 데서부터 시작하는 개인주의·자유주의의 윤리학으로 제시되고 있다는 점, 꼭 그만큼의 현실적 감각에 기초하고 있다는 점을 보여준다. 또한 윤리적 행위로 이어지는 것과 상관없이 연민·동감은 그 자체로 중요한 윤리적 의미를 갖는다. 연민은 최소한 타인을 괴롭히는 행위를 억제하며 인간 존재들 간의 평등성을 확립하는 감정이고 동감은 인간들 상호간의 감정을 이해할 수 있게 만듦으로써 사회적, 감정적, 윤리적 삶을 가능케 하기 때문이다. 특히 「무궤도 2장」에서 단적으로 드러나는 '거리를 둔 동감'은 전후의 상황에서 벌거벗은 인간이 취할 수 있는 매우 균형감 있는 윤리적 자세, 자유주의적·개인주의적 윤리의 한 방향성을 보여준다고 할 수 있다.

연민, 동감은 자연스러운 도덕 감정이자 도덕적 능력이라고 할 수 있는데 이호철 소설에 등장하는 눈물은 서러움의 눈물임과 동시에 바로 이 연민, 동감 속에 이루어지는 상호 동감의 눈물이기도 하다. 이러한 눈물은 그 자체로 인간의 도덕적 능력을 증명할 뿐만 아니라 감정 표현의 기능은 물론 한걸음 나아가 인간을 상호동감의 기쁨으로 위로하는 기능을 수행한다. 요컨대, 통상 이호철 초기 소설의 부정성으로 규정되는 '감상성'은 서러움과 더불어 연민, 동감이라는 도덕 감정의 표현, 그로부터 발생하는 눈물의 표현에 핵심이 있는바 부정되거나 저평가될 수 없다. 오히려 그것은 전후의 상황에서 도덕 감정에 입각하여 이호철이 내세웠던 고유의 윤리적 대안이라는 점에서 고평되어야 한다.

넷째, 이호철의 소설은 이처럼 50년대 내내 서러움, 동정, 동감, 눈물의 표현에 중심이 있으면서도 50년대 말에 접어들면서 미묘한 변화를 보인다. 50년대 후반에 가면 울분, 억울, 복수심과 같은 반감적 감정을 통해 정의를 요구하기 시작한다. 그리고 자본주의 사회의 경쟁심에서 오는 수치심을 표현하는 등 남한의 개인주의적·자유주의적 자본주의

사회에서 발생하는 고유의 감정을 표현하론 데로 보다 접근해 들어가
고 있음을 보여준다.

일상에 억압된 소시민들에 대한 풍자

— 1960년대 단편소설을 중심으로

1. 머리말

'소시민성'이라는 용어는 복잡한 함의를 지니고 있다. 그래서인지 그 용어의 쓰임새도 다양하다. 소시민성은 대개 현대인들의 삶 속에서 극복해야 할 태도로 인식되고 있으며, 부조리한 현실 상황을 타개하기 위해서 반드시 처리해야 할 숙제로 받아들여지기도 한다. 그런데 이 소시민성과 불가분의 관계를 맺고 있는 것이 바로 현대적 일상의 문제이다.

사실 일상은 이중적인 성격을 가지고 있다. 그것은 일단 매우 사소

* 김택호 / 명지대학교 강사

한 우리들 삶의 현장을 지칭하는 것으로 이해될 수 있다. 그것은 반복적이며 진부하고, 중요하지 않은 것들이기 때문이다. 그러나 또 다른 의미에서 일상보다 더 심오한 것도 없다. 그것은 실존이며, 결코 이론으로 기재되지 않은 적나라한 '삶'이기 때문이다. 그것은 변화되어야 할 대상이지만, 바꾸기가 힘든 것이기도 하다.[1)

현대인들의 일상이란, 우선 맹렬한 이익추구에 몰두하는 삶의 현장이 주는 상황이다. 현대인들이 추구하는 이익은 자본에 대한 욕망일 수도 있고, 개인적 명성, 혹은 미신적인 것에 이르기까지 다양한 차원에 걸쳐 있다. 물론 이것은 인간의 삶이 형성되기 시작하면서부터 생겨난 매우 오래된 것이었지만, 그것이 한층 노골화되고, 혹은 이러한 욕망의 추구방식 자체가 하나의 미덕으로까지 격상되면서 현대사회의 모습은 분명히 그 모습을 드러낸다. 그런데 이러한 살벌한 삶의 조건이 탐색되고, 성찰되기 위해서는 현대적인 삶의 수레바퀴에서 한 발 물러서는 것이 필요하다. 어쩌면 여기가 바로 현대의 예술이 서 있는 자리일지도 모른다. 그러나 현대의 예술이 자리 잡고 있는 이 지점은 동시에 무관심과 참여의 결여라는 또 다른 측면을 내포하고 있기도 하다. 이 아슬아슬한 경계가 현대적 예술성의 기반이다.

1950년대의 한국문학은 이와 같은 경계로부터 먼 쪽에 위치하고 있었다. 비록 전쟁이라는 거대한 폭력에 대한 환멸감이라는 공통된 태도를 표방하고 있었다고 하더라도 당대의 작품들은 몇 몇 뛰어난 사례들을 제외하고는 정치적 욕망의 산물인 이데올로기에 노골적으로, 또한

---

1) 박재환 외 편역, 『일상생활의 사회학』, 한울아카데미, 2002, p.12.

편향되게 참여하거나 완전히 무관심한 태도 중의 하나를 취하고 있었다. 사실 그 간극은 대단히 멀었는데, 1960년대 한국문학의 새로움은 이 멀어진 간극이 매우 빠른 속도로 좁혀진 것으로부터 찾을 수 있다. 그리고 이때에 그 멀어진 간극을 좁혀서 얻어진 것이 바로 '일상'이며, 거기에는 생태적 공간으로서의 도시가 자리 잡고 있다.

1950년대는 도시가 파괴된 시기였다. 물론 그렇다고 해서 도시적 가치관 자체가 파괴되었다는 것은 아니다. 이에 반해서 1960년대는 도시가 건설된 시기였다. 이것은 도시적 감수성의 생성과 더불어 도시적 일상이 되살아나고 있었음을 의미한다. 물론 도시적 일상이 무엇인지 단언할 수는 없을 것이다. 그러나 그것은 인간의 근원적 관계의 결핍, 욕망의 구체화를 위한 행동양식, 그리고 무엇보다도 그 모든 것들의 반복과 관련이 깊다. 반복이란 변화 없음을 의미하고, 그러므로 그것은 정지를 의미하기도 한다. 그리고 현대인들은 그 정지를 지루해하지만, 동시에 그것이 주는 안온감에 평화를 느끼기도 한다. 그리고 그와 같은 일상은 현대인들에게 생산품을 선물한다. 그러므로 일상성과 근대성은 오늘 날 시대정신의 두 측면이다. 무의미의 집합체인 일상에 의미의 집합체인 근대성이 답을 하는 것이다. 일상을 다루는 것은 결국 일상성을 생산하는 사회, 우리가 살고 있는 그 사회의 성격을 규정짓는 것이다.[2]

그렇다면 이호철의 소설을 통해서 확인할 수 있는 1960년대의 일상은 무엇의 지배받고 있었을까. 이 자리에 등장하는 것이 바로 근대적

---

2) 김명석, 「일상성의 경험과 탈출의 미학-김승옥론」, 『1960년대 문학연구』, 깊은샘, 1998, p.350.

일상이 나약한 인간들에게 강요하는 '순응과 무관심', 이른바 '소시민성'이다. 1960년대 이호철의 소설은 일상의 무게에 완전히 억압당하고 있는 소시민들에 대한 풍자였다. 그리고 그것이 가능했던 것은 무엇보다도 이호철이 당대의 한국사회를 한발 떨어진 자리에서 관조할 수 있었기 때문이었다. 그런데 그 자리는 당대의 한국사회를 객관화하기에 적당한 곳이었다. 이호철이 분단의 문제로 대표되는 정치와 권력의 문제에 대한 일상인들의 태도를 적나라하게, 그러나 품위를 잃지 않고 그려낼 수 있었던 것 역시 그의 시선이 출발하는 그 객관적인 자리에서 비롯된 것이었다. 이 유효한 거리의 확보를 통해서, 이호철은 현실을 지배하고 있으며, 전염성이 강한 '소시민 근성'에 길들여진 인물들의 현실 상황을 명확하게 바라보고 있다. 그리고 이호철에 의해서 드러난 소시민성이란 '무관심', '순응', '변화에 대한 두려움'이라는 내용을 지니고 있는 것이었다.

2. 정치에 대한 무관심과 순응주의로서의 소시민성

이호철이라는 작가를 언급할 때 반드시 따라붙는 꼬리표는 '실향의식', 혹은 '분단소설의 작가'라는 정의와 '「小市民」의 작가'라는 이력이다. 정호웅 교수는 그의 「小市民論」에서 다음과 같이 말하고 있다.

우리가 「탈향」을 주목하고 이처럼 큰 의미를 부여하는 것은 주인공의 '탈향'이 새롭게 대면한 현실의 한복판을 향해 떠나는 여행의 출발이라는 단순한 사실 이외에도 우리 소설의 방향을 객관 현실에 대한 구

체적 탐구로 이끄는 선구의 의미조차 지니기 때문이다.[3]

정호웅 교수는 실향민 출신 작가로서의 이호철이 감행한 탈향이, 현실의 한복판을 향한 출발이라는 점을 상기시키면서, 소설사적으로『소시민』이 '객관 현실에 대한 구체적 탐구'의 첫 단추라고 말하고 있다. 그렇다면 그가 말하고 있는 객관 현실에 대한 구체적 탐구란 무엇인가. 정호웅 교수는 리얼리즘이라는 용어를 직접 사용하고 있지는 않지만, 그가『소시민』에 대해 내리고 있는 긍정적 평가의 근거는 바로 최인훈의『광장』과 대척되는 위치에 있는 구체성, 혹은 현실성이다. 물론 이러한 판단의 전제는 아무래도 1950년대 소설의 추상성이겠지만, 이호철의『소시민』을 평가하는 데에 이것 이외에 도대체 어떤 시각이 효과가 있겠는가 싶을 정도로,『소시민』의 문학사적 의미는 명료하다고 할 수 있다. 그런데 이때 이호철의『소시민』이 지닌 미덕이라고 할 수 있는 구체성과 현실성이란, 추상적 관념으로서가 아닌, 삶의 현장을 규정하고 있는 구체적 지배소로서의 소시민적 일상성을 의미하는 것이기도 하다.

그런데 현대의 일상성은 생태적 환경처럼 그저 주어진 것이 아니다. 그것은 객관적으로 주어진 대상이 아니라 행위의 주체가 자신의 가치관을 투영시키면서 형성해 나가는 것이기도 하다. 그러므로 일상성은 모든 사람들에게 동일한 성격이 될 수가 없는 것이다. 이호철의 작품들에서 그려지고 있는 일상성은 수많은 주관적 일상들 가운데에 특히

---

3) 정호웅, 「탈향, 그 출발의 소설사적 의미-이호철의 '小市民'論」,『1960년대 문학연구』, 예하, 1993, p.84.

소시민적 일상들이었다. 그리고 그로부터 소시민적 일상성의 본질을 추출해 내고 있는 것이 이호철 소설의 세계라고 할 수 있는 것이다. 이 소시민적 일상성 가운데 우선 눈에 띠는 점이 소시민층의 정치적 무관심과 정치적 방향에 대한 순응주의이다.

이호철의 1960년대 소설들 가운데 이와 같은 점이 잘 드러나 있는 작품으로 우선 언급할 수 있는 작품들이 「판문점」과 「1965년 어느 이발소에서」이다.

「판문점」은 사실상 두 개의 이야기가 서로 연관성을 지니면서 서로의 의미를 보충해주는 형식으로 구성되어 있다. 주인공 진수의 형님 내외가 보여주는 허위의식과 판문점에서 만난 북한 여기자와의 대화를 통한 분단 상황의 인식이 각기 다른 이야기이면서 서로 긴밀하게 연관되어 있는 것이다.

이호철의 「판문점」을 분단 상황에 대한 상징적인 접근으로 이해하고 있는 연구들은 지나치게 표면적인 접근에 지나지 않는다. 이와 같은 태도는 1960년대의 판문점이란 표상적인 상징물일 뿐 살아있는 실체는 아니라는 견해[4] 등과도 연결될 수 있는 것이라고 할 만하다. 그러나 「판문점」은 분단이 고착화된 이후 많은 사람들이 그 문제에 대해 얼마나 무감각하게 살아가고 있는가를 단적으로 보여주고 있다는 데에서 작품의 참 의미를 찾을 수 있다.[5] 그런 면에서 본다면 판문점이

---

4) 박훈하, 「이호철 소설에 나타난 형식실험의 의미」, 『한국문학논총』 제17집, 한국문학회, 1995. 12. p.149.
5) 「판문점」이 소시민화의 한 현상으로 의식적인 나태함과 느슨한 무사안일주의를 상징하는 남한의 '풍요'를 지적하고 있으며, 이와 같은 남쪽의 천박한 풍요와 북쪽의 딱딱한 계몽적, 비현실적 원칙주의의 태도를 극단적으로 대비시키는 데 성

란 그저 분단의 상징물이거나, 일상의 저 편에 있는 것이라기보다는 일상의 지배를 받고 있는 좀 특수한 장소 정도로 이해되어야 할 것이다. 그러한 분단에 대한 무감각은 소시민적 삶의 안일성에 그 원인이 있는 것이다.[6] 작가가 작품의 전반부에서 진수 형님 내외의 속물적이면서, 무의미한 생활상을 지루하게 보여주고 있는 이유가 바로 여기에 있다. 여기서 보이는 것이 바로 분단된 조국에서 하루하루를 살아가는 우리들의 일상이다.

> 2백 년쯤 뒤 판문점이란 고어로 '板門店'이 될 것이다. …(중략)…
> 원래 점(店), 혹은 점포라는 말은 '상점'이라든가 '가게'라는 말과 동의어로 쓰였다. …(중략)… 이 판문점의 경우는 그런 전통적인 뜻의 점포가 아니라 희안한 점포였다. …(중략)… 일언폐지하여, 회담장소였다. 휴전 회담이라는 것을 비롯해서 군사정전 회담이라는 것이 무려 5백여 회에 걸쳐 있었다.[7]

「판문점」에서 가장 인상 깊은 부분이라고 할 수 있는 위의 인용문에서는 두 개의 각기 다른 정보를 얻을 수 있다.

공하고 있다는 지적이 있는데 이것은 일단 올바른 판단이라고 할 수 있다.(김춘식, 「소시민적 체험과 분단인식의 문학」, 『한국문학연구』 제18집, 동국대학교 한국문학연구소, 1995. 12, p.174. 참조) 그러나 과연 「판문점」이 애초에 드러내려고 했던 점이 바로 이와 같은 '대비'의 문제였는가에 대해서는 쉽게 동의하기 어렵다. 이와 같은 남과 북의 대비가 「판문점」을 통해서 나타나고 있는 것이 사실이라고 할지라도, 이 작품이 가진 가장 중요한 의미는 분단 상황의 '드러남'보다는 그것의 '사소화'에 대한 문제의식이라는 것이 본 연구의 판단이다.

6) 오현주, 「관조와 풍자의 세계-이호철론」, 『1960년대문학연구』, 깊은샘, 1998, p. 282.
7) 이호철, 「판문점」, 『한국소설문학대계』 39, 동아출판사, 1995, p.378.

첫째, 진수가 훗날 기억될 판문점의 모습을 상상하고 있는 이 장면은 분단 현실이라는 비극적인 상황을 일상적인 것으로 인식하고 있다는 점이다. '판문점-혹은 분단 상황-'에 대한 이와 같은 인식의 근거는, 물론 진수의 형님 내외로 대표되는 일상적이고 소시민적인 삶의 태도로부터 온 것이겠지만, 그 이면에는 분단 상황이 이제 매우 일상적이고, 그다지 충격적이지 않은 것이 되어 버린 1960년대의 사회상황이 자리 잡고 있다. 사실 처음부터 진수에게 판문점이 단순한 일상의 연장선상에만 있었던 것은 아니다. 그는 판문점을 방문한다는 사실에 적잖은 부담을 느끼고 있기도 했다. '이역감'이라고 표현하고 있는 판문점에 대한 진수의 부담감은 그가 일상에 뿌리박은 현대인의 소시민성으로부터 완전히 자유로운 인물이 아니라는 사실을 보여준다.

이렇듯 평범한 일상이 모든 것을 압도하는 상황은 진수가 판문점을 찾아가는 과정에서 만난 사람들의 태도에서도 확인되는 부분이다.

그러나 이것이 전부는 아니었다. 위의 인용문에서는 진수의 낭만적인 태도를 감지할 수도 있다. 이것은 진수와 다른 작중 인물들을 구별하는 기준이라고 할 수 있다. 진수가 판문점을 방문하는 행위에 대해서 느끼는 감정 즉 '이역감'은 일상 너머의 세계에 대한 막연한 부담감이라고 볼 수 있다. 그런데 이와 같은 이역감이 결정적으로 극복되는 계기는 북한 여기자와의 짧은 만남이었다. 이 북한 여기자는 진수에게 '여자'의 의미로 다가온다.

> "말솜씨가 역시 망종 냄새가 나요. 거기선 남자 구실을 하려면 그래
> 야 되나요?"

　　"망종이라니, 무슨 소리야? 못 알아들을 소린데."

　　"망할 종자, 이를테면 망나니, 어깨, 깡패……."

　　"그럼 꽁생원만 사낸가, 거기선?"

　　"천만에"

　　"그럼 됐어."

　　'정말 그럼 됐어.' 진수는 속으로 뇌까리면서 되씹었다. '그럼 됐어.
　힘들 것 없어.'[8]

　물론 진수와 북한 여기자는 체제의 차이와 성향의 차이를 분명하게
보여주는 대화를 이어가지만, 사실 이들은 냄새와 눈빛 혹은 눈물을
주고받으며 남녀로서 관계를 형성하고 있다. 이 두 인물은 각각의 합
리성이 지닌 차이를 대화를 통해서 확인하고 있지만, 감정적으로는 분
명한 교감을 나누고 있는 것이다.

　현대의 소시민을 역사발전의 Factor가 되는 낭만성과 비합리성을 상
실한 진 빠지고 눈만 말똥말똥한 인간상[9]으로 규정하는 태도는 그리
주관적인 태도만은 아니다. 「판문점」이외의 이호철의 다른 소설들에
서도 그려지고 있는 소시민의 모습이 이와 같은 규정으로부터 그리 먼
곳에 있지 않다는 사실만으로도 이것이 현대인의 아픈 자화상이라는
사실을 부인하기는 어려울 것이다. 그러나 북쪽의 여기자에게 보여주
고 있는 진수의 태도는 그가 소시민적 일상을 훌쩍 뛰어 넘을 수 있는
인간의 낭만성을 완전히 상실하지 않은 인간이라는 사실을 알려주고

---

8) 「판문점」, p.368.
9) 윤장균, 「소시민으로 전락한 현대인의 영향 - 내일을 사는 현대도시인의 행방을
　　찾아(3)」, 『도시문제』, 대한지방행정공제회, 1971, pp.125-126.

있다. 그러므로 진수와 여기자의 비일상적이고 낭만적인 만남의 뒤에 이어지는 2백 년쯤 뒤의 판문점에 대한 진수의 비약이 섞인 상상은 비일상적 현실에 대한 심드렁한 태도인 동시에 소시민성을 초월할 수 있는 낭만적 태도라는 이중적인 면을 가지고 있는 것이다. 이와 같은 판단은 작품의 결말 부분에도 동일하게 적용될 수 있다.

> 안경잡이와 그 '누님'께서는 오늘은 다소곳하게 머리를 맞대고 정말 오랜만에 만난 오랩 누이이기나 한 것처럼 수군대고 있었다. 스피커 소리가 왕왕 울렸다. 그녀는 남쪽 사람과 북쪽 사람이 여기서 만날 때 으레 짓는 그 경계와 방어태세가 껴묻은 표정으로 피해서 갔다. 그 뒷모습을 건너다보면서 진수는 생각했다.
> '기집애, 조만하면 쓸 만한데, 쓸만해.'
> 혼자 쓸쓸하게 웃었다.[10]

진수의 태도는 전혀 비장하지 않다. 그에게 북한 여기자는 이데올로기에 의해 단절된 대상도 아니고, 새삼 조국의 분단 상황을 가슴 절절히 느끼게 해 주는 대상도 아니다. 그에게 그녀는 다만 '쓸만한 기집애'인 것이다. 이렇듯 「판문점」에 등장하는 인물들 중에서 가장 핵심적인 위치에 있으면서, 상황을 독자들에게 전달하는 역할을 부여받은 진수에게 분단 상황은 일상의 연장 속에서 이해되는 것이었다. 그런데 그에게 판문점은 동시에 낭만적인 경험을 선사한 곳이기도 했다. '기집애, 조만하면 쓸 만한데, 쓸만해.'라는 진수의 마지막 목소리는 이와

---

10) 「판문점」, p.385.

같은 그의 이중적인 태도를 압축하고 있는 것이다. 그러나 이러한 분석이 소설 「판문점」의 의미를 분명하게 보여주는 것은 아니다. 진수가 어느 정도 고착된 소시민성과 차이를 보여주는 인물이라고 해도 그것은 부분적인 사실일 뿐이고, 「판문점」의 대다수 인물들을 관통하고 있는 흐름은 역시 일상의 안일함과 그것에 의한 분단 상황의 내면적 고착화이다. 그렇다면 여기에서의 일상이란 무엇일까.

분단의 문제는 본질적으로 정치적인 문제일 수밖에 없다. 정치란 글의 서두에서 밝혔던 현대인들의 맹렬한 욕망을 제어하는 장치이자, 이러한 욕망을 촉발시키는 매개이기도 하다. 그것은 우리들 삶의 총체이자 한계이다. 그러나 현대인들에게 정치는 먼 곳에 위치하고 있는 일부 계층의 사람들에게만 허가된 욕망의 영역으로 인식된다. 그러므로 그것은 일상과는 동떨어진 것으로 이해되기가 쉬운 것이다. 현대인들은 자신의 욕망이 허가된 것이라고 생각하는 것처럼 자신의 욕망과 상충되지 않는다면 타인의 욕망을 당연한 것으로 이해하기도 한다. 이러한 소시민 의식은 현대사회를 지배하고 있는 분위기 중의 하나이다.

오직 소수의 사람들만이 공공 생활에 관심을 갖는 데에는 많은 이유가 있을 것이다. 이에 대한 우리의 해석이 어떠한 것이든, 우리나라는 사활이 걸린 결정에 직면했으며 나라의 생명 자체가 위협을 받고 있다고 끊임없이 상기시키는 시기에도, 우리들의 관심사는 오직 개인적 문제뿐인 듯하다는 사실은 변함이 없다. 그러므로 맬컴 카울리가 말한 정치적 문제로부터 개인적인 문제로, 공공의 문제로부터 사적인 문제로 옮겨가는 동향은 문학에만 국한된 것이 아니다. 이러한 동향은 인간의 현대적인 상황을 반영한다. 인간은 개인으로서의 그의 존재와 시민으로

서의 그의 존재의 분열을 더욱 더 느끼고 있다. 인간은 자신이 무력하
여 이 두 역할을 통합할 수 없음을 알고 이러한 역할을 자기 생활의 별
개의 부분, 때로는 서로 충동하기도 하는 부분으로 보게 된 것이다. 이
러한 분열 의식은 인간이 어느 정도로 정치 사회로부터 단절되었는가를
보여준다.11)

이와 같은 보편적인 판단을 근거로 할 때, 「판문점」의 인물들이 보
여주고 있는 사소하고 개인적인 일상은 현대인들의 정치적 무관심과
깊은 관련이 있다고 볼 수 있다. 그리고 그것은 강요된 것이라기보다
는 스스로 선택한 삶의 방식이다. 소시민적 내면세계에 의하여 당대
한국사회의 가장 중요한 정치적 상황이었던 분단의 문제가 일상화되
고 있는 것은 개인적으로 분단의 문제가 삶의 걸림돌로 작용하지 않고
있다는 판단에 의한 것이다. 이와 같은 사실은 이호철의 「판문점」이
1960년대의 도시적 일상에 젖은 한국인들에 대한 일종의 풍자의 성격
을 가지고 있다는 판단을 가능하게 한다.

「판문점」이 분단의 일상화 혹은 내면화의 문제와 소시민 근성을 연
결시키면서, 정치적 무관심의 현장을 보여주고 있다면, 「1965년, 어느
이발소에서」는 1960년대의 시대적 상황과 소시민의 정치적 순응주의
가 관계가 복합적으로 얽혀 있는 일상을 그리고 있는 하나의 풍자적
우화이다.

「1965년, 어느 이발소에서」는 그저 그런 서민들이 주 고객인 어느
이발소에 특별한 손님이 찾아들면서 시작된다. 손님은 "빨리 됩니까,

---

11) F. Pappenheim, 황문수 역, 『현대인의 소외』, 문예출판사, 1978, pp.56-57.

빨리?'라고 주인에게 묻는데, 주인은 일상적으로 "네에, 얼른 됩니다. 얼른입쇼. 앉으십쇼."라고 대답한다. 그러나 이 이발소에서 일상적으로 일어나는 이와 같은 풍경은 손님의 위압적이고 공격적인 태도로 인해서 이내 긴장된 분위기로 전환된다. 그리고 그와 같은 상황 변화는 우선 이발소에 있는 거의 모든 사람들의 소극적인 태도로 인한 것으로 보인다. 이발사 박씨는 자신이 병역 기피자이기 때문에 대번에 '꺼칠한 얼굴'이 되었고, 나이가 예순 가까운 관리로 보이는 자는 그동안 자신이 살아왔던 삶의 경험을 통해서 소극적인 태도를 취하게 된다.

청년이 들어서기 조금 전까지 이 관리는 박씨에게 왜정 때의 관리생활과 현재의 관리생활을 비교해서 지나칠 만큼 솔직하게, 자상히 들려주며 왜정 때가 훨씬 좋았었다는 얘기를 하고 있던 참이었다. 간접적이기는 하였지만 오늘의 관리생활에 경멸과 조소까지 보내면서. 그러나 이제 청년이 옆자리에 앉자 그 얘기는 이상 끝이라는 신호를 그렇게 기술적으로 표현했을 것이다. 물론 박씨도 알아들었다.

그러나 그 자연스러운 표정이나 억양이 박씨의 눈에는 무척 소심하고 소극적인 것으로 보였다. 그리고 그 소극성으로 보이는 표정의 저 뒤안에는 세상이 험하면 험한 대로, 세상이 유하면 유한 대로 일정한 자기 분수를 지니고 그 분수의 틀을 정확하게 잡고 있는 완강한 자세, 30년쯤의 관리생활에서 절어든 듯싶은 더께가 앉은 완강한 자세가 번득였다.[12]

이것은 일단 자기 보호본능의 발현이라고 할 수 있는 모습이다. 이

---

12) 이호철, 「1965년 어느 이발소에서」, 『한국소설문학대계』 39, 동아출판사, 1995, pp.457-458.

작품에서 가장 독특한 행동양식을 보여주는 사람이 바로 이 늙은 관리
인데, 그의 소극성에 비하면 다른 인물들의 태도는 그저 주눅 든 태도
에 지나지 않는다. 이발소 주인인 민씨는 다짜고짜 정신 상태가 틀려
먹었다는 젊은 청년의 태도에 어쩔 줄을 몰라 하는데, 그것은 그 젊은
이가 자신의 일상적인 삶을 흔들어버릴 인물일지도 모른다는 막연한
불안감 때문이었다. 그리고 거기에는 젊은이의 정치적인 발언이 큰 역
할을 하고 있다.

> "제대까지 한 사람이 왜 이 모양이야, 이 이발관은. 좀 빠릿빠릿하지
> 못하고. 도대체 당장 빨갱이들이 나오면 어쩌려구."
> 백번 옳은 소리일 것이어서 민씨도 겸손하게 수긍하는 표정을 하였
> 다. 그러나 자기도 제대 직후 갓 환도한 서울 거리에서는 눈알에 쌍심
> 지를 돋우고 빠릿빠릿하게 돌아가던 시절이 없지 않았다. …(중략)… 그
> 런데 어언 10년 세월은 그 모든 것에 쉬이 젖어들게 하고 하루하루 살
> 아가는 일에만 주저앉게 하였다. 그리고 비록 넉넉한 살림은 못 되고
> 때로 가난에 쪼들리고 마누라가 짜증을 부리기도 하지만 이렇게 사는
> 것이 당장 편해서 좋았다.[13]

이것은 다른 손님들에게서도 동일하게 발견되는 모습이었다. '키가
크고 장대하게 생긴' 손님 역시 이발을 마치자 거스름돈도 제대로 못
받고 '후덕후덕 도망을 하듯이' 이발소를 나갔는데, 이것 역시 자신의
일상이 예기치 않은 손님으로 인해서 흐트러질까 두려워서였다. 그러
나 사실 이 젊은이는 그저 건달에 지나지 않았다. 이것은 느닷없이 발

---

13) 「1965년 어느 이발소에서」, pp.460-461.

생한 이발소 안에서의 사건과 그 젊은이의 태도에 경계심과 함께 일말
의 의구심을 지니고 있었던 늙은 관리의 눈치 빠른 판단에 의해서 확
인된다.

　　잠시 뒤, 어느새 나갔던 늙은이가 한 사람을 데리고 들어왔다. 사복
차림인데, 신분증을 내보이며 두 청년에게 불신검문을 하였다. 그들은
신분증을 내보이고 비쭉비쭉 웃기까지 하며 대한민국의 일개 시민임을
밝혔다. 이발소 안의 사람들은 여전히 겁에 질려 있었다. 그들 두 청년
은 관명 사칭도 하지 않았고, 이렇다할 월권도 한 것은 없었다. 그들은
모두 빠릿빠릿해지고 항상 준비자세를 지니고 사회기강을 확립하자고
강조했을 뿐이었다. 강조하는 방법이 틀렸을지는 모르지만 그런 것이
죄과에 해당될 만한 법조문은 없는 듯하였다.
　　그들은 일단 연행이 되었으나 곧 석방이 되었다.[14]

　사실 이발소 안의 인물들이 느꼈던 두려움은 젊은이들의 행동으로
부터 온 것이기도 했지만, 그들의 내면에 자리 잡고 있던 막연한 불안
감 때문이기도 했다. 이 젊은이들은 그저 이발소 안의 인물들이 지니
고 있었던 두려움과 불안감을 촉발시키는 역할을 하고 있을 뿐이었다.
이 젊은이들을 제외한 인물들이 가지고 있었던 불안감은 자신들의 일
상이 무너질지도 모른다는 사실로부터 비롯되고 있는데, 그것은 이 젊
은이들이 정치적 영향력을 가진 자들인 것 같은 느낌으로부터 시작된
것이었다. 그러므로 그들은 그들이 지극히 당연한 것이라고 믿고 있는
젊은이의 말에서마저도 불안감을 느낄 수밖에 없다.

---

14) 「1965년 어느 이발소에서」, pp.469-470.

그 청년의 말은 천번 만번 지당한 말이었다. 요즈음 세월에 모두 이러고 있을 때가 아닐 것이었다. 정신을 차리고 빠릿빠릿해 있어야 할 것이었다. 썩은 동태 눈알을 해가지고 희멀겋게 뻗어 있어서는 안될 것이었다. 휴전선을 사이에 두고 빨갱이와 마주 대결하고 있고, 월남에 파병을 하고, 곳곳에 간첩들이 활개를 치는 판에 도대체 이렇게 멍청하게 있을 때가 아닐 것이었다. 사람들은 이렇게 저렇게 따져서 그 말에 수긍은 하면서도 무엇인가 써늘하고 무서웠다.[15]

이처럼 이발소 안의 사람들에게 드리워졌던 불안감은 정치권력에 대한 두려움에 가까운 것이었다. 자의에 의한 것이든, 타의에 의한 것이든 상관없이 현대의 소시민들에게 정치권력이란 매우 위험한 것이라는 생각이 내재되어 있다.

김정용 교수는 오스카 마리아 그라프의 「안톤 지팅어」를 분석하면서 다음과 같이 말하고 있다.

그(안톤 지팅어)는 근본적으로는 모든 정치적 변화와 혁신에 대해 반대하는 입장을 가지고 있다. 그는 격변의 시기에 군주정치의 몰락과 암살, 바이에른의 소비에트 공화국의 와해 그리고 히틀러 폭동 등을 경험하지만, 정치적 사건이나 주변상황에서도 갈등상황을 의도적으로 회피해 버린다. 오직 안정과 질서의 회복만이 그의 가장 중요한 관심사인 것이다. …(중략)… 그래서 소시민 계층은 세상을 변화시키거나 보다 나은 미래를 이룩하는 데에는 전혀 도움이 되지 못한다.[16]

---

15) 「1965년 어느 이발소에서」, p.463.
16) 김정용, 「소시민 의식과 문화의 문학적 형상화」, 『독어교육』 제26집, 한국독어독문학교육학회, 2003, pp.348-350.

　1960년대 이호철의 소설이 ‘상황성’과 ‘희화성’을 보여주며, 이를 통해서 소시민들이 빨갛게 옷을 벗고 있다는 지적[17]이 있는데, 이것은 상황으로부터 짐짓 한발 물러서 있는 듯한 작가의 태도로부터 온 측면이 강하다. 그리고 「1965년 어느 이발소에서」에서는 소시민들의 일상에 대한 작가의 연민을 느낄 수 있다. 그런데 이발소 안의 소시민들이 느끼고 있는 불안감이란, 그저 이유 없이 허둥대는 모습은 아니었다. 이들 소시민들이 느끼고 있는 ‘써늘하고 무서운’ 감정은 자신들이 순응해야 할 정치적 방향을 확신하기 어려운 상황 속에서 느끼는 불안감인 것이다. 그러므로 이들이 불안감을 해소할 수 있는 길은 정치적 방향에 대한 정확한 예측이라고 할 수 있다.

　그런 면에서 본다면 이 작품에서 최후의 승자가 된 것은 결국 늙은 관리였다. 그는 눈치가 빨랐으며, 비록 더 힘센 자들의 힘을 빌려서이기는 했지만, 그로 인해서 그는 자신의 불안감을 스스로 씻어버릴 수가 있었던 것이다. 이 늙은 관리와 같은 인물은 이호철의 다른 소설에서도 주로 승리하는 자들이다. 이와 같은 인물들은 이른바 ‘도시적 영악성에 적응’[18]한 인물들이라고 할 수 있는데, 이 ‘도시적 영악성’이란 사회적 흐름에 대한 정확한 예측과 적응이라고 할 수 있다. 그러나 이 ‘도시적 영악성’이 욕망의 상실이나 포기를 의미하는 것은 아니다. 오히려 이것은 더욱 완고한 욕망의 추구이다. 비록 완벽하다고 생각하지도 않고, 만족스럽게 생각하고 있지도 않지만, 현재의 상황을 지켜내고

---

17) 박훈하, 앞의 글, p.156.
18) 김병익, 「60년대적 순진성과 그 풍속의 상실」, 『서울은 만원이다 / 월남한 사람들』 이호철전집7, 청계, 1991, p.392.

자 하는 의지, 그것이 바로 이들 소시민들의 욕망이다. 이것이 소시민적 일상성에 포함된 중요한 모습이라는 점을 부인하기는 어려울 것이다.

3. 완고한 현실보존의지로서의 소시민성

「무너앉는 소리」의 제1부인 「닳아지는 살들」과 「큰 산」은 「판문점」과 「1965년, 어느 이발소에서」에서 드러난 소시민성에 대한 비판의식과 그 맥을 같이 하면서도 다른 방식으로 소시민적 일상의 문제를 보여주고 있다.

「닳아지는 살들」을 통해서 이호철은 분단 상황의 일상화를 보여주고 있지만, 그 양상은 「판문점」과는 사뭇 다르다. 물론 「닳아지는 살들」에서도 분단 상황이 이미 일상적인 것이 되어 있기는 마찬가지이다. 그러나 이 작품에서는 「판문점」에서 보여주었던 최소한의 낭만적인 인식마저도 완전히 제거된 답답한 일상이 제시되고 있다. 이 작품을 두고 개인주의적 삶의 방식과 공동체적 삶의 방식 중에서 어느 것도 선택할 수 없는 모순적 상황 속에 처한 고통스러운 의식 상황을 잘 보여주고 있다고 지적한 것[19] 역시 이와 같은 맥락에 있다고 할 수 있다.

> 5월의 어느 날 저녁이었다. 맏딸이 또 밤 열두시에 돌아온대서 벌써부터 기다리고들 있었다. 서성대는 사람은 없으나 언제나처럼 누구인가를 기다리고 있는 분위기는 감돌고 있었다.[20]

---

19) 김종욱, 「감금된 과거, 분열된 현재」, 『실천문학』 2001 봄호, 실천문학사, p.249.

전직 은행장인 늙은 주인과 그의 가족들이 기다리고 있는 집안의 맏딸은 사실 20년 전 북쪽으로 시집간 사람이다. 이들이 맏딸을 기다리는 행위는 그렇기 때문에 분단 상황에 대한 상징으로 읽힐 수 있는 행위일 수도 있다. 그러나 「닳아지는 살들」에서 가족들에게 더욱 민감하게 다가오는 것은 맏딸에 대한 기다림보다는 '꽝 당 꽝 당'하는 정체 불명의 소리이다. 처음에 그 소리는 가족들의 불안감을 강하게 자극하지는 않았다. 그것은 그 소리가 아주 먼 곳에 있는 것이라고 판단했기 때문이었다.

> 먼 어느 곳에서는 이따금 여운이 긴 쇠붙이 뚜드리는 소리가 들려왔다. 밑 거리의 철공장이나 대장간에서 벌겋게 단 쇠를 쇠망치로 뚜드리는 소리 같았다.
> 근처에 그런 곳은 없을 것이었다. 그렇다면 굉장히 먼 곳일 것이었다. 굉장히 굉장히 먼 곳일 것이었다.[21]

그러나 그 소리는 그칠 줄 모르고 계속 들려왔으며, 결국 온 집안을 짓누르는 압박감으로 다가온다. 그 소리가 불안한 이유는 익숙하지 않은 탓이기도 하지만 이전에는 경험해 보지 못한 변화의 징조이기 때문이었다. 특히 이 집의 막내딸인 영희는 「판문점」의 진수와는 다르게 완전한 소시민성에 사로잡힌 인물이었다. 그렇게 때문에 그녀에게 그 불안감은 더욱 강하게 영향을 미친다. 영희가 변화를 두려워하고 있다

---

20) 이호철, 「닳아지는 살들」, 『한국소설문학대계』 39, 동아출판사, 1995, p.386.
21) 「닳아지는 살들」, p.387.

는 것은 그녀의 약혼자인 선재가 육체적인 접근을 시도하자 그것을 쉽게 받아들이지 못하는 장면에서도 확인할 수 있다. 이것 역시 변화에 대한 두려움으로 이해할 수 있는데, 선재의 접근을 완곡하게 거절하면서 정체불명의 소리에 대한 불쾌감을 말하는 장면에서 영희의 심리를 잘 파악할 수 있다.

> "어마나, 이러지 말아요. 나 내려가야 해요. 언닐 같이 기다려야 해요. 내일 아침 피차 쑥스러워지면 어떻게 해요. 쑥스럽지 않겠죠. 그렇죠? 어머나, 정말이군요. 여자가 남자보다 아름답다는 건 이런 때 보면 알아요."
>
> 입만 쉴사이 없이 움직일 뿐이다.
>
> "자꾸 쫓아오구 있었어요. 나, 오늘 저녁 내내 도망을 하구 있었어요. 혼자 감당하기가 어떻게나 무섭던지, 그런 걸 누가 감당해 주나요. 그놈의 쇠망치 소리 말이야요. 딴딴한 쇠망치 소리 말이야요."[22]

영희에게 언니를 기다리는 일은 익숙한 일상이 되어 있지만 '딴딴한 쇠망치 소리'는 낯선 것이고, 이 낯설음이 불안감의 이유가 되고 있다. 사실 영희에게 낯선 쇠망치 소리가 불길한 대상이 되고 있다는 점은 적절하지 않은 면이 있다. 맏딸을 기다리고 있는 이들 전직 은행장의 가족은 이 정도의 불길한 예감에 민감해야 할 정도로 안정된 삶을 유지하고 있는 사람들이 아니었다. 가장이라고 할 수 있는 아버지와 그의 며느리는 백치가 되어 있으며, 아들 성식은 백치가 된 아내에게 일말의 애정도 느끼지 못한 채 매일 2층에 칩거하고 있다.

---

22) 이호철, 「닳아지는 살들」, pp.402-403.

이러한 상황은 이미 이들 가족의 삶이 비정상적이며, 뚜렷한 희망을 갖기 힘들다는 것을 일러주고 있다. 그러나 영희는 이와 같은, 보다 근본적인 부정적인 삶의 조건은 인식하지 못한 채, 그저 낯선 쇠망치 소리에만 신경을 곤두세우고 있는 것이다.[23] 이처럼 영희에게 긍정적인 것과 부정적인 것을 가르는 기준은 가치판단이 아니라 낯선 것이냐 익숙한 것이냐의 문제이다. 그러므로 만약 정말 이 집의 맏딸이 돌아오게 된다면 그 때에도 영희는 기다림이 끝나게 되었다고 기뻐할 수 있을 것인가에 대해서는 의심의 여지가 있다. 작품의 후반부에서는 이와 같은 영희의 심리를 보다 정확하게 확인할 수 있다.

순간 영희가 발작이나 일으킨 듯이 아버지 쪽으로 달려갔다. 한 손으로 식모를 가리키며 한 손으로는 아버지를 부축하여 일어 세우며 쩌개지는 듯한 소리로 말했다.

"아부지, 자, 봐요. 언니가 왔어요, 언니가. 정말 열두시가 되었으니까 언니가 왔어요. 이제 정말 우리집 주인이 나타났군요. 됐지요? 아부지, 자, 어때요? 됐지요, 아부지."

식모가 이번에는 소리를 내며 웃었다.

"정말이에요. 아부지, 저렇게 언니가 왔어요. 그렇게도 기다리던 언니

---

23) 가족이라는 공동체를 단순한 혈연 공동체로서가 아닌, 생산 조직으로 이해하고 있는 태도는 사회학계에서 이미 하나의 흐름을 형성하고 있는 듯하다. 현대사회와 가족의 해체 문제를 이와 같은 관점으로 접근할 수도 있다. 농업생산 중심의 경제체제로부터 거대 자본 중심의 산업경제체제로 경제조직이 재편되면서 가족의 의미 변화와 부분적 해체는 필연적인 것이 된다는 것이 바로 이와 같은 관점인데, 그렇다면 현대사회에서 가족의 관계가 형식화되고, 단절된다는 것은 현대인의 필연적인 일상이 될 수밖에 없을 것이다.(장경섭, 「가족·국가·계급 정치-가족 연구의 거시 사회 변동론적 함의-」, 한국사회사연구회, 『한국근현대 가족의 재조명』, 문학과지성사, 1993, 참고.)

　가 왔어요."[24)]

　영희는 왜 아버지에게 식모를 언니라고 말하고 있는가.

　이 작품에서 작중인물들이 처해 있는 세계의 폐쇄성은 모든 것을 조직화하고 집단화하면서 그 자체의 엄밀한 정확성과 필연성에 따라 운영되는 현대사회의 메커니즘과 상통한다. 맏딸을 기다리던 이들 가족의 응접실에 정작 밤 열두시가 되어 나타난 것은 이 집의 식모였다. '이제 정말 우리 집 주인이 나타났군요'라는 영희의 말은 이 집을 지배하고 있는 것이 다름 아닌 일상성이라는 것을 보여주고 있는 것이기도 하다.[25)] 그리고 영희는 아버지에게 그들을 지배하는 일상을 의심 없이 받아들이라고 말하고 있는 것이다. 그렇다면 이들 가족, 특히 영희가 가장 민감하게 반응하고 있는 '꽝 당 꽝 당'하는 정체불명의 소리는 이들 가족이 기다리고 있는 맏딸이 정말 돌아올지도 모른다는 불안감의 이미지로 해석될 수 있다. 만약 돌아오지 않고 있는 맏딸이 분단현실을 상징하는 것이라면, 분단현실을 애써 일상 속에서 외면하고자 하는 심리를 반영하는 셈이다.

　「닳아지는 살들」은 우리가 흔히 말하는 분단소설로 규정할 수 있다. 그런데 이러한 분단 상황이 그저 일상의 조건으로 이해되기 시작한다면 그것은 어찌 보면, 분단 상황의 가장 아픈 모습일 것이다. 「닳아지는 살들」은 이러한 분단 상황의 일상화와 내면화가 보여주는 비극성을 명료하게 보여주고 있다. 물론 한국전쟁 후 10년이라는 시간적 거

---

24) 이호철, 「닳아지는 살들」, p.410.
25) 김종욱, 앞의 글, p.249.

리가 이것을 가능하게 해 준 것이다. 위의 인용문에서 진술하고 있는 것처럼 '쇠붙이 뚜드리는 소리'는 굉장히 먼 곳에서 오는 것이고, 밤내 이어질 것 같은 소리[26]이지만, 그 소리 역시 그렇게 계속 들려온다면, 그 밤의 중간쯤 어디에서인가는 자기 몸의 일부처럼 일상적인 것이 되어버릴 것이 분명하다. 물론 불편하겠지만 말이다.

중산층 소시민들의 내면에 자리 잡은 변화에 대한 두려움은 「큰 산」을 통해서도 확인할 수 있다. 첫눈 내리는 어느 날, '갓 대학 출신의 젊은 샐러리맨 부부가 많이 살고 있는 동네'에 살고 있는 '나'의 집 블록담 위에, 웬 흰 남자 고무신짝 하나가 올려져 있는 것이 발견되었다. 그것은 이들 부부에게 '꺼림칙한 느낌'을 주었다. 그리고 그들은 왜 이런 일이 일어났는가에 대해서 궁금해 한다. 결국 이 이유를 알 수 없는 사건은 이들 부부에게 일종의 공포감을 주기까지 한다.

> 나는 그 이상한 고무신짝을 들고 이모저모 뜯어보았다. 분명히 더도 덜도 아닌, 남자 고무신짝 하나였다. 크기도 특별나게 크다거나 작다거나 하지 않고, 표준형 정도였다. 조금 이상하다면 금방 씻어 말린 듯이 새하얗게 희다는 점이다. 그것이 더 을씨년스럽고 기분이 나빴다. …(중략)…
>
> 이 일로 인하여, 이미 아내도 나처럼 공포감에 휘말려 있는 것이 확실해 보였다.[27]

'나'는 나중에 알게 된 일이지만, 고무신짝이 발견되었던 그날 밤,

---

26) 「닳아지는 살들」, p.410.
27) 이호철, 「큰 산」, 『한국소설문학대계』 39, 동아출판사, 1995, pp.472-473.

‘나’의 아내는 ‘그 고무신짝을 들고 골목길을 이리저리 기웃거리다가 길가의 아무 집이건 가릴 것 없이 여느 집 담장으로 휙 던졌’다. 그러나 그 일이 있고 정확히 열흘이 지난 후, 그 고무신짝은 다시 ‘나’의 집으로 되돌아온다.

> “고무신짝이에요, 또 그, 그 고무신짝.”
> 아내의 목소리는 완연히 떨고 있었다. 거의 헐떡거리듯 하였다. 맞다. 고무신짝이었다. 그 새하얗게 씻은 고무신짝.
> “……”
> 나는 마치 머릿속의 저 아득한 맨 끝머리에 쩌엉스런 깊고 빈 들판에 있다가, 그것이 또 확 열려 오는 듯한 공포 속으로 휘어 감겼다.[28]

아내가 열흘 전에 남의 집 담장으로 던져 버렸던 그 고무신짝은 그 집에서도 ‘나’의 집에서와 같은 상황을 발생시켰으리라는 점을 미루어 짐작할 수 있다. 그리고 동일한 행동이 반복되었을 것이고, 결국 이와 같은 행동의 반복은 다시 ‘나’의 집으로 그 고무신짝이 되돌아오는 결과를 낳았던 것이다. 아내의 말처럼 그 고무신짝이 ‘염병 돌 듯이 돌아다니고’ 있었던 것이다. 이 근원을 알 수 없는 불안감은 아내에게 이윽고 강한 적개심마저 불러일으키는데, 그 적개심은 분명한 대상을 알 수 없는 불특정 다수를 향한 것이었다. 이렇듯 불안감과 적의로 이성을 잃고 있는 아내에게 ‘나’는 불쑥 엉뚱한 이야기를 꺼낸다.

---

28) 「큰 산」, p.479.

　　"큰 산이 안 보여서 이래, 모두가."
　　내가 나지막하게 혼자소리로 중얼거리자, 아내도 나를 귀신 내리고 있는 박수 쳐다보듯이 쳐다보고 있었다.
　　"당신 이제 무슨 소리 했수. 대체 큰 산이 뭐유, 큰 산이?"
　　"……"[29]

　'큰 산'이란 그가 살던 고향 마을을 교교히 지키며 서 있던 산을 말한다. 그 '큰 산'은 분명 주인공 '나'에게는 하나의 대상이지만, 보다 근원적인 것을 의미한다.

　　그 큰 산은 청빛이었다. 서쪽 하늘에 늘 덩더룻이 웅장하게 퍼져 있었다. 아침 저녁으로 혹은 네 철을 따라 표정은 늘 달랐지만, 근원은 뿌리 깊게 일관해 있었다. …(중략)… 그 큰 산은 늘 우리 모든 사람의 마음속에 형태 없는 넉넉함으로 자리해 있었다. 그 큰 산이 그곳에 그렇게 그 모습으로 뿌리 깊게 웅거해 있다는 것이 늘 안심이 되었던 것이다.
　　깊숙하게 늘 안심이 되었던 것이다.
　　아, 그 큰 산, 큰 산.[30]

　욕망이 없는 인간은 없다. 욕망이란 그 자체로서 인간의 삶이라고 할 수 있다. 문제는 '무엇을 욕망하는가'이다. 앞서 언급했던 바처럼, 현대인들의 일상이란, 맹렬한 이익추구에 몰두하는 삶의 현장이 주는 상황이다. 현대인들이 추구하는 이익은 자본에 대한 욕망일 수도 있고, 개인적 명성, 혹은 미신적인 것에 이르기까지 다양한 차원에 걸쳐 있

---

29) 「큰 산」, pp.481-482.
30) 「큰 산」, p.482.

는데, 문제는 이러한 욕망이 한층 노골화되고, 이기적인 태도가 거리낌 없이 발현되는 것이다. 「큰 산」에서는 이러한 이기적인 욕망이 결국 그러한 욕망을 추구하는 주체의 내면까지 황폐화시킨다는 점이 강조되고 있다. 그러므로 그것은 참된 욕망도 아니며, 근원적인 것은 더더욱 아니라는 것이다. 그러나 그러한 판단이 곧바로 새롭고 근원적인 욕망을 발생시키는 것은 아니다. 어쩌면 가치에 대한 판단과 욕망의 문제는 애초부터 관계없는 것이었을지도 모르는 일이다.

결국 아내는 '악착같은 기세로' 그 고무신짝을 남의 집에 던져 버리고, '한결 개운해진' 모습으로 다시 집으로 돌아오게 되는데, '나'는 그러한 아내의 모습에 대해서 '아무 소리'도 하지 않는다. 그리고 그것이 곧 아내에 대한 존중이라고 생각한다. 이것은 아내가 보여주고 있는 태도를 내적으로 수용하는 모습이다. 왜냐하면 '나'로서도 그 고무신짝이 마치 염병 돌듯이 돌아다니는 현실을 헤쳐 나갈 가장 유효한 태도가 바로 아내와 같은 모습이라고 판단했기 때문이었을 것이다. 또한 이것은 '큰 산'에 대한 욕망을 상실한 현대적 일상[31]을 견뎌낼 수 있는 하나의 규범이기도 할 것이다.

---

31) 알튀세르가 분석하고 있는 이데올로기적 국가장치(AIE)의 문제는 현대의 소시민성과 관련하여 심각하게 경청해야 할 문제라고 생각한다. 특히 정부, 내각, 군대, 경찰서, 재판소, 감옥 등의 근대적 국가장치들 이외에 알튀세르는 교육, 법률, 정치, 종교, 문학, 예술 심지어는 가족에 이르기까지 우리들의 삶을 포위하고 있는 거의 모든 시스템과 문화를 AIE로 인식하고 있다. 그는 이것을 사적인 영역에서 발생한 AIE로 이해하고 있다. (L. Althusser, 김동수 역, 『아미엥에서의 주장』, 솔, 1991, pp.89-90. 참조) AIE는 일종의 지배 이데올로기 유통 경로라고 해석할 수 있는데, 특히 사적인 영역에서 발생한 AIE는 자기 검열의 과정을 강요하는 역할을 하기도 한다. 이러한 유형무형의 AIE는 '소시민적 일상'이라는 하나의 상황을 유지 및 확대시키는 중요한 토대가 된다고 할 수 있겠다.

4. 맺는말

현대 사회에서 소시민성은 이미 하나의 이데올로기로서의 지위를 획득한 것처럼 보인다. 한 개인의 입장에서 이데올로기란 인식 주체가 당면하고 있는 상황에 의해 발생된 고통을 약화시키는 방향으로 세계의 이미지를 구축하려는 의지나 속성을 가지고 있다.[32] 그런 면에서 소시민성이라고 하는 하나의 이데올로기는 수세적인 입장에 놓여진 현대인들의 벌거벗겨진 모습이다. 이것은 단순한 기회주의와는 다르다. 그러므로 이호철의 소설들이 정말 비판적으로 바라보고 있는 것은 작품 속의 인물들이 아니다. 어쩌면 우리가 현대사회라고 부르는 그 거대한 삶의 현장을 이호철은 노려보고 있는지도 모를 일이다.

앞서 언급한 바처럼, 현대사회의 일상성은 무의미성이 아니라 의미의 내면화라고 할 수 있다. 르페브르가 현대사회의 일상성을 다의미한 것으로 파악하고 있는 것은 현대사회의 일상에 영향을 행사한 요인들이 그만큼 많았다는 사실을 반증한다.

본 연구에서는 이호철의 1960년대 소설에서 구체화되고 있는 소시민적 일상과 그 기반에 관하여 살펴보았다. 이호철의 소설에서 그려지고 있는 소시민성은 현대인들이 현실에 대해서 보이고 있는 하나의 반응이었다. 그리고 그 내부에는 정치에 대한 무관심과 순응주의, 그리고 변화에 대한 두려움과 이에 따른 완고한 현실보존의지가 자리 잡고 있었다. 그리고 이호철 소설 속의 인물들은 이와 같은 태도의 내면화를

---

32) 홍성호, 『문학사회학, 골드만과 그 이후』, 문학과지성사, 1995, p.295.

통해서 적어도 현재의 상황을 보존할 수 있다고 생각하고 있었으며, 이것을 통해서 현실의 고통을 피해갈 수 있었다고 믿고 있었다.

이호철의 소설에서 그려지고 있는 이와 같은 소시민적 일상의 모습은, 그의 소설이 그만큼 성숙한 것이었다는 판단을 가능하게 한다. 물론 일상에의 천착이 소설의 지향점이 될 수는 없다. 간혹 우리는 그와 같은 태도가 소설의 생명력과 역동성을 오히려 잠식하는 모습을 목격하기도 했다. 그러나 이호철의 소설은 당대의 일상이 어디에서 오는지를 알고 있는 작품들이었다.

이호철의 자전적 소설과 월남민의 정체성

1. 서론

월남민에게 있어서 월남 경험은 가족, 고향 등 친숙한 관계로부터의 격리인 동시에 이전에 속해 있던 체제를 벗어나 새로운 체제로 진입하는 과정이었다. 그리고 이러한 과정을 겪은 개인에게 있어서 정체성의 혼란은 불가피하다. 이로 인해 전후 월남작가의 소설에서 월남민의 정체성 문제는 중심 주제가 되어 왔는데, 이는 다양한 양상으로 나타났다. 하나는 선우휘와 그의 소설로 대표되는 것으로, 북한 체제를 적극적으로 부정하면서 자신을 반공 체제의 대변자로 위치시키는 것이다. 이 경우 월남 경험에서 강조되는 것은 북한 체제의 폭력성과 비인간성

* 류동규 / 영남대학교 강사

이며, 월남은 이러한 폭력적인 체제에 대한 적극적 부정과 거부, 즉 망명으로서의 의미를 지니게 된다. 다른 하나는 월남 경험을 체제로부터의 소외라는 보편적 상황으로 받아들이는 경우이다. 손창섭과 장용학의 소설에 흔히 등장하는 '소외자' 혹은 '고독자'의 형상은 이를 잘 보여주는 것으로, 이들에게 있어서 월남은 소외를 발생시킨 실존적 상황이 된다.

한편 이호철의 소설은 월남 경험을 '탈향'의 과정으로 그리고 있다는 점에서 위의 두 경우와 구별된다.[1] 이호철 소설의 주인공들은 한편으로는 고향을 지속적으로 의식하면서도 다른 한편으로는 고향을 벗어나 남한 체제 내부로 진입하고자 한다는 점에서 이중적 상황 속에 놓여 있는 존재들이다.[2] 고향을 의식한다는 것은 무슨 의미인가? 그것은 현재 남한 사회에서의 자신의 위치를 이전 고향에서의 자신의 처지와 행적에 비추어서 파악하고자 하는 실향민으로서의 자의식이다. 이들은 언젠가는 월남한 사람들이 함께 고향으로 돌아가게 될 것이라고 막연히 기대하면서 이 일어날 일에 비추어 현재를 살아간다. 남한 체제 내부로 진입하고자 한다는 것은 무슨 의미인가? 그것은 이들이 자신을 의탁할만한 터전을 갖지 못한 뿌리 뽑힌 존재이기에, 더욱 급진

1) 정호웅은 이호철의 「탈향」을 '얄팍한 인정주의와 감상주의와의 결별'로 규정하고, 이를 '소박한 휴머니즘과 비장한 영탄조의 1950년대 소설과의 결별'로 평가하였다. 「50년대 소설론」, 『1950년대 문학연구』, 예하, 1991, 56쪽.
2) 김귀옥은 월남민의 정체성을 엘리트층 월남민의 정체성과 정착촌 월남민의 정체성으로 나누어 고찰하여, 이를 각각 '실향민 의식'과 '정착민 의식'으로 대별하고 있다. 이호철 소설에 나타난 월남민 정체성은 이 두 가지 의식이 모순적으로 결합되어 있다는 점에서 이중적 구조를 지니고 있다. 김귀옥, 『월남민의 생활 경험과 정체성』, 서울대학교출판부, 1999, 14장 참고.

적으로 체제의 내부로 들어가 거기에 자신의 터전을 마련해야만 하는 데에서 비롯된 소시민 의식의 발로이다. 이러한 의미에서 '탈향'이란, 이미 이루어진 '실향'과 앞으로 이루어질 '귀향' 사이에 놓인 주체의 적극적인 자기 표명이라 할 수 있다.

본고는 1960년대 중반 이후부터 1970년대 초까지의 이호철의 소설을 대상으로, 이들 작품에 나타난 자전적 요소에 주목하여 월남민 정체성의 양상을 규명하고자 하는 시도이다. 이호철은 등단작인 「탈향」에서부터 최근작인 『남녘사람 북녘사람』 연작에 이르기까지 자전적 요소를 담은 소설을 지속적으로 발표해 왔다. 이는 작가 자신의 월남민으로서의 정체성이 그만큼 불안정하고 불확정적이었음을 보여주는 것으로, 남북 관계의 정세가 변화할 때마다, 그리고 작가 자신의 처지가 바뀔 때마다 월남민으로서의 자기 존재를 새롭게 확인함으로써 변화하는 상황에 대응하고자 한 결과라 할 수 있다.

이렇게 볼 때 1960년대 중반 이후 이호철의 소설이 보여주는 월남민의 정체성은 초기소설의 그것과는 다른 양상으로 드러나고 있음을 알 수 있다. 「탈향」, 「나상」, 『소시민』 등은 모두 자전적 소설로서 서정성·감상성을 특징적으로 보여주고 있거니와,3) 이는 이 시기 작가가 처한 정체성의 혼란을 보여주는 것이라 할 수 있다. 이러한 정체성의 혼란은 여전히 사회적·심리적 뿌리를 고향에 두고 있는 주인공들이 고향을 벗어나 이제 막 남한 사회 내부로 진입하여 새로운 사회의 일원이 되는 과정에서 비롯된 것이다.4) 이처럼 이호철의 초기소설이 '탈

---

3) 정명환은 이호철의 초기소설이 '자기고백적인 센티멘탈리즘'을 드러내고 있음을 지적하고 있다. 정명환, 「실향민의 문학」, 『창작과비평』, 1967년 여름.

향'에의 의지를 드러내는 데 초점을 두고 있다면, 1960년대 중반 이후 소설은 이제 남한 사회에 진입한 주인공이 외부인의 시선으로 남한 사회 내부를 탐구하는 것으로 그 초점이 옮겨지게 된다. 그리하여 이호철의 소설은 새로운 단계로 나아가게 되는 바, 「등기수속」(1964), 「부시장 부임지로 안가다」(1965), 「자유만복」(1965), 『서울은 만원이다』(1966) 등 1960년대 중반의 풍자소설, 「큰 산」(1970), 「이단자」 연작(1972-74) 등 소시민의 일상을 그린 소설, 그리고 이 시기 작가 자신의 자전적 경험을 농도 짙게 드러낸 『남풍북풍』(1972-73) 등이 이 시기를 대표하는 작품들이다.

이호철의 1960년대 중반 이후부터 1970년대 초까지의 소설에 대한 연구는 아직 본격적으로 이루어지지 않았다.[5] 지금까지의 연구는 이호철의 소설을 '실향민 의식에서 분단 의식으로의 확대'로 규정해 왔지만, 이러한 변모의 계기와 내적 요인에 대해서는 논의가 이루어지지 못하였다.[6] 초기소설에서부터 드러났던 실향민 의식은 1970년대 후반

---

4) 류동규, 「전후 월남작가의 소설에 나타난 자아정체성의 형성 양상」, 경북대 박사 논문, 2008, 93쪽. 이 논문은 이호철 초기소설이 보여주고 있는 변모를 모성적 세계로서의 고향을 벗어나 생활 세계로 진입하는 과정으로 설명하였다.

5) 이 시기 이호철 소설에 대한 논의로는 다음을 참고할 수 있다. 권영민, 「닫힘과 열림의 변증법」, 『문학사상』 199권, 1989. 5; 민현기, 「이호철의 풍자소설」, 『한국현대작가연구』, 민음사, 1989; 조명기, 「『서울은 만원이다』 연구」, 『문창어문론집』 37집, 2000; 이호규, 「1970년대 일상인의 조건 -『이단자』, 『문』」, 『이호철 소설 연구』, 새미, 2001; 박은태, 「이호철 소설에 나타난 낭만적 세계의 변화 양상 연구」, 『비평문학』 19집, 2004; 김택호, 「일상에 억압된 소시민들에 대한 풍자」, 『한중인문학연구』 14집, 2005.

6) 이호철 소설의 변모에 주목한 것으로 권영민의 논의를 들 수 있다. 권영민은 이 시기 이호철 소설의 성격을 '상황성의 추구'로 요약하고 있는데, '상황성'이란 '소설적 무대와 시간의 폭을 제약함으로써 소설 양식의 내면적 공간의 확대를 꾀

이후 분단의식으로 확대되게 되는데, 이렇게 볼 때 1960년대 중반 이후부터 1970년대 초까지의 이호철의 소설은 이러한 변모의 계기를 내장하고 있는 것으로 볼 수 있다. 본고는 이 시기 집중적으로 발표된 풍자소설을 월남민의 정체성이 발현된 한 양상으로 파악하고, 이를 1970년대 초에 발표된 자전적 소설과 관련지어 해명하고자 한다. 이를 위해 본고는 다음 두 가지 요소에 주목할 것이다. 하나는 자전적 소설에서 작가 자신이 자기 존재를 드러내는 방식이고, 다른 하나는 이 시기 소설에 두루 나타나는 '타자'의 형상과 그 변모 양상이다. 이 두 가지 요소는 서로 관련을 맺고 변화하면서 월남민 정체성의 구조를 형성하고 있다. 이호철의 중기소설에 나타난 자전적 요소에 주목하여 월남민 정체성의 구조를 규명하고자 하는 본고의 시도는 이호철 소설이 보여주는 변모의 계기를 규명하는 한편, 이호철 소설의 전체적 양상을 포괄적으로 해명할 수 있는 관점을 모색한다는 점에서 의미 있는 시도가 될 것이다.

2. 풍자소설과 희화화의 논리

2.1. 자기 희화화를 통한 체제 비판

실향의 감상을 벗어나 남한 사회 내부로 진입한 이호철 소설의 주인

한 것'으로 설명된다. 이는 이호철 소설의 특징을 간명하게 지적한 것으로 주목할 만하지만, 이것이 이호철 소설의 변모의 계기를 설명하는 것은 아니다. 권영민, 위의 글 참고.

공들은 이제 본격적으로 남한 체제를 탐구하기 시작하는데, 이때 우선적으로 선택된 방식은 '풍자'였다. 1960년대 중반에 풍자소설이 등장하게 되는 데 대해서는 보다 본격적인 논의가 필요하겠지만,[7] 이는 4·19 혁명으로 고양되었던 분위기가 급격히 냉각되고 체제가 경화되어 버린 당시의 정치적 상황과 무관하지 않다. 4·19에서 5·16으로, 다시 한일 회담에 따른 계엄 선포로 이어지는 이 시기의 정치적 상황은 혁명이 가져다 줄 자유를 기대했던 당시 지식인들에게 냉소와 허무를 불러일으킬만한 것이었다. 『광장』에서 『회색인』으로, 다시 풍자소설인 『총독의 소리』 연작으로 이어지는 최인훈 소설의 전개 과정이 이를 잘 대변해주거니와, 이호철의 풍자소설 역시 이러한 사회·정치적 상황과 관련되어 있다.

이 시기 이호철의 풍자소설은 크게 두 부류로 나누어지는데, 그 하나는 경화된 남한 체제를 우회적으로 비판한 작품이고, 다른 하나는 월남민을 주인공으로 설정하여 이들이 남한 체제에 진입하지 못하고 소외된 상황을 풍자한 것이다. 「등기수속」, 「부시장 부임지로 안가다」, 「1965년, 어느 이발소에서」, 「자유만복」 등은 첫 번째 부류에 포함되는 것으로, 이들 작품은 모두 확인되지 않은 불안과 조바심으로 인해 일

---

7) 1960년대 중반은 가히 풍자소설의 시대였다고 할만하다. 이호철의 풍자소설 외에도 남정현의 「너는 뭐냐」, 「분지」, 서기원의 「아리랑」, 「이유」, 「오산」, 최인훈의 「총독의 소리」, 「크리스마스 캐럴」 등 많은 풍자소설이 발표되었다. 1960년대의 풍자소설에 주목한 논의로 다음을 참고할 수 있다. 김영택, 「1960년대 한국소설과 풍자」, 『현대소설연구』 8, 1998; 김준현, 「반공주의의 내면화와 1960년대 풍자소설의 한 경향」, 『상허학보』 21, 2007; 류동규, 「탈식민적 정체성과 근대 민족주의 비판 - 최인훈의 『총독의 소리』 연작을 중심으로」, 『우리말글』 44, 2008.

어나는 희극적 해프닝을 그리고 있다는 점, 등장인물을 희화화하면서
도 인물 자체에 대한 비판에 머무르지 않고 이들을 둘러싸고 있는 체
제를 우회적으로 비판하고 있다는 점 등에서 공통점을 지닌다.

「등기수속」은 월남민인 주인공 현구가 친구의 권유로 2년 전에 사
놓았던 땅을 자기 명의로 옮기는 과정에서 일어난 해프닝을 그린 것으
로, 복잡한 등기수속 과정을 계엄 상황과 병치시켜 놓음으로써 당시
정치 상황을 풍자하고 있다. 등기수속을 하러 나섰지만 사태는 엉뚱하
게 진행되어, 현구는 구청에서 등기소로, 대서소로, 동회로, 또 땅이 있
는 현장으로 오가게 되고, 그 과정에서 주인공은 계엄 하의 대한민국
을 살아가는 월남민의 막연한 불안을 경험하게 된다. 「부시장 부임지
로 안가다」는 '1960년대의 혁명', 보다 정확히 말해 5·16에 대한 신랄
한 풍자이다. 이 작품은 마산 부시장 발령 사실을 알리러 온 군인을
용공분자를 잡으러 온 것으로 오해한 주인공이 이를 피해 이곳저곳으
로 도망하면서 일어난 희극적 해프닝을 그렸다. 이 작품에서도 희극적
해프닝과 혁명 공약을 병치시켜 놓는 방식으로 당시 남한 체제를 풍자
하고 있다. 또 「1965년, 어느 이발소에서」는 이발소에 들어온 두 청년
의 태도로 인해 느슨한 분위기에 감겨 있었던 사람들이 모두 불안과
공포에 질리는 상황을 그렸다. 작품 마지막 부분에서 이 두 청년이 대
한민국의 일개 시민임이 밝혀지는데, 이와 같은 반전을 통해 작품은
반공을 앞세운 남한 체제가 당시를 살아가던 사람들의 실감과는 동떨
어진 채 억압적인 분위기를 만들어내기만 할 뿐이라는 점을 풍자하고
있다.

이처럼 이들 작품은 희화화와 희극적 반전을 형식적 특징으로 하고

있거니와, 「등기수속」은 이러한 작품 중 가장 먼저 발표된 것이면서 작가의 자전적 경험을 제재로 삼아 월남민의 정체성 문제를 제기하고 있다는 점에서 주목된다. 월남민인 주인공이 땅을 사고, 이를 자기 명의로 확정 짓는 과정은 월남민의 정체성 문제와 무관하지 않다. 땅을 가진다는 것은 이제는 더 이상 현재의 삶을 임시적인 것으로 여기지 않고 남한 사회에 자신의 터전을 마련하고자 하는 것이기 때문이다. 현구가 겪게 되는 여러 가지 해프닝 중에서 월남민으로서의 자기정체성을 확인하게 되는 과정이 삽입되어 있는 것은 이를 잘 보여준다.

> 세종로에서 내려 택시를 잡았다. 통인동 동회사무소로 가서 주민등록 카아드를 찾으니, 거기 꽤 두꺼운 모조지 한구석에 동거인으로서 「徐顯九」라는 이름이 나왔다. 비로소 그는 허붓하게 웃으면서 10년 떨어져 있던 어버이나 만난 듯이 즐겁고 대견하고 대번에 안심이 되고, 이것으로 벌써 일의 반은 다 된 듯이 손수건을 꺼내 이마와 목을 훔치고 남방샤쓰 속의 가슴께에서까지 땀을 씻어 냈다. 그러면서 새까만 땟물이 묻은 손수건을 동회 서기에게 내보이기까지 하면서,
> 「이거 보세요. 서울 거리라는 데가 이러니 이거 살 곳입니까.」
> 점잖게 시 위생행정까지를 운위하는 것이었다.[8]

현구가 주민등록카드에서 자신의 이름을 확인하고 느끼는 감정은 어디에도 소속되지 못한 채 살아온 월남민의 처지에서 비롯된 것이다. 자전적 소설인 『남풍북풍』에서도 동일한 모티프가 반복되고 있거니와, 「등기수속」의 경우 이러한 월남민의 정체성을 자기 희화화를 통해 드

---

8) 「등기수속」, 『자유만복』, 서음출판사, 1968, 281-282쪽.

러내고 있다는 점이 특징적이다. 이러한 자기 희화화는 월남민으로서의 자기 처지를 초월하여 이를 냉소적으로 바라보는 또 하나의 시선을 설정할 때 가능해진다. 물론 이러한 자기 초월은 객관적인 상황 변화를 담보하지 못하고 주관적인 것에 머무르게 될 경우 허무주의로 떨어지기 쉬운 것인데, 이 시기 이호철의 풍자소설이 허무주의로부터 멀리 떨어져 있지 못한 것은 이를 잘 보여준다.[9]

그렇다면 남한 체제를 비판하는 동시에 자기 자신마저 희화화하는 이 시선이 궁극적으로 위치하는 곳은 어디인가? 그것은 전쟁이나 월남의 경험에도 불구하고, 또 북한 체제나 남한 체제 등 삶의 겉모양을 규정하는 체제의 변화에도 불구하고, 변하지 않은 채 육중하게 자리 잡고 있는 삶의 진면목이라 할 수 있다. 이러한 삶의 진면목은 그때그때의 표준이라는 것으로 미리 규정된 일정한 척도를 넘어선 곳에 존재하는 것이라는 점에서 '생리' 혹은 '근원적 정서'라 할 수 있는 것으로, 이호철의 소설에서 조금씩 모습을 달리 하여 나타난다. 「나상」에서는 형의 둔감한 것 같지만 그 너머에 있는 인정으로, 『소시민』에서는 주인공 '나'가 입대하기 전 주인 형의 집에서 느끼는 안온함으로 표현되었으며, 1970년대 작품인 「큰 산」에서는 '큰 산'이 '그 곳에 그렇게 그 모습으로 뿌리 깊게 웅거해 있다는 것'이 가져다주는 안심으로 표현되어 있다.

이처럼 이호철의 풍자소설은 특정한 이념에 기대어 현실을 규정하는 대신, '근원적 정서'에 기대어 남한 사회의 세태와 그 세태에 휩쓸

---

9) 권영민, 앞의 글 참고.

려 다니는 인물들을 희화화한다는 점에서 세태 풍자로 그 성격을 규정할 수 있다.[10] 풍자가 현실에 대한 간접적이고 우회적인 비판이라고 할 때, 현실을 비판하는 근거, 즉 이념이 전제되는 것은 당연한데, 이호철의 풍자소설은 이념적인 근거를 지니고 있지 않음으로 인해 1960년대 중반이라는 특수한 상황을 벗어나서는 지속되기 어려운 것이었다. 『공복사회』와 『4월과 빙원』(뒤에 『4월과 5월』로 개제)은 이러한 사정을 잘 보여준다. 이 두 작품은 중·장편의 형식으로서, 1960년대의 경화된 남한 체제를 우회적으로 비판하고자 하였다는 점에서 풍자소설에 포함될 수 있지만, 풍자의 대상과 논리가 불명확하여 앞의 작품들에서 더 나아가지 못한다.

2.2. '국외자'형 월남민 풍자

1960년대 이호철의 풍자소설의 또 하나의 부류는 남한 체제 내부로 진입하는 데 실패하여 국외자로 전락한 월남민을 희화화한 것이다. 「퇴역선임하사」, 『서울은 만원이다』 등은 이 부류에 포함될 수 있는 작품이다. 이들 작품은 월남민 주인공을 풍자의 대상으로 삼고 있으며, 이들을 둘러싼 체제나 상황 등에 대한 풍자로 나아가지는 않는다. 이들 월남민 주인공들이 풍자의 대상이 되는 주된 이유는 이들이 지닌 성격

---

10) 김준현은 「부시장 부임지로 안가다」와 「어느 이발소에서」를 분석한 글에서 이 작품들을 반공주의 비판으로 파악하였지만, 이는 이 시기 이호철의 풍자소설이 지닌 일반적 특징이라고 보기는 어렵다. 이 두 작품 역시 '반공'이라는 이념 자체에 대한 풍자라기보다 '반공주의'가 유포되는 과정에서 빚어진 희극적 해프닝을 그리고 있다는 점에서 세태 풍자에 초점이 있다고 할 수 있다. 김준현, 앞의 논문.

적 결함에 있으며, 이러한 성격적 결함은 개인적인 것에 머무를 뿐 사회적, 역사적 의미로 확대되지는 않는다.

「퇴역선임하사」의 주인공 상호는 월남 후 하사관으로 복무한 후 상사로 제대한 인물이다. 제대 후 이렇다 할 직업을 구하지 못한 채 형님의 도움으로 살아가면서도, 자신이 소신에 어긋나지 않게 하사관 생활을 한 것을 자랑으로 떠벌리는, 경박한 성격의 소유자이다. 심씨가 자신을 대령으로 소개하자 표정을 바꾸어 대령 행세를 하려 들고, 일이 들통이 난 마당에도 도리어 이쪽에서 큰소리치는 치는 등 허황한 성격의 소유자이기도 하다. 소설은 이러한 성격을 지닌 상호가 취직 등으로 주변 인물들과 얽히는 과정에서 벌어지는 웃지 못한 해프닝을 그린다. 소소한 사건이 일어날 때마다 상호는 허풍과 자기 과시로 그 일에 대어들지만, 상황은 언제나 상호가 원하는 것과는 반대로 진행된다. 자기 쪽에서 취직이 급한 판이면서도, 편집 일을 맡아달라는 협회 사무장의 제의에 괜히 바쁜 척 거드름을 피우고, 그러다가 일이 꼬이게 되자, 이사장에게 욕을 퍼붓고 소동을 일으킨다. 또 취직 소동 사이에 아내의 출산이라는 또 하나의 에피소드가 삽입되어 있는데, 여기에서도 상호의 경박스러움이 잘 드러난다. 그는 아내가 해산하자 딸인지 아들인지 정확히 확인하지도 않은 채 아들인 것으로 생각하고, 야밤에 시장으로 나가 고추를 사네, 약방으로 가서 여기저기 전화를 하네 소동을 피우고는, 집에 돌아와서 딸인 것을 알고 크게 실망한다.

『서울은 만원이다』의 남동표도 「퇴역선임하사」의 상호와 비슷한 인물이다. 『서울은 만원이다』는 1960년대 근대화, 도시화가 급속하게 진행되는 서울을 배경으로, 월남민인 남동표와 통영 출신으로 서울에서 몸을 팔면서 살아가는 길녀를 주인공으로 설정하여 당시의 풍속을 그려낸 장편소설로서, 작품은 남동표와 길녀 외에도 길녀를 따라다니는 기상현, 창녀이면서 길녀의 친구인 미경, 선린동집 사람들, 금호동집 사람들, 복실어멈 등 수많은 등장인물들을 종횡으로 엮어 복잡한 이야기를 만들어내면서, 이들 인물과 당시 서울의 세태를 풍자한다. 이 중에서도 남동표는 주된 풍자의 대상이 된다. 이 작품의 첫 대목의 제목을 '허황한 사람'으로 설정한 데에서도 드러나고 있거니와, 남동표는 겉으로는 호인이고 그때그때 닥치는 일에 대해서는 허풍을 떨고 시원시원하면서도, 뒷감당을 하지 못하여 늘 임시적인 삶을 면하지 못하는 인물이다.

> 남동표는 원래 어릴 적부터 큰소리치는 맛과 제 자랑하는 맛이 없으면 살맛이 없는 사람이었다. 당장 굶고 곧 죽어 가도 입으로는 큰소리가 술술 자연스럽게 흘러 나오는 것이다. 이 길에 들어서는 그야말로 팔자로 타고났다.
> 이런 사람이 흔히 그렇지만, 조금만 기분 좋고 조금만 유쾌하면 이 유쾌한 기분을 어디서라도 발산하고 폭발을 시켜야지 잠시도 참지를 못하는 성미다. 어떤 사람은 차근차근 삭여 가면서, 유쾌한 기분을 혼자 음미해 가면서 즐기는 사람이 있는데, 남동표는 백번 죽어도 그러지는 못할 사람이었다.[11]

그는 기상현의 돈 8만원을 훔쳐 그 돈으로 연합 서민 금융에 취직해 호인 행세를 하고, 회현동 하숙집에서 길녀와 버젓이 살림을 차린다.

---

11) 『서울은 만원이다』, 문학사상사, 1994, 237쪽.

시간이 지날수록 직장에서나 하숙에서나 그의 실속 없음이 드러나게 되고 길녀마저 잠적해버리자, 그는 다시 기상현을 찾아가는데 갚을 돈이 없으면서도 특유의 호인풍으로 기상현을 휘어잡는다.

「퇴역선임하사」와 『서울은 만원이다』에서 '국외자'형 월남민들은 서사의 진행에도 불구하고 그 성격과 처지가 변화하지 않는다. 이들이 겪는 사건들은 모두 이들의 허황한 성격을 부각시키는 기능을 할 뿐, 이들 존재의 근저를 관통하는 사건이 되지 못한다. 이 점은 『서울은 만원이다』에서 남동표와 길녀를 대비할 때 명확히 드러난다. 작품의 후반부에서 길녀는 동생의 편지를 받고 고향을 다녀오게 되는데, 길녀는 이 과정에서 일정한 성격 변화를 겪게 된다.

> 스스로 생각해도 분명치는 않지만 무언가 본질적으로 흐느꼈다. 이때까지 살아오던 차원과는 다른 차원으로 넘어가고 있다고 생각되었다. 그 다른 차원이란 어떤 차원인지 길녀 스스로 알 수는 없었다.
> 한 시간 가량 울던 길녀는 갑자기 새침하게 가라앉은 표정이다가, 자기 백에 넣었던 칠만 원을 도로 남동표 가방에 넣어 두고 방을 나왔다.[12]

작품의 마지막 부분에서 길녀는 귀향했다가 다시 상경하는 도중 부산에서 우연히 남동표와 마주쳐 여관으로 들게 되지만, 스스로 남동표를 떠나게 된다. 남동표의 돈을 가지고 가려다가 다시 두고 나오는 것은 남동표와의 인연을 끊고 '이때까지 살아오던 차원과는 다른 차원'

---

12) 위의 책, 416쪽.

으로 살아가게 될 것을 암시한다. 이에 비해 남동표는 여전히 허황한 가락을 벗어나지 못하고, 도리어 모멸감을 가지고 바라보는 길녀의 시선에 의해 그 허황한 것이 포착됨으로써 타자화되고 있다.

> 길녀는 가타부타 말이 없었지만 일순간 남동표를 건너다보는 눈길에 또 그 모멸의 빛이 어리었다.
> 이런 사람과 한때 울고불고, 마음만은 착한 사람이다, 착한 사람이다, 하고 생각했던 것이 어이가 없기도 하였다.[13]

그렇다면 이때 남동표를 타자화하는 길녀의 시선이 근원적으로 위치하는 지점은 어디인가? 이 물음은 국외자형 월남민을 희화화하는 작가의 시선이 위치하는 지점이기도 한데, 여기에서 다시 작가가 기대고 있는 '삶의 진면목'으로 되돌아가게 된다. 길녀가 고향을 다녀온 후 남동표를 대하는 시선이 변모하였다는 점이 의미심장하거니와, 이는 급속한 근대화로 인해 뒤틀린 세태 속에서도 무언가 변하지 않고 어떤 실감을 지닌 삶의 진면목이 존재하고 있음에 대한 기대가 그 이면에 내재되어 있음을 보여준다.

월남민의 정체성 모색이라는 관점에서 볼 때, '국외자'형 월남민에 대한 이러한 희화화는 타자에 대한 부정으로서의 의미를 지닌다. 그리고 이러한 타자화는 '타자'와 '자기'의 분리를 통해 이루어진 것으로서, 이러한 방식으로는 월남민으로서의 자기 존재를 해명하는 데 한계가 있다. 이 시기 풍자소설에 나타난 월남민의 존재는 남한 사회의 구조

---

13) 위의 책, 413쪽.

속에서 그 위치와 의미를 찾지 못하고 희화화된 개인으로 남아 있는데, 이는 이러한 자기 및 타자 인식 방식에서 비롯된 것이라 할 수 있다.

3. 자기 고백과 타자 인식 방식의 변모

3.1. 『남풍북풍』의 자기 고백

1960년대 풍자소설이 보여주는 희화화를 통한 자기 존재 해명은 1970년대로 접어들면서 일정한 변모를 겪게 된다. 1970년대 작품에는 작가를 연상하게 하는 인물들이 등장하고 있는데, 이는 작가 자신의 삶을 작품을 통해 표백(表白)함으로써 남한 체제 내부로 진입한 월남민의 정체성을 탐색하고자 한 시도라 할 수 있다.

『남풍북풍』은 이 시기 작품 중 자전적 경험을 가장 직접적으로 드러낸 작품으로, 월남민인 이준서를 주인공으로 하여 그가 집을 구입하는 과정에서 겪게 되는 기묘하고 복잡한 에피소드를 담고 있다.[14] '나 자신의 치부를 너무 드러내는 듯'하여 '여간 쑥스러웠었다'는 작가의 말에서도 드러나거니와,[15] 『남풍북풍』은 작가 자신이 월남한 후 겪은 십여 년 동안의 하숙 생활과 결혼을 둘러싼 에피소드를 다룬 매우 순도

---

14) 『남풍북풍』이 자전적 소설로서, 『소시민』과 이어지는 작품이라는 점은 작가 스스로도 밝히고 있다. '<남풍북풍>은 나 자신의 자전적 요소가 짙은 작품이다. 따라서 작품 계열로 따지자면 <소시민>과 한 세트를 이룰 수가 있을 것이다. <소시민>이 월남 직후 20세 전후이던 나의 피난지 부산 생활이 소재라면, 이 <남풍북풍>은 같은 주인공의 꼭 그 20년 후의 이야기다.' 이호철, 「후기」, 『남풍북풍』, 현암사, 1977, 345쪽.
15) 위의 책, 345쪽.

높은 자기 고백의 이야기이다.

집을 구입하게 되는 계기부터가 기묘하다. 하숙방을 전전하던 준서는 을씨년스런 날씨 탓에 아침부터 동향 친구 김광일의 집을 찾아가게 되고, 천호동에 맞춤한 집이 있다는 김광일의 처 미세스 최의 말에 솔깃하여 집을 보러 나서게 된다. 한편 김광일은 사업상 돈이 필요하던 차에 준서에게 돈이 있음을 알게 되자 미세스 최를 동원하여 준서의 돈을 융통하고자 하고, 준서는 이들 부부의 분위기에 휘어들어 점점 복잡한 상황으로 빠져들게 된다. 그리하여 집을 소개해 준 김광일 부부에게 돈을 잡히기도 하도, 집 주인인 이성영 씨의 부도로 인해 등기를 옮겨오지 못하게 되고, 그러다 언제 집달리(執達吏)들이 들이닥칠지도 모른다는 불안 때문에 엉뚱하게도 근처의 다른 집을 하나 더 사게 되고, 처음에 산 집을 전세로 놓았는데 그 집에 세 든 사람이 또 엉뚱하게 소유를 주장하고 나서게 되면서 골치를 썩이기도 하는 등 여러 복잡한 사건이 꼬리를 물고 일어나게 된다.

한편 ‘집’과 더불어 이 소설의 이야기를 이끌어 가는 또 하나의 축은 ‘결혼’이다. 결혼 이야기 역시 매우 기묘한데, 준서의 처음 의도와는 다른 방향으로 엉뚱하게 전개된다는 점에서 ‘집’ 이야기와 유사하다. 미세스 최의 주선으로 혼담이 오가게 되어 미세스 최의 친구인 미스 정을 만나게 되지만, 혼담을 주선한 미세스 최는 준서와 미스 정의 사이를 교묘히 떼놓으려 하고, 이를 알게 된 준서와 미스 정은 미세스 최를 따돌리고 천호동 집으로 갑작스러운 이사를 단행한다. 이렇게 잘 되어 가던 미스 정과의 관계는 또 다시 엉뚱한 사태를 맞게 된다. 미세스 최가 자신의 남편 김광일과 미스 정의 부정한 관계를 준서에게 알려 준 것이다. 준서는 이 일로 미스 정과는 안 될 거라는 생각을 막연히 하면서도 스스로 결정을 내리지 못하고 자신을 상황에 내맡기고 있다가, 결국 미스 정의 결심으로 혼사가 틀어지는 결과를 맞게 된다. 한편, 미스 주와의 관계 역시 기묘하다. 여기에는 또 한 사람의 동향친구 송완혁이 개입되어 있다. 준서는 구입한 천호동 집 문제로 얽혀들어 이를 해결하는 과정에서 뜻하지 않게 근처에 있는 집을 또 한 채 구입하게 되는데, 이를 위해 몇 년 전에 사 두었던 불광동 땅을 처분하게 된다. 이 과정에서 준서는 자신의 주소지가 어디인지 몰라 이전에 하숙을 전전하던 동사무소를 찾게 되고, 이때 같이 하숙하던 송완혁을 기억하게 되는데, 이렇게 주소지를 확인하고 이전하는 것이 계기가 되어 며칠 후 송완혁의 전화를 받게 된다. 새 집에 다시 이사한 준서는 가정부를 구하는 것이 시급하여 이를 송완혁에게 부탁하는데, 송완혁은 엉뚱하게도 가정교사 자리를 구하는 대학원생인 미스 주를 연결해 준 것이다. 미혼인 준서와 가정부로 들어와 있는 미스 주의 관계는 주변 사람들에게 오해를 사기도 하여 이야기는 또 엉뚱한 방향으로 전개된다.

이처럼 『남풍북풍』은 결국 '집'과 '결혼' 문제를 둘러싼 소시민의 일상을 다루고 있다. 그러나 이러한 소시민의 일상은 그 자체로 머무르는 것이 아니라 보다 넓은 역사적 맥락 속에 위치하면서 의미를 만들어낸다. 여기에는 단신 월남하여 외톨이가 된 이북나기 이준서가 남한 사회에서 자신의 터전을 잡고 살아가고자 하는 신산한 삶의 과정이 내재되어 있기 때문이다. 사리분별을 잘 하고 온건한 성격을 지닌 준서가 '집'을 사는 과정에서나 '결혼'과 관련된 문제에서 스스로 어떤 결

정을 내리기보다 주변 상황에 끌려가게 되는 데에는 '집'과 '결혼'이라
는 문제를 대하는 월남민으로서의 태도가 결부되어 있다.

> 「암튼 이씨도 우리 집에 있다가 집 하나 장만하시고 참한 색시 가음
> 골라서 장가 들어 나가세요. 내가 중신 서 드릴까」
> 준서는, 산뜻한 가내복 차림으로 서글서글하게 웃고 있는 쥔 아주머
> 니를 쳐다보면서,
> (응, 나라는 사람이 그닥 첫인상이 나쁘지는 않았던 모양이구나)
> 하고, 내심으로 흡족하게는 생각하면서도 무언가 가슴 한복판이 뭉클
> 해지는 것이었다. 「내 집」이나 「장가」라는 말이 그전처럼 생소하지만은
> 않고 사무친 그리움 섞어 그의 가슴 한복판을 살그머니 후비는 것이었
> 다.16)

결국 월남민인 주인공이 '집'을 사고 '결혼'을 하는 것은 남한 사회
에서 온전한 일원으로 자리 잡게 됨을 의미하는데, 이 과정이 이렇게
도 복잡한 양상으로 흘러가게 되는 것은 월남민으로서 남한 사회에 정
착하여 살아가는 것이 그만큼 신산한 과정이었음을 보여주는 것이라
할 수 있다.

뿐만 아니라 『남풍북풍』은 '집'과 '결혼' 이야기 사이의 곳곳에 분단
체제의 기원에 대한 통찰을 담고 있다. 그것은 해방 직후 북한 체제와
그 체제를 피해 내려온 월남민들의 삶의 모습이 현재와 어떤 방식으로
든 이어지고 있다는 인식이다.

---

16) 『남풍북풍』, 25-26쪽.

그러고 보니 이젠 근 이십 년이나 지나간 세월의 얘기다. 그러나, 정말로 정말로 지나간 얘기일까. 지나간 세월이라고 할 수 있을까. 오늘의 이 세월이, 그 세월에서 달라졌다면 어느 만큼이나 달라졌을까. 김광일은 지금도 그 점을 여전히 겁내고 있지 아니한가. 이준서나 김광일이나 어언 사십이 가까워지고, 그렇게 남쪽으로 나와서 개인적으로는 숱한 역정(歷程)을 지나오고, 그런 개개적인 역정 속에서 개개적으로 이러저러하고, 결국은 어슷비슷하게 살이 찌고 어슷비슷하게 타락한 생활을 하고 있고, 하지만 시대의 기본 단위는 여전히 같은 단위가 아닐까.[17]

분단 체제를 인식하는 방식에 있어서도 이호철은 특정한 이념에 기대지 않는다. 오히려 분단의 기원이 되는 시점에서부터 현재까지를 살아온 개개인의 구체적 삶의 양태를 보여줌으로써 현재 분단 체제의 윤곽을 그려내고자 한다. 작가 자신의 표현에 따르자면, 개개인은 '구체적인 특정 상황 속에서' '제각기의 욕망과 성품과 교양을 바탕으로' '빠르게 움직이고 선택하고 판단'하는데, 이호철은 이러한 '인간들이 지닌 섬세한 부분'을 파악하여 이를 통해 한 시대의 핵심에 다가가고 있다.[18] 물론『남풍북풍』에서의 이러한 시도는 '집'과 '결혼'을 둘러싼 이야기와 느슨하게 연관되고 있을 뿐이어서 만족스럽다고 할 수는 없다. 그러나 이러한 시도가 1970년대 후반 이후 소설에서 보여주는 분단 체제 인식의 단초가 되고 있다는 점은 분명해 보인다.

그리고 이러한 분단 체제 인식은『남풍북풍』이 보여주는 자기 고백

---

17) 위의 책, 7쪽.
18) 한수영(대담기), 「탈향, 그 신산(辛酸)한 역사적 삶의 도정」,『실천문학』, 1997년 봄, 404쪽.

과 무관하지 않다. 『남풍북풍』이 담고 있는 순도 높은 자기 고백은 보다 넓은 시각에서 자기 삶을 조망하지 않고서는 불가능한 것인데, 『남풍북풍』은 분단 체제 속에서의 월남민의 정체성이라는 민족적 관점을 확보함으로써 이러한 자기 고백이 가능하였다. 이 점에서 『남풍북풍』은 「등기수속」이 보여주는 주관적 자기 초월을 넘어 객관적 상황 인식에 근거한 자기 극복으로 나아갔다고 할 수 있을 것이다.

3.2. 타자를 통한 자기 존재 인식

1960년대의 풍자소설은 타자의 형상이 전면에 드러나 있는 반면, 타자화하는 시선의 존재는 최소화되어 있다. 그러던 것이 1970년대로 접어들게 되면서, 풍자는 서서히 사라지고 소시민의 일상을 다룬 작품이 주를 이루게 되는데, 이들 작품에 이르면 타자를 바라보는 화자가 작품에 등장하게 된다. 이러한 변화는 이호철의 소설이 '타자'를 통해 '자기'의 존재를 이해함으로써 새로운 차원의 월남민 정체성의 확립으로 나아가고 있음을 보여주는 것이라 할 수 있다.

「이단자」 연작 역시 자전적 요소를 담고 있는 작품으로, 작가 자신을 연상시키는 1인칭 주인공이 '국외자'형 월남민을 거리를 두고 관조하는 것을 기본 구도로 설정하고 있다. 「이단자(1)」의 강씨는 황해도 사내로 화자가 사는 동네로 이사 오자마자 외등을 단다, 수도를 들여온다 해서 집집마다 돈을 걷고 수선을 피우다 동네 사람들의 인심을 잃고 쫓겨나는 신세가 된다. 「이단자(2)」는 『남풍북풍』에서도 작품의 제재가 된 교환전화에 얽힌 에피소드를 그린 작품으로, 이 작품에서 강씨는 자신이 손을 써서 전화가 잘 들리게 되기라도 한 것처럼 화자를 찾아와 거드럼을 피우지만, 정작 교환수들조차 그의 허황한 성격을 꿰뚫을 만큼 세상인심은 호락호락하지 않다.

「이단자」 연작에서 '국외자'형 월남민을 그리는 방식은 이전 작품과 현저한 차이를 보여주는데, 그것은 '국외자'형 월남민을 바라보는 화자의 시선에서 비롯되는 것이라 할 수 있다. 강씨의 성격은 화자와 대비되어 더욱 선명하게 드러난다. 예컨대, 교환전화를 잘 들리도록 하기 위해 교환수에게 돈을 건네는 일이 화자에게는 매우 힘든 일이어서, 화자는 어렵사리 돈 천원을 교환수에게 건네고는 뒤도 돌아보지 않고 뛰어나오고, 정작 이쪽 전화번호를 알리지 않은 것이 생각나 다음날 다시 쪽지를 집어넣고 도망치듯 돌아나온다. 이에 반해 강씨는 교환수 하나를 다방으로 불러내어 자기 밑에 있는 사람이니 잘 봐 달라는 둥 온갖 생색을 낸다.

> 나는 미간을 찌푸렸다. 원체 강씨라는 사람이 이웃지간에 조금이라도 생색을 낼 일이 있으면 잠시를 못 참는 성미다. 어떤 식으로든 그만한 보수를 요구해 나서는 것이다. 지금 저러는 것도,
> <나는 엄연히 이 집 커어피 마실 권리가 있읍니다다, 있어요.>
> 이런 투로 독을 피우고 있는 것일 터였다.
> 강씨가 이웃지간에 무언지 꺼끄럽고 불편스러운 것은 저렇게 괜히 아무 필요없이 이웃사람들을 저런 식으로 무겁게 만들기 때문이다.[19]

---

19) 「이단자(2)」, 『이단자』, 창작과비평사, 1976, 114쪽.

「그렇다고 댁이 뭐 분명하게 나헌테 손해를 보았습니까. 손해본 건 없지 않아요. 이건 내 불운이고 내 부덕이지 당신들과는 상관이 없어요」

그는 어느 척추 틈에서 우러나오듯이 내뱉고는 사람들 틈을 비켜서 지나갔다. 이때 그의 두 눈은 뚜릿뚜릿하였다.

일순 동네 사람들은 조용해졌다.

그는 꺼부정한 뒷모습을 보이며 골목길로 꺾어들어갔다.[20]

이러한 강씨를 바라보는 화자의 시선에는 혐오와 연민이 뒤섞여 있다. 위의 첫 번째 인용문은 강씨에 대한 화자의 혐오를 전면에 드러낸다. 이때 화자는 강씨가 이웃사람들에게 불편한 감정을 불러일으키게 되는 원인을 냉연하게 분석하는 입장에 있다. 이에 반해 두 번째 인용문은 화자의 연민의 시선이 부각된다. 강씨에 대한 반목이 군중심리처럼 온 동네에 퍼지게 되고 이러한 흉흉한 분위기 앞에서 강씨는 왜소해진 모습을 보이게 되는데, 이러한 강씨의 모습을 화자는 연민의 시선으로 바라본다. 혐오와 연민은 그것을 바라보는 '자기'의 입장이 내재된 것이라는 점에서, 1960년대 풍자소설이 보여주는 국외자형 월남민에 대한 풍자와 구별된다. 화자가 혐오의 시선으로 강씨를 바라볼 때 그 시선에는 강씨의 부덕(不德)과는 구별되는 화자 자신의 순수함이 뚜렷이 드러나고 있으며, 반대로 연민의 시선으로 바라볼 때에도 거기에는 이웃사람들의 막연한 군중심리에 대한 비판과 더불어 이에 동조한 것에 대한 미안한 심정이 내재되어 있다. 이 점에서 「이단자」 연작은 타자를 통한 자기 이해를 보여준다고 할 수 있다.

---

20) 위의 책, 119쪽.

한편 『남풍북풍』에 이르면 '국외자'형 월남민을 역사적 조망을 통해 파악함으로써 '타자'와 '자기'를 통합한 새로운 월남민 정체성의 인식으로 나아가고 있다. 『남풍북풍』은 1960년대의 풍속을 그리면서, 계속해서 해방 직후의 상황으로 되돌아가 이를 현재와 연속적인 것으로 파악하고자 하는데, 이러한 시도는 '국외자'형 월남민인 김광일의 역정을 추적하는 데에서 잘 드러난다.

김광일은 허황하고 경박스러운 성격의 소유자로 '국외자'형 월남민의 전형을 보여주는 인물이다. 김광일은 사업상 필요 때문에 아내인 미세스 최를 동원하여 준서의 돈을 빌리고는 이에 대해서는 아무 말도 없다가 결국 미세스 최와는 이혼하고 미국으로 떠나 버린다. 『남풍북풍』은 이러한 김광일의 인생 역정을 준서가 걸어온 길과 대비하여 매우 소상하게 그리고 있다는 점에서 주목된다. 그는 해방 직후 북한 체제에서 민청 간부를 지냈으며, 전쟁이 나자 문화 공작대라는 이름으로 서울로 파견되기까지 하였으나, 전세가 역전되자 후퇴하는 행렬에 끼지 않고 남쪽에 남아 미군이 모집하는 특수부대에 응모하였고, 제대 후에도 유숨 관련 기업체를 전전하다 지금은 무역 브로커가 되어 있다. 그리고 결국 남한 체제에도 살아남지 못하고 미국으로 이민을 가지만 그 곳에서도 제대로 살아가지 못한다. 이렇게 볼 때, 이호철 소설이 그리고 있는 '국외자'형 월남민은 결국 체제의 변전 속에서 자신의 일관성을 유지하지 못하고 자기를 부정해 온 사람들로서, 이들에 대한 비판은 곧 체제 변전 속에서도 일관된 자기정체성을 유지하려고 한 작가의 자의식에서 비롯된 산물이라 할 수 있을 것이다. 이 점에서 '국외자'형 월남민은 자기 바깥에 존재하는 타자가 아니라 자기 속에 있는 또 다른 자기로서의 타자라고 보아야 할 것이다. 준서는 김광일의 행태를 혐오하면서도 '공범 관계이기나 한 듯한 착각', 혹은 '공범까지는 아니더라도 책임의 일단이 있는 듯한 느낌'[21]을 갖는데, 이러한 느낌은 '국외자'형 월남민이 '자기 속의 타자'라는 점을 보여주는 것이라 할 수 있다. 이러한 타자의 계기를 자기 안에 통합시킬 때 비로소 월남민으로서의 통합된 정체성에 이르게 될 것인데, 『남풍북풍』은 이러한 통합된 정체성의 단초를 보여준다.

뿐만 아니라 『남풍북풍』은 여기에서 한 걸음 더 나아가 이러한 월남민의 존재가 '타락'으로 표현되는 남한 체제의 구체적 면면을 이루어 왔으며, 개개인 모두가 어느 정도는 이러한 타락에 휩쓸려 있다는 통찰에 이르게 된다.

> 이북 사람들이 월남하면서 몰고 온 바람은 이북 바람이 아니라, 개개인 사정만큼은 반(反) 이북 바람이었다. 함경도적(的) 혹은 평안도적(的)이라는 생리적인 패턴은 그대로 보전(保全) 내지는 과장(誇張)한 채 그들이 몰고 내려온 실질적인 바람은 북쪽에서 개개적으로 닥쳤던 사정만큼의 반(反) 체제적인 바람이었다. 그 가운데서도 김광일이가 걸렸던 사정은 가장 처참한 종류가 아니었을까. 차라리 이북에서 반동으로 몰려서 월남을 하고, 그렇게 월남을 해서도 일관하게 반공 전선의 일선에 서 있던 사람들이라면 이 대한민국에서 그 나름의 일관성은 있고 스스로 떳떳할 수 있는 면은 있다. 그러나 김광일처럼 그 체제에 붙어 있다가 본의든 아니든 배반한 꼴로 나온 사람들이 그후 걸어온 길은 더 비뚤어져 있고 도덕적으로 더 처참하다.[22]

---

21) 『남풍북풍』, 329-330쪽.

　물론 『남풍북풍』에서 보여준 분단 체제 인식은 불완전하다. 이준서와 김광일이 1960년대의 상황 속에서 움직이면서 만들어내는 사소한 사건과 이를 보다 넓은 맥락에 위치시키려는 작가의 의도는 다소 동떨어져 보이기도 한다. 그러나 『남풍북풍』에서 보여준 타자 인식과 이를 통한 분단 체제 인식은 이후 작품에서 보다 진전되어 타자와의 화해로 나아가게 된다는 점에서 그 의의가 크다. 『그 겨울의 긴 계곡』(1978)과 『문』(1989)이 보여주는 세계가 바로 그것이다. 『그 겨울의 긴 계곡』의 주인공 이억구는 북한 체제에 붙어 있다가 그 체제를 배반하고 월남한 인물로서, 『남풍북풍』에서 혐오해마지 않았던 김광일과 같은 부류의 인물이다. 그러나 『그 겨울의 긴 계곡』은 이억구를 주인공으로 설정하고 그의 편에서 지나온 역정을 그려내면서, 북한 체제에서 반동으로 몰려 월남한 고향 사람들과 결국 화해를 이루게 되는 과정을 보여준다. 한편 『문』은 작가의 일본 방문과 이로 인해 겪게 된 수감 생활의 경험을 제제로 삼은 자전적 소설이다. 주인공은 일본을 방문하였다가 이십 이년 전에 다녔던 원강고급중학교의 졸업장을 가지고 온 낯선 사람의 방문을 받게 되고, 이 사건이 계기가 되어 뜻하지 않게 독거수 신세가 된다. 이러한 주인공의 처지는 분단 체제의 핵심 국면을 보여주는 것이거니와, 이 작품은 수감 생활에서 만난 간첩 사형수 강씨와 주인공의 대화를 통해 남과 북 두 체제 간의 대화를 시도한다. 여기에 이르면 이호철의 소설은 또 한 번 새로운 차원으로 진입하게 되거니와, 이러한 변모는 1960년대 중반 이후부터 1970년대 초에 이르는 이

---

22) 위의 책, 331쪽.

호철의 소설에 그 계기가 내장되어 있었던 것이라 할 수 있다.

4. 결론

이상에서 1960년대 중반에서 1970년대 초에 이르는 시기 이호철의 소설에 나타난 월남민 정체성의 발현 양상을 살펴보았다. 그 결과를 요약하면 다음과 같다.

1960년대 중반 이후 이호철 소설의 과제는 월남민의 시선으로 남한 체제 내부를 탐색하는 것이었다. 이를 위해 이호철은 풍자의 방식을 활용하였다. 이호철의 풍자소설은 두 가지 부류로 나누어진다. 하나는 자기 희화화의 방식을 통해 남한 체제를 우회적으로 비판한 것으로, 「등기수속」, 「부시장 부임지로 안가다」, 「1965년, 어느 이발소에서」 등이 이 부류에 포함된다. 특히 「등기수속」은 자전적 모티프를 드러내고 있는 작품으로, 월남민으로서 자기 존재를 확인하는 과정을 희화화를 통해 보여주고 있다. 다른 하나는 '국외자'형 월남민을 풍자한 것으로, 「퇴역선임하사」, 『서울은 만원이다』가 이 부류에 포함된다. 「퇴역선임하사」의 상호, 『서울은 만원이다』의 남동표는 '국외자'형 월남민으로, 허황하고 경박스러운 성격의 소유자이다. 이들은 이러한 성격 때문에 풍자의 대상이 된다. 이러한 희화화는 타자에 대한 부정으로서의 의미를 지닌다. 이처럼 1960년대 중반 이호철의 풍자소설이 보여주는 자기 희화화와 타자 부정은 '자기'와 '타자'를 분리시킴으로써 진정한 자기 존재 해명에 이르지 못함을 보여준다.

1970년대로 접어들면서 이호철의 소설은 소시민의 일상을 그린 작품이 주를 이루게 된다. 이들 작품에서는 타자를 바라보는 화자의 시선이 작품에 드러나게 되는데, 이는 '자기'와 '타자'가 분리되었던 것에서 '타자'를 통해 자기 존재를 해명함으로써 월남민 정체성을 확인하는 것으로 변모되고 있음을 보여주는 것이다. 이러한 변화는『남풍북풍』이 보여주는 농도 짙은 자기 고백에서 드러난다. '집'과 '결혼'을 주된 모티프로 삼아 작가 자신의 월남 후 십여 년의 생활을 그린 이 작품은 분단 체제 속에서 월남민의 자기 정체성을 조망하고자 한 시도라 할 수 있다. 아울러 이 시기 작품에서 '국외자'형 월남민의 형상도 변모하고 있음을 확인할 수 있다. 「이단자」 연작에서 '국외자'형 월남민 강씨는 화자의 시선에 의해 그려지면서 연민과 혐오의 대상이 된다. 이때 연민과 혐오는 '타자'의 계기를 자기 존재와 관련지어 파악하고 있음을 보여주는 것이다. 또『남풍북풍』에서도 주인공 준서가 '국외자'형 월남민 김광일을 한편으로는 혐오하면서도 다른 한편으로 일종의 공모의식을 느끼고 있음을 보여준다. 이 작품에서 작가는 '국외자'형 월남민의 역정을 탐색하면서, 이들의 존재가 분단 체제의 형성 과정에서 비롯된 것임을 보여준다.

1960년대 중반에서 1970년대 초 이호철 소설이 보여주는 변모는 이호철의 초기소설이 보여주는 실향민 의식에서 후기소설이 보여주는 분단 인식으로의 변모를 설명하는 내적 요인이 된다는 점에서 그 의미가 크다. 실향민 의식에서 분단 인식으로의 변모는 결국 월남민으로서의 자기 고백과 타자의 계기를 통한 자기 이해라는 양방향의 월남민 정체성의 확인 과정을 통해 일어난 변모라 할 수 있다. 본고에서 밝힌 월남민 정체성의 발현 양상은 『그 겨울의 긴 계곡』, 『문』, 『남녘사람 북녘사람』 등 이호철의 후기소설에 나타난 월남민 정체성과 비교하여 규명할 때 보다 분명하게 드러날 것이다. 이에 대한 본격적인 규명은 다음 과제로 남겨둔다.

이호철 초기소설에 드러나는
공간 배경의 변모 양상

1. 문제 제기

소설 작품에 있어서의 공간은 두 가지의 의미를 지닌다.[1] 서사의 진
행 과정에 있어서 하나의 장면이 추동되고 있는 물리적인 배경으로서

---

* 문한별 / 고려대학교 연구교수

[1] 김택중,『현대소설의 문학지형과 공간성 연구』, 푸른사상, 2004, p.26. 김택중은
이 책에서 공간의 개념을 분류함에 있어서, 공간은 인간의 삶의 모든 요소를 포
함하고 있는 광의 개념으로서 소설 속 인물은 공간 속에 살면서 공간을 장소화한
다고 언급하고 있다. 이 경우 인물은 지형과 장소에 고착되어있으면서 공간을 열
망하는 것이며, 열망의 대상으로서의 공간은 인물의 지각 태도와 가치관을 통하
여 의미화 되는 것이라고 볼 수 있다. 이 외에도 소설 속 공간에 연구로는 안남
일(『기억과 공간의 소설 현상학』, 나남, 2004.)과 김종욱(『한국소설의 시간과 공간』,
태학사, 2000.) 등이 있다.

의 공간과 인물들의 욕망이 투영된 가치 개념으로서의 공간이 각각 그 것이다. 앞에 언급한 공간이 단순히 작품이나 장면의 배경으로 작용하고 있는 것이라면, 뒤에 언급한 공간은 인물의 의식에 따라 지향되거나 거부되는 등 가치 척도에 따라 변화하는 의미를 지니고 있는 것이라고 말할 수 있다.[2] 이 가운데 작중 인물의 가치가 투영된 공간의 의미를 밝히는 행위는 작품의 해석에 있어서 하나의 유용한 척도가 될 수 있다. 그것이 하나의 지향에만 묶여 있는 것이 아니라 인물의 변화하는 가치 지향을 담고 있는 경우에는 더욱 그러하다.

지금까지 이호철의 작품 세계를 이야기함에 있어서 이와 같은 공간의 의미는 그가 전쟁 때문에 고향을 잃은 실향민이라는 사실 때문에 주목의 대상이 되어 왔다. 특히 그의 소설 대부분의 중요한 축을 차지하고 있는 실향민에 대한 이야기들은 분단 때문에 더 이상 갈 수 없는 고향이라는 공간에 대한 지향과 욕망, 그리고 지향에 대한 좌절이 담겨 있기 때문에 소설 속 공간 분석의 적절한 대상이 될 수 있다.

이제까지의 이호철의 작품 세계는 논자들에 의해 크게 두 가지로 나누어졌다. 하나는 전후 실향민의 체험적 삶을 형상화하였다는 점에 주목한 것이고[3], 다른 하나는 산업화 초기의 소시민들이 보여주는 삶을

---

2) 소설 속 공간을 분석함에 있어서 장소와 공간이라는 분류 개념은 서로 다른 가치를 담고 있는 용어이다. 장소가 이미 결정되어진 물리적이고 지리적인 배경이라면, 공간은 인물의 체험이 투영되고 가치 지향이 반영된 개념적인 의미를 담고 있는 것이다. 이 글에서 사용하는 '공간'이라는 용어는 물리적인 장소와 대별되는 인물의 체험과 가치 지향이 투영된 것으로서의 공간을 의미한다.

3) 임헌영, 「분단의식의 문학적 전개」, 『세계의 문학』, 1997. 가을.
조남현, 「6·25에 대한 시각과 소설화 방법」, 『동서문학』, 1988.6.
천이두, 「피해자의 미학과 이방인의 미학」, 『현대문학』, 1963.10-11.

그려냈다는 점에 주목한 것이다4). 이 가운데 앞의 경우는 작가의 실제 삶의 이력이 작품 속에 반영되었다는 점에서 그의 작품 세계를 접근하는 하나의 큰 축이 되고 있고, 뒤의 경우는 전후 사회에서 실향민으로서 뿌리내리는 과정에서 보이는 일련의 의식들이 소시민적인 삶의 방식을 대변하고 있다는 점에서 또 다른 한 축이 되고 있다. 그러나 연구자들이 주목한 이 두 가지 큰 축은 기실 서로 다른 기준과 잣대를 상정하고 있는 것처럼 보이지만 분명하게 구분되지 않는다. 왜냐하면 이 두 가지 축은 궁극적으로 하나의 출발점에서 나온 것이기 때문이다. 즉 전후 사회에서 작가가 실향민으로서 남한에 처음 발을 들였을 때 체험한 일련의 사건들이 작품 속에 녹아들었고, 이 의식이 작가의 원체험으로 작품 속 기저 의식으로 직·간접적으로 작품 속에 반영되었다고 연계지어 볼 수 있는 것이다.

그러나 이와 같은 접근 방식으로 이호철 소설에 드러난 공간의 의미를 파악할 경우 일정한 한계가 생길 수밖에 없다. 단순한 이분법의 틀로 고향이라는 특정한 공간을 인물이 지향하거나 좌절의 대상으로 생각할 경우 일정한 괴리가 발생하기 때문이다. 오히려 이호철의 작품 속 공간을 파악하는 데에 보다 유용한 방식은 인물들이 어떠한 공간에 대해 지향하고 있는지, 그 공간이 변화하고 있는 대상인지 아닌지, 만약 인물들의 욕망이 투영된 공간이 변화하고 있다면 그것은 어떠한 의

---

4) 이보영, 「소시민적인 일상과 증언의 문학」, 『현대문학』, 1980.8.
강진호, 「이호철의 '소시민' 연구」, 『민족문학사 연구』11집, 민족문학사 연구소, 1997.
정호웅, 「탈향, 그 출발의 소설사적 의미-이호철의 '소시민'론」, 『문학정신』, 1992. 7.

미를 지니는지를 밝히는 것이며, 이를 통하여 그의 작품을 일관되게 바라볼 수 있는 하나의 기준을 마련해야만 하는 것이다.

이와 같은 문제의식을 기초로 이 글에서 주목한 부분은 이호철 소설에 드러난 공간 배경의 의미에 대한 것이다. 그 이유는 이호철의 작품들에 설정된 공간 배경이 몇 가지 특징적인 공간으로 수렴되고 있고, 또한 그것들이 유형화될 가능성을 지니고 있는 것으로 판단되기 때문이다. 이는 곧 이호철의 작품들에 드러나는 공간 배경들이 일정한 의미군을 지니고 설정되었다고 볼 수 있는 단초를 제시한다. 그렇기에 이 설정된 공간 배경들을 살펴보면 구체적으로 작가가 공간에 부여하고 있는 의미나 지향하고 있는 것이 무엇인지, 또한 작가가 작품에서 설정한 공간 배경이 다른 작품 속에서는 어떻게 변화하고 발전해 나갔는지를 살펴볼 수 있을 것이다.

이를 위하여 이 글에서는 대상 작품으로 이호철의 등단 초기인 1950년대 초·중반 작품부터 1960년대 후반까지의 작품들을 그 대상으로 한정하기로 한다. 그 이유는 이호철의 이 시기 작품들이 주로 고향 상실에 따른 실향민 세대의 체험을 그려내고 있기 때문에 등장인물들이 지향하는 고향이라는 공간에 대해 보다 명확하게 의미화할 수 있기 때문이고, 이 시기 이후의 작품들의 경향이 현격하게 달라지고 있다고 보여지기 때문이다.[5]

---

[5] 이호철의 작품들은 1960년대 중반 이후 「부시장 부임지로 안 가다」(1965), 「퇴역 선임하사」(1965)를 기점으로 풍자 소설적 경향을 드러내기 시작한다.

2. 공간 배경의 변화

이호철의 1950년대 초기 단편 소설에 설정된 공간 배경은 대략 세 가지 정도로 나뉜다. 그 하나는 전쟁이 끝나고 남한에 남게 된 실향민들이 되돌아가고 싶어 하는 고향이고, 두 번째는 실향민이 남한 사회에서 자리 잡으려고 하는 상황에서 임시로 거쳐 가는 공간이며, 세 번째는 고향으로의 회귀가 어려워졌을 때 혹은 남한 땅에 뿌리내리기로 결정을 내린 후 제시되는 공간이다. 이 가운데 먼저 그 첫 번째 공간에 대해 살펴보도록 한다.

2.1. 회귀적 공간으로의 지향

단편소설 「탈향」(1955.7)은 ≪문학예술≫에 발표된 이호철의 등단작이다. 이 작품의 공간 배경은 대략 네 가지로 나뉘는데, 그 하나는 등장인물들이 버리고 떠나와야 했고 다시 돌아가고 싶어 하는 공간인 고향 이북이고, 다른 하나는 그들이 전쟁 때문에 흘러들어와 살아내야 하는 공간인 피난지 부산, 또 다른 하나는 그들이 임시 거처로 정한 화차간이고, 마지막 하나는 '광석'이 죽고 '두찬'이 떠난 후 '하원'이 꿈꾸는 영주동 산꼭대기 집이다. 이 공간들은 이후 발표된 이호철 소설에 드러나는 공간 배경들의 전형을 보여준다는 점에서 중요하다. 즉 실향민인 등장인물들이 지향하는 세계인 고향, 그들이 남한이라는 낯선 사회에서 부유하듯 살면서 거쳐야하는 공간과 뿌리를 내리며 살아내야 하는 삶의 터전으로서의 공간들인 것이다. 이 공간들은 소설 속에서 각각 서로 대조·대비되면서 의미를 형성한다. 그 가운데 먼저 그들에게 정신적 버팀목이 되어주며 피난지의 척박한 삶을 견딜 수 있도록 해주는 공간은 그들이 부득이하게 떠나올 수밖에 없었던 고향이다.

> (가) "야하, 부산은 눈두 안 온다, 잉. 어잉 야아, 벌써 자니 이 새끼, 벌써 자니. 진짜, 잉. 광석이 아저씨네 움물 말이다. 눈 오문 말이다. 뒤에 상나무 있잖니? 하얀 양산처럼 되는, 잉. 한번은 이른 새벽이댔는데 장자골집 형수, 물을 막 첫바가지 푸는데 푸뜩 눈뭉치가 떨어졌다. 그 형수 뒷머리를 덮었다. 내가 막 웃으니까, 그 형수두 눈 떨 생각은 않구, 하하하 웃는단 말이다. 원래가 그 형수 잘 웃잖니?"[6]
>
> (나) 조금 사이를 두어,
> "야하, 언제나 고향가지?"
> 두찬이는 혀 꼬부라진 소리로,
> "이제 금방 가게 되잖으리."
> "이것두 다아 좋은 경험이다."[7]

고향에서 쫓겨나 타지에서 척박하고 힘들게 생활해야 하는 실향민들에게 있어 고향의 의미는 그곳의 실제 삶의 본질과는 무관하게 막연히 돌아가고 싶은 회귀 지향의 공간으로 의미화된다. 그렇기에 실향민인 등장인물들에게 있어서 고향에서 있었던 일들을 회상하는 편린들은 대부분 정서적인 것에 기초한다. '하원'이 회상하는 고향의 모습 역시 별반 다르지 않다. 그의 기억에 있어서 고향은 '상나무'가 '하얀 양

---

6) 이호철, 「탈향」, 『문학예술』, 1955.7, p.65.
7) 이호철, 「탈향」, 『문학예술』, 1955.7, p.65.

산처럼’ 펴지듯 자라고 있는 아름다운 공간이고, 그 공간에는 피난지인 ‘부산’에서는 볼 수 없는 ‘눈’이 내리고 있다. ‘하원’의 회상 속에 그려지는 고향의 모습은 매우 단편적인 인상에 기초한 것이다. 그에게 있어서 고향이라는 공간은 아름답고 기분 좋은 추억이 깃든 곳이자 웃음이 가득한 곳으로 기억된다. ‘하원’은 고향을 구체적인 삶의 모습에 기초한 의미가 아닌 정서적인 의미로 추억하고 있다. 그에게 있어서 고향은 피난지인 ‘부산’의 척박한 모습과는 대별되는 아름다운 ‘눈’과 ‘상나무’가 있고, 자신이 흠모하던 형수와 ‘웃음’이 있는 행복함이 가득한 공간으로 인식된다. 물론 ‘하원’이 드러내는 이와 같은 고향에 대한 정서적인 인식과 회귀의식은 두 번째 예문에서 보듯 언젠가 다시 돌아갈 수 있다는 확신에 기인한다. 그렇기에 그들의 타향 생활은 언젠가 고향으로 돌아갈 수 있다고 믿기에 비록 척박하지만 “다아 좋은 경험”으로 받아들여질 수 있는 것이다. 그러나 이와 같은 막연한 확신이 조금씩 깨어져가는 것을 느끼자 그들은 불안감을 느끼고, 이 불안감은 현실의 삶에 있어서도 많은 영향을 미친다.

이럭저럭 한달쯤 무사히 지났다. 그러나 고향으로 돌아갈 날은 갈수록 아득했다. 이 한달 사이에 두찬이는 두찬이대로, 광석이는 광석이대로 남 모르게 제각기 배포가 서게 된 것은(배포랄 것까지는 없지만) 그들을 탓할 수만 없는 일이었다. 쉽사리 고향으로 못 돌아갈 바에는 늘 이러고만 있을 수는 없다, 달리 변통을 취해야겠다, 두찬이와 광석이는 나머지 셋 때문에 괜히 얽매여 있는 것처럼 스스로를 생각하게 된 것이었다. 자연 우리 사이는 차츰 데면데면해지고, 흘끔흘끔 서로의 눈치를 살피게끔 되었다.[8]

피난지의 삶을 견디게 해주었던 고향으로 돌아갈 것이라는 확신이 깨어지자, 그들의 삶은 조금씩 피폐해지거나 현실적으로 변해간다. 여전히 '하원'은 고향에의 아름다운 향수를 버리지 못한 채 돌아갈 날을 꿈꾸지만, '광석'과 '두찬'은 피난지라는 공간에서 실질적인 삶을 찾아야 한다고 생각한다. 그들 사이가 벌어지기 시작한 것은 결국 '고향'을 바라보는 생각의 차이에서 비롯된 것이다. 즉 돌아갈 수 있는 공간으로 믿는 '하원'과 돌아갈 수 없는 공간으로 믿는 '두찬'과 '광석' 사이에 괴리감이 생겨나기 시작한 것이다. 그렇기에 그들은 서로에게 "괜히 얽매여 있는 것처럼 스스로를 생각"하게 되고, "흘끔흘끔 서로의 눈치를 살피게끔"되고 만다. 그들에게 있어서 '눈'과 '상나무', '형수의 웃음'으로 기억되는 고향의 의미는 차츰 돌아가지 못한다는 좌절감으로 인하여 그들의 삶을 더욱 힘들게 한다. 이와 같이 등장인물들이 고향을 바라보는 태도의 차이는 이들의 삶이 피난지라는 임시적인 공간에서 각기 살아가는 태도와 방식의 차이가 생길 것이라는 것을 암시하며, 이 때문에 이들이 바라보는 고향이라는 공간에 대한 인식 차이에 따라 공간의 변화가 일어날 것이라는 사실을 의미한다.

2.2. 부유하는 공간으로의 전환

실향민인 등장인물들이 고향으로 돌아가지 못하는 상황에서, 「탈향」의 인물들이 동숙하고 있는 공간은 그들의 지향점 잃은 삶을 더욱 불확실한 것으로 만든다. 화차간이라는 공간이 그러하다. 이 화차간은 처

---

8) 이호철, 「탈향」, 『문학예술』, 1955.7, p.67.

146 이호철

음 그들이 "다아 좋은 경험"이라고 생각했던 견딜만한 공간에서 이제
는 삶 자체를 위협하는 공간으로 자리 잡는다.

> 하루밤 신세를 진 화찻간은 이튿날 곧잘 어디론가 없어지곤 했다. 더
> 러는 하루 저녁에도 몇 번씩 이 화차 저 화차 자리를 옮겨잡아야 했다.
> 자리를 잡으면 그런대로 흐뭇했다. 나이 어린 나와 하원이가 가운데, 두
> 찬이와 광석이가 양 가장자리에 눕곤했다.9)
> 화차 문을 드르르 열었을 땐, 낮은 바라크 지붕 너머로 환히 열려져
> 있는 부두 불빛이 모로 움직였다. 벌써 제 4부두 앞이었다. 차 가는 쪽
> 으로 훌쩍 내리 뛰었다. 차가운 축축한 자갈돌이 누가 뛰어내리고 있
> 다.(「탈향」, p.69.)

화차간의 속성이 "곧잘 없어지곤"하는 유동적이고 부유하는 공간이
라는 사실은 인물들의 뿌리내리지 못하는 피난지에서 삶을 보여주는
상징이다. 그들의 삶은 처음에는 화차간이 "자리를 잡으면 그런대로
흐뭇했"던 "좋은 경험"의 공간이라는 인식에서 이제 떠나지 않기 위해
목숨을 걸고 뛰어내려야 하는 공간으로 의미가 변화된다. 그 이유는
기본적으로 화차간의 속성이라는 것이 고정되지 않고 부유할 수밖에
없는 탓이기도 하지만, 그들의 삶이 피난지에서 현재 정착하지 못하고
있음을 보여주는 것이기 때문이기도 하다. 그렇기에 이 움직이는 공간
에 임시로 자리를 잡은 그들은 늘 불안감에 직면해야만 한다. 그 불안
감은 화차라는 임시적 공간이 또 다른 낯선 곳으로 떠날지도 모른다는

---

9) 이호철, 「탈향」, ≪문학예술≫, 1955.7, p.64.
  이하 이 작품의 인용은 본문에 작품 이름과 페이지 수만 명기한다.

위기감과 공간의 변화 속에서 행여 다치기나 하면 어떻게 하는가에 관련된 공포감이다. 그렇기에 그들의 삶은 화차간에서 부유하듯 살아야 하면서도, 또한 피난지를 떠나 고향으로 떠나고 싶다고 생각하면서도, 화차간이나 피난지를 떠나지 못하고 맴도는 아이러니한 상황에 맞닥뜨린다. 정착할 수도 없고 떠날 수도 없는 상황의 괴리가 발생하는 것이다. 이와 같이 부유하는 공간은 끝내 그들의 삶을 파국으로 몰고 간다. 떠나는 화차에서 뛰어내리던 '광석'이 죽고만 것이다. 이 때문에 결국 그들은 모두 뿔뿔이 흩어져야 하는 상황에 직면한다. 이처럼 「탈향」에서 설정된 '화차'와 같이 부유하는 공간은 실향민의 부초와 같은 삶을 드러내 보여주는 상징적 역할을 한다. 그것은 그들의 남한에서의 삶이 결코 순탄하지 않을 것이라는 사실에의 암시이다.

또 다른 작품 「만조」(1959.2)에서 설정된 고향이라는 공간 역시 이와 같은 부유하는 공간으로서의 의미를 지닌다. 인공 치하에서 쫓겨났다가 다시 돌아온 인걸의 가족들에게 있어서 고향은 불확실한 삶을 버텨나가는 공간으로 자리 잡는다.

> "난 말이다. 우리 집이 이 동네서 쫓겨났다가, 이제 도로 돌아온 게 꼭 무슨 꿈속만 같애야. 동네 사람들이 우릴 어뜨게 생각허까? 나쁘게 생각허지는 않겠지, 잉? 우리 집에루 우리가 도로 들어왔는데 머 어떠니, 잉? 그래두 그렇지만 말이다. 난 어쩐지 동네 사람들이 우릴 욕허는 것만 같애 견딜 수가 없이야. 무슨 못 올 델 온 것만 같이 말이다. 히히, 내 우스워서.[10]

10) 이호철, 「만조」, 『이호철 전집』제1권, 청계, 1988, p.36.

얼마 뒤, 후퇴 바람이 일었을 때는 공교롭게도 두찬이와 광석이만이 배칸에 타고 있었는데, 광석이는 여전히 자신만만한 투가, 마을 외무위원 보좌의 그 위엄을 어느 구석 아직은 견지하고 있었다.(「만조」, p.38.)

인공 치하에서 인걸의 가족들은 지주라는 신분 때문에 마을에서 쫓겨난다. 인걸의 가족은 국군이 들어오자 다시 고향으로 돌아오지만, 그들에게 있어서 고향이라는 공간은 이전과는 다른 의미를 지니는 변화되어 버린 공간으로 인식된다. 즉, 인걸이 고향에 돌아와서 "무슨 못 올 델 온 것만 같이" 느끼는 이유는 고향이라는 공간이 그에게 있어서 이미 변질된 상태로 받아들여지기 때문이다. 고향이라는 공간이 지닌 고정적이고도 안존한 의미는 인걸에게 있어서 이제 더 이상 존재하지 않는다. 그렇기에 그에게 있어서 고향은 불안함이 감돌고 언젠가 다시 떠나야 할지도 모른다는 위기감이 존재하는 불확실한 공간이다. 이럴 경우 고향에서의 인물들의 삶은 비록 화차간처럼 실제로 유동적으로 움직이는 공간은 아닐지라도, 마음 놓고 정착하기 어려운 부유하는 공간으로서의 의미를 지닌다. 작품의 결말에서 다시 고향을 떠나는 사람들의 모습은 이와 같은 부유하는 공간이자 뿌리를 내리지 못하는 공간으로 변질된 고향이 지닌 변화된 의미를 보여준다.

판문점이라는 이념적 대립의 공간을 처음으로 작품에서 선보인 중편소설 「판문점」은 서사의 진행이 서울 형의 집과 판문점 두 공간에서 반반 정도의 비중으로 다루어지고 있다. 이 작품에서 설정된 두 공간은 겉으로는 편안한 삶의 기반(집)과 첨예한 이념의 충돌 장소(판문점)

이하 이 작품의 인용은 본문에 작품 이름과 페이지 수만 명기한다.

이지만, 일반적이고 상식적인 공간의 의미와는 달리 주인공 진수에게 있어서 집은 불확실하고 부유하는 의미를 지닌 공간으로 받아들여지고 있다. 형의 집에서 겉도는 듯 살아가는 진수의 삶은 그가 거주하는 공간을 불편한 곳이라고 인식하게 만들고, 심지어는 불결한 느낌을 갖게 하기도 한다. 그것은 집이라는 안주의 공간이 가식적인 형네 가족들로 인하여 변질되었기 때문인데, 진수는 그 공간 속에서 심한 불쾌감을 느낀다. 그것은 형네 가족의 삶이 이기적인 안주만을 위하여 가족의 진솔한 소통을 거부하고 가식적으로 살아가기 때문에 일어나는 것이다. 뿐만 아니라 이 소설 속에 드러난 또 다른 공간인 판문점 또한 집과 비슷한 속성을 지니고 있다. 판문점에서 만난 북측 여기자와의 대화를 통해 드러나는 것처럼 가식적인 소통이 가져온 염오를 진수는 공간적 의미로 깨닫고 있는 것이다. 그러나 소나기를 통해 인간적인 속내를 훔쳐본 진수와 여기자는 다소간 소통의 여지를 지닐 수 있게 되고 판문점이라는 공간이 지닌 이념적이고 가식적인 꺼풀은 벗겨진다. 그럼에도 불구하고 진수에게 있어서 여기자와 소통할 수 있었던 공간이 판문점이라는 사실은 이 공간 역시 진수에게 있어서 소통이 되지 않는 공간으로서의 집과 상대적인 의미로서 대체되지는 않는다. 왜냐하면 이 곳 역시 서로 다른 체제 속으로 돌아가야 하는 그들에게 있어서 반복적일 수는 있지만 일회적 만남과 소통만이 가능한 공간이자 한계가 분명한 공간이기 때문이다. 이 역시 불확실하고도 뿌리내릴 수 없는 공간의 의미를 지니는 것이다.

이처럼 화차간이나 변질된 고향, 혹은 판문점과 가식적인 집처럼 뿌리내릴 수 없는 불확실한 공간들의 존재는 등장인물들로 하여금 궁극적으로 새로운 정착지를 찾도록 만드는 요인이 된다. 이럴 경우 새로운 정착지에 대한 인물들의 생각은 공간 속에서 안존함을 추구하거나 자신만의 공간을 확보하려는 집착으로 드러난다.

회귀적 지향으로의 공간이 부유하는 공간으로 변화되어 작품 속에 제시될 때, 인물들의 삶은 이미 '탈향민'으로서 느끼는, 즉 고향을 잠시 떠난 조건적인 공간 상실이라는 것에서 이제 그 고향을 다시는 찾아갈 수 없다는 생각이 각인된 '실향민'이라는 완전한 공간 상실이라는 것으로 변화된 의미를 부여받는다. 이것은 소설 속 등장인물들이 더 이상 고향에의 향수를 곱씹으며 살 수 없다는 사실과 남한이라는 공간 속에서 살아내야 한다는 당위적인 의미를 부여받는 것이다. 그들은 이제 남한이라는 새로운 공간에 뿌리내리기를 시도한다.

2.3. 뿌리내림의 공간으로의 전환

등장인물들이 남한 땅에 뿌리내려야 하는 당위적 상황에서, 그들이 추구하고 집착하는 것은 대체물로서의 제 2의 고향이거나 혹은 자신만의 공간을 갖고 싶어 하는 욕망에 대한 것이다. 이것은 기본적으로 고향조차 상실한 인물들이 다시 일어나기 위해 필요한 최소한의 필요조건이자 기반을 가지고 싶다는 욕망의 발현이다.

「용암류」(60.11)와 「등기수속」(64.9)에서 설정된 공간들은 앞서서 언급한 실향민들의 삶과 직접적으로 연관을 맺고 있는 곳은 아니다. 그러나 작품에서 드러나는 공간의 의미는 실향민이라는 매개체가 없다 하더라도 전후 사회를 살고 있는 인물들이 보이는 가치 지향이 투영된 공간이 제시된다는 점에서 주목할 필요가 있다. 이 가운데 「용암류」의 공간은 대략 두 가지로 나뉠 수 있다. 주인공 '동훈'이 갈림길에 서서 선택해야만 하는 장소인 석주의 하숙집이라는 공간과 연인 수경과 함께 가기로 한 인천이 각각 그곳이다. 이 두 공간의 의미는 서로 다른 가치 지향을 드러낸다. 석주의 하숙집이 '동훈'이 실천적 삶을 살기 위해 거쳐 가야 하는 공간이라면, 이에 비하여 인천은 '수경'과의 편안하고 행복한 삶을 위해 찾아야 하는 공간이다. 이 기로에서 '동훈'은 갈등하고 고민한다.

 지금 동훈은 저녁 아홉시 석주와의 약속에 좇을 것인가, 같은 시각의 또 하나의 약속인 수경과의 인천 드라이브를 감행할 것인가 하는 어느 하나의 결단을 서둘러야 할 판임에도 다방 구석자리에 혼자 앉아 이 책 저 책에서 주워 읽었던 역사 속에서의 가장 치열했던 국면들을 떠올리고 있었다.(「용암류」, p.50.)

 대관절 지금 자기는 무엇을 이렇게 아등바등 피하고 싶어하는가 하고 문득 동훈은 자신을 돌아보았다. 결국 인천으로 가고 싶고, 석주를 피하고 싶은 것이다.(「용암류」, p.51.)

 문득 이렇게 말하고, 동훈은 정면으로 대어들려는 듯이 싸늘하게 석주를 건너다보았다.
 "왜, 인천에 가는데 왜, 네가 참견이야?"
 "기어이 가야겠니?"
 -중략-
 그러나 다음 순간 동훈은 그여히 못 참고 와락 터지고 말았다.
 "언제부터 남의 일에 그렇게 간섭하기 시작했니, 네가?"

동시에 새삼 수경이와의 일이 떠올랐다.(「용암류」, p.48.)

　‘동훈’은 이 두 가지 갈림길에서 고민한다. 그의 내면에는 자신만의 개인적이고도 행복을 추구할 수 있는 ‘수경’과의 공간인 인천에 대한 지향이 두드러진다. 그가 갈림길에서 고뇌하는 이유는 ‘수경’과의 사랑이 그에게 포근함과 안존함을 주고 있기 때문이다. 그가 느끼는 포근함과 안존함은 기실 이 작품 속에서 현실을 외면하고 자신의 이기적인 삶을 선택해서 가고 싶어 하는 모습이라고만 단방향으로 몰아갈 수는 없다. 그것은 “인천에 가는데 왜, 네가 참견이야?”라고 말하는 ‘동훈’의 항변 속에 개인적인 삶의 평안함을 갖고 싶은 한 인물의 욕망이 고스란히 담겨 있기 때문이다. 특히 ‘수경’이 ‘동훈’의 아이를 잉태하고 있는 상황은 인천행으로 상징되는 그 공간의 의미가 단순히 척박하고 첨예한 대립적 현실의 대타적 개념으로서의 도피처의 속성만을 지니는 것이 아니라, 자신의 아이가 연관된 실질적 삶이라는 것을 기초로 한 새로운 의미를 지니고 있는 것이기 때문에 그렇다. 그것은 어찌 보면 불확실한 전후의 현실에서 ‘동훈’의 행동은 매우 자연스러운 지향의 발로일 수 있다. 불확실한 삶의 공간에서 지쳐 있는 인물들이 지니는 한곳에 뿌리내리고 싶어 하는 욕망은 앞서서 살펴본 실향민들이 지닌 뿌리내리고 싶어 하는 욕망과도 일맥 닿아 있기 때문이다. 이 작품에서 ‘동훈’은 결국 인천행이 아닌 석주의 하숙집을 선택해서 떠난다. 그리고 그의 삶은 다음날 혁명 상황에서 제일 먼저 총에 맞아 죽는 것으로 끝난다. 그렇기에 이 소설의 결말을 공간 중심으로 파악한다면 뿌리내리고자 했던 인물의 의지가 좌절되는 것으로 읽을 수도 있다. 즉 전후의 혼란스런 현실 속에서 어디에든 자리 잡고자 욕망했던 인물의 좌절이라고도 볼 수 있는 것이다.

이와 같은 맥락으로 우리는 「등기수속」의 주인공 '현구'가 보이는 땅에의 집착을 바라볼 필요가 있다. 이 작품에서 주인공 '현구'는 5·16 군사 쿠데타의 상황 속에서 자신이 가등기한 80평 남짓의 땅을 등기 수속하기 위해 좌충우돌한다. 기본적으로 이 소설이 지니고 있는 속성이 혼란하고 불확실한 당대적 삶의 단면들을 풍자하고 있는 것이기는 하지만, '현구'가 보이는 땅에의 집착은 어찌 보면 자신만이 소유한 그 무엇인가를 지니고 싶어 하는 욕망의 한 측면으로 읽을 수 있는 것이다.

> 바로 며칠 전, 계엄이 선포되자 현구는 막연하게 머리끝이 쭈뼛해지는 불안 속에서 그 땅의 문제가 새삼스럽게 첨예하게 압박해왔다. 대한민국의 법을 잘은 모르지만 그 땅이 아직 확정하게 자기 것이 안 되어 있다는 사실이 와락 덮쳐오는 것이었다. 세상이 어떻게 돌아가는지 종잡을 수 없는 판에 그런 중요한 것을 2년간이나 그냥 차일피일 미루어 왔다는 게 도대체 정신 빠진 짓이 아닌가, 어이가 없게도 느껴졌다. 하여 오늘은 세상없어도 하루 사이에 수속을 마치자고 나선 것이었다.[11]
>
> "아하, 우리 이젠 꼽대가리 자꾸 해서 돈 좀 쥐자. 그러구 저기 영주동 산꼭대기에다 집 하나 짓자. 거기 집 제두 일 없닝 기더라야."
>
> (「탈향」, p.75.)

---

11) 이호철, 「등기수속」, ≪신동아≫, 1964.9, p.392.

'현구'가 불안감을 느끼는 이유는 계엄이 선포된 상황에서 자신의 것을 빼앗길지도 모른다는 것 때문이다. 그는 "그 땅이 아직 확정하게 자기 것이 안 되어 있다"는 사실에 심한 불안감과 초조함을 느낀다. 그 땅은 원래 농지로 되어 있는 것이었는데, 이번 기회에 택지로 등기 수속을 마치려 하는 것이다. '현구'가 땅에 대해서 집착하는 이유는 돈을 내고서 구입한 땅이 어쩌면 자신의 것이 되지 않을 수도 있다는 위기의식 때문이다. 그렇다면 '현구'가 그토록 땅에 집착하는 이유는 무엇일까? 앞서서 언급한 「탈향」의 경우와 「용암류」의 경우를 상기할 필요가 있다. 즉 뿌리를 내리지 못한 인물들이 불확실한 현실 속에서 가장 욕망하는 것은 무엇에 관련된 것인가에 대한 질문이다. 이는 곧 불확실한 삶을 보다 확실하게 만들고 싶은 욕망이자 곧 사회 속에 뿌리내림에의 욕망에 관한 것이다. 이를 근거로 본다면 이 작품에서 '현구'가 불안해하는 원인은 결국 그 뿌리내릴 터전을 빼앗길지도 모른다는 불안감이 기저에 깔려 있는 것이기 때문이라고 볼 수 있는 것이다. 즉 '현구'가 땅에 집착하는 것은 결국 자신의 것을 가지고 싶어 하는 욕망이자, 땅이라는 공간으로 대변되는 자신의 것에의 집착인 것이다.

이와 같이 인물들이 남한 땅에 뿌리내리기를 욕망하는 상황에서 그들이 가까스로 정착한 공간은 이제 그들에게 새로운 의미를 생성하기 시작한다. 그것은 실향민 세대와 그 다음 세대가 겪는 갈등의 한 원인으로 작용하기도 한다.

실향민 세대의 정착 이후 공간의 의미가 변화되는 예로, 우리는 「무너 앉는 소리」연작을 살펴볼 수 있다. 이 연작 소설에서 제시되는 공간 배경은 두 세대에게 있어서 서로 다른 욕망을 투영하는 대상이 된다. 우선 실향민 1세대인 아버지에게 있어서, 그 정착한 공간은 돌아오지 않는 큰 언니를 언제까지고 기다려야만 하는 제 2의 고향으로서의 의미를 지닌다. 제 2의 고향이라고 언급하는 이유는 본래 고향을 상실한 실향민 1세대에게 돌아올 곳, 혹은 돌아갈 곳이 없다는 지향점 상실 체험에서 기인하는 안주와 회귀성에의 욕망이 공간에 반영되었기 때문이다. 그렇기에 이 작품에서 아버지는 돌아오지 않는 딸을 무작정 기한 없이 기다린다. 이는 곧 실향민 1세대가 고향을 떠난 뒤 그곳에서 자신들을 기다리고 있을 수많은 가족이 느낄 감정과 동일한 것이다.

그러나 실향민 2세대에게 있어서 그와 같은 1세대의 결여되어 결코 충족될 수 없는 욕망의 반영체로서의 공간은 갈등을 유발시키는 원인으로 작용한다. 그들에게 있어서 아버지 세대가 남한에서 정착한 공간은 늘 충족될 수 없는 욕망이 반영된 곳인 탓에 답답함과 부담감을 느끼는 벗어버리거나 탈출하고픈 공간으로 자리 잡는다.

어두운 속에서 선재는 한 번 꿋둘하고 넘어질 듯하다가 말했다.
"우리 나가자, 당장 나가자, 이 집을 나가자, 어때?"
"그래, 나가요, 어차피 나가게 될 걸 뭐."
영희가 조용히 말했다.
"오늘 밤 당장 나가, 지금 당장."
-중략-
"정말 정말이야요, 늘 답답하지요? 선재씨도 그렇죠?"
영희의 목소리는 차츰 애처로와지고 가냘파자고 있었다. 눈을 감고 있었다.[12]

---

12) 이호철, 「닳아지는 살들」, 『사상계』, 1962.7, p.286.

전후 실향민 2세대들에게 있어서 1세대들이 자리 잡은 남한에의 공간은 윗세대의 채울 수 없는 욕망 탓에 당장이라도 벗어나고픈 탈출해야 할 공간으로 자리매김 된다. 그들이 "당장 나가자, 이 집을 나가자"고 외치는 이유는 그 공간을 통해 1세대들이 부여하는 상실감의 공유 요구 때문이다. 이 작품에서 며느리인 '정애'나 '아버지'로 대표되는 실향민 1세대는 '영희'나 '선재'로 대표되는 2세대들에게 끊임없는 기다림과 상실감의 공유를 요구한다. 그들의 요구는 표면적으로 드러나거나 하지는 않지만 12시만 되면 환하게 불을 켜고 온 가족이 기다리는, 아무도 그에 대해 반박하지 않는 상황의 답답함과 무거움은 '영희'나 '선재'에게 견디기 힘든 부담감으로 작용하고, 벗어나고픈 욕망을 갖게 만든다.

이와 같이 실향민들이 뿌리내리기를 욕망하여 찾아든 공간에서도 그들은 진정한 안정감을 찾지 못한다. 그것은 기본적으로 영원히 채울 수 없는 상실이 존재하기 때문이고, 그 상실은 뿌리를 내린 상황에서도 어떠한 방식이든 변주된 욕망으로 드러난다. 그것은 다음 세대들과의 갈등으로 제시되거나 혹은 동일한 세대 간의 이해의 코드로 제시되기도 한다.

3. 공간에 투영된 의미

앞서서 언급한 것처럼 이호철 소설에서 설정된 공간은 몇 가지 상징적인 의미를 지니고 있다. 실향민이 돌아가고 싶어 하는 회귀적 공간으로서의 고향과 이 고향행이 조금씩 어려워지며 보이는 인물들의 임시적 거처로서의 불확실하고 부유하는 공간, 이 땅에 뿌리내리기 위해서 보이는 욕망의 등가물로서의 공간 등이 그것들이다. 이 세 가지 유형의 공간은 근본적으로 뿌리가 맞닿아 있다. 그것은 전후의 터전을 잃은 인물들이 뿌리를 내리기 위해 여러 가지 방식으로 갖고자 하는 자기만의 것에의 욕망이다. 이호철의 작품에서 이 공간 차지의 욕망은 여러 가지 사회·역사적 혼란 때문에 좌절되기도 하고 한계를 맞이하기도 한다. 또한 이 뿌리내리기의 욕망을 충족하기 위해 몇몇 인물들은 소시민적인 안일주의적인 모습을 보이기도 하고 몇몇 인물들은 개인의 욕망을 포기하고 다른 길을 선택하기도 한다. 그러나 작품들 곳곳에 드러나는 이와 같은 공간 확보에의 서로 다른 태도는 결국 불확실한 전후 사회 속에서 뿌리내리기 위한 일련의 몸부림으로 볼 수 있다.

이와 같은 이호철 소설의 공간의 의미는 전후와 일정한 거리를 둘 수 있는 시간이 지난 뒤에 발표된 작품들의 경우에도 연결 지을 수 있다. 그의 소설 속 등장인물들이 보여주는 소시민적인 행태들은 자기만의 것을 가지고 싶어 하는 욕망의 한 단면으로 작용하고 있기 때문이다. 그 가운데에 뿌리내릴 공간에 대한 욕망이 한 층위로 자리 잡고 있는 것은 어찌 보면 자연스러운 것이다. 이 뿌리내리기의 대상으로서의 공간이 편안하면 편안할수록 등장인물이 보여주는 소시민적인 모습들은 보다 자연스럽게 다가선다. 비단 공간뿐만이 아니라 인물들이 보이는 시류에 민감한 속성은 이와 같은 뿌리내리기의 몸부림에 맞닿아 있을 수 있다.

또한 실향민들이 궁극적으로 욕망했던 제 2의 고향으로서의 공간을 차지하고 난 후에도 이 욕망은 계속 변주되어 이루어진다. 그 이유는 기본적으로 그들이 최초 추구했던 욕망이 근본적인 결여를 전제로 한 것이었기에 발생하는 것이다. 즉 그들이 그토록 갖고자 했던 공간은 대체적인 의미에 불과할 뿐이고, 완전한 회귀나 정착을 할 수 없는 분단이라는 넘을 수 없는 벽은 언제나 존재하기 때문에 끝내 채울 수 없는 욕망일 수밖에 없기 때문이다. 그 욕망은 그렇기에 실향민인 작가가 오랜 창작 기간 동안 발표한 작품 속에서 여러 가지 변화된 공간의 모습으로 제시된다. 이호철의 소설이 분단 문제와 통일 문제에 깊은 천착을 보여주는 것은 단순히 당위적 의미로서만 그 문제들을 접근한 것이 아니라, 기본적으로 충족될 수 없는 실향민으로서의 작가의 체험적 상실감이 자리하고 있기 때문이다. 이 지점에서 우리는 이호철 소설의 한 가지 해석 방법을 찾아내야 한다.

주체의 장소 만들기와 소시민적 정체성 연구

— 이호철의 「소시민」을 중심으로

1. '주체'의 인문지리학적 시선

이호철 소설에는 전후 현실을 읽어내는 작가의 독특한 시선을 발견할 수 있다. 1950년대 손창섭, 장용학이 보여 주었던 근대에 대한 부정 정신과 비판 의식이 이식된 근대의 주체 개념에서 기원했다면, 이호철은 전후 자본의 논리가 지배하는 해체된 공동체 속에서 주체가 어떻게 소시민으로 이행하고, '개인'으로 존재할 수 있었는가에 대한 실천적 탐색의 과정을 제시하고 있다. 한국전쟁 이후 한국 사회는 근대 국가와 시민 사회를 건설할 역사, 정치적 문화 주체로의 근대적 '개인'을

* 이평전 / 동국대학교 강사

만들기 위한 투쟁을 지속해 왔다. 이것은 이른바 국민, 시민의 탄생과 그 기원을 해명하는 작업으로, '자유', '민주주의', '개인', '시민'과 같은 근대적 개념에 의미를 부여하기 위한 지적 탐색의 과정이라고 할 수 있다.[1]

이호철이 1964년 7월부터 이듬해 8월까지 『세대』지에 연재한 장편소설 『소시민』은 시민과 소시민 개념 사이에 제기되는 다양한 관점들을 이해하는데 의미 있는 단서를 제공한 작품으로, '한국 전쟁의 한 시기에 대해서 가해진 사회적 고찰이라고 평가를 받고 있는 작품이다.[2] 일반적으로 소시민은 '생산수단을 소유하고 있으면서, 노동 계급으로부터 잉여 가치를 착취하지 않는 계급, 도시의 자영업자나, 봉급생활자, 자유직업인, 지식인 등을 지칭하지만, 5·16 이후 대중들의 정치적 무관심과 현실에서의 자기만족과 경제적 이익에 몰두하는 속물적 심리를 비판하기 위한 개념으로 사용되면서, 뿌띠 부르주아지(petit bourgeois)의 번역어로 사용될 때의 계급적 의미가 약화된 상태에서 논의 되었다. 시민이 지식인들의 담론과 혁명의 시대적 소명에 부응하는 정치적 주체를 지시하는 용어였다면, 소시민은 정치에 무관심하고 자기만족적인 속물적인 존재들이라는 비판적인 의미를 함의한다. 그러므로 이 시기 소시민은 4·19의 와중에 지식인 사회가 주체, 시민 형성을 목표할 때, 시민의 대립항으로 선택된 개념이라고 할 수 있다. 그런데 한 가지 주

---

1) 김미란, 「'시민-소시민 논쟁'의 정치학-주체 정립 방식을 중심으로 본 시민·소시민의 함의」, 『현대문학의 연구』 29집, 2006, pp.257-258.
2) 정명환, 「실향민의 문학-이호철의 '소시민'을 중심으로」, 『창작과 비평』, 1967년 여름호, p.175.

목할 것은 시민, 소시민 개념이 인간과 사회, 현실에 대해 서로 대립적 입장을 취하는 용어로 사용되면서도, 인간이 자족적 '개인'이 아니라, 타자와 관계하는 사회적 존재라는 사실에 전적으로 동의하고 있다는 사실이다.3)

이런 논쟁의 지점에 작가 스스로 '50년대의 풍속도'4)로 명명한 바 있는『소시민』은 단순히 한국전쟁, 전후를 다룬 체험의 소설이 아니라, 남한의 사회상을 소시민의 시각에서 재구성하고 있다는 데 그 의미를 찾을 수 있다. 이호철의 소설들은 단편「탈향」,「만조」등에서 전쟁 당시 인민군으로 참전했다가 국군 포로가 되고, 이후 월남해서 겪은 체험들을 사실적으로 기록한 작품들과「판문점」처럼 전후 현실에 놓인 소시민들의 '일상'을 일정한 거리를 두고 탐색한 작품들,『남녘사람 북

---

3) 김주연과 백낙청 등에 의해 주도된 시민-소시민 논쟁은 당시 한국 지식인 사회의 담론을 압축적으로 보여준다. 1968년 말부터 진행된 소시민 논쟁은 1960년대 문학을 새로운 세대의 문학으로 의미화하려는 작업이었다. 서기원이 60년대 문학을 '역사'의식의 결여로 평가한데 대해 김현이 '역사의식은 도식적 몸부림으로 나타나는 것이 아니다'라고 발언함으로써 촉발된 시민-소시민 논쟁은 김주연에 이르러 1960년대 작가군의 특색을 '소시민 의식'으로 규정하기에 이른다. (김주연,「새 시대 문학의 성립-인식의 출발로서의 60년대」,『아세아』, 1969.2.20.) 이 논쟁은『서울신문』1969년 5월 6일자부터 6월 7일자까지 계속되었으며,『주간조선』에 의해「언어와 역사의식-1950년대 작가와 60년대 비평가의 대결좌담」이 개최되기도 한다. (선우휘 외,「언어와 역사의식-50년대 작가와 60년대 비평가의 대결좌담」,『주간조선』, 조선일보사, 1969.6, pp.14-15.) 김치수는 '자기 개성을 보존하는 투철한 자아인식'으로 이 시기 작가들의 근대적 성격을 규정한다. 김현, 김주연, 김치수는 이 논쟁을 통해 '근대적 개성의 옹호'를 주장하며, 이전 세대와 자신의 세대를 구분함으로서 새로운 자기 정체성의 근거를 확립하려 했다.
4) 이호철,「이호철의 소설창작 강의」, 정우사, 1997, p.23. 그는 이 소설이 월남 직후 18세 때 부산 부두의 국수 공장에서 일하던 시절의 일기에서 건진 작품이라며 '13년 뒤에 그 일기를 펼쳐보니까 희미한 연필로 쓴 사건과 분위기가 필름처럼 되살아나더라.'고 회고한 바 있다.

녘사람』과 같이 체험의 한계를 넘어 분단과 전쟁을 냉정한 시선으로 탐색한 작품들로 대별된다. 그러나 이호철 소설과 관련한 학계의 관심은 여전히 『소시민』에 집중되어 있다고 할 수 있다. 그것은 이 작품이 주체와 사회와의 관계를 해명하는데 여전히 유효한 경로를 제공하고 있으며, 산업화 이후 진행된 자본주의 도시화의 과정에서 시민, 소시민으로 호명되는 주체들의 원형적인 모습을 제시하고 있기 때문이다.

백낙청은 이호철이 '소시민 세계 전체와의 대결, 또는 소시민화 되는 시대 자체와의 정면 대결이라는 불가피한 현실에서 정면 대결을 감당하기에 역부족으로 보이며, 이른바 '분위기'와 '낌새'에 과도하게 집착하여 매너리즘에 빠져 있다'고 비판하고 『소시민』이 이런 소시민적 일상과 한계를 점검하고 그것을 넘어서기 위한 삶의 가능성을 조심스럽게 모색한 작품이라고 평가한다. 이어 정호웅은 그 연장선상에서 이 소설을 '전락과 상승'이라는 축으로 분석하고, 최원식은 "시간성의 파괴성을 승인함으로써 획득되는 작가의 냉소적 체념이 작품의 밑바닥에 숨 쉬고 있기 때문"에 근본적으로 세태 소설의 범주를 넘어서지 못하고 있다고 비판하면서, 『소시민』이라는 제목의 상징성과 '나'라는 인물을 통해 남한 사회의 자본주의 재편에 한국전쟁이 어떤 역할을 수행하는가를 예각적으로 탐색했다는 점에 의미를 부여하고 있다. 또 다른 맥락에서 김치수는 이호철의 초기작들이 비참하고 참혹한 현실을 다루고 있음에도 불구하고 서정적 세계의 아름다움을 느끼게 하는 이유를 작가가 취하고 있는 관조적 태도에 있다고 진단하고, 그가 형상화하고 있는 서정적 세계가 사회적 관심을 확대시키고, 실향민의 소심증을 보여준다고 평가한다. 이러한 시각에서 덧붙여 오현주는 「탈향」과

『소시민』 등의 작품들을 분석하면서, 이호철이 '주관적 체험과 객관 현실의 변증법'이라는 리얼리즘 방법론의 확장을 시도하고 있다는 점에 주목하고, 강진호는 전후 근대화 과정에 대한 비판적 인식을 담아내고 있다는 점을 지적하면서, 계층 상승의 인물들을 분석하고, 천민자본주의 형성과정을 읽어낸바 있다.[5]

　이호철의 『소시민』을 둘러싼 논쟁과 연구사를 통해 확인할 수 있는 것은 소시민에 대한 개념적 정의가 주체가 머물 수 있는 '공간', 구체적으로 한국전쟁 이후 형성된 근대적 도시와 주체의 관계를 어떻게 설정할 것인가를 심문하는 과정에서 생산된 것이라는 점이다. 그것은 당대의 '공간', 구체적으로 '장소'를 어떻게 보는가에 따라 『소시민』에 대한 평가가 전혀 다른 결론에 이르게 된다는 점을 말해 준다. 예컨대 『소시민』을 단순히 50년대 전후 현실에 대한 체험의 기록으로 읽는 것은 타자로서의 전후 공간을 객관화시키려는 이호철의 의도를 의도적으로 회피하거나 가치를 폄하하는 일이다. 그런 점에서 작가가 전후 현실 공간을 채우고 있는 '소시민성'을 타자로 인식하고 그것을 객관적으로 서술하는 것은 한국 사회의 주체에 대한 탐문 과정이라고 할

---

5) 백낙청, 「작가와 소시민」, 『문』, 민음사, 1981.
　정호웅, 「탈향, 그 소설사적 의미-이호철의 『소시민』론」, 『1960년대 문학연구』, 예하, 1993.
　최원식, 「1960년대의 세태소설, 『이호철 전집 6』, 청계연구소출판국, 1991.
　김치수, 「관조자의 세계-이호철론」, 『이호철 소설의 일반론 및 작품론』, 새미, 2001.
　오현주, 「관조와 풍자의 관계-이호철론」, 『1960년대 문학연구』, 깊은샘, 1998.
　강진호, 「이호철의 『소시민연구』」, 『민족문학사연구』, 11집, 민족문학사연구소, 1997.

수 있다.

최근 '공간'은 '장소'와 대립하기보다는 '사회적으로 생산 되어진 공간'이라는 개념적 접근을 시도하고 있다.[6] 여기서 '사회적으로 생산되어진'이라는 표현은 그 '사회 체제의 본질상 또는 그 사회 내의 정치나 권력 관계에서 파생 된다'는 뜻이다. 사회적으로 생산된 공간의 성격을 일컬어 공간성이라고 하는데, 여기서 공간이란 비어 있는 공간이 아니라 수많은 근대적 이념들이 대결하는 전투의 장[7]을 의미한다. 이런 관점에 비춰보면 『소시민』은 시민과 소시민의 개념이 대결하는 장소로서의 의미를 갖는다고 할 수 있다. 이호철은 '부산'으로 상징되는 전쟁과 자본주의적 일상이 혼재된 공간에서 등장인물의 전도된 삶과 소시민화 과정을 제시하면서, 전후 한국 사회의 구조적 변화를 읽어내고, 주체들의 새로운 장소에 대한 열망을 발견한다.

결국 『소시민』은 변화된 사회를 읽기 위한 이호철의 인문지리학적 시선[8]에 기원한다고 할 수 있다. 작가의 이런 시선은 『소시민』 속 장

---

6) 이-푸 투안은 공간과 장소의 개념을 명확히 구분해 사용한다. 그는 공간을 움직임, 개방, 자유, 위협으로 설명하는데 반해, 장소는 정지, 개인들이 부여하는 가치들의 안식처, 안전과 애정을 느낄 수 있는 고요한 중심으로 규정한다. 그는 공간이 장소로 이동하는 과정을 다음과 같이 설명한다. "인간은 직접적으로, 그리고 간접적으로 다양한 경험을 하며, 이러한 경험을 통하여 미지의 공간은 친밀한 장소로 바뀐다. 즉, 낯선 추상적 공간(abstract space)은 의미로 가득찬 구체적 장소(concrete place)가 된다." 이푸-투안, 구동회·심승희, 『공간과 장소』, 도서출판대윤, 2007, pp.19-20.
7) 정종한·서민철·장의선·박승규, 『인문지리학의 시선』, 논형, 2008, p.44.
8) 이 글에서 사용하는 '공간'이나 '장소'의 개념들은 전통적으로 지리학의 기본적 개념으로 사용되어 왔다. 그러나 오늘날과 같은 간(間)학문적, 초(超)학문적 접근이 이루어지는 상황에서 개개의 학문적 영역들은 독자적 영역을 고집하기 어려운 상황에 놓인다. 지리학의 경우도 문화적 전환 이후 다양한 사회이론과 접목을

소에 대한 해명을 요구한다. 물론 소설과 장소의 관련성을 밝히는 작업은 적절한 개념과 접근 방법을 도출하기 어렵다는 점에서 복잡해 보이지만, 그럼에도 "장소·사람·시간·행위가 분리할 수 없는 하나의 통일체를 이루고, 사람이 존재하기 위해서는 일정한 어떤 곳에 있어야 하며, 적절한 때에 무슨 일인가를 해야 한다."9)는 공간 이해의 보편적 관점을 빌면, 『소시민』에 등장하는 소시민적 인간들의 다양한 행위는 '장소'에 대한 설명을 통해 많은 부분 해명 될 수 있다고 생각된다. 그러므로 이호철 소설에 나타난 소시민의 본질적 성격을 포착하고 이해하기 위해서는 장소에 대한 고찰이 무엇보다도 선행되어야 한다. 필자는 『소시민』을 통해 공간의 본질을 정확하게 관통하는 작가 사유와 자본주의적 일상에 대한 지리학(인문지리학)적 시선의 특징을 살펴볼 것이다.

통해 연구영역을 확장해 왔으며, 인간의 삶 전반과 관련된 주제를 통해 다양한 사회 현상이나 문화 현상, 역사 현상에 대한 지리학적 시선을 제공하고 있다. 최근 영화나 음악, 미술, 문학등과 같은 미학적인 측면의 논의가 새로운 지리학의 학문 영역으로 자리매김 되고 심지어 스포츠를 대상으로 하는 지리학적 연구까지 등장하고 있다.(정종한 외, 앞의 책, p.36.) 이 글에서 언급한 인문지리학적 시선은 『소시민』의 장소/공간 '부산'이 최근 인문지리학에서 논의되는 앞서의 주제들을 설명하는 데 유효한 공간이라는 점을 이호철이 분명히 인식하고 있었음을 보여주는 것이다.
9) 물론 의미와 행위 그리고 그 맥락이 융합된 것으로 장소의 개념을 규정하면 장소 그 자체를 일반화시켜 제시할 수 없다는 주장도 있다. 휴 프린스는 지역과 작가, 사람과 장소는 모두 고유하며, 장소의 본질이 그 고유한 특성들 속에서 발견될 수 있다고 말한다.(Prince H, 1961, The geographical imageination, Landscape 11, p.49. 에드워드 렐프, 김덕현·김현주·심승희 옮김, 『장소와 장소상실』, 논형, 2005, p.107. 재인용.)

2. 소시민의 장소 정체성과 장소감

이호철의 『소시민』은 60년대 들어 진행된 도시화와 산업화, 그에 따른 자본주의적 파토스와 소시민 의식의 연원을 한국 전쟁까지 거슬러 올라가 탐색한 작품이다. 산업화로 인한 생산성의 증가와 국제 정세의 변화는 개별 주체들의 삶의 질을 향상하기 보다는 세속적 물질주의와 소시민 의식의 급격한 확산을 가져왔다. 이런 현실의 배경이 된 『소시민』 속 부산은 단순히 지역적 의미로서의 부산을 넘어 전후 한국 사회 전반을 설명하는 준거로 사용되기에 충분해 보인다. 전후 소설 가운데 이 소설만큼 전쟁 이후의 부산 풍경을 총체적으로 보여준 작품은 거의 없다. 그러므로 『소시민』 연구는 부산이라는 장소의 정체성에 대한 탐색으로부터 시작 할 필요가 있다.

한국전쟁 당시 부산은 정신적 피난처이며 동시에 육체의 피난지였다. 식민지 기간 동안 식민지 경영의 교통 요지로서 도시 발전의 틀을 형성하고, 이후 두 차례 임시 수도로 남한의 정치, 경제, 사회, 군사의 중심지로 부상한다. 당시 피난민의 폭발적인 인구 유입은 자본주의 도시로의 이행을 결정짓는 중요한 계기가 된다. 『소시민』의 부산의 풍경은 이런 전후 도시 부산의 일상을 재현하면서, 자본주의적 질서에 적응해가는 주체의 모습을 보여주고 있다. '분단 상황과 자본주의 세계 체제에서 한국의 사회 현실에 대한 자기 인식의 형성'[10]이 1960년대 소설의 특징이고 그 흐름에 이호철은 충실했던 것이다.

---

10) 구재진, 『1960년대 장편소설 연구』, 서울대 국문과 박사논문, 1999.8.

때문에 소설 『소시민』의 부산에 대한 고찰은 주체의 현실에 대한 인식의 경로를 살피는 일이라고 할 수 있다. 부산은 남한 체제가 존재하고 있다는 상징일 뿐만 아니라 세계의 자본과 패권이 소통되고, 지배 이데올로기를 교육하고 강제하는 공간으로 묘사된다. 하이데거는 장소를 '인간 실존이 외부와 맺는 유대를 드러내는 동시에 인간의 자유와 실재성의 깊이를 확인하는 방식으로 인간을 위치' 시키는 중요한 요소로 판단했다.[11] 이호철은 소시민적 삶을 살아가며 자신이 정주하고 있는 장소에서 자신의 정체성을 찾지 않을 수 없었다.

물론 단일한 부산의 정체성이 존재할 수 있는가 하는 것은 의문이다. 이호철이 바라본 부산은 분명 여러 이질적인 집단과 유사 공동체들이 갈등하면서 존재하는 복잡한 공간이다.[12] 부산은 이전의 사회적 관계가 해체되고, 새로운 질서가 생성되는 카오스적 장소로 묘사되고 있다. 혼돈의 공간에서 새로운 정체성을 획득하기 위해서는 소설 속 인물들이 그랬던 것처럼 자신들이 이전에 갖고 있었던 가치와 이상들

---

11) Hedegger M, 1958, An ontological consideration of place in The Question of Being(New York:Twayne Publishers) 에드워드 렐프, 김덕현 외 옮김, p.25. 재인용.

12) 마이크 새비지. 알랜 와드, 『자본주의 도시와 근대성』, 김왕배·박세훈 옮김, 한울, 1996, pp.139-140. 저자는 도시에서 사람들이 자신에게 적합한 다양한 기반을 선택할 수 있기 때문에 사회적 연대성과 정체성이 다양해지며, 독특한 문화를 형성할 수 있는 최소 규모의 인구가 특정 크기 이상의 도시에서만 가능하기 때문에 도시성은 다양한 하위문화를 번성하게 할 수 있다고 주장한다. 이런 관점에서 박훈하의 논의(「부산의 공간생산과 근대적 주체 형성과정」, 『오늘의 문예비평』, 2002년 봄호 p.49.)를 『소시민』에 적용해 본다면 '다양한 이질성이 상호 갈등하며 존재'하는 도시 공간을 해명하는데 유의미한 결론을 이끌어 낼 수 있을 것으로 기대된다.

을 폐기하거나 전복시킬 필요가 있다.

「두고 보소. 김씨는 돈을 벌 기요. 돈맛도 맛대로 알았지만 돈벌 자질
도 충분히 있을 기요. 두고 보소. 김씨가 부르주아가 될 기요. 부르주아
가. 두구 보소. 하야간 개판이재.」
　(중략)
「지금 내 얘기 명심해서 들어 두소. 김씨가 한몫 잡을 기구만. 그러구
그때에 가서는 왕년의 지나온 일은 깨끗이 부셔 낼 기구만. 사람의 운명
라 카는게 참묘하요. 종이 안팎이라, 생각하면 참 우스운 노름이재.」[13]

해방공간에서 좌익 활동을 같이 했던 '정씨'와 '김씨'는 부산에 들어
서자마자 자신들의 관계가 역전되고 있음을 알게 된다. 그들은 해방에
서 한국전쟁으로 이어지는 기간 동안 한국 사회를 지배했던 이념의 역
사를 대표하는 인물들이다. 이념의 틀에서 벗어나지 못한 '정씨'는 몰
락하는 반면, 자신의 과거를 은폐하고 새로운 질서를 내면화한 '김씨'
는 자본주의 사회의 중심 세력으로 부상한다. 인용문에서 확인할 수
있는 것처럼 자신의 부하이던 김씨 앞에 초라하게 변해가는 정씨의 모
습은 자본주의적 일상에서 이데올로기가 얼마나 무기력한가를 보여준
다. 이런 전도된 관계 설정을 통해 소시민의 형상은 보다 분명해지고
그들이 거주하는 공간의 정체성 또한 그 윤곽을 분명히 드러낸다. 부
산의 정체성은 바로 가치를 전도시키는 장소인 것이다.
　정체성은 그 장소의 이미지가 개인적인가, 집단적인가, 아니면 사회

---

13) 이호철, 『소시민 · 살(煞)』, 문학사상사, 1992, pp.91-92.

적으로 합의된 것인가에 따라 달라진다. 대부분의 경우, 장소의 이미지가 곧 정체성이기 때문에, 장소의 정체성을 규명하기 위해서는 그 이미지가 개인, 집단, 사회 어디에 속해 있는가를 파악하는 것이 필수적이다. 이 소설에 등장하는 소시민들의 모습은 피상적이고, 기호에 불과한, 어디에도 소속되지 못한 대중적 정체성이 아니라, 심층적이며 개인적인 또한 사회적 경험들을 통해 만들어진 연속적으로 인식될 수 있는 '상징의 역역'을 구성하는 정체성으로 형상화된다.[14] 문학평론가 한수영은 작가와의 대화에서 이호철이 '역사적 추상을 삶의 구체적인 결과 무늬로 재구성해내는 작업'을 지속하고 '삶을 추상화시킬 때 흔히 나타나는 도식성을 구체적 일상 재현을 통해 극복하고 있다고 말한다. 이에 이호철은 "그런 게 이를테면 이념이나 이론인 셈인데, 그것이 제 있을 자리를 넘어서서 인간의 삶 전체를 규정하기 시작하면서 그때부터 비극이 시작되는 거지요. 인간의 삶이란 그런 이론이나 이념으로 다 재단할 수 없거든요"[15]라며 동의를 표한다.

작가의 이런 인식은 부산이라는 공간을 '일상'의 구체적 장소로 변경시킨다. 분명한 것은 어떤 종류의 어떤 존재가 그 어디에서 어떤 관련을 맺든지 간에, 정체성은 반드시 생겨난다는 사실이다. 개인들이라도 의식적으로 혹은 무의식적으로 특정 장소에 정체성을 부여할 수는 있지만, 정체성은 상호 주관적이기 때문에 단일한 정체성이 아닌 공통의 정체성을 형성하게 된다. 『소시민』의 등장인물들이 독립적으로 존

---

14) 에드워드 렐프, 김덕현외 옮김, 앞의 책, pp.137-138.
15) 한수영, 「탈향, 그 신산(辛酸)한 역사적 삶의 도정」, 『실천문학』, 1997년 봄호, p.402.

재하지 않고, 어떤 공통의 정체성 속에서 해명될 수 있는 것도 바로 이 때문이다. 장소의 정체성은 장소간의 차이나 동일성을 인식하는 것이 아니라, 차이 속에서 동일성을 확인하는 작업이라고 할 수 있다. 여기서 한 가지 염두해야 할 것은 '장소의 정체성' 뿐만 아니라, 한 개인이나 집단이 갖는 '그 장소에 대한 정체성'을 주체가 내부인으로 경험했는가 아니면, 외부인으로 경험했는가 하는 차이에 대한 인식이다. 한국전쟁은 분명 주체에게 역사적 재난으로, 어떤 역사적 변화를 강요했다. 작품 속 인물들은 모두 이 경험의 내부, 변화의 소용돌이 속에서 자신들이 상징하는 계층들의 운명을 담당하기 때문에 화자인 '나'를 비롯해 어떤 인물도 그 공간에서 자유로울 수 없다.

그들은 동일한 장소를 공유한다. 소설의 주 무대가 되는 제면소는 고향을 떠난 내(나)가 처음으로 정착한 곳으로 도시 부산의 성격을 압축적으로 보여주는 장소이다. 제면소는 당시 계엄사령부를 겸했던 합동 헌병대가 자리한 충무동 로터리와는 바로 인근에, 그리고 자갈치 시장, 남포동, 광복동, 자유시장, 보수동, 부민동 등과 근접해 있어 당시 부산 시대 중심지를 관찰 하는데 더 할 수 없는 입지적 조건을 갖추고 있었다.[16] 이 곳은 전쟁의 특수를 누리며 소시민들이 치열한 일상을 견뎌야 하는 생존을 위한 유일한 장소이며 도시 부산의 정체성을 압축해서 보여주는 공간이다.

농촌의 순박성을 지닌 천안색시, 조직 노동자의 경력을 가진 정씨와 김씨, 시골 소지주의 외아들인 곽씨, 식민지 경험을 유일한 삶의 지표

---

16) 뿌리깊은나무편, 『한국의 발견 부산』, 뿌리깊은나무, 1983, p.248.

로 삼는 신씨, 식민지 시기 좌익에 가담했던 인텔리 강영감 그리고 전쟁의 특수로 한 몫 잡은 제면소의 주인댁과 같은 인물들에게 제면소는 그들의 생존을 담보해주는 '집'이라고 할 수 있다. 집은 개인 또는 공동체 구성원에게 정체성의 토대로 존재의 거주 장소가 된다. 그것은 어디에든 있거나 교환되는 것이 아닌 대체될 수 없는 의미의 중심이다. 진정한 장소감이란 무엇보다도 자신이 내부에 있다는 느낌이며, 개인으로서 그리고 공동체의 일원으로서 내가 장소에 속해 있다는 느낌을 갖는 것이다. 이런 소속감은 집이나 고향, 혹은 지역이나 국가에 대해 느끼는 감정과 긴밀한 관계를 형성한다. 이 진정하고 무의식적인 장소감은 중요하고 필수적인 것으로 개인의 정체성에 대한 중요한 원천을 제공하고 공동체에 대한 정체감의 원천이 된다고 할 수 있다.

작가 이호철은 전후 부산 풍경을 물리적 외관, 즉 어떤 장소의 경관이 아니라, 시간이 흘러도 변하지 않는 지속성을 지닌 집과 같은 장소로 인식한다. 그것은 작가가 알고 있는 것, 혹은 자신의 존재가 알려져 있는 곳, 인생에서 가장 의미 있는 경험이 발생한 곳이 이 곳이었음을 의미 하는 것이다. 『소시민』에 나타난 부산은 이호철의 변증법적 인식에서 비롯된 것으로 즉, 벗어나고 싶은 욕망과 정착하고 싶은 욕구가 반영된 장소라고 할 수 있다. 작가는 고향에 대한 향수나 뿌리 뽑힘의 느낌 때문에 좌절하고, 반대로 한 장소에 갇혀 억압 받고 있다는 느낌 때문에 고통을 겪기도 하면서 부산의 장소감[17]을 발견해내고 그것을

---

17) 에드워드 렐프, 김덕현외 옮김, 앞의 책, pp.144. '장소감'은 서로 상이한 장소나 장소의 정체성을 구분해내는 능력 이상의 의미를 지닌다. 이안 나이른은 장소감을 "누구나 자신을 둘러싼 환경과 일체감을 느끼는 관계를 맺으려는 욕구, 인

소시민 의식으로 형상화해 내고 있는 것이다.

3. 장소 상실과 자본의 점유

『소시민』속 부산 '자유시장'은 대도시 형성 초기 자본의 축적 과정을 보여주는 상징적 공간이다. 난장으로 출발해서 도떼기시장으로 불리기도 했던 이 장소는 '매리 어머니'가 밀수 혐의로 잡혀가는 설정(27장)에서도 확인할 수 있듯이 밀수와 깊은 관련을 맺고 있는 곳이다. 이 시장은 변화하는 세계에 생존하기 위한, 유일한 무기인 '돈'을 벌기 위해 모여든 생존자들이 모이는 공간이다. 매리 어머니가 불법으로 취급하는 물건은 전쟁판에서 부유하는 미국의 군수물자이거나 잉여물자들이다. 이런 물건들을 어떤 수단을 통해 사들이고 파는가가 변화하는 부산, 나아가 이 시기 남한 경제의 판도를 결정했다고 할 수 있다. 부산에서는 그 물자를 둘러싸고 치열한 경쟁이 벌어지고, 이 와중에 새로운 중간 계층이 형성된다. 미국의 '자유주의를 액면보다도 비싸게 사들이면서' 신흥 졸부로 변모해가는 매리 어머니와 광석이 아저씨는 '자유시장'을 매개로 자본이 어떻게 일상을 지배하게 되는가를 보여주는 상징적 인물들이다.

사실 광석이 아저씨는 급속도로 달라져 갔다. 두 달 뒤에는 자유시장

식 가능한 장소 안에 존재하려는 욕구, 그래서 반드시 있어야 할 어떤 것"으로 설명한다.

안에 제대로 점포를 하나 잡아, 제법 구색 맞춘 잡화상을 차린 것이다. 이렇게 되면서 그는 날로 대한민국의 충성스런 국민의 한 사람이 되어 갔다. 이승만씨에 대한 평가도 확고부동이었다. 이북 농촌 구석의 한사 람이었던 자기에게 별안간 이런 길을 열어준 것이 이승만 씨의 그 민주 주의 덕이라고 믿고 있었다. 민주주의란 그의 경우 이 점에서 가장 좋은 체제인 것이다. 광석이 아저씨는 모든 인습적인 것, 농촌적인 것을 타기하려 들고 제 나름으로 가장 진취적인 사람으로 자처해 갔다.[18]

부두노동을 하다가 풀빵장사를 거쳐 자유시장에 자리 잡게 된 광석이 아저씨는 돈이 더 이상 토지에서가 아닌, 상품의 유통 과정에서 발생하는 잉여 생산물에서 비롯된다는 사실을 깨닫는다. 광석이 아저씨는 농촌의 토지가 아닌 도시의 시장이 일상의 중심적 공간으로 변모한다는 사실을 인식하고 그 장소를 재빠르게 차지한 인물로 단편 「탈향」(1955)이나 「만조」(1959)에 등장했던 '광석'의 또 다른 이름이다. 그가 새로운 체제에 적응하는 극적 장면은 결혼식을 통해 확인된다. 브라스 밴드가 동원되는가 하면 거지 떼가 등장하고, 근처의 장사꾼들과 카키 복 입은 군인과 문관들이 뒤섞인, 신식과 구식이 혼재된 광석이 아저 씨의 결혼식은 흡사 '벼락출세를 한 사람을 가운데 세워 놓고 장난삼 아 축하를 해주는 것 같은 모습을 보이면서도 누구도 부인하지 못할 단단한 현실의 힘'[19]을 느끼게 한다.

자본의 힘을 체감한 주인공 '나'는 제면소의 생활을 "팅팅 부어오른

---

18) 이호철, 앞의 책, p.230.
19) 조갑상, 「'소시민'의 공간연구」, 『동남어문논집』 10집, 동남어문학회, 2000, p. 322.

괴어 있는 일상”으로 생각한다. 이렇게 『소시민』의 제면소는 일상에 속박된 주체들을 호출해 내는 장소이다. 이런 장소는 르페브르가 ‘일 상생활의 끔찍함’이라고 부른 특성을 필연적으로 갖고 있다. 즉, “일상 속에는 지루한 일들, 굴욕, 또 끊임없이 충족시켜 줘야 하는 기본적인 필요들, 고난, 보잘 것 없음, 탐욕”이 존재하는 것이다.[20] 이것은 남로당 경력이 있는 김씨와 정씨의 소시민적 욕망의 실현과 몰락 과정을 통해 확인할 수 있다. 김씨는 한때 혁명을 꿈꾸었던 인물이다. 과거에 목숨을 건 ‘정치사업’이 실패로 끝나고 제면소의 노동자로 전락한 김씨는 변신을 모색한다. 그는 이념과 실천의 길을 걷다가 죽은 강영감의 죽음을 틈타 제면소 동료들의 단골을 자기편으로 빼돌려 이익을 추구하고 그것을 바탕으로 자본을 축적해 나간다. 이른바 그의 ‘장삿길’은 소시민 계급의 토대를 형성하고 이념을 고집하는 ‘정씨’에 대한 배신이 아닌 자본주의적 ‘일상’에의 적응을 위한 노정 그 자체라고 할 수 있다. 『소시민』을 읽는 동안 느꼈던 공포의 원형[21]이 바로 이 자본의 질서에 있음을 확인하게 된다.

　　“옛다.”
　　“뭔데요?”

---

20) 앙리 르페브르, 『현대세계의 일상성』, 기파랑에크리, 2005, p.153.
21) 한수영은 『소시민』을 읽은 소감을 밝히는 글에서 읽는 도중 내내 자신을 사로잡은 것이 일종의 무서움이었으며, 대폿소리나 총소리에 대한 묘사 하나 없이도 한국전쟁이 어떻게 남한 사회를 변화시켰으며, 사람들의 내부에 꿈틀거리는 욕망의 원형이 무엇인지를 발견할 수 있었다고 말한다.(한수영, 앞의 책, pp.402 -403.)

　"돈이다. 이십만원이다. 내가 직접 주면 안 받을 꺼다. 정씨가 요즈음 내게 불만이 많다는 것두 알고 있다. 내가 이 집에서 나간 다음에 니가 전해 줘라."

　경상도 사투리를 한마디도 안 써서 그런가, 위압적인 것이 도사려 있었다. 나는 말없이 받아 넣었다. 나는 이렇게 단단하고 속이 깊은 김씨는 처음 보는 일이어서 시종 어리둥절한 뿐이었다.[22]

　자신의 이념을 지키려던 정씨의 몰락과 이념에서 생활공간으로 이동한 김씨의 대조적인 모습은 제면소가 갖는 장소의 실체가 무엇인지를 보여준다. 정씨의 눈에 비친 이념이 생활로 대체되는 이 공간은 자본이 축적되는 도시화 과정의 일면을 보여주면서, 자본이 소시민을 형성하고 그들의 관계와 위계를 생성하는 결정적 동기라는 사실을 확인시켜 주는 것이다. 자본은 소시민을 형성하고 그들의 관계와 위계를 결정하게 한다. 제면소는 자본에 의해 지배되는 공간이다. 제면소에 모인 인간 군상들-혹은 당대의 부산에 몰려든 사람들은 자본이 만들어내는 일상의 구조에 용해되면서 자신들 만의 독특한 개성 혹은 이념적 장소를 잃어버리고 균질화된 공간 속 소시민으로 전락해가는 것이다. 이처럼 자본은 근대적 공간 형성에 가장 중요한 역할을 담당한다. 자본은 제면소의 인물들에게 하나의 동질적인 장소를 경험하게 하고, 부산의 일상을 구조화하고, 인물들의 운명까지를 결정짓는다. 형식적이면서 추상적인 근대의 시공간은 보편적 매개자인 자본을 통해서만 의미를 획득하게 되는 것이다. 상이한 장소와 기억을 가진 존재들이 모

---

22) 이호철, 앞의 책, p.332.

인 제면소는 존재하는 모든 것을 교환 가능한 것으로 변형시키고 양적으로 평준화시키는 장소인 것이다.

등장인물들의 성(性)에 대한 태도는 이를 구체적으로 보여준다. 주인 마누라, 강영감의 아내 천안색시, 매리 등에서 발견되는 성적 문란은 단순히 생활난으로 인한 매춘 행위 이상의 의미를 지닌다. 주인 마누라는 성적 무능력자인 남편을 노골적으로 무시하고 일꾼들과 문란한 성관계를 갖으면서도 어떤 거리낌도 없다. 강영감의 아내 또한 경제적으로 무능한 남편의 모습을 비난하고 가정을 뛰쳐 나간다. 남편을 전쟁터에 보낸 천안 색시 또한 김씨와 불륜을 저지르고 이내 김씨를 배신하고 젊은 남자인 '나'를 유혹한다는 점에서 예외가 아니다. 어머니와 아버지의 일탈된 관계를 보며 성장한 매리(순자) 또한 성적으로 자유롭다.

이들 가운데 특히 주목되는 인물은 천안색시로 그녀는 군대 간 남편을 기다리며 제면소에 머물게 된다. '천안에 땅마지기나 있는 집안 태생'이었던 그녀가 결국 김씨와 동거 생활을 하는 것은 더 이상 희망이 없는 현실에서 성이 유일한 소비이며 탈출을 위한 경로라는 사실을 인식한 때문이다. 천안 색시는 죽음을 맞이하는 곽씨와 달리, 자본의 지배적 질서가 작동하는 도시의 일상에 안착한다. 그녀로 상징되는 농촌적 삶의 운명은 남편의 죽음으로 폐기되고, '생활의 화신'으로 표현된 김씨를 통해 그녀는 도시의 여성으로 거듭나게 된다. 그녀는 성이 소비되는 새로운 자본의 질서를 배운 것이다. 그러므로 천안색시의 성적 타락은 단순히 윤리의 문제가 아닌, 자본주의적 일상에서 성이 어떻게 소비되는가를 상징적으로 보여주는 것이라고 할 수 있다. 15년 후 양

장점 주인이 돼서 만난 천안색시는 『서울은 만원이다』(1966)에서 고향을 떠나 출세 해보겠다고 상경해 결국 몸을 파는 여인으로 전락해 버린 '길려'의 또 다른 모습이다.

이 소설은 고향 통영의 가난한 집을 떠나 돈을 벌어보겠다고 귀경한 주인공 길녀가 창녀가 되고 이 과정에서 겪는 다양한 인생의 행로를 담아내고 있다. 다방에서 만나 관계를 갖게 된 월부 책 판매원 기상현과 단골손님 남동표, 첩살림을 차렸던 피부비뇨기과 의사인 서린동집 영감과 그의 아내, 법학도라는 별칭으로 불리는 그의 아들과 길녀의 유일한 친구로 병에 걸려 죽는 미경 등이 주요 인물들이다. 이호철의 앞선 장편 『소시민』이 소시민(중간계층)의 형성 과정을 그렸다면, 이 소설은 도시 서울의 하위계층이 어떻게 형성 되었는가를 상징적으로 보여준다. 대부분의 인물들은 근대화 과정에서 소외된 계층들로 근대화와 산업화의 와중에 장소를 잃어버린 주체들의 비극적 모습으로 형상화된다.

그러나 아무튼 서울은 만원이다.

의욕적인 새 시장을 만나 서울은 화려하게 단장이되고 곳곳에 빌딩은 서고 사람들은 날로날로 문주란의 노래 같은 것에나 잠겨들기를 좋아하고, 차관은 들어오고, 차관은 물론 유효적절하게 쓰이고 있을 것이었다. 적어도 우리 선량한 국민들은 그렇게 믿기로 하자. 그렇게 안믿을 도리가 있는가.

이제 차관을 다 갚고, 우리의 근대화가 흔하게 돌아가는 말대로 이루어지고, 제2차 5개년경제계획이 성공리에 이루어지고, 그때 모두 옷을 갈아입고 모두 하루하루의 삶이 건실해지고 활기에 차 있게 될 때, 그

때 우리 앞에 새옷으로 단장한 길녀도 나타날 것이다. 일단, 그렇게 믿기로 하자. 그 시기를 오년 후쯤으로 잡을까. 그럼 그때 다시 길녀와 만나기로 하고,

　빠이, 빠이, 안녕.[23]

『소시민』 속 부산은 『서울은 만원이다』의 서울로 변모해 버렸다. 화려하게 단장되고 곳곳에 빌딩이 선 화려한 도시 서울에서 사람들이 문주란의 노래에 위안을 느낀다는 사실은 60년대 소시민화의 귀결이 어떤 모습이었는가를 드러내는 것이다. 한일 국교 정상화를 위한 한일회담이 진행되고 이 과정에서 '우리'로 상징되는 소시민들은 철저히 배제된다. 이들은 의미 있는 장소, 환경과 장소가 가진 의미를 인정하지 않는 자본주의적 질서에서 '뿌리를 잘라내고, 상징을 침식하고, 다양성을 획일성으로, 경험적 질서를 개념적 질서'로 바꿔 버리는 현실을 경험한다. 그들은 극단적 수준이라고 할 수 있는 거주 공간으로서의 도시(집)라는 장소로부터도 소외된다.[24] 그럼에도 '우리'로 명명된 소시민들은 제2차 경제 계획이 성공적으로 이루어져 모두 건실해지고 활기차게 될 것이라는 말한다. '일단 그렇게 믿어보자고 말한다.' 길녀와 같은 소시민들이 할 수 있는 일은 한일 회담을 둘러싼 정치적 상황의 본질적 측면과 그 이면에서 무장소성을 강요하는 자본주의 현실을 풍문으로 듣고 그것을 받아들인다.

이호철의 『소시민』(부산)에서 『서울은 만원이다』(서울)로 이어지는 도시

---

23) 이호철, 『서울은 만원이다 · 보고드리옵니다』, 문학과사상사, 1994, pp.433-434.
24) 에드워드 렐프, 김덕현 외 옮김, 앞의 책, p.290.

일상에 대한 기록은 자본의 질서가 어떻게 생성되고, 주체가 이를 어떤 과정을 거쳐 내면화 하는지를 보여주는 것이라고 할 수 있다. 도시는 이미지의 과잉 공급과 소비, 그에 따른 문화적 혼란, 동시에 정치, 사회적 함의를 동반하고 있는 장소이다. 이 도시 속 주체들은 자본의 욕망에 포획된, 혹은 배치된 욕망들의 삶을 살아가면서, 그들이 있어야 할 원래의 장소를 잃게 된다. 이호철이 주목하는 것은 무의미해 보이는 도시 공간의 배치와 사소해 보이는 주체의 일상이 문화정치학적 배경 속에서 이루어지는 필연적 인과 관계라는 사실을 미시적 차원에서 분석하고 있는 것이다.

4. 장소와의 동일시, 재구축된 장소

이호철의 『소시민』은 주체가 '부산'이라는 공간 속에서 소시민으로 이행해가는 과정을 재현하고 있다. 전후 부산은 피난하거나 월남한 사람들이 새롭게 정착하고 산업화를 거치는 동안 동일성을 확인할 수 있는 공간으로 성장한다. 르페브르의 관점에서 보면, 이는 자본주의라는 추상 공간의 구체화 과정으로 볼 수 있다. 르페브르는 산업 사회가 그 자체로 완결된 것이 아니라, '도시성(urbanism)을 위한 준비 단계로, 도시화 속에 완결되고 도시화가 산업 생산 및 산업 조직을 지배한다고 말한다. 이호철은 부산으로 상징되는 급속히 진행된 도시화 과정을 이 소설에서 재현함으로써 한국 사회의 자본주의 사회로의 이행 과정을 압축해서 보여주고 있는 것이다.

『소시민』에 나타난 것처럼 당시 부산은 임시로 머물거나 정착할 수 있는 장소 역할을 했지만, 그럼에도 실향민들에게 그곳은 안정적이지 않은 긴박한 생존의 공간으로 '사람의 신념이니 사상이니 그런 무거운 것으로 살아가는 쪽보다는, 우선은 자잘한 인정으로 하루하루를 살아갈 수 있는 곳25)으로 인식된다. 그들에게 도시 부산의 일상은 견뎌내야 하는 완고한 현실이며, 어떤 인물도 이 일상성으로부터 자유롭지 못하다. 왜냐하면 그들은 장소와 밀착하며 살아갈 수밖에 없는 존재들이기 때문이다.

장소를 공동체의 한 사람으로 경험하든 혹은 개인적으로 경험하든 간에 거기에는 보통 긴밀한 애착, 즉 친밀감이 생겨나게 된다. 장소에 내린 뿌리는 애착으로 구성되며, 이 애착에서 비롯된 친밀감은 장소에 대해 세부적인 것을 알고 있다는 사실 뿐만 아니라, 장소에 대한 깊은 배려와 관심까지를 동반한다.26) 그럼에도 이호철이 현실을 피상적으로 그릴 수밖에 없었던 것은 주체 스스로 소속을 잃은 사람이라는 자의식을 갖기 때문이다. 정명환은 이호철을 "所屬 잃은 사람"으로 규정하고, 이호철의 소설 세계를 "소속 잃은 사람의 인간과 세상을 보는 방법이 혹은 심화되고 확대되어온 과정"으로 설명한다. 그의 지적처럼 『소시민』에 나타난 인물들은 사회적 의미에서 소속을 잃고 그것을 찾기 위해 유랑하지만, '반항이나 혁명으로 나서기는 보다는 기존의 질서 속에 손쉽게 편입'되고 만다.27)

---

25) 이호철, 「촌단(寸斷) 당한 삶의 현장」, 『이호철』, 웅진출판, 1994, p,149.
26) 에드워드 렐프, 김덕현 외 옮김, 앞의 책, p.94.
27) 정명환, 「실향민의 문학:이호철의 『소시민』을 중심으로」, 『창작과비평』, 창작과

이런 맥락에서 보면 월남한 작중 화자(나)가 부산으로 상징되는 사회 구조 속에 편입되는 것은 장소 찾기의 과정으로, 산업 사회 전체가 자본주의적 질서에 편입되는 과정은 바로 고유한 장소성의 상실로 설명될 수 있다. 주체가 장소에 정착해 가는 과정은 소시민화 과정, 그 자체라고 할 수 있다. 현대 소설에는 일반적으로 장소의 독특하고 다양한 경험과 정체성이 약화되는 현상, 즉 무장소성이 지배적으로 작동한다. 이런 경향은 실존의 지리적 토대에 상당한 변화가 발생했음을 의미하는 것으로, 장소에 깊이 뿌리 내린 삶에서 다시 뿌리 뽑힌 삶으로 전이되고 있음을 보여준다. 장소의 재구축과 상실의 이율배반적인 모습은 화자(나)가 개인적 위기와 역사적 상황에 대한 제 분수만큼의 책임감에 투철하겠다고 결심하는 장면에서 구체화된다. '일상다반사에 완전히 녹아드는 것, 참을 수 없지만, 반면 혁명적 정열에 의해 구질서를 파괴한다고 해도 새 질서 역시 세월이 흐르면서 속물적이게 되기 마련이라는 것, 자유도 좋지만 그 자유에는 정신의 空洞이 수반되기 쉽다'는 진술 속에서 소시민의 개인주의와 관련된 중산층의 의식 세계를 엿볼 수 있다.[28]

"남쪽으로 와보니 여긴 한 마디로 썩었습디다. 부패가 판을 치고……
그런데 묘하게도 북쪽에서는 도저히 경험할 수 없는 이상한 활력이 느껴지드만요. 그건 사람들 표정에서 가장 확연히 느낄 수 있는 건데, 표정이 살아 있어요. 체제가 강요한 그런 수동적인 움직임이 아니라, 팔딱

비평사, 1967, pp.235-245.
28) 이보영, 「소시민적인 일상과 증언의 문학」, 『이호철문학선집』11, 국학자료원, 2000, p.49.

> 팔딱 뛰는 생동감 같은 거……북에서는 조직이나, 단체. 이런 것 속에서
> 야 비로소 한 인간이 존재할 수 있다면, 남쪽에서는 그저 모든 사람들
> 이 저마다 개인으로 존재하는 거예요.[29]

 이호철은 남한 체제의 활력이 저마다 개인으로 존재할 수 있기 때문이라고 생각한다. 위의 언술에서 짐작되는 것처럼 그는 시민, 소시민, 국민과 주체와의 개념적 차이를 정확히 인식하지 못한 것으로 보인다. 흔히 시민은 시민 사회의 구성원으로서 국가의 작동에 개입하는 자발적 주체를 의미하는 반면 소시민은 시민의 미완성태, 혹은 시민적 주체 의식이 왜곡된 형태라고 할 수 있다. 이런 차이에도 불구하고 이호철을 포함한 당대 지식인들의 대부분은 시민을 국가의 구성원으로서 의무를 수행하는 주체이면서 국가와 분리되어 국가의 규제에 저항할 수 있는 자율적 존재인 근대적 개인으로 인식했다. 민주주의를 구현할 근대적 개인 주체 혹은 시민은 교육을 통해 지성을 획득함으로써 형성된다는 당시 지식인들의 믿음은 다른 계급의 존재를 비가시화하면서 중간 계층을 특권화 하기에 이른다.[30] 이런 이호철의 주체 인식의 한계는 한일협정 이후 당시 중산층에 주어진 물질적 혜택과 그에 따른 생활의 안정을 도모한 중간 계층의 지배적 질서를 경험한 때문으로 해석된다.

 자신과 동일시 할 수 있는 장소가 없는 사람은 여전히 뿌리 없는 사실상의 무거주자라고 할 수 있다. 전쟁이라는 실존적 경험을 통해 장

---

29) 한수영, 앞의 책, p.408.
30) 김미란, 앞의 책, p.262.

소를 체험한 이호철의 경우, 부산이라는 장소는 그의 내면세계의 전부라고 해도 과언이 아니다. 그러므로 『소시민』의 장소에 대한 관심이 부산의 외형적 모습이 아닌 감성적인 등장인물들의 내면으로 옮겨 가는 것은 자연스러운 일이다. 투안의 말처럼 '경험을 보증하는 데 신체적인 출현이 필수적일지는 몰라도, 그것만으로 충분한' 것은 아니다. 어떤 특정한 장소를 감정 이입한다는 것은 그 장소를 의미가 풍부한 곳으로 이해하고, 따라서 그곳을 자신과 동일시하는 것을 의미한다. 『소시민』이 한국전쟁을 통과하는 인물들의 다양하면서도 구체적인 형상을 통해 그 시대적 속성 및 의미를 추적하는 뛰어난 작품이 될 수 있었던 이유 중, 하나는 다양하고 치밀한 공간의 설정과 그 속에서 장소와 동일시되는 인물들의 감정이 적절하게 조화를 이루었기 때문이다. 휴 프린스는 '장소에 관한 지식이 지식을 연계하는데 불가결한 고리가 된다'고 지적한 바 있다. 세계에 관한 경험을 체계화하는 데 실제적이고 일상적인 지식으로 장소에 관한 지식이 필요하다는 것은 분명해 보인다. 우리의 일상은 다양한 장소들을 알고 구분하며 반응하는 것으로 채워진다. 그러나 장소에 대한 이런 실용적 지식보다 장소는 더욱 명백한 기능을 갖고 있는데, 그것은 "외부의 파괴력에 대항하여 자신들의 장소를 지키려는 개인이나 집단의 행동에서 명백하게 드러난다."[31] 그러므로 이호철의 『소시민』은 장소를 상실해 가는 소시민의 모습을 통해 주체들이 처한 비극적 상황을 재현하고, 새로운 장소 찾기의 가능성을 모색한 작품이라고 할 수 있다. 1960년대, 산업화와 도시화 속

31) 에드워드 렐프, 김덕현 외, 앞의 책, p.25.

에서 뿌리 뽑힌 삶을 살았던 이호철은 의미 있는 인간 경험의 다양성을 반영하고 강화할 수 있는, 인간을 위한 장소로 발전할 가능성이 있는 장소를 재구축하기 위해 『소시민』에서 장소 상실의 기원을 추적하고 있는 것이다.

5. 결론을 대신하여

이 글에서는 이호철의 장편소설 『소시민』을 중심으로 장소의 정체성을 탐색해가는 작가 사유의 경로를 추적하였다. 이호철은 부산이라는 공간의 본질을 정확하게 파악하고, 자본주의적 일상에서 등장인물들이 어떻게 소시민화되어 가는지를 섬세하게 재현하고 있다. 작가는 부산 제면소로 상징되는 전후 현실 공간을 채우고 있는 소시민성이 당대 주체들의 실제적 모습이라는 점을 강조한다. 이때, 부산은 벗어나고 싶은 욕망과 정착하고 싶은 욕구가 혼재된 공간으로 묘사되고, 이런 장소감은 주체의 정체성 형성에 중요한 영향을 미치게 된다.

이런 관점에서 볼 때, 『소시민』을 단순히 산업사회 초기 작가 체험의 기록으로 읽는 것은 타자로서 전후 공간을 객관화시켜 비판하려는 작가의 의도를 왜곡하는 것이다. 부산(장소)은 이호철의 모든 의식과 경험으로 구성된 의도의 구조로 통합 된 공간이다. 이호철이 묘사하고 있는 이 장소는 분명 의미 있는 인간과 의미를 부여하는 세계 사이에 존재하는 관계로 이해해야 한다. 세계 속에 있는 사물과 특징은 그 의미 속에서 경험되고 의미와 분리될 수 없다. 따라서 장소는 의도적으로 정의된 사물 또는 사건들의 집합에 대한 맥락이나 배경이 된다고 할 수 있다. 부산은 등장인물들의 행위와 의도를 읽어 낼 수 있는 장소이다. 독자들은 부산(제면소)에서 여러 사건과 만나게 되지만, 사실 이런 사건과 등장인물들의 행위는 전후 자본주의적 질서가 재편되는 장소라는 인식의 맥락에서만 이해될 수 있는 것이다.

『소시민』은 일상을 지배하는 자본의 질서가 어떻게 생성되고, 주체가 이를 어떤 과정을 거쳐 자연스런 일상으로 받아들이게 되는가를 보여주는 작품이라고 할 수 있다. 도시 속 주체들이 자본의 욕망에 포획된, 혹은 배치된 욕망의 삶을 살아가면서, 장소를 상실해 가는 과정은 소시민화의 또 다른 이름이다. 1960년대 산업화와 도시화를 경험한 이호철은 자본주의적 질서 속에 그들이 머물 장소를 찾고 또한 상실해가는 주체들의 모습을 『소시민』을 통해 재현하고, 의미 있는 인간 경험의 다양성을 반영하고 강화하는 인간을 위한 장소로 발전할 가능성이 있는 장소를 찾기 위한 은밀한 탐사를 계속하고 있다.

반공주의의 내면화와 풍자소설

— 1960년대 이호철 소설을 중심으로

1. 1960년대 반공주의[1]의 특성과 내면화

박정희 정권에 의해 주도된 반공주의가 이승만 정권에 의해 주도된
그것과는 다른 양상을 보인다는 점은 익히 알려져 있다. 기존의 논의

---

* 김준현 / 순천향대학교 강사
　　이 글은 <상허학보> 21집에 발표된 「반공주의의 내면화와 1960년대 풍자소설
　　의 한 경향」 중에서 다른 작가의 작품에 대해 논의한 부분을 제외하고, 이호철의
　　작품에 대한 논의를 보충한 것이다.
1) 이 글에서는 '반공주의'와 '반공이데올로기'를 구분하지 않는다. 최근의 연구들에
　　서 '반공주의'라는 용어가 보다 널리 쓰이기 때문에 이 글도 그러한 흐름을 따라
　　본문에서 '반공주의'라는 용어를 사용하지만, 인용문에 '반공이데올로기'라고 표
　　기된 경우에는 그대로 옮긴다.

는 해방 이후 한국 반공주의의 변천과정을 다음과 같은 3단계로 나눈
바 있다.

> 1) 이승만정권 시기: 외양적 반공이데올로기의 확산. 2) <u>박정희정권
> 시기: 실재적 · 내재적 반공이데올로기의 구축.</u> 3) 전두환 · 노태우 시
> 기: 기존의 반공이데올로기의 확대 · 재생산.(강조-인용자)[2]

인용된 논문은 '외양적'인 것과 '내재적'인 것이라는 상반된 특질을
이승만 정권과 박정희 정권의 반공주의를 구분하는 근거로 사용한다.
'내재적'이라는 말과 함께 쓰인 '실재적'이라는 말은 반공주의가 한국
사회에서 규율이나 권력 장치로서 완전한 기능을 발휘하기 시작한 것
이 박정희 정권 수립 이후였으며, 이승만 정권 때에는 그 기능이 상대
적으로 완전하지 못했다는 것을 의미한다. 양자가 어떤 기준으로 이와
같이 변별될 수 있었는지를 파악하기 위해서는 '내재적'이라는 말의
의미를 자세히 살필 필요가 있다.

> 박정희 정권의 반공이데올로기와 이승만 정권의 그것이 가진 <u>차이점
> 을 가장 잘 드러내는 것은 '내면화'라는 말일 것이다.</u> 이승만 정권 역시
> 청색 아니면 적색이라는 리트머스 시험지적 잣대를 들이대며 자신들의
> 정책에 반하는 세력을 용공으로 몰아 반공의 이름으로 처단하였다는 점
> 에서는 박정희 정권과 크게 다르지 않다. ...(중략)... 이승만 정권의 반공
> 이데올로기가 주로 제도적인 차원에만 머무르는 소박한 것이었다면, 박

---

2) 윤충로, 강정구, 「분단과 지배이데올로기의 형성 · 내면화」, 『사회과학연구』 제 5
   호(동국대학교 출판부, 1998), 283쪽.

정희 정권의 그것은 사회 성원들의 <u>사유방식까지를 통제하는 내면적 차</u>
<u>원</u>에까지 나아간 한층 더 진보된 것이었다.(강조-인용자)[3]

‘내재적’이라는 말과 ‘내면화’라는 말은 서로 통하는데, 그 의미는 위의 인용문에 한층 명확하게 나타나 있다. 이승만 정권의 반공주의가 사회 성원들의 행동을 통제하는 제도적 차원의 파급효과를 가지는 데 그쳤다면, 박정희 정권의 반공주의는 사회 성원들의 행동과 그것에 대한 징벌의 단계 이전의 사유방식 자체를 통제하는 효과를 지녔다는 것이다. 즉, ‘통제’의 성격이 사후적인 것이 아니라 사전적·예방적인 것이 되는 것이다.

따라서 박정희 정권에 의해 주도된 반공주의와 그 내면화 과정은 한국의 반공주의를 역사적으로 고찰하는 데 있어 매우 중요하게 취급되어야 한다. 그런데, 실제로 반공주의의 내면화 양상에 주목한 연구 성과는 많지 않다. 다시 말해, 박정희 정권이 어떠한 방식으로 사회성원들이 반공주의를 내면화하도록 주도, 혹은 유도할 수 있었는지를 논의한 예는 찾기 힘들다는 것이다. 앞서 인용된 논문에서도 박정희 정권이 이승만 정권보다 ‘한층 진보된 방식’을 보여주었다고 언급하여 앞으로 논의되어야 할 방향이 제시되었으나 그것이 구체적으로 어떤 면

---

3) 앞의 글, 284쪽.
   양성철, 『분단의 정치 - 박정희와 김일성의 비교연구』(한울, 1987)에서도 위와 같
   은 시각이 드러난다. “국가 안보 문제를 국내의 정치적 이점으로 전환시킨 이승
   만의 기술은 국가안보, 구국안보, 총력안보, 국민총화를 권력과 체제유지와 체계
   적, 제도적으로 연계시킨 박정희에 비해 훨씬 더 초보적이며 훨씬 비효율적이었
   다.”(259쪽)

에서 진보되었는가에 대한 논의가 본격적으로 이루어지지는 않았다.[4]

이 글은 이러한 문제의식에서 출발하여 반공주의가 당대의 사회성원들에게 내면화되는 방식에 주목한다. 이 방식이 어떤 것이었고 어떻게 이루어졌는지에 대한 논의가 이루어진 연후에 1960년대 반공주의의 특성에 대해 구체적으로 논할 수 있을 것이다.

1988년에 발표된 심희기의 논의는 반공주의 내면화의 방법적 원리를 엿볼 수 있는 중요한 단초를 제공한다.

> 1. '국가안전보장', '공공의 안녕질서 유지', '공공복리의 증진'은 1972년 12월 27일 유신헌법체제 이후 한국의 시민사회를 규제하는 핵심이데올로기가 되었고 법적인 시민권을 획득한 메타법이데올로기로 군림하고 있다. 어떠한 진보적 주장이나 개혁적 비판도 이 이데올로기 앞에서는 맥을 못추고 주저앉고 만다 ...(중략)... / 그런데 이러한 기호(안전, 안녕, 평온, 화합, 조화 등)들의 근원적인 문제성은 <u>그것들이 과학적인 기호가 아니라 심리적 기호로서 얼마든지 남용될 수 있는 지극히 '위험'한 기호들이라는 점이다.</u> ...(중략)... / <u>예컨대 '우려'라고 하는 개념은 처음부터 그 외연이 너무 넓어서</u> 우려되느냐 안 되느냐 하는 물음에 있어서는 이미 기호의 성질상 90% 이상은 우려된다고 판단할 수밖에 없는 결과가 예정되어 있다.(강조-인용자)[5]

---

4) 강정구, 윤충로의 연구는 내면화의 과정을 반공주의의 전파 메카니즘이 한층 복잡해지고, 여러 가지 미디어를 통해서 그것이 이루어졌다는 데서 이유를 찾았으나, 그것의 구체적 내용이 무엇인지 -예를 들어 미디어를 통해 어떠한 방식으로 그것이 전달되었는지 - 에 대한 자세한 논의는 미루고 있다. 대신 반공이데올로기를 보완적 하위이데올로기와 접맥시킴으로써 지배이데올로기를 공고히 하는 방식에 대해 자세히 살피고 있다.

5) 심희기, 「한국법의 상위이념으로서의 안보이데올로기와 그 물질적 기초」, 『창작과 비평』(1988. 3.) 266-269쪽.

　　2. (한국의 경우에는) 오히려 대내적 문제가 국가 안전 보장의 핵심과
제로 인식되고 있다...(중략)... 대항이데올로기의 표출 혹은 대항이데올
로기 수준에도 미달한 현실개혁이나 비판적 태도마저도 국가안전에 대
한 위협으로 간주되고 있다 ...(중략)... / 국가보안법은 원래의 취지인 공
산주의통제법의 목표를 넘어서 거의 모든 사람을 <u>마음만 먹으면 언제
든지 처벌할 수 있을 정도로 확대해석되고 있다. ‘좌경용공’이라는
기호가 이것을 설명해준다. ‘좌익’ 혹은 ‘공산주의’로 명확히 표현하
지 않고 ‘비스름한’ 것도 안 된다는 식이다.</u>(강조-인용자)[6]

　　위의 인용문에서 볼 수 있는 것처럼 ‘반공’, ‘안보’와 관련된 법적
기호들은 용도에 따라 얼마든지 확대해석되거나 자의적으로 해석될
수 있는 여지를 처음부터 안고 있다. 이 글은 인용문에서 지적한 법적
효력을 갖는 기호의 외연이 넓어지는 과정이 박정희 정권에 의해 주도
된 ‘반공주의의 내면화’ 과정에 있어서 큰 비중을 차지한다고 보는 데
서 출발한다.

　　인용문은 물론 유신헌법 제정 이후의 안보 이데올로기와 관련된 법
조항에 대한 고찰이기는 하지만, ‘기호의 외연’이 넓어지는 양상은 그
보다 훨씬 전인 5·16 직후부터 이미 전면적으로 드러난다. 5·16 쿠
데타 직후, 모두 93명의 인사가 ‘잠재적 용공주의자’라는 명목으로 구
속 수감되었고, 곧 이어서 같은 혐의로 체포된 사람은 수천 명의 규모
에 이른다. ‘잠재적 용공주의자’라는 말에 이미 인용문이 문제 삼고 있
는 ‘용공’이라는 기호가 포함되었고, 거기에 더 자의적인 ‘잠재적’이라
는 말이 결합되어 한국 내에 ‘잠재적 용공주의자’라는 혐의로부터 자

---

6) 앞의 글, 278쪽.

유로울 수 있는 사람은 한 명도 없을 만큼 기호의 외연이 넓어졌다.

이렇게 외연이 넓어진 기호들의 영향력은 단순히 처벌이나 검열 같은 외형적 절차에만 그치는 것이 아니다. 국민들로 하여금 (법적 처벌로부터 자유로운) '선량한 시민'으로서의 정체성을 확립하지 못하게 하는 단계에까지 미칠 만큼 파급효과가 커진다는 점에서 문제적이다. 사회성원 개인으로서 '공산당'과 자신을 구별하기는 어렵지 않으나, '잠재적 용공주의자'로부터 자신을 구별하는 것은 쉬운 일이 아니다.[7]

이를 토대로 한다면 '반공주의의 내면화'라는 말은, 국민들로 하여금 논리적이고 주체적인 사고를 할 수 있는 능력을 박탈한다는 의미를 가지게 된다. '국가권력의 핵심 이데올로기인 반공은 그 억압적 성격으로 인해 지배를 수행하기 위한 기재는 될 수 있었으나 지적·도덕적 지도력은 발휘할 수 없었다.'[8]는 진술도 이와 같은 맥락으로 이해될 수 있다.

이러한 형태의 '내면화'는 반공주의에 관한 연구에서 흔히 쓰이는

---

7) 이 단계에서는, '용공행위'는 '공산주의에 찬동하는 행위'를 넘어 '정부시책에 불만을 품는 모든 행위', 더 나아가서 '정치나 정책에 대한 의견을 수립하거나 피력하는 모든 행위'를 지칭하는 것으로 확대 해석될 여지가 많아진다. 안일주의에 빠진 공무원 사회에 대한 비판도 '빨갱이'와 비슷하다는 이유로 자유롭게 표출되지 못하는 장면은 이미 논의된 바 있다.(강진호, 「공복사회의 실상과 원칙주의자의 신념」,『현대소설사와 근대성의 아포리아』(소명출판, 2004) 참조.)
"네 하는 소리나 지껄이는 투는 꼭 빨갱이들 비슷하다는 얘기다. 얘기 내용도 더러 그런 냄새가 풍기고, 너무 진지한 체를 해도 꼭 그놈들 비슷해진다는 말이다. 네 생각도 충분히 옳고 일리가 없지는 않겠다마는, 그런 식은 빨갱이로 오해받을 수도 있다는 말이다. 조심해야지."(이호철,『소시민/심천도』『이호철선집』(새미, 2001), 293쪽.)
8) 윤충로, 강정구, 앞의 글, 274쪽.

기호 중 하나인 '자기검열'9)과도 밀접하게 연관된다. 반공주의가 가진 '지배기재'로서의 역할은 제도에 의한 외형적 강제로 수행되기 이전에, 개개인의 내면에서 먼저 수행된다. 이 상황에서 개인은 정부시책에 관해서 논리적으로 비판을 할 수도, 통일 문제에 관해서 주체적으로 의견을 표출할 수도 없다. 그러한 행위는 모두 '잠재적 용공행위'라는 넓은 외연을 가진 기표로부터 자유롭지 않은 것들이기 때문이다.

2. 내면적 검열체제의 확립과 풍자소설의 대두

1960년대 중반부터 풍자소설이 활발히 창작되는 경향은 앞장에서 살펴본 반공주의의 내면화 과정이 심화되는 것과 그 궤를 같이한다.

바로 그 무렵10)이 한창 6.3 사태로 계엄 와중이었다. 신문이고 잡지고 시청에서 철저히 계엄군의 검열이 행해질 때인데, 처음에 장군과… 무엇무엇이라고 제목을 붙였다가 아무래도 검열관의 눈에 뜨일 것 같아서, 애매모호하면서도 詩情이 있는 「추운 저녁의 무더움」으로 고쳤었다. 그 덕분인지 한 자의 삭제나 수정 없이 그대로… (중략)… 평론가 홍사중 씨가 월평에서 이 작품을 호평했는데, 그 평문은 몽땅 검열에 걸려서

---

9) 반공주의와 관련된 '자기검열'에 대해서는 이미 다양한 사례가 언급된 바가 있다. 널리 알려진 예로는 박완서의 예가 있다.
　　그런 데도 저는 모든 죽음을 빨갱이가 반동이라고 해서 죽인 것으로만 썼었습니다. 이렇게 정직하지 못했던 것, 정직할 수 없는 것이 앞으로의 전쟁문학에서도 큰 문제라고 생각됩니다.(박완서 외, 『6·25 분단문학의 민족동질성 추구와 분단 극복의지』(좌담), 『한국문학』(1985.6) 49쪽.)
10) 「추운 저녁의 무더움」을 탈고할 때를 의미한다.

<u>못 실린</u> 웃지 못 할 에피소드가 있다.(강조-인용자)[11]

위의 인용문은 박정희 정권 초기에 있었던 검열에 얽힌 일화를 소개하고 있다. 여기에서 우리는 제도적 검열이 작동하기 이전에 이미 작자의 창작 과정에 검열이 영향을 미치는 것을 목격할 수 있다. 이호철은 검열을 염두에 두고 작품의 제목을 변경하였는데, 작품의 주제나 내용을 변화하지 않고 제목만을 변경한 것이기 때문에 일반적인 자기검열과는 다른 양상이라고 할 수 있다.

좀 더 자세히 살펴보면, 이 경우는 무의식의 차원에서 작품의 주제나 내용까지도 바꾸어 버리는 일반적인 자기검열과는 구별된다. 다시 말해 이호철의 경우는 검열에 걸릴 수 있는 주제와 내용을 유지하면서도 검열을 회피할 목적으로 그것을 문면으로부터 숨겼을 뿐이라는 것이다. 해당 작품에 대한 이해와 해석을 전제로 하는 평문(월평)이 검열 당할 내용을 포함했다는 사실을 통해 작가가 원래 표현하고자 했던 내용 역시 제도적인 검열로부터 자유롭지 못한 것이었음을 유추할 수 있다.

일반적으로 검열이란 표현물이 발표되기 이전에 공권력에 의해 그 표현이 억제되는 것을 가리킨다. 이것이 제도적 장치로서의 검열에 대한 정의이다. 그러나 검열은 관점에 따라 더 넓은 의미를 가진 것으로 정의되기도 한다. 특히 부르디외에게 있어 검열은 법이나 제도적 차원에 국한되는 것이 아니다. 그는 사회 내에 존재하는 모든 표현행위에 가해지는 상징폭력으로 작용하는 검열에 주목한다. 그에 따르면, '모든

---

11) 이호철, 「작가의 말」, 『이호철 전집 제 2권』(청계연구소, 1988), 앞표지 날개.

언술은 말하고자 하는 이해관계와 언술이 생산되는 시장구조에 고유한 검열 간의 타협의 산물'이며, '검열은 자신들의 표현을 시장에서 재가된 형태로 변형시킴으로써 표현을 완곡화하게끔 만드는 일종의 자기 검열로서 작용한다.'[12] 이 관점에서 보면 모든 표현물은 언술 주체와 상징폭력 사이의 타협에 의해 형성된 결과인 것이다. 이렇게 볼 때, 검열은 작품이 창작된 후 발표되는 과정에서 영향을 미칠 뿐만 아니라, 그 이전에 작품이 기획되고 창작되는 과정에서부터 영향력을 행사하는 것이다.

이 논의를 따라가면, 당시 반공주의에 의해 강화된 검열을 부정적으로 바라보거나, 혹은 반공주의나 그와 관련된 검열제도 자체에 대한 비판의식을 표현하려는 작가들도, 창작이라는 표현행위를 수행하기 위해서는 그 검열과 최소한의 타협점을 모색할 수밖에 없다는 결론에 도달한다. 「추운 저녁의 무더움」은 탈고 이후에 제목을 바꾸는 과정을 거쳐 그 타협점을 찾을 수 있었던 예인데, 이러한 타협점 찾기는 작품이 구상되는 단계에서부터 이루어지는 것이 더 일반적인 예라고 할 수 있을 것이다. 자연스럽게 이런 타협적 모색은 기법이나 양식적 차원에까지 나아간다. 이 글에서 살펴볼 '풍자'가 이에 해당한다.

풍자는 이중적인 성격을 지닌다. 대상에 대한 적극적인 **부정이나 비판**을 전제[13]하면서도 동시에 그것을 **우회적인 방식**으로 수행한다는

---

12) 브루디외(정일준 역), 『상징폭력과 문화 재생산』(새물결, 1995) 68쪽.
13) 풍자는 기본적으로 대상에 대한 부정에 그 바탕을 두고 있다. 골계의 하위 개념으로서 풍자를 볼 때 다른 하위 개념들에 비해 매우 강력한 부정성을 드러내는 방식으로서 주목된다.(김윤식, 『문학비평용어사전』,(일지사, 1976), 294쪽.)

점에서 그러하다. 그것은 풍자에서 가장 빈번히 사용되는 기법이 알레고리라는 사실에서도 드러난다. 알레고리는 이중적 의미를 가진 이야기 유형을 지칭한다. 알레고리는 정작 말하려는 것과는 다른 어떤 것을 말한다. 정작 말하려는 것과는 다른 어떤 것을 말해야 하는 점은 '비판'의 자세에서 본질적인 한계로 보일 수도 있다.[14] 그러나 다른 관점에서 보면 반대로 그 우회가 궁극적으로는 '강력한 부정'과 '통렬한 비판'을 목적으로 한다는 점에서 한층 적극적이고 고차원적인 비판 형태로 파악될 수도 있다.

풍자에 대한 가치평가는 이렇게 서로 다른 두 가지로 나뉠 수 있다. '우회하면서 비판한다.'는 이중적인 성격을 '(보다 효과적인) 비판을 위한 우회'로 파악하면 그 비판의 적극성이 부각될 것이고, '(타협적으로) 우회된 비판'으로 해석하면 그 소극성이 부각될 것이다. 이 글의 대상이 되는 텍스트들도 '풍자'를 포함한다는 점에서 그것이 적극적인 비판의 방식인지, 혹은 타협의 산물로서 소극적인 비판의 방식인지에 대한 문제가 제기될 수 있다.

이 문제는 가치 평가 주체가 가진 풍자 자체에 대한 전제적 기준에 맞닿아 있는 것이기 때문에 논의되기 어려운 것일 수 있지만, 여기에서 다루는 텍스트들의 특성에 주목하면 어느 정도 논의의 실마리를 잡을 수 있을 것으로 보인다. 바로 이 텍스트들의 '우회동기'와 '비판대

---

14) 풍자를 한계를 가진 비판으로 보는 시각은 크게 두 가지이다. '대안을 제시할 수 없는 비판이다'와 '우회적 비판은 결국 간접성의 한계를 넘어서지 못한다'가 그것이다. 채만식의 풍자 소설들에 대한 고평에 이어지는 회의론적 평가들은 이와 관계가 있다. '풍자는 현실을 우의적이고 간접적인 방식으로 고발하기 때문에 기법적인 한계를 안고 갈 수밖에 없다는 발언은 이런 맥락과 관계가 있다.

상'이 서로 일치한다는 사실이다. 즉, 이 텍스트들이 반공주의에 의한 검열 장치와 타협하면서도 결국 그 타협이 그 검열 장치 자체에 대한 비판이라는 분명한 목적을 지니고 있다는 점이다. 이러한 점이 이 작품들이 포함하는 알레고리적 '우회'가 '타협'을 목적으로 한 것이 아니라 궁극적으로 '비판'을 목적으로 한 것이었다는, 즉 소극적인 비판으로 그 의의를 쉽게 한계 지을 수 없다는 평가에 접근할 수 있게 하는 근거가 될 것이다.

알레고리의 기법은 억압된 사회의 검열을 피해갈 수 있는 유일한 방법일 수 있다. 부르디외의 용어를 빌려온다면 풍자는 '검열과 타협'하면서도 동시에 그 검열체제를 비판할 수 있는 거의 유일한 대안이었다. 그런 점에서 이 작품들이 보이는 우회의 방식이 곧바로 풍자가 지닌 한계로 이어진다고 보기는 힘들다.

태평성대의 사회적 분위기에서는 골계가 해학의 형태로 나타나고, 억압과 통제의 시대에는 풍자와 기지, 반어의 형태를 띤다고 하였는데[15], 한국 사회에서도 풍자소설은 정치적 억압이 심할 때 흔히 창작되는 경향이 있었다. 1960년대 중반부터 본격화된 반공주의의 내면화와 자기검열은 당대 소설에서 풍자성이 대두된 동기인 동시에 그 풍자의 대상이었다. 당시 이호철, 서기원, 남정현[16] 등에 의해 발표된 풍자

---

15) 강태근, 「한국 현대 소설의 풍자성 연구」(경희대 박사논문, 1988), 18-20쪽 참조.
16) 남정현도 반공주의과 그와 관련한 기호의 외연 확장을 적극적으로 풍자·비판하지만, 그의 풍자는 이호철, 서기원의 그것과는 대별되는 특징을 지닌다. 남정현의 작품에는 알레고리적 장치들이 사용되면서도 비판의 대상과 비판의 메시지가 직설적으로 문면에 드러나 있다. 남정현이 사용한 풍자적 방식은 비판의식을 더욱 강하게 드러내는 데에 초점이 맞추어진 대신 비판의식을 우회적으로

적 경향을 띤 단편들은 당시의 반공주의를 그 비판의 대상으로 하는 좋은 예이다.[17]

이 글은 1960년대 중반 이후 일정한 기간 동안 창작된 이호철의 풍자소설을 대상 텍스트로 삼는다. 이호철은 「탈향」으로 문단에 나온 이후 「판문점」, 「닳아지는 살들」, 『소시민』 등 분단현실에 대한 성찰을 보여주는 일련의 작품을 발표했다. 이호철은 1960년대 중반부터 활발하게 풍자소설을 생산하기 시작한다.[18] 알레고리와 해학, 그리고 아이러니는 1964년 이후 이호철 소설에서 매우 자주 드러나는 요소가 되는데, 이 시기는 박정희 정권이 출범하여 사회의 질서가 급속히 재편되던 시기와 거의 정확하게 맞아떨어진다.

「분지」와 관련된 필화 사건으로 인해 남정현의 작품은 반공주의와의 상관성이 텍스트 외적인 차원에서부터 극명하게 드러났기 때문에 이런 관점에서 이미 여러 번 논의된 바 있다. 그에 비해 이호철의 풍자소설은 그와 상통하는 맥락의 비판의식을 담고 있음에도 불구하고

드러내고 있지는 않은 것이다. 김병걸은 일찍이 이런 특성을 지닌 남정현의 풍자를 '직선적 풍자'(김병걸, 「상황 악에 대한 끈질긴 도전」, 『남정현 전집3』(국학연구원, 2002), 40쪽 참조)라고 일컬은 바 있다. 이 글이 남정현의 작품을 논외로 한 것도 그의 풍자가 지니는 이러한 변별적 자질 때문이다.

17) 반공주의에 의해 주도된 검열에 대한 비판의식을 드러내는 작가들은 이외에도 많다. 그러나 그러한 문제의식을 편린으로서 한정시켜 드러내지 않고 이호철, 서기원, 남정현과 같이 작품의 주제적인 차원으로까지 끌어올린 본격화한 작가들은 많지 않다. 그리고 이 세 작가가 일정기간 동안 여러 편의 작품을 통해 같은 문제의식을 일관성 있게 형상화했다는 점 또한 중요하게 취급되어야 한다.

18) 「추운저녁의 무더움」을 풍자소설로 분류한다면 1964년에 발표된 이 작품이 이호철의 최초 풍자소설이 될 것이다.

상대적으로 간과된 면이 있다. 나아가서 이 글에서 살피는 이호철의 작품들이 그의 작품세계에서 덜 중요한 작품인 것처럼 취급·평가되어온 경향이 있는데, 이것은 해당 작품들이 담고 있는 주제와 작가의식이 반공주의 혹은 그 검열체제와 관련하여 심도 있게 논의되지 않았던 점과도 관계가 있는 것으로 판단된다(기존 논의는 해당 작품에 대해 살피는 각각의 지면에서 검토될 것이다).

이 작품들에 대한 재조명과 재평가의 필요성은 다음과 같은 근거로 제기될 수 있다. 첫째, 이 작품들이 드러내는 반공주의와 관련된 비판의식이 이호철을 비롯한 복수의 작가에 의해 짧지 않은 기간 동안 적지 않은 작품에 걸쳐 일관적으로 나타난다는 점이다. 둘째, 그 비판의식이 당대의 특수한 상황과 밀접한 관련을 맺고 있다는 점이다. 셋째, 그 비판의식의 표출이 개인적인 차원을 넘어서 하나의 창작 경향을 형성하는 데까지 나아갔다는 점이다.

이 글에서 중점적으로 살펴볼 이호철의 작품은 「추운 저녁의 무더움」, 「부시장 부임지로 안 가다」, 「어느 이발소에서」, 「물 마시는 짐승」, 「탈사육회의」 등이다. 이 작품들은 모두 5·16 쿠데타 직후의 상황을 그리거나, 군사정권에 의해 주도된 반공주의가 내면화되는 양상, 혹은 그 과정에서 생산된 폐해를 비판적으로 다루고 있다. 창작 시기도 1964년부터 1966년까지 3년간에 집중되어 있다. 모두 알레고리가 강하게 작동하고 있으며, 그만큼 풍자성이 두드러지는 작품들이다.

이 중 「추운 저녁의 무더움」에서는 5·16 쿠데타의 명분이 지니고 있는 목적전도성에 대한 비판이, 「부시장 부임지로 안 가다」와 「어느 이발소에서」에서는 반공주의 기호의 확장에 대한 인식과 풍자적 비판의 의도가 전면적으로 드러난다. 이 작품들에서는 정부가 만들어내는 자의적 기호들에 의해 생산된 부작용들에 대한 비판이 집약되어 드러난다. 그에 비해 나머지 작품들에서는 그러한 비판의식이 편린으로서 드러나는 편이다.

3. 5·16 체제수립의 명분과 목적전도

이 장에서 살펴볼 작품들은 1964년에 발표된 「추운 저녁의 무더움」과 1966년 발표된 「탈사육회의」이다. 이 작품들에서는 반공주의 기호의 확장과 그 파급효과에 관련된 본격적인 천착은 이루어지지 않고 있다. 대신 반공주의를 명분으로 한 정권의 수립 명분의 공허성에 대한 비판이 풍자적으로 이루어지고 있다.

'한국군사혁명사 편찬위원회'는 5·16의 '불가피성'을 다음의 5가지 이유를 들어 제시한다. 1)용공조직 및 단체의 출현, 2)경제적 위기, 3)사회적 무질서와 국민 도덕의 퇴폐, 4)고질적인 정치적 병폐, 5)군부의 성장과 군사 혁명의 불가피성('(군대는) 정치적으로 때 묻지 않고, 민주적으로 훈련되고, 효율적으로 조직된, 과학적으로 관리되고, 확고한 반공성을 지닌 애국적이며 능동적인 유일한 집단'이라는 주장이 이 책에 포함되어 있다.)[19]

여기에서 표명된 수립 명분은 자의적이고 동어반복적인 면을 포함하고 있다. 5항은 '군사 혁명의 불가피성 때문에 혁명이 이루어졌다'라고 하는 것이니 동어반복적인 설명이다. 3항의 '사회적 무질서와 국민

---

19) 『한국 군사 혁명사』(한국 군사혁명사 편찬위원회, 1963), 상, 173~194쪽.

도덕의 퇴폐'와 4항 '고질적 정치적 병폐'는 실제로 그러한 퇴폐와 병폐가 있었는지의 여부를 확인하기 힘든 사항이다. 퇴폐적 상황이 존재했기 때문에 그것이 혁명을 통해서 개선될 필요가 있었던 것인지, 혁명이 일어났기 때문에 그 이전의 상황이 퇴폐적인 것으로 소급 규정되었는지를 파악할 필요가 있는 것이다.

그리고 쿠데타의 계획이 이승만 정권의 몰락 이전부터 계획되었음을 고려한다면 장면 정부의 퇴출 명분으로 제시되었던 당대의 혼란이 쿠데타의 계기가 아니었음을 알 수 있다. 쿠데타의 명분을 위해 당시의 상황이 '혼란과 퇴폐'로 규정되었다고 파악할 수 있는 여지가 엄존하는 것이다. 군사 쿠데타의 명분 수립을 위해 당대 현실을 부정적인 것으로 호도하였다면 그것은 목적전도의 성격을 강하게 띠고 있는 부정적 상황으로, 이에 대한 비판적 접근이 가능해진다.

「추운 저녁의 무더움」은 1964년 『문학춘추』에 발표된 작품으로 알레고리가 두드러진다. 앞 장에서 소개된 일화(검열을 피하기 위해 제목을 바꾼 일화)를 통해 알 수 있는 것처럼, 이 작품에서는 알레고리를 통해 검열을 우회하겠다는 의도가 두드러진다. 갓 부임한 젊은 장군을 주인공으로 삼았는데, 이 인물과 그의 행동은 여러 면에서 5·16으로 수립된 군부정권을 연상시킨다.

이 소설의 주인공이 하는 행동은 엄밀히 따져보면 그 의미를 찾기 힘든 것들이다. 그는 별다른 이유 없이 이등병 하나를 골라서 불고기를 사 주고, 불시에 부대원들에게 집합 명령을 하달하고, 부하로 하여금 자신을 지프에 태우고 거리를 질주하도록 하고, 한 명의 교통순경의 주위를 여러 번 지나치며 매번 거수경례를 받는다. 그리고 치하의 명목으로 쇠고기와 과자를 그 아내에게 선사한다.

그가 행한 행위들은 무의미한 것이지만, 그에게는 매우 중요한 의미를 가진 것처럼 그려진다. 병사들이 언제나 전시체제를 유지하며, 바짝바짝 긴장이 되어 있어야 한다고 강조하고, 여러 번 반복하여 경례를 하는 교통순경을 '훌륭하다'라고 치하하는 그의 행위는 매우 진지한 것처럼 그려진다.

> 각 대대별로 죽 늘어선 부대원 앞에 서자 장군은 일갈하였다.
> "제군들은 항상 사기를 유지해야 한다. 촌시라도 해이해 있어서는 안 된다. 오늘의 집합성적은 만점, 제군들은 역시 촌시도 해이해 있지 않다는 것을 증명해주었다. 해상."
> 시원시원한 일갈이었다. 부대원들은 질서정연하게 막사로 돌아갔다.[20]

그러나 병사들이나 교통경찰은 주인공이 그들의 기강과 사기를 확인하는 행동을 하기 전에도 아무런 문제점도 갖고 있지 않았다. '집합성적은 만점', '훌륭하다'는 식의 치하를 한다는 것은 그가 한 행위의 명분이 존재하지 않는다는 사실을 반증해주는 것이나 다름없다. '촌시도 해이해 있어서는 안 된다'는 말을 '촌시도 해이해 있지 않다는 것을 증명해주었다'는 자신의 말이 반박하는 것이다. 거기에 '시원시원한 일갈이었다.'라는 서술자의 주석이 붙음으로써 서술의 표면과 내면 사

---

20) 이호철, 「추운 저녁의 무더움」, 『이호철 전집2』, 청계연구소, 1988. 71~72쪽.

이의 간극이 드러나고 있다. 사실은 그 행동이 무의미한 것이었음을 역설적으로 드러내는 것이다.

> 지프에 올라탄 장군은 눈에 띄게 불쾌해져 있었다. 그제야 눈치가 빠른 김대위는 서서히 그 집으로 되돌아갔다. 한참 만에 큰길 어귀로 나왔을 때 장군은 파이프를 물고 앉아 있었다.
> "장군님, 좋은 일 하셨습니다. 모두 감격해서 눈물들을 흘리고 있군요. 과자 봉지를 헤쳐놓고 온 가족이 모여 앉아서 울고들 있어요. 정말 훌륭한 장군님도 계시다고."
> 장군이 소리를 질렀다.
> "됐어. 들어가자."
> 그날 밤 늦게 들어온 그 교통순경은 자초지종을 다 듣고 퉁명하게 한 마디 던졌을 뿐이다.
> "그 자식, 싱거운 자식이로군."21)

인용된 대목은 소설의 마지막 부분이다. '그 자식, 싱거운 자식이로군.'이라는 대사는 이 소설에서 유일하게 주인공의 행동에 대한 가치 판단이 드러나는 대목이다. 치하를 받은 경찰관은 장군의 행동이 '싱거운' 일, 즉 부질없는 일이라는 것을 직설적으로 표명한다. 집합과 경례가 '기강을 잡기 위해' 이루어진 것이 아니라, 집합과 경례를 위해 '기강'이라는 명분이 내세워진 것이다. 여기에서 목적전도가 발생한다. 이 지점에서 5·16 정부 수립과 체제 확립 과정에 대한 비판적인 인식이 드러난다. 주인공의 행동과 당시의 정권수립의 명분은 공통된 점

---

21) 이호철, 「추운 저녁의 무더움」, 『이호철 전집2』, 청계연구소, 1988. 78~79쪽.

을 가지고 있다. 주인공인 장군이 하는 행동은 '해이해 있지 않은' 병사들을 집합시켜 '해이해 있지 않다'고 하는 것이고, 열심히 근무태세를 갖추고 있는 경찰에게 '훌륭하게 업무를 수행하고 있다'고 치하하는 것이다. 그것을 확인하는 그의 행동은 결국 필요 없던 것이었다. 필요가 있어서 일이 생긴 것이 아니라, 일이 생겨야 했기 때문에 필요성이 동원된 것이다. 이러한 목적전도에 대한 비판이 「추운 저녁의 무더움」에서 드러나고 있다.

「추운 저녁의 무더움」의 풍자성은 비판의 목적과 검열을 피하려는 목적을 동시에 지니고 있다. 그와 관련하여 결과 이 소설의 화자는 철저하게 객관적인 시선을 유지하고 있다. 그러나 이 작품을 통해 풍자되고 있는 대상은 비교적 명확하다. 장군의 행동은 사소하나 분명히 목적전도의 성격을 가지고 있으며, 그것은 당시에 표명되었던 정권 수립의 명분과 상통하는 특성을 지니고 있다. '촌시라도 해이해 있어서는 안 된다'는 장군의 대사와, '나라의 기강을 세우기 위함'이라는 정권 수립의 명분은 여러 가지 면에서 닮아 있다.

이호철이 당시 정권의 수립 명분을 이와 같이 비판적으로 파악하고 있었음을 보여주는 또 하나의 작품으로 「탈사육회의」를 들 수 있다. 「탈사육회의」는 북한을 멧돼지 사회에, 남한을 집돼지 사회에 우화적으로 빗대어 풍자하고 있는 작품이다.

보다보다 못하여, 드디어 어느 봄날 역시 사육사들의 은밀한 부추김
과 성원을 받은 칼자루 잡은 몇몇 실력가 돼지들이 의논 끝에 전광석화

로 손을 써, 그 우두머리 돼지도 그 자리서 간단히 들어내고 말았다. 그
러고는 계엄령을 선포하여 <u>깜장색 안경 낀 독종 돼지 한 마리가 스스로
우두머리를 자처해 나서며, 그 동안의 흐트러진 질서를 바로잡고, 새 기
강을 세운다며,</u> 이리저리 설쳐대던 돼지들을 모조리 잡아 가두었다. 난
데없이 공포 분위기에 휘말린 돼지들은 하나같이 겁에 질려서 꼼짝도
못하고 울타리 안은 일거에 쥐 죽은 듯이 조용해졌다.(강조-인용자)[22]

　‘흐트러진 질서를 바로잡고, 새 기강을 세운다’는 것은 「추운 저녁의
무더움」에서도 비판적의 대상이 되었던 박정희 정권의 출범 명분이었
다. 집돼지 사회는 우화적으로 당시의 남한 사회를 드러내고 있는데,
우화화를 위해서는 대상의 모습을 간명하게 드러낼 필요가 있다. 이호
철에게 있어 당시의 정권의 수립 명분이 ‘흐트러진 질서를 바로잡고’,
‘새 기강을 세운다’는 것으로 간결하게 표명될 수 있었다는 것은 그가
당시의 명분의 전형성을 그렇게 파악했다는 의미가 된다.

　이를 통해서 「추운 저녁의 무더움」에서 드러났던 비판적인 의식의
초점이 당시 정권 수립의 명분에 있었다는 것을 좀 더 확실하게 알 수
있다. 「탈사육회의」의 화자 역시 「추운 저녁의 무더움」의 화자와 같이
이러한 명분에 대해 논평을 가하지 않고, 그것을 객관적 거리를 확보
한 시선을 통해 묘사하고 있다. 그러나 ‘안경 쓴 깜장 돼지’가 등장하
기 이전의 상황을 부정적으로 묘사하지 않는 점, 이후 수립된 집돼지
사회와 멧돼지 사회의 이분법적 대결이 해체된다는 점을 통해서 이 정
권과 그 수립 명분에 대한 비판적인 시선은 충분히 확보되어 있다.

22) 이호철, 「탈사육 회의」, 『이호철 전집1』, 청계연구소, 1988. 142~147쪽.

「추운 저녁의 무더움」과 「탈사육회의」에서는 박정희 정권 수립 명분이 목적전도적인 성격을 지니고 있었다는 인식이 드러난다. 그리고 이러한 목적전도는 다음 장에서 살펴볼 반공주의 기호의 확장과 깊은 관련을 맺고 있다. 정권 수립 이전의 상황이 퇴폐적이고 병폐로 가득한 것이었는지는 소급을 통해서 규정되었다. 그리고 반공주의 기호의 확장은 이러한 소급에 직, 간접적으로 영향을 미친다.

4. 반공주의 기호의 확장과 비판능력의 박탈[23]

5·16 군사 쿠데타 성사 직후 93명의 인사가 '잠재적 용공주의자'라는 혐의 하에 체포되었으며, 다시 총 2,014명에 달하는 사람들이 정치범 용의자로 몰려 검거 투옥되었다. 무차별적인 검거로 한국 사회 전반에 공포분위기가 만연하게 된 시절이었다. 「부시장 부임지로 안 가다」는 당시의 상황을 그리고 있다.

한꺼번에 너무 많은 사람이 체포되어 마산시 부시장 자리가 공석이 되었고, 상이 제대 육군 중위인 주인공 규호가 그 후임으로 임명된다. 그러나 규호의 아내는 기관원들이 그런 이유로 규호를 찾는다고는 생각지 못한다. 그리하여 '전라도에 농사지으러 갔다'고 둘러대 놓고 규

---

23) 이호철의 소설 중 앞서 언급된 「추운 저녁의 무더움」과 「심천도」를 비롯하여 「등기수속」, 「퇴역선임하사」 등도 여기에서 살피는 작품들과 상통하는 비판의식을 드러내는 작품들이다. 「부시장 부임지로 안 가다」와 「어느 이발소에서」는 그러한 비판의식을 작품의 주제적 차원에서 보다 집중적으로 드러내는 작품이기에 대표성을 지닌다.

호를 피신시키기로 한다. 이 소설은 규호가 자신을 부시장으로 모시러 온 것을 '용공주의자'로 체포하러 온 것으로 오인하고 피해 다니는 과정을 희화적으로 그리고 있다.

규호와 그 아내의 오해는 희극적인 해프닝이지만 이러한 상황의 설정에는 개인을 '용공주의자'로 규정하고 체포하는 것이나, 반대로 '부시장'으로 임명하는 것이 모두 자의적으로 진행되어 일반 사회성원들로서는 그 기준을 도무지 짐작할 수 없다는 통찰이 숨어 있다. 쿠데타 성공 직후 공포정치를 휘두르던 군부의 자의성을 비꼬는 것이다.

> 어제는 지리 선생이 잡혀갔다. …(중략)… <u>빨갱이라면 온통 사지를 떨고 치를 떨면서도</u> 정작 교원들의 권익 문제라도 나오면 세계 각국의 통계숫자까지 일일이 들어가며 항상 살기등등하던 영감님이다. / 그저께 저녁에는 생물 선생에(과) 고학년 수학을 맡은 권선생이 잡혀갔다. / "아니, 권선생도 걸렸소?" 규호가 이렇게 물으니까, 그는 이상하게 발끈해지며, "아니, 안 걸리는 게 이상하지. <u>나두 강선생처럼 상이군인이 아닌 다음에야.</u>" 규호가 상이군이라는 것을 야유하는 것이었다. …(중략)…/ 그리고 오늘 저녁은 규호 차례였다.(강조-인용자)[24]

인용문에서 볼 수 있는 바와 같이 '빨갱이라면 치를 떨던' 지리 선생도 연행되었다. 이 사실은 주인공 규호를 혼란에 빠뜨리기에 충분하다. 그가 '용공분자'가 아니었다는 것은 규호에게 확실해 보였기 때문이다. 그런 상황에서 생물 선생이나 수학 선생 등 여러 사람들이 무작

---

24) 이호철, 「부시장 부임지로 안 가다」, 『사상계』(1965.1.) 339-340쪽. 이하 쪽수만 표시

위로 잡혀가는 것은 이상한 일이 아니다. 주목해야 할 것은, 한 동료가 규호는 상이군인이기 때문에 잡혀가지 않을 것이라고 생각함에도 불구하고, 그 사실이 결코 그를 안심시키지 못한다는 점이다. 규호로서는 시민들을 체포하는 정부의 기준을 파악할 수 없기 때문이다.

여러 사람들을 검거하는 근거가 된 '잠재적 용공주의자'라는 말은 앞에서 살펴본 바와 같이 자의적으로 해석될 여지가 다분한 기호이다. '용공'이라는 외연이 넓은 기호에 '잠재적'이라는 심리적 기호가 더해져서 그 외연은 한층 더 넓어진다. '빨갱이라면 치를 떨던 사람'이라도 '세계 각국의 통계숫자를 들어가며 살기등등했다'는 점에서 얼마든지 '잠재적 용공주의자로 분류될 수 있다. 반공 이데올로기의 규율을 받는 당시의 사회 성원들에게 그것은 아무런 기준이나 구분점을 제공해주지 않는다.

규호의 예로 볼 수 있듯이 등장인물들은 자신이 '잠재적 용공 주의자'인지 아닌지 판단할 수 있는 능력을 갖지 못한다. '안 걸리는 게 이상하지'라는 대사에서 그러한 무차별성과 자의성[25])을 사회성원들이 인식하고 있었다는 것이 전달되며, 상이군인이라는 사실조차 당사자를 안심시키지 못한다는 점에서 그 점은 한 번 더 강조되어 제시된다.

「부시장 부임지로 안 가다」에서 그려진 반공주의는 쿠데타로 정권

---

25) '용공'이라는 기호의 범위가 지나치게 넓고, 용공분자를 색출하는 기준이 자의적이었던 것은 앞장에서 살펴본 정권 수립 명분의 정당성을 다시 한 번 반성해 보게 한다. '용공주의자'가 실제로 많았기 때문에 '용공 단체의 출현'이라는 명분의 정당성이 확보되는 것이 아니라, '용공주의자'의 외연이 넓고 기준이 모호하여 결과적으로 '용공주의자'로 '지목된' 자가 많아지게 된 것이다. '국민 도덕의 퇴폐'와 같은 명분도 이러한 혐의에서 자유롭지 못하다.

을 잡은 군부가 휘두르는 공포정치의 도구로서 지니는 부정적 성격을
명확히 드러낸다. 이 소설은 규호라는 인물이 겪는 희극적 해프닝을
통해 이 부정적 성격을 풍자한다.

1. 마침 건너편 래디오방에서 '반공을 국시의 제일의로 삼고'가 왈칵
터지고 있었다. 규호는 그 소리에 화닥닥 놀라면서 골목길로 달려 들어
갔다. <u>옳은 소리지 옳은 소리구 말구</u>, 잠시 후에는 점잖게 이렇게 속으
로 중얼거리면서 호젓한 골목길 끝까지 오자, 손수건을 꺼내서 이마의
땀을 닦아냈다.(346쪽)(강조-인용자)

2. 짜개지는 행진곡이 울리다가 또 '반공을 국시의 제일의로 삼고' 여
자 아나운서의 목소리가 터져 나오자, 규호는 깜짝 놀라서 마시던 커피
를 그냥 놓고 후덕후덕 커피 값을 치르고 층층다리를 달려 내려오며 쌍
년 쌍년 하고, 그 아나운서의 욕을 하고 있었다. <u>결국 어느새 그는 반공
에 쫓기고 있는 것이었다.</u> 나는 용사여, 나는 상이군인이여, 제일선 김
종오 사단장 휘하의 9사단에서 백마전투를 겪은 육군 중위여, 누가 뭐
래여, 누가 뭐래여 이 나를 두고 어느 놈이 뭐라는 거여, 쾌속으로 이렇
게 중얼거리며 층층다리를 콰당콰당 달려내려오고 있었다. 그러나 그
누구도 아무도 뭐라는 사람은 없는 것이다.(348쪽)(강조-인용자)

자신을 용공주의자와 구별하지 못하는 상태에서 '반공을 국시의 제
일의로 삼'[26]는다는 내용의 연설은 규호로 하여금 이중적인 반응을 유

---

26) 잘 알려진 바와 같이 이것은 박정희 대통령의 취임 연설 중 한 대목이다. 상대
    적으로 약했던 5·16정권 수립의 명분을 당시 군부가 '반공주의'에 기대어 확
    립하려고 했던 것은 주지하는 사실이다. 그 좋은 예로『한국 군사 혁명사』(한국
    군사 혁명사 편찬 위원회, 1963)은 5·16의 '불가피성'의 5가지 이유 중 첫 번

도한다. '옳은 소리지'라고 하면서 동시에 도피하는 것이다. '반공을 국시의 제일의로 삼고'라는 말에는 '옳은 소리지'라고 되뇌면서 그 말을 읊는 아나운서를 '쌍년, 쌍년'하며 욕하는 장면은 그러한 이중성을 희극적으로, 그러나 날카롭게 포착한다. 결국 '옳은 소리지'라고 되뇌는 것은 규호의 자기 부정에 다름 아니다. 자신은 죄가 없이 도피를 해야 하는 불합리한 상황에 처해 있는 데도 그 상황을 긍정하는 것이 되기 때문이다. 이것이 그가 주체적인 사고를 포기하는 지점이며, 동시에 내면화된 반공주의를 체현하는 지점이다.

결국 '옳은 소리'라는 규호의 발언에서 독자는 풍자적 거리를 인식한다. 독자는 과연 그것이 정말로 옳은 소리인지 다시 한 번 반성하게 된다. 당시에 막강한 영향력을 행사했던 '반공을 국시의 제 일의로 삼는다'는 명제에 대한 비판적 거리가 확보되는 것이다. 이 명제는 작품 전체에서 희화적으로 반복되고 있다. 여러 번 반복되어 인용문 1에서는 '반공을 국시의 제 일의로 삼고가 왈칵 터지고 있었다'는 식으로 명사형으로 사용되기까지 한다. 이런 반복적인 인용은 독자로 하여금 그 명제에 비판적으로 접근하도록 유도한다.[27] 「부시장 부임지로 안가다」가 문면 뒤에 감추고 있는 당대 상황에 대한 비판의식은 이와 같이 표출된다.[28]

째 항으로 '용공조직 및 단체의 출현'을 놓고 있다.

[27] 이러한 기법은 1964년 발표된 「등기수속」에서 이미 사용된 것이었다. 「등기수속」은 계엄령이 내렸던 시기의 공포분위기를 희화화하여 묘사하는 작품이다. '큰길에는 군인들을 가득 실은 드리쿼터가 헤드라이트를 켜고 지나가고 있었다'라는 문장이 지속적으로 반복되어 풍자적 효과를 획득한다.

[28] 「부시장 부임지로 안가다」는 박홍일, 「이호철 풍자소설 연구」(계명대 석사 논문,

「어느 이발소에서」는 『창작과 비평』 창간호에 수록된 작품[29]이다 『창작과 비평』이 초기에 박정희 정권에 대한 비판의식을 견지했다는 점에서 창간호의 첫 게재 작품으로 소개된 이 소설의 주제의식을 거칠게나마 짐작할 수 있다.[30]

이 소설은 어느 날 오후 이발소에서 불과 한나절도 안 되는 시간 동안 일어난 일을 그리고 있다. 그런데 이 이발소는 '5·16 체제를 실감으로건 착각으로건 느끼면서 살아야 하는 남한 사회'가 반영되어 있는 공간이다. 이 작은 공간이 5·16 체제의 남한 사회 전체를 상징하고 있는 셈이다.

> 1. "당신은 뭐요?"/"주인이요."/"주인이면 주인이지, 그 앉아 있는 꼴이 뭐요? 도대체에 이 사람들 정신있는 사람들인가. 때가 어느 땐지도 모르고, 이 사람들이." 술냄새가 약간 났으나 <u>옳기는 한 소리인 것 같아서</u> 주인도 후닥닥 일어나 섰다.[31]

1992), 김영택, 「1960년대 한국소설과 풍자」, 『어문학연구』(목원대, 1998) 등의 연구에서 풍자소설로서 언급된 바 있다. 그런데 이 논의들은 규호의 회화화된 행동에 초점을 맞추고 있다. 5·16 정권에 대한 비판은 '바보스러운' 규호를 부시장으로 임명했다는 것을 근거로 이루어진다고 설명되고 있어 이 소설의 비판의식이 가진 의미가 축소될 여지가 있기 때문에 재고될 필요가 있다. 규호의 도피는 회화화되기는 하였으나 그것이 평균 이하의 '바보스러운' 판단력의 결과인 것으로 파악하기는 힘들어 보인다.

29) 1965년 당시 『창작과 비평』에 수록될 때의 제목은 「어느 이발소에서」였다가 후에 「1965년 어느 이발소」로 개제되었다. 소설의 내용이 당대의 시국과 밀접하게 관계되어 있음을 드러내려는 작가의 의도가 드러난다.

30) 『창작과 비평』 제 2호의 첫 게재 작품으로 수록된 서기원의 「아리랑」도 「어느 이발소에서」와 일맥상통하는 문제의식을 가지고 있다.

31) 이호철, 「어느 이발소에서」, 『창작과 비평 창간호』(1966.1.) 55쪽. 이하 쪽수만 표시(강조-인용자)

2. "도대체 사람들이 이래 가지구야. 아무리 민주주의가 좋다지만, 그 앉은 꼴이 뭐요, 꺼부정히 앉아서. 좀 가슴을 좍악 펴고 앉아요, 펴고. 금방 죽어 자빠지더래두 정신만은 제대로 말짱하게 가져야지."/ <u>옳은 소리일 것이었다.</u> 늙은 관리는 이르는 대로 화닥닥 가슴을 잔뜩 뒤로 젖히고 앉았다.(59-60쪽)(강조-인용자)

3. 마침 네시 뉴스가 울려나왔다. 자유센터 구내에서의 총격 사건 뉴스였다. <u>과연 과연 싶었다.</u> (중략) "개애새끼들." / 나타난 무장괴한이 개새끼들이라는 것인지 아니면 <u>여느 때는 민주주의 민주주의 하다가 이런 일만 터지면 청천벽력이나 일어난 듯이 흥분을 하는 방송뉴스가 개새끼들이라는 것인지 알쏭달쏭하였다.</u>(64쪽)(강조-인용자)

4. 그 청년의 말은 과연 지당한 말이었다. 요즈음 세월에 모두 이러고 있을 때가 아닐 것이었다. 정신들을 차리고 빠릿빠릿하게 있어야 할 것이다. 썩은 동태 눈알을 해가지고 희멀겋게 뻗어있어서는 안될 것이었다. 휴전선을 사이에 두고 빨갱이와 마주 대결하고 있고, 월남에 파병을 하고, 곳곳에 간첩들이 활개를 치는 판에 도대체 이렇게 멍청하고 있을 때가 아닐 것이었다. 사람들은 이렇게 논리적으로 따져서 <u>수긍은 하면서도 무엇인가 써늘하고 무서워지는 것이 있었다.</u>(60쪽)(강조-인용자)

'한낮의 한가한 시간'을 보내는 사람들이 모인 이발소의 분위기는 정체불명의 두 청년이 등장하면서 일순 긴장상태에 돌입한다. 청년의 '때가 어느 땐데', '아무리 민주주의가 좋다지만', '당장 빨갱이들이 나오면 어쩌려구' 등의 위압적 발언에는 이발소에 있던 늙은 현직관리나 순경까지도 반박할 엄두를 못 내게 하는 힘이 내재되어 있다.

「부시장 부임지로 안가다」에서도 풍자적 거리가 확보되는 지점이었던 '옳기는 한 소리'라는 표현은 이 소설에서 한 층 본격적으로 다루어진다(인용1~4). 「부시장 부임지로 안 가다」의 규호가 '반공을 국시의 제 일의로 삼고'라는 말에 대해 '옳은 소리'라고 반응했을 때처럼, '때가 어느 땐데'라는 청년들의 말에 '옳은 소리'라고 하는 인물들의 반응 역시 이중적이다.

이 소설에서는 청년의 말에 대해 '옳기는 한 소리다', '천번만번 지당한 말이다'는 등장인물의 독백이 여러 번 반복된다. 그런데 3과 4 인용문에서 볼 수 있는 것처럼 그 독백에 이어 곧 '정확하게 무얼 어쩌자는 말인지 알쏭달쏭하다'는 생각이 뒤따른다는 점에서 문제적이다. 여기에서 다시 '옳기는 한 소리다'라는 진술에 풍자적 거리가 발생한다. 3과 4에서 그러한 거리는 '민주주의'와 '안보체제'의 괴리에 대한 자각으로까지 이어진다.[32]

이 소설의 등장인물들은 '때가 어느 때인데'라는 말에 대해 의심하기 이전에 일단 그것에 동의한다. 그런데 동의하는 순간 청년들의 부당한 행위에 항거할 수 있는 자격을 포기하는 것이 된다. 이러한 상황에서 청년과 다른 인물들 사이의 대등한 대화는 성립될 수 없다.

「부시장 부임지로 안 가다」와 「어느 이발소에서」는 '옳기는 한 소리'로 표상되는 반공주의적 기호들이 선량한 사회성원을 잠재적 이단자로 만들어버리는 순간을 포착한다. 이 기호들은 사회성원들로부터 주체적인 비판능력을 박탈한다. 그들은 자신들에게 가해지는 부당한

---

[32] 이러한 수사는 「추운 저녁의 무더움」에서도 나타난 바 있다. '시원시원한 일갈이었다.'는 말이 가지고 있는 간극이 그것이다.

통제에 항거할 수 없다. 이미 '용공'이라는 기호는 주체적인 비판능력을 가지는 것조차 그 하위개념으로 포섭할 수 있을 만큼 확장되었기 때문이다.

지금까지 살펴본 두 편의 작품은 반공주의의 내면화 장치 자체와, 그 내면화의 성공적 수행으로 인해서 정당한 비판능력과 시민으로서의 정체성을 상실한 이들을 풍자의 대상으로 삼고 있다. 반공주의의 내면화가 문제 되는 것은 이렇게 당시 남한 사회 성원들에게서 시민으로서의 정체성 자체를 형성하기 어렵게 만들었다는 것이다. 그렇기 때문에 이 작품들에서 풍자의 초점은 반공주의의 내면화를 극복하지 못하는 성원들에게보다는, 그것을 내면화시키고 확대 재생산하는 정부나 성원들에게 맞추어졌다고 보아야 한다.

시민들이 시민으로서의 정체성을 획득하지 못할 때, 정부는 권력을 자의적으로, 그리고 무원칙적으로 마구 휘두를 수 있게 된다. 그리고 이런 자의성 역시 반공주의 관련 기호의 외연을 확장시킴으로 해서 이루어진다. 이러한 단면은 1966년 발표된 「물 마시는 짐승」에서 잘 드러난다.

> 세부적인 규칙이나 규정만으로 따지자면, 분위기나 정신 상태까지를 사상해버린다면 마땅히 잘못한 것은 내 편일 것이다. 그러나 규칙이나 규정사항도 어느 건전한 상식을 전제로 할 때만 의미가 있을 것이다. 근본적으로, 초보적으로 사람이 안 되어먹었을 때는 규칙이나 규정사항은 더욱 독버섯으로 환원이 되기 쉽다. …(중략)… 이유 여하를 불문하고다. 나는 나의 이런 짓에 자신을 가질 수 있다. 이 자신의 객관적 타

　당성 여부는 여하 간에, 나는 적어도 내 소신에 죽음을 걸 용의가 있고
　징계쯤이나 모든 법조까지를 무시할 수가 있다.[33]

　주인공은 규칙이나 규정사항보다도 '건전한 상식'을 우선시하고 있
다. 그러나 이 '건전한 상식'이라는 기호는 역시 매우 자의적이다. '어
느 건전한 상식'처럼 애매하게 표현하는 것에서 그것이 드러난다. 기
호의 자의적 규정, 애매성이 이 소설에서 다시 한 번 강조되는 것이다.
　이유 여하를 불문하고, '근본적으로, 초보적으로', '어느' 등의 수사
들은 모두 기호의 자의성과 애매성을 강화하는 것들이다. 이런 말들을
통해 아무런 설득력을 가지지 않는 자의적인 주장이 일견 논리적인 합
리성을 가지고 있는 것처럼 착각될 위험이 있다. 이것이 객관성과 타
당성에서 치명적 한계를 가지고 있다는 것을 알고 있음에도 불구하고,
이것을 자신 있게 내세울 수 있다는 것은 결국 아무런 원칙을 갖지 않
고 자신의 입장만을 내세우는 것을 자신도 잊고 있다는 것이다.
　「물 마시는 짐승」은 젊은 장교가 '기강'을 내세우고 있다는 점에서
「추운 저녁의 무더움」과 친연성을 보이고 있는 작품이다. '기강'이 세
워지지 않은 상태에서는 타당성이나 규칙과 같은 것은 아무런 소용이
없다는 것이다. 그러나 그 '기강'은 역시 어떤 목적을 달성하기 위한
수단에 불과하다. 무언가를 획득하기 위한 '기강'인 것이다. 역시 이
작품에서 그 기강이 무엇을 위한 것인지는, 드러나지 않는다. 기표 뒤
에 숨어 있는 기의의 자리가 비어 있는 것, 그래서 어떤 것도 그 기의

---

33) 이호철, 「물마시는 짐승」, 『이호철 전집2』, 청계연구소, 1988. 175쪽.

의 자리에 기의인 척 들어앉을 수 있는 것이 이 소설에서 비판적으로 묘사되는 주인공의 사고방식이다.

앞 장에서 살펴보았던 「탈사육회의」에서도 기호의 문제에 대한 통찰이 드러나고 있다.

> 십여 년 전에 멧돼지족의 전체회의에서 당신들 집돼지 문제가 안건으로 올랐었다. 거기에서 일치된 결론이, 집돼지들은 종족의 계율과 규범과 위엄을, 나아가서는 종족 그 자체까지 버리고, 사람들에게 굴복하여 하루하루 먹을 것 잘 것 걱정이 없고, 비계살만 쪄가는 데다가, 사람들이 제 잇속으로 쳐준 울이 울타리로 느껴지지 않을 만큼 조상 대대로 물려받은 우리 돼지족의 긍지와 자존심도 무디어지고, 거칠고 호방하던 기운도 완전히 가시어졌다. <u>사방으로 규격이 분명하던 자유라는 뜻조차 이모저모로 뜻을 부가하고 혹은 왜곡하여 본래의 뜻과는 엄청나게 다른 것으로 만들어놓고 제 분수에 맞도록 타락을 시키더니,</u> …(후략)(강조-인용자)34)

이 소설은 이호철이 당시 기호들의 자의적 해석에 대한 문제를 인식하고 있었다는 것을 다시 한 번 확인시켜준다. '자유'라는 기호의 외연이 '규격이 분명'하던 상태에서 왜곡되어 '제 분수에 맞도록' 자의적으로 해석되는 데에 이르렀다는 멧돼지들의 비판에서 기호의 자의성에 대한 작가의 인식을 파악할 수 있다.

「물 마시는 짐승」과 「탈사육회의」는 엄밀히 말해서 당시 정권에 의

---

34) 이호철, 「탈사육 회의」, 『이호철 전집1』, 청계연구소, 1988. 147쪽.

해 이루어지던 기호의 자의적 확대와 그 폐단을 중점적으로 그리는 작품은 아니다. 「부시장 부임지로 안 가다」와 「어느 이발소에서」에서는 그러한 문제가 전면화되어 작품의 주제적 차원에서 드러나고 있다. 그러나 이 작품들에서는 이러한 문제를 작품 안에서 모티프로 사용하고 있는 것이다. 이와 같이 이 논문에서 주목된 문제를 작품의 여러 모티프 중 하나로 사용하고 있는 작품이 중편 「공복사회」이다.35) 「공복사회」는 1966년 발표된 작품으로, 공무원 사회를 배경으로 하여 당대의 정치·사회적 상황을 총체적인 시각으로 묘사하려고 했던 작품이다.

> "가마안, 난 지금 곰곰이 생각하고 있었는데, 이제야 생각이 났다. 네 하는 소리나 지껄이는 투는 꼭 빨갱이들 비슷하구나. 얘기 내용도 더러 그런 냄새가 풍기고. 너무 근엄하고 진지한 체를 해도 꼭 그놈들 비슷해진다는 말이다. 네 생각도 충분히 옳고 일리가 없지는 않겠다마는, 그런 식은 자칫하면 빨갱이로 오해받을 소지도 있다는 말이다. 조심해야지."36)

인용된 부분은 주인공인 이원형 주사와 그 아버지 사이의 대화인데, 아버지는 아들이 드러내는 농촌 현실에 대한 비판적인 시각에 대해 우려를 표하고 있다. 그렇다고 여기에서 농촌 현실에 대해서 이원형 주사가 사회주의적인 전제를 가지고 있었던 것도 아니다. 그들은 농민 정책이 얼마나 현실적이지 못한 탁상공론인지에 대해 논의를 하고 있었을 뿐이다. 그러나 아버지는 그러한 아들의 논의에서 '빨갱이와 비

---

35) 이후 「심천도」로 개제.
36) 이호철, 「심천도」, 『이호철 선집』, 새미, 336쪽.

숫함'을 느낀다. 그리고 그 판단에 대한 근거는 물론 자신도 마련하지 못한다. '너무 근엄하고 진지한 체를 해도' '빨갱이'와 비슷해진다는 대목에서 그것이 명확히 드러난다. '근엄함'과 '진지함'이 공산주의자를 '선량한 시민'으로부터 구별하는 기준이 될 수 없음은 자명한 사실이다. 그러나 공산주의자를 지칭하는 '빨갱이'라는 언어는 그러한 자명한 사실조차 망각시킬 정도로, 넓은 외연을 가지고 있다.

정부의 정책에 대해 근엄하거나 진지하게 접근하기만 하면 그것은 빨갱이 냄새를 풍긴다고 생각하는 장면은 당대의 문제적 상황의 단면을 첨예하게 드러낸다. '빨갱이'인가 아닌가의 여부 이전에 '빨갱이 비슷한 것'조차도 심각한 문제가 되는 것이 당대의 현실이었던 것이다.

> "아버지께서 그렇게 나오면, 이편에서는 더 할 소리가 없어지지요. 할 소리가 없어지는 것은 할 소리가 없어서 없어지는 것이 아니라, 빨갱이와 비슷하다는 것만으로도 대번에 기분이 나빠지니까요. 허지만, 아버지 같은 그런 식의 시점과 히스테리가 있는 한, 객관적인 사태를 제대로 볼 수 있는 길은 원천적으로 차단되고, 조국 근대화도 구두선에 그친다는 얘기입니다."
>
> "아니야. 그게 그렇지는 않은 거다. 넌 아직 어려서 해방 직후 한동안의 그 소용돌이를 경험하지 못해서 모르는 거다. 그건 경험하지 않고는 모르는 거야. 빨갱이들 지껄이는 것이야, 얘기 자체로 보면 그럴듯하지. 허지만 겪어봐야 아는 거야. 네 그런 생각은 자칫하면."[37]

아들은 물론 그러한 의식을 비판하고 나온다. 그런 아들의 비판에도

---

37) 이호철, 같은 책, 337쪽.

불구하고 아버지가 보여주는 태도는 완강하다. 그러나 그 완강함에 비해 그 근거는 동어 반복적이다. 그 동어 반복적 근거에 의해 아버지와 아들의 토론은 금세 한계에 봉착하고 만다.

중편 「공복사회」는 엄밀히 말해서 풍자소설은 아니다. 일반적인 풍자소설과는 달리 알레고리에 의해 의미가 전달되는 작품이 아니기 때문이다. 그러나 이 소설은 지금까지 살펴본 「부시장 부임지로 안 가다」와 「어느 이발소에서」에서 글의 이면에 드러났던 문제의식을 전면화하여 보여준다는 점에서 이 글에서 언급되어야 할 필요가 있다.

5. 결론

1960년대 한국 사회를 규율했던 반공주의가 가지는 특징은 그것이 사회구성원들에게 내면화되어 사유방식 자체를 통제하는 차원으로 나아갔다는 것이다. 그것이 내면화되는 방식으로는 관련 기호들의 외연 확장이 있었다. '공산당', 혹은 '공산주의자'라는 기호가 '용공주의자'라는 기호로 대체되면서, 반공주의 기호는 정부가 임의로 그 외연을 확장, 변형할 수 있는 도구적인 기호로 변화했다.

자신을 '공산주의자'로부터 구분하는 것은 반공주의로 규율되는 사회의 성원으로서 기본적인 생존권을 보장받을 수 있는 최소한의 조건이었다. 그러나 그 기호 자체의 외연이 넓어짐으로 인해 국민들은 점점 주체적으로 사유할 수 있는 근거를 잃게 되고, 자기검열의 과정을 스스로 재생산하게 되기에 이른다.

이런 상황에서 풍자소설이 창작방법으로 모색된 것은 우연한 일이 아니다. 풍자는 대상을 비판하는 양식이면서 동시에 검열을 피할 수 있는 장르이다. 1960년대 반공주의는 그 내면화에 의한 자기검열을 특징적 양태로 지니고 있었기 때문에, 그 모순을 인식한 작가들은 그것을 비판하면서 동시에 그것을 금지하는 검열을 우회할 방법을 모색하게 되었고, 풍자소설의 창작은 가장 적절한 선택 중 하나였다.

이호철이 그 대표적인 예인데, 그는 1960년대 중반, 5·16으로 수립된 박정희 정권이 안정화되기 시작하던 무렵에 일련의 풍자소설들을 발표하였다. 이호철은 평범한 사회성원들이 자신들을 용공분자로부터 구별하지 못하고 부당하게 발휘되는 사회적 권력 앞에서 무력해질 수밖에 없는 문제를 촌극을 통해 그렸다. 이 작품들은 표면적으로 권력 앞에서 무력한 소시민들을 풍자하는 것으로 보이지만, 사실 비판의 초점은 국민을 그러한 소시민으로 전락시키는 반공주의의 한 특성에 맞추어져 있다.

반공주의를 논하는 연구에서 이호철이 점하는 위치는 특별하다. 대부분의 작가들은 반공주의가 얼마나 사회 성원들의 머릿속에 깊게 내면화되었는지를 보여주는 예로 사용되는 경우가 많다. 그러나 반공주의의 강력한 내면화를 가로지르는 데 성공한 작가들이 바로 반공주의의 내면화 자체를 풍자의 대상으로 삼아 소설로 그려낼 수 있었던 이들이다. 이호철은 그 대표적인 경우이다.

제 3 부
작품론 ; 이호철 문학의 심층

성지와 속지, 그 공간 형상화의 의미

- 초기 소설을 중심으로

1. 이호철 소설의 배경과 작가의 상흔

1950년대 문학은 6·25를 중심에 두고 전개된다. 특정 사건이 특정 년대를 일률적으로 규정하는 것은 아니라 하더라도, 6·25의 경우 그와는 다른 시각을 요구하는 것이 사실이다. 6·25가 50년 벽두의 사건이지만 그 사건에 대응하는 방식은 50년대 중반을 넘어서면서 변모를 보이기 시작하는데, 이런 점에서도 6·25가 50년대 문학에 미친 영향의 범위를 확인할 수 있다. 50년대 전반기에는 외부 상황이 엄청난 파괴력을 지녔기 때문에 현실을 분석적으로 이해한다는 것은 사실 어려

* 이상갑 / 한림대학교 강사

운 일이었다. 하지만, 50년대 중반을 넘어서면서 어느 정도 거리를 확보할 수 있어 즉자적인 대응방식에서는 탈피할 수 있었다. 50년대, 아니 6·25를 어떻게 규정하느냐는 이 글의 범위를 넘어선다. 다만, 6·25가 우리 의지와는 무관하게 외부에서 주어졌다는 사실, 그리고 전쟁의 상처가 새로운 세기를 맞이한 오늘날에도 여전히 현재형이라는 사실은 지적해 두고 싶다. 국군 포로, 미전향 장기수, 실향민이라는 단어가 아직도 우리 주위를 맴돌고 있기 때문이다.

문학사가 10년 단위로 구분되는 것은 아니다. 물론, 의도적으로 구분하고자 한 경우가 없었던 것은 아니다. 50, 60년대 비평의 중심에 서 있었던 이어령과 김현의 태도에서 그것을 확인할 수 있다. 전후 세대를 대변하는 이어령이 김현, 박태순, 박상륭, 유현종, 홍성원, 이청준, 김승옥 등의 젊은 작가들을 '제3세대'라고 명명하자, 이에 대응하여 김현이 전후 세대를 '55년대 작가'라고 하여 스스로를 차별화한 것이 그것이다. 그러나, 이런 차별화는 특정 집단의 문학행위를 부각시키려는 의도적인 전략의 일종이며 정상적인 시각은 아니다. 이런 단절적인 시각은 필연적으로 문학사의 단절까지를 불러올 가능성이 큰데, 사실 이어령, 김현 모두 '전통단절론'의 시각에서 결코 자유롭지 못했다. 더욱이 분단의 상처로 말해질 수 있는 50년대 문학의 문제의식이 여전히 미해결 과제로 남아 있다고 할 때 그같은 단절론적인 시각은 문학사의 황폐화를 초래할 수 있다. 이호철이 새삼 문제되는 것도 그가 시종일관 50년대 문학의 문제의식을 심화·확대시키고 있다는 점에서일 것이다.

50년대에 활동한 작가들 중에는 해방 이후에 등단한 이른바 '신세대

작가'들의 활동이 주목된다. 그 중에서 이호철은 1955년『문학예술』에
「탈향」을 발표한 이후 줄곧 분단과 실향민 문제를 주된 테마로 형상화
하고 있다는 점에서 특이한 위치를 차지하고 있다. 6·25를 전후로 하
여 이데올로기의 상이함 때문에 어쩔 수 없이 월남하여 생활의 뿌리를
잃어버린 작가로, 이호철 외에도 황순원, 선우휘, 장용학, 최인훈, 강용
준 등이 있다. 이들은 공산주의에 대해 거부감을 보이며 낯선 땅에서
뿌리를 드리우려는 의식이 앞서 있다고 하겠는데[1], 그러나 앞에서 지
적했듯이 이호철만큼 실향의 문제를 시종일관 문제삼은 작가도 드물
다. 특히, 이호철은 남한 현실에 뿌리를 내려야 한다는 작가 개인의 절
대절명의 문제만이 아니라 그 문제를 당대 현실에 대한 작가의 독특한
시각과 결부지어 우리로 하여금 끊임없이 우리 사회를 성찰케 한다는
점에서 문제적이다. 남북 이데올로기를 처음으로 문제삼은『광장』의
작가 최인훈과 비교해 보더라도 그의 작가적 위치를 짐작할 수 있다.
다대한 사유의 세계를 펼쳐 보이는 최인훈의 문학세계가 '사랑과 시
간'으로 말해질 수 있을 정도로 사변적이고 관념적인 성격이 강하다고
한다면, 이호철은 실향민을 포함하여 현대를 살아가는 다양한 인간 군
상들의 삶의 기미를 포착하고자 한다. 생득적으로, 이호철은 추상적인
이념에는 거부감을 가지고 있으며, 그 이념을 평범해 보이는 한 인물
의 삶 속에서 구체화하고자 한다.

초기부터 이호철에 관심을 가져온 천이두는 50년대 문학을 '전쟁문
학' 혹은 '전후문학'이라 규정짓고, 그 특징을 6가지로 요약하고 있는

---

1) 김윤식·김현,『한국문학사』, 민음사, 1973, 230~284쪽.

데, 절박한 현장의 문학 또는 보고문학, 고발문학, 엄숙한 교훈주의, 이슈가 뚜렷한 문학, 극한 상황의 설정, 가해자(전쟁) 대 피해자(개인) 사이의 역학 관계 위에서 빚어지는 액션, 풍자문학의 경향 등이 그것이다. 아울러 그는 50년대 문학의 단점을 두 가지로 지적하면서, 이 시기 문학이 한결같이 너무 격렬한 톤으로 일관함으로써 자아와 세계를 포괄적으로 바라볼 여유를 갖지 못했으며, 따라서 모든 문제가 지나치게 '공분(公憤)'이라는 이름으로만 제기되었을 뿐 그것을 개성적 구체성 속에서 포착하지 못하고 있다고 하였다.[2] 즉 전쟁의 책임을 전쟁 그것에만 돌려버림으로써 주체적 존재로서의 자신의 책임의 소재를 뼈저리게 성찰해 볼 여유를 갖지 못했다는 것이다. 전쟁이 외부에서 주어진 성격이 강했고, 또 전쟁이라는 상황이 너무 압도적이었기 때문에 그것을 한 개인이 감당하기에는 역부족이었다는 사실을 인정하더라도 전쟁 그 자체를 절대시함으로써 구체적인 실감을 잃어버렸다는 이같은 지적은 흔히 50년대 문학의 한계로 이야기되는 '추상성'을 염두에 둘 때 상당히 설득력이 있다. 천이두의 지적에서 우리는 이호철 문학의 '구체성'을 재확인할 수 있는데, 그것은 「나상(裸像)」에서처럼 전쟁의 실감을 한 인물의 바보스러운 행동을 통해 근원적으로 문제삼고 있기 때문이다.

이호철의 초기 소설 문체와 관련하여 '무드의 미학'[3]이라는 지적도

---

2) 천이두, 「50년대 문학의 재조명」, 『현대문학』, 1985. 1.
3) 천이두, 「이호철론―묵계와 배신」, 『문학춘추』, 1965. 2. 이런 관점에서, 우리는 이호철의 다음과 같은 언급을 참고할 수 있을 것이다.
    "좋아하는 작가를 들라고 하는 경우, 선뜻 머리를 내미는 것은 소설가가 아니라 역시 예술가이다. 이런 때 소설가로서 양보를 한다."(이호철, 「소설작가의 자

상당한 설득력을 얻고 있다. 이호철은 소리, 냄새, 빛깔 혹은 어떤 자연사물과 같이 작중현실에 어떤 분위기를 조성해 줄 만한 몇 가지 전형적인 요소를 도입하여 그것을 구체적인 작중의 액션과 밀착시킴으로써 그러한 요소들이 작품의 주제를 효과적으로 뒷받침하게 한다는 것이다. 이런 '무드의 미학'은 초기 단편 「탈향」에서부터 「소묘」, 『닳아지는 살들』(연작), 『소시민』에 이르기까지 지속되는 이호철의 소설미학으로 보이는데, 이호철은 이런 분위기의 창조와 함께 인간과 현실에 대한 그의 인식을 꾸준히 심화시켜 왔다고 하겠다.[4] 이렇게 말할 수 있는 것은 이러한 독특한 분위기의 창조가 단순히 추상적이거나 환상적이라기보다 현실과의 연관 속에서 천착되고 있기 때문이다.

이호철 소설의 독특한 분위기는 왜곡된 현실의 분위기, 나아가 실향민으로서 남한 현실에 적응해가는 과정에서 생겨나는 작가의 독특한 시각과 관련되어 있다. 그의 소설에는 왜곡된 시대의 암울한 분위기와 함께 무위(無爲)의 삶이 짙게 드러나는데, 따라서 그같은 삶을 초래한 원인과 그 극복과정에 대한 해명은 이호철 소설이 배경으로 삼고 있는 시대에 대한 인식과 더불어 작가 개인의 정신적인 상처와 그 치유과정을 섬세하게 확인할 수 있다는 점에서 그의 소설을 이해하는 중요한 접근방식이 될 것이다. 무위의 삶의 원인과 그 극복과정에 대한 해명이라는 두 가지 관점에서 볼 때, 『소시민』은 이전의 작품 성과를 종합

세」, 『현대한국문학전집』 8, 신구문화사, 1981, 476쪽)
4) 이호철은 자신이 문체에 대한 강한 집착을 보인다고 말하면서, 문체에 대한 고려가 수사나 겉치레만의 문장에의 노력이 아니라 작가적 질과 작가정신의 집중도를 명확하게 체현하고 있는 것이라고 주장한 바 있다(이호철, 「1월 소설 월평 ― 작가적 렌즈의 해이」, 『사상계』, 1965. 2).

하면서 작가의 진정한 출발을 예고하고 있는데[5], 이런 관점에서 이 글
은 이호철 초기 소설의 한 매듭을 『소시민』까지로 보고 『소시민』에 이
르는 과정을 살펴보고자 한다.

2. 『닳아지는 살들』 연작과 무위감(無爲感)의 정체

이호철 소설에 짙게 깔려 있는 무위감은 작품마다 미묘한 분위기를
가지고 나타난다. 앞에서 우리는 이런 무위감이 우리 사회 곳곳에 뿌
리박고 있는 타성, 안일과 같은 시대의 질곡과 함께 작가가 직접 체험
한 고향상실에서 연유한다고 지적한 바 있다. 특히, 작가의 고향상실감
은 작가가 남한 현실에 적응하는 과정에서 현실을 직시하는 데 장애요
인으로 작용했을 수도 있다. 우리는 「탈각」의 여주인공 동연이 이북
여자의 자존심을 강하게 내세운다거나 그 외 이호철 소설의 많은 주인
공들이 현실과 일정한 거리를 두고 관찰자의 입장을 취하고 있다는 사
실에서 그같은 장애요인의 편린을 확인할 수 있다. 이호철 소설이 현
실을 어느 정도 객관적으로 형상화하고 있는가도 따져보아야 하겠지
만, 작가의 고향상실은 그의 내면 깊숙이 자리잡은 일종의 상흔과 같
은 것이어서 쉽사리 극복될 성질의 것은 아니다. 작가는 어쩌면 이같
은 상흔을 결코 드러내지 않고 감추고 싶어했을지도 모른다. 그러나,
이호철은 그 상흔을 여러 형태로 드러내고 있으며, 그리고 그 과정에

---

5) 이런 지적은 이미 여러 연구에서 언급되어 왔다. 뒤 <부록>의 정명환, 김치수,
   이보영, 정호웅, 이상갑, 강진호 논문 참조.

서 한 개인의 문제를 우리 시대의 보편적인 문제와 연결짓는 탁월함을 보이고 있다. 이호철은 역사적, 거시적인 맥락을 단절해 버린 소박하고 단조로운 일상성은 조만간 그 작가 자신을 일상성의 먼지 속에 파묻히게 만들며, 따라서 일상의 여러 현상은 반드시 그 자체의 독자성으로만 있는 것이 아니라 개개의 지엽적인 것은 전체성의 파악 속에서만 그 의미가 드러나고 공감의 넓이와 진정한 리얼리티를 획득할 수 있다고 말한 바 있다.[6] 이호철이 개인적인 상흔을 시대의 보편적인 상흔과 관련시킨 데는 이처럼 현실을 바라보는 작가의 치열한 정신이 있었다. 분단과 통일에 대한 그의 끊임없는 노력이 그것을 증명해준다. 이런 관점에서, 개인사와 시대사가 교묘하게 결합되어 독특한 예술적 성과를 거두고 있는 작품이 『닳아지는 살들』 연작이라고 할 수 있다.

『닳아지는 살들』 연작은 「닳아지는 살들」(『사상계』, 1962. 7), 「무너앉는 소리」(『현대문학』, 1963. 7), 「마지막 향연」(『사상계』, 1963. 12)의 세 작품으로 구성되어 있다. 이 연작은 동일한 인물들을 중심으로 특별한 사건 없이 계기적으로 전개되기 때문에 세 작품을 함께 읽어야 그 의미가 온전히 드러나게끔 구성되어 있다.[7] '닳아지는', '무너앉는', '마

---

6) 이호철, 「작가는 말한다―소설작가의 자세」, 『현대 한국문학전집』 8, 신구문화사, 1981, 471~477쪽.

7) 이 연작을 계기적으로 살펴보아야 할 이유는 이 연작에서 중요한 의미를 지니고 있는 '소리'의 의미에서도 확인할 수 있다.
　　"꽝 당 꽝 당, 저 소리는 기어이 이 집을 주저앉게 하고야 말 것이다. 집지기 구렁이도 눈을 뜨고 슬금슬금 나타날 때가 되었을 것이다. 그리고 향연이다, 마지막 향연이다. 유감이 없이 이별을 고해야 할 것이다. 모두 유감이 없이 이별을 고해야 할 것이다."(이호철, 「닳아지는 살들」, 『현대한국문학전집』 8, 신구문화사, 1981, 247쪽. 이하 작품 인용은 다른 경우를 제외하고 이 '전집'을 텍스트로 하며, 쪽수만 밝힘).

지막'이라는 어휘가 풍기는 의미에서도 이를 확인할 수 있다.

이 연작은 60년대 초에 발표된 작품이지만 이호철 소설의 둔중한 분위기와 무위감을 집약적으로 보여준다. 먼저, 「닳아지는 살들」을 살펴보자. 우선, 이 소설은 한 집안을 배경으로 작품이 전개되고 있는데 이호철 소설에서 '집'이라는 공간의 문제가 작품 구성상, 그리고 주제 구현에 있어 중요한 의미가 있음을 암시한다. "오월의 어느 날 저녁이었다. 맏딸이 또 밤 열두 시에 돌아온대서 벌써부터 기다리고들 있었다. 서성대는 사람은 없으나 언제나처럼 누구인가를 기다리고 있는 분위기는 감돌고 있었다."8)로 시작되는 이 소설은, 은행 두취로 있다가 현역에서 은퇴한 칠십이 넘은 반 백치 상태의 늙은 주인, 이런 시아버지를 닮아 무기력한 며느리 정애, 막내딸 영희, 하는 일 없이 막연하게 작곡가를 꿈꾸고 있는 아들 성식 등이 주요 인물로 등장한다. 이 집의 가장은 이북으로 시집간 후 이십 년 가까이 만나지 못한 맏딸을 막연하게 기다리는데, 이런 가장을 둔 나머지 가족들 모두 그런 막연한 기다림 속에서 무료한 생활을 영위하고 있다. 이 막연한 기다림은 막연한 대기상태로서, 이런 생활이 계속되면 그 스스로가 벗어날 수 없는 속성이 되어 사람을 역으로 구속하게 마련이다. 그러나, 역설적으로 이런 막연한 기다림을 통해 한 집안이 가장을 중심으로 한 가족임을 의식하고 함께 살고 있다. 하지만, 그들은 한 가족이라는 생각만 가지고 있을 뿐 서로 뿔뿔이 떨어져 있다.

가장의 권위는 오직 막연한 기다림 속에서만 유지되고 있는데, 막연

---

8) 「닳아지는 살들」, 247쪽.

한 기다림의 상태나 대기상태는 실제로 백치나 귀머거리의 상황과 별반 다를 것이 없다. 늙은 주인이 귀머거리이면서 반 백치 상태이며, 며느리 또한 거의 백치 상태인데 여기에서도 그같은 사실을 확인할 수 있다. 그런데, ‘백치’와 ‘귀머거리’는 실제 상황이라기보다 상징적인 의미로 해석될 수도 있다. 이들 가족은 모두 마음속으로는 “이북에 있는 언니가 열두 시에 돌아오다니”9)라고 의심하면서도 그것을 찬찬히 따져볼 생각도 없고 거의 습관처럼 그런 생활에 익숙해져 있다. 이런 점을 염두에 둘 때, 이런 막연한 기다림의 상태는 남한 현실에의 적응을 앞둔 실향민이 가질 수 있는 망설임을 상징적으로 보여주는 것은 아닐까. 우리는 이 물음에 대한 해답의 실마리를 ‘귀머거리’와 ‘소리’의 대비에서 확인할 수 있을 것이다.

그러나 아득하기는커녕 형광등 불빛 밑에서 무엇인가 잔뜩 괴어서 출구를 찾는 기운으로 차 있었다. 무슨 일이건 처리하고 치러 낸다는 것에 이미 절망하고 있는 사람들이었다. 바깥은 바람이 세고 소용돌이가 칠 것이었다. 그러나 시간은 이 집채에 닿아서는 서서히 굼벵이 걸음을 걷다가 무참히도 정지되어 물큰 물큰한 열기를 뿜는 것이다.
시간은 그렇게 살이 찌고 부어오르고 그리고 이 집안 사람들은 지치고 어떤 사소한 일이건 무겁게 무겁게 감당을 해야 하는 것인지도 몰랐다.10)

꽝 당 꽝 당.

9) 「닳아지는 살들」, 251쪽.
10) 「무너앉는 소리」, 264쪽.

먼 어느 곳에선 이따금 여운이 긴 쇠붙이 두드리는 소리가 들려왔다. 밑거리의 철공장이나 대장간에서 벌겋게 단 쇠를 쇠망치로 뚜드리는 소리 같았다. 근처에 그런 곳은 없을 것이었다. 그렇다면 굉장히 먼 곳일 것이었다. 굉장히 굉장히 먼 곳일 것이었다.

꽝 당 꽝 당.

단조로운 소리이면서 송곳처럼 쑤시는 구석이 있는 밤중에 간헐적으로 들려오는 그 소리는 이상하게 신경을 자극했다.[11]

바깥에서 들려오는 "꽝 당 꽝 당" 하는 소리는 집 안에 있는 사람들에게 "송곳처럼 쑤시는 구석이 있는", "방안의 벽 틈서리를 쪼개고도 있는" 혹은 "지축을 흔들 듯한" 소리로 들린다. 바깥은 바람이 세고 소용돌이가 치고 있는데, 말하자면 "꽝 당 꽝 당" 하는 소리는 그것이 어떤 성격의 것이든 폐쇄적인 한 집안의 몰락을 예고하고 있다. 영희는 누구보다도 이 소리에 자각적이다. 그런데, 그녀는 집 안에 있을 때는 그 소리를 "우리와는 다른 무엇인가 싱싱한 것이 서서히 부풀어서 우릴 잡아먹을 것"[12] 같은 것으로 느끼지만, 정작 집 밖에 나와 있을 때는 그 소리가 쇠붙이에 쇠망치 부딪치는 소리가 아니라 차라리 따뜻한 초여름밤의 가락을 띠고 있는 것처럼 느끼는데, 우리는 여기에서도 "꽝 당 꽝 당" 하는 소리가 한 집안의 폐쇄적인 분위기를 깨뜨리는 바깥 현실을 상징하는 것임을 알 수 있다. 선재는 이들 가족 중에 집 밖에서 활동하는 유일한 사람인데, 영희는 이런 선재와 마주하고 있으면 그 소리에 둔감해질 뿐 아니라 자신의 가족이 무언가 큰 '배경'을 놓

---

11) 「닳아지는 살들」, 247쪽.
12) 「닳아지는 살들」, 260쪽.

치고 있으며, 서로 소모적으로 내뱉는 수다한 언어가 모두 값싸게 생각되는 것이다. 그런 만큼, 선재와 영희만이 당장 집을 나가자고 이야기할 수 있는 것이다.

그러면, 바람이 세고 소용돌이가 치는 바깥은 어떠한가. 이 집안에서 이질적인 인물이 있다면 수산물 회사에 다니는 선재와 식모다. 선재와 식모가 활력을 지니고 있는 이유는 집에만 갇혀 있는 다른 인물들과 달리 그들은 외부와 끊임없이 호흡하고 있기 때문이다. 이런 점에서, 이 집안이 외부와 통할 수 있는 유일한 수단인 전화기가 응접실에 있지 않고 오히려 식객 노릇을 하는 선재의 방에 놓여 있다는 사실도 그냥 지나칠 수 없는 대목이다. 선재는 타고난 서민적인 기질을 거침없이 발산하고 있으며, 식모는 주인 영감이 백치가 된 후 집안에서 더욱 자유스러워지고 뻔뻔해지기까지 하면서 4·19와 5·16 때는 하루 종일 밖에 나가 있었으며, 외출이 잦을 뿐 아니라 시장을 보고 들어설 때는 "넓은 터전의 냄새"를 거칠게 풍기고 있다. 따라서 바람이 불고 소용돌이가 치는 바깥은 바로 4·19와 5·16의 소용돌이가 치는 60년대의 현실이라고 할 수 있는데, 그러나 아쉽게도 우리는 여기에서 60년대 현실에 대한 작가 나름의 시각을 확인하기는 어려운데, 바깥 현실이 "꽝 당 꽝 당" 하는 소리로 상징화되어 있을 뿐이며, 4·19와 5·16도 식모의 행동을 소개하면서 간단히 언급되고 있을 따름이다.

「무너앉는 소리」는 「닳아지는 살들」보다 두 달이 지난 이후의 상황을 배경으로 하고 있다. 두 달 전에 들리던 소리는 이제 "온 집채가 울듯이" 훨씬 예각적으로 들려온다. 그런데, 이 소설에 오면 영희보다 맏며느리 정애가 그 소리에 더 자각적인데, 그것은 영희와 선재의 현실

가치의 수용과 맞물려 있어 보인다. 이와 관련하여 주목되는 것은 이 집안의 가장인 늙은 주인이 두 달 전 처음으로 소리를 듣고 난 이후부터 이북에 있는 맏딸을 찾지 않는다는 사실이다. 그리고, 이미 우리는 「닮아지는 살들」에서 이 집안에서 유일하게 바깥활동을 하는 선재가 "꽝 당 꽝 당" 하는 소리에 둔감할 뿐 아니라, 영희 또한 이런 선재와 함께 있을 때는 그 소리에 덜 민감하다는 사실을 확인하였다. 더욱이 「무너앉는 소리」에 오면 선재와 영희는 서로 관계를 맺은 후 빠르게 속물화되어 가는데, 바로 여기에서 영희가 정애보다 외부 소리에 덜 자각적이게 된 이유의 일단을 확인할 수 있다. 선재는 약혼녀 영희 외에 자신의 아기를 가진 또 다른 여자를 두고 있었는데, 이런 사실이 가족들에게 알려지면서 그는 급속도로 속물화되고 나약하게 된다. 선재의 타락은 선재 개인의 잘못이기도 하지만 한 집안의 굴레가 엄청난 구속감을 동반한 결과이기도 하다.

「마지막 향연」은 이사를 앞둔 마지막 날 밤을 배경으로 하고 있다. 영희는 선재와 결혼을 작정하고 따로 살림을 나갈 생각인데, 이전보다 훨씬 속취가 나는 모습이다. 이들 가족은 식모를 제외하고 모두 다 이삿짐조차 챙겨놓지 않고 있는데, 식모에게는 이들 모두가 병신으로 비취진다. 지난 밤 향연 때문에 늦잠을 자는 가족들과 달리, 식모와 이삿짐을 나르는 인부들이 주고받는 다음 장면에서 이들 가족의 처지가 잘 드러난다.

"저 어디서 오셨어요?"
"쓰레기 치러 왔소, 쓰레기 치는 사람이오"

하고, 인부 가운데 한 사람이 익살로 말하였다. 그러자 문이 열리고 식모가 내다보고 반색을 하며 웃었다.

"이삿짐 나를 사람이에요?"

하고 물었다.

"쓰레기 치러 왔다니까?"

인부들은 문 앞에 선 채 모두 건강하게 웃고 있었다. 시월의 하얀 볕이 뜰에 내리붓고 있었고, 집안은 고요했다. 모두 아직 잠이 들어 있는 것이었다. 어느새 인부들은 바지 가랑이들을 걷어올리고 집안으로 들어서고 있었다.[13]

사소한 문제의 해결도 감당하지 못하는 이들 가족의 삶에 건강하게 웃는 인부들은 너무나도 평범한 일상적인 건강함으로 다가선다. 이들 가족 중에서 유일하게 외부와 교섭하고 있었던 선재가 바깥 현실을 "밑을 헤아릴 수 없는 수렁"에 비유하면서 자신들의 타성화된 삶이 자기들의 탓은 아니라고 말하는데, 그러나 그렇게 말하는 그 자신조차 인부의 "쓰레기"라는 말에서 제외되지 않는다. 그리고 우리는 그에게 또 다른 여자가 있다는 사실이 가족들에게 알려졌을 때 왜 스스로 반성하는 모습을 보이지는 않았는가 오히려 되물을 수 있다. 그러나, "새로운 기운은 여기와는 다른 아득한 곳에서 일어나고" 있다.

그러면, 이 "새로운 기운"은 구체적으로 어디에서 마련되고 있는 것일까. 일단 식모와 인부들의 삶에서 그것을 읽어낼 수는 있으나, 그렇다고 하더라도 그들의 삶에서 성글게 '민중'의 논리를 읽어내고자 하는 것은 지나친 단순화에 빠질 우려가 있다. 이 소설이 발표된 60년대

13) 「무너앉는 소리」, 294쪽.

이후부터 오늘날에 이르기까지의 시대 변화를 염두에 두고 '민중'에 대한 개념정리도 보다 정치하게 이루어져야 하겠지만14), 요컨대, 식모와 인부의 건강함이란 '생활'이 있는 자가 누릴 수 있는 가장 소박한 권리에 다름 아니다. 그러하기에, 극도의 타성에 젖어있는 이들 가족과의 대비에서 그들의 건강함이 뚜렷이 부각되는 것이다. 식모와 인부의 삶이란 자신의 노력의 대가로 살아가는 삶, 정상적인 사회라면 누구나 누려야 하고 누릴 수 있는 그런 삶일 따름이다. 이들 가족이 짙은 무위감에 빠져 있는 것은 기본적으로 그들이 정당한 노동의 대가로 살아가는 것이 아니라 은행의 명예역으로 이름을 걸고 있는 가장에게 매달들어오는 돈으로 넉넉하게 생계를 꾸려갈 수 있었기 때문이다.

'생활'이 없는 자의 안일함, 이것이 이들 가족이 무위감에 사로잡힌 한 가지 원인인 셈인데, 그러나 선재의 삶을 볼 때 그가 그 자신을 철저히 반성하지는 못하고 있다 하더라도 한 개인의 힘으로는 어떻게도 해볼 수 없는 이 '바닥'의 문제도 무시할 수는 없는 것이다. 여기서 우리가 '바닥'의 문제를 타성과 무위감에 젖어있는 한 '집안'의 문제와 병치시켜 보면, 『닳아지는 살들』 연작은 60년대 현실에 대한 훌륭한 알레고리의 일종일 수 있다. 나아가 이같은 무위감은 남한 현실에의 적응을 앞둔 실향민의 망설임에서 연유하고 있음을 확인할 수 있다는 점에서 작가의 원체험에 자리잡고 있는 깊은 상흔을 확인할 수 있다. 그러므로, 이 굴레와 같은 무위감을 극복해 나가는 과정은 작가 개인

---

14) 이호철의 경우, 작품 「진노」에서 화자의 입을 통해 민주주의가 주체적으로 수용되지 못한 우리 현실에서는 민중이 부당하게 신격화되어서는 안 된다는 생각을 피력하고 있다.

의 고향상실감이라는 상흔을 치유하는 길이면서 모든 인간이 정상적
인 삶을 누릴 수 있는 토대를 만들어가는 일이기도 하다.

3. 강인한 성격에의 의욕과 망설임의 세계

우리는 앞에서 이호철 소설이 짙은 내성적 분위기를 풍기고 있으며,
이 내성적 분위기를 조장하는 장치와 등장인물들의 생의 무력감이 적
절한 조화를 이루어 독특한 소설적 분위기를 형성하고 있음을 살펴보
았다. 이런 독특한 소설적 분위기는 현실에 적응하지 못하고 부유하는
인물들의 뿌리 뽑힌 삶에서 연유하는 바 큰데, 더욱이 이호철의 경우
그 뿌리 뽑힘이란 일종의 운명적인 것이어서 색다른 조망이 요구된다.
따라서, 이호철의 예술적 성공은 이같은 개인사적 체험을 어떻게 시대
의 보편적인 문제와 관련시키느냐에 달려 있다고 하겠는데, 『소시민』
이전까지의 작품 중에서 「판문점」을 제외하면 이런 지적에 썩 부합하
는 작품은 없어 보인다. 『소시민』의 정씨 아들의 그 '열끼 있는' 정열
에도 불구하고 진정한 의미의 '시민' 또는 '시민정신'이 분단된 현실에
서 과연 가능한 것이겠는가 하는 문제의식이 『소시민』이 드러내고 있
는 의미로 보이는데, 분단 상황에서 초래되는 '바닥'의 삶은 남북한 체
제를 동시에 비판하고 있는 「천명과 대열」에서 이미 날카롭게 지적되
고 있다.

"여러분, 여러분, 대한민국의 품은 여러분을 버리지는 않을 것입니다.

여러분의 그 자유에의 의지를 버리지는 않을 것입니다. 여러분을 전부 태워 드릴테니 질서를 유지하십시오. 여러분 여러분 고귀한 자유의 진가를 알고 자유를 찾아 나서는 여러분의 고귀한 뜻을 우리 대한민국은 따뜻하게 맞이할 것입니다.”

마이크가 잠시 이쪽으로 맞바로 향했던 탓일까. 또렷한 소리가 바람을 타고 날아왔다. 분명 저런 소리는 바람이나 타고 날아갈 그런 소리일 것이었다. 마을에 주저앉은 할아버지나 종조부나 종조모와는 하등 관련도 없을 것이었다.

(이거 굉장히 속물적으로 되는 판이군. 이제부터 결국 저런 속에서 살아가야 할 판이군.)15)

화자는 6·25 당시 남쪽으로 피난하려는 북한 주민들을 향해 남한 측 안내원이 하는 안내 방송을 “바람이나 타고 날아갈 그런 소리”로 파악하면서, 임진왜란이나 병자호란 때는 정작 더 처참했다 하더라도 꿋꿋한 면이 있었을 것이지만 동족상잔의 피난살이는 속취가 난다고 말하는데, 이 말에서 우리 사회가 (이 ‘바닥’이) 안고 있는 문제의 근원이 어디에 있는가를 짐작할 수 있다. 우리는 ‘바닥’이라는 말의 자기비하적인 어감에서도 속취가 나는 소시민의 안일한 일상을 떠올릴 수 있는데, 사실 이 ‘바닥’이라는 말은 이호철 소설의 한 특징이라고 할 수 있는 독특한 분위기에 잘 어울리는 말이다.

이호철 소설의 주인공은 무위와 권태에서 벗어나는 과정에서 매우 충동적이거나 즉흥적이다. 한 지식청년이 한낮을 막연한 초조 속에서 지내다가 동네 아이들에게 싸움을 시키면서 발작적인 충일감을 느끼

---

15) 「천명과 대열」, 『세대』, 1963. 8.

기도 하고(「살인」), 전혀 낯선 상대방에게 무작정 전화를 걸기도 하고 (「기갈과 울림」), 한 군인이 5·16 이후의 무료함을 해소하기 위해 다시 전쟁이 일어나기를 바라기도 한다(「추운 저녁의 무더움」). 이들 작품의 의미는 그것이 충동적인 만큼 현실의 세부를 이해하는 데는 어려움을 준다. 그리고 이들 작품의 주인공은 모두 강인한 성격에의 의욕을 보이는데 그러나 역설적이게도 정작 강인한 성격을 가진 인물들 대부분은 죽음으로 생을 마감하는 경우가 많다. 「나상(裸像)」의 이야기 속에 나오는 형이 그렇고, 「부군」의 홍석이 그러하며, 「진노」의 성현과 「여울」의 석주가 또한 그러하다. 이것은 무엇을 말하는 것일까. 6·25와 4·19를 배경으로 삼고 있는 다음 작품들에서 그 의미를 살펴보자.

  황순원에 의해 추천 완료된 작품 「나상(裸像)」은, 철과 '나' 두 사람의 대화 가운데 철의 이야기 속에 나오는 형제간의 이야기가 주된 사건을 구성하고 있다. 작품 마지막 부분에서 이야기 속의 동생이 철 자신으로 밝혀지면서 철이 '나'에게 하는 말 가운데 이 소설의 주제가 암시된다. 동생은 영리하고 이지적이지만 형은 아무 것에도 얽매이지 않고 바보스럽기까지 한데, 동생은 이런 형의 마음가락에 휩쓸려들게 된다. 즉 동생은, 오연함이나 의지로써 얻어진 자신의 신념에도 불구하고, 포로로 잡혀 끌려가는 삼엄한 상황에서도 형이 감시병에게 태연히 세수를 하고 가자고 말하는 것을 보고 그에게서 어떤 위엄조차 느끼는 것이다. 이 소설이 우리에게 말하고자 하는 것은 오연함과 바보스러움, 이 둘 가운데 어느 것이 더 가치 있느냐는 절대적일 수 없으며, 따라서 모든 것이 훼손되는 전쟁 상황에서는 오연함이란 별로 가치가 없으며 오히려 바보스러움이 보다 인간다운 강인함을 지닐 수도 있다는 것이다. 「부군」 또한 전투를 앞두고 완호라는 인물이 홍석의 "성급한 전염성 있는 열의와 의지력, 결단력, 적극성과 즉물적인 생활태도, 굳건한 표정의 단일성"에 열등감과 모욕감을 느끼면서도 한편으로는 그에게 철저히 짓밟히고자 하는 심정이 잘 드러나 있다. 완호에게는 이 길만이 자신의 "인텔리 근성, 소시민 근성, 기회주의적인 요소, 자주성이 결여된 우유부단한 태도"를 넘어설 수 있는 유일한 길이기 때문이다.

이호철은 강인한 성격에의 욕망이 생기는 이유를 나름대로 제시하고 있는데, 4·19를 전후한 현실에 대한 작가의 시각을 담고 있는 「진노」에서 그것을 확인할 수 있다. 이호철은 화자의 입을 통해 해방은 2차대전 후 거저 얻은 것이고, 6·25 또한 우리의 의지와는 관계없이 외부에서 주어진 것이며, 그런 가운데서 민중은 이럭저럭 마련된 민주주의라는 틀 속에 박히듯 여전히 오랜 미몽에서 깨어나지 못하고 있는데도 어느 특수 계층의 이익을 위해 편리하게 과장되어 있다는 의식을 보여준다. 일방통행식 정치 체제, 즉 민중 앞에 '국왕'이 절대절명의 것으로 군림해서도 안 되지만, 민주주의라는 이름을 빌어서 민중이 필요 이상으로 과장되어서도 안 된다는 생각이다. 따라서, 개개인이 타성에서 탈피하는 일, 즉 체제의 외형보다 민주주의의 근간이 될 대중의 성격을 확립하는 일이 무엇보다 중요한데, 그러나 이런 뿌리깊은 대중의 성격을 확립하지 못했을 때 어느 개인의 비범한 몸짓이나 대담한 언동 같은 것에 강렬한 매력을 느끼게 된다는 것이다. 다만, 「나상(裸像)」의 화자 '나'가 철의 이야기에 거리를 두고 있었듯이, 이호철 소설의 화자 대부분은 강인한 성격을 가진 인물에 호감을 보이면서도 관찰자의 입장에 서서 그런 '열끼있는' 인물과는 거리를 두고 있다. 마찬가지로, 「진노」의 화자 '나'는 청년이 중심이 된 혁신정당의 조직부장 성현이 데모 주동자로 경무대 앞에서 첫 희생자가 되었다는 소식을 듣고 자신의 "허풍선이 교양이라는 것, 건방진 자만, 경멸벽 같은 것"에 대해 반성하기도 한다. 그러나 그는 성현의 때묻지 않은 단순성과 활달함, 집요한 강인함에 매력을 느끼면서도 스스로의 나약함 때문에 그와 거리를 유지하고 있다.

「여울」의 주인공 명호는 삶의 권태로부터 벗어나기 위해 뿌리에서부터 달라져야겠다고 생각하면서 3·15 부정선거 규탄시위에서 나타난 민중들의 분노가 단순히 부정선거에 대한 울분이 아니라 개개인들의 마음속에 사무친 지루함, 무위와 도식의 분위기를 짓부수고 몰아내는 서곡으로 파악한다. 그러나 그 또한 「진노」의 '나'처럼 적극성과 소극성 사이에서 방황할 따름이다. 「용암류」에도 4·19 이전의 암담한 분위기가 짙게 드러나 있다. 학교를 그만두고 여러 여자와의 사랑에 빠져있는 태규, 이런 태규를 자신의 처지와 비슷하다는 이유로 동정하는 동훈, 그리고 처음에는 태규, 동훈과 어울렸으나 큰일을 계획하고 있는 석주, 이들 사이의 미묘한 감정의 움직임이 구체적으로 그려져 있다. 동훈은 자신의 무미건조한 삶의 원인을 무료한 세상 탓으로 돌리고 있는데, 그러나 그는 석주의 냉엄한 현실감각에서 위엄을 느끼지만, 경무대 앞에서 석주가 첫 희생자가 되었다는 소식을 접하고 망연자실할 따름이다.

이호철은 신념이나 오연함, 강인한 성격에의 욕망 같은 것이 그것을 뒷받침해줄 토대가 허약할 때는 또 다른 위험을 불러올 수 있다는 사실을 줄곧 경계하고 있는데, 「나상(裸像)」과 「진노」의 '나'와 「부군」의 소년병 인규, 그리고 「용암류」의 동훈의 시각에서 그것을 확인할 수 있다. 이호철은 그것이 어떤 거창한 이념이건 또는 역사적 사건이건 간에 그것의 의미를 한 개인의 삶에서 관조적으로 확인하고자 하는 성격이 강하다. 그 과정에서 그가 소위 '소시민'의 자잘한 생활사에 지나치게 관심을 가지고 있는 것은 아닌가 하는 의구심을 불러일으키기도 하는데, 더욱이 그같은 관조적 태도가 작가 개인의 기질, 작가의 현실 인식의 태도와 무관한 것은 아니나 실향민으로서의 작가가 남한의 현실 적응과정에서 보이는 망설임에서도 연유한다고 할 경우 그 의미는 제한적일 수밖에 없을 것이다. 다시 말해, 현실을 관조적으로 본다는 것은 어떤 형태로든 현실에 직접 부대끼기보다 일정 정도의 거리가 전제되어 있는 것이기 때문이다. 따라서, 이호철은 실향민으로서의 현실 적응과정에서 보이는 이중성이랄까 망설임을 어떤 형태로든 극복하면서 현실에 대한 균형감각을 마련할 필요가 있었다고 하겠다.

4. 성지(聖地)와 속지(俗地)의 세계

「탈향」과 「탈각」은 이호철의 현실 적응과정에서 보이는 망설임과 그것을 넘어서고자 하는 의욕을 잘 보여준다. 김동환은 전후소설에 나타나는 현실의 추상화 방법에 관해 논하면서 전후 작가들의 고향상실의 원인으로 월남과 군 입대를 들고 있다. 그는 "한 상황 속에서 그 상황을 선택한 자로 하여금 절대적 참여에 이르게 하는 것"으로 규정되는 '원초적 선택'(choix originel)이라는 개념을 사용하면서, 자의에 의한 선택이라 할 수 있는 월남과 달리 타의의 군 입대로 인한 고향상실은 반공 이데올로기 또는 체제 선택으로 이어져 이런 경험을 한 작가들의 작품에서는 고향에 관계된 '뿌리 찾기' 문제는 발견되지 않는다고 지적하는데[16], 그러나 월남과 군 입대의 동기를 '자의 / 타의'로 단순히 구분할 수 있는가는 의문이다. 이호철의 경우만 하더라도 고등학생의 몸으로 인민군에 동원되어 참전하였으나 국군에 의해 포로로 잡혔다가 풀려난 후 가족을 남겨둔 채 단신 월남한 이력을 가지고 있다. 이처럼 한 개인에게 있어서도 변화가 많은 상황에서 월남이나 군 입대의 동기를 자의냐 타의냐로 간단히 구분하는 것은 무리가 있어 보인다.

이호철 소설에서 '뿌리 찾기'의 문제는 「탈향」, 「탈각」에서 집요하게 추구되고 있다. 「탈향」의 '나'(19세)·하원(18세)·광석(24세)·두찬(24세)은 중공군이 밀려올 때 "무작정" 탄 배 때문에 부산까지 내려왔다. 이것이 그들의 고향상실감을 더욱 짙게 만드는데, 그들은 서로 이십촌 안팎의 친척간으로 화차간을 집으로 삼고 생활하면서 전쟁이 끝나면 언제든지 고향에 돌아갈 생각을 하고 있다. 그러나, 고향에 돌아갈 날이 갈수록 아득해지자 그들은 각자 자신의 실속을 차리게 되는데 여기에서 서로 갈등이 일어난다. 그들 중 붙임성이 좋아 토박이 부두 노동자와 어울려 다니는 광석과, 무뚝뚝하면서도 실속만 차리는 두찬은 그렇지 않아도 위태로운 집안에 균열을 가져오게 된다. 이를 보며 겁 많고 눈물 많은 하원은 항상 울먹거릴 따름이며, '나'는 객관적인 입장에서 이들 모두를 관찰하고 있다. '나'는 광석의 행동에서 자조와 자랑스

---

16) 김동환, 「한국 전후소설에 나타난 현실의 추상화 방법 연구」, 『한국의 전후문학』, 한국현대문학연구회 편, 1991, 205-225쪽.

러움을 동시에 느끼지만, 항상 자신의 실속만 챙기는 두찬에게는 못마
땅한 마음을 가지고 있다. 광석이 열차 사고로 죽은 후, 하원은 '나'에
게 이런 두찬과 떨어져서 둘이서 살거나, 만약 고향에 가게 되면 광석
과 두찬을 애당초 못 봤다고 하자고 말하는데 이런 하원의 말에 대한
'나'의 반응에서 이 소설의 의미를 읽어낼 수 있다.

> 무엇인가 못 견디게 그리운 것처럼 애탔다. 그러나 누가 알랴! 지금
> 내 마음 밑 속에서 일어나는 돌개바람 같은 것을……. 아 어머니! 이미
> 내 마음 밑 속에선 하원이를 버리고 있는 것이다. 순간, 나는 입술을 악
> 물었다. 와락 하원이를 끌어안았다. 눈물이 두 볼을 흘러내렸다.17)

　위의 인용에 나오는 '나'의 행동을 어떻게 이해해야 할까. '나'는 하
원의 말에 동의한 것인가 동의하지 않은 것인가. 「탈향」에서 이 부분
에 대한 해석이 매우 중요한데, 그런 만큼 섬세한 해석이 요구된다고
하겠다. 정호웅은 '나'의 행동이 얄팍한 인정주의 그리고 돌아갈 기약
이 없는 고향에의 그리움으로 눈물이나 흘리고 있는 감상주의와 단호
히 결별하고 새로운 현실을 향한 출발의 의미를 지니고 있다고 본
다.18) 그러나, 이런 분석은 제목의 '탈(脫)'이라는 자구에 지나치게 의
미를 부여하고 있어 보이는데, 앞뒤의 문맥을 고려해볼 때 '나'의 행동
은 새로운 현실에 뿌리를 내리려는 자가 그 일에 소극적인 자에게 가
하는 '비난'19)이라기보다는 오히려 새로운 현실에 뿌리를 내리려는 순

---

17) 「탈향」, 317쪽.
18) 정호웅, 「탈향, 그 출발의 소설사적 의미-이호철의 『소시민』론」, 『1960년대 문
　　학연구』, 문학사와 비평연구회 편, 예하, 1993, 84-85쪽.

간에 그 일에 소극적인 자를 보고 일어나는 '미움과 연민'으로 해석하는 것이 더 정확할 것이다. 이런 이중적인 마음은 '나'가 하원에게 "미안함과 책임감"을 동시에 느끼는 데서도 확인할 수 있는데, 여기서의 '미움' 또는 '미안함'이란 새로운 현실에 뿌리를 내리려는 자가 그 일에 소극적인 자를 보고 느끼는 마음이며, '연민' 또는 '책임감'이란 그럼에도 불구하고 마음속에 일어나는 갈등과 망설임을 달리 표현한 말이다. 이런 이중적인 마음은 「탈향」의 속편 격인 「무궤도 제2장」에 잘 드러나 있다.

> 그도 그럴 것이 청년은 겨우 스므살이어서 사리(事理)를 분간하는 데 좀 성급한 편이요, 가주 피란을 나와 고향 친구들과 화차살이를 하다가 한 놈은 화차에 깔려 죽고 한 놈은 도망을 가고 나머지 둘이 남았었는데 그여히 청년도 견딜 수 없어 남은 한 놈을 팽개치고 터무니 없이도 글안겨오는 자유감과 가냘픈 가책과 세찬 흙탕물 속으로 휩쓸려 들어가기 직전의 전율 섞인 공포스런 긴장과 [……] 이런 복잡한 심경들을 겹쳐 안고 어느 캄캄한 밤, 화찻칸을 뚫쳐나오고 말았든 것이다. 이 거리에서 새로히 살아보리라는 패기(覇氣)도 만만스럽게.
>
> 그러나 새로운 자기는커녕 도리어 스스로의 의지(意志)로써 고향을 포기해 버렸다는 비장한 죄의식(罪意識)만이 날이 갈수록 짙게 마음 가운데 도사려앉는 것이고, 이럴수록 이 부산거리 바닥에서 댕그렁한 자신이 무겁게 짓눌려오기만 하는 것이었다.[20]

19) 정호웅, 「50년대 소설론」, 『1950년대 문학연구』, 문학사와 비평연구회 편, 예하, 1991, 54-57쪽.
20) 이호철, 「무궤도 제2장」, 『문학예술』, 1956. 9.

「무궤도 제2장」은 「탈향」의 시간배경보다 1년 후의 상황을 다루고 있는데, 이 소설에서는 「탈향」의 하원, '나', 두찬은 각각 헤어져 살고 있다. 그런데, '나'는 단호하게 하원을 버린 후 술집여자와의 결혼을 앞두고 자유를 만끽하면서도 하원에 대한 미안함과 스스로 고향을 버렸다는 죄의식 때문에 괴로워하고 있다. 이를 통해 볼 때, 실향민의 뿌리내리기 작업이 얼마나 고통스러운 일인지 짐작케 한다. 「탈각」은 이 점을 확인하는 데 가장 좋은 자료가 된다.

「탈각」은 「탈향」과 「무궤도 제2장」의 문제의식을 더욱 확대하여 실향민의 생태를 '집'이라는 공간을 통해 구체적으로 형상화하고 있다. 「탈각」에 나오는 형석, 필구, 동연은 모두 1・4후퇴 때 같은 배를 타고 나온 실향민이다. 형석과 필구는 부산에서 두 달 정도 부두 노동을 하다가, 필구가 제면소에 취직이 되자 형석은 미군부대 식당 종업원을 거쳐 세탁소를 경영하기도 했다. 환도 후에는 형석이 제당회사를 설립할 구상 중에 있고, 필구는 형석의 세탁가게를 맡아 운영하고 있다. 그들과 함께 살고 있는 동연은 이북에 있을 때 인연을 맺은 남한 출신의 강준장과의 사이에 딸 혜선을 두고 있고 형석의 집 안채를 전세로 얻어 살고 있다. 동연은 남편에게 본처가 있다는 사실을 알고 난 후 그날부터 형석의 집에 들어와 살게 된 것인데, 그녀는 남편으로부터 받은 위자료를 놀리며 당구장 경영을 계획하고 있다. 그런데, 형석은 이미 남한 여자와 결혼하여 자녀까지 두고 있는데, 필구는 이런 형석을 두고 "괘씸하다, 도리에 어긋난 짓이다, 이런 법이 없느니라, 고향이 지척이야, 아비 어미가 시퍼렇게 살아 있어"라고 하며 "아주 여기 눌러앉을 참이야?"라고 나무라지만, 그 또한 동연과 결혼할 생각을 갖고 있다. 그러나 이들 셋은 모두 이럭저럭 지내다가 고향에 돌아갈 것이라는 생각에 사로잡혀 있는데, 필구는 자기와 동연이 서로 가까워지는 것을 못마땅하게 여기는 형석을 보면서 차츰 동요하기 시작한다.

> 그러나 이즈음에 와서 필구는 되씹듯 되씹듯 혼잣속으로 뇌이는 것이다. <이젠 어차피 나도 이놈의 데다가 엉덩이를 늘어 붙이고 살아야 될 판이다. 임시변통도 유만부득이지 말이 되나. 아득한 나날을 밤낮 임시루 살 수야 없잖나. 돌아갈 껄 예상하구, 그러니까 임시루 도대체 어느 장날까지 임시야? 어느 장날까지 임시냔 말야. 요는 나도 이젠 좀 살아봐야겠다아 이 말이지. 쥐꼬리만한 고향이랬자 형석이나 나나 동연이나 피차의 상판대기에서 겨우 느낄까 말까 아닌가, (……) 머 말라죽은 고향이야? 이럴 바엔 차라리 그까짓 군더더기같은 고향나부래기는 깨끗이 집어치우자, 깨끗이. 그리구 시작이다. 그러니까 결국 새출발이다 새출발!>21)

형석은 자신과 동연, 필구가 모두 가능하면 이대로 늙거나 이대로 있다가 고향에 돌아갔으면 하는데, 사실 이미 남한에서 처자까지 거느린 형석으로서는 필구와 동연을 비난할 근거는 없다. 필구와 동연의 동요에도 불구하고 그들 셋이 살고 있는 '집' 자체가 그들에게 "고향의식", "성지의식", "공동의식"을 갖게 하는데, 동연은 혜선의 학비 때문에 한 달에 한 번씩 찾아오는 남편조차도 절대 '집' 안으로 들이는 법이 없다. 동연이 필구와의 결혼을 앞두고 남편과의 문제를 매듭짓기 위해 처음으로 남편을 집 안으로 불러들이는데, 이런 동연을 두고 형

---

21) 이호철, 「탈각」, 『사상계』, 1959. 2.

석이 하는 말에서 "성지의식"의 의미가 잘 드러난다.

> 순간 나서던 형석은 멈칫 돌아섰다.
> 「그래애? ……. 바야흐로 성지(聖地)가 속지(俗地)로 떨어지시는군」
> 동연이도 요란하게 마주받았다.
> 「아무럼, 속지(俗地)다 뿐이겠어. 삼천만 사람을 모여들이구, 문을 열
> 구, 지붕두 벗겨버릴 수 있으면 오죽 좋을라구. 합창을 부르구, 합창을
> 부르구, 건강하게 합창을 부르구, 그리구 곰팽이 긴 성지(聖地) 내음새는
> 깨끗이 씻어 낸대나, 어차피 살 바에야 떳떳이 살아야지, 자 어때요? 이
> 만하문」[22]

형석은 독자적으로 당구장을 사려는 동연의 행동이 "이제까지 귀하
게도 가누어온 이 집채, 성지를 파방(罷榜)쳐버리게 되는 첫 실마리"라
고 생각하는데, 그러나 「탈각」의 진정한 의미는 소설 결말에서 이런
형석과 동연의 처지가 역전된다는 사실에서 드러난다. 형석은, 결혼을
앞둔 필구와 동연을 두고 너희 둘이 결혼하여 나가면 자기만 "억울하
게도 완전히 타향사람 되버리구"라고 하며 두 사람을 원망했지만, 정
작 결혼하여 나간 필구와 동연이 "고향의식"을 더 강하게 느끼는 데
반해, 형석은 오히려 제당회사의 중역자리를 차지하고 거친 세파와 호
흡하고 있다.[23] 동연과 필구가 "고향냄새 나는" 형석에게서 해방되었
다고 생각했지만 역설적이게도 그들이 그렇게 벗어나고자 했던 굴레

---

22) 「탈각」, 앞의 책.
23) 이호철 소설을 통해 볼 때, '결혼'과 '집'에 대한 실향민의 의식은 매우 중요한
   존재론적 과제로 보인다. 이호철은 「나상(裸像)」, 「여분의 인간들」에서도 '결혼'
   과 '집'을 통한 정착의지를 중요한 테마로 다루고 있다.

와도 같은 "고향의식"을 결혼 후 더 강하게 느끼는 것은, 자기들이 살고 있는 방이 바로 고향이 아닌가 하는 착각, 다시 말해 자신들이 이미 고향에 돌아와 있다는 착각 속에 그들이 빠져 있기 때문이다. 즉 필구와 동연은 같은 고향사람으로서 여전히 "성지의식", "고향의식", "공동의식"을 느낄 수밖에 없었다. 그 결과 필구는 형석을 비판하던 때와는 달리 "암, 돌아가야지, 돌아가야 하구 말구, 돌아가야 하구 말구"라고 중얼거리기도 하는데, 이런 필구의 "고향의식"은 "너희들 둘만 고향 돌아간 턱이로군. 오붓하게 고향냄새 나게 알뜰하게 고향냄새 나게 자알 살아라"라는 형석의 말에서 이미 암시된 바 있다.

특히, 필구와 동연이 결혼하여 나간 후 형석은 필구가 경영하던 세탁가게 자리에 큰 대문을 세우고 대대적으로 '집'을 수리하는데, 이것은 실향민의 현실적응이라는 관점에서 「탈각」이 무언중에 드러내는 깊은 의미일 것이다. 따라서, '집'을 수리한 후 현실과의 교섭과정에서 보이는 형석의 변화는 그의 앞으로의 행로에 시사하는 바가 많다.

5. 실향민의 균형감각 회복과 그 의미

이호철 소설은 『소시민』을 기준으로 하여 하나의 흐름이 정리되는 것 같다. '순수/참여' 논쟁과 '소시민/시민' 논쟁과의 관련성에서 보거나, 작가의 문학적 전개과정에서 보거나 『소시민』이 차지하는 비중은 결코 무시할 수 없다. 그것은 『소시민』이 위의 두 논쟁이 무색할 정도로 '작품'으로 보여준 측면 때문일 것이다. 『소시민』의 문제의식은 크게 두 가지로 요약될 수 있을 것이다. 우선 '소시민'의 의미가 종국적으로는 분단이라는 '반국적'(半國的) 현실에서 유래하고 있다는 것이며, 다른 하나는 그같은 '소시민'의 의미가 실향민이라는 작가의 개인사적 체험과 관련되어 있다는 점이다. 『소시민』의 주된 배경인 부산은 특정 지역의 의미를 벗어나 모든 사람이 정신적 공황상태를 앓고 있는 남한 사회 전체를 상징하는 비중을 가지고 있는데, 말하자면 소시민적인 안일과 타성에서 벗어나기 위해서는 개개인의 노력도 중요하지만 그 개인을 규정하는 전체 사회의 건강함이 전제되어야 한다는 것이다. 적어도 『소시민』의 문제의식에 비추어볼 때 우리가 '소시민의식'을 극복하고 진정한 의미의 시민의식을 확보하기 위해서는 분단이라는 모순된 사회체제가 개선되어야 하며, 이럴 경우 작가의 개인사적 상흔에 해당하는 실향민의식도 비로소 해결의 실마리를 찾을 수 있다는 것이다. 『소시민』 이전까지의 소설은 모두 이같은 『소시민』의 문제의식에 수렴될 수 있다.

지금까지 살펴본 이호철 소설은 대부분 소시민의 일상과 함께 짙은 무위감과 둔중한 분위기를 드러내고 있는데, 이는 전쟁과 시대의 혼란과 무관하지 않다. 소설 속의 주인공은 이런 무위감을 극복하기 위해 강인한 성격을 가진 인물에의 의욕을 보이기도 하나 대부분 그 인물을 거리를 두고 관찰하고 있다. 이것은 현실을 직시하려는 작가정신의 치열함일 수도 있고 현실에 대한 일정한 '거리두기'의 일종일 수도 있다. 다시 말해, 이같은 '거리두기'가 그의 문학의 리얼리티를 확보하는 면도 부정할 수 없지만 실향민으로서의 이호철이 남한 현실에 적응하는 과정에서 가질 수 있는 망설임의 일종일 수도 있다.

이런 점에서 이호철 소설의 짙은 무위감을 초래한 원인은 시대의 질곡과 함께 작가가 직접 체험한 고향상실이라는 이중의 의미를 지니고 있다. 그러므로 이 같은 무위감을 극복해가는 과정은 건전한 사회건설에 대한 욕구와 함께 작가 개인의 뿌리내리기 문제와 직결되어 있다고 하겠는데, 뿌리내리기 문제는 『닳아지는 살들』 연작과 「탈향」 「탈각」에서 구체적으로 형상화되고 있다. 이들 세 작품 모두 망설임의 세계에서 자유롭지 못하지만, 그 중에서 「탈각」은 현실과 진정한 의미에서 교섭하기 위해서는 일종의 "공동의식", "고향의식", "성지의식"을 느끼게 하는 '집'의 테두리를 벗어나야 한다고 보는데, 이것은 실향민의 현실적응 문제를 깊이 있게 드러내고 있다는 점에서 매우 중요한 의미를 지니고 있다. 그러므로 이 후의 이호철 소설의 전개방향은 '집'을 수리한 연후에 보이는 「탈각」의 주인공 형석의 행로와 일치하리라 전망할 수 있는데, 『소시민』의 문제의식도 이런 연장선상에 있다고 하겠다. 『소시민』의 등장인물들은 이미 성지와 속지의 구분조차 무의미한 '제면소'라는 공간에 각자의 이해관계에 따라 출입하며 거친 세상과 호흡하고 있다는 점에서, 이전의 문제의식을 수용하면서 이호철 소설의 본격적인 출발을 예고하고 있다.

세 겹의 소리들, 무드의 힘

― 연작 소설 『무너앉는 소리』를 중심으로

무드와 관조

이호철은 감각적인 소설가이다. 이호철의 소설에 대해서 논할 때 가장 먼저 떠오르는 것은 무드의 문학[1]이라는 수사이다. 주지하듯이 이호철은 분명한 실체를 서술의 대상으로 삼기 보다는 말해질 수 없으나 말해야 하는 것에 대해서 서술하는 데 주력해 온 작가이다. 대상의 고정적 실체성을 부정하는 작가의 고집 있는 시선은 소설 속에서 어떤

---

* 양윤의 / 명지대학교 강사
1) 천이두, 「피해자의 미학과 이방인의 문학」, 『현대한국문학전집 8』, 신구문화사, 1968, 446면 재인용.

‘상황’ 자체를 극대화하는 데 기여한다. 그러한 서술 방식은 어떤 구체적인 서사나 사건을 통해서 현실을 재현하는 것이 아니라 미묘한 분위기와 정황을 부조함으로써 역설적으로 현실의 부조리성이 강하게 환기되는 효과를 거둔다.

그런 점에서 연작소설『무너앉는 소리』의 주인공은 다름 아닌 소리이다. 일반적으로 소리의 중요한 특징은 비(非)물질성이다. 소리는 눈앞에 보이는 어떤 실체가 아니기 때문에 미리 대상을 알아보고 피할 수도 없고 마음대로 선별할 수도 없다. 소리나 음악이 주술적인 행위와 결합되는 이유 역시 여기에 있을 것이다. 이호철이 소설 속에서 “꽝당 꽝 당” 소리 나는 집 안에다 인물들을 가두어 놓은 것 역시 그러한 소리의 특성과 연관 지어 생각할 수 있다. 우연히 듣게 된 어떤 소리 앞에 불가피하게 노출되는 상황은 규정할 수 없는 대상 앞에 완전하게 개방되어 있는 인간의 처지와 참으로 닮았다. 즉 예측할 수 없는 삶의 비극성을 온전히 떠안고 살아야 하는 인간의 실존적인 상황과 유비적이라는 말이다.

물론 망연히 서 있는 인물의 처지가 방관적이고 관조적인 속성으로 곧바로 치환될 수 있는 것은 아니다. 그럼에도 불구하고 이호철 소설 속 인물들은 “사건 속에 뛰어들어 있는 행동자로서의 ‘나’가 존재하지 않고 사건 밖에 있는 관찰자로서의 ‘나’가 있을 뿐”[2]이라는 평가를 통해서 무심한 방관자나 무책임한 관찰자로 규정되기도 한다. 그러나 속

---

[2] 김치수(「관조자의 세계-이호철론」, 『현대한국문학의 이론』, 민음사, 1972)는 천이두가 말한 ‘무드의 미학’을 부정적으로 평가하면서 초기 소설에서 나타나는 인물들의 ‘관조적’ 성향에 대해 지적한다.

절없는 인물의 처지는 수수방관이라기보다는 불가피성에 가깝다고 보는 편이 온당할 듯하다.

이호철은 단편 「닳아지는 살들」을 1962년 『사상계』에 발표한 이후 「무너지는 소리」, 「마지막 향연」을 3부작으로 묶어 『무너앉는 소리』[3] 라는 표제로 다시 발표한다. 논자들의 평가에 따르면 「닳아지는 살들」에 비해 나머지 작품들은 다소 부가적인 작품으로 평가[4]되어 왔다. 이들은 「닳아지는 살들」 외의 나머지 작품들은 '실상 구색을 갖추기 위한 후일담' 정도의 것이라고 비판한다. 이후의 연구자들 역시 「닳아지는 살들」에 집중된 연구가 많은 편이며, 기존의 연구의 평가를 전제로 삼아 연구 대상을 「닳아지는 살들」에 국한시키는 경우도 있다.[5]

이 글에서는 『무너앉는 소리』의 3부작이 소리에 대한 감각적 경험을 공유하면서 '지속성'[6]에 근거해 연쇄적으로 연결된다고 본다. 세

---

3) 『이호철전집』(청계연구소, 1988.)이 나오면서, 「닳아지는 살들」(《사상계》, 1962. 7.)과 「무너앉는 소리」(《현대문학》, 1963. 7.)와 「마지막 향연」(《사상계》, 1963. 12.)이 연작으로 묶인다.

4) 백낙청은 (「작가와 소시민」, 작품집 『문』, 민음사, 1981.) 「닳아지는 살들」에 비해 나머지 단편들은 허점이 많다고 지적한다. 김윤식(「소설가와 예술가의 갈등」, 『이호철 전집』3, 청계연구소,1988, 102면 참조.)은 나머지 소설이 알레고리가 되고 말았다고 비판한다.

5) 문재호(「'닳아지는 살들'에 나타난 담론 연구」, 숭실어문, Vol.13 No.1, 1997, 110면)는 김윤식의 평가를 받아들여 '뒤의 두 작품들이 일종의 후일담이자 혹과 같은 것'이라고 보고 「닳아지는 살들」만을 분석대상으로 삼고 있다.

6) 베르그송에 의하면 '지속성(duree)'이란 질적인 체험의식에 따른 내면적 체험을 의미하는 순수하게 질적인 방식에 입각해 전진하는 흐름이다. 그러한 연속성은 있는 그대로의 상태를 유지하는 것이 아니라 "변화함으로써 지속하는 존재"를 말한다. 즉 '지속성'이란 끊임없이 하나의 심적 상태가 다른 심적 상태에 의해서 교체되는 상태를 의미하는 것이다.(앙리 베르그송, 『베르그송의 생명과 정신의 형이상학』,송영진 역, 서광사, 2001.) 이때 지속성은 여러 편의 독립된 작품을 통해서 단일한 주제의식을 끌어내는 연작구조를 지배하는 시간의식이다.

편의 결합방식을 간단히 살펴보면, 세 편이 독립된 제목과 이야기 구조를 가지고 있으면서도 등장인물들은 소설 속에서 그 일부가 중복 제시된다. 또한 한 작품에서 주변적인 역할을 맡은 인물이 다른 작품에서는 중심인물로 나타나는 형태를 취하고 있다. 이는 동일한 사건에 대한 다양한 시각을 보여주는 역할을 한다고 말할 수 있다. 때문에 각 편에서 그 소리에 대한 인물의 감각적 인식이 어떠한지에 따라서 연작 전편(全篇)의 큰 구도가 달라질 것이라고 본다.

『무너앉는 소리』[7]의 각 편들은 지속성을 띤 시간을 공유하면서 소리를 매개로 내적 연결을 긴밀히 하고 있다. 이 글에서는 소략하게나마 '누가 소리를 듣는가' 하는 인식의 주체의 관점에서 3부작을 다시 읽어 보고자 한다.

세 겹의 소리

이호철 연작소설에서 인물의 귀에 들리는 소리를 분별해 보면 세 겹의 소리 파장이 겹쳐져 있다. 첫째는 영희에게만 들리는 소리이고 둘째는 정애에게만 들리는 소리이다. 그리고 마지막으로는 나중에 알게 되는 사실이지만 '이미 벌써' 집 안에 들어 와 있는 숨어 있는 소리이다. 우선 「닳아지는 살들」는 영희에게 들리는 소리를 중심으로 서사가 전개된다. "꽝 당 꽝 당" "쇠붙이 뚜드리는 소리"는 영희에게 "이따

---

7) 이호철, 「소시민 外」, 『한국소설문학대계』 39, 동아출판사, 1995, 287면. 이후에는 각 작품 제목과 면수만 밝히도록 한다.

금”, “간헐적으로” 들리는가 싶다가 12시에 가까워질수록 과격해지고 둔중해 진다.

우선 영희에게 들리는 ‘꽝 당’ 소리는 소설 속 분위기를 환기하는 작용을 할 뿐만 아니라 영희의 심리 변화에 중요한 영향을 끼친다. 여기서 12시라는 시간의 의미는 이중적이다. 12시가 되어야만 온가족의 하루일과를 끝낸다는 점에서 기다림의 종결을 의미한다. 동시에 오늘도 맏딸은 돌아오지 않았다는 점에서 기다림의 실패를 의미하는 것이기도 하다. 기다리는 행위의 실패는 다음 날도 기다리는 행위가 계속 반복될 것이라는 사실을 말하는 것이기도 하다. 이러한 반복적인 기다림의 행위는 ‘도대체 말도 안 되는’ 한심한 행위로 보임에도 불구하고 동시에 그 행위는 이들 가족들에게 그나마 ‘한 집안에서 한 가족이라고 살 명분’을 주는 상징적인 것이라는 점에서 주목을 요한다. 요컨대 기다림이라는 미약한 연대의식은 이들을 가족으로 묶어주는 유일한 이유가 된다. 그러나 이러한 딜레마는 이들의 기다림에 대한 이유와 목적에 대한 대답을 끊임없이 유보시킨다. 점차 이들은 맏딸이 아니라 ‘열두시’라는 시간 자체를 기다리는 상태로 옮아가게 된다. 여기서 상황의 전도(顚倒)효과가 두드러진다.

이러한 상황에서 영희가 민감하게 반응하는 소리는 그녀에게 치명적인 불안감을 가중시키지만 동시에 소리에 대한 강박증적 집착을 낳기도 한다. 때문에 그 소리는 반복되는 행위의 무의미에 대한 히스테리컬한 질문을 유도하는 데 기여한다. 이때 영희의 각성은 반복적인 행위 ‘자체’에 지배당한 전도된 상황에 대한 인식이다. 즉 영희를 포함한 집안 식구들은 집안에서 가치의 역전 상황을 경험하면서 ‘닳아지는' 사물처럼 마모되고 죽어가고 있는 중이라고 말할 수 있다.

「닳아지는 살들」의 마지막 장면에서 열두시가 되기 직전에 영희는 아버지에게 달려 가 "쩌개지는 듯한 큰소리"로 "새주인이 왔다"고 외친다. 그것은 기다림의 의무에서 벗어나겠다는 그녀의 선언과 다름없다. 그러나 안타깝게도 영희는 각성은 확고한 정체성 확립으로 이어지지 못하고 식모와 언니를 혼동한 하룻밤 해프닝으로 끝나고 만다.

한편 두 번째 연작인 「무너앉는 소리」에서 "꽝 당 꽝 당" 소리는 더 이상 「닳아지는 살들」과 같은 방식으로 인물을 자극하지 않는다. 「무너앉는 소리」에서 "쿵 쿵" 소리를 먼저 들은 것은 이 집의 며느리인 정애다. 흥미로운 지점은 질려서 소리를 들은 정애와는 대조적으로 영희는 아무 소리도 들리지 않는다고 신경질적으로 대답한다는 점이다. 정애는 어디선가 들려오는 소리를 들으며 '냉정하게' 이 집안에 대해 돌아보게 된다. 정애는 점점 속취(俗臭)를 풍기고 있는 영희와 선재 커플을 안타깝게 지켜보는가 하면, 점점 유령처럼 죽어가는 시아버지의 모습을 연민어린 시선으로 바라본다. 또한 정물처럼 변해가는 남편의 모습을 통해서 남편과의 단절감을 확인하게 된다.

요컨대 영희가 들은 소리가 불안한 의식에 잠식당한 자기 상실의 인물의 내면이 드러났다면, 정애가 들은 소리를 통해 단절된 타자의 얼굴이 발견된다. 영희가 기다림을 통해 초조함과 권태로움의 양가적인 감정을 느꼈다면, 정애는 남편의 방관적인 태도와 시아버지의 무력함을 통해서 가족이 느끼는 심리적 거리감을 확연하게 인식하게 된다. 이제 정애는 점차 집의 주인이었던 시아버지의 자리가 '닳아지고' 있음을 목도하고, 집안자체가 '무너앉는' 소리를 듣게 되는 셈이다. 정애는 "그렇게 아무렇게나 소파에 버려두고 있는 듯한 모습"의 가족들을 바라보면서 "이미 늙은 주인은 완전히 오관의 문마다 막혀 있는 듯한"(「무너앉는 소리」, 416면) 한 가족의 모습을 발견한다.

「닳아지는 살들」과 「무너앉는 소리」에서는 집의 몰락에 대한 일종의 전조를 확인할 수 있다. 예컨대 "저 소리는 기어이 이 집을 주저앉게 하고야 말 것이"(「닳아지는 살들」, 328면)이라는 영희의 불안이나 "그 먼 쇠붙이 소리가 어느새 슬금슬금 이 집채 안으로 들어와 있는 것인지도 몰랐"(「무너앉는 소리」, 412면)다는 정애의 진단을 통해 드러난다. 결국 영희와 아버지 사이의 갈등은 정애의 관찰자적 시선을 통과하면서 '살이 닳고' '무너 앉는' 가족의 자리를 확인하게 할 뿐 아니라 마침내는 집을 두고 떠나는 '마지막 향연'을 경험하게 하는 것이다.

연작의 마지막에 속하는 「마지막 향연」은 집 주인인 이들 가족이 집을 두고 떠나기 하루 전날 밤의 이야기이다. 지금까지 전편(前篇)들에서는 특정 인물에게 소리의 자극이 집중될 때 그 인물의 시선에 서술의 중심이 실려 있었다. 그러나 「마지막 향연」에서는 표면적으로 들리는 소리가 없다. 서술의 중심을 유도해 주던 소리가 집 안의 균열된 어딘가로 숨어버리면서, 이제 중심적인 시선의 주도권이 서술자에게 돌아간다. 이로써 「마지막 향연」에서는 어느 한 인물의 시각에 밀착되어 있는 서술이 아니라, 각 인물들로부터 일정한 거리를 둠으로 해서 전체적인 그림을 그릴 수 있는 시야를 확보하게 된다. 그것은 집 내부에서 벗어나 집 안과 밖을 하나의 프레임 안에서 조망할 수 있는 거리두기이다.

「마지막 향연」이 연작의 마지막에 놓이면서 문제적인 힘을 발휘하는 이유는 지금까지 조명 받지 못한 인물이 중요하게 부각되면서 반전의 효과를 거두고 있다는 점에서이다. 그 문제의 인물은 바로 식모이다. 식모는 앞선 작품들에서 잠깐씩 등장하는 인물이면서도 이들의 의미 없는 기다림에 대해서 거침없는 조소를 보내는 냉소적인 성격의 소유자이다. 식모가 보여주는 조롱의 화법은 그녀가 집 바깥의 "넓은 삶의 냄새를 거칠게 풍기"고 들어오면서 완성된 것이다. 즉 이 집안의 빗장을 열고 4·19와 5·16의 바깥의 냄새를 조금씩 스며들어 오게 하는 것이다. 그것은 원하든 원치 않든 당대를 살아가는 사람들이 들어야 했던 소용돌이이다. 그 바깥 공기는 집안의 그것과는 전혀 다른 것임이 분명하다. 건강한 웃음을 짓고 있는 식모의 모습은 '집안'이 아닌 '집 바깥'에 있는 이가 가질 수 있는 건강함이다.

집 속으로 파고든 소리는 식모에게 자극적인 것이 아니다. 이미 그녀는 집 밖의 소리 틈에 섞여 있기 때문이다. 결국 집 밖의 냄새란 밖에서 들리는 소리와 다름없는 것이다. 집 밖의 소용돌이는 집 밖을 꿈꾸는 영희에게 특히 자극적일 수밖에 없었을 것이다. 그리고 바깥세상과 절연하고 살아가는 사람들이 모여 사는 이 집의 지반은 정애가 목도한 바와 같이 이미 무너져 내려앉은 것과 다름없다. 그러니 식모가 보여주는 일종의 비틀기는 이들 가족들에게 보내는 야유와 조롱의 목소리와 같다.

건강한 인부들의 웃음은 "어느 근육이 좋은 사내가 두드리는 듯한" 투명한 쇳소리를 생각하게 한다. 그리고 그것은 영희의 말처럼 "무엇인가 싱싱한 것이 서서히 부풀어서 우릴 잡아먹을 것 같"은 위협적인 소리이다. 지난 밤 향연의 여파로 아직 정신을 잃고 자고 있는 인물들이 하룻밤 사이에 인부들에 의해 치워질 쓰레기가 될 지도 모르기 때문이다.

연작의 마지막에서 '의외의 인물'8)의 부각은 비판적인 구경꾼 역할을 하던 식모의 존재가 새롭게 드러난다. 이는 전편(全篇)에 걸쳐서 숨겨져 있던 또 하나의 이야기 구조를 밝혀주는 효과를 거두고 있다. 다시 말해 사건의 점진적 발전이라는 형식 속에서 하나의 갈등을 읽어 나갈 수 있고, 의외의 결말을 통해 갈등의 진전과 해결을 새로운 방법으로 이해할 수 있도록 하는 장치인 것이다. 집 내부의 인물들의 시각을 중심으로 집 내부의 몰락과 관계의 단절에 집중했던 하나의 이야기에 더해서, 경계선을 사이에 두고 죽어 가는 집 안과 살아 생동하는 건강한 바깥과의 극명한 대조를 보여줌으로써 보다 명확하게 주제를 전달하고 있다.

무드의 힘, 감각의 환기력

『무너앉는 소리』 연작은 소리를 듣는 주체가 영희에서 정애로 옮아 가면서 가족 간의 연대감이 사라져 가는 현재 상황에 대한 불안한 내면과 소통이 단절된 타인과의 관계를 가시화한다. 그리고 식모라는 집 바깥의 건강한 인물을 내세워 집 안으로 스며든 균열의 소리를 드러내도록 한다. 이러한 소리의 역할은 개별 서사를 연결시켜주는 기능을

---

8) A.L.베이더, 「현대 단편소설의 구조」, 최상규 옮김, 『단편소설의 이론』, 정음사, 1984, 176면.

하는 동시에 중심서사를 다양한 시각에서 보게 하는 기능을 한다. 따라서 시간의 연속선 안에서 사건 진행이 순차적으로 이루어지되, 각 편이 개별 초점자의 시각에서 진행되어 다양한 층위에서 동일한 주제를 심화시켜 나가는 연작의 형식을 취하고 있는 것이다.

또한 그 소리는 중심인물의 성격을 규정하는 매개물로 작용한다고 말할 수도 있다. 이는 영희와 정애에게 숨 막히는 강박증을 줌으로써 '자기' 확인을 가능케 하는 인식의 동인으로 기능한다. 그러나 영희의 자각은 행동으로 옮겨지되 좌절하게 되고, 정애는 이미 현실에 순응한 인물이었기에 그 인식의 환기는 이 집안의 관찰자적인 위치만을 점하게 한다. 관찰자로서의 정애가 '바라본' 것들은, 이미 무너져 가는 한 집안의 늙은 주인과 성식과 영희의 부정적인 모습들이다. 그것은 해체된 가족의 관계망 안에서 더 이상 의존할 데 없는 자신의 거울이기도 하다.

소설의 전체를 관통하는 소리는 작가가 뿌리를 잃은 이들에게 보내는 메시지로 생각할 수 있다. 일종의 경종 혹은 '쓴소리'가 아닐까. 이는 사물화 된 일상에서 벗어나 건강한 생활을 찾아야 한다는 '자기' 회복의 메시지이기도 하다. 작가의 이러한 주제의식은 불가피한 관조자들을 내세워 스스로 반성하는 지점을 보여줌으로써, 강력한 현실적 환기력을 성취한다. 이것을 이호철의 '무드'가 관조를 넘어서는 방식이라고 말할 수 있다.

전후 사회의 재편과 근대화의 명암

— 이호철의 『소시민』론

1. 『소시민』의 문제성

'실향민 작가', '월남 작가' 하면 떠오르는 대표적인 이름이 이호철
이다. 이호철에게 이 말이 붙는 것은 그만큼 작가의 문학적 특질을 잘
집약하고 있기 때문이다. 이호철은 1932년 원산에서 태어나 1945년 원
산공립중학교에 입학했고, 6·25전쟁 때 인민군으로 동원되어 참전했
다가 국군의 포로가 되어 월남하였다. 부산에서 미군부대 경비원으로
있다가 상경해서 잠시 출판사에 근무한 것을 제외하고는 대부분 소설
창작에 몰두하였다.

* 강진호 / 성신여자대학교 교수

이호철의 소설에는 분단으로 인한 탈향과 이주, 정착의 신산스러운 이력들이 문신처럼 아로새겨져 있다. 월남 이후 남한 사회에 정착하면서 겪었던 외롭고 고통스러운 삶을 작품화하는 과정에서 이호철은 그것을 분단된 민족 전체의 역사로 치환하는 수완을 발휘해서, 작중의 사소한 일화 하나에도 분단의 상처와 고통을 새겨 넣는 능력을 보여주었다. 제4회 대산문학상을 수상한 『남녘사람 북녁사람』은 열아홉의 소년으로 인민군에 동원된 뒤 국군 포로가 되어 풀려나기까지의 경험을 근간으로 하고 있고, 1960년대를 대표하는 장편 『소시민』은 피난지 부산에서 제면소 직공으로 일할 당시의 체험을 주요한 모티프로 삼고 있다. 그리고 분단문학의 중요한 성과로 꼽히는 「판문점」이나 「탈향」 또한 작가의 실제 체험을 서사의 근간으로 하고 있다. 그래서 '실향민', '월남' 등의 말은 단순한 관사가 아니라 실향민으로서 겪을 수밖에 없는 향수와 분단의 통한이 배어 있는, 이호철을 규정하는 원형질이자 모태라고 할 수 있다.

1964년 7월부터 다음해 8월까지 『세대』지에 연재된 장편 『소시민』[1]은 이호철 소설의 특성을 전형적으로 보여주는 작품이다. 6·25 동란 당시 부산 완월동 제면소를 배경으로 거기서 생활하는 10여 명의 인물

---

[1] 『소시민』은 『세대』지에 발표된 이후 신구문화사(68), 삼중당(72), 강미문화사(79), 청계출판사(79), 문학사상사(94), 동아출판사(95)에서 다시 출판되었다. 이 과정에서 1972년과 1979년 두 번에 걸쳐서 개작이 이루어지는데, 1979년 이후의 작품은 모두 '강미문화사판'을 저본으로 삼고 있다. 본고는 1960년대 문학과의 관련 하에서 『소시민』을 살피고자 하는 까닭에 『세대』지에 발표한 원문을 그대로 재수록한 '신구문화사판'을 텍스트로 하며, 작가가 '결정본'으로 명기한 '강미문화사판'을 필요할 경우 참고하였다.

을 그리고 있는 이 작품은 뿌리 뽑힌 자들의 처절한 현실 적응문제[2)]를 다루고 있다. 여기서 작가의 시선은 인물들이 벌이는 다양한 사건들의 얽힘에 모아지기보다는 그 이면에 놓인 한층 본질적인 곳을 향한다. 인물들의 부침과 소시민화 과정에 주목하면서 작가가 궁극적으로 보여주고자 한 것은 건전한 비판정신이 사라지고 대신 속물주의가 판을 치는 전후의 일상(日常)이고, 나아가 전후 사회의 구조적 재편 과정이다. 그래서 이 작품은 "한 시대가 가고 새 시대가 오는 전환기적 변동상을 담아내고 있다"는 평가를[3)] 들었고, 또 "소시민적 일상과 그 한계를 점검하고 그것을 넘어선 삶의 가능성을 조심스럽게 모색한 작품"이라는 평가를[4)] 받기도 하였다. 그렇지만 기왕의 논의들은 대체로 평론 수준의 단평이고, 또 작품의 내재적 특질을 밝혀내지도 못한 것으로 보인다. 말하자면 이러한 평가를 받게 된 작품의 내적 특성이라든가 작가의식의 심층은 해명되지 않았고, 단지 주제적인 측면에서 내용만을 분석했을 따름이다. 『소시민』에 대한 이해가 심화되기 위해서는 작가 의식이라든가 작품의 내적 특질에 대한 구명이 필요한 셈이다.

　『소시민』의 문제성은 대략 두 가지로 정리할 수 있다. 하나는, 이호철이 월남민으로서의 실향감과 격절감에서 벗어나 현실로 관심을 돌리면서 나온, 초기에서 중기로 넘어가는 중간 지점에 놓인 작품이라는 점이다. 『소시민』은 작가의 주관적 체험이 어떻게 객관화되어 현실과

---

2) 이상갑, 「60년대 문학과 '소시민의식'의 의미」, 『유천 신상철박사 화갑기념논총』, 문양사, 1996. 참조.
3) 정호웅, 「탈향, 그 출발의 소설사적 의미」, 『1960년대 문학연구』, 예하, 1993. 85면.
4) 백낙청, 「작가와 소시민」, 『문』, 민음사, 1981. 해설 참조.

결합하는가를 보여주는 중요한 단서를 제공해준다. 알려진 대로, 이호철 소설은 크게 두 경향으로 나누어지는데, 하나는 「탈향」 「만조」 등 자신의 실제 체험을 여과 없이 드러낸 전후의 암담한 현실을 문제 삼은 작품들이고, 다른 하나는 「판문점」 「닳아지는 살들」 등 소시민의 불안한 일상을 분단 현실과 결부지어 파헤친 작품들이다. 전후문학으로 분류될 수 있는 전자는 대부분 전쟁 당시 인민군으로 참전했다가 국군 포로가 되고 이후 단신으로 월남하여 겪게 된 작가 자신의 뼈아픈 체험을 소재로 하고 있다. 이들 작품에는 「탈향」에서처럼 고향에 대한 향수와 뿌리 뽑힌 자로서의 무위감이 짙게 배어 있다. 한편, 분단소설로 분류될 수 있는 후자의 경우는 '화자'의 시선이 점차 객관성을 회복하고 민족과 역사 현실을 비판적으로 조망하고 극복하려는 의지를 보여준다. 「판문점」과 같이 분단된 현실을 망각하고 점차 소시민적 일상에 젖어들어 분단 현실에 대해 이역감(異域感)을 느끼는 소시민의 심리를 포착해내거나, 『남녘사람 북녁사람』처럼 분단과 전쟁을 되돌아보면서 양 체제의 문제를 지적하는 게 이 부류의 특징이다. 이 과정에서 분단 현실을 망각하고 속물로 전락해가는 천박한 세태에 대한 비판은 「부시장 부임지에 안가다」 「판문점」에서처럼 매우 신랄한 형태를 취하기도 한다.

이호철 소설을 이렇게 두 부류로 나누어 보자면, 『소시민』은 두 경향이 혼재하면서 전자에서 후자로 이동하는 추이를 보여주는 작품이다. 화자의 시선이 주관적이고 감상적인 데서 벗어나 점차 객관적이고 관조적인 모습을 띠는 것이 그 단적인 예가 되거니와, 그러므로 『소시민』에 대한 고찰은 이호철 소설의 서사 원리를 이해하는 중요한 근거를 제공할 것으로 보인다.

다음으로, 근대성(modernity)의 측면에서 『소시민』을 문제 삼을 수 있다. 『소시민』에서 배경이 되는 현실은 전시 하의 후방이지만, 서사의 중심을 이루는 것은 1960년대 중반을 살아가는 작가의 시선에 의해 포착된 당대 현실이다. 말하자면, 『소시민』은 1960년대 들어서면서 본격화된 근대화의 열풍 속에서 사회 전반에 만연된 천민 자본주의적 파토스와 소시민 의식의 연원을 6·25로 거슬러 올라가 천착하고, 그것을 통해서 궁극적으로 한국 사회의 성격을 문제 삼은 작품이다. 근대화 정책으로 인한 생산량의 증가와 국제 정세의 변화는 삶의 질을 향상시키기보다는 오히려 내실 없이 외형만을 부풀렸고, 물신주의와 속물주의의 확산은 분단 극복이라는 민족 최대의 현안마저 외면하는 무심한 세태를 만들어 놓았다. 북한 체제에 환멸을 느껴서 월남했고 그래서 어떻게든 남한 사회에 정착하고자 했던 이호철은 이 척박한 현실의 연원이 궁극적으로 6·25라는 동족상잔의 전쟁이 놓여 있음을 날카롭게 포착해 낸다. 따라서 작품의 배경을 이루는 것은 전쟁이지만, 사실은 전투가 벌어지는 전장이 아니라 여러 종류의 사람들이 뒤엉켜 발버둥치는 '부산'으로 상징되는 전후의 현실이고, 더 구체적으로는 근대화의 물결이 넘실대는 1960년대의 한 복판이라 해도 과언이 아니다. 그러므로 『소시민』에 대한 고찰은 전후 모더니티의 시원(始原)을 살피는 일과도 통한다.

이 글은 이런 문제의식을 바탕으로 『소시민』의 특성을 살피고자 하는데, 특히 주목하고자 하는 대상은 작중의 '화자(話者)'이다. 이호철을 대변하는 화자는 작가의 고유한 가치와 지향을 담고 있거니와, 특히 고향을 추억하면서 내보이는 현실에 대한 무위감과 감상에 젖어 걸핏하면 눈물을 흘리는 모습은 작가 이호철의 실제 모습이라 해도 과언이 아니다. 『소시민』을 포함한 초기작에서 목격되는 이들 '화자'는 고향을 등진 월남민이라는 점에서 '고향'을 상실한 인물들로, 이른바 '부재자(혹은 부재하는 본질)'에 대한 작가의 염원을 표상하고 있다. 아도르노(T.W. Adorno)의 말대로, '부재자(不在者)'는 실재하고 있지는 않지만 그럼에도 불구하고 현실을 비판적으로 바라보게 하는 어떤 기준[5]을 뜻한다. 이호철에게 있어서 그것은 북에 두고 온 고향에 대한 기억이라 할 수 있는데, 화자는 그런 기억을 갖고 현실을 바라보고 평가한다. 화자의 삶을 구속하는 이러한 기억은 아도르노 식으로 말하자면 일종의 유토피아적 이념과도 같은 것으로, 화자를 향수에 젖게 하고 한편으론 속된 현실과 맞서게 하는 힘이 된다. 그런 까닭에 작품 속의 현실은 그 부재자와 대비되어 상대적으로 비판과 부정의 대상으로 드러난다. 초기의 분단소설과 풍자소설에서 보이는 현실에 대한 비판과 공격은 이런 사실과 연결되어 있다. 그리고 이런 시선이 『소시민』 전반에 관철되는 관계로, 작품은 전시하의 단조로운 일상을 나열하고 있음에도 불구하고 세태소설로 전락하지 않고 리얼리즘 소설로서 강한 현실 환기력을 갖는 것이다.

본고는 이러한 고찰을 통해서 『소시민』의 서사적 특성과 아울러 작가의 궁극적 지향을 확인하게 될 것이다.

---

5) T.W. 아도르노, 홍승용 역, 『미학 이론』, 문학과지성사, 1984, 164-172면.

2. 화자의 이중성과 『소시민』의 비판적 힘

『소시민』은 장편임에도 불구하고 별다른 사건이 없는 독특한 형태를 갖고 있다. 피난시절 화자가 잠시 기거했던 부산 완월동 제면소와 거기에 모여 살아가는 사람들의 자질구레한 일상이 단조롭게 서술되는 까닭에 서사적 긴박감이라든가 감동은 상대적으로 떨어진다. 더구나 후반부에는 작가의 주관적 심경이 장황하게 토로되어 마치 관념소설을 보는 듯한 따분함을 주기도 한다. 최원식이 이 작품을 두고 "시간의 파괴성을 승인함으로써 획득되는 작가의 냉소적 체념이 작품의 밑바닥에 숨 쉬고 있기 때문"에 근본적으로 세태소설의 범주를 넘지 못한다고 본 것은 이런 사실과 무관하지 않다[6]. 하지만 다른 한편에서는 이 작품을 1950년대와 1960년대, 그리고 오늘 이 시대까지 일관되게 관통하는 분단시대의 핵심을 여실하게 보여준 작품이라고 평가하기도 한다.[7] 물론 두 사람은 서로 다른 기준으로 작품을 보고 있으나, 사실 『소시민』은 이 두 극단의 평가를 받을 수밖에 없는 내적 특성을 동시에 갖고 있다. 그것은 무엇보다 작중 화자의 이중적인 성격을 통해서 드러난다.

여러 논자들의 지적처럼 화자인 '나'는 매우 특이한 모습을 보여준다. 어떤 때는 매우 냉정하고 분석적인 성격을 보이다가도 한편으론 쉽게 눈물을 흘리고 감상에 빠져드는 변덕스러운 모습이다. 제면소에 취직하는 과정에서 몇 마디 대화를 나누지 않고도 주인 남자보다 주인

6) 최원식, 「1960년대의 세태소설」, 『이호철 전집6』, 청계연구소출판국, 1991, 400면.
7) 임규찬, 「'판문점' '소시민' '큰산'」, 『한국소설문학대계39』, 동아출판사, 1995, 566면.

여자가 더 지체가 높다는 것은 단숨에 간파하는 것이나 조직 노동자의 냄새를 풍기는 김씨의 본질을 예리하게 꿰뚫고 간파하는 것, 징병검사를 받으면서 직감적으로 검사소의 비리를 포착하는 것 등은 모두 화자의 이지적 성격을 보여주는 사례들이다. 하지만 그런 통찰력을 갖고 있음에도 불구하고 화자인 '나'는 걸핏하면 감상에 빠져드는데 가령, 천안 색시의 사소한 호의에도 감격해서 눈물을 내보이고, 강영감의 발인날에는 울음을 삼키며 손가락을 질겅질겅 씹으며, 주인마누라의 성적 노리개로 전락하여 성관계를 가진 뒤에도 곧잘 눈물을 쏟아낸다. 이를테면 상반되고 모순된 성격의 소유자가 『소시민』의 '화자'이다. 이런 상반된 모습은, 이 작품이 1965년에 씌어졌고 그래서 과거와 현재 사이에서 갈팡질팡하는 모습을 보인 것8)으로 설명할 수도 있으나, 사실은 체험에 바탕을 둔 작가 특유의 서사방식에서 비롯된 것으로 이해할 수 있다.

이호철 소설은 대부분 작가 자신의 실제 체험을 소재로 하고 있다. 말하자면 이호철은 자신의 체험을 바탕으로 작중의 서사를 구성하고 또 그것을 사실성 있게 제시함으로써 작품의 진실성을 제고하는 기법을 구사한다. 그렇다고 해서 작가가 자신의 체험을 가공 없이 제시하는 것은 물론 아니다. 이호철은 자신의 체험을 마치 이야기하듯 서술하고 그래서 주인공(혹은 화자)과 작가는 동일 인물로 드러나는 경우가 많다. 이 과정에서 작가 특유의 순진하고 원초적인 감각이 개입되는데 이를테면, 이호철 소설의 중요한 특성의 하나는 대상을 감각적으로 포

---

8) 정명환, 「실향민의 문학」, 『창작과 비평』, 1967, 여름, 243면.

착하고 기록하는데 있다. 염무웅의 지적대로, 이호철 소설에 보이는 수많은 묘사들은 어떤 냉철한 객관적 시점에 의해서 전달되기보다는 오히려 화자의 민감한 주관적 감성에 의해 매개되는 경우가 많다. 그래서 독자들은 사건과 사물들을 직접 대하고 있다는 느낌보다는 오히려 독특한 개성적 감수성의 프리즘을 통해서 대상을 보고 있는 듯한 착각을 갖게 된다.9) 그러므로, 『소시민』 전반에서 드러나는 비관적이고 음울한 분위기는 현실을 바라보는 작가 자신의 감정이자 태도와 동일한 것이라 할 수 있다. 가족과 고향을 북에 두고 단신 월남해야 했던 인물의 우울하고 고독한 심리, 거기다가 여린 감성을 갖고 있는 작가의 성격이 화자의 그러한 특성을 만들어낸 것이다. 물론, 이때의 감수성은 현실적 이해타산이나 논리적 연관 위에 기초해 있는 것이 아니라 사물을 직정적으로 파악하는 본능과도 같은 직관에 바탕을 두고 있고, 그래서 감성적이며 종국에는 작품을 산만한 구성의 세태소설과도 같은 모습으로 만드는 것이다.

하지만 자질구레한 일상이 감각적으로 그려지고 있음에도 불구하고 『소시민』을 단순히 세태소설로 치부할 수 없는 것은 무엇보다 작품 속에 내재된 '월남민'으로서 작가 특유의 상실감과 그로 인한 염원이 현실을 비판하는 근거로 작용하기 때문이다. 전쟁으로 인해 어쩔 수 없이 고향과 가족을 등져야 했고, 그렇다고 남한 사회에 쉽게 정착할 수도 없었던 '상실감'이 이호철 소설의 또 다른 축을 형성하며, 그것이 작품 특유의 비판성을 주조해내는 것이다. 『소시민』에서 작중 화자를

---

9) 염무웅, 「개인사에 부각된 민족사」, 『소슬한 밤의 이야기』, 청아출판사, 1991. 393면.

비롯한 여러 인물이 수시로 고향에 대한 그리움에 빠져드는 것은 이 상실감에서 비롯된 것으로, 가령 제면소에서 화자가 천안 색시의 사소한 호의에도 눈물을 흘리는 것은 같은 농촌 출신으로서 갖고 있는 그녀 특유의 인정과 투박함 때문이고, 또 제면소 주인의 형님 집에서 고향에 온 듯한 포근한 분위기를 느꼈던 것도 그 집이 불러일으키는 고향과도 같은 포근한 분위기, 그에 대한 화자의 그리움 때문이다. 이 상실감으로 인해 화자는 걸핏하면 눈물을 내보이고 감상에 빠져 드는데, 이런 모습은 「탈향」 이래 이호철 소설의 중요한 특성이 되고 있다.

즉, 「탈향」의 주인공처럼 초기소설의 인물들은 대부분 현실에 안주하지 못하고 주변을 겉돌며 "그쪽(북한에 두고 온 고향-필자)의 이십 년이 그 무슨 원천을 이루고 있"다는 생각 속에서, "그 원천의 조명을 받으며 오늘을 살아가는" "무언지 부박하고 얄삽"한 느낌에 젖어 있다.(「이단자4」) 말하자면 지금 이곳에서의 삶은 부평초와 같은 유동적인 것이라는 점, 고향에 대한 기억이 현재의 삶을 안받침하고 있고 또 언젠가는 이북에서처럼 살게 되리라는 것. 이런 생각이 화자를 지배하고 있고, 그것이 『소시민』에서 화자의 짙은 허무의식으로 드러나는 것이다. "나의 살아가는 일에 대해선 근원적으로 완강하게 무관심 태세를 견지하였다"는 진술이나, "이 바닥 전체가 어느 광활한 천지와는 외떨어진 폐쇄된 속으로만 느껴지는 것이었다"는 진술은 현실의 어느 곳에서도 의지처를 찾지 못했던 월남인의 불안정한 심리를 대변한다. 존재의 근원을 압착해 오는 이 무위감과 불안감을 달래기 위해서 화자는 주인집 마누라나 매리 등과 무분별한 성희(性戲)에 빠져들고 자기 모멸적인 행동을 연출하는 것이다. 강영감의 시체를 옆에 두고 그 딸 매리에게 첫

눈에 '가슴이 와들와들 떨리는 사랑을 느낀다'거나 주인집 마누라와 놀아나면서 '그녀를 발기발기 찢고 싶다'는 격한 충동에 사로잡혔던 것은 그런 심리에서 비롯된 처절한 몸부림으로 볼 수 있다.

그런데 주목할 점은 이러한 상실감과 불안감의 이면에는 삶의 목적과 의미를 밝혀 주는 본질적인 어떤 것, 즉 진리에 대한 욕망[10]이 내재되어 있다는 점이다. 말을 바꾸자면 이호철에게 있어 고향이란 순수한 기억 혹은 아우라(aura)를 환기하는 원체험과도 같은데, 그것은 이호철에게 '고향'은 현실의 불완전성·필요성·모순성 등에 의해 구성된 일종의 '부재하는 본질'[11]과도 같은 것으로 내재되어 있기 때문이다. 이호철의 궁극적인 지향점을 보여준 것으로 평가되는 단편 「큰산」의 '큰 산'과도 같은 존재가 이호철에게 있어서의 고향이다. 즉, '큰 산'은, 화자가 스스로 진술한 것처럼, "마음속에 형태 없는 넉넉함으로 자리해 있"고, 또 "그곳에 그렇게 그 모습으로 뿌리 깊게 웅거해 있다는 것이 늘 안심이 되"는, 말을 바꾸자면 마음의 안정과 평화를 제공하는 존재의 근원적 지반(地盤)과도 같은 곳이다. 늘 그곳에 변함없이 있음으로 해서 주변에 안정감을 제공하는 존재라고나 할까. 그런데, 이호철은 그것이 '안개 속에 묻힘'으로써 모든 것이 어수선해지고 숨어 있던 악이 활개를 치게 되었다고 생각한다.[12] 그런 상징적 의미를 지니고

---

10) 고드스블룸, 천형균역, 『니힐리즘과 문화』, 문학과지성사, 1992, 133면.
11) T.W. 아도르노, 홍승용 역, 『미학 이론』, 문학과지성사, 1984, 164-172면.
12) 여기서 인간의 근원적 삶을 파괴한 것은 바로 공산주의로 상징되는 인위적인 도식과 환상, 그리고 그것의 '시스템화'라고 이호철은 말한다. 여러 곳에서 밝힌 바 있는 이런 생각은, 후술하겠지만, 『소시민』에서도 근본적으로 관철되고 있다.

있었던 까닭에 이호철에게 있어서 '고향'이란 단순한 추억의 대상이
아니라 현실의 부정성을 인식하고 비판하는 근거가 된다. 화자가 광석
이 아저씨를 비판했던 것은 고향에서의 투박함을 상실했기 때문이며,
천안 색시를 통해서 한 세대의 몰락을 봤던 것도 그녀로부터 더 이상
고향의 순수한 이미지를 찾을 수 없었기 때문이다.

이 과정에서 독특한 형상으로 제시된 '정옥'에 대한 화자의 병적인
집착은, (다소 의아스럽지만) 현실을 비판하는 준거로서의 '부재자'와
관계되는 것으로 이해할 수 있다. 즉, '정옥'은 화자에게 부재하는 삶
의 본질을 환기하는, 가령 『백치』(도스토예프스키)의 무이슈킨과도 같은
인물이다. '정옥'은 눈 하나가 없는 병신이고 불륜으로 잉태된 불행한
출생담을 갖고 있는 인물이다. 하지만, 그럼에도 불구하고 어릴 적부터
총기가 남달라서 주변 사람들의 사랑을 독차지했고, 또한 속된 현실을
부정하는 곧은 양심을 소유하고 있어 "이상하도록 투명함과 경건한 분
위기"를 뿜어내고 있었다. 그녀가 기독교를 믿지 않으면서도 방안에
성모 마리아상을 걸어 두고 매일 감상했던 것은 성모의 초상을 간직함
으로써 '스스로를 반성하고 정화할 수 있다'는 이유 때문이었다. 비록
감상에 사로잡혀 비현실적인 모습을 보여주기도 하지만, 화자가 그녀
에게 병적인 집착을 보였던 것은 무엇보다 그녀가 바로 자신의 행동을
규율하는 내면의 준거와도 같았기 때문이다.

> 눈병신은 눈병신이지만 첫눈에 전혀 병신으로 뜨이지가 않았다. 한
> 눈이 흰자위뿐이었다. 그 흰자위는 그녀의 침착하고도 조촐한 표정에
> 잠겨들어, 차라리 웬 신비스러움으로 느껴졌다. 머리를 차악 붙여 빗어

올리고 갸름한 얼굴색은 새하얗다. 그리고 성한 한쪽 눈은 좀해서 한눈 같은 것을 팔지 않을 듯한 깊은 가라앉음을 지니고 있었다. 올이 가는 베적삼에 허름한 남색 치마를 두르고 있었다. 참으로 이상한 일이다. 그 병신된 눈이 전혀 병신으로 느껴지지 않고, 도리어 요즈음 역겨운 세상과 살아가기 힘든 역겨운 하루하루를 빨아들여 정화(淨化)시킬 듯한 신선한 것으로 느껴짐은 웬일일까.13)

속된 삶을 비추고 반성하는 감계(鑑戒)적 존재가 화자에게는 바로 정옥이었던 것이다. 그래서 화자는 천박한 속물이자 기회주의자인 김씨에게 찬사를 보내다가도 정옥과 마주앉으면 돌연 "김씨가 얼마나 비천한 인물인가를 알게 되었다"고 생각한다. 또, 굳건하게 자신을 지켜 왔던 정씨 역시 정옥의 죽음과 더불어 급격하게 몰락하는, 말하자면 삶의 의지처를 잃고 방향을 상실하는 것으로 제시된다. 이렇듯 정옥은 「큰 산」에서 표명된 '큰 산'처럼 현실을 비판하고 행동의 기준을 제공하는 바로미터와도 같은 존재로 나타난다.

이호철은 월남 후 이 순수한 기억을 간직하면서 부평초와도 같은 현실의 삶을 지탱해 왔던 것으로 보이며, 『소시민』이 갖는 사회 비판성 역시 이런 성격의 화자에 의해 현실이 관찰되고 서술된 데 있다고 하겠다.14) 그래서 "과연 이 지점에서 각자는 어느 곳으로 향하고 있는

---

13) 이호철, 『소시민』, 신구문화사, 1968, 90면.
14) 그런데 『소시민』 이후의 작품에서는 이런 모습이 점차 내면화되고 대신 물신주의에 젖어 들어 점차 소시민화 되어가는 현실에 대한 날카로운 비판이 작품의 주조를 이룬다. 「판문점」과 『소시민』으로 이어지면서 이후 『남녘사람 북녘사람』에서 한층 분명한 모습을 드러낸 이런 특성을 통해서 분단 극복에 대한 이호철의 집요한 노력을 새삼 목격할 수 있다. 분단을 넘어선다는 것은 분단 현실에 대한 객관적 인식을 전제로 남북한의 동질성을 회복하는 것을 말한다. 그래서

것인가. 나는 나 나름의 감수성과 비평안으로 이 완월동 제면소를 둘러싼 한 사람 한 사람을 적지 않은 호기심으로 바라보기 시작하였다."는 진술은 현실에 대한 단순한 관찰이 아니라, 그런 현실을 수용하지 않을 수 없는, 그럼에도 불구하고 그것에 만족하지 못하는 작가의 양면적 심리를 표현한 것이고, 그런 심리로 인해『소시민』은 세태소설과도 같은 단편적 일화의 나열에도 불구하고 강한 비판성을 갖는 것이다.

3. 전후 사회의 재편과 천민자본주의의 형성

『소시민』에는 여러 인물들이 등장한다. 다양한 궤적으로 교직되는 이 인물들은 화자의 태도에 의해 크게 두 부류로 나누어지는데, 하나는 화자의 비판적 시선이 투사된 인물이고, 다른 하나는 상대적으로 화자의 애정이 모아진 부류이다. 전자는 전쟁과 격변의 현실을 신분 상승의 기회로 이용하는 사람들이고, 후자는 그러한 현실에 적응하지 못하고 몰락하는 사람들이다. 전자의 인물들은 과거를 훌훌 털어버리고 급변하는 현실에 빠르게 적응하지만, 후자는 과거와 이념에 사로잡혀 현실에 적응하지 못하고 도태하는 모습을 보여준다. 이 두 부류의 인물들이 만들어 내는 독특한 세계가 곧 폐허 속에서 새롭게 꿈틀대는

이 부류에는 남과 북에 대한 냉정한 비판이 돋보인다. 남한의 경직된 사회 분위기를 비판한 「1965, 어느 이발소에서」라든가, 남한 사회의 양면적 속성을 문제 삼은 「북에서 온 사람들」, 자유주의와 대비되는 북한의 경직성을 비판한 「남에서 온 사람들」 등이 그 구체적 사례가 될 것이다. 이렇게 볼 때『소시민』은 그 중간 지점에 놓여 있는 작품이라는 것을 다시금 확인할 수 있다.

전후 사회의 심층적 흐름을 상징하는데, 여기서 특히 주목되는 것은 김씨나 천안 색시, 고향 사람처럼 맨몸으로 전후 사회에서 살아남은 자들에 대한 화자의 태도이다. 화자가 이들에게 비판적 시선을 거두지 않는 것은 이들이 만들어 낸 독특한 성격이, 과거의 양심이라든가 의지와는 무관한 전후 사회의 천민성을 단적으로 상징하기 때문이다. 돈 이외에는 어떠한 가치도 인정하지 않는 '김씨'나 농촌의 투박한 인정을 팽개치고 물신주의에 젖어 든 '천안 색시' 등은 화자의 머릿속에 각인된 '부재하는 그 무엇'과는 거리가 먼 존재들이다. 그렇기에 이들에 대한 화자의 시선은 비판적일 수밖에 없으며, 이를 통해서 우리는 전후 사회의 천민성과 소시민성의 연원을 이해할 수 있다.

'김씨'는 과거 적색노조에 관여했던 활동가였으나 지금은 그 과거를 훌훌 털어버리고 '돈'을 위해서 자신의 모든 것을 바친 인물이다. 현실은 "돈 많은 놈이 우위에 설 수밖에 없"으며, 따라서 "과거의 이념이나 주장이란 무력한 구호"일 수밖에 없다는 생각에서 이제 "별의별 쌍놈의 짓 다 해서 돈만 벌면 그날부터 양반도 될 수 있는기라"는 가치관을 갖게 되었다. '미군부대 근처에서 새롭게 일어나리라'는 주술 같은 예언처럼 그는 미군 물품을 빼돌려 돈을 긁어모으고, 얼마 안 있어 이승만 정권 수하의 청년단 체육부장의 감투를 쓰고 나타난다. 이 김씨와 잠시 동거하기도 했던 '천안 색시' 역시 김씨 못지않은 수완가이다. 그녀는 본래 충청도 촌녀(村女)의 투박함과 인정을 지니고 있었으나 급속도로 "도회지의 못된 버릇"을 익혀 15년 후에는 부호가 되어 있었고, 현재는 연하의 남자와 동거하고 있다. 그리고 화자와 동향의 '광석이 아저씨' 역시 남다른 수완가로 그려진다. 그는 모든 인습적인 것,

농촌적인 것을 타기(唾棄)하려 들면서 제 나름으로 가장 진취적인 사람으로 자처했고 마침내 '장사'밖에 살길이 없다는 신조를 갖게 되었다. 풀빵 장수에서 상점 주인으로 변신을 거듭하면서 그는 이승만 정권의 관제 데모에도 앞장서는 정치적 수완을 보여준다. 이렇듯 이들은 전후의 혼란을 신분 상승의 기회로 이용한 사람들이고, 그런 점에서 새롭게 부상하는 사회계층을 대변하는 존재들이다. 하지만 이들이 도달하는 최종적인 귀착지는 추악한 물신의 세계거나 아니면 반성 없는 소시민의 세계라는 데 작가의 문제의식이 놓여 있다.

김씨나 천안 색시 등은 모두 과거를 완강히 부정하는, 그로 인해 윤리적 공동(空洞) 상태에 빠져 있는 인물들이다. 김씨는 한때 이념을 위해 젊음을 바쳤지만 지금은 그 이념을 휴지처럼 내버렸고, 천안 색시는 과거의 투박하고 촌스러운 것을 과감히 벗어 던지고 김씨 못지않은 속물로 변신했다. 그리고 고향 사람 역시 농촌과 농민을 부정하면서 상업의 길로 들어섰다. 이들은 하나같이 과거를 부정해야 할, 즉 '한때의 열정' 정도로만 생각하며, 대신에 '돈'이라는 물신의 힘에 절대적인 신뢰를 보여준다. 그래서 이들의 눈에는 정씨나 신씨처럼 과거에 속박된 인물들은 초라한 퇴물로밖에 보이지 않는다. 과거의 정결성과 윤리 대신에 물신주의가 자리 잡았고 결국 이들은 탐욕스러운 소시민으로 전락한 것이다.

> "봐라, 이제부터 어떤 세상이 시작되는지 아나? 이걸 똑바로 알아야
> 하능 기라. (…) 지조(志操)라는 게 뭐고, 제까짓게 알량하게 지킬 게 뭐
> 있노? 원래가 발바닥밖에 없었지만 새로 발바닥에서부터 단련을 해야

하능기라. 발바닥에서부터 시굴 바닥이 아니라 도회지 발바닥으로. 세상
살아가는 일 이것저것 피하다가 보면 남아나는 일이 뭐 있겠노? (…)"
　　김씨는 바로 앞에서 히죽히죽 웃고 있는 낯선 청년에게까지 이렇게
동의를 구하는 것이었다. 나는 이런 김씨는 또 처음이었다.
　　전차 속의 남자 손님들은 히죽히죽 웃고 있고 여자 손님들은 슬금슬
금 피해 가고 있었다.
　　"이런 소리 지껄이는 걸 쌍놈이라고 생각할 사람이 있겠지만, 쌍놈이
안 되면 대관절 어쩌겠다는 거고? 어짤기여? 내 원참, 대관절 어찌 됐다
는 거고? 별의별 쌍놈의 짓 다 해서 돈만 벌면 그날부터 양반도 될 수
있능기라. 그래서, 그래서 그게 어찌됐다는 거고?"15)

　　지조라든가 윤리란 이제 더 이상 의미가 없다는 것, "별의별 쌍놈의
짓 다 해서 돈만 벌면 그날부터 양반"이 된다는 것이 이제 이들이 갖
게 된 새로운 가치관이다.
　　그런 가치관을 갖고 있기에 이들은 아무 거리낌 없이 성적 허무주의
에 빠져든다. 수시로 남자를 바꾸면서 성적 쾌락을 탐닉하는 주인집
여자의 무절제한 편력이나, 아버지의 장례를 치르기도 전에 성희에 몸
을 내맡기는 매리, 천안 색시와 본마누라 사이를 오가면서 교묘하게
이중생활을 즐기는 김씨 등은 모두 당대의 윤리적 공동 상태를 보여주
는 사례들이다. 이들에게 성이란 생산이나 근원적인 소통의 수단이 아
니라 단지 무력감을 잊기 위한 도구이거나 일시적인 쾌락의 수단일 뿐
이다. 작중 화자인 '나'의 진술처럼, "집단으로서의 규범에 반항을 할
수 있을 때 사람은 뜨거운 정열을 발산할 수 있는 것이지만 그런 규범

---

15) 이호철, 『소시민』, 신구문화사, 1968, 108면.

을 완전히 잃어버릴 때 각 개개인은 무의미하게 부풀어 오”르고, 결국 “성(性)의 난무”에 빠져드는 것이다. 성은 이렇듯 가치관의 부재와 혼란, 그로 인한 무위감을 상징하며, 그런 까닭에 작품 전반은 짙은 허무주의적 분위기를 드러낸다. 그런 이유에서 이 작품은 전후 사회에 팽배된 허무와 환멸의 정조를 날카롭게 포착하는 성과를 획득한다.

그런데, 보다 중요한 것은 이러한 윤리적 허무의식이 곧바로 이승만 정권과 결탁하여 독재 권력의 하수인으로 전락하는 보수적 성향으로 전환된다는 지적이다. 『소시민』이 보여준 중요한 성과의 하나는 바로 이 점이라 하겠는데, 그것은 김씨와 ‘고향 아저씨’의 행동을 통해서 드러난다. 언급한 대로 이들의 삶을 견인하는 요소는 ‘돈’이며 동시에 그것을 바탕으로 한 신분 상승이다. 이들이 이승만의 하수인으로 전락하는 것은 순전히 ‘돈’ 때문이다. 작품에서 암시되듯이, 당시 이승만은 전쟁 중이었음에도 불구하고 권력 유지에 혈안이 되어 있었다. 부산 일대를 휩쓴 이승만 지지 데모는 사실은 이승만의 재집권 과정에서 획책된 것으로, <런던 타임스>가 “한국에서 민주주의를 바라는 것은 쓰레기통에서 장미꽃이 피기를 바라는 것과 같다.”라는 말이 나온 시점에서 발발한 사건이었다. 국회에서 기반이 약했던 이승만은 재집권을 위해서 대통령제를 골자로 하는 개헌안을 통과시키려 했는데, 그 시나리오는 먼저 국회를 공격하고 지방의회를 통해 국회에 압력을 넣은 뒤, 국회로 하여금 직선제 개헌을 하게 하고 재선되는 것이었다. 백골단과 땃벌떼 등 정체불명의 폭력 단체가 난무했던 것은 그런 배경에서 였다.[16] 물론 작중의 김씨나 고향 사람이 관제 데모에 앞장섰던 것은 이러한 정치적 상황을 이해하고 한 행동은 아니었다. 화자의 진술대로 관제 데모는 살벌한 분위기를 빚어내고는 있었지만, 한편으로는 "산만한 것, 무작정한 것이 감돌"았고 "길가의 군중은 그저 조용하게 가라앉아서 건너다보"고만 있었다. 그것은 당시 이승만이 행정 능력과 전쟁 수행 능력을 갖추지 못하여 대내·외적으로 많은 비난을 받았고 그런 까닭에 대부분의 국민들이 냉담한 반응을 보였던 사실과 일치한다.

하지만 그런 상황에서도 김씨와 고향 사람은 "가장 진지하고 심각하게" 자기의 정치적 거취를 결정한다. 사회적으로 상승할 기회를 거머쥐었기 때문에 내각제를 골자로 하는 정치 구조의 재편이란 이들의 입장에서 보자면 전혀 환영할 일이 못된다. 급격한 정치적 변화는 오히려 힘겹게 거머쥔 기득권마저 박탈할 우려가 있다. 자유 시장에 점포 하나를 잡게 되자 점차 "대한민국의 충성스러운 국민의 한 사람이 되어 갔다"는 고향 사람의 진술처럼, 모든 사회적 가치와 윤리가 물신주의로 대체된 상황에서 자신들의 이익만 보존된다면 이승만의 독재나 전횡과 같은 정치적 형태는 하등 문제될 게 없었던 것이다. 그래서 "이승만씨에 대한 평가"는 확고부동이었다.

"농촌 구석의 한 사람이었던 자기에게 별안간 이런 길을 열어 준 것이 이승만 씨의 그 민주주의의 덕이라고 생각하고 있었다. 민주주의란 그의 경우 이런 면에서 가장 좋은 체제인 것이었다."

김씨 등의 정치적 선택은 바로 이 같은 개인적 욕구와 이승만 정권의 정치적 욕구가 부합되었기에 가능했던 것이다.

---

16) 김도현, 「1950년대의 이승만론」, 『1950년대의 인식』, 한길사, 1981, 61-76면.

모든 개인의 거취는 그 개인의 마지막 타산이 결정을 한다. 모든 보
수주의자들은 나라나 전체보다 그 자신의 생활의 거점(據點)이 더 중요
한 것이다. 수다한 언설과 데마고그를 농하지만, 기실은 계속 누릴 수
있는 그의 하루하루 일상(日常)을, 편리한 일상을 지키고 수호하고 싶을
뿐인 것이다. 모든 깝질을 벗기고 보면 결국 그자가 어떤 수준의 생활
을 하고 있는가에 귀결된다. 그러나 이런 것과는 처음부터 관계없이 초
연하게 살아간 사람도 없지는 않다.[17]

이렇듯 『소시민』은 상승하는 계층의 인물들을 통해서 전후 소시민의
정치적 거취를 실감나게 보여주는데, 이 일련의 과정이 바로 한국 자
본주의의 천민성을 상징하는 것으로 이해할 수 있다. 막스 베버가 언
급한 것처럼, 자본주의 경제는 경제 주체들 상호간의 신뢰와 근면이라
는 도덕적 기반 위에서 뿌리를 내릴 수 있고, 한편으로는 직업으로서
체계적이고 합리적인 방법으로 정당하게 이윤을 추구하는 정신을 구비
하고 있어야 한다. 그런데, 합리적인 경제 활동을 전제하지 않은 투기
(投機)나 정치적 힘에 의존하는, 이른바 '모험가' 자본주의(베버는 이를
'천민자본주의'라고 말한다)는 탐욕과 이기주의를 특징으로 하는 까닭에
자본주의의 정신과는 거리가 멀다. 유태교도들에게서 흔히 목격되는
이러한 현상은 정상적인 자본주의의 발전을 왜곡하고 사회적 혼란을
가중시키는 요인으로 지적되거니와,[18] 김씨나 고향 아저씨 등이 보여
준 행태가 바로 거기에 해당한다. 이들에게는 윤리적 정결성이나 공동

---

17) 이호철, 『소시민』, 신구문화사, 1968, 117면.
18) M.베버, 박성수역, 『프로테스탄티즘의 윤리와 자본주의 정신』, 문예출판사, 1988,
    121-122면.

체적 유대감이란 존재하지 않으며 오직 추악한 물신주의만이 두드러진
다. 돈을 벌기 위한 이기적 욕망에서 이들은 수단과 방법을 가리지 않
는 천민성을 보여주는데, 이는 오늘날 주변에서 목격되는 투기와 정경
유착의 시원적 모습인 것이다. 오늘날 우리 사회가 질풍노도의 성장가
도를 달려왔음에도 불구하고 여전히 전근대적인 질곡에서 벗어나지 못
한 것은 이렇듯 출발부터 뚜렷한 한계를 안고 있었기 때문이다. 그런
점에서 『소시민』은 전후 자본주의의 태생적 한계를 이해하게 해주는
문학적 증언이 된다. 하지만, 후술하겠지만, 작가의 관찰이 그러한 부
정성을 넘어서려는 구체적 대안의 포착으로는 나가지 못하고 있다.

4. 이데올로기의 몰락과 시민의식의 생성 과정

『소시민』에서 주목할 수 있는 두 번째 항목은 이승만 정권 반대투쟁
에서 4·19로 이어지는 건전한 시민의식에 관한 것이다. 전쟁을 경과
하면서 한국 사회에는 물신주의와 속물주의가 만연했지만, 다른 한편
에서는 4·19에서 한일회담 반대로 이어지는 건전한 시민의식이 배양
되고 있었는데, 작가는 그 희미한 줄기를 작중의 '정씨' 등을 통해서
찾는다. 작가의 회고대로, 『소시민』을 쓸 당시인 1964, 5년은 "한일 교
섭이 한창 진행 중인 때여서 대학가를 중심으로 그 반대 데모가 거의
절정에 이르러 있어 서울 일원에 계엄이 퍼지는 등, 온통 시끌시끌하
던 때"였고, 그래서 "부지불식간에 이 작품을 쓰던 1964, 5년 그 당시
우리 상황의 핵심 이슈와 이 작품의 작중 무대가 되어 있는 부산 피난

지 상황과의 연결이라는 대목에 약간이나마 신경을 쓰지 않을 수 없었"[19]던 것으로 보인다. 액자 형식의 이 작품에서 액자의 틀이 되는 서술의 시점은 1960년대 중반이고, 액자 속의 시점은 전쟁 말기인 1951년으로 되어 있는 것은 이 같은 작가의 의도와 관계되고, 또 정씨와 강영감, 정씨 아들 등 '양심 있는' 인물들에게 깊은 관심을 보인 것도 같은 맥락으로 이해할 수 있다. 이들은 시류에 민감하지도, 그렇다고 빼어난 수완을 갖고 있지도 않다. 그런 까닭에 사회가 새롭게 재편되는 과정에서 몰락할 수밖에 없는 존재들이지만 그럼에도 불구하고 작가는 현실에 맞서는 이들의 양심과 의지에 깊은 애정을 보여준다. 특히 정씨와 그의 아들에 대한 애정 어린 시선은, 1960년대 상황을 의식했다는 작가의 말처럼, 비판적 열풍이 고조되었던 4·19 이후 현실의 특수성을 일정하게 수용한 결과로 볼 수 있다.

한때 적색노조에 관여했다가 무기력하게 전락하기는 했으나 정씨는 어려운 생활 속에서도 막연하게나마 미래에 대한 믿음을 간직하고 있는 인물이다. "돈 많은 놈이 우위에 서게 되"는 현실에서 "겉늙은이"로 전락하기는 했지만, 정씨는 김씨의 상관으로 남로당 계열의 하부조직에 관여했던 인물이고, 과거의 신념을 휴지조각처럼 내팽개친 김씨와는 달리 그것을 내면화한 채 "일관된" 삶을 유지하려는 윤리적 정결성의 소유자이다. 비록 객관적 근거에 바탕을 둔 것은 아니지만, 정씨는 십오 년이 걸리든 이십 년이 걸리든 언젠가는 '앙양기'가 다시 도래하리라는 믿음을 갖고 있고, 그런 신념에서 속된 현실과는 결코 타협하

---

19) 이호철, 「자서」, 『소시민』, 강미문화사, 1979, 6면.

지 않으려는 꿋꿋함을 견지한다. 작가는 정씨의 이런 점에 대해 깊은 애정을 보여준다.

> "(…) 허지만 이제 무엇이 남았노? 나이는 사십도 안됐지만, 할 일이 없어진 곳에서 팔십이 안 되면 별수가 있는가. 앙양기(昻揚期)는 너무나 덧없이 지나갔능 기라. 앙양기는 짧고 급하지만, 퇴조기(退潮期)는 길고 지리하고 지그자그가 많지. 퇴조기로 접어들고, 모든 사람은 개인으로 뿔뿔이 흩어지고, 모든 개인은 곪아터져서 고름을 흘리기 시작하였고, 난 원래가 약한 자라. 퇴조기에 접어들어서 패배주의의 손길에 휘어 잡히게 태어났능 기라. 강철 같은 정신은 못 되지. 허나, 패배의 수렁에 빠져서도 내 길을 돌아보면 일관하기는 하지. 적어도 마차를 바꾸어 타지는 않거든. 이제 앙양기로 접어들려면 이십 년은 더 걸릴 기라. 적어도 십오 년은 걸릴 기라. 그러나 그땐 푸석푸석한 재로 돌아가거나, 아니면 다행히 목숨이 부지(扶持)된다고 해도, 재나 다름이 없게 되겠지. 그때 새로운 앙양기로 접어들어 그 길을 가는 애들은 내 곁을 지나면서 지껄일 기라. 여기 다만 볼 것은 <일관했다>는 것뿐이 한 정신이 누워 있다고. 내가 이 약한 소린가, 아니지 약한 소리가 아니라, 사실이 그렁 기라."[20]

말하자면 정씨는 현실 자체를 거부하는 강영감과는 달리 현실의 대세를 인정하면서도 자신의 믿음을 결코 포기하지는 않은 사람이다. 화자는 그의 믿음이 일종의 '도식'과 '환상'에 불과하지만 그럼에도 불구하고 '그것이 있어야만 사회 발전이 가능하다'는 정씨의 말에 공감한다. 국수집 인부로 여덟 식구를 부양하는 힘겨운 생활을 하면서도 끝

20) 이호철, 『소시민』, 신구문화사, 1968, 209-210면.

내 신념을 잃지 않는 정씨에게서 화자가 "물들지 않는, 전염되지 않는 정신"을 발견하고 "대단한 사람"이라고 평가했던 것은 그런 이유로 볼 수 있다.

여기서 우리는 전후 사회의 새로운 가능성을 찾고자 하는 작가의 의도를 새삼 확인하게 되는데, 그것을 보다 구체적으로 보여주는 인물이 바로 '정씨의 아들'이다. '정씨의 아들'은 "정씨의 얼굴을 단단하게 압축시킨 듯한 강기(剛氣)"를 지닌, 이전 세대에서는 볼 수 없는 "확신에 차" 있는 청년이다. 어린 시절부터 그에게는 "소년답지 않은 적의"가 번득였고, 그래서 화자는 그 눈에서 "칠칠한 바람"을 느끼기도 하였다. 15년 후에 다시 만난 그는 '한일회담의 주체는 20대가 되어야 하'고, "구체적 상황의 구체적 인식"만이 정념의 단계를 넘어 문제의 본질을 직시할 수 있다는 생각을 내보이며 한층 성숙한 모습을 보이는데, 이는 앞 부류 인물들이 보여준 허무주의나 속된 이기주의와 결별하는 새로운 세대의 가능성으로 이해될 수 있다. 비록 간단하게 처리되고 있지만, '정씨 아들'이 "외세배격과 주체성 회복이라는 명제를 내걸고 데모를 일으킨 그 학생 데모의 주동자"로 성장했다는 진술은 이 같은 가능성을 구체화한 것이고, 그런 점에서 이 작품은 사멸하는 것에 대한 동정을 보인 작품이기보다는 오히려 건전한 비판정신을 통해서 현실타개의 전망을 찾는 작가의 모색을 구체화한 작품이 된다.

하지만, 주목할 점은 이 과정에서 정씨나 그 아들에 대한 화자의 시선이 일관성을 유지하지 못하고 자주 상반되는 모습을 보인다는 사실이다. 작품 전반에 걸쳐서 화자는 '정씨'와 같은 이념적 인물에 대해서 완전히 공감하지는 않는다. '직업적 혁명가'들이란 '이지보다 정열이 앞선 낭만주의자'들이고, '천성적인 반항아'며, 더구나 그들이 지향하는 유토피아는 '일종의 환상'일 뿐이라고 생각한다. 즉 "현실은 그런 것보다는 더욱 차갑게 흘러가"고 "모든 도식과 추상을 뛰어넘어서" 존재한다. 이런 생각에서 화자는 선뜻 정씨 등에게 동의하지 않으며, 심지어 그를 "환상에 사로잡힌 사람"이라고 비판하기까지 한다. 그런데, 이런 생각을 갖고 있음에도 불구하고 화자는 그런 자신의 생각이 "쓰잘 것 없는 심려(深慮) 취미이고 공론(空論)"이며, 그렇기 때문에 "정씨 말이 맞기는 맞능기라"라고 돌연히 입장을 바꾼다. 이를테면, 정씨나 그 아들과 같은 "파괴적인 정열" 속에서 "새로운 가능성의 실마리가 생기고, 새싹이 돋아" 오른다는 또 다른 신념을 내보인다.

화자의 이런 오락가락하는 태도로 인해 작품은 혼란스러운 양상을 드러내고, 작가의 참 의도가 무언인지를 의심스럽게 한다.21) 『소시민』이 1960년대 현실을 적극적으로 수용하고 있음에도 불구하고 미흡하게 느껴지는 것은 이런 착종된 심리에서 비롯되며, 그것이 후일 개작으로 연결된 것이라고 할 수 있다.

5. 감각적 인식의 한계와 개작의 문제

이호철은 작품을 창작하는 과정에서 대상을 냉엄한 분석과 반성적 사유를 통해 파악하기보다는 체험과 주관적 감각을 통해서 즉물적으로 포착하는 경향이 강하다. 그래서 이념적·정치적 차원을 훨씬 넘어

---

21) 자세한 내용은 뒤의 '개작의 문제'를 다루는 장에서 언급할 것이다.

서는 근본적인 것을 일깨워 주었다는 평가를[22] 받기도 하였다. 더구나 현실을 바라보는 작가의 시각에는 고향에서의 즐거웠던 기억이 내재되어 있어 현실은 그와 대비되는 이질적이고 낯선 것으로 파악되고, 그것이 한편으로는 현실을 비판적으로 인식케 하는 힘이 되기도 한다. 이호철 소설이 지니는 특유의 비판성은 이런 사실과 관계되지만, 한편으론 그것이 작품의 리얼리즘적 성취를 제한하는 장애가 되고 있음을 간과할 수 없다. 즉, 대상을 즉물적으로 파악할 뿐 그것을 논리적으로 구성하지 못하는 까닭에 작품은 현실에 대한 객관적 이해이나 제반 연관성에 대한 인식을 미흡한 형태로밖에 드러내지 못하는 것이다.

「만조」나 「빈 골짜기」에서 확인되듯이, 이호철 소설의 대부분은 월남인으로서의 체험에 뿌리를 두고 있지만 그것이 현실에 대한 냉엄한 분석을 전제하고 있지는 않다. 가령, 「만조」에서 두 청년이 공산주의자들을 가둬 놓은 창고를 지키는 장면을 "창고 속에 사람들을 가두어 놓고 목총을 메고 있는 것이 그 무슨 소꿉장난처럼 여겨졌다"라고 생각하며, 「첫전투」에서도 전투를 위한 야간 행군을 기껏 "몽환 속을 걷고 있는" 것이고 그래서 "전쟁놀이를 하는 것 같은 적당한 신명을 느"낀다고 말하는데, 이는 전쟁의 본질과는 거리가 먼 즉물적 인상에 지나지 않는다. 물론 여러 평자들의 지적처럼, 이를 이호철 특유의 천진성이 발휘된 것[23]으로 이해할 수도 있으나, 리얼리즘의 견지에서 보자면 함량 미달임을 부인할 수 없다. 한 평론가의 지적처럼, 논리의 뒷받침을 받지 못한 감성이란 기껏 센티멘털리즘에 불과하기 때문이다[24]. 이

---

22) 정호웅, 앞의 글 참조.
23) 임규찬, 앞의 글, 562-563면.

호철의 전쟁 관련 소설이 "6·25 동족상잔에 대한 증언으로서는 전혀 핵심에서 벗어난 것이 된다."[25]는 백낙청의 지적은 그런 맥락에서 전혀 근거 없는 진술은 아닌 셈이다.

이렇듯 분단과 관련되는 이데올로기의 문제나 전쟁의 참상에 대한 고발이 주관적 체험에 의존하기 때문에 이호철 소설에는 '사회적 주체'에 대한 고민이 별로 드러나지 않는다. 주체란 대상에 대한 객관적 인식을 바탕으로 그것을 목적의식적으로 변화시키려는 주관의 의지이자 동시에 사회적 실천이라 할 수 있다. 새삼스럽지만, 인간의 인식은 대상에 대한 감성적인 인식과 같은 직접적인 반영은 아니며 추상작용에 의해 매개되는 객관적 실재의 간접적 반영이다. 이 간접적 반영에 의해서 사고는 객관적 실재에 대해 상대적인 독립성을 갖는다. 따라서 주체적 인식은 사고의 상대적 독립성을 전제하고 동시에 실천적 의지를 포함하며, 그렇기 때문에 주체란 대상을 부단히 변화시키고자 한다. 그런데, 『소시민』에서는 이러한 주체적 인물들을 찾기가 힘들다. '정씨의 아들'이 유일하게 그런 모습을 보여주지만, 화자에 의해 잠시 소개될 뿐이지 서사를 이끌고 변화를 주도할 정도로 주목되지는 못하며, 또 화자 역시 대상을 관찰하고 전달할 뿐 현실에 맞서 능동적으로 저항하는 적극성을 보여주지는 못한다. 이호철이 전쟁의 소용돌이 속에서 잉태되는 소시민 의식을 예리하게 포착하고 있음에도 불구하고 그것을 당대의 가장 큰 현안이라 할 수 있는 근대화에 대한 비판으로 연결시키지 못한 것은 이런 시선의 한계와 무관하지 않다. 이호철 소설

---

24) 김치수, 「관조자의 문학」, 『문학과 지성』, 1970, 겨울호, 353면.
25) 백낙청, 「작가와 소시민」, 『문』, 민음사, 1981, 342면.

에는 사건 속에 뛰어들어 행동하는 '나'가 존재하지 않으며, 단지 사건 밖에 있는 관조자로서의 '나'가 있을 뿐이다.

이호철이 1972년과 1979년 두 번에 걸쳐『소시민』을 개작하면서 '정 씨 아들'에 대한 화자의 시선을 180도 바꾼 것은 이런 맥락에서 보자 면 당연한 것으로 볼 수 있다.

강미문화사판(79년판) 서문에서 작가는 "큰 덩어리의 구성은 어쩔 수 없는 대로 문장에만 어느 정도 손을 댔다"26)고 했으나, 사실은 화자의 시각과 태도를 완전히 바꾸어 놓았다. 앞에서 살핀 대로, 신구문화사판 (68년)『소시민』에서는 화자가 정씨의 아들에게 깊은 애정과 신뢰를 보 이고 그를 통해서 새로운 가능성을 찾고자 했으나(인용문 ①), 강미문화 사판에서는 이런 모습은 완전히 사라지고 대신 그를 말만 앞세우는 되 바라진 인물로 서술하고 있다.(인용문 ②)

> ①「한일 타결은 한때 황국 신민이었던 경력의 소유자들 그런 계층 이나 그런 세대가 주도권을 잡고 할 성질은 애초부터 아니지요. 도의적 인 면에서 보더라도 한일문제의 타결은 현재의 이십대가 우리 정치 세 력의 주축이 될 때까지 기다려야지요.」
> 이런 그의 얘기는 두서가 없고 별반 갈피도 없었으나 그것은 짧은 시 간에 많은 것을 얘기하고 싶은 욕심에서인 듯싶었다. 여하튼, 잔잔하게 낮은 목소리로 강철의 말뚝을 박는 듯한 확신에 찬 그의 목소리는, 그 이전의 세대 속에서는 찾아볼 수 없던 것임은 확실하였다.
> 죽어간 정씨가 이렇게 정씨의 아들 같은 모습으로 둔갑을 해 나온 것 이나 아닌가 하는 착각이 들었다.27)

---

26) 이호철,『소시민』, 강미문화사, 1979, 7면.

② 「한일 타결은 한때 황국 신민이었던 경력의 소유자들, 그런 계층이나 그런 세대가 주도권을 잡고 할 성질은 애초부터 아니지요. 도의적인 면에서 보더라도 한일문제의 타결은 현재의 이십대가 우리 정치 세력의 주축이 될 때까지 기다려야지요.」

죽어간 정씨가 이렇게 아들 같은 모습으로 둔갑을 해 나온 것이나 아닌가 하는 착각이 들었다. 그러나 역시 이 청년도 정씨가 그렇게도 경멸하던, 벌써 입부터 되까진 자가 되어 가고 있는 것이나 아닌지.

지나간 나날들을 그들 나름으로 저렇게 단순 직절하게 얘기하기는 쉬울 것이다. 얘기란, 말이란 그런 것이다. 이 청년도 이미 너무 심하게 그런 맛에 맛 들여 있는 것이나 아닐까. 말의 힘 같은 것을 지나치게 과신하고 있는 것이나 아닐까. 그런 위태위태한 생각이 분명히 스쳐갔다. 오냐 너 옳다 너 옳다 하고 한손을 절레절레 내흔들고 싶어졌다.[28]

이제 '정씨의 아들'은 새로운 세대의 가능성이 아니라, 단지 "말의 힘 같은 것을 지나치게 과신하고 있는" "입부터 되까진 자"일 뿐이다. 이런 변화된 시각이 투사되어 작중 '정씨'에 대해서도 작가는 이전과는 확연히 다른 태도를 보여준다. 앞항에서 언급한 것처럼, 발표 원문에서 화자는 정씨와 다른 생각을 갖고 있음에도 불구하고 그를 인정하고 존경하는 태도를 보였지만, 강미문화사판에서는 이런 내용을 완전히 삭제하였다. 특히 정씨에 대한 화자의 우호적 시선이 두드러진 '22절'은 거의 전부가 축소·조정되었다. 혁명이란 환상에 불과하지만 그래도 그것이 있어야 "새로운 가능성의 실마리"가 보인다는 정씨의 말에 동의했던 화자의 모습이 강미문화사판에서는 완전히 삭제되고, 대

---

27) 이호철, 『소시민』, 신구문화사, 1968, 229면.
28) 이호철, 『소시민』, 강미문화사, 1979, 283면.

신 그 자리에 거제도로 포로들이 이송되는 장면과 열병으로 누워 있는 화자와 그를 위무하는 주인집 여자의 대화가 길게 서술되어 있다.

이호철이 1965년 진보적 성향의 문예지 『창작과 비평』의 창간에 관여하고 이후 통혁당 사건, 문인간첩단 사건(74)과 YMCA 사건(80) 등의 시국 사건으로 시련을 겪으면서 활발하게 민주화운동에 참여했던 사실을 염두에 두자면, 사회운동에 앞장서는 젊은이를 이렇듯 냉소적으로 비판하는 것은 선뜻 이해하기 힘들다. 정씨와 그의 아들은 바로 사회운동에 앞장섰던 이호철의 실제 모습과도 흡사한 까닭이다. 그렇다면 이러한 변화를 어떻게 받아들여야 할 것인가?

최근의 한 대담에서 이호철은 자신이 시종일관 변하지 않았음을 강변한 바 있다. 즉 "한마디로 말하면 나는 한 번도 변하거나 변절한 적이 없습니다. 자신 있게 말하건대, 나처럼 일관성 있게 산 사람이 있으면 나와 보라구 하고 싶어요. 내가 왜 초기작인 「나상」에 강한 애착을 갖고 있는지 아세요? 아주 짧은 단편이지만, 사십 년 전의 그 작품에 실은 인간과 역사, 이념 이런 것들에 대한 내 세계관과 태도가 고스란히 녹아 있기 때문입니다."[29]라는 구절은 개작에서 보이는 작가의 태도가 세계관의 변화에서 비롯된 것이 아니었음을 암시해 준다.

그렇다면, 개작은 이호철의 본래적 특성이 시대 현실에 조응해서 구체화된 것으로 볼 수 있지 않을까. 그러한 사실은 앞에서 언급한 대로, 이호철이 『소시민』을 발표할 당시부터 이념과 열정에 사로잡힌 인물들에게 완전히 공감하지 않았다는 데서 그 근거를 찾을 수 있다. 이를

---

29) 이호철 · 한수영 대담, 「탈향, 그 신신한 역사적 삶의 도정」, 『실천문학』, 1997, 봄, 400면.

테면, '유토피아란 일종의 환상'이고 그 목적을 위해서 우리 삶을 재단하는 것은 '일종의 도식'이라는 것. 정씨의 주장에 화자가 선뜻 동의하지 않고 비판적 태도를 취했던 것은 그런 생각에서였다. 앞에서 언급했던 것처럼, 화자는 어떤 하나의 입장을 정하기보다는 한편으로 공감하면서도 한편으로는 부정하는 양면적 심리를 갖고 있었고, 그래서 정씨나 그 아들에 대한 시선이 일관성을 유지하지 못하고 자주 상반되는 모습을 보였던 것이다. 화자의 이런 오락가락하는 태도가 개작본에서는 하나의 입장으로 정리된 것이라 하겠다.

이런 사실을 보다 구체적으로 보여주는 글이 작가 자신의 체험적 고백인 「촌단 당한 삶의 현장」이나 『문단골 사람들』30)이다. 여기서 이호철은 자신의 삶을 돌아보면서 인간의 삶이란 어떤 이념이나 열정으로 도식화할 수 없는 '미묘한 그 무엇'이라는 생각을 피력한다. 문학은 "삶의 미묘함"을 "어루만져 부드럽게 이끌고, 섣불리 어느 한 기준으로 잣대를 마련해서 자의대로 재고 맞추고, 옳고 그름을 가리고, 어느 한쪽을 잘라 내는 것과 같은 오만한 무리(無理)"를 범하지 말아야 한다는 것. 더구나 "특정 이념에 입각한 거창한 '프로그램' 같은 것, 더 나아가 그것의 시스템화, 그것은 바로 비극의 시작이다. 모든 것이 쉽사리 시스템으로 수렴되고 시스템 속에 옭아매어져 파묻혀 버릴 때, 최소한의 '인간적 온기', '사람살이의 본원적인 활달함과 자연스러움', '인간 천성에 대한 이해' 같은 것은 설자리가 없어진다."는 것이다. 말하자면 인간의 삶을 이념이나 열정으로 재단해서는 안 된다는 것, 삶

---

30) 이호철, 「촌단 당한 삶의 기록」, 『이호철 문학앨범』, 웅진출판, 1993. ; 『문단골 사람들(이호철의 문단일기)』, 프리미엄북스, 1997.

이란 그것으로 도식화할 수 없는 오묘한 그 무엇이라는 생각이다. 이런 견해에 비추자면, 현실에 대한 도식적인 재단과 배타적인 신념으로 무장한 '정씨 아들'의 행동이란 기껏 "말만이 되바라진 오만한 무리"에 다름 아니며, 그 지향점이 무엇이든 결국은 인간의 본래적 삶을 왜곡할 수밖에 없다고 보는 것이다. 말을 바꾸자면, 공산주의뿐만 아니라 민주화를 위한 투쟁도 그것이 '시스템화'되고, '환상'으로 인간을 구속한다면 동의할 수 없다는 게 이호철의 생각이고, 그런 생각에서 과거의 두 인물에 대한 시각을 당혹스러울 정도로 조정한 것으로 보인다. 따라서 '개작'은 세계관의 변화를 반영한 것이라기보다는 내면화되어 있던 가치관이 시대의 변화와 더불어 자연스럽게 외화(外化)된 것으로 이해할 수 있다.

그러면, 원작 『소시민』에서 보인 작가의 사회 비판적인 태도를 어떻게 이해해야 할 것인가? 그것은 작가 스스로 강미문화사판 서문에서 밝혔듯이, 1960년대의 사회 분위기에서 비롯된 것으로 볼 수 있다. 즉, 『소시민』을 쓰면서 이호철은 '1960년대의 사회 분위기를 의식하지 않을 수 없었다'고 말한 바 있는데, 여기에 비추자면 『소시민』은 4·19와 한일회담 반대 데모로 이어지는 당시 변혁운동의 고조된 분위기를 무의식적으로 수용했고, 그것이 정씨와 정씨 아들에 대한 긍정적 시선으로 표현된 것으로 보인다. 말하자면, 원작 『소시민』은, 최인훈이 『광장』을 쓰면서 "빛나는 4월이 가져온 새 공화국에 사는 작가의 보람을 느"꼈다는 고백처럼, 4·19로 고조된 사회 분위기를 바탕으로 씌어진 작품이고, 1972년과 1979년의 개작은 1960년대의 흥분에서 벗어나 이호철 본래의 생각이 구체화되면서 새롭게 조정된 것이라 하겠다. 이런 일련의 과정을 거치면서 이호철은 이후 일관된 특성이라 할 수 있는 현실에 대한 냉엄하고 비판적인 시선을 확립한다. 그런 점에서 『소시민』은 전후 문학적인 분위기에서 벗어나 새로운 단계로 진입하는 이호철 소설의 결절점이라 할 수 있을 것이다.

6. 60년대 소설사의 우람한 봉우리

1955년 이래 오늘날까지 이호철은 작품 활동을 쉬지 않고 있다. '임시 가건물'과도 같은 남한의 삶을 견디면서 50년 이상을 현역작가로 활동하고 있다는 것은 그 자체만으로도 찬탄의 대상이 되기에 충분하고, 더구나 현실에 대한 긴장을 풀지 않고 분단 현실을 집요하게 파고든다는 것은 통일에 대한 작가의 의지가 남다르다는 것을 시사해준다. 『소시민』은 이 뚝심 있는 작가가 자기 세계를 확고히 다지는 과정에서 산출된 역작이다. 그래서 『소시민』에는 초기의 감상에서 벗어나 그것을 정연한 가치관으로 확립하는 과정이 가식 없이 드러난다. 화자의 흔들리는 시선이나 태도는 「탈향」 이래 지속된 고향에 대한 상실감의 구체적 표현이며, 그럼에도 불구하고 주변에 대한 이지적 시선을 늦추지 않는 데서 우리는 이후 작품에서 볼 수 있는 작가의 냉엄한 태도를 목격할 수 있다. 이 두 시선이 착종되면서 드러나는 까닭에 『소시민』은 일견 혼란스러운 모습을 보이고, 때로는 신변잡기와 같은 지루함을 주기도 한다. 하지만 그럼에도 불구하고 이호철은 특유의 생래적 감각과 직관으로 전후 한국 사회의 저층을 예리하게 포착해내고 있다. 김씨와 광석이 아저씨, 천안 색시, 정씨 등은 모두 전후 현실을 상징적으로 보여주는 인물들로, 이들이 보여주는 탐욕적인 신분 상승과 축재 과정을 통해서 우리는 전후 사회의 천민성과 소시민화 과정을 확인할 수 있다.

그런데, 작가의 시선이 주관의 테두리를 벗어나지 못하고, 대상에 대한 체계적이고 객관적인 시선을 전제하지 않았기 때문에『소시민』은 리얼리즘 소설로는 일정한 한계를 갖는다. 이호철 소설의 주인공들은 존재와 상황에 대한 깊은 천착을 보여주지 못하고 단지 자기들이 살아온 삶을 이야기해 줄 뿐이고, 그래서 작품은 현실에 대한 계기적 고찰이나 주체와 세계의 대립 과정을 보여주지 못한다. 언급한 대로, 정씨 등에 대한 '화자'의 시각이 비판적으로 바뀐 것은 그들의 행동이 '시스템화'되었다는 이유 때문이다. 이념을 통해서 미래를 꿈꾼다는 것은 환상에 불과하다는 생각에서 이호철은 이들에게 단호한 비판을 가한 것이다. 물론 이런 시각에는 북한 체제에 대한 환멸과 삶의 연륜에서 우러난 체험적 진실이 깃들어 있고, 그것은 한편으로 지난 1980년대 변혁운동의 격앙된 분위기와 그 경직성을 회고해 볼 때 상당한 호소력을 갖는다. 하지만, 그럼에도 작중 '정씨'의 주장처럼 그런 '시스템화'를 통해서 현실의 악이 제거되고 발전한다는 사실을 부정할 수는 없지 않을까. 변화란 시스템(즉 패러다임)의 부정과 창출의 과정이고, 그런 이유에서 변화과정에서 야기되는 시스템의 경직성은 불가피한 것이라 할 수 있다. 중요한 것은 시스템화된 이념을 다시 인간적인 것으로 조정하고 그것을 다시 한 단계 진전시키는 지혜와 열린 시각이 아닐까. 월남자의 남다른 감각과 시선으로 산문정신을 심화하고 사회 현실의 이면을 파헤쳐 1960년대 소설사의 우람한 봉우리로 우뚝 솟아 있음에도 불구하고, 이호철 소설에서 아쉬움이 느껴지는 것은 그런 이유 때문이다.

1966년의 한국 사회와 '상식'

— 신문연재소설로서의 『서울은 만원이다』

1. 신문연재소설로서의 『서울은 만원이다』

『서울은 만원이다』는 이호철이 1966년 2월 8일부터 같은 해 11월 26일까지 ≪동아일보≫에 연재한 장편소설이다. 이 소설은 시골에서 상경하여 몸을 팔아 살아가는 '길녀'를 중심으로 하여 당대 서울의 모습을 그렸다. 작가가 밝힌 바대로 소설에서 그리는 당대의 서울은 주변부가 강조된 형상으로, 압축적 근대화의 이면이 드러나는 곳이다. 소설은 이야기의 한 축으로 서울생활을 통해 타락해가는 실향민 남동표, 지방에서 올라와 떠도는 기상현을 그리며, 또 다른 한 축으로 길녀와

* 하태진 / 한국항공대학교 강사

마찬가지로 몸을 팔아 살아가는 복실엄마와 미경이 각각 상승과 몰락을 겪는 과정을 그려낸다. 이러한 소설의 진행에서 인물들의 행적은 무제한의 지각능력을 가진 서술자를 통해 파악되고 설명된다. 서술자는 인물들이 각각 관계 맺으며 벌이는 사건을 전달하면서 자신의 생각을 강하게 드러내고 당대의 사회상을 들어 논평하기도 한다.

이상의 특성은 현재까지 진행된 소수의 연구에서 『서울은 만원이다』를 평가하는 근거가 되어 왔다. 연구에 따라 이 소설은 주변부의 인물들이 보이는 세태에 주목할 경우 시사적 논평이 개입된 세태소설로 평가되며, 서술자의 논평이 담은 내용에 주목할 경우 근대화의 부정성을 담론화한 소설로 평가된다.

그러나 『서울은 만원이다』가 신문연재소설이라는 점을 충분히 고려한 연구는 찾아보기 어렵다. 『서울은 만원이다』뿐만 아니라, 이 시기 신문연재소설을 대상으로 한 기존의 연구에서 소설이 신문에 연재되었다는 사실은 대개 무시되었다. 연재된 사실을 고려한 경우에도, 당대의 사회상이 문면에 직접적으로 반영된다고 보고 소설 본문에 나타난 사회변동의 지표만을 살폈다.[1] 여기에는 신문 매체의 특성과 독자의 요구, 작가의 자율적 창작 사이에 존재하는 모종의 긴장에 대한 고려

---

[1] 대표적으로, 김동윤, 「안수길의 1950년대 신문소설 연구 - <제2의 청춘>을 중심으로」, 『한국문학논총 제39집』, 한국문학회, 2005.; 남금희, 「1950년대 장덕조 신문소설 연구:『대구매일신문』을 중심으로」, 『현대소설연구 제 20호』, 한국현대소설학회, 2003. 등의 연구와 유재천, 「사회변동의 지표로서의 신문소설: 문예사회학적 접근」, 『한국사회학 13호』, 1979.; 김일영, 「정비석의 신문소설 「자유부인」에 나타난 풍속의 양상」, 『인문과학연구 제4집』, 대구가톨릭대학교 인문과학연구소, 2003.

가 결여되어 있다.

신문연재소설의 경우, 작가는 독자의 요구와 그 요구에 부응하기를 원하는 신문사의 기획 의도에서 자유로울 수 없다. 특히 『서울은 만원이다』가 작성된 1960년대는 군사정권의 근대화 프로젝트가 시행되던 시기로서 창작의 과정에 가해지는 통제까지 고려하여야 한다. 따라서 이 시기 신문연재소설에 있어서는 소설의 내용이나 문면에 표출된 사회상 그 자체보다, 작가 자신이 받아들인 당대의 사회상을 독자의 요구와 신문사의 상업성, 군부정권의 정치적 압박 사이에서 어떻게 표출하였는가를 관찰할 필요가 있을 것이다.

그런데 신문연재소설의 외적 조건으로서 독자의 요구와 신문사의 상업성에 주목하면, 신문연재소설을 소위 본격소설과 구분된 통속적 대중소설로 보는 관점을 취하기 쉽다. 실제로 1960년대 중반 신문연재소설들은 주로 남녀 간의 애정문제를 구체적으로 묘사하는 경우가 많았고, 이는 당대 평론가들과 신문윤리위원회의 반발을 샀다.[2] 『서울은 만원이다』가 연재된 1966년에도 "新聞에 小說을 싣는 이유는 신문의 部數를 늘리려는 實利以外에는 아무 목적이 없는것"이며 "作家가 新聞社측의 요구에 의해 一種의 御用化하고있는"것이어서 "國民전체를

<段 type 없음>
2) 1964년 동아일보 지면을 통한 백철과 정비석의 논쟁 (동아일보, 1964년 4월 20-22일과 29-30일자)에서, 백철은 "신문사에서 作家에게 연재소설을 청탁할때에는 으레 재미있게써달라는 것 (……) 등등이 계약조건처럼 제시된다"면서 "어떻게하면 독자들을 더자극할 수 있는 흥분제를 만들까하는 의식이 하나의 「컴풀렉스」처럼되어있는줄안다"고 비난했다. 경향신문의 『계룡산』은 음화판매혐의로 입건되는 사태에까지 이른다. 이를 시정하기 위해 신문윤리위원회는 1965년 11월 27일 '신문소설간담회'를 주최하였다.

타락케 하는 淫亂한 新聞小說"이 생겨난다는 주장3)이 제기되었다. 이는 신문연재소설의 성격을 외적 조건에 의해 규정하고 그 내용상의 통속성을 필연적인 것으로 보는 관점이다. 이런 관점은 최근까지 이어져 다수의 연구에서 차용되고 있다.4)

그러나 통속성은 신문연재소설의 한 경향으로 지적될 수는 있을 것이나, 모든 신문연재소설의 본원적인 속성으로 간주될 수 없다. 작가의 자율성을 고려하면, 오히려 신문연재소설의 내용과 형식에서 주목할 것은 시의성이다. 회 별로 분할되어 매일 제공되는 형식상의 특질은 신문연재소설과 독자가 함께 살아가는 습관을 만든다. 이 때 소설의 허구적 세계는 신문의 나머지 부분의 기사들이 이야기해 주는 그 현실, 혹은 그렇다고 추정되는 세계와 평행하게 전개되어 간다.5) 이러한 형식을 바탕으로, 작가는 당대의 사회상에 대한 자신의 판단을 즉각적으로 서술하여 독자들과 소통할 수 있다.

독자는 신문연재소설을 매일 읽으며 그 내용을 자신의 '상식'에 비추어 판단하고 반응한다. 그람시에 의하면 '상식'이란, 지배적 이데올로기와 물질적 현실 사이의 공간을 차지하고 있는 협상된 의미의 영역을 말한다. 말하자면 '당연한 것으로 받아들여지는' 의미의 영역으로,

---

3) 김원용, 「新聞小說에할말이있다」, 경향신문, 1966년 6월 13일자.
4) 일례로, 심영덕의 견해를 들 수 있다. 심영덕은 신문소설을 대중소설로 보고, 그 속성을 "본격소설" 혹은 "참문학"과 대립되는 흥미위주의 대중지향에 있다고 본다. 심영덕, 「현대소설에 나타난 통속성 일고찰 - 신문소설을 중심으로」, 『한국말글학 제23집』, 한국말글학회, 2006. 참조.
5) 쟈끄 구아마르, 김중현 역, 「대중소설의 형태상의 구조들」, 『대중문학이란 무엇인가?』, 평민사, 1995. p.140.

한 시대 사람들의 사고와 행동에 기준이 되는 것이다. 소통의 과정에서, 작가가 본문에 서술한 당대의 사회상은 독자들의 '상식'을 통해 작가의 의도와 다르게 이해되거나 충돌을 빚기도 한다.

『서울은 만원이다』는 당대의 사회상에 대한 작가의 판단이 논평을 통해 분명하게 드러난 신문연재소설로, 시의성이 특히 두드러진다. 이 소설은 연재에서 통속성을 실현하기 위해 회 사이에 화제를 걸치는 기법을 거의 사용하지 않으며, 논평이 길어 하나의 논평이 한 회를 대신할 때도 있다. 그럼에도 독자들은 이 소설에 열렬한 반응을 보내고 자신들의 생활세계를 소설의 내용과 등치시켜 "길녀村"이라는 말을 유행시켰다.[6] 독자들이 보인 열렬한 반응은 소설이 가진 통속적 재미에서 비롯된다기보다, 소설이 표현하는 사회상이 독자들의 생활세계와 유사한 데서 오는 공감에서 기인한 것이라고 생각된다. 그런데『서울은 만원이다』에 표현된 당대의 사회상은 작가의 판단에 따라 일정한 의미가 부여된 것으로, 이 시기 독자들의 '상식'과 긴장을 형성할 수 있다. 시의성이 강조된 소설의 내용은 당대의 공적 체험을 독자들과 공유하지만, 그에 대한 해석은 독자가 소유한 상식에 따라 작가의 판단과 다르게 형성될 수 있는 것이다. 작가가 소설에 드러낸 판단과 독자들이 소유한 당대의 상식을 비교하는 것은 신문연재소설『서울은 만원이다』를 읽는 하나의 방법이 된다.

---

6) 김호진, 「다들 불쌍한 사람들 - 『서울은 滿員이다』를 읽고」, 동아일보 1966년 12월 6일자.

2. 『서울은 만원이다』와 1966년의 서울

『서울은 만원이다』는 본문의 시간적, 공간적 배경을 1966년의 서울로 명시한다. 또한 서술자는 당시의 사회적 상황을 요약하여 제시하고 그에 대한 논평을 시도한다. 서술자의 논평은 서사의 진행과 긴밀하게 연관되는 것은 아니다. 다만 논평에 드러나는 당대 현실에 대한 판단을 통해 이 소설이 갖는 시의성이 강조되고, 소설 내의 인물들을 평가하는 지표가 마련된다. 다음은 그러한 사례의 하나이다.

① 서울은 만원이다.

1966년으로 접어들자 겨우내 방구석에 처박혀 있던 서울 사람들이 거리로 쏟아져 나오고, 금년 봄 들어서 오래간만에 데모가 없어서인가, 시골에서들도 뭐 찾아 먹겠다고 떼를 지어 몰려들어, 갑자기 서울거리는 폭발을 할듯 하였다.

② 부산거리를 의욕적으로 밀어버리고 계속 두 눈을 부릅뜨고 서울로 전임해 온 젊은 시장은 부임하자마자, 전시장(前市長)이 얼마나 일을 안하고 빈둥빈둥 놀기만 하였는가, 서울시장으로서 서울시 행정에 얼마만큼 의욕이 없었는가를 일부러 강조나 하듯이, 우선 교통난 완화에 착수, 세종로 미도파 지하도 공사를 비롯하여, 육교공사 도로확장공사가 사방에 착수되었다.

③ 서린동집은 애초부터 그런 바깥세상의 일에는 오불관언이었다. (……) 그저 그러니 그러나보다, 땅을파니 파나보다, 먼 일처럼 넘겨다 보았다. (이호철, 『서울은 만원이다』 241회, 동아일보, 1966년 11월 16일, 2면. 이후 연재 횟수와 날짜만 표기)

인용문은 우선 ①처럼 소설의 시간적 배경을 1966년의 서울로 명시하고, 이 시기의 서울이 "만원"임을 나타낸다. 서술자는 이에 덧붙여, ②처럼 신임 서울시장의 전력을 제시하고 그가 현재 시행하는 정책이 전시적인 차원에서 이루어지고 있음을 알린다. 이러한 서술은 이 시기 서울에서 이루어진 개발정책에 대한 논평으로서, 서술자의 부정적 평가를 내포한다. 이 논평은 ③에 이르러 극중 인물들의 일부를 통칭하는 서린동집이 "그런 바깥세상의 일에는 오불관언"이라는 지표를 마련한다. 이러한 지표를 통해 서린동집의 인물들이 현실의 변화에 민감하게 대응하지 못하여 몰락하고 마는 서사의 개연성이 공고해 진다.

당시의 사회상에 대한 논평은 본문에 자주 등장하며, 일일 연재분의 상당 분량을 차지한다. 이러한 서술의 방식은 이 소설이 매일 신문을 통해 연재된다는 사실과 연관이 깊다. 만약 매일 소설을 읽어나가는 독자를 의식하여 서술의 시의성과 서사의 통일성을 동시에 강조할 필요가 사라진다면, 서술자가 이렇게 자신을 드러낼 필요가 없을 것이다. 본문에서 서사와 큰 연관이 없이 시의성을 강하게 드러내는 서술들은 대부분 전집본에서 삭제된다.[7]

서술이 당대의 사건을 주로 논평하여 시의성을 확보한다면, 그러한 시의성을 통해 주로 드러내는 것은 당시의 서울이다. 『서울은 만원이다』는 당시 서울의 문제로 과밀화를 지적한다. 서울의 과밀화는 군사정권의 근대화 프로젝트를 통해 이촌향도가 진행된 결과로, 당시 큰 사회적 문제로 인식되었다. 1966년에는 도시문제를 해결하기 위한 토론과 세미나가 각지에서 열리고[8] 각 신문들은 도시문제에 대한 기획

---

7) 신문연재본과 전집 단행본과의 비교는 동아일보 연재본과 청계문화사 전집본을 대상으로 한다. 이호철, 『서울은 만원이다』, 청계문화사, 1988. 참조.

기사를 내보냈다.

일례로 동아일보의 기획기사 시리즈 「滿員」을 들 수 있다. 「滿員」은 1966년 2월 14일부터 19일까지 서울의 도시문제를 각각 주거문제, 인구문제, 교통문제, 교육문제, 간판난립문제, 묘지부족문제의 세부항목으로 나누어 다룬 기획기사이다.

> 서울은 초만원. 비탈진 산허리에 다닥다닥 늘어붙은 성냥갑 집들, 콩나물 교실, 짐짝 「버스」까지… 차도 집도 간판도 교실도… 그리고 공동묘지까지도 예매권이 있어야 묻히게 됐다. 모두가 이렇게 초만원 상태. 어디를 살펴도 설 땅이 없다. (……) 시당국에 의하면 연평균 증가율 11.3%의 서울시 인구는 75년대엔 5백 64만 1백명, 주택수만도 59만 8천 동이 될 것이란 놀라운 추계다. 제자리에 못박힌 땅덩이 위에 늘어만 가는 인구, 빽빽이 들어차는 주택의 過密지대인 서울엔 벌써부터 SOS. 어서어서 탈출구를, 비상구를 마련해야겠다.[9]

이 기사는 서울의 도시문제를 개괄하면서, 특히 인구의 폭증으로 발생한 과밀화를 문제로 지적하고 있다. 도시 과밀화는 당대 서울에 대한 토론과 세미나 등에서 핵심적인 사안으로 다루어졌던 것이다.

이러한 상황에서 동아일보는 제목부터 도시 과밀화를 표현하는 『서울은 만원이다』를 기획하여 2월 8일부터 연재한다. 이는 『서울은 만원이다』가 시의성이라는 측면에서 당대 동아일보의 매체전략에 부합하

---

8) 1966년 7월 한 달 동안만도 13일부터 15일까지 3일간 한국행정문제연구소 주최로 「대도시행정문제 공개 세미나」가 열렸고, 30일에는 세계문화자유회의 주최로 「大都市의 제문제」 원탁토론이 벌어졌다.
9) 「滿員 - ① 넘치고 모자라는 집집집집집…」, 동아일보, 1966년 2월 14일, 1면.

는 소설이라는 점을 알려 준다. 소설에 서술된 1966년의 서울은 도시 과밀화의 부작용이 전면화 된 공간이다. 다음의 논평에서는 그러한 서울의 풍경이 직설적으로 드러난다.

그러나 이렇게 넓은 서울도 삼백칠십만이 정작살아 보면 여간 좁은 것이 아니다. / 가는 곳마다 이르는 곳마다 꽉 꽉 차있다. 집은 교외에 자꾸 늘어서지만 연년이 자꾸 모자란다. 일자리는 없고 사람들은 입만 까지고 약아지고, 당국은 욕사발이나 먹으며 낑낑거리고, 신문들은 고래고래 소리나 지른다. / 거기에는 사철 차들이 붐비고 여관마다 다방마다 음식점마다 술집 극장 당구장 바둑집 우글우글한다. (11회, 1966년 2월 19일)

소설의 본문은 이처럼 서울이 '만원'인 점을 논평을 통해 전면에 배치하는데, 이 때 소설의 본문과 기획 기사가 현실에 대한 유사한 판단과 표현을 노출하고 있으므로 『서울은 만원이다』의 시의성은 극대화된다.

서술자의 논평 외에도, 소설 내의 인물들 역시 시의성을 갖도록 형상화된다. 인물들의 성격은 근대화가 추진된 사회의 속성을 드러낸다. 소설에서 인물들은 길녀와 남동표, 기상현을 중심으로 모두 돈과 성으로 연결되어 있다. 시골에서 상경한 길녀는 성매매로 삶을 이어가고 있는데, 이러한 전락은 원래 음식점에서 일하던 길녀를 기상현이 강제로 범하여 발생한 것이다. 그런데 길녀는 유곽에서 성매매를 하던 중 월남하여 서울로 온 남동표를 만난다. 남동표는 서민금융업에 종사하는데, 길녀를 매개로 하여 기상현을 만나게 되자 그의 돈 8만원을 사

기로 갈취하여 달아나 버린다. 소설의 서사는 세 인물의 관계를 중심
으로 기상현이 남동표를 쫓는 가운데, 길녀가 기상현과 남동표를 번갈
아 만나며 진행된다.

남동표를 통해 소설에 등장하는 서민금융은 일종의 사금융으로,
1960년대 경제 전반에 걸쳐 큰 문제가 되었다. 1960년대 경제개발계획
은 군부정권과 대기업 간의 관계에서 비롯된 독과점문제를 안고 있었
다. 차관으로 확보된 투자 자금은 정부 주도하에 대형 금융 기관을 매
개로 일부 기업에만 순환되는 양상을 보였다. 이 같은 금융정책 하에
서 영세기업과 서민들은 서민금융을 이용할 수밖에 없는 상황에 놓이
게 되어, 이 시기 서민금융은 급격하게 증가했다. 신문매체는 서민금융
의 난립에 대해 우려의 목소리를 높이고[10], 신문연재소설은 그러한 사
회상을 본문에 반영하였다.[11] 『서울은 만원이다』는 주요 인물인 남동
표를 서민금융업에 종사하는 것으로 설정하고 그가 경험하는 서민금
융의 실태를 서술한다.

　　　"서민금융이라지만 말이좋지 서민들 발가벗겨먹는 금융이야. 개판이

---

10) 1960년대, 신문매체는 서민금융의 난립에 대해 경제구조상의 "「偏重」이 낳은 「梗
塞」"이라는 맥락으로 서술하여, "서민금고의 사기횡포"에 사회적 맥락을 부여
하고 있다. 「私設庶民金融機關 陽性化方案檢討 - 規模擴大로 放任할 수 없어 立法
조치推進·金通委에 자문」, 경향신문 1963년 2월 6일자, 3면.; 「「偏重」이 낳은 「梗
塞」-『모자라는 돈』·『돌지않는 돈』」, 동아일보, 1966년 6월14일자, 4면.; 「늘
어나는 私金融」, 경향신문, 1967년 2월 16일자, 2면.; 「信用金庫法案마련」, 동아
일보, 1967년 2월 6일자, 2면. 참조.
11) 일례로, 정비석의 『욕망해협』에는 "은행과 대동소이"하지만 "한달에 삼부라는
이자"를 준다고 말하며 주 인물에게 돈을 갈취하는 서민금융업자가 등장한다.
정비석, 『욕망해협』 22회, 동아일보, 1963년 8월 22일자.

네 개판. 원체 서민들이라는 것이 발거벗겨먹을 것이나 있는 줄 아나? (……) 허지만 인정 사정 없네. 그런 난처한 경우에 닥칠수록 잔인하게 긁어오면 유능사원이 된다는 말이야. (……) 원래가 돈장사라는게 제일 악질이고 제일 잔인하고 에누리가 없는 법이네. 여기 있으면 사람 하난 되어 나가지. 어떻든 이 서울에서는 독하구 봐야 하니까." (46회, 1966년 4월 1일)

남동표가 만난 서민금융업자 석구복에 따르면, 서민금융이란 "서민들 발가벗겨먹는 금융"이다. 자본의 흐름이 정부 주도하에 제한적으로 이루어지고 있으므로, 생활에 필요한 돈을 제도권의 금융에서 구할 수 없는 서민들은 서민금융의 폐해를 고스란히 떠안을 수밖에 없다. 주목할 바는, 석구복이 서민금융업을 서울 생활에 필수적인 자질을 키울 수 있는 일로 인식한다는 것이다. 자신의 이익을 위해 잔인한 일을 하는 것이 "사람 하난되어 나"갈 수 있는 일이 된다. 일면적인 근대화의 진행으로 자본주의 질서가 공고해진 사회에서는 교환가치 외에 다른 것이 존재하지 않는 것이다.

또한, 길녀를 중심으로 서술되는 성매매는 서울에서 일상화 된 것으로 그려진다. 서술자는 소설의 초입에서 기상현을 등장시켜 그가 경험한 "종로의 소개소"를 비롯하여 서울 각지에서 벌어지는 성매매의 실태를 이야기한다. 기상현은 성병에 걸려 비뇨기과에 드나들게 되는데, 성적으로 타락한 비뇨기과 의사는 서울 각지의 성매매 지역을 장황하게 언급하면서 기상현이 길녀의 행방을 알 수 있는 서사상의 근거를 제공한다.[12]

이 시기 급격한 근대화의 추진은 상당수의 여성들을 도시로 유입시켜 성매매가 증가할 수 있는 환경을 조성했다. 군사정권은 성매매 여성을 사회악 조성의 근원으로 간주하고 윤락행위등방지법을 선포하여 단속에 나섰으나, 선도를 표방하며 설치한 성매매집결지는 오히려 성매매를 장려하는 효과를 낳았다.[13] 성매매는 확산일로에 서게 되어, 명동과도 같은 일상적 공간에서도 성매매가 이루어지기에 이른다.[14] 『서울은 만원이다』의 길녀와 미경, 복실엄마는 이렇게 성매매가 일상화된 사회적 상황을 배경으로 등장한 인물들이다. 소설에서 서술자는 인물들이 행하는 성매매를 근대화의 속성과 연관하여 서술한다.

① 여기서 이 소리 저 소리 들어서 안 일이지만 참말로 서울은 넓고 사람도 많고 색시들의 몸파는 장사도 여러 가지로 날로 근대화되어가는 모양이다. 공식 비공식, 고급 저급(고급 저급이 있을까마는) 합치면, 서울여성 가운데 이런 여성이 몇할이나 될까. (112회, 1966년 6월 18일)

② 매사에 너무 유식하다는 것도 이렇게 병이다. / 모두 갖은 고생 겪어가면서도 허덕허덕 정상적으로 살아 가려고 애쓰는 판에 이런 자들

---

12) 이 부분은 『서울은 만원이다』 1966년 2월 22일자 13회부터 1966년 3월 2일 20회에 걸쳐 서술된다. 전집본에서는 이 부분이 삭제되고, 기상현이 느닷없이 길녀를 찾아오는 것으로 처리된다. 기상현이 성병에 걸려 비뇨기과를 드나드는 부분이 사라짐에 따라, "전라도 이리 근처의 양반태생"으로 "아직 서울 때를 덜 탄" 기상현의 성격이 강조된다.

13) 군사정부는 1962년 6월부터 전국적으로 104개의 성매매집결지를 설치한 바 있다. 보건사회부 발간 『보건사회통계연보』에 따르면 1960년 21,359명으로 집계된 성매매집결지 내 성매매 여성의 숫자는 『서울은 만원이다』가 연재된 1966년에 이르면 33,237명으로 늘어난다. 김희식, 「1960년대 성매매에 대한 정부정책」, 성균관대학교 석사학위논문, 2009. 참조.

14) "창녀의 선도구역도 아닌 서울의 도심지 중구 明洞입구 주변엔 매일밤만되면 밤의 妖花들이 서성거리면서 취객들을 유혹하고 있어 이들의 단속이 시급하다." 「明洞일대에 「밤의 妖花」」, 동아일보 1963년 1월 14일자.

은 처음부터 정상적 운운하는 것을 일찌기 포기하고 있는 것이었다.
(……) 이에 비하면야 길녀 자기는 물론이려니와 남동표나 미경이나 모
두 천배 백배 선남(善男) 선녀(善女)에 속하는 편이다. (172회, 1966년 8
월 27일)

인용문 ①에서 서술자는 성매매의 일상화를 "근대화되어가는 모양"
으로 표현한다. 소설에서 일상화된 성매매는 이미 윤리적 평가를 벗어
나 세태의 일부가 되어 있다. 인용문 ②에 서술된 것처럼, 위선적 지식
인의 행태에 비하면 다른 인물들은 비록 길녀나 미경처럼 성매매를 하
더라도 "선남 선녀에 속하는 편"인 것이다. 인물들은 근대화 된 서울
의 최하층에 존재하면서도 각자의 태도에 따라 상승과 전락을 보여 준
다. 요컨대 인물들이 성매매를 하는가, 하지 않는가가 아니라 당대 사
회에 대해 어떤 태도를 가졌는가가 변별적 자질이 되는 것이다.

미경은 조직을 만들어 동업하는 성매매 여성들의 권익을 보호할 만
큼 도리에 충실하나, 점점 더 비참한 상황으로 내몰리다 병사하고 만
다. 반면 복실어멈은 남동표와 더불어 소설에서 신분이 상승하는 인물
로, 길녀가 나간 서린동집에 후처로 들어가 이재를 취하여 "귀부인"의
풍모를 획득하게 된다. 그녀는 "이 세상은 주로 도리와 사리로 사느니
보다는 뱃가죽과 두꺼운 낯가죽으로 살아가야 한다"는 신념을 통해 근
대화 된 서울에 적합한 자질을 획득한다. 그것은 남동표가 몸담은 서
민금융의 '사람되는 법'처럼, 자신의 이익을 위해서라면 다른 모든 가
치를 무시한다는 태도이다.

이렇게 1966년의 사회상은 서민금융의 난립과 성매매의 일상화를

통해 나타난다. 군부정권에 의해 급격하게 진행된 근대화는 사회변동을 일으켜 이전의 삶의 방식을 파괴하였다. 이 시기의 근대화는 월러스틴의 구분에 의하면 '기술적 근대화'의 비대이며, 해방으로서의 근대가 유예되어 극단적 불균형이 일어난 상태라고 평가할 수 있다. 그 결과로 서울은 교환가치만이 득세하며, 돈과 성이 왜곡된 형태로 흘러다니는 공간이 되었다. 서울 생활에 적합한 자질을 가진 인물들은 돈을 위해 서로를 적으로 돌리는 아비규환을 만든다. "모두가 시뻘겋게 기갈이 들어" "돈을 향하여 총동원된 삼백칠십만은 예외 없이 저저끔 서로 적(敵)이" 된 것이다. 가치기준과 윤리의식이 실종되고 돈을 향한 적의만이 가득한 "서울은 바야흐로 싸움터"이다. 이호철이 『서울은 만원이다』를 통해 드러낸 1966년 서울의 모습이다.

3. 『서울은 만원이다』와 당대의 상식

이호철의 연재 후기에 따르면, 많은 독자들이 궁금해 하는 것은 "吉女는 왜 寄相鉉과 보금자리를 이루지 못하였는가"이다.[15] 이러한 반응은 많은 독자들이 이 소설을 길녀라는 한 인물의 이야기로 독해하였음을 드러낸다. 이호철은 "더러 싱거운 독자들에게서 吉女에의 求婚 편지도 筆者가 받은 바 있"다고 밝혔는데, 이 경우 본문의 시의성은 인물의 사실성과 구체성을 강화하는 역할만을 수행한 것이다. 물론 구체화 된 길녀의 성격은 지속적인 흥미와 관심을 유발하여, 이 소설이 폭

---

15) 「吉女의 행방 - "서울은 滿員이다"를 끝내고」, 동아일보 1966년 12월 1일자 5면.

발적인 인기를 끄는 요인이 되었을 것이다. 이 방식으로 소설에 접근한 독자들은 길녀와 기상현, 혹은 남동표 간의 관계가 확정되지 못하고 서사가 종결된 것에 대해 아쉬움을 토로할 수밖에 없다.

이 소설에 대한 다른 독해의 방식으로, 어떤 독자들은 이 소설에 등장하는 인물들을 부조리한 사회상에 침윤된 문제적 인물들로 규정하고 내적 윤리를 촉구하기도 한다. 경향신문 주최로 열린 신춘문예당선자 대담은 그러한 인식을 보여주는 한 사례이다.

> ◇司會=그럼 한국의 오늘의 상황에서 당신들은 혹시 불행이랄지, 비극을 짊어졌다고 생각하진 않습니까?
>
> ▼李=비극이란 생각같은 거 난 하지 않습니다. 어느시대, 어느사회에나 最大値는 있는법 아니겠어요? 예술, 정치, 문화가 포기상태라지만 지금보다 더 심했던때가 있었겠고 조그만 가능성으로 最大値를 발견하는 것은 한보람일거라고 생각해요. (……)
>
> ◇司會=그럼 어떠한 형태의 인간이기를 원하는지?
>
> ◇李=전에 李浩哲씨의 「서울은 만원이다」를 읽었어요. 거기 나오는 人間들, 폭소를 금할 수 없더군요. 또 金承鈺씨는 제3世代라고 말하는데 자기가 없고 外界에 의해 형성된 우스꽝스러운 사람들을 연상하게 되더군요. 정치가나 평론가들은 흔히 비전이니 플라이드를 가지라는 말을 잘쓰는데 그것도 조소받을 수밖에 없는 것이, 外界에 의한 人間에게 어떻게 비전이 있겠어요?
>
> ▼尹=內界로부터 영향을 못받고있는탓이지요.16)

인용문에서, 대담자 이건용은 당대 한국사회의 문제를 "어느 시대,

---

16) 「20代의 自畵像」, 경향신문 1967년 1월 18일자.

어느사회에나 最大値는 있는법"이라며 상시적인 것으로 평가한다. 또한 "最大値를 발견하는 것"을 보람으로 여긴다는 다소 낭만적인 태도를 표출한다. 당대의 문제를 상시적인 것으로 평가하는 것은, 환언하면 당대의 상황을 특별히 문제적으로 받아들이지 않는다는 것이다. 근대화의 추진으로 급변을 겪는 1960년대의 상황을 일상적인 사회변동으로 파악한다면, 『서울은 만원이다』에 등장하는 인물들이 보이는 행동은 적절한 맥락을 찾기 어렵게 된다. 따라서 독자는 인물들을 풍자적 거리를 두어 인식하고, 독해의 과정에서 "폭소를 금할 수 없"는 것이다.

인물들을 평가하는 기준 역시 소설의 맥락과 상관없이 그들이 "外界에 의"하는가, "內界로부터 영향을" 받는가로 설정되어 있다. 외계와 내계의 구분은 외적 상황에 의해 타율성을 갖는가, 내적 가치관을 통해 자율성을 갖는가의 구분임을 짐작할 수 있다. 대담에 따르면 『서울은 만원이다』의 인물들은 사회적 상황에 영향받아 타율적으로 살아가는 존재들이며, 그들이 "비전"을 갖기 위해서는 사회적 상황의 변화보다는 "內界"의 회복이 요청된다. 이러한 독해는 본문에 당대 사회의 부정성이 서술되어 있다고 해도, 그러한 부정성에 주목하기보다 오히려 인물들의 내적 변화를 촉구한다는 점에서 주목을 요한다.

유사한 독해의 사례로, 동아일보의 독자비평을 들 수 있다.

「길녀」도 「남동표」도 「복실엄마」도 「서란동영감」도, 다들 불쌍한 사람들이다. 이들의 생활이 탈선과 背理와 허풍과 僞善의 不條理한 狀況論理 속에서 悽絶한 絶叫와 권태로운 체념으로 갈등하고 있음을 속속들이 파헤쳐 提示한 "서울은 滿員이다"는 기계문명의 그늘에 棲息하고 있는

毒素 즉 밝은 사회속의 어두운 側面을 가차없이 고발하고 있다. 그것은 滿員된 서울의 斷面圖였다. (……) 滿員된 서울의 지붕밑에서 웃고울며 살아가는, 제정신잃은 사람들, 제멋대로 살줄은 알면서도 제뜻으로 살줄은 모르는 사람들이 너무도 많은 서울이다. 그러면서도 性戲와 돈줄은 한결같이 追求하는「그렇고그런」現象들이 결코 현대사회의 肯定的인 모랄일수 없다면 우리는 滿員된 서울의 脫出口를 찾아야한다. / <u>우선 너와 나의 마음부터 淨化하자.</u>[17] (밑줄은 인용자)

인용문에서 독자 김호진은 『서울은 만원이다』가 인물들의 생활상을 묘사하여 서울의 부정성을 고발하였다는 인식을 보여 준다. 나아가 만원된 서울을 채우는 현상들에 대한 대책을 촉구하기도 한다. 그러나 김호진은 상기한 대담에서 이건용이 보이는 논리처럼 만원된 서울에 대한 비평을 내적 변화의 문제로 귀결하고 만다. "우선 너와 나의 마음부터 淨化"할 것을 결론으로 제시하면서, 소설이 드러낸 서울의 어두운 측면은 '우리'가 내적 변화를 통해 해결할 문제가 되어버린다. 시의성을 가진 본문을 통해 당대 사회가 가진 부정성을 목도하더라도, 이러한 논리를 거쳐 사회적 부정성을 개인을 단위로 한 도덕적 문제로 환원하고 마는 것이다.

독자들이 보인 독해의 경향을 하나의 상식으로 간주하자면, 그것은 사회의 부정성에 대해 개인의 내적 변화와 도덕성 회복의 촉구를 '당연하게' 대안으로 생각하는 태도이다. 이러한 태도에 대해, 이 시기에는 상식을 구성하는 역할을 담당하는 시민사회와 자발적 결사체가 제

---

17) 김호진, 앞의 글.

기능을 수행하지 못하는 상태였다는 것을 상기할 필요가 있다.

한국전쟁이 시민사회의 공공적 기반을 장기간 동안 무력화 시키고 사회 내부의 극단적인 불신을 낳았다면, 군부정권은 여기에 덧붙여 시민사회의 발생을 억제하고 사회와 그 구성원들을 특정한 방향으로 유도하고 독려하는 '훈육국가'의 모습을 취했다. 국민은 후진적 존재로 정의되어 정상적 국민을 만들기 위한 국가의 강제를 받았다. 이런 상황에서 구성된 이 시기의 '상식'은 당대 사회의 부정성을 인식하여도 국가를 비판의 대상으로 삼지 않는다. 오히려 그것을 스스로의 부덕과 한계로 인식하는 사례가 생겨난다. 시민사회가 붕괴되어 생겨나는 현실의 문제를, 군사정권의 훈육책에 동조하여 개인의 윤리와 공중도덕을 회복하여 해결하자고 말하는 것이다. 이러한 태도는 군부정권의 이데올로기 전략이 만들어낸 기형적인 상식으로, 현실의 부정성에 대한 인식과 그 대안을 찾는 시도가 이접되어 있다고 할 것이다.

비교하여 『서울은 만원이다』는 그들과 다른 상식을 보여 준다. 서술자의 논평과 인물들의 성격은 당대 서울의 가시적인 문제를 표현하는 데 그치지 않고 서울로 응집된 근대화의 부정성을 표현한다. 독자들의 요청과 달리, 작가가 길녀를 기상현이나 남동표와 연결하지 않고 서사를 종결한 것은 당대에 이루어진 근대화에 대한 작가의 판단을 체현한 것이라고 할 수 있다.

『서울은 만원이다』에서 서술자는 "근대화" 중인 서울을 "겉만 번지르르하게 요란"하지만 "정작 사람들이 다 썩어나가는 판"이라고 말한다. 이러한 논평은 당대 근대화의 과정이 일면적인 기술적 근대화에 지나지 않는다는 판단을 포함하고 있다. 그러나 소설이 그러한 기술적 근대화에 반하여 근대화 이전의 세상으로 돌아갈 것을 주장하는 것은 아니다. 본문에서 길녀가 기상현에게 갖는 감정을 서술하면서 드러나는 생각은, 현실의 변화는 인정해야 한다는 것이다.

본문에서 길녀는 기상현을 누구보다도 착실하다고 평가하지만, "요즘 세상에"는 그러한 성격은 무용하다고 생각한다. 길녀는 "피부비뇨기과가 형편없는 망종이긴 하지만 그 사람같은 성격이 조금만 섞여 있더라도 나을 터"라며 기상현을 본문에서 가장 부정적으로 서술된 인물보다도 당대에 적합하지 않은 인물로 평가한다. 독자들이 기상현과 길녀의 관계가 이어지기를 요청하여도, 이호철이 "吉女가 寄相鉉과 보금자리를 이룬일은 새로운 소설의 시작은 될지몰라도 「서울은 滿員이다」의 경우 끝은 될수없다"며 서사를 종결한 것은 이러한 평가에 기인한다. 기상현은 이미 과거의 인물이며, 근대화의 시대에는 그에 적합한 새로운 자질을 가진 인물이 요청되는 것이다.

남동표는 근대화의 활기를 보여주는 인물로 등장한다. 그는 사회문제의 근원으로 분단체제를 지목하면서 돈보다 중요한 것이 '통일'이라고 말하고, 비록 서민금융에 발을 들였어도 도덕적 태도를 견지하던 인물이다. 남동표의 성격이 유지되었다면, 그는 근대화의 부정성에 대해 대안적인 인물이 되고 길녀는 그와의 관계에 정착했을 것이다. 그러나 남동표는 서울 생활을 지속하면서 서민금융을 통해 최종적으로는 타락하고 만다. 그는 "이제부터는 생활방법을 바꾸기로" 하여 "상무취체역"으로 사회적 상승을 이룬다. 또한 "모범서민금융회사선정평의회"에서 "애국가는 물론 맹호용사노래도 하"며 "일선과 후방이 완전 합심"이라고 생각한다. 남동표의 사회적 상승이란 서민금융으로 표현되는 당대의 질서에 동조하는 일이다. 서술자는 회사가 모범서민금융 회사로 선정되어 거액의 융자를 받기까지, 남동표가 "요소요소를 방문하고 교제하"였음을 넌지시 이야기한다. 남동표는 이전의 자신을 완전히 버리고 협잡과 부정을 일삼게 된 것이다. 군부정권은 "브라스밴드도 동원"하여 그러한 협잡과 부정을 조장하고 있다.

길녀는 남동표의 변화에 대해 "사람이라는 것이 환장하고 미치는 것이 달리 미치는가. 이렇게 남동표처럼 미치지"라고 생각한다. 남동표처럼 미치는 것은 당대의 부정성에 동조하는 것이므로 길녀는 남동표를 혐오하게 된다. 길녀는 남동표의 돈을 훔쳐 달아나려고 하다가, 당대를 살아가는 방식에 대한 근원적인 고민에 맞닥뜨린다. 남동표의 변화를 접하면서, 길녀는 자신이 서로 적이 된 사회에 놓여 있음을 알게 된 것이다. 기술적 근대화의 과정에 놓인 서울에서는 경쟁에 참여하지 않으면 살아갈 수가 없다. 길녀는 "이런 분수를 어기려 들면 나만 못 살아갈 것"임을 깨닫고 선택의 기로에 놓인다. 남동표가 했던 행동을 좇아, 그의 돈을 훔치는 행위는 서울의 논리에 동조하여 살아가는 길이다. 반대로 그의 돈을 훔치지 않는 것은 자신의 생활 방식을 견지할 수는 있으나 더 이상 서울에서 살 수 없는 길이다. 어느 쪽도 선택하기 어려운 상황은 '본질적인 흐느낌'이라는 정서적 표출을 낳는다.

서술자는 길녀에게 놓인 선택을 통해 당대 사회에 대한 자신의 사고를 표현한다. 근대화 된 서울은 이미 도래하였고, 그것은 이미 무시하거나 거부할 수 없는 현실이 되었다는 것이다. 그러나 서울이 가진 부정성은 개인에게 도덕적 각성을 요구하는 수준에서는 해결될 수 없으므로, 지속적으로 현실이 부정적임을 의식할 수밖에 없다. 따라서 인물들의 관계는 연결되지 못하고 급작스런 결말을 맞게 된다.

　만약 근대화 된 서울 이외에 대안이 될 수 있는 인물이나 공간이 존재한다면, 소설의 서사는 다른 결말을 맞을 수 있을 것이다. 그러나 현실에 근대화 되지 않은 공간은 남아있지 않다. 그것은 길녀가 자신의 고향에 품었던 기대가 좌절되는 과정에서 드러난다. 길녀는 성매매를 하면서도, "우리 엄마가 이짓 하는 것을 알면 그 당장에 목에 칼을 꽂을" 것이라고 생각한다. 그러나 길녀가 돈을 갖고 고향으로 내려가자, 부모는 성매매 사실을 알면서도 돈이 생겼으므로 그녀를 환영한다. 서울이 아닌 고향에서도 돈은 무엇보다도 중요한 행위의 기준이 되어 있다. 길녀는 돈에 우선하는 윤리적 기준이 자신에게 적용되기를 기대하지만, 돌아간 고향 역시 기존의 윤리적 체계가 붕괴된 근대의 공간인 것이다.

　서술자는 길녀를 어디에도 갈 곳이 없는 인물로 방황하게 만든다. 이러한 방황은 근대화를 거부할 수 없지만 동조할 수도 없다는 인식이 만들어 낸 것이다. 따라서 길녀가 사라진 것은 서사상으로는 급작스러운 사건이지만, 의미상 자연스러운 귀결이 된다.

> 　그러나 어떻든 서울은 만원이다. / 의욕적인 새 시장을 만나 서울은 화려하게 단장이 되고, 곳곳에 빌딩은 서고, 사람들은 날로 문주란의 노래같은 것에나 잠겨들기를 좋아하고, 외국의 차관(借款)은 들어오고, 차관은 물론 유효적절히 쓰이고 있을 것이다. 적어도 우리 선량한 국민들은 그렇게 믿기로 하자. 그렇게 안믿을 도리가 있는가. / 이제 차관을 다갚고, 우리의 근대화가 흔하게 돌아가는 말대로 이루어지고 제 2차 5개년 경제계획이 성공리에 이루어지고, 그때 모두 옷을 갈아입고, 모두

하루하루의 삶이 건실해 지고 활기에 차 있게 될 때, <u>그 때 우리 앞에</u>
<u>새옷으로 단장한 길녀도 나타날 것이다. 그 시기를 오년 후 쯤으로 잡</u>
<u>을까.</u> / 그럼 그때 다시 길녀와 같이 만나기로 하고, 빠이 빠이 안녕.
(250회, 1966년 11월 26일)(밑줄-인용자)

길녀가 사라진 이후, 서술자는 다소 모호한 태도를 보이며 소설을
종결한다. 서울이 만원인 현실을 기술하다가, 차관이 유효적절히 쓰이
고 있을 거라는 진실성이 결여된 진술로 방향을 급전한다. 이어지는
"모두 하루하루의 삶이 건실해지고 활기에 차 있게 될 때" 길녀가 다
시 나타난다는 진술도 진실성이 떨어지는 것은 마찬가지다. 현재 이루
어지고 있는 근대화와 제 2차 5개년 경제계획이 성공리에 이루어진다
고 하여도, 그러한 근대화의 내용은 이미 본문에 부정적으로 서술되어
있기 때문이다. 다만 여기에서 주목할 것은 길녀가 다시 나타나는 시
간이 "오년 후"로 명시되어 있다는 점이다.

소설의 맥락을 고려하면, "오년 후"는 군사정권의 시효가 끝나는 기
간으로 해석된다. 1회부터 남동표의 입을 통해 사회 문제에 대한 대답
으로 "통일"을 제시한 서술자는, 현실의 부정성이 군사정권의 압박과
그를 기반으로 추진되는 근대화 프로젝트에 기인하는 것이라는 판단
을 본문 곳곳에 노출한다. 군사정권의 지속적인 지배 아래에서는 어떠
한 대안도 산출되기 어렵다는 것이다. 즉, "오년 후"는 헌법상 정권이
교체될 수 있는 시기이고, 정권이 교체되면 새로운 사회가 조성될 수
있다는 것이다. 이는 근대화의 명목아래 현재 벌어지는 사회변동에 대
한 비타협적 태도이다.

『서울은 만원이다』는 당대의 상식과 타협하지 않고 작가 자신만의
판단을 드러낸다는 점에서 의의를 갖는다. 당대 사회의 부정성을 형상
화 하면서도, 쉽게 대안을 내지 않는다는 점은 특기할 만한 것이다. 그
렇지만 이 소설의 결말에서 예상한 "오년 후"는 도래하지 않았다.
1969년 10월 17일, 3선 개헌안과 재신임 국민투표가 실시되어 박정희
는 다음 대통령 선거에 출마할 수 있는 자격을 획득하고, 1971년 제 7
대 대통령으로 당선된다. 기술적 근대화의 추진은 가속화되어 서울은
더욱 만원이 되었다.

4. 결론

『서울은 만원이다』는 군사독재정권의 근대화 프로젝트에 대한 작가
이호철의 판단이 드러난 본문이다. 이 본문은 신문연재소설의 특징으
로 지적되어 온 통속성보다는 신문연재의 과정에서 구성되는 시의성
을 강조한다.

1960년대 중반, 서울은 근대화 프로젝트의 수행에 따른 부작용을
'만원'으로 경험한다. 이러한 '만원' 현상에 대해 각급의 논의가 벌어
지고 신문매체들은 특집기사를 내보낸다. 이 때 동아일보에 연재를 시
작한 『서울은 만원이다』는 논평을 통해 당대의 근대화가 물적 변화만
을 강조한 기술적 근대화임을 지적한다. 또한 인물들을 통해 성매매,
서민금융의 실태를 묘사하여 당대 사회의 가치기준과 윤리의식이 붕
괴된 상태임을 드러낸다.

이렇게 『서울은 만원이다』에서 형상화된 당대의 사회상은 공적 체험영역에서 독자들과 공유된 것으로, 이 소설이 큰 인기를 끄는 이유가 되었을 것이다. 그러나 성매매와 협잡이 횡행하는 사회상은 당대의 독자들에게 그 원인을 규명하려는 의식보다 도덕과 윤리회복을 촉구하는 반응을 불러 올 뿐이다. 사실 당대의 사회문제는 군부독재가 야기한 사회구조의 왜곡에 상당부분 기인하는 것이었다. 그런데 이러한 맥락을 무시하고 당대 사회문제에 대해 구성원들의 도덕과 윤리의 회복을 촉구하는 것은 군부독재정권이 자신들의 정당성을 확보하기 위해 구성한 훈육국가의 기획에 동조하는 결과가 된다. 『서울은 만원이다』와 같은 본문을 읽고서도, 훈육국가에 의해 구성된 독자의 상식은 소설의 내용을 군부의 논리대로 독해하게 되는 것이다.

이호철은 그러한 당대의 상식에 동조하지 않고, 독자들의 요구에도 불구하고 길녀를 기상현이나 남동표와 결합하지 않고 사라지게 한다. 이를 통해 이호철은 당대의 상식과는 다른 자신의 판단을 드러낸다. 그러한 판단이란 군부가 추진한 근대화 프로젝트가 기술적 근대화만을 추진하여 사회 전체의 왜곡을 불러온다는 것이다. 이호철의 판단에 따르면, 당대 사회가 가진 왜곡의 교정은 단순히 도덕과 윤리의 촉구로 해결될 수 있는 것이 아니라 "통일"이나 "하루하루의의 삶이 건실"한 근대화가 이루어져야 가능한 일이다. 따라서 이호철은 어떠한 결말에 도달하지 않고 급작스럽게 서사를 종결한다.

『서울은 만원이다』의 의의는 신문연재소설의 시의성을 통해 큰 인기를 얻었으나 당대 독자들의 상식과 타협하지 않았다는 점에 있다. 독자 대중과 공적 체험을 공유하면서도, 당대 사회에 대한 작가의 판

단을 통해 군부독재정권이 추진한 근대화의 속성을 묘파하고 있는 것
이다. 신문연재소설에 대한 기존의 인식이 독자들에 영합하는 통속적
소설이라면, 이 소설은 그러한 인식을 조각하는 하나의 사례이다.

닫힌 현실과 열린 분단의식

— 이호철의 장편소설 『문(門)』

1. '감옥'의 문제성

한 소설이론가는 법과 권력이 남용된 시대상황과 관련해서, 60년대 이후 문학에서 '감옥은 그 사회의 진정한 축도이자 소우주'라는 관점을 취한다.[1] 그의 논지대로라면, 감옥은 근대 이후 일제 식민지 시기에서나 건국 이후, 그리고 70년대 유신체제하의 긴급조치 같은 일련의 정치적 사회적 억압에 따른 문학적 표상의 하나이다. 우리 문학에서

---

* 유임하 / 한국체육대학교

1) 이재선, 『현대소설사(1945-1990)』, 민음사, 1991, 142쪽. 특히 3장 '닫힘과 열림의 상상력'을 참조할 것.

‘감옥’이라는 공간은 파행적인 역사와 밀접한 관련을 맺기 때문이다. 그만큼, 감옥은 정치와 사회적 맥락을 표상화하는 유의미한 거점의 하나이다. 감옥과 관련해서, 필화사건 또한 해방 이후 한국문학과 문화사에서 억압적인 이데올로기적 심급이 사회적으로 온존한다는 방증이기도 하다. 필화는 격랑 속에 분단체제가 구축되고 태생적인 한계를 가진 신생국가로 출범한 대한민국이 표방했던 반공주의와 표현의 자유를 구속하면서 발생한 사건이다. 반공의 이데올로기에 배치되는 주장이나 언술들, 반체제적이거나 지방색과 직결된 것, 음란성 여부가 필화의 발화점이다.[2] 이같은 점은 필화사건을 통해서 사법적 체계가 권위적이고 억압적인 국가 이데올로기 규율장치였음을 반증해준다.

감금이라는 사법적 징벌 효과는, 미셸 푸코의 표현을 빌리면, “신체가 아닌 (…) 정신”으로 향한다. “신체에 극심한 고통을 가하는 처벌 뒤에 이어지는 것은 마음, 사고, 의지, 성향 등에 대해서 깊숙이 작용해야 하는 징벌”이다.[3] 징벌 효과는 정신에 가해지면서 내면 깊숙이 작동하는 ‘미시적 권력’(58쪽)이 된다. 처벌과 감시, 징벌과 속박의 모든 법적 절차는 순응과 ‘복종화의 성과’(62쪽)를 불러온다. 그런 측면에서 푸코는 형벌의 교육적 역할에 주목한다. 그는 신체형이 전파되는 거리의 소문들이 법의 이야기로 재생되고 확산되는 ‘구경거리’라는 점에서 “모든 형벌은 교훈담”(183쪽)이라고 규정한다. 18세기 유럽에 확산된 감옥이라는 획일적인 장치는 근대 국가의 사법기구 안에 안착하면서 규율이 전사회적으로 관철된다. 이는 “강제권의 수단에 의해 적용대상이

---

2) 김삼웅 편, 「책 머리에」, 『한국필화사』, 동광출판사, 1987.
3) 미셸 푸코, 오생근 역, 『감시와 처벌』, 나남출판, 43-44쪽.

되는 사람들을 분명히 가시적으로 만드는 장치"(268쪽)가 뿌리내린다는 것을 뜻한다. 감옥의 정치경제학은 일망감시(판옵티콘)와 규율의 관철을 통해 권력행사를 가장 저렴하게 하고, 사회 권력의 효과를 최대한도로 파급시킨다(335쪽). 이런 측면에서 권력은 "소유되기보다는 오히려 행사되는 것이며, 지배계급이 획득하거나 보존하는 특권이 아니라, 지배계급의 전략적 입장의 총체적인 효과이며, 피지배자의 입장을 표명하고, 때로는 연장시켜주기도 하는 효과"(58쪽)에 가깝다.

감옥 체험이야말로 식민체제의 등장 이후 규율장치를 가장 분명하게 신체의 규율화를 수용하는 구체적인 계기가 된 것이라고 추정해볼 수도 있다. 사법 권력을 통한 권력의 공포를 체감하도록 했다는 가정은, 이광수와 김동인의 감옥체험에도 적용 가능하다. 그들의 문학세계와 정신의 징벌적 효과는 어떤 관련이 있는 것일까. 이광수는 「무명」에서 민족주의자의 염결성을 부각시키지만 방면 이후 오히려 민족운동의 전선에서 이탈했고, 김동인은 「태형」에서 3.1운동의 정치적 의미와는 무관하게 인간의 위악한 자기본위 욕망에 시선을 고정시키기 시작했던 것은 아닐까. 그 연장선에 60년대 중반에 일어난 '『분지』 필화사건'도 놓인다. 이 사건은 지식인 문단사회의 느슨한 의식에 가한 사법권력이 현존하는 분단체제의 의식적 경계를 구획했고 문인들에게 자기검열의 장치를 작동시켰다.4) 이런 맥락을 따라가다 보면, '감옥'의 표상과 '감옥체험'은 우리 문학에서 문화정치학의 관점에서 마땅히 취

---

4) 반공주의와 관련한 작가의 자기검열에 관해서는 유임하, 「마음의 검열관, 반공주의와 작가의 자기검열-김승옥의 경우」, 『상허학보』, 2005 여름호 및 유임하, 『한국소설과 분단 이야기』, 책세상, 2006 참조할 것.

급되어야 할 핵심 논제의 하나일지 모른다는 생각을 들게 한다.

이호철의 장편 『문』(1989)[5]은 간첩혐의자로 투옥된 작가의 자전적 체험을 바탕으로 분단체제와 독재체제의 남용된 권력의 허위를 다룬 흥미롭고 소중한 소설적 성과의 하나이다.[6] 하지만 이 작품은 이호철의 다른 작품과 달리 논의에서 비껴나 있다. 그러나 그렇다고 해서 이 작품의 가치가 결코 지나쳐도 좋을 만큼 낮은 것이 아니다. 작품은 강제 노역수들의 하루 일상을 통해서 스탈린 시대의 공포정치를 재현해 낸 솔제니친의 『이반 데니소비치, 수용소의 하루』를 연상시킬 만큼 문제적이다. 이 작품은 유신체제로 치달아가는 초입에 일어난 '문인간첩단사건'에 연루된 작가의 자전적 체험을 바탕으로 사법권력의 부당성을 문제삼고 『소시민』의 세태 풍경을 감옥이라는 공간으로 옮겨 분단체제의 폭력과 민족현실의 비극을 제시하고 있기 때문이다.

---

5) 이 작품의 원점은 70년대에 발표된 단편 「문」(『창작과비평』, 1976. 봄)이다. 그러나 단편은 장르적 특성상 수감 첫날과 둘째 날로 한정되고 수감의 당혹스러움과 이질적인 공간의 인식에 머물러 있다. 장편은 단편의 첫부분을 끌어안으면서 시공간을 확장하여 사법절차의 불법성을 시간대별로 배치하고 전면적으로 다시 쓰여졌다고 보는 편이 옳다. 이 글에서는 『문/ 4월과 5월』, 이호철전집 5권, 청계연구소, 1989를 텍스트로 삼았다.

6) 작품의 배경이 되는 문인간첩단사건은 1974년 유신시대의 서막을 알리면서 박정희 정권과 보안사가 조작한 공안사건이다. 문인 61명의 개헌지지 성명을 빌미로 이호철, 임헌영, 김우종, 장병희, 정을병 등 5명의 문인을 간첩죄로 구속한 이 사건은 민단계 재일동포가 발행하는 잡지 『한양』을 북한 공작원인 조총련계 위장 잡지로 규정하고 이 잡지에 기고했던 행위에 대해 간첩죄로 구속했으나 대부분 집행유예로 풀려났다. 이에 관한 증언으로는 장백일, 「세칭 '문인 간첩단 사건'」, 한국문인협회 편, 『문단유사』, 월간문학출판부, 2001.

2. 남용된 권력과 반공의 규율장치

『문』에서 '감옥'은 단순히 사법 권력의 부당성을 체감하는 수형자의 폐쇄된 공간에 그치지 않는다. 감옥은『소시민』에서 익히 보았던 당대 사회의 세태 풍경에서 포착한 일상적 시선을 전복시켜, 민주화를 탄압하는 부당한 정치권력과 분단문제와 착종된 세계를 탐색하는 또하나의 관문이다. 감옥은 "대다수의 군중들을 동시에 감시하기 위한 건물의 건설과 배치를 큰 목표를 위해 이끌어가고 또 이것을 활용하면서 국가가 사회생활의 보호영역을 넓혀나가고, 나아가서 그 보호를 완전하게 하며", 궁극적으로는 "사회생활의 모든 세부적인 사항과 모든 관계들 속에서 국가가 매일매일 점점 더 깊숙하게 개입하는"[7] 메커니즘이 전면화되는 문제적인 장소이다.

모두 4부로 이루어진 이 작품에서, 제1부는 수감되는 첫날부터 팔일까지, 그리고 연행 첫날부터 사흘째 이르는 날까지 현재와 과거를 교차시켜 불법연행과 구금에 이르는 경과를 순차적으로 제시하고 있다. 여기에는 간첩혐의자로 독방에 구금되기까지, 그리고 수형자로 적응해 나가는 또다른 일상이 재현된다. 감옥 내부와 교도소 공간이 일상과 절연된 구금의 장소임을 보여준다. 2부는 수감생황 속에 만난 수형자들과 교류하는 생활과 공소 때까지를 서술하고 있다. 특히 북쪽사람인 사형수 강씨와 대면하며 그의 면면을 알아가면서 분단현실의 비극을 인식하고 성찰하는 대목은 작품에서 빛나는 성취에 해당한다. 3부는

---

7) 미셸 푸코, 앞의 책, 333쪽.

수감생활에서 접한 감옥 안팎의 세계에 대한 세밀한 관찰과 성찰을 담고 있는데, 변호사들과 접견하면서 사법제도와 체제의 경계를 더듬어 가는 부분이 이채롭다. 4부는 담당 교도관들의 교체와 함께 교도관들의 애환과 사형수들의 운명을 접하는 한편, 사형수 강씨와 서신을 교환하며 동향 출신임을 확인하고 서신을 교환하면서 분단의 비극적 현실을 예각화하고 있다. 4부에 걸쳐 있는 작품의 서술구조는 독방 수감의 한계에도 불구하고 불법연행과 무리한 공소가 자행된 독재체제의 사법행형에 대한 우회적 비판을 감행하며 분단체제가 만들어낸 경계 지점까지 육박하고 있다.

작품의 주인물 '한모모'는 작가로서 재일동포가 발행한 잡지『한성』에 기고하고 그곳의 초청을 받아 일본여행에서 돌아온 뒤 '간첩혐의' 사상범으로 독방에 수감된다. 실제 작가의 행로와 그리 어긋나지 않는다는 점에서 주인공의 인물 구성은 간첩조작 사건의 정치적 희생자였던 작가 자신과 그리 멀리 떨어져 있지 않다. 작가는 자전적 체험을 최대한 살려 당대 현실의 맥락으로 확장시키는 작품의 의도를 굳이 감추지 않는다.

> "응, 이 분이로군. 그저껜가, 신문에 된통으로 났던데. 당신, 진짜, 빨갱이요?"
>
> "빨갱이로 보여요?"
>
> (중략)
>
> "신문엔 뭐라고 났던가요?"
>
> "당신이 간첩질 했다든데."
>
> "어떤 식의 간첩질을?"

"그건 당신이 더 잘 알거 아뇨."(16-17쪽)

작가인 주인공의 시점에서 교도관과 나누는 대화에서 사상범에 대한 어떤 긴장감도 찾아보기 어렵다. 정치적 조작에 의한 희생자의 면모를 엿보게 하는 이 장면은, 감방도 복역수들의 염려와 배려가 깃든 하나의 일상적 세계임을 말해준다. 그러나 수감자의 삶은 그들의 정신이 "사육당하는 짐승"(58쪽)과도 처지에 놓여 있다. 역설적이게도 '감옥'이라는 공간은 당대 사회의 폐쇄성을 포착할 수 있는 유의미한 현실 공간인 셈이다. 어수룩함이 수감된 지 얼마 되지 않은 초보 수형자의 면모라면, '그'의 순진함은 '간첩죄'와는 무관한 지식인에게 내려진 간첩혐의라는 죄목이 그만큼 부당한 것임을 일러준다.

"네, 지난 몇년 동안, 민주수호 일에 가담하고, 유신체제를 반대했던 일은……."

"그거야, 민주시민으로 당연한 거 아뇨." 하고 상대는 일수 약간 느물느물하게 웃었다. "이 사람, 지금 무슨 소릴 해. 아니, 우리 민주국가에서, 민주주의를 수호하겠다는 걸, 마다할 사람이 어디 있어. 그러니까 당신이 그런 사람이다, 이거야? 미처 몰랐군."

"……"

"이봐, 똑똑히 들어. 그 누구든 간에, 독재를 하면 쓰나. 못 쓰지. 엄연히 우리나라는 민주국가라고. (…) 우리가 잡으려는 것은, 어디까지나 빨갱이란 말야, 빨갱이, 알아들어? 자 그러니."

"일본 갔던 일로는, 더 이상 저는 털어놓을 것이 없습니다."

"당에 들었잖어, 당에. 입당 원서도 썼잖아. 다아 꿰고 있는데 뭘 우물우물 넘어갈려고 해."

　　"당이라니요?"

　　"왜 이리 능청을 떨지, 이 사람. 당은 무슨 당이겠어. 이북 로동당이
지."(49-50쪽)

　　주인공을 연행하여 취조하는 인용대목에서 심문 수사관의 강압적인 태도는, 정치적 조작에 의한 사건이 만들어내는 권력의 허위를 단적으로 보여준다. 공권력의 의심 속에 해외여행에 대한 심문과정이 주인공을 간첩혐의자로 판정하며 공산당 입당을 의심하는 수사 절차에는 사상적 검열을 자행하는 공안당국의 남용된 권력과 훈육의 모든 과정이 기입되어 있다. 이 강압과 폭력성은 주인공을 "반국가사범으로" "법 차원으로는 휴전선을 넘어서는"(52쪽) 경계로 몰아간다.

　　하지만, '빨갱이'나 '간첩질'이라는 신문 보도가 감옥 바깥의 세계에서는 흉흉한 소문으로 유통되는 상황과는 별개로, "그나저나, 고생 되겠소만, 사회서 그 정도로 놓았음, 빨간딱지치고는 별거 아닐는지도 모르겠군. 혹시 글루다 이거 미움 산 건 아니요?"(9쪽) 하는 교도관 사내의 발언은 정치적으로 조작된 사건임을 충분히 감지하게 해준다. 간첩혐의와는 무관한 주인공에게서는 지식인 사회를 순응시키려는 독재체제의 정치적 훈육과정을 엿볼 수 있다. 이렇게 해서 주인공은 수사과정이나 수감생활에서 권력의 남용이 빚어내는 거대한 반공의 규율장치의 실재를 대면하는 것이다.

　　그러나 감옥은 강압적인 권력의 허위와 정치적 훈육만이 난무하는 사법제도의 절차만 담고 있는 세계는 아니다. 이 세계에는 다양한 수감자들의 인물 탐구를 거쳐 분단 비극의 문제성이 담겨 있기 때문이다.

3. 감옥 속의 사람들과 분단문제의 예각화

주인공이 취조과정에서 만난 각양각색의 인물 중에서 가장 인상적인 존재로는 평양 출신의 월남민인 조서담당 수사관과 수감생활에서 대면한 사형수 강씨이다.

조서담당 수사관은 같은 월남 실향민으로서 주인공의 처지를 동정하며 다음과 같이 말한다. "(…) 노골적으로 할 소린 아니지만, 당신도 월남했다고 해서 하는 얘긴데, 월남한 사람으로 빨갱이 좋아할 리는 없잖어. (…)나도 이 업무에 종사하면서, 척 하면 삼천리라고. 사람 보는 눈 하나는 이제 어느 경지에 이르렀거든. 당신이 빨갱이? 어림 반 푼 어치도 없는 소리지."(72쪽) 그의 확신은 월남민으로서의 경험적 직관의 소산이다. 오히려, 주인공은 조서 작성과정에서, 자신이 북쪽사람의 방문을 받고 자신의 고등중학교 졸업장을 전달받았노라고 실토함으로써(76-77쪽). 담당 수사관을 당혹스럽게 만들기도 한다. 주인공의 심정은 북쪽사람과의 만남을 통해서 북쪽체제가 여전히 자신을 고려대상에 포함시키고 있다는 점을 은연중에 발견하고 남과 북의 체제에 모두 연계된 존재임을 확인하고 남쪽 체제민으로서의 신원을 검증받고자 하는 것이다.

조서담당 수사관은 주인공과 조서작성 중에 북녘에서 보낸 5년 기간 동안에 유행했던 소련노래들을 함께 부르기도 하고, 소련영화와 읽었던 소련 문학작품에 대해 담소를 나누기도 한다. 그러다가 수사관은 주인공에게 다음과 같이 말한다. "그 동네서 그렇게 소련노래깨나 부르면서 살다가 월남해 왔음, 제 분수를 차리고 얌전하게 살아갈 거지,

뭘 주제넘게 이러구 저러구 해서, 애먼 사람 골치 아프게 만들지? 겪어 볼수록 당신이라는 사람, 나쁜 사람은 아닌 것 같은데.”(99쪽) 이는 주인공과 수사관이라는 사법장치 속의 공적 관계가 아니라 같은 월남자로서 주인공에게 순치된 삶을 사는 것이 평범한 일상을 구가하는 첩경이라고 훈계하는 발언이기도 하다.

주인공이 만난 또 한 사람의 주요 작중인물은 수감 20일 가량이 지난 뒤 대면한 옆방 5호 실장 ‘강씨’이다. 그는 북한 체제의 고위직으로 남파되었던 간첩사형수이지만 감방 수감자들로부터 신망을 얻은 존재이다. 그러나 주인공은 주인공에게 상심하지 말라고 위로하는 강씨의 “이십여 년 동안 몸담아온 이 남쪽세상과는 너무 다른 낯선 세상의 억양”(81쪽)을 듣고 나서 월남한 이북사람으로서의 자격지심 때문에 경계심을 풀지 않는다. 사형수 표지를 단 그를 두고 주인공은 “어떤 식으로든 결론을 내야 할 일이 있는데, 그것은 꽤나 성가시고 까다로운 일”(84쪽)이라는 점에 부담감을 느낀다. 그 부담감은 간첩혐의를 받은 자신과 간첩 사형수 사이에 놓인 분명한 구별짓기이다. 옆방 수감자들 중에는 대통령과 친한 원로 여류 문인들에게 줄을 대보라고 권유하는, 남쪽체제에서 문단사정을 잘 아는 이들도 있으나 강씨는 이들도 숙연해질 만큼 존경받는 모범수이다. 그는 주인공에게 ‘매사에 지식인으로서 처신을 잘 하라’고 권고하기도 한다.

주인공은 두 북쪽사람을 대면하면서 분단의 비극성을 성찰하기 시작한다.

지금도 그는 잠시 멍멍해 한다. 같은 이북 출신으로서의 그 조서담당

수사관과 이 사람, 수정수 강씨의 거리는, 몇천리 몇만리나 될까. 아니,
몇십 만리, 몇천 만리나 될까. (…) 지난 이십년 동안에 같은 조선 사람,
한국 사람끼리 어쩌다가 이 지경으로 깊은 골이 패여 버렸을까. 그리고
또 있다. 그의 중학교 4년 선배였던 일본 도쿄의 김모모. 이 민족이 이
렇듯 제각기 처지와 형편에 따라 세갈래, 내갈래, 아니 천갈래 만갈래로
찢겨져 있는 것이다.(99쪽)

주인공의 '멍멍한 의식상태'는 감옥과 그 주변에서 수사관이나 수감
자들과 대면하며 성찰하기 시작한 분단의 실상을 절감하면서 받은 충
격과 그에 따른 정서적 반응이다. 간첩혐의자와 수사관, 사형수의 처지
에 놓인 강씨의 현실과 접하면서 주인공은 하나인 민족이 파열하면서
빚어진 비극과 전락을 곱씹는 것이다. '그'가 강씨에게 본의 아니게 미
안한 마음을 느끼는 것도(105쪽) 같은 맥락이다. 강씨는 자신을 당당하
게 마주 대하지 못하는 '그'에게 떳떳하게 응대함으로써 분단체제에
훈육당한 자신을 발견하게 해주는 거울의 역할을 하고 있다. 그의 당
당함은 남과 북으로 나누어진 한반도의 현실에 대한 부당함에 맞서는
자의 신념에서 온 것이지만, 그 태도가 공산주의자의 신념이라는 데
곤혹스러운 것이다.

작품에서는 공소과정에서 접견한 변호사와 감시하는 교도관, 면회온
가족들의 다양한 표정과 감정상태를 관찰하면서 사법절차와 제도 안
에서 서로 다른 위치에서 서로 다른 가치관을 가진 군상과 세태를 포
착한다. 주인공은 수감자의 일상적 시선에서 사회제도와 습속을 문제
적으로 바라봄으로써, '감옥'은 당대 사회의 정치적 강압성을 이해하는
또하나의 관문이 된다. 기소과정이나 수감, 공소 절차에 이르는 모든

징조는 주인공에게 수감생활이 그리 길지 않으리라는 것을 변호사나 검사, 다른 수형자들이나 교도관으로부터 읽어낸다. 하지만 장정후와 같은 정치인의 구금이나 민청학련 사건을 풍문으로 들으면서, 주인공은 정치적 강제와 억압이 더욱 혹독해지는 현실을 조망하는 자신의 위치를 충분히 인식한다.

작품에서 빛나는 부분은 3부 중반 대목이다. 여기에는 해방 직후 이북 고향땅의 정황과 중학시절 연애의 감정을 품었던 강복순과의 보낸 시절에 대한 주인공의 긴 회상이 펼쳐지고 있다. 주인공이 운동시간에 사형수 강씨와 대화를 나누던 중에 동향인이라는 것을 확인하고 시작된 고향에 대한 회상은 급기야 사형수 강씨의 표정 변화를 포착하면서 그가 강복순의 오빠라는 심증을 굳히면서부터이다.

주인공의 회상은 해방 직후 고향땅 해안의 군용비행장에 대한 이야기에서 시작된다. 비행장 창고문이 열려 주민들이 몰려가 아우성을 벌이던 와중에 이곳을 지키던 소련군에게 어처구니없이 죽임을 당한 새골집 큰아들의 장례에 대한 회상이나 빠르게 변해가는 이북의 현실에서 짧은 기간 강복순과 나눈 연애 감정과 교분이 주를 이룬다. 길을 묻는 소련 병사와 만나 당당하게 설명하던 강복순과 마주치면서 그녀에게 매혹되었던 주인공의 회상은 작품에서 학창시절 가장 빛나는 시절에 대한 목가풍의 이야기이다. 전쟁과 함께 월남하기 전까지, 합창단원으로, 연극반의 상대역을 하면서 주인공과 강복순의 연애감정은 목가풍 이야기에 걸맞게 서정적인 톤으로 회상되며 아름다운 추억으로 부각된다.

주인공은 강씨와 대면하며 강복순의 오빠인지 확인하고자 하지만,

그가 공소장에 출두하는 날 공교롭게도 강씨가 이감하면서 상면은 불발이 되고 만다. 주인공과 강씨 사이에는 옆방에서 이감되면서 더이상의 연락은 어려워진다. 주인공은 간수의 도움을 받아 이감한 강씨에게 이북의 해방 직후 시절을 회상하는 내용을 담아 신원을 묻는 편지를 보낸다. 하지만 강씨의 답신은 단호하고 비판적이다.

> "글, 잘 받아 보았소. 그런데 대단히 오해를 하고 있군요, 복순이라는 여동생이 저에겐 없소. 고향이 강원도 평강인 건 언젠가 말한 대로이고, 고향에 여동생이 하나 있긴 있소만, (…) 당신은 이 기회에 오늘이 우리 조국문제 통일문제까지 진정으로 허심탄회하게 토론이 될 수 있기를 바란다고 했는데, 전적으로 동감이오. 진정으로 그럴 수 있었으면 하고. 오늘 우리 조국으로서 가장 당면한 문제는 뭐니뭐니 조국통일문제일 터이오. 이 점은 당신 생각도 똑같을 줄 믿소. (…) / 설령, 그 여학생이 진짜로 내 여동생이었다고 하더라도 그렇소. 그 옛날의 일을 새삼 구구하게 늘어놓아서 대체 어쩌겠다는 것이오. 지금 우리가 당면해 있는 조국의 운명 앞에, 대체 그런 것들이 한갓 뭐라는 말이요. 하찮은 허접쓰레기요, 감상에 불과하오. 조만간 당신은 여기서 나갈 몸이오. 그리고 조만간 나는 목이 달릴 것이오."(205쪽)

강씨의 답신은 간첩 사형수로서 자신의 위치를 고수하며 개인의 소회나 낭만적인 회상의 가치를 철저하게 부정한다. 그에게 당면한 문제는 부지하는 목숨과 맞바꿀 거대한 이념과 이념을 고수하는 공산주의자로서의 신념이다. 강복순의 친오빠임을 굳이 부인하지 않으면서도, 강씨는 남북의 체제가 첨예하게 대립하는 전선에서 주인공의 회상을 허접한 감상으로 치부한다. 그런 다음 강씨는 "나가서, 아무쪼록 그 먼

지끄덩이 속, 진흙 수렁 같은 수렁에 함몰되지” 않고 “계속 냉철한 민족적 이성을 유지”하고 조국통일을 위한 새로운 일을 찾아 뜨거워지도록 당부한다(206쪽).

이후 주인공은 강씨에게 답신을 전하고자 하지만 끝내 편지를 부치지 못한다. 민청학련 사건이 발생하면서 강씨를 비롯한 사형수들을 형장의 이슬로 사라진다. 부치지 못한 답신에서 주인공은 강씨의 주장에 반론을 펼친다.

> “저는 영어의 몸으로 갇혀 있으면서도 선생과 대면하여 고작 강복순이가 선생의 여동생이냐 아니냐 하는 점에만 온 신경을 곤두세우고 있었으니 말입니다./ 선생께선, 그 따위 인간사는 처음부터 우리 사이에서 단호히 차단하면서, ‘도리어 내가 궁금한 것은, 당신이 언제 어떤 경로로 월남해서 어떤 과정을 거쳐서 오늘 그렇게 영어의 몸으로 갇히게까지 되었는지 하는 점이오’라고 하였습니다. 바로 이 차이, 선생과 대면해서 처음부터 그 관심하는 바부터 엄청나게 다른 이 차이는 비단 선생과 저만의 차이가 아니라, 바로 오늘 남쪽과 북쪽에서 사는 사람들의 일반적인 성향의 차이까지도 날카롭게 드러내면서, 동시에 이 남쪽에서의 민주화운동, 조국통일운동의 어느 분수까지를 드러내는 점이기도 한 것 같습니다.”(244쪽)

부치지 못한 편지는 단절된 남북관계의 현주소를 감옥이라는 공간에서 극적으로 보여준다. 그것은 한편으로 월남의 문제와 민주화, 통일 문제 등을 토론하지 못하는 남북 관계에 현주소를 환기하는 한편, 분단체제의 냉엄한 현실을 말해주기 때문이다. 그러나 주인공이 답신에서 피력하는 바는 남과 북의 너무나도 다른 태도의 편차이다. 남북공동성명을 휴지조각으로 만들고 학원가를 탄압하는 남쪽의 정치 상황에도 불구하고, 주인공이 사형수 강씨와 끝내 공유할 수 없었던 것은 남과 북의 현격한 시각차다. 그 차이는 자유와 인간적인 것의 가치를 옹호하는 남쪽 체제와 다른 북쪽체제의 차이이기도 하다.

주인공이 부치지 못한 편지에서 보여주는 북쪽체제에 대한 비판적 관점은 월남민들의 심성을 대변한다. 주인공은 "월남해온 사람들 누구나가 그 체제에 진절머리를 쳤던 첫째 이유는 자유가 없다는 점, 곧 강한 권력, 따라서 공포"(252쪽)라고 단언한다. 그는, "강한 권력은 그와 맞먹는 악인들을 끌어모으는 흡인력"을 가지고 있으며, 월남해온 사람들의 태반이 기억하는 이북체제는 "바로 그런 사람들에 대한 혐오감"(253쪽)을 주었다고 쓰고 있다. 주인공은 월남한 사람들이 "곧바로 대면한 것은 (…) '자유'였고, 그리고 느슨한 권력"(253쪽)이었다는 것이다. 사형수 강씨에게 반론하는 핵심이자 요지는 이데올로기가 아니라 그보다 훨씬 근원적인 "바로 한 사람, 한 사람의 '자유'"(247쪽)이다.

4. 장편『문』의 문제성

『문』이 제기하는 감옥에서의 현실은 감옥과도 같은 규율사회를 전복시켜 낯설게 만든다. 작품은 자전적인 체험에 기반을 두고 감옥과도 같이 닫힌 현실을 재현하고 있다. 작품에서 제기하는 것은 남용된 권력이 행사하는 사법 제도의 운용과 함께 감옥 속에 놓인 군상들에 대한 이해를 통해 도달하는 분단체제의 문제성이다. 장기 지속되는 분단 현실이 빚어낸 문인간첩단 사건만큼이나, 그 동궤에 울릉도 어부 간첩 사건도 언급되고 있다. 작품의 이야기 안에는 반공을 국시로 하는 독재체제와 함께 인권 변호사나 대학생까지도 구금하는 폭력적인 현실을 부감하면서 간첩사형수를 통해서 남과 북의 상이한 체제의 지향까지도 문제삼는 날카로운 작가의식이 자리잡고 있다. 그러나 작가의 의식 한 켠에는 월남민으로서 남쪽체제를 선택하며 자신의 신원을 인준받으려는 의지와 욕망이 엿보이기도 한다.

하지만 작품에 담긴 작가의 근본적인 통찰은 북쪽사람들이 상정하는 조국통일운동의 행로가 체제와 인간을 상호 인정하는 지점에서 출발해야 한다는 기본 전제에 관한 메시지이다. 통일을 향한 작가의 통찰은 남북 권력의 민주화가 선결조건이며, "남쪽의 민주화와 함께 현 북쪽 권력의 민주화도 상대적으로 같이 이루어져야 (…) 제대로 대화가 될 것"(255쪽)이라는 발언 안에 고스란히 담겨 있다. 그러나 주인공의 발언이 사형수 강씨에게 전달되지 못한 것처럼, 남북체제의 긴장과 대립은 함께 민주화로 이행하지 못하는 현실과 체제를 서로 인정하지 않는 완강한 조건 속에서 소통 부재의 현실을 잘 포착하고 있다.

『문』은 정치민주화에 대한 문제제기가 추상적인 차원에 머물지 않는다. 사법권력의 보이지 않는 정교함과 미시권력이 작동하는 메커니즘이 감옥이라는 공간에서 재현되는 것은 드문 경우이다. 더 나아가 작품은 문인간첩단 사건의 개인적 체험을 바탕으로 민주화와 분단체제 해소를 위한 남북 체제의 민주화를 지향하고 있다는 점에서도 분단소설이 거둔 성취로도 매우 드문 성취로 거론될 자격이 충분하다.

이호철의 『남녘사람 북녘사람』론

1.

이호철의 『남녘사람 북녘사람』이 우선적으로 우리의 관심을 끄는 것은 이 작품이 한 소년의 인민군 병사 체험을 그의 관점에서 드러내고 있다는 점이다. 그 병사 체험은 실제 전투에는 거의 참가하지 못한 채로 포로가 되어 버리는 짧은 기간의 것이지만, 분명히 전쟁의 한복판에서 이루어지는 것이기도 하다. 이러한 점이 특히 주목되는 것은 단지 쉽게 얻어들을 수 없는 희귀한 이야기이기 때문은 아니다.

인민군은 조선민주주의 인민공화국의 군대이다. 대한민국의 국민들에게 '인민군'은 지금도 여전히 휴전상태에 놓어 있는 적군이다. 대한

* 김재영 / 연세대학교 강사

민국에게 조선민주주의 인민공화국은 국가가 아니다. 단지 반국가 단체일 뿐이다. 조선민주주의 인민공화국에게 대한민국이 갖는 의미 또한 이에서 크게 다르지 않다. 그런 점에서 대한민국과 조선민주주의 인민공화국이 한반도 바깥에서 갖는 의미는 한반도 내부에서는 통용되지 않는다. 대한민국을 인정하는 한 '인민군'이 반국가적인 무장세력 이외의 방식으로 의미화되는 것은 원천적으로 봉쇄되는 것이다.

하지만 이러한 상황은 대한민국이라든가 조선민주주의 인민공화국이라는 각자가 내세우는 공식적인 명칭을 버리는 순간 단번에 역전된다. 남한과 북한, 남조선과 북조선 또는 이남과 이북이라는 흔히 통용되는 말 속에서 이들은 하나의 반쪽임을 분명하게 드러낸다. 그리고 그러한 성격은 시간을 거슬러 올라갈수록 강화된다. 이 둘의 대립은 남한과 북한에 별개의 정부가 수립되는 것에 의해 공식적으로 이루어진다고 할 수 있지만, 그 대립이 고착화되는 것은 전쟁이라는 비극적 상황을 겪고 휴전체제가 이루어지는 1953년에서부터일 것이다. 이 소설의 배경이 되는 한국전쟁은 분명히 대한민국과 조선민주주의 인민공화국 사이의 대립이 폭력으로 실현된 것이다. 하지만 전쟁이 진행되고 있는 중에도 개별적인 삶의 실상에 있어서 대한민국과 조선민주주의 인민공화국은 하나이기도 하고 둘이기도 한 어떤 것이다. 이 시기에 형은 인민군으로, 동생은 국군으로 전쟁에 참여하는 집안의 이야기는 그리 기이한 것이 아니다. 대부분의 사람들은 체제를 선택했다기보다는 자신들이 살아온 고장에서 삶을 영위했고, 그 곳이 남쪽이었기에 대한민국의 국민이, 또는 그 곳이 북쪽이었기에 조선민주주의 인민공화국의 인민이 되었다고도 할 수 있다. 남한의 국군이나 북한의 인민군이 되는 과정 또한 이러한 사정에서 크게 다르다고 할 수 없을 것이다. 전쟁의 와중 속에서 한 인물이 북한군에게 잡히면 북한군이, 남한군에게 잡히면 남한군이 될 수도 있었던 것이 당대 삶의 실상이기도 한 것이다. 그렇게 본다면 인민군 병사든 국군 병사든, 대한민국이라든가 조선민주주의 인민공화국이라는 틀을 전제로 그 개별적인 사람들의 삶에 다가간다는 것은 심히 부당한 것일 수도 있다. 그들 대부분은 남한과 북한조차도 아닌 남녘사람이나 북녘사람 정도의 관계 속에서 생각해야 그 실제 모습이 온전하게 드러날 수 있는 사람들인지도 모른다.

하지만 대한민국이나 조선민주주의 인민공화국은 하나의 가상이나 허위의식인 것이 아니라 그 안에서 살아가는 모든 사람들의 삶을 간섭하고 규율하는 실체이기도 하다. 개별 인간의 차원에서도 인민군이 된다든가 국군이 된다는 것은 어떤 형태이든 선택의 결과라고 할 수 있다. 그것이 분명히 이념적인 차원에서 이루어지는 것이든, 단순히 자기가 어느덧 소속하게 된 공동체의 논리를 따르는 것이든, 아니면 강제적으로 이루어지는 것이든 하여튼 선택은 이루어지는 것이다. 또 어떠한 방식의 선택에 의해서 그들이 인민군 또는 국군으로 존재하게 되었든, 그들은 이미 대한민국과 조선민주주의 인민 공화국이 형성하는 사회적 관계의 의미망에서 벗어날 수 없는 것이기도 하다.

이 작품이 이러한 두 의미망 중 우선적으로 어디에 근거하고 있는지는 제목이 이미 명료하게 드러내고 있다. 이 작품집의 제목인『남녘사람 북녘사람』은 상당히 의식적으로, 그렇기 때문에 노골적으로 대한민국이나 조선민주주의 인민공화국의 제도적·이념적 틀로 작중 인물들의 삶에 다가가는 것을 거부하고 있는 것이다. 그러한 밖에서 둘러씩

워지는 틀을 벗어버렸을 때 남는 것이 무엇일까? 이 작품은 그것이 사람 바로 벌거숭이의 사람들이라고 하고 있다.

그러한 점에서 이 작품은 작가가 동일한 체험에 근거하고 있다고 말하고 있는 초기 단편 「나상」에서 그리 멀리 떨어져 있지 않다. 「나상」은 철이라는 인물이 들려주는 한 형제의 이야기이다. "형은 좀 둔감했고 위태위태하도록 솔직했고, 결국 좀 모자란 축이었다."[1] 전쟁이 일어나자 형제는 모두 군인이 되었고, "1951년 가을, 제각기 놈들의 포로로 잡혀, 놈들의 후방으로 인계돼 가다가 둘은 더럭 만났다."[2] 그 상황에서도 "형은 주위에 대한 쌔록한 관심과 놀라움과 솔직성을 여전히 지니고 있"[3]어 태평하다면 태평하게 주변의 밤나무라든가, 날이 저무는 것, 까마귀떼 등을 보고 놀라움을 표현하곤 하거나, 걸핏하면 울음을 터트려, 다른 포로나 경비병들 또 동생에게조차 좀 모자란 것으로 치부된다. 하지만 저녁 식사 시간에 밥 한 덩이를 얻으면, 잠자리에 들 때까지 기다려 그것을 동생에게 나누어주는 인물이기도 하다. 결국 다리에 담증이 있었던 형은 계속되는 행군을 견디지 못하고, 길에서 쓰러져 죽음을 당한다. 그의 동생이기도 한, 이야기를 들려준 철이 나에게 묻는다.

> 자, 넌 어떻게 생각하니? 형이라는 사람의 그 모자람이라든가 혹은 둔감이라는 것을……. 결국 형의 그 둔감이란 어떤 표준에 의한 의례적

---

1) 이호철, 「나상」, 『현대한국문학전집 8』, 신구문화사, 1965, 318쪽.
2) 윗책, 319쪽.
3) 윗책, 319쪽.

인 몸짓이라든가, 상냥스러움, 소위 상대편에 눈치껏 적응하고 또는 냉
연(冷然)하고 할 수 있는 능력의 결핍, 이런 것을 두고 하는 말이 아니
겠느냐 말이다……. 그러나 동생은 그렇지 않았다. 그 표준에 의거해서
생활을 다투어 나가는 마음의 긴장을 잃지 않고 있었다. 결국 그 일정
한 표준의 울타리 속에서 민감하다든가 우아하다든가 교양이 높다든가,
앞날이 촉망된다든가 이런 소릴 들을 수 있었다. (……) 그러나 포로로
잡힌 그들 형제 중에서 누가 더 둔감하다고 보겠느냐, 형이냐? 동생이
냐? 그 둔감이란 뜻부터가 어떻게 되느냐……? 과연 누가 더……4)

　이러한 말에서 이 작품이 던지고자 하는 질문이 무엇인가는 어렵지
않게 짐작된다. 삶에 둘러씌워진 '표준의 울타리' 안에서 이루어지는
삶의 평가에 대한 의문이고, 때문에 그 울타리를 걷어 내었을 때야 비
로소 올바로 '사람'이 보이지 않겠느냐는 생각이라고 할 수 있다. 작가
가 밝히고 있듯이 이 작품은 스스로 인민군이 되었었다는 사실을 드러
낼 수 없었던 시대에 쓰여진 것이다. 때문에 이 작품에서 삶에 덧씌워
진 울타리라는 것은 상당한 추상의 수준에서 드러나고 그만큼 포괄적
이기도 하다. 하지만 앞에서 이야기했듯 인민군이라는 존재는 그 자체
로 우리 삶의 구체적인 사회적 연관을 상기하지 않을 수 없는 것이다.
때문에 그것은 분단과 통일이라는 복잡하고도 미묘한 문제, 그 다층적
인 의미망들과 연관되는 것이다.
　그런 점에서 본다면 '벌거숭이의 사람'이라는 것이야말로 실제 삶의
모습과는 거리가 먼 하나의 이념, 이데올로기에 불과한 것일 수도 있
다. 때문에 이 작품이 벌거숭이의 사람을 드러내려한다 할 때, 이는 작

---

4) 윗책, 326쪽.

중 인물들의 실체의 문제라기보다 하나의 관점 또는 방법론의 문제라고 할 수 있다. 작가 또한 이러한 점을 충분히 의식하고 있는 것으로 보인다. 그렇기에 이 작품의 제목은 "사람"이 아니라 "남녘사람 북녘사람", "남녘사람 북녘사람"도 아닌 "남녘사람 북녘사람"이다. 특정한 사회적 관계 안에서 사람들은 다른 무늬의 삶을 만들어 간다. 이 작품의 제목은 그러한 '차이'에 대해서도 작가가 깊은 관심을 기울이고 있음 또한 상징적으로 보여주고 있다. 하지만 그 차이 또한 '벌거숭이의 사람', 작중 화자가 종종 사용하는 말로 한다면 '본래적인 사람살이'의 모습을 근거로 해서만 올바로 바라볼 수 있지 않겠느냐는 생각이 곧바로 이 작품의 방법론을 형성한다고도 할 수 있다. 그것은 한 마디로 단순화한다면 체제를 통해서 사람을 보는 것이 아니라, 우선 사람을, 그리고 그들의 사람살이를 통해서 체제를 본다는 방법론이라고 할 수 있다.

때문에 이 작품을 읽어나가는 과정은 작중인물인 '내'가 겪어 나가는 다양한 사람들과 만나나가는 과정이다. 이 때 이 소설의 화자인 '나'의 특성, 어떠한 일에 참여하고 있다기보다는, 온통 모든 관심을 사람에 대한 파악과 판단에만 쏟고 있는 듯한 화자의 특성 또한 쉽게 이해될 수 있다.

2.

이 소설집을 읽어 나가면서 그렇게 가장 처음 만나게 되는 인물은 「헌병소사」에 등장하는 남한의 헌병이다.5) 화자는 울진 지역에서의 전투에서 후퇴 중 포로가 되어 있는 상황이고, 첫 포로 심문을 담당하고 있는 헌병이 그의 눈을 통해서 드러나는 첫 인물인 것이다. ‘나’에게 그 헌병은 “세련된 헌병 완장에다 선글라스는 끼고 있었지만”, “으리으리한 그 겉모양에 비해서는 의외로 사람이 말랑말랑해, 벌써 살짝 호감조차 느껴지려고”6) 하는 인물이다. 실제로 그 헌병은 포로심문이라는 상황에서 ‘나’의 수첩을 뒤적이며, 어떤 작가를 좋아하냐는 상황에 어울리지 않는 질문을 던져 둘 간의 관계를 지극히 사사롭게 만들기조차 한다. 때문에 그 헌병은 ‘나’에 의해 이렇게 파악된다.

---

5) 『남녁사람 북녁사람』이라는 단행본은 네 편의 연작소설이 묶여 있는 형식인데, 「남녁사람 북녁사람」(1996), 「남에서 온 사람들」(1984), 「칠흑 어둠 속 질주」(1985), 「변혁 속의 사람들」(1987)의 순서로 되어 있다. 작중 사건의 시간적 순서로 따진다면 「남녁사람 북녁사람」이 가장 나중에 와야 할 것이고, 또 이러한 순서로 작품이 발표된 것이기도 하다. 작가는 “아직 한 번도 단행본으로 엮여지지 못한 뒤의 두 작품(「헌병소사」와 「남녁사람 북녁사람」으로 단행본에서는 이 둘이 합쳐져서 「남녁사람 북녁사람」이 되어 있다:인용자)을 책 머리에 놓음으로써, 90년대 오늘의 남북 두 체제의 ‘차이점’에다 역점을 두는 배열로 하였다”라고 이러한 편집의 뜻을 밝히고 있다. 이 때문에 화자의 경험의 순서와는 달리 우리 독서의 순서에서 처음 만나게 되는 인물은 이 헌병이 된다.
　앞으로 이 논문의 텍스트는 이 단행본으로 할 것인데, 작가가 “기왕에 산발적으로 발표되었던 것과 본 작품집에 실린 것에 언어 구사 등에서 차이가 나는 것은 본 작품집의 것이 정본(正本)임을” 밝히고 있기도 하고, 양 텍스트의 차이가 작품의 의미 해석에 별 차이를 가져오지 않을 정도의 것으로 생각되기 때문이다. 참고로 그 양 텍스트의 차이에 대해 간단히만 언급하면, 「칠흑 어둠 속 질주」만이 눈에 띌 만한 차이를 보여주고 있다. 작품의 1절과 2절의 순서를 뒤바꾸었으며, 작중에서 불려지는 노래가 상당량 더 삽입되었고, 마지막에 김상수 선생의 후일담이 첨가되어 있다. 하지만 이 작품에서 드러나는 이러한 차이도 작품의 의미에 어떤 변화를 가져오는 것으로 보이지는 않는다.
6) 이호철, 『남녁사람 북녁사람』, 프리미엄북스, 1996, 13쪽. 앞으로 이 작품에서의 인용은 인용문 뒤에 쪽수만 밝힘.

다시 말해, 이 전쟁 자체에 대해 어느 특정인이거나, 어느 한 쪽, 큰 체제의 테두리 같은 것에 전혀 매이지 않은, 자연인 조선사람, 한국사람으로서의 독자적인 시각(視角) 하나는 두루뭉실하게일망정 단단히 갖고 있어 보였다.(13)

이러한 면은 "저런 식의 말랑말랑한 형태거나, 그 어디에도 매이지 않은 자신만의 독자적인 시각 같은 건 상상조차 할 수 없는", "인민군에서 이런 일을 관장(管掌)하는 정치보위부 사람들"(13)과 즉각적으로 대비되는데, 이는 화자가 작품 곳곳에서 드러내는 북한 사회에 대한 비판이 어디에 근거하고 있는가를 명료하게 드러내고 있는 것이기도 하다. 화자가 드러내는 남한에 대한 호감이나 북한에 대한 비판이 근거하고 있는 것은 바로 그 커다란 테두리, 체제가 요구하고 있는 것에서 벗어나 사고하고 행동할 수 있는 가능성 그 자체이지 그 이상도 그 이하도 아니다. 이러한 것이 한 체제의 요구 자체를 인정하는 것으로 오해되어서는 곤란하다.

화자는 이 헌병과의 만남을 '대한민국과의 첫 해후'라고 하고 있는데, 화자가 헌병의 이러한 점에 "와락 괄목(刮目)해지며, 벌써 강한 선망감 비슷한 것이 일"(13)어나는 이유 또한 그 가능성의 지점, 자연인 조선사람, 한국사람으로서의 독자적인 시각이야말로 화자가 다른 인물들을 보아나가는 데, 견지하고자 하는 하나의 자세이기 때문이다. 그러므로 '내'가 만나는 인물들은 나에게 인민군이나 국군으로 존재한다기보다는 자연인으로 존재한다. 그리고 이 때 그 사람됨의 파악은 거의 직감적으로 이루어지며, 이때 중요한 것은 좀처럼 변하지 않는 '성격'

과 같은 것이다. 작가는 한 대담에서 자기 작품의 인물들에 대하여 다음과 같이 말하고 있다.

> 인간(이:인용자) 시대상황에 의해 규정되는 사회적 존재인 것은 아무도 부정할 수 없고 내 문학 속 인물들 또한 이같은 존재로써 그려졌습니다. 그러나 개개의 인생은 이보다 더 깊은 어떤 본래적 원형(운명)의 시대상황에 대한 발현태 또는 변용태입니다. 이것을 날카롭게 꿰뚫어 적절하게 반영하는 게 문학이라는 것이 문학에 대한 정열의 밑바탕에 놓인 내 평소의 문학관입니다.[7]

여기서 사용되는 본래적 원형이라는 말은 논란의 여지가 많다. 때문에 그의 인물 형상화 방식을 '원형에 대한 탐구'라고 이해하는 연구자라 하더라도, 이러한 방식의 의미에 대해 거의 상반된 평가를 내리기도 한다.[8] 작품 안에서 이 좀처럼 변하지 않는 성격과 같은 것이 개별적인 차원에서 작용할 때 그것은 개성적인 형상을 창조하는 데 기여하는 것으로 보인다. 우리가 실제 삶에서 만나는 인간들 또한 저마다의 독특한 성격을 드러내고 있음은 분명하고, 이것은 또한 사회적 형성이

---

7) 정호웅·이호철 대담, 「단독자의 삶과 문학─소설가 이호철 씨를 찾아서」, 『반영과 지향』, 세계사, 1995.

8) 이 원형 탐구는 대상을 직감적으로 파악하는 것과 연관되어 있는데, 이호철의 작품에 대해 '인간원형의 탐구'라는 말을 처음 쓴 것으로 보이는 정호웅은 이를 이호철이 범상한 작가가 아님을 보여주는 단적인 증거라고 높이 평가하고 있다. 반면에 한수영은 『남녘사람 북녘사람』을 논하는 자리에서 이러한 이호철의 방식이 체험의 개별성에 침잠하는 이 작품의 결함과 연관되어 있는 것으로 보고 있다.
정호웅, 「서늘한 맑음, 감각의 문학」, 『이호철문학앨범』, 웅진출판사, 1993.
한수영, 「체험과 회상의 두 가지 양식─최인훈의 『화두』와 이호철의 『남녘사람 북녘사람』」, 『실천문학』 48호, 1997 가을.

라는 관점에서만은 해명될 수 없는 어떤 것이기도 하다. 하지만 작가도 말하고 있듯이 "인간이 시대상황에 의해 규정되는 사회적 존재인 것" 또한 아무도 부정할 수 없는 것이다. 문제는 시대상황에 의해 규정되는 사회적 존재의 소설적 드러냄이 어떻게 가능할 것인가이다. 그것은 일방적인 시대상황의 규정이라든가 그 규정의 결과만으로는 결코 드러날 수 없는 어떤 것이다. 그것은 주체와 상황과의 상호작용, 그 상호작용이 하나의 형성과정으로서 의미화되지 않는 한 불가능한 것이다.

그런 관점에서 이 작품이 사람됨됨이의 형성을 과정으로서 드러내는 부분은 거의 없는 것으로 보인다. 이는 이 작품의 이야기가 '나'라는 인물의 체험의 울타리를 좀처럼 벗어나지 않는 것에 우선적으로 기인한다. 「변혁 속의 사람들」에서 화자는 그 점을 이와 같이 말하고 있다.

> (……) 내가 지난 5년 동안 직접 보고 겪은 북의 실상은 대강 이런 것이었다. 그리고 이것은 거듭 분명히 해야 할 점인데, 조승규 씨가 받은 그 첫인상이라는 것이 이때까지 그가 살아온 처지와 형편만큼의 것일 것이듯이 나도 그 점 예외일 수는 없었다. 어디까지나 내가 살아온 처지와 입장만큼에서 보고 겪은 그것이었다.(309)

하지만 그보다도 중요한 것은 형성에 대한 이야기조차 어떤 틀을 전제로 한다는 생각 때문인 것으로 보인다. 작중에서 화자는 "사람살이의 세부세부 실제 국면"이라는 것은 어떤 상투화나 일반화에서 벗어나 있음을 주장한다.

사람살이의 세부세부 실제 국면은, 사실은 하나하나 분명하게 시비를 가리는 것으로 가려지기보다는, 당장 드러나 있는 그런 식으로 단지 존재하는 것인지도 모른다. 이리하여 '이 세계란 그렇게 있는 것의 전부이다.' 그리고 '세계는, 여러 사실에 의해서, 그것 모두가 사실이 되어 있다는 것에 의해서 결정되어져 있다.' '왜냐하면 사실의 전부야말로, 바로 그렇다는 것도, 또한 그렇지 않다는 것의 모든 것도, 결정하기 때문이다.'라고 하는 루드비히 비트겐슈타인의 말과 같은 것인지도 모른다.(54)

이 작품에서 이러한 입장을 보다 강화시키는 것은, 화자가 놓여 있는 상황이 전쟁이라는 극한 상황이라는 것 때문이기도 하다. 화자는 우연이라고 밖에는 달리 설명할 수 없는 이유로 생과 사가 갈리는 상황을 여러 차례 경험한다.

우선 처음 87연대에서 폭격을 받았을 때 "내가 들어앉아 있던 호에서 불과 20미터인 호 하나에 폭탄이 정통으로 뚫고 들어가 터지는 바람에 그 속의 여남은 명은 서로 엉겨 범벅이 되어 시체조차 온 데 간 데 없었고, 피와 살점이 흙더미에 녹아들어 과하게 끓인 팥죽마냥 걸쭉해져 있"(144)는 상황을 목격한다. 그리고 그 폭격으로 그날 아침 열차편으로 원산에 막 온 김일성 대학, 평양사범대학 학생들 또한 날벼락을 맞는다. 특히 남쪽의 포로가 되어 주문진으로 가던 중에 있었던 '삼척 사람, 홑바지 저고리'의 죽음이나 인구(仁邱) 못 미쳐서 단지 헌병의 호의로 집으로 돌려보내지는 또 다른 홑바지 저고리 차림의 의용군의 일화에는 어떤 합리적인 설명도 불가능한 것으로 보인다.

이런 하나하나의 사건을 의미화 할 수 있는 중심을 형성한다는 것은 불가능할 것이다. 그 때문에 이 작품은 한 인물의 경험이라는 중심 축을 따라 이야기가 진행되고, 연작의 사건들은 시간적으로도 거의 연속되어 있음에도 불구하고 대단히 삽화적으로 구성되어 있다. 사건들이 그 자체로 어떤 의미 있는 연관을 형성하고 있다기보다는, 화자가 다양한 인간 유형을 경험하는 배경과 같은 것으로 물러나 있는 것이다.

그렇기에 이 작품에서 유일하게 변화를 보여주는 인물이고 그 때문에 삶 자체는 그야말로 서사적 화폭을 확보하고 있는 유일한 인물이라고 할 수 있는 '풍용이 아저씨'의 삶이 드러날 때도 일면적이다. 특히 이 '풍용이 아저씨'라는 인물은 "거의 원천적이고 생득적인 그의 사람됨됨이"(112)에 문제가 있는 것으로 파악되는 그의 막내이모부나 "본시 두 눈매가 사납고 목소리가 짜랑짜랑하게 오지그릇 깨지는 소리가 나서 어릴 적부터 문중에서는 싹수없는 아이라고 돌려놓았"(305)던 인물인 수찬이와는 전혀 다른 됨됨이의 인물이라는 점에서 화자의 비판적인 북한체제에 대한 인식에 있어 중심적인 역할을 하고 있다.

풍용이는 화자의 십칠촌쯤의 할어버지뻘인 인물로 "애 어른 없이 동네 안에 풍용이를 좋아하지 않은 사람이 없"고 "그렇다고 본인은 추호나마 우쭐대는 법도 없었고, 문중 어른들이 모인 마땅히 공손해야 할 자리에서는 또 지극히 공손"한 "사람 싹싹하고 인정 많고 무슨 일이거나 궂은 일일수록 앞장을 서 애 어른 통틀어 온 문중의 촉망을 한 몸에 모았"(280)던 인물이다. 그러나 토지분배 선정위원으로 뽑힌 이후 급격히 사람이 달라지기 시작하여 "차츰 말수가 적어지고 몸놀림이 뻣뻣해져갔을 뿐 아니라 눈빛과 목소리에도 전에 없이 웬 독이 담겨가기 시작"(282)한다. 결국 "토지개혁을 겪고 나서 다시 그 뒤로 시당, 도당,

그리고 중앙당이 주관하는 한 달짜리, 석 달짜리, 육개월짜리(간부양성소:인용자)를 다녀올 적마다 풍용이는 더욱 더 급격하게 달라져 갔다.”(284) 화자는 이러한 것이 그 사회의 대세였다고, 그렇기에 누구나가 풍용이처럼 되거나 그런 쪽을 혐오하거나 양단간에 하나를 택할 밖에는 달리 살아갈 길이 없었다고 하고 있다.

이러한 풍용이의 변화 과정은 분명히 하나의 체제에 대한 감각 속에서 드러난다. 하지만 그것은 풍용이의 내면이 전혀 드러나지 않음으로써 하나의 형성과정을 보여주는 것, 그런 의미에서의 사회적 존재로서의 인간을 보여주는 것이라고는 할 수 없다. 그렇기에 좀처럼 변하지 않는 성격이나 사람 됨됨이와 같은 것이 왜 풍용이에게는 잘 적용되지 않는지를 알 수 없기도 하다.

하지만 하여튼 시대상황과의 연관 속에서 인물을 드러내는 이러한 장면은 상투화나 일반화를 벗어나고자 하는 이 작품의 하나의 방법론과 길항한다. 실은 이러한 방법론이나 세계관의 논리적 귀결은 삶에 어떤 일반적인 원리나 연관된 의미의 불가능성을 드러내는 방향으로 나아가는 것일 수밖에 없는 것일 것이다. 하지만 이 작품은 그와는 전혀 다른 방향으로 나아가고 있는 것이기도 하다. 체제에 대한 인식에서도 그러하지만, 그보다 근본적으로 본래적 원형이라는 것을 유형과 같은 것으로 일반화하고자 하는 욕구 또한 끊임없이 드러내기 때문이다.

「남에서 온 사람들」에서 화자에게 강한 인상을 남기는 인물 중의 하나인 갈승환은 첫 만남에서 바로 화자의 막내 이모부를 떠올리게 한다. 화자가 풍용이라는 인물을 떠올리는 것도 영변동무와의 유형적 대비를 통해서이다. 간성에서 만났던 헌병과 연관하여 화자는 “막말로 작금 90년대의 우리 사회 곳곳에서 내노라고 혼자서만 잘난 듯이 설치려고 드는 사람, 소위 15대 국회 같은 정계 진출을 꿈꾸는 사람들의 태반도, 대강 저런 쪽의 유형들이 아닐까."(76)라고도 한다. 이에는 바로 "그 옛날 열아홉 살 애송이 적에 그런 생각까지 먹었을 리는 없지만, 나는 그 때 이미 그 나이대로도 두루뭉실하게일 망정 그 어떤 핵심은 꿰고 있었던 것이 아니었을까"(76)라고 덧붙여 그러한 일반화가 당시를 회고하는 서술자의 것임을 드러내고 있다.

실로 이 작품에 등장하는 인물들 중 많은 이들이 크게 두 유형으로 나뉘어 있다고도 할 수 있다. 갈승환이나 막내 이모부, 행군 중 도망하려다 죽음을 당하는 김덕진과 양근석, 포로 생활 중에 보는 대열참모, 해방 직후 한마을 사람이었던 수찬이 등이 한 계열을 이룬다면, 김석조, 장세운, 장서경, 마을 이장, 화자의 부친 등은 또 다른 계열을 이루고 있다. 물론 이런 식의 계열화에 제도적·이념적 틀은 거의 작용하지 않는다. 이러한 계열 형성에 유일하게 작용하는 것은 '벌거숭이 사람'이라는 기준, 다른 식으로 말한다면 사람 됨됨이라는 것이다. 작품 안에서 이런 유형적 나눔은 일단은 체험 자아의 경험에 의지하는 것이고, 이는 화자에 의해 이야기되는 그들의 행위나 행태에 의하여 입증되는 것이기도 하다. 그런 점에서 단순히 체험 자아의 직관이라기보다는 서술자아의 일반화된 판단 틀이 작용하고 있는 것이다.

그렇다고 한다면 이 작품이 보여주는 '단지 그런 식으로 존재하는' 개별 사실들에 대한 집착은 역설적으로 가장 큰 추상의 세계와 직접적으로 연결되는 것이기도 하다. '사람 됨됨이'라는 기준이야말로 가장 일반화되고 추상적이고 상투적인 큰 틀이라고도 할 수 있기 때문이다.

그런 점에서 본다면 이 작품은 그 자체로 어떤 착잡함, 모순에 봉착하고 있다고 할 수 있다. 그 모순을 드러내고자 하는 것은 이 작품의 형성을 문제 삼는 것일 게다. 그리고 이를 위해서는 이 작품의 화자인 '나'의 특성에 주목하지 않을 수 없다.

3.

이 소설이 기억을 드러내는 방식, 기억을 구성하는 방식은 상당히 자연스럽지만, 그 나름으로 독특한 것이라고 할 수 있다. 이 작품의 화자인 '나'는 19세의 인민군 병사인 동시에 1980년대에 또는 1990년대에 대한민국의 국민으로서 30년 전의 일을 회고하는 인물이다. 이 경험자아와 서술자아의 분리는 작품 안에서 종종 드러난다.9) '옛날 열아홉살 애송이'를 회상하거나, 당시의 인물을 90년대의 정치인에 비유한다던가, 또는 80년대 내란음모사건의 일화를 이야기하거나, 당시 인물들의 후일담을 이야기하는 서술자아가 직접적으로 모습을 드러내는 수많은 지점들에서 우리는 이 소설의 서술자가 19살의 애송이가 아님을 느낄 수밖에 없기 때문이다.

하지만 경험자아가 만나 나가는 당대 인물들의 삶을 바라보는 시선, 관점에서 이 경험자아와 서술자아는 거의 아무런 거리도 갖고 있지 않

---

9) 이 경험자아와 서술자아의 분리는 논리적인 차원에서 이루어지는 것이다. 작품에서 동일화되어 있는 한 인물을 갈라볼 수 있는 것은 시간적 간격과 같은 것이 아니라, 경험자아가 서술자아의 반성의 대상이 될 수 있기 때문이다.

은 것으로 보인다. 이 소설의 화자이자 주인공이 나이에 비해 너무 걸맹스러운 것이 아니냐는 질문에 작가는 다음과 같이 대답하고 있다.

> 물론 그 당시에 그런 생각들을 하고 있었던 건 아닙니다. 지금의 내가 그 속에 녹아 있지요. 그 당시에 징집된 인민군들이나 포로들, 그리고 남쪽 군인들에 대해 소설에 쓰인 것과 같은 관찰을 했던 것은 아니에요. 하지만, 분명히 그 원형에 가까운 감각은 이미 그때도 지니고 있었어요. 이것이 내 천품인지는 모르겠으나, 나는 인간들이 지닌 섬세한 부분을 보는 눈이 있어요. 구체적인 특정 상황 속에서 인간들은 아주 빠르게 움직이고 선택하고 판단하지요. 제각기의 욕망과 성품과 교양을 바탕으로. 그걸 보아내는 거지요.[10]

경험자아와 서술자아의 거리는 감각과 논리화의 거리 정도라고나 할 수 있을 것이다. 그리고 그 감각과 논리화가 상치되는 경우는 없다. 이는 화자인 '내'가 소설 안에서 거의 완벽하게 관찰자의 위치에 놓여 있기 때문이다. 이미 경험자아 자체가 다른 작중인물들에 대해 서술자아만큼의 충분한 거리를 갖고 있는 것이다. 그러나 그보다 중요한 점은 이 작품의 경험 자아가 서술자아에 의해 거의 반성되지 않는다는 점이다. 혹 반성이 이루어진다 하여도 그것은 매우 조심스러운 어떤 것이다.

> 그 진남포 사람에게 무작정하고 아첨이 하고 싶어졌다. 지금 이 시점

---

10) 한수영, 「탈향, 그 신산한 삶의 역사적 도정」(이호철대담기), 『실천문학』 45호, 1997. 봄, 403~404쪽.

에서 생각하면, 너무너무 놀란 김에 덜덜 떨릴 만큼 흥분되어서 제정신 없이 그랬는지도 모르지만, 아니아니 바로 지금의 그 '이 시점에서의 생각'이라는 게, 옳고 그름을 가려보는 시각이 벌써 과하게 낑겨든 바로 그만큼은 정확치가 못하다. 그 어떤 보편성이라거나 상투성의 바다로 한 발 이미 디밀어져 있는 것이다. 그런 기준으로는 애당초에 그 극한적인 상황의 설명이 불가능해지는 것이다.(44~45)

작중의 '나'의 삶이 '그냥 그렇게 존재하는' 차원에 놓이게 되는 것과 그 어떤 보편성이나 상투성의 틀에서 벗어나고자 하는 이 작품의 방법론은 직접적으로 연관되어 있다. 아니 다른 어떤 인물의 삶보다도 '나'의 삶이야말로 그냥 그렇게 놓여 있는 상태에 있다고 할 수 있다. 또 그러한 점과 '내'가 일에 참여하고 있는 존재라기보다는, 단순한 국외자로서의 관찰자와 같은 존재로 작품에 존재하고 있다는 작품의 서술특성도 직접 연결되어 있다. 실은 이 작품의 방법론은 주인공이기도 한 화자인 '나'의 삶이 어떤 방식으로든 의미화되는 것에서 비껴나 있는 상황을 위한 것이라고도 할 수 있다. 그렇기에 이 작품 속의 '나'의 삶은 이런 경우 흔하게 등장하는 '성장의 서사'[11]에서 벗어나 있다. 그리고 이것이야말로 개별적 사실에의 집착과 추상적인 일반화에의 욕구 사이에서 일어나고 있는 이 작품의 모순의 근저에서 작용하는 무의식으로 우리를 인도하는 것이다.

우리는 다시 이 작품의 19살의 주인공이 인민군임을 상기할 수밖에 없다. 이 작품에서 '나'라는 인물은 그 자체로 주목을 끌지 않도록 용

---

11) 한 개인이 성장 과정이라는 관점에서 삶과 사건이 의미화된다는 것을 말한다.

의주도하게 이루어져 있다. 하지만 북한사회에 대해 끊임없이 비판적인 인식을 드러내고 있음에도, 자의반 타의반 형식으로나마 그는 '인민군'으로 존재한다. 도대체 그 '나'는 무엇을 하는 것일까, 그리고 그 삶은 어떻게 평가되어야 할 것인가가 물어지지 않을 수 없다. 작가는 이에서 완전히 자유롭지 못하다. '나'는 기차를 타고 전선으로 나아가는 도중, 두 번이나 큰 문제없이 그 자리를 떠날 수 있는 기회를 갖는다. 하지만 '나'는 그것을 선택하지 않는다. 그리고 그 선택에 대해 스스로 이렇게 말하고 있다.

> 내가 안변 역두에서 처음 떠날 때나 흡곡역에 잠깐 섰을 때나 의당 당연히 이 기차 쪽을 버리지 못한 것은 처음부터 장서경 같은 사람을 기준으로 한 것은 아니었었다. 그런 짜잔한 타산이거나 음습한 얽매임 같은 것은 아니었다. 사실이 그러했지만 나는 이 기차에서 떠난다는 생각 같은 것은 애초에 할 수가 없었다. 그것은 말도 안 되는 소리였다.(227~228)

이 인용문은 남쪽에서 올라온 의용군들과 함께 한 첫 오락회의 상황에 이어져 나오는 것이다. 노래 속에서 화자가 느꼈던 신명, "전쟁이 지금 어디서 어떤 식으로 벌어지고 있는지, 그리하여 지금 각자가 어떤 처지에 와 있는지 일체 아랑곳할 필요가 없었고, 오직 뜨거운 이 분위기에 녹아들어 손뼉을 치며 고래고래 후렴을 따라 부르는 데만 온 정신을 쏟고 있었다."(226)는 그 상황, 그를 상기하면서 화자는 인용문의 인식에 도달하고 있다.

하지만 여기서도 우리에게 남겨지는 것은 어떤 모호함이다. 그 자리에 있었던 '나'의 삶이 어떻게 의미화될 수 있을지는 여전히 분명하지 않을 것이다. 그런 점에서 작가가 단행본을 엮으면서 유일하게 손을 본 부분이 바로 이 부분이라는 점 또한 심상치 않다. 그 변화는 단순하다면 단순한 것이다. 원래 오락회에서 불려지던 노래가 '신고산 타령'뿐이었는데, 단행본에서는 '민족의 약동', '의병창의가 1', '의병창의가 2', '의병노래 2', '안사람 의병노래', '의병격중가', '복수가' 등의 노래가 덧붙여 있다. 이것은 보다 정확한 세부를 확보하여 당시 상황을 보다 생생하게 재현하는 것이겠지만, 단지 그러한 것일까? 이 노래들 안에서 그 자리에 있었던 어떤 삶의 의미에 약간의 더함이 이루어지기를 의도한 것은 아닐까? 아니 그것은 차라리 의도라기보다는 어떤 무의식의 작용이라고 해야 할 것이다.

이 작품의 서술자아는 '전쟁기간 중에 월남하여 대한민국의 국민으로서 30년 이상을 살아온 사람'으로서의 작가와 거의 분간할 수 없다. 그러한 자신의 삶을 의미화하면서, 비록 자신이지만 전쟁 중의 '인민군 병사'의 삶을 의미화할 수 있는 방식은 무엇일까? 그것은 아직은 비껴갈 수밖에 없는 어떤 것이 아니었을까? 그리고 그것을 비껴가는 방식이야말로 이 작품의 모순된 방법의 한 측면을 이루는 것이라고 할 수 있을 것이다. 하지만 이것은 작가가 또는 화자가 무슨 체제에 대한 눈치보기와 같은 것을 하고 있다는 말은 아니다. 그렇다면 거기에 무의식과 같은 말이 필요하지는 않을 것이다. 하지만 거기에는 분명히 '대한민국'이 작용하고 있다.

그것은 이 작품이 드러내는 의미가 아니라, 그 형성 자체가 하나의 역설에 도달하고 있음을 지적하고자 하는 것이다. 커다란 틀을 버리고 삶의 실제 국면만, 어떤 이념적·제도적 틀을 버리고 '본래적인 사람 살이'만을 고집하는 화자의 무의식에는 이미 훨씬 강하게 대한민국과 조선민주주의 인민공화국이라는 사회적 관계가 작용하고 있을 수밖에 없었다는 것이고, 그것이 이 작품을 이러한 모습으로 있게 하고 있다는 의미에서의 역설인 것이다. 그렇다면 이제 드는 의문 중의 하나는 작가는 왜 이런 방식으로나마 자신의 삶에 대한 본격적인 반성을 피해가면서 그 어려운 드러냄을 시도하는 것일까이다.

4.

그러한 점을 고려할 때, 예사로이 넘겨버릴 수 없는 것이 이 작품의 대부분이 1980년대 중반에 발표되었다는 점이다. 작가는 단행본의 머리말에서 시대의 변화가 이 작품을 가능케 하였다고 말하고 있지만, 이 작품들이 발표되는 84년에서 87년까지의 기간은 여전히 군사독재 정권인 제5공화국 시대였다. 적어도 변혁이나 남북문제를 터놓고 이야기할 수 있는 시점은 아니었다고 할 수 있다. 그를 상징적으로 보여주는 것이 이 연작의 첫 두 편이 발표되는 '신작소설집'이라는 형식의 책이다. 제5공화국 출범과 더불어 폐간되는 『창작과 비평』은 여전히 그 상태에서 벗어날 수 없었고, 이 '신작소설집'이라는 것들은 출판사에서 그러한 공백을 메우는 한 방식으로 기획된 것으로 판단되는 것들이다. 그러므로 시대상황이 이 소설이 쓰여지는 것을 가능하게 했다면, 그것은 폭압적 정치체제의 사라짐 같은 것이 아니라, 그 시기에 이루어지고 있던 변혁운동의 성장과 관련되어 있는 것으로 보인다. 이 시기 남한의 변혁운동 세력들이 상당한 정도로 사회주의적 전망을 받아들이고 있었으며, 그와 더불어 북한 사회주의의 실상에 대한 관심 또한 고양되고 있었다는 상황이 주목되지 않을 수 없다. 당시에 고양되고 있던 북한에 대한 관심 또한 단지 호기심과 같은 것은 아니었다. 한편으로는 변혁의 전망을 기획하는 것과 관계되어 있었으며, 그 안에는 통일에 대한 전망 또한 당연히 포함되어 있었다는 점에서 본다면, 이 소설들은 이러한 변혁운동, 또는 변혁의 전망에 대한 개입으로서의 의미를 갖게 된다.

그러한 점에서 앞에서 살펴본 이 작품의 유일한 개작부분은 다시 한 번 주목된다. 그 때 그 자리에 있었던 사람들이 부르던 노래들은 우리 역사 속에서 면면히 이어져 내려온 변혁운동과 직접적으로 연관되어 있는 것이다. 또 그 중의 어떤 것들은 바로 이 작품이 발표되는 80년 대에 다시 불려지는 노래이기도 했던 것이다. 그렇다면 이 작품의 무의식의 한 축에 '대한민국'이라는 체제가 놓여 있다면, 다른 한 축에는 변혁운동의 역사가 놓여 있다고 할 수 있을 것이다. 그리고 그것을 이해할 때 이 작품이 왜 유독 북한사회나 북한체제에 대해서 강력한 일반화에의 욕구를 드러내는가를 이해할 수 있다. 그가 겪은 북한사회야말로 변혁운동의 한 가운데 놓여져 있던 바로 그러한 곳이었다. 그가 경험한 것은 그 변혁운동이라고 것이 이루어내는 물결이었고 그것이 당대인들의 삶에 만들어내는 무늬였다고 할 수 있을 터인데, 그는 그 것을 파괴로서 경험하고 있는 것이다. 때문에 그것은 되풀이되어서는 안 될 어떤 것이었다. 그렇다고 본다면 이 작품은 변혁을 꿈꾸는 사람들에게 던지는 하나의 질문의 형식으로 존재하고 있다. 그 질문은 남북분단의 역사라든가 통일의 전망에 대한 논리적 객관화의 차원에서 이루어지는 것은 아니다. 대신에 그것은 '본래적인 사람살이'의 올바른 모습을 끊임없이 고민하는 한 개인의 체험에서 비롯되고 있다. 그리고 그 체험이라는 것은 이른바 논리라든가 이념의 거짓됨조차 포함하고 있는 것이라는 점에서, 변혁을 꿈꾸는 사람에게는 더욱 더 소중한 어떤 것일 수도 있다.

살(肉)과 혼(魂)으로 체득한 모성적 통일론

−『별들 너머 저쪽과 이쪽』론

1. 감지, 비손 그리고 통찰적 순리학

천기를 누설한다는 말은 어릴 적 재미나게 읽었던 무협지에서 참 많이도 보았던 글귀였는데, 그래서 그런지 그 말은 낯설면서도 뭔가 호기심을 자극하고 흥미롭긴 했으나 그 뜻을 깊이 헤아리진 못했다. 아니 그렇게 헤아려 보아야 할 대단한 말이라는 생각조차 하지 않았다고 하는 편이 맞을 것이다. 그런데 소설을 읽고 생각하고 그 생각되는 바를 글로 써서 다른 이들과 공유하는 일을 업으로 삼고 살아오다 이제 중년의 한 가운데에서 노작가의 역작을 읽으면서 새삼 그 구절을 떠올

* 이호규 / 동의대학교

리게 된다.

단순한 독자의 입장을 넘어 10년 가까이 성실한 독자로서, 비평가로서, 그리고 지인(知人)으로 그의 소설을 읽고 그의 삶을 보고 그의 생각을 짐작해온 나로서는 그가 이제 도통하여 천기를 누설할 수 있는 경지에 이르렀음을 확연히 깨닫게 된다. 그에게 도통은 바로 온 몸으로 밀고 살아온 지난 삶이 그에게 가르쳐준 깨달음이며 천기누설은 그 깨달음이 분단 역사의 살아있는 희생자로서, 그리고 소설가로서 이 땅에 살고 있는 그를 어느 구경(究竟)으로 밀어올린 결과이다.

그것은 이미 그에게 진즉 배태되어 있던 숙명, 본성이라고 할 수 있다. 그는 일찍이 자전적 연보에서 '둔감'과 '교지'가 교묘히 직조되어 있음이 자신의 본성이라 하였거니와 기실 그것은 후천적 학습과는 사뭇 다른 천혜 즉 운명이라 할 밖에 달리 없다.

> 미리 한마디 덧붙이겠거니와, 이 경우도 '터득'이라는 표현과 '감지'(感知)라는 표현의 그 엄청난 차이를 미리부터 유념해주십사, 하는 것이다. 다시 말해서 앞의 사람 머리로만 한정지어져 있어 보이는 조금은 이성(理性) 위주의 표현 방식에 비해, 뒤쪽 표현에는 우리 산천부터가 자연스럽게 껴들어오며, 운명이라거나 섭리라는 것까지도 벌써 아슴아슴 느껴져오는 것으로 보이기 때문이다. 주제넘게 한마디만 더 첨가하자면, 바로 이 점은, 이 글의 주제나 이 이야기 전체 국면과도 긴절하게 관련이 있게 될 것이다.[1]

이번 소설을 쓰기로 작정함에 있어 작가가 내비치는 동기 역시 그러

---

1) 이호철, 『별들 너머 저쪽과 이쪽』, 중앙북스, 2009(이하 연작 1로 지칭)

한 감지가 추동이었음을 밝히고 있다. 천성적으로 몸에 배어 있던 것도 그것이요, 힘겨운 현실을 견디게 한 힘도 바로 그것이고, 자신을 소설가로 만들었던 운명도 바로 그것임을 작가는 이미 밝힌 바 있다. 이제 그 감지는 우리 비극적 역사의 소용돌이 속에서 살고 혹은 스러졌던 인물들과 현재 이 땅에 살아가고 있는 숱한 '백성'의 속내를 헤아리는 힘이 되어 우리 현대사를 통찰하고 제대로 된 사람살이와 발전적 통일론을 전망하는 데까지 나아가고 있다는 것, 그것이 이 소설의 동력인 것이다.

초기 작품부터 은밀하게 드러나던 이호철 문학의 힘은 바로 그것. 학습이나 지식, 이념으로 제어할 수도 없는, 오히려 본래적이면서 온당하고, 결국 사람살이를 형성해내고 길을 잡아주는 것, 하늘의 뜻을 감지하여 그에 순응하고 따르는 것, 이미 50년대 초기 작품 「나상」에서 주인공 '형'이 보여주었던 둔감, 바로 그것이었다. 그는 그 문학의 힘을 이제 소설적 기제(機制)로 당당히 사용하고자 한다. 젊은 시절, 느꼈으나, 그래서 소설 속에서 언제나 그 길을, 그 사람되는 길을 찾았으나 '사르르사르르' 떨며 품어 지내왔던 것을 이제 그는 확연히 스스로 감지해 왔음을, 그게 정도(正道)임을 확신하게 되지 않았을까. 그 확신이 그로 하여금 세상살이를, 이 분단 상황을, 올바른 통일의 방향을 뚜렷이 보게 하였을 것이고, 그 결과가 바로 이 연작 장편소설로 솟아올랐다고 할 것이다.

자전적 기록문에 해당되는 다섯 번째(잡지 연재 당시에는 처음 발표된) 연작 소설은 바로 그것을 새삼 천명하고 있다. 그 소설은 자신의 굴곡진 삶 속에서의 우연과 필연과 그 소름끼치게 하는 깨달음을 통해 보여주고 있는, 실제 "작가의 말"이며 이 소설의 방법론이라고 할 수 있다. 하여 다섯 번째 연작 소설에는 "감지"와 더불어 "비손", 두 말이 반복적으로 자주 나타난다.

나이가 먹어갈수록 이 점만이 유난하게 되돌아보이곤 하는 것이다. 그렇구나, 여기에는 바로 어떤 보이지 않는 힘의 작용 같은 것이 분명히 있었겠구나, 하고. 그 어떤 큰 손길이 시종 나를 보호해주고 있었다는 이 느낌! 이 느낌만은 고희를 훨씬 넘은 이 나이로 접어든 요즘에 와서 더 절절해지곤 하는 것이다.

나의 이 감지 속에는 처음부터 어머니의 비손이 내 마음 밑자락 깊이에 벌써 낑겨 들어와 있었던 것이었다.

본래적인 감지와 뒤에 다가오는 비손, 그것은 고희를 이미 한참 넘긴 작가가 지난 시절, 생사를 가름 하는 고비 고비 마다에 대한 회억 속에서 깨달아진 것, 바로 도통이 아닐까.

그 며칠 동안의 하루하루, 한순간 한순간의 선택이야말로, 바로 삶과 죽음의 첨예한 경계였겠으니, 이 하나하나, 한순간 한순간은 분명히 어느 보이지 않는 힘의 도움이요, 역사(役事)였을 것이다. 그렇다, 어머니의 지극한 비손과 정성이 끝내 하늘에까지 닿았었다고 어찌 안 믿을 수가 있을 것인가.

강렬하게 다가오는 작가의 이 외침, 그것은 한 개인이 자신이 겪어온 삶의 통찰에만 그치는 것이 아니다. 결국 그러한 인생 인생이 모여 사회를 이루고 민족을 이루는 것이 아니겠는가. 이호철 개인의 어머니를 넘어 이 민족의 "어머니"의 비손이 우리 민족을 감싸안을 때, 그 비손을 우리 민족이 온 몸으로 감지하며 살아갈 때 우리의 역사는 올바른 길로 나아가지 않겠는가. 그것을 이호철은 이 연작 소설을 통해 이야기하고 싶은 것이 아닌가 싶다.

그렇다면 좀 더 이번 연작 소설의 구체적 방법론에 대해 짚고 넘어가보자. 온 몸으로 감지해온 삶, 그리고 비손에 대한 깨달음이 삶과 죽음의 경계를 넘어 도통의 경지에 이르고 있음이 끝내는 죽은 이들을 불러내어 그 육성을 내게 하고 있는 것이다.

여기서 한 가지만 덧붙인다면, 소위 점성술사들이 흔히 한다는 소리, '어느 누구가 어느 별에서 왔으며 죽은 다음에는 어느 별로 가게 될 것이다'라는 예언도 어쩌면 전혀 황당하지가 않을 수도 있겠다는 것이다.

일언이 폐지하여 나는 어머니나 아버지, 노자순, 그 밖에도 이승 떠난 사람들의 혼백은 그 어디엔가 살아생전처럼 존재하며 이승의 우리 삶에 어떤 방식으로든 작용하고 있다고 믿고 싶은 것이다.

도통의 혜안으로 헤아려보는 우리의 삶, 그것이 구체적 방법론이 되어 우리 역사를 소설 속에서 재조명하고 성찰하고 나아가 역사의 전망을 세우게 하는 데에 이른 것이다.

2. 소설과 역사, 허구와 진실의 새로운 글쓰기

감지와 비손이 창작 동인이 되어 저 먼 별에 있는 영혼을 불러 구음을 전하는 이 소설을 씀에 작가는 이전과는 다른 모험을 시도한다. 그것 역시 작위적이라기보다 저 먼 별에 가 있는 숱한 영혼들이 불러일으킨 감지와 비손이 일깨운 것이리라. 작가의 말에서 작가 스스로 말하듯 정통적 소설의 형식을 벗어나는 이 구음(口音) 형식의 소설은 그러나 기획하는 바, 전해주는 소리의 내용은 만만치 않다. 아니 감히 누구나 섣불리 달려들 만한 것의 경지를 넘어선다.

자전 연작 소설 형식으로 시작한 이번 장편 연작 소설에 대해 이호철은 스스로 그 욕심을 드러내는 데 주저하지 않는다. 그는 첫 번째 연작 소설을 시작하는 글머리에서 '개인적 비망록으로 쓰기 시작해 문장부터가 서술체 기록문 문체'에 대해 새로운 의욕이 불러낸 새로운 형식임을 밝히고 있다. 그는 그러한 기록문 문체에다가 더 나아가 「구름 흐르는 소리」에 이르면 영혼을 불러내어 대화체, 구음을 시도한다. 「폭우 퍼붓는 소리」에 이르면 문서 및 메모를 그대로 소설화하기 까지 한다. 이러한 작가의 파격적 형식은 분단 조국의 희생자로, 그리고 소설가로 살아온 지난 평생을 통해 발효된 내면적 통찰과 한국 현대의 통한의 아픔을 선배로써 후배들에게 정리하여 보이고자 하는 욕구가 자연스레 지금 어우러져 발화된 것이라 할 수 있다.

발효된 내면적 통찰이란 앞에서 언급한 바, 자전적 기록문으로 되어 있는 첫 번째 연작 소설이며 이번 연작 소설집의 제목이기도 한 『별들 너머 저쪽과 이쪽』을 관통하는 삶에 대한 감지와 비손에 대한 깨달음이 영글고 영글어 숙성되어 나타난 결과일 터이다. 다른 한 편, 한국 현대사를 정리하고자 하는 욕구는 바로 그러한 내면적 통찰을 통해 바라보게 된 한국 현대사의 진면목에 대한 소설가로서의 욕망이라 할 것이다. 이는 달리 말하면 자연스레 도통한 순간, 이 땅의 역사를 위해 투쟁하고 희생하고 스러져간 인물들의 생생한 영혼의 목소리를 통해 한국 현대사의 흐름과 나아가야 할 통일의 방향이 선명히 드러나더라는 것, 그것도 '희한꼴랑한 일이 벌어지는' 이 변화무쌍한, "견고한 모든 것은 대기 속에 녹아버리는" 이 세상에서, 그것을 어찌 안 쓰고 배길 것인가.

허구와 역사적 사실의 새로운 소설적 형식의 창출에 있어 무엇보다 돋보이는 점은 사료 조사의 철저함과 그 구성이라 할 것이다. 한국 현대사에 있어 가장 격변기인 구한말, 해방정국과 한국 전쟁 그리고 이승만 정권의 대두와 몰락까지 그 시대 가장 변혁의 중심에 있던 주요 인물들을 등장시켜 그들의 대화만으로 그 시대를 총체적으로 재구성하고 분석하고 평가하는 가운데 구체적인 역사적 사실과 배경, 그리고 인물에 대한 파악이 철저하게 이루어지고 있다는 점이다.

즉 새로운 형식 속에 새로운 현대사의 조명이라는 거대한 작가적 의도가 이번 연작 장편 소설을 탄생시킨 것인데, 이는 작가의 말에서 알 수 있듯 한 순간 이루어진 듯 보이나 기실은 그렇지 않고 지난 50년간 단신 월남인으로, 비판적 작가로, 그리고 민주화 운동의 주역으로 살아오면서 몸이, 마음이, 영혼이, 그의 문학이 차곡차곡 쟁여온 그 모든 것들이 이제 올올이 일어나 그로 하여금 쓰게 만들었다고 보는 것이 옳을 것이다.

두 번째 연작 소설인 「구름 흐르는 소리」는 부제에서도 알 수 있듯, 이승만과 백범 김구, 윤치영, 임병직, 김병로, 송진우 등 해방 정국의 주요 정치 인사들을 불러내어 8·15 직후의 정치 상황에 대해 각자의 입장에서 설명하고 평가하게 한다. 이승만과 백범 김구, 조만식 같은 인물들은 이후 네 번째 발표된 연작 소설 「천둥 흐르는 소리」와 「폭우 퍼붓는 소리」에까지 이어져 분단 상황과 6·25 전쟁의 실상에 이르는 시기의 정치 상황과 현재 한국의 상황에 대해 목소리를 내게 된다. 이렇게 보면, 개화기 격변기를 다룬 세 번째 발표된 연작 소설 「바다 흐르는 소리」가 시기적으로 앞선 셈이다. 따라서 이 작품부터 먼저 읽고 「구름~」, 「천둥~」, 「폭우~」로 읽는 것도 좋을 듯하다.

하여 세 번째 발표된 작품, 「바다 흐르는 소리」를 먼저 잠깐 보면 거기에 주요 대화 주체는 민영환과 이준이다. 같은 시대 다른 신분과 계층적 조건 속에서 조선의 자주독립과 부국강병을 위해 온 몸을 바쳤던 두 인물의 대화는 새삼 두 인물에 대한 역사적 지식뿐만 아니라 두 인물의 성격과 정치인식 등이 손에 잡힐 듯 그려져 있다.

현 세계를 '국제화의 개념을 뛰어넘어, 지난날의 그 힘센 나라 위주의 틀을 어느 정도는 벗어나 세계 모든 국가가 정치, 경제, 사회, 문화 등의 분야에서 경쟁과 함께 협력을 통한 범세계적인 통합화의 과정으로까지 나아가는 지구화의 큰 흐름이 도도하게 물결치고'있는 상황으로 파악하고 있는 이호철은 과연 민영환과 이준 열사가 살아있듯 육성을 낼 수 있다면 무슨 말을 할 것인가를 화두로 내놓는다.

살아생전의 고집 그대로, 여유도 타협도 없이 외골수의 이준과 을사년 국치(國恥) 앞에 스스로 목숨을 끊을 만큼 또한 강직했던 민영환은

그러나 전혀 다른 모습으로 당대와 그리고 지금에 대해 말한다. 여기
서 작가는 강직하나 외골수이며 논리에 빠져 있는 이준과 거리를 두고
민영환의 목소리에 귀를 기울이며 그를 통해 자신의 속내를 담아낸다.

다시 말해서, 무한대의 '자유'가 아니라, 우리의 하루하루를 둘러싼
이 자연과 걸맞은 범위 내에서의 최대한의 '자유'야말로, 바로 오늘의
우리들이 목표로 삼아야 할 어느 한정일 것이다아, 이 말입닌다.

열기에 들떠 외치는 이준의 자유론에 대해 민영환은 오히려 안쓰럽
다고 응수한다. 그것은 "이 열사 자신의 진짜배기 육성(肉聲)이 아닌,
저어 외방(外邦)의 어느 누가, 언젠가, 어느 자리에서 한 말"을 이준이
'제 소린 양 큰소리를 떵떵 칠 정도로 뻔뻔'스럽기 때문이라는 것이다.
민영환은 '이론은 나에게 아무 것도 주지 못한다'라고 이야기하면서
다음과 같이 말을 맺는다.

결국 사람이란 것은, 살아생전에나 지금 이곳에 와서나 별 수 없이
각자 생긴 대로 이상은 넘지 못하는가 봅닌다. 제가 생각하기엔, 어떤
이론으로써 누구를 설득한다?! 그런 것부터가 애당초에 주제넘은 짓일
겁니다. 잘못 그러다 보면, 괜스레 피차에 말싸움이나 일삼게 되고, 종
당에는 마음의 상처나 입게 되기가 십상일 것입닌다. '옳다', '그르다',
하는 것이 그렇게 말 몇 마디로 쉽사리 가려지는 것도 아닐 것이고요.
세상사, 그렇습디다요. 이제까지 옳던 것이 어느 날 부턴가, 극악으로
떨어지기도 하고, 이제까지 극악인줄 알고 있었는데, 어느 날 별안간에
옳아지기도 하질 않던가요. 그렇게 그때그때 세(勢)라는 것이 있는 법입
닌다. 섭리(攝理)라고도 합디다만. 이 경지까지 이르면, 매사에 야글타글

할 것이 아니라, 공손하게 겸손하게 맑은 마음으로 기다려야 할 것입닌다. 그렇게 지긋한 정성으로 늘 하늘에 대고 기도를 드려야 할 것입닌다. 그렇지 않습니까. 이 하늘에 와서도 다시 또 저렇게 하늘이 있질 않습니까요, 아무쪼록 이 점 깊이 헤아리시기를 빕닌다.

혼란했던 개화기의 주역, 두 사람의 대화에서 역사를 바라보는 작가의 시선이 어떤 것인가를 짐작하게 된다. 순리대로, 민초의 마음으로, 하늘의 뜻을 헤아려 가능하면 소통하고 보듬어안고서 무엇이 제대로 사람살이인가를 좇아 행하는 사람과 그의 뜻이 이루어지는 정치, 사회 그리고 세상이 우리가 역사에서 찾아야 할 사람의 목소리이며 행적이고 또 앞으로 참다운 역사를 만들어갈 인물들이며 정치여야 한다는 것. 이러한 작가의 소리는 한국 현대사에 가장 혼란한 시기이며 어두운 시기이고 불행했던 시기인 해방 정국과 전쟁기를 되짚어 보는 데에서 더욱 또렷하게 나타난다.

연작소설의 두 번째 작품인 「구름 흐르는 소리-8·15 광복 직후의 이 나라 정치 주역들」에서는 리승만을 비롯, 김구, 윤치영 등의 인물이 나와 이승의 우리들에게 저간의 정치 상황과 더불어 작금의 한국 정치 상황에 대한 신랄한 비판과 조언과 그들 나름의 견해를 내놓는다. 여기서 리승만은 고집 세고 뚝심이 있는 인물로 나타나는데, 그는 현재 한국의 정치판, 특히 선거판을 두고 '어쩌다가 저곳의 정치라는 것이 저 지경으로 품격이 떨어지고 짜잔해졌는가, 철딱서니 없는 아이들 몇몇의 그 무슨 장난으로 떨어져버렸는가, 저속한 코미디 놀음판으로 추락해버렸는가, 참말로 눈 뜨고는 볼 수가 없는 지경'이라고 한탄한다.

다시 말해서 나, 리승만은, 1920년대 초에는 솔직히 반일운동의 표어보다는 내심 경제적 실리 쪽을 중시하였으며, 적극적 반일 투쟁보다는 교육 활동을 통한 실력 양성과 준비론에 기울어져 있었습지요.

이승만은 실리적이며 그만큼 상황에 유연하게 대처할 수 있는 판단과 경륜을 갖춘 인물로 그려진다. 이는 이념이나 하나의 아집에 사로잡혀 융통성없이, 그리고 타자와 소통없이 저돌적으로 밀어가는 쪽이나 자신의 야욕에 사로잡혀 민의를 거스르고 순리대로 행하지 않는 쪽에 대한 작가의 부정적 배타에 의해 긍정적으로 부각된다. 여기서 민영환의 경우처럼 작가의 역사적 인물과 정치에 대한 평가와 세상살이를 바라보는 시선을 다시 또 확인하게 된다.

그나저나, 정치라는 거, 세상 흘러가는 것은, 한마디로 말해서 물 흘러가는 것과 같습닌다. 어느 한 사람의 자의(恣意)거나 어느 하나의 이론대로 인위적으로 꾸려가다가는 기필코 어느 대목인가에서부터는 돌이킬 수 없게 꽉 막히게 마련이지마안, 저저끔 죄다 저 생긴 대로, 저들 한 사람 한 사람 제 형편대로 돌아가다가 보면, 옛날 그때, 고하 송진우나, 몽양 여운형이나, 설산 장덕수나, 백범 김구처럼 비명횡사로 그 삶을 마감하는 사람들도 개중에는 물론 있지마안, 거개 사람들 사는 세상은 세상대로, 물 흘러가듯이 구름 흘러가듯이 흘러가게 되는 것인가 봅니다요.

위의 이승만의 말이 바로 그러한 작가의 속내를 분명하게 알게 하는 대목이다. 그렇다고 모든 이들에게 다 그러한 기준이나 잣대를 갖고 있는 것은 아니다. 위의 송진우, 김구뿐만 아니라 작가가 개인적으로 끝내 잊지 못하는 인생의 중요한 사람이었던 노자순 같이 험난한 세상에 태어나 힘겹게 살면서도 인간다움이란 것, 자존과 인정을 잃지 않았던 아니 천생적으로 그렇게 살 수밖에 없었던 고집 있으나 여리고 투박하나 속내 깊은 사람들에 대한 작가의 애정을 간과할 수 없다. 이 역시 초기 소설에서부터 80년대 뛰어난 연작 소설이었던 『남녁 사람 북녁 사람』, 그리고 2000년대 발표되었던 작품에 이르기까지 오히려 그의 소설의 중심은 그러한 사람들에 대한 애정이었다고 할 수 있다. 따라서 그의 소설은 인물 대 인물의 구도가 강하게 드러나는 특징이 있었던 것이다.

해방정국과 6·25 전쟁의 원인과 양상을 다루고 있는 소설에서 조만식의 입을 빌어 작가는 이승만을 다시 평가하고 있는데, 이승만에 대한 평가뿐만 아니라 조만식에 대한 작가의 애정, 그리고 김일성에 대한 평가, 6·25 전쟁의 원인에 대한 분석 등은 세간에 충분히 논쟁을 불러일으킬 수 있는 사안이라 보인다. 이는 작가의 용기요, 자신감이고 그만큼 우리가 진지하게 생각하고 대승적 견지에서 소통하고 논의해 볼 만한 가치가 있다고 생각된다.

그건 그렇고, 최용건 그대는 6·25 전쟁을 일으킨 원흉을 어느 한 사람으로 압축한다면, 박헌영을 꼽았는데, 나, 조만식의 생각은 다릅니다. 바로 스탈린이었소. 제2차 대전 뒤에 벌여놓은 그 공산권이라는 '틀', 그렇게 내려 먹인 우리 한반도 분단, 그리고 그런 와중에 생겨났던 박헌영의 사욕(私慾), 그 배후의 원흉은 역시 스탈린이었소. 그 다음, 이것을 막아 낸 자를 어느 한 사람으로 압축하라면, 나는 서슴치 않고 이승만을 꼽겠소.

강직하고 순박하며 의지적인 인물로 그려지고 있는 최용건과 조만식의 대화는 그 두 인물 중 누가 긍정적인가 하는 단순한 이분법적 논리를 넘어선다. 어설픈 지식의 함정은 스스로 이분법적 오류에 빠져 배타와 적대로 나아가는 것이 아니겠는가. 그것은 작가가 진정 경계하라고 우리에게 외치고 있는 바일 터이다. 정통적 소설의 형식을 넘어선 구음(口音)과 기록문의 과감한 소설적 도입 속에 소설과 역사, 허구와 진실의 경계를 넘어 한국 현대사를 되짚어보고자 하는 작가의 소망역시 그러할 것이다.

3. 한 살림 통일론의 정수 - 평이(平易)와 일상(日常)

민영환과 이준의 대화 끝에 민영환이 죽자 따라 죽었다던, 배운 것 없고 한 평생 밑바닥 계층의 인물로 살았던, 대를 이어 바퀴달린 물건을 움직여 살아간다는 인력거꾼이 기어이 한 마디 한다.

사람 산다는 것, 세상사, 결국은 이런 것이 아니겠습니까.

작가가 조만식을 빌어 얘기하고 있는 '평상'이란 평이(平易)와 일상(日常)이 아닐까 싶다. 낯설지 않고 보편적이며 그러면서 쉬운 것, 하는 것도 그렇고 보는 이에게도 그렇게 보이고 감각으로나 실제로도 그렇게 느껴지고 받아들여지고 행해진다고 판단되는 것, 그래서 그렇게 감당으로 다가오는 것, 그것이 정치이고 정치는 곧 살림살이와도 같아야 한다는 것, 그것이 이호철 작가가 인생의 선배로, 문단의 대가로서, 민주화와 통일을 위해 살아온 실천적 지식인으로, 어쩌면 작가는 선배니 대가니 지식인이니 하는 말 따위가 그런 말이 자신을 지칭하는 말로 사용되는 것 자체가 못마땅하다고 필자에게 한 소리 할 듯도 싶은데, 아무튼 열심히 살아온 이 땅의 한 많은 일상인, 시민으로서 마침내 제대로 하고 싶은 말일 듯 싶다. 아무튼 이러한 작가의 정치관, 인생관은 지난 날 살아오면서 보아온, 그리고 현금(現今) 변화무쌍해지는 사회, 민중들의 역동적 모습을 통해 더욱 알차진 것 같다.

이렇게 우두머리들이 차례차례 별 볼 일이 없이 쪼그라들면서 백성들은 하나같이 제 세상을 만나 천상천하, 무서운 것이 없어졌습니다요.

이승만의 입을 통해 작가가 얘기하는 우리 정치사의 진면목과 그 긍정적 전망은 바로 이 땅의 '백성'이 보여 온 힘과 그에 대한 작가의 믿음을 먹고 자라난 상록수이다. 이는 촛불집회에 대한 조만식의 말에서 다시 드러난다.

촛불집회에 대해서 작가는 조만식을 통해 그 의의를 설명한다. 그것은 촛불 집회 자체에 대한 견해라기보다는 촛불 집회를 통해 볼 수 있는 참다운 정치에 대한 소신이라고 할 수 있다. '저 옛날, 그 무렵의 정치는 좌니, 우니, 양쪽으로 갈라선 잘난 사람들이 저들 잘난 맛에, 거드럭거리려는 데에만 주안(主眼)을 두고, 사생결단으로 다투고 싸우는 것'이었는데, '가족 단위로 소풍 나오듯이 즐겁게' 모여서들 '밤을 꼬박 새우며 조용조용히 저들 주장을 펴내고' 있는 촛불 집회, 그러한 모습이 바로 현대의 정치의 주종(主宗)을 이루고 있다는 것, 정치가들은 바로 그러한 모습에 주눅이 들 수밖에 없으며 그러해야 한다는 것이다. '정당? 시민운동? 사회운동? 그런 무거운 이름, 무거운 용어들조차 급격히 쇠퇴하고 낡아가고 있는' 현 상황에서 보면 '애당초에 정치라는 것은 이렇게 쉬웠어야 하지 않았을까'라고 조만식은, 아니 작가는 진정으로 말한다. '바로 정치가, 권력이라는 것이, 이렇게 평상(平常)을 사는 사람들 수준으로 날로 날로 가까이 내려오면서, 나라의 힘은, 활력은, 이렇게 불처럼 타오르고, 일어나는 것'이라고 조만식은 "저 별"에서 우리를 내려다보면서 말하고 작가는 "이 땅"에서 우리와 함께 살면서 우리에게 전언(傳言)한다.

이제 작가는 현금 우리 민족의 궁극적 지향, 통일에 대해 진정을 담아 얘기한다. 60년대 신동엽의 시에서처럼 아사달과 아사녀가 그곳까지 다 내놓고 백두와 한라가 만나는 곳에서 하나가 되는 것, 바로 그것이 통일임을, 남북 정치 상황과 사회상에 대해 균형적이면서도 비판적 시각을 통해 보여주었던 문제적 작품 「판문점」—이미 지금의 통일론을 볼 수 있어서 지금 다시 생각해도 놀라운데—에서부터 장편 소설 『문』에서도 보여주었던 그래서 이후 90년대 한 살림 통일론으로 정연하게 제시했던 통일론을 찬찬히 풀어낸다.

작가는 말한다. '다만, 남북 공히, 권력 위주의, 정치권력 중심의 '틀'에서부터 어서 빨리 벗어 나오는 것이 첩경이 아니겠는지요.' 라고. 그것은 '우리 남북 관계가 제대로 풀어지자면, 삼천리강산 산천의 도움이거나, 저 어느 먼 별에 가 있을 그이들(남북을 망라한 수많은 그이들)의 총체적인 조력을 소홀히 다루지 말아야 할 것'이라는 경험에서 우러나

온 믿음이 가르쳐준 교훈이며 혜안일 터이다. 그것을 이제 한 살림통일론이 아닌 모성적 통일론이라 불러본다.

> 이쪽, 남쪽 대한민국의 '헌법정신'이라는 큰 원칙만은 모름지기 견지
> 해 가야 할 것이지, 지나치게 당장의 그쪽 립장이나 그쪽 분위기에만
> 휘감겨 들지는 말아야 할 것이다, 싶어집닌다요.

이승만의 말을 통해 작가는 경계함도 잊지 않는다. 이는 아주 실제적이며 실천적인 지침이라고 할 수 있다. 이제 우리는 피난민으로, 현실 참여적 작가로 살아온 통일지기 노작가의 정치관과 통일론을 이번 연작 소설을 통해 새삼 확인하게 되는 바, 제대로 경청하고 되새기고 실천할 일이다. 그는 자신의 소설을 통해 다양하고 다른 입장에 서 있는, 그러면서 이 땅의 통일과 민주화와 번영을 위해 목숨조차도 아끼지 않는 숱한 이들이 함께 발전적으로 논쟁하고 소통하고 바람직한 길을 찾아 함께 나아가길 원할 것이다.

작가가 마지막으로 당부하고 강조하는 말.

> 뜨겁고 골똘한 성심, 사특한 욕심이 아닌 지극하고 맑고 상서로운 것
> 의 올곧은 지향이야말로, 그 모든 것을 뚫어내고 관통하는 오직 마지막
> 잣대가 아닐 것인지.

그러한 마음만이 모든 '다름'을 하나로 이어주는 유일한 '같음'이요, 원칙이라는 데에는 이견이 있을 수 없다는 생각이다.

이번 연작 장편소설은 형식에 있어서나 내용에 있어서 분명히 논쟁

적이다. 논쟁적이라는 말 자체에 작가는 어쩌면 혐오감을 드러낼 수도 있을 터인데, 그것은 어설픈 지식으로 재단하고 평가함을 경계하는 마음 때문일 것이다. 그러나 이 소설은 세간에서 논쟁을 불러일으킬 것이고, 연재되는 동안에도 그러했음을 알고 있다. 소설을 새로운 형식의 창출, 그리고 한국 현대사의 주역들에 대한 작가의 평가 및 그들의 육성을 통한 한국 현대사의 분석 및 조명, 나아가 지금 한국 정치상황과 그 전망에 이르기까지 만만한 것은 없으며 또한 화제(話題)가 될 것이다. 이는 오히려 바람직하며 보기에 좋을 터이다. 물론 살아있는 이들로 다시 그들을 불러 스스로 말하게 하겠다는 의도에서 연유한 것이기도 하지만 대화라는 형식을 고집한 것도 어쩌면 그러한 소통의 장을 만들어보고 싶은 작가의 속셈은 아니었을까 싶다.

마지막으로 필자가 이번 연작소설 중에서 가장 좋아하는 문장을 소개하고자 한다. 이에 구구한 말을 덧붙이는 것은 필요 없을 터이다. 이호철 작가의 쉼없는 행보를 앞으로도 지켜볼 수 있길 기대해본다.

실제로 사람들이 살아오면서 누구나가 은밀하게 겪는, 아주 자잘해 보이는, 흔한 말 몇 마디 논리로는 도저히 알아낼 수 없는 그 지극히 하찮은 것들의 누적이야말로, 진짜배기 적나라한 사람의 평생임을 새삼 절감하게 된다.

제 4 부
부 록

촌단(寸斷) 당한 삶의 현장*

내가 인간관계의 '미묘성' 앞에 처음 당혹한 것은 예닐곱 살 적, 외조부께서 우리 문중 어느 댁 잔칫집엔가 오셨다가 날이 저물어 조부와 같이 큰 사랑에서 주무셨을 때였다. 이른 아침, 어머니의 기척이며 누나들 거동에 색다른 느낌이 묻어 있었는데, 결국은 어머니의 조금 과장 섞인 채근을 받고 사랑방으로 나가 두 분이 같이 앉아 있는 것을 보는 순간, 나는 직감적으로 '조심해야지' 하고 느꼈었다. 자칫 어느 한쪽 으로 치우쳤다가는 난감해질 것이라고 예감했기 때문이었다.

마악 잠자리를 걷어 내간 참이어서 이순(耳順) 나이의 두 분 잠자리 냄새가 확 느 껴져 오는 속에, 간밤에 느지감치 같이 들어설 때는 술이라도 거나하게 취하셨을 터 이지만, 지금은 금방 서로 싸운 사람들처럼 뚱하게 마주 앉아 있었다. 두 분 다 숫기 가 그다지 많은 편이 못 되어, 조부께서는 방 아랫목에 동저고리 바람으로, 활짝 열 어 놓은 이중문 너머 바깥의 이깔나무 우거진 녹음을 멀거니 내다보며 긴 담뱃대를 뻐끔뻐끔 빨고 계셨고, 외조부는 외조부대로 그 맞은편에 꽤나 편편치 않게 앉아서 두 손으로 상투를 쓸어 올리며 문 밖을 내다보고 계셨다. 그 문 밖의 오른쪽 큰 오동 나무 그늘 아래에 놓여 있는 굵은 나무토막에다 구형(矩形)으로 홈을 파서 만든 오줌

---

* 이 글은 『이호철 문학앨범』(웅진출판, 1993)에 수록되었던 글이다.

통에서는 벌써 아침부터 특유의 지린내가 솔솔 풍겨왔다.

나는 두 분의 그 분위기로 하여 벌써 꽤나 억제된 느낌이 들어 조부 쪽 눈치를 조심스럽게 살피면서 깊이 머리를 조아려 외조부에게 인사를 드렸다. 인사를 드리면서도 뒷꼭지로는, 그저 딴청을 피우며 앉아 계신 조부의 기척이 손에 잡힐 듯이 의식되었다. 외조부도, 더러 모친 따라 외가에 갔을 때는 그다지도 거푸 몇 번씩 머리를 쓰다듬고 안아 주며 반기던 것과는 달리, 약간은 뭉그적뭉그적 조부 쪽의 눈치부터 살피면서 "응, 그새 컸구나." 하고 입 안의 소리 비슷이 한 마디 하실 뿐, 당신의 외손자 머리 한번 마음 놓고 쓰다듬지 못하셨다.

외조부는 조부보다 두 살이 더 많으셨는데, 조부가 매사 강의(剛毅)한 성격인 데 비해 외조부는 온화한 쪽이셨다. 그런 조부는 내가 월남하던 1950년 겨울에 일흔 세 살임에도 아래윗니가 모두 말짱할 정도로 정정하셨다. 그러나 외조부는, 왜정 말 1942년에 두 외삼촌이 예비검속으로 한꺼번에 함흥 형무소에 갇혀 그런저런 와중에 중풍으로 쓰러져 예순 여덟엔가 돌아가셨다.

별일도 아닌 지극히 사소한 일이었지만, 그날 아침에 겪었던 그 일은 나이가 들수록 묘하게도 이따금씩 생각나곤 한다. 사람 산다는 것, '사람살이'의 무상(無常)이라기보다도 '무한의 깊이'라고나 할 미묘한 국면이 흘끗 밟힌다. 이런 일의 무수한 누적이야 말로 사실은 사람살이인 것이다. 그 일을 두고도, 모처럼 사돈과 하룻밤 같이 주무시고 나서 왜 좀 더 사근사근하게 외조부께서 마음 편하도록 하실 수 없었느냐고 조부에게 꼭 불만스러운 느낌이 드는 것은 아니고, 그때 그럴 수밖에 없었던 조부의 사정도 차라리 깊이 이해가 된다.

사람살이란 건 애써서 될 일이 있고 애써서 안 되는 일이 있는 법, 이런 경우 조부는 생득적으로 심술 비슷한 것이 심하게 드러나는 쪽이었다. 그런 조부께서 그러지 않으려고 평소와 다른 양태로 대응했다면 더 부자연스러웠을 것이고, 심지어 지나친 작위(作爲)로 추하게까지 느껴졌을는지 모른다. 외조부의 경우도 그렇다. 모처럼 오랜만에 만난 외손자가 아니었는가. 당신 쪽에서도 응당 마음껏 귀여워해 줄 권리가 있었음에도, 마치 제 쪽은 한발 멀다는 듯이 조부 쪽 눈치부터 보며 조신(操身)까지 할 필요야 뭐 있었겠는가. 그러나 그 점으로 말하더라도, 당신의 사돈이 내 조부가 아니고 다른 사람이었다면 혹시 그렇게 가능했을는지 모른다. 그러나 외조부도, 그때 평소에 남달리 강의하고 심통스러운 조부만큼으로, 가장 합당하게 대응을 했던 것이다.

인간관계의 이 지점의 '미묘성'에서부터 '문학'이 시작되고 '정치'도 시작되는 것 같다. 문학은 그것을 어루만져 부드럽게, 불교문자를 원용한다면 원융(圓融)으로 이끌고, 정치는 그것을 관리, 통어해 낸다. 이때 가장 중요한 일은, 섣불리 어느 한 기준으로 잣대를 마련해서 자의(恣意)대로 재고, 맞추고, 옳고 그름을 가리고, 어느 한 쪽을 잘라 내는 것과 같은 그런 '오만한 무리(無理)'를 삼가는 일이다. 더구나 특정 이념에 입각한 거창한 '프로그램' 같은 것, 더 나아가 그것의 시스템화, 그것은 바로 비극의 시작이다. 모든 것이 쉽사리 시스템으로 수렴되고 시스템 속에 옭아매어져 파묻혀 버릴 때, 최소한의 '인간적 온기', '사람살이의 본원적인 활달함과 자연스러움', '인간 천성에 대한 이해' 같은 것은 설 자리가 없어진다.

바로 그 무렵에 나는 또 한 가지 일을 겪는데, 이건 넓은 바깥세계(사회)와 내가 처음으로 접해 본 대목이 될 것이다.

3·1운동 때의 보성전문 학생대표로 널리 알려져 있는 강기덕(康基德) 선생은 조부의 외육촌이었다. 그 무렵 어느 날인가 그이가 오셔서 사랑방에서 또 주무셨는데, 어린 나도 눈치로 대강 알 수 있었다. 고문 자국 흉터를 드러내 보이기도 하시며 껄껄 웃던 그이의 모습은, 온 세상이 다 아는 '독립투사'답게 툭 틔어 있어, 그때 조부께서는 평소 때와는 달리 시종 한풀 꺾여 있었다. 드세고 강한 쪽으로는 조부도 그이 앞에서는 사족을 못 쓰는 듯하였다. 응당 그랬을 터였다.

그날 사랑방에는 조부와 그이 말고도 마을 어른 두엇이 더 계셨던 것 같은데, 조부보다 열 살 정도나 아래임에도 그이는 지나치다 할 정도로 방약무인, 혼자서만 종횡무진 떠들어 대는 게, 끝머리에 가서는 어린 마음에도 슬그머니 밉살머리스러웠다. 생긴 허우대며 목소리며 자리를 압도하는 그 분위기며 '불사신의 투사'에 합당하였지만, 종당에는 너무 과하게 우쭐거리는 것 같아 보였던 것이다. 하긴, 그 점도 상대적이긴 할 것이다. 서울 중앙의 '명망가'들이 많이 모인 자리였다면, 그이도 그렇게까지 그러지는 않았을 터이다. 막말로 우리 마을쯤 되니까, '촌것들' 앞에서 마음껏 그래 보았을 것이다.

그 점, 이해가 안 되는 건 아니다. 아니, 지금의 나는 그 일로 그이를 추호나마 깎아내리자는 뜻은 없다. 누구나가 그런 정도의 객기나 치기는 있는 법, 더구나 한 시대의 맨 앞에 섰다는 사람들의 경우, 흔히 볼 수 있는 객기들이다. 그날 첫 대면 했던 강기덕 선생의 인상은 그렇게 일종의 뜨거운 열 덩어리 같은 것으로 오늘까지도 선명한 기억으로 남아 있거니와 그러나 지금 이야기하려는 주안점은 그 점이 아니다. 공교롭게도 바로 불과 며칠 뒤에 강기덕 선생과 친사촌간이 된다는 그 당시 풍산(豊山) 군수로 있던 분이 또 와서 주무셨는데, 안조끼 받친 양복차림에다 까만 스틱에다 중절모를 쓴 차림이, 이건 완전히 별종의 사람이었다. 사촌간이라면 선친끼리 형제간일 터이고, 한조부의 손자들일 터인데, 한쪽은 '독립투사', 한쪽은 '군수'라고 하니, 어린 마음에도 도시 정신이 산란하였다. 어찌 저렇게 될 수가 있을까. 그러나 엄연히 현실은 그러했다.

조부께서는 두 사람 똑같이 외육촌으로서 바로 며칠 전에 강기덕 선생을 대하던 때와는 달리 이참에는 조용조용하였고, 단 두 분뿐이어서인지 어느 구석인가 오순도순 은밀하기까지 하였다. 사촌간이라곤 하나, 며칠 전의 강기덕 선생이 시원시원하게 인품이 타악 트인 쪽이라면, 풍산군수라는 사람은 조밀 조밀하게 잘고, 심지어 조금 자발머리가 없어 보였다. 그런데 조부는 두 사람에게 나름대로 신경을 써서 제각기 상대 생긴 만큼으로 자연스럽게 응대를 하였다.

언뜻 생각하기에는 친사돈 하나 제대로 건사 못하면서, 번갈아 외육촌 두 분에게는 제법 똑똑하게 '정치적'으로 응대를 하신 셈이었다. 사촌간이면서 한쪽은 '독립투사'이고 한쪽은 '풍산군수'라는 사실에 대해서도, 특별히 모순당착으로 의식하시는 것 같지는 않았다. 응당 그러려니 정도로 받아들이는 듯하였고, 까다롭게 이것저것 따지고 어쩌고 하시는 것 같지도 않았다. 그런 정도는, 거의 선험적으로 조부의 내부에서 이미 처결(處決)되어 있었다. 아니다. 그 뒤 언젠가 우리 사랑방에 노상 마을 오시던 '갠집 할아버지'와 단둘이 마주 앉아, 조부께서 그 일을, 한집안 사촌끼리 한쪽은 혁혁한 '독립투사'이고, 한쪽은 식민당국의 군수자리에 있는 당신의 두 외육촌을 비아냥거리는 말 몇 마디로 정리하시던 것을 나는 기억한다. 어린 나이에 섬뜩하게 충격적이기까지 하였다. 조부의 그것은 시쳇말로 일종의 '계급적 관점'이기도 했고, 보기에 따라서는 '달관', '체관'이기도 하였지만, 그보다는 그거야말로 더 깊은 강인하고도 질긴, 그리고 슬기로운 우리 민중의 모습이 아니었을까 싶다. 사실은 그 지점에 태반의 우리 백성들은 자리해 있었던 것이 아닐까.

'갠집 할아버지'는 조부의 그 외육촌들이 번갈아 우리 사랑방에 오셨을 때는 아예 얼씬도 하지 않았다. 눈치 없이 자칫 건너오셨다가 조부로 하여금 곤혹스럽게 하지 않게 하려는 나름대로의 자상한 마음 씀이었다. 그 자상한 마음 씀을 한 꺼풀만 더

벗기고 들여다보면, 이미 그때부터 어중간한 '지식인'이라거나 설익은 엘리트라는 것들과는 애당초부터 다른, 진정한 '민중들의 슬기'를 보게 되는 것이다.

사실 그 '갠집 할아버지'는 완전히 까막눈이어서, 조부께서는 돋보기를 쓰시고 춘원의 『단종애사』와 월탄의 『금삼의 피』를 거푸 몇 번씩 목청을 돋워 읽으시고, '갠집 할아버지'는 대목대목 "저런 저런, 저 쳐 죽일 놈 보겠나." 하고 맞장구를 치시며 그 시절 텔레비전은커녕 라디오조차 없는 긴긴 나날을 두 늙은이가 소설 '읽기'와 '듣기'로 시간을 메워 가던 것을 나는 익히 보곤 했었다.

그 '갠집 할아버지'와 우리 집 사이에도 어느 정도의 지체랄까 격차가 있었던 셈이다. 우리 집이 중농이었던 데 비해, 그 집은 주로 남의 땅을 부쳐 먹는 빈농이었다. 그러나 그이도 세상 돌아가는 그런저런 눈치는 나름대로 대강 다 꿰고 있었고 그럭저럭 합당하게 처신을 하고 있었다(그이는 바로 내 단편소설 「살」에 나오는 주인공의 선친 되는 분이시다).

친사돈에게는 그런 식으로 조금 부례하게 대하고, 제각기 다른 외육촌 두 분에게는 또 나름대로 신경을 써서 응대하던 조부는, 우리 마을 문중에서는 '집사 역'을 담당, 조부 특유의 강직하고도 결단력 있는 성격으로 잘 끌어 나가셨다. 공적인 행정조직이 아니라 사사로운 혈족 모임이어서도 더 그렇긴 했겠지만, 나는 우리답게 대대로 이어 온 농촌 공동체적 '자치제'의 원모습, '우리 방식대로' 오랜 세월 살아온 원형을 거기서 보아 내곤 한다.

왜정 말(1941년)에 부친께서 정회장(町會長)이라는 것을 주위의 강권에 못 이겨 거의 강제다시피 떠맡았었기 때문에도 더욱 익히 알거니와, 부친이 담당했던 식민치하 공적 행정의 말단과 조부가 맡아 냈던 문중 '집사 역'을 비교해 볼 때도 이 점은 새삼 확연해진다. 부친께서 정회장을 맡게 됐던 빌미도 바로 문중의, 혹은 대다수 마을 사람들의 이심전심, 이를테면 마을 행정 '일원화'에의 욕구가 짙게 깔려 있었던 것이다. 아닌 게 아니라 마을에 중요한 문제가 생겼을 때는, 공적 행정의 말단 책임자였던 부친보다도 문중 '집사'이시던 조부 쪽이 훨씬 바빴고, 늘 중심자리에 계셨다. 공적 행정조직은 우리 마을 경우에는 차라리 겉돌았던 것이다.

가령, 마을에 전기를 끌어들이는 일이라거나, 늦은 가을에 마을 앞강에다 나무 교각 세우고 다리 놓는 공사며, 미처 다리 걷어 내기 전에 초여름에 큰비가 내려 부랴부랴 밤중에 비상을 걸어 다시 교각 말고 위의 판때기를 걷어 내는 일에다, 중굿날 산천(山川)제며 조상묘들 관리며, 그 밖에도 크고 작은 이웃 간의 다툼에 별별 오만 가지 잡사(雜事)에 까지도 정면으로 대든 것은 문중 집사로서의 조부였다. 물론 왜정 말기의 그 극성스러운 전시 체제 속에서 공출, 징병, 징용, 보국대, 정신대, 방공훈련 등등으로 말기증상을 드러내던 그 어려운 고비에서도 우리 마을에서 '정신대'에만은 단 한 사람 내보내지 않고 버텨 낼 수 있었던 것도, 음으로 양으로 문중 집사로서의 조부님의 지혜가 아니었는가 보여진다.

일 년에 한 번씩 조부 주도 아래 우리 집에서는 문중 총회가 열렸었는데, 대개는 초봄이었다. 어느 집은 떡, 어느 집은 부침개, 어느 집은 탕국, 어느 집은 나물 종류 등등으로 미리 배당되어 있어 시각이 되면 지게에 얹혀 음식함지들이 들어오고, 술도 들어오고, 흰 두루마기, 회색 두루마기 차림의 어른들이 모여와, 나이 순서대로 맨 웃어른들은 큰사랑에, 그 다음 중늙은이들은 작은사랑에, 그렇게 마루와 안방에까지 꽉 들어찬 가운데, 집사인 조부께서 일 년간의 경과를 보고하고, 새 토의 안건이 상정되고, 그렇게 진행되어 가다가 어느 대목엔가 이르면, 별로 큰 문제도 아닌 사소한 일로 반드시 '다툼'이 벌어졌었다. 이때쯤에는 술들도 거나하게 취하여 역정 내는 큰 소리가 오가고, 어떤 때는 마당에다 막걸리 사발을 팽개치기도 하는 등, 험악해지기까지 하였다.

가만히 보면, 매년 행패를 부리는 분은 으례 정해져 있었다. 흰 당목두루마기 차림의 키가 껑충한 '원산집'이라는 옥호를 가진 집에 사는, 조부와 십촌 안팎인 작은사랑에 앉아 있던 분이었다. 연중행사처럼 겪는 일이어서, 나는 평소에도 그분을 저만큼 보면 슬그머니 피해 가곤 하였는데, 그렇게 매년 말썽을 부리는 사람이면 아예 처음부터 그 자리에 끼지 못하게 하던가, 한 번쯤 모두가 달려들어 혼쭐을 내주던가 할 일이었지, 어째서 매년 연중행사로 똑같이 당하고만 있는지 꽤나 의아하게도 여겨졌었는데, 이제 이 나이에 와서 돌아보면, 그 점이야 말로 오랜 세월 겪어 온 우리네대로의 깊고도 원숙한 슬기, 시쳇말로 하자면 품이 넓은 '민주적 슬기'였던 것 같다.

이조 권력도 식민지 권력도 그네들은 서울 중앙 쪽에만 주로 앉아서 끼리끼리 돌아갔을 뿐, 우리네 '농촌 공동체'는 실은 이렇게 대대로 자체의 슬기로 살아오고 있었던 것이다. 실제로 일본 군국주의가 극도의 광기에 휘말려 있을 때도 우리 마을에 연면하게 이어져 왔던 그 우리네다운 '농촌 공동체'의 '뿌리'를 송두리째 뽑아 낼 수는 없었고, 최소한으로나마 근근이 유지되고 있었던 것인데, 그러나 정작 해방된 뒤에 북쪽 권력이 들어서면서, 그 모든 것들은 '봉건잔재'라는 레테르가 붙으며 포장도로에 롤러로 밀어붙이듯이 일거에 작살을 냈던 것이다. 그렇게 '사회주의 혁명'이라는 이름의 빤드레하게 평판(平板)한 프로그램이 내려 먹여지는 과정도 나는 여실하게 보아 낼 수 있었다.

해방되던 해 나는 열네 살이었고 중학교 1학년이었다. 그리고 8월 17일, 나는 모친과 함께 함흥형무소에서 풀려나온 두 외삼촌과 외육촌형을 보러 외가 마을인 당모루로 갔다. 원산거리 북쪽 끝의 야트막한 야산을 등받이로 삼고 안온하게 정남향으로 앉은 마을인 당모루는 본시 덕원군 적전면에 속한 당상리, 당중리, 당하리로 인근에서는 꽤나 큰 마을이었고, 조부의 외가인 강씨와 내 외가인 밀양 박씨, 두 성씨가 살고 있었다. 자연 두 문중 사이에서는 무슨 일에나 경쟁을 일삼아, 교육면에서도 일찍부터 원근의 여느 마을보다 한 발 앞서 있었다. 그리노라니까 강씨 쪽은 강기덕 선생에게서 보듯이 주로 민족주의 성향을 지녔고, 내 외가인 박씨 쪽은 일찍부터 아나키즘, 공산주의 성향 쪽으로 흘렀다.

그렇게 양 가문에서는 근대적인 의식에 일찍부터 눈을 뜬 인물들이 많이 배출되었다. 모친과 사촌간인 박문병(朴文秉)도 그렇게 이미 '31년에 소위 좌익계열의 '동경유학생사건'으로 동경 현지에서 재판을 받았는데, 그 재판 과정에서의 피고의 굳센 태도로 하여, 당시의 국내 신문에까지 떠들썩했던 인물이었다. 결국 그이는 2년 동안 복역하다가 아키히토 현 일본 천황이 태어나던 해에 그 기념 특사로 1933년에 풀려났지만, 심한 고문 후유증으로 기어이 세상을 떠났다. 그 동생 박무병(朴武秉)도 형님 뒤를 이어 반제 무장투쟁에 가담, 소식이 끊겼다. 그 박문병의 노랗게 바랜 장례식 광경 사진과 박무병이 한만(韓滿)국경 독립군에 가담, 어느 산중에서 찍은 듯한 권총을 가슴에다 비끄러맨 명함판 크기만한 사진을, 어린 나는 묘한 호기심 섞어 오래오래 혼자 들여다보곤 했었다.

그 무렵, 국민학교 2학년 땐가 난생 처음으로 선생님 인솔 하에 '원산관'이라는 시내 영화관으로 가서 독립군을 토벌하는 「망루의 결사대」라는 영화를 관람, 독립군들이 총 맞아 거꾸러질 때마다 모두 짝짝짝 손뼉들을 치고 있었지만, 나는 그때도 그 사진들을 떠올리며 혼자서 무척이나 착잡해 했었고 차마 손뼉을 칠 수가 없었다. 바로 그러저러한 연줄로 하여, 1942년에는 두 외삼촌과 박문병의 아들인 외육촌도 한꺼번에 잡혀서 함흥형무소에 갇혔던 것이다. 그때 친정을 다녀온 모친은, 빼앗긴 책만도 얼마나 많은지 소달구지로 몇 번 실어 나르더라고 혀를 내둘렀다. 아무튼 외가는 그렇게 풍비박산이 나서 외조부도 돌아가시고 가물가물하다가, 이제 해방이 되어 함흥형무소에서 셋이 한꺼번에 풀려난 것이다.

강기덕 선생은 초대 원산시장이 되어 있었다. 해방되고 불과 이틀 뒤임에도 벌써 소문이 자자하였다. 응당 그럴 일이었다. 그러나 그해 12월쯤에는 벌써 그이도 서울 쪽으로 월남해 버리고, 안씨 성 지닌 분이 새로 시인민위원장으로 부임하는 속에 8·15때 출옥한 큰외삼촌은 '비서장'으로 발탁되고 있었다. 실권은 큰 외삼촌에게 있다고 하였다. 지금 와서 생각하니까 바로 '당권'이었던 것 같다. 얼마 뒤, 작은외삼촌은 폐병으로 돌아가시고, 그이의 짙은 주황색 비단천으로 곱게 커버를 씌운 영일(英日) 콘사이스는 내 차지가 되었거니와, 죽기 전의 그런저런 와중에 그이는 초대 원산시 '공청(공산주의 청년동맹)' 선전부장이 되어 있었다.

그리고 공청위원장은 박문병의 아들, 내 외육촌형이었다. '46년 초엔가, '공청'이 '민청'으로 호칭이 바뀌면서 중학생들에게도 '맹원증'을 주었는데, 거기 적혀 있는 외육촌형과 작은외삼촌 이름을 보고 나는 얼마나 혼자서 우쭐했었는지 모른다. 그러고 보면 8월 17일 함흥형무소에서 3년 만에 풀려나온 그이네들을 보러 외가에 갔을 때도, 나는 외육촌형 방에서 청년들이 몇몇이 모여 심각하게 쑥덕거리는 것을 보았었는데, 그 자리가 바로 원산시 '공청'이 조직되는 자리였던 것 같다.

실은 지금 내가 이야기하려는 것은, 그런 자질구레한 사사로운 일이 아니다.

바로 그해 8월 17일 외가에 가서 하룻밤 자고 그 이튿날 밤이었을 것이다. 당모루 마을 공회당에서는 조국 해방을 맞아 마을 총회가 열리고 있었다. 마악 형무소에서 풀려나온 작은 외삼촌이 구경거리가 좋을 터이니 같이 가 보자고 하여 무심결에 따라나섰다가, 아닌 게 아니라 지금까지도 그날 저녁 일은 선연한 기억으로 새겨져 있을 정도로 충격적인 현장과 부닥치게 되었다. 신축하고 얼마 안 된 번듯한 공회당도 공회당이려니와, 유난히 전깃불이 환한 속에서 민족주의 우익 성향의 강씨들과 사회주의 좌익 성향의 박씨들이 정면으로 맞붙어 논쟁을 벌였던 것이다. 아니, 꼭 강씨와 박씨로 패거리가 나뉘었던 것 같지는 않다. 그날 밤 박씨 성 지닌 분 하나도 '우익' 쪽으로 서서 열렬히 자기주장을 펴던 일을 나는 기억한다. 이름이 박도병 씨라던가. 왼쪽 볼에 흉터가 있었던 기억이 나고, 그 뒤 그이도 월남해서 어느 농대 교수로 재직하고 계신다는 소리를 들었을 뿐 아직 만나 보지는 못하였다. 그때 스무 살 안팎의 청년이었으니까 지금은 일흔 살이 훨씬 넘었을 것이다.

그때 이 현장에는 새 원산시장으로 거론되던 이 마을의 우익 총수격인 강기덕 선생과 이틀 전에 함흥형무소에서 나온 큰외삼촌과 외육촌형 등은 보이지 않았다. 이미 그네들은 이런 정도의 한 마을 단위의 일에 매여 있기에는 큰 테두리로 바쁜 몸들인 것 같았다. 작은외삼촌도 나만 그곳에 달랑 남겨 두곤 금방 어디론가 가고 없었다. 그러니까 그날 밤의 그 공회당 모임에서 좌익 쪽에서는 이미 주역들은 빠지고 2류급만이 그 논쟁에 휘말려든 형국이었다. 끝내는 나무걸상을 들어 팽개치는 등, 폭력으로까지 뻗어가고 있었는데, 그 싸움의 양태는 우리 마을에서 내가 길들여져 있던 그것과는 너무너무 판이 달랐다. 같은 고성이고 노성이었으되, 근본적으로 달랐다. 발언권을 얻어 한번 자리에서 일어섰다 하면 무슨 말인지 보통 농민들로서는 알아들을 수 없는 연설이 한바탕씩 길게 이어지고, 한참 뒤에 맞받아 나오는 쪽의 이야기도 대동소이, 엇비슷해 보이곤 했다.

이를테면 '이론투쟁'인 셈이었는데, 시종 심각하기는 했으니 우리 미을에서 조부가 주도했던 '문중회의'에 비하면 도무지 '온기'도 없고 피부에 와 닿는 것이 전혀 없었다. 적어도 우리 마을의 '원산집' 중늙은이의 그것은 일종의 농민적 '투정'이어서 지금 떠올려도 일말의 웃음을 자아내지만, 이쪽은 우리네 삶과는 근본적으로 맞지 않는 겉도는 것이 있었던 것이다.

그날 밤의 치열하고 뜨거운 논쟁은 외양만 그럴 듯했을 뿐, 지금 이 나이에 이르러서 되돌아보면 거개가 부질없는 헛소리들이었던 것 같다. 우리네의 진짜 삶의 뿌리와 슬기는 제쳐 둔 채, 그네들의 그것은 좌우를 막론하고 서 푼어치 활자들에서 주워듣고 얻어들은 것들로 보였다. 특히 우리나라의 경우 좌우 싸움이라는 것은 서 푼어치 지식인들의 치기어린 놀음에 지나지 않았던 것 같다. 남의 싸움을 고스란히 빌려다가 재탕한 싸움일 뿐이었다.

그렇다. 그 뒤, 계급투쟁이라는 이름으로 모든 것이 한쪽으로 너무너무 쉽게 수렴되면서, 우리답고 재래적인 귀한 것들은 '스탈린적 프로그램'에 의해 하나하나 철저히 부서지고 있었다.

아프리카의 자이르 수도 킨샤사에서 1937년에 태어난, 앙리 로베스 씨가 지난 '91년엔가, 아프리카의 여러 나라의 현황을 개진한 다음과 같은 이야기에서 나는 새삼 그 옛날 내가 어릴 때 겪었던 우리 마을 및 당모루 마을에서의 일을 새삼 곱씹어 보며 오늘날 북쪽 체제 속에서의 사람들 삶을 대강은 미루어 짐작하곤 한다.

"……30년 전, 독립 직후 그 무렵의 아프리카 지도자들은 젊었었고, 세계를 '이데올로기'라는 프리즘을 통해서 보고 있었습니다. 마르크스 이데올로기와 제3 세계론의 이데올로기죠. 프랑츠 파농은 바로 이 제3 세계론의 이론가로서 특히 아프리카 문제를 푸는 데 있어서 마르크스주의와는 별개의 이론적 틀을 제기하고 있었습니다.

하지만 지금 이 시점에서 되돌아보면, 우리는 꿈을 꾸고 있었다고밖에 말할 수 없습니다. 우리는 그때 20년이나 30년 내에 구라파 일부 나라를 따라잡을 수 있다고 믿고 있었거든요. 한데, 오늘의 사태는 암담합니다.

바야흐로 아프리카는 굶주리는 현실이 되고 말았습니다. 식량 부족은 1960년에는 예외적인 현상이었는데, 지금에 와서는 평상적입니다. 사하라 사막 이남의 아프리카에서는 인구의 4분의 1(1억 인 이상)이 만성적인 식량 부족에 직면해 있습니다. 25년 전에는 자급이 가능했는데, 지금은 식량의 25%를 수입에 의존하고 있습니다."

대체 어찌하여 이런 사태에 까지 이르게 되었는가. 잇달아 로베스 씨는 말한다.

"이데올로기라는 프리즘을 통해 아프리카의 장래 및 발전과 건설을 꿈꾸어 오던 우리는, 이제 현실주의적으로 돌아섰습니다. 기왕에는 우리들이 안고 있는 여러 가지 문제들을 국제적인 요인으로만 설명하려고 하는 경향이 있었습니다. 식민지 상태로 떨어졌던 역사가 어떻고 국제적인 역학관계가 아프리카에는 불리하다는 등등입니다. 이러한 요인들은 물론 지금도 작용하고 있습니다. 그러나 우리 상황을 이러한 역사적, 외부적 요인으로만 설명하는 것은 '항의의 자세'를 부추길 뿐, 스스로 일떠서려는 태도에는 이어지지 않았습니다."

그는 계속해서 말한다.

"독립 후 경제발전 프로젝트의 태반이 실패한 이유의 하나는, 바로 아프리카 나라들의 '문화'를 고려하지 않은 점, 전통적 사회의 좋은 면을 살려 내지 못한 점에 있었다고 생각합니다. 이들 프로젝트는, '근대'사회와 '전근대' 내지 '전통적' 사회를 대립적으로만 대치시켜, 전통을 배제하고 근대사회를 확립하는 일이 '진보'에 이어진다는 전제 위에 서 있었던 겁니다. 외국 모델을 기초로 해서 만들어진 이러한 계획에 대해, 애당초부터 아프리카 주민들은 적극적인 관심을 지닐 수가 없었고, 경우에 따라서는 거부반응을 보였습니다.

식민지화 이전의 사회로부터 연면하게 이어 내려온 관습이나 룰 속에야말로, 사회

394 이호철

의 균형적인 조직화에 필요한 것들이 많다는 것을 드러내는 예는 숱하게 많습니다. 그렇다면 우리는 당장 주민 속으로 들어가서 그들이 구체적으로 살아가고 있는 사회적 현실에서 근대화의 길을 찾아내는 노력을 했어야 합니다.”

그리하여 니레레가 지배하는 탄자니아에서, 사회주의라는 시스템이 무지막지하게 위로부터 내려 먹여질 때, 따뜻한 ‘사회적 선(善)’을 지향하는 한 흑인 시인은 다음과 같이 읊는다.

나는 환자,
사회주의라는 시스템의
巨人들에게 무수히 시달려……
식민지시대보다도 훨씬 나쁘다.
훨씬 나쁘다!
빠져나갈 길 없는 벽이
앞에 가로막혀, 窓마저 없다!

요컨대 인간이란, 그리고 그 인간 하나하나가 모여서 이루어진 공동체란, 깊고도 그지없이 오묘한 존재이다. 몇몇이 꾸려 낸 평판한 시스템의 틀 안에 끼워 맞춰 어느 한 기준으로만 통어되고 통제 조직되면서 몰아가기엔 너무나도 깊은 존재인 것이다. 크건 작건 일정한 취락을 이루고 살아가는 공동체적 삶은, 비록 아무리 보잘것없어 보일지라도, 나름대로 오랜 세월의 슬기가 농축된 하나의 ‘종합적인 결과’인 것이다. 어느 방자한 자가 소위 역사의 진보라는 이름 아래 그 종합을 촌단(寸斷)하여 자의(恣意)대로 칼을 들이댈 때, 그 종합 내부에서 상호 연계하면서 나름대로 하나의 따뜻한 유기체를 이루고 있던 기능들은 일거에 엉망이 되어 버린다.

해방 직후 북한에 새로 들어선 권력의 행태가 바로 그것이었다. 한마디로 말해서 계급투쟁이라는 이름의 공포였다. 일제 식민지 잔재를 청산하고 새로운 사회 기반을 꾸려 내자는 이상(理想)은 일단 크게 설득력을 지녔었지만, 그 이상(理想)이 마흔 살도 채 못 된 젊은 사람들 중심으로 강권 체제화되면서, 식민지 구조 하에서 핍박받는 데 길들여져 있던 태반의 평범한 백성들까지도 송두리째 공포 속에 휘말려들어야 하였다.

　나는 지금도 선명하게 기억한다. 해방 직후 중학교 1학년생인 나에게 당시의 북한 당국이 내세웠던 교육의 첫 지표(指標)가, '우리는 미워하는 법을 배워야 합니다.'였다. 그때 어린 나이에도 나는 무척 당혹했던 것이다. 사람은 모름지기 미워하는 법부터 배워야 합니다,라! 물론 그 뒤의 부연 설명으로서 계급투쟁이라는 것이 왜 필요한가 하는 것은 나름대로 이해가 안 되는 것도 아니었지만 그 용어나 개념부터가, 우리네 조선 사람이 대대로 삶의 맥락 속으로는 도저히 녹아들어올 수 없는 겉도는 것이었다. 그러나 당국은 처음부터 강권으로 밀어붙였고 미리 짜 놓은 소련식 프로그램대로 시행해 갔다. 이런 사회 분위기 속에서 가장 먼저 당혹한 계층의 하나가 실은 좌익 지식인들이었다. 그들은 일제 식민지하에서 어렵게나마 배운 지식들을 활용, 그 체제의 초기 일꾼들을 길러 내는 데 헌신하였지만, 가까운 앞날의 저들 자신의 운명은 누구보다도 본인들 자신이 꿰뚫어보고 있었다. 저들 태반의 계급적 처지가 그러했다.

　'46년 초, 신탁통치 찬반 회오리 속에서 우리 학교에서도 맨 먼저 우익 지식인 선생들이 대거 월남해 갔다. 김형규(金亨圭) 교장선생님(현 학술원 회원)을 비롯해서 이명보(李明甫), 한명수(韓明洙), 우종덕(禹鐘德), 김순렬(金淳烈)(현 예술원 회원), 그 밖에도 몇몇을 더해 일여덟 명의 선생들이 빠져나갔다. 1월 6일인가, 그렇게 도교육국장 자리에 있다가 새로 부임해온 송별립(宋別立) 교장의 취임사는 장장 두 시간에 걸친 장광설이었고, 어린 우리들로서는 당최 알아먹을 수가 없었다.

　그 두 시간의 장광설을 한마디로 요약하자면, '우리는 미워하는 법을 배워야 합니다.'였다. 누구를? '반동을, 적을!' 그러면 정확하게, 누가 반동이고 누가 적인가? 일제에 붙어 고대광실에서 떵떵거리며 흥청대던 주역들은 미리 알아서 몽땅 남쪽으로 줄행랑을 친 가운데, 이미 그것은 집권 세력과 보조를 맞추지 않은 모든 사람, 모든 행태들을 가리키고 있었다. 보조를 맞추더라도, 소극적으로 맞추는 척하는 부류까지도 그런 쪽에 해당되었고, 방관자, 회색분자는 더욱 경계해야 할 반동으로 분류되었다. 보고대회, 각종 궐기대회, 열성자대회가 매일같이 잇달았고, 모두가 다투어서 시뻘겋게 악악대었다. 누구나가 열성자의 대열에 끼고 싶어 아등바등하였다. 반동으로 낙인이 찍히는 날이면 끝장인 것이다. 온 나라의 방방곡곡이 낯선 '혁명'이라는 회오리에 휘말려들었고, 그것은 달리 표현하면 바로 공포였다.

　신탁통치 찬반 회오리 속에서 드물게도 월남하지 않은 선생님 가운데 『인민』 과목

(뒤에『사회과학』과목으로 바뀌었음)을 가르치셨던 분으로 일본 교토(京都)대학 경제학과 출신이라는 김병욱(金炳旭) 선생이 있었다. 그이는 이미 공산주의 이론의 대가로 학생들 사이에서 소문이 나 있었고, 이 글의 앞에서 언급된 독립투사 강기덕 선생의 사위로서도 알려져 있었다. 자그마하게 땅딸막한 키에 말수가 적은 편이었고, 그러나 늘 미소를 잃지 않고 있는 분이었다. 그러나 동료 선생들이 대거 월남해 간 뒤 그이에게서는 무척 외로워하는 기색이 역력하였다. 늘 풀기가 없었고 왠지 주눅 들어 있어 보였다. 그 이유가 나변에 있었겠는가 하는 게, 이 나이 들어서는 환히 짐작되고도 남지만, 그때 어린 나이였음에도 나는 이미 대강은 눈치로, 감각으로, 꿰고 있었다. 단지 분명하게 설명할 수가 없었다 뿐이지, 느낌으로서 알 만큼은 대강 알고 있었던 것이다.

그이는 비록 소문난 좌익 지식인으로서 당시 북한 체제에 걸맞은 신념과 사상을 지녔었지만, 일제 치하에서 교토 대학으로 유학 갈 수 있었을 만큼 집안이 유복(裕福)했었고, 바로 지난날 그 정도나마 유복해질 수 있었던 능력 그 자체가 죄악시(視)되는 세상에 몸담고 있었던 것이다. 그러니 마음이 편했을 리가 없다. 사람은 신념이니 사상이니 그런 무거운 것으로 살아가는 쪽보다는, 우선은 자잘한 인정으로 하루하루를 살아가는 것이다. 그 점, 북한체제의 초창기 주역들은 너무너무 오만방자했고, 애오라지 악악대는 것 일변도로 치달았다. 의욕은 강했는지 몰라도 본원적인 사람살이에 대해서는 지나치게 천박, 단순했다. 성숙도라는 건 전혀 찾아볼 수가 없었다.

어제까지 가장 핍박받던 사람이 갑자기 우대를 받는 쪽으로 세상이 뒤집어진다고 할 때, 그 실제 국면은 실로 복잡한 양태를 지닌다. 다른 것은 다 제쳐놓고라도 그런 사람에게 크건 작건 권력을 안겨 줄 때, 어떤 모습이 되겠느냐 하는 건, '혁명' 이전에 깊이 감안해야 될 요소가 아니었을까. 온 사회가, 세상이, 이상한 국면으로 접어들고, 사람들도 송두리째 광기로 치달아가며, 온건한 사람들도 제각기 작위적으로, 공인(公人)으로서의 행태와 사인(私人)으로서의 마음이 분열되는 이상한 이중 인간으로 변모해 가는 것이었다.

그 일은 지금도 새삼 미소 섞여 떠오른다. 그해(1946년) 봄학기의『인민』시험의 끝 항목은 '3·1운동의 배경과 의의를 말하시오.'였다. 중학교 1학년생의 시험문제로는 조금 중후(重厚)한 것이었다. 그러나 그때부터 나는 이런 종류의 문제는 단골 메뉴, 평소에 그『인민』선생님에게서 누누이 들은 대로 장광설을 늘어놓았는데, 이것이 직통으로 그 선생님 눈에 쏘옥 들었던가 보았다. 1학년 일곱 개 반 4백여 명 중에서 유일하게 나만 95점을 받았다. 여느 학생들 태반이 40점, 60점, 기껏 잘 받아야 70점이어서, 그 선생님 점수가 대단히 짜다고 뒷공론이 있는 속에, 95점은 그야말로 만점 점수였다. 아닌 게 아니라 그 선생님도, 만점인 백점을 주려고도 했지만, 이 세상에 만점이란 없다는 생각에서 95점을 주었노라고 운운, 나는 일약 유명해졌다. 선생님들 사이에서도 심심치 않게 화제가 되었던 것 같다.

공교롭게도 바로 그 즈음에 전국적 규모로 소련 유학생 첫 선발이 있었다. 그리하여 며칠 뒤에 나는 교장선생의 특별 호출을 받았다. 연초에 신탁통치 찬반 소용돌이로 김형규 교장선생을 비롯 일여덟의 선생들이 떼거리로 월남해 갈 때, 갓 부임해 와서 첫 마수걸이로 장광설을 늘어놓던 그 송별립 교장이었다. 교장선생과 단둘이 면담을 하면서야, 나는 대강 눈치를 챘다. 소련 유학생 선발이구나 하고. 흥분도 되었지만, 한편으론 두렵기도 했다. 부모님 허락도 안 받은 채 그런 쪽으로 아예 결정이 나버리면 어떡하나 싶기도 하였다. 그렇게 교장선생이 묻는 말에 건성건성으로 대답했다.

이건 지금 이 나이 먹고서의 생각이지만, 그때 나는 본원적으로, 필경은 그 체제의 중심에 끼어들게 되는 소련 유학길을 내심 분명하게 거부하고 있었던 것이었다. 그렇게 일부러 조금 얼뜬 소년처럼 응답했던 것이었다. 되도록 교장선생에게 똘똘하게 보이지 않도록 신경을 썼다. 그리고 나는, 직방으로 알았다. 낙방이었던 것이다. 그때 우리 중학교에서는 장촌동 사는 졸업반 4학년 선배 하나만이 뽑혔다. 뒤에 알았지만, 바로 이때 거장(巨匠) 문학평론가 였던 임화(林和)도 신청했다가 낙방의 고배를 마셨고, 해방 직후 함흥형무소에서 3년 만에 출옥한 내 외육촌형과 동경 히도쓰바시(一橋) 대학을 졸업한 원산에서 드문 수재로 소문나 있던 내 이종사촌형도 선발되어 모스크바로 갔다.

내가 월남해 온 뒤 확인한 바에 의하면 그 외육촌형은 모스크바에 돌아와 평양에서 민청중앙위원장 자리에 있었고, 노동당 국제부장에다 정치국 후보위원으로까지 올랐다가 70년대 초에 소식이 묘연해졌다. 그러나 '91년 늦가을, 소련 여행길에 바르샤바에서 만났던 이북 교수를 통해, 그 이는 작금에도 철도 운수부문의 당 최고간부로 활약하고 있다는 것을 확인 할 수 있었다. 그리고 이종사촌형님도 모스크바에서 돌아와, 50년대 중엽부터 60년대 말까지 국가계획위원회 부위원장으로 재직, 경제부문의 최고 간부로 활동 중임을 확인했다. 70년대 중엽까지도 황해남도 경제위원장 자리에 있었다.

지금에 와서야 비로소 털어놓는 바이지만, 1960년 4·19 나던 해의 가을, 그러니까 내가 스물아홉 살 때 처음으로 판문점으로 갈 기회가 있어, 북쪽 여기자에게 은근슬쩍 그 사실을 비췄었다. 아무아무는 내 외육촌형이고, 아무아무는 이종사촌형님이라고. 그 여기자는 기겁을 하며 놀라, 자신은 내 이종사촌형님에게서 경제 강의를 듣고 있다며, 즉각, 현지의 담당요원에게 그 사실을 통보했었던 모양이다. 5분이나 지났을까, 요란한 인민군 군관복 차림의 사내가 커다란 카메라를 들고 그 여기자와 함께 내 앞에 나타나 "그게 이 동무라는 말이오?" 하고는 찰칵찰칵 거푸 두서너 번이나 셔터를 눌러 사진을 찍었다.

나는 그때 그런 식으로라도 북쪽의 가족에게 내 소식이나마 알리자는 생각이었는데, 그 뒤에 그 사진이 평양에서 어떤 구실을 했는지, 나로서는 알 길이 없다. 다만 그때의 경험은, 지금 털어놓는 이 이야기만은 빼고 단편소설로 써서 『사상계』 1961년 3월호에 실렸었고 그 속에 나오는 북쪽의 젊은 여기자가 그 모델이었다. 그러나 그 소설 내용 속의 폭우가 쏟아지던 대낮에 지프차에 단둘이 올라탄 삽화는 완전히 허구였다.

그런데 「판문점」이 발표되고 나서 5·16이 일어나기 바로 닷새 전쯤에 두 번째로 다시 판문점에 갔을 때는 그 젊은 여기자는 보이지 않았고, 소설 속에 등장하는 일제 때 이전(梨專, 이화여자대학 전신)을 다녔다는 아주머니 기자는 내 소설 「판문점」을 읽었노라면서, 팔꿈치로 슬쩍 내 옆구리를 치듯 하곤, "뭘 그런 걸 써설라므니 그 동무를 이젠 이쪽에는 못 나오게 해요." 하고 나더러 편잔하듯이 한마디 중얼거리는 것이었다. 나는 깜짝 놀라면서 물었다. "그분은 그 소설이 빌미가 돼서 여기 못 나옵니까?" 그러나 그 아주머니 여기자는 "아니 뭐, 그런 건 아니구, 그 동무는 평양서 다른 부문 기자로 잘 있고, 열심히 활동 중입네다." 하던 것이었다. 그러나 어쨌건, 나는 그런 식으로 비공식으로나마 그때 내 소식을 고향 쪽에다 전했던 것이다.

각설하고, '46년 중학교 1학년 때, '3·1운동의 배경과 의의를 말하시오.'라는 『인민』 과목 시험문제 해답을 잘 써서, 하마터면 제 1차 소련 유학생 선발에 들 뻔하였었지만, 지금에 와서 생각하면 새삼 아슬아슬해진다. 그때 정말로 선발이 되었다면 어쩔 뻔 했겠는가. 내 인생은 지금과는 완전히 다른 모습이 되었을 것이다. 물론 사람살이의 이런 가정법은 노상 그런 것이긴 하지만, 극과 극으로 다른 국면으로 치달았을 것이다. 그리고 지금에 와서는 거의 확신 섞어 새삼 확인하게 되거니와, 나는 이미 그때, 직관으로, 그 어떤 나 나름의 낌새로 모스크바 유학의 길을 마음 속 깊이에서 거부하고 있었던 것이다. 분명한 의식의 형태는 아니었지만, 감정적으로 그랬었다.

그것은 '91년 늦가을 소련 여행길에 모스크바에서 만났던 한 사람, 일제 말에 함흥 사범학교를 나오고 '46년 그때 함흥에서 제1차 소련 유학생으로 뽑혀 모스크바에 갔다가 평양에서 몇 년 활동한 뒤에 다시 소련으로 내뺐던 김 모라는 분에게서 그 점 재확인할 수가 있었다. 그이는 톨스토이의 시골 저택 야스나야 폴랴나까지 같이 가기도 했었는데, 그이가 걸어온 길이 일말의 감회가 섞여 새삼 씹히던 것이었다. 자칫 잘못했다간 나도 저 비슷한 운명을 밟게 되지나 않았을까. 물론 그 이는 현재 모스크바에서 해외문학 출판 부문 일을 하고 있고, 러시아 문단의 일본통으로 괜찮게 지내고 있다. 자식들도 다 잘 키워, 한 아이는 화가로서 일본을 드나들며 동경에서 전람회까지 열고 있고, 그이도 일본을 자주 드나든다.

'92년 봄 내가 일본에 갔을 때도, 일본 측의 국제문화기금인가에서 주관하는 예산으로, 1년간 교토에 와 있는 그이와 모처럼 만나, 모스크바에서의 해후 네댓 달 만에 회포를 나누기도 했었다. 바야흐로 오늘 세상은 이 정도가 되어 있다. 불과 네댓 달 전에 모스크바에서 만나 그런저런 이야기를 나누었는데, 다시 일본 땅에서 그이와 이렇게 만나게 되다니. 바야흐로 세상은 지난 40여 년 간에 이 지경으로 달라졌다.

그이는 그때도 분명하게 말했다. 교토의 어느 선술집에서 기를 쓰며 정종 두어 잔 값을 기어이 제 호주머니에서 치르고 나서 말했었다. 비록 사회주의 소련은 망했지만, 자기는 사회주의 소련의 덕을 톡톡히 보았노라고. 아이들을 골고루 다 잘 키운 것도 사회주의 체제 덕이었지, 그렇지 않았다면 자기 혼자 힘으로 어림이나 있었겠느냐고. 다만, 북한 체제에 대해서만은 지금도 본원적으로 혐오감을 드러내며, '46년에 모스크바로 첫 유학을 갔을 때 북한의 현 외상인 김모[김영남(金永南) 같았다]와 자기는 기숙사의 같은 방을 썼다고도 하였다. 나의 외육촌형도 같은 학교에서 공부를 하여 익히 알고 있노라고 하였다. 일언이폐지하여, 세월이라는 것은 이런 것이다. 이런 것이 세월이 교직(交織)해 내는 인생유전, 그것이 아니고 무엇이겠는가.

그 뒤, 고등학교 1학년 때인 1948년이었다. 그때 나는 우리 학급의 벽보 책임자 노릇을 하고 있었는데 하는 일이라는 건 별것이 아니었다. 매주 토요일 방과 후에 전지(全紙) 한 장짜리에다 그림을 곁들어서 격문(檄文), 시, 수필 등속을 써서 학급 벽에다 붙이는 것이었다. 지금 서울서 '고려물산회사'의 사장으로 무역회사를 하고 있는 김완규(金完圭) 군이 그림을 맡아서 그렸었다. 내가 이것저것 글로 채워 넣으면, 틈틈이 여백에다 김 군이 그림을 곁들여 그려 넣었다. 그런데 마침 그해 가을인가, 소련군이 철수해 가, 온 사회가 그 환송 분위기로 휘말려 있어, 나도 벽보에다 되는 대로 즉흥시 비슷한 것 한 편을 써 갈겼다. 지금도 대강 기억나거니와

저벅저벅저벅,
오, 그대들 가는가.

이런 식으로 시작되는 환송시였는데, 바로 그 즈음에 평양사범대학을 갓 졸업하고 우리 학교 문학선생으로 새로 부임해 온 젊은 선생 하나가 전교의 각 학급 벽보를 골고루 둘러보고, 나의 그 시가 눈에 들어왔던가 보았다. 어느 날 문학 수업차 처음으로 우리 학급에 들른 그이는 다짜고짜 내 이름을 불러 일으켜 세우곤, 이 학교에 와서 전학급의 벽보부터 둘러보았는바, 쓸 만한 글은 바로 저 학생 시 하나밖에 없더라고 하여 나로 하여금 무척 당혹스럽게 했다. 실은 얻어들은 풍월로 아무렇게나 써 갈긴 시였는데, 저런 치하를 듣다니, 쥐구멍을 찾고 싶은 느낌이었다. 그러나 그이는 그런 쪽의 과장벽도 있었던 선생으로, 우리 학급뿐 아니라 전교 어느 학급을 들어가서도, 이 학교에 문학에서 쓸 만한 재목은 이 아무개밖에 없다고 하여, 나는 일약 전교적으로 유명해졌고, 다른 교직원들까지도 나에게는 조금 특별히 대해 줄 정도였다. 덕분에 나는 고3에 올라가자 교내 문학 서클을 책임지게 되었다.

그렇게 '50년 6월. 졸업시험이 다가왔다. 그때 졸업시험 예비고사로는 작문 시험에서 '소련과의 친선'을 주제로 해서 쓰라는 문제가 나왔다. 이때 나는 완전히 소설 한 편을 썼다. 소련 소녀 '까아챠'라는 인물까지 등장시켜서 어쩌고 저쩌고 소설 비슷한 것을 꾸려 냈는데, 이게 또 직방으로 들어맞아 온통 화제가 되어, 당시의 장행운(?) 교장선생님의 특별 호출까지 또 받았다. 그때의 기억은 별로 남은 게 없고, 바로 그 며칠 뒤에는 6·25가 터졌던 것이었다. 그 무렵의 이야기는 나의 중편소설들인 「남에서 온 사람들」, 「칠흑 어둠 속 질주」, 「변혁 속의 사람들」 속에 대강 나오는데, 그 소

설들에 이어지는 뒷얘기도 마저 쓸 작정이지만, 미리 몇 가지만 간추려서 털어놓자면 다음과 같다.

울진까지 나갔다가 9월 26일 추석날에 북상하는 국군과 조우, 박격포라는 건 이미 한 문도 없는 박격포 중대 중대장 연락병으로 하룻밤을 견딘 끝에, 이튿날 27일에는 태백산맥 속에서 북쪽을 향해 도주하는 몸이 되어 있었다. 그렇게 양양까지 올라가, 남대천변에서 국군의 포로가 되었다.

스리쿼터로 강릉까지 후송되었으나, 삼척 근방의 좁은 해변 능선을 뚫을 수 없어 이미 수가 늘어난 포로들은 국군 헌병들의 감시 밑에 대열을 지어 다시 북상길로 접어들었다. 양양을 지나 간성(杆城)에 이르렀는데, 이때 인민군 포로 수는 엄청 늘어나 2백 명 가까이나 되었다. 철길 건너에 큰 차일을 치고 수용되었다. 10월 초로 접어들어 날씨는 갑자기 추워지고 있었다. 그럭저럭 오후 다섯 시나 되었을까. 키가 껑충한 감시 헌병 하나가 비상금 있는 사람은 그걸로 군것질을 해도 좋다며, 나를 불러내었다. 결국 돈 낸 사람의 이름과 돈 액수와 먹고 싶은 내용물(밤, 감, 떡 등등)을 적어 그 헌병을 따라나섰다. 간성의 난장시장으로 갔다. 밤, 감, 떡 등을 사고, 하나나 둘씩 덤으로 더 주는 것은 내 차지였다. 그나저나 그런 난리통에도 그렇게 시장이 섰다는 것이, 지금의 느낌으로는 신기하지만 그때 당장은 전혀 그런 걸 못 느꼈었다. 대강 다 사서 이제 한 아름이 넘는 물건들을 끙끙거리며 안고 그 헌병을 따라 포로 숙소 (숙소랄 것도 없지만)로 돌아갈 참이었는데 헌병은 나지막하게 중얼거렸다.

"가만, 여기 어디 조금 들렀다가 가자."

헌병을 따라 뒷길로 들어섰다. 지금의 고성군청 청사 앞쯤이나 될까, 당시에는 그 근처가 앞 한길보다 푹 꺼져 있는 저지대였고, 다닥다닥 초가집들이 붙어 있었다. 그 중의 어느 한 집으로 들어섰다. 안마당이 제법 젖어 있는데, 늙은 양주만 달랑 살고 있었다. 헌병은 이 댁과 벌써 사사롭게 친해져 있었다. 밥 남은 것 있으면 한 상 차려 내라고 하자, 그 댁 노파는 군소리 없이 부엌으로 들어갔다. 우리는 한 평이나 겨우 됨직한 움푹한 방 안으로 들어갔다. 모처럼 사사롭게 마주 앉아서 그럭저럭 몇 마디 나누는 동안에 그 헌병의 인적(人的)사항을 대강 알 수 있었다. 그때 서른한 살로 일본 규슈(九州)에서 트럭 운전수로 차출되어 나와 얼마 전에 헌병으로 전과(轉科)되었다는 거였다. 작대기 둘짜리로 그 당시의 하사였다.

송판 상에다 강조밥에 냉수 한 그릇, 마늘장아찌와 고추장과 풋고추, 열무김치뿐인 밥상이 들어왔다. 근 석 달 만에 온전하게 이런 밥상을 마주대하자 나는 그만 흑하고 울음이 터지고 말았다. 나 자신도 전혀 예상하지 못했던 울음이었다. 그러나 대저 울음이라는 게 그런 것이다. 일단 터져 나온 울음은 걷잡을 수가 없어, 흐느낌으로 변했다. 이 댁 노파도 옆에 앉아 눈물을 훔쳤다.

"애고 시상에, 집에서 엄마랑은 얼매나 애를 태우고 있을까잉."

하곤, 자기 집에서도 아들 둘이 몽땅 인민군으로 동원되어 나가 당최 남의 일 같지 않노라며 어서 그치고 찬은 변변치 않지만 한술 뜨라고 하였다. 벽에 척 기대에서 담배 한 대를 태우던 그 헌병도, 일본말 억양이 섞인 서툰 우리말(경상도 사투리)로 큰 한숨과 함께 한 마디 하였다.

"이렇게 개인적으로 사사롭게 마주 앉으면 친동생과 뭐가 다르겠노. 이게 대체 뭐 허는 짓들이고. 니와 내가 적이가? 자, 이제 그만 됐능 기라. 어서 그치고 밥 묵으래이."

나도 걷잡을 수 없이 터져나오는 울음을 겨우겨우 삼키려 들며, 콧물, 눈물 섞이 급하게 먹기 시작했다.

그 댁에서 나왔을 때, 밖은 이미 어두워져 있었다. 철길 너머 차일 친 숙소로 돌아왔을 때는 모두 저녁을 먹은 뒤였다. 저녁이라고 해 봤자, 주먹밥 하나에 소금이었다. 그러나 그날 나는 이렇게 뜻하지 않게 포식을 했던 것이었다.

물론 작금의 간성에서는, 그 댁을 찾을 길이 없다. 그때의 늙은 양주, 두 분 다 필경은 세상 떠나셨을 것이지만, 그때 인민군에 동원되어 나갔다는 두 아들은 그 뒤 어떻게 되었을까. 그때 서른한 살이었던 키가 껑충했던 그 헌병 하사도, 지금은 일흔네 살의 노인이 되어 있을 것이다. 그 뒤 일본 규슈(九州)로 되돌아갔을까. 아니면, 그냥 이 나라 어디에 주저앉아 살고 있을까. 물론 나는 그이의 성도 이름도 모른다.

이튿날 저녁에는 북쪽 고성(高城)에 가 닿아 전원 극장에 때려 넣어졌다. 우중충하게 넓은 극장 안에 이미 그 지방의 당이나 행정기관 간부였던 자들을 잡아 가두고 있었는데, 거기에다 나 같은 인민군 출신 포로와 의용군 출신 포로들도 제각기 따로 따로 앉혀져 있었다. 그렇게 주먹밥 하나에다, 희한하게도 소금이 아니라 찐 명태 한 마리씩을 저녁 끼니로 주었다.

그러더니 마스크를 한 국군장교 하나가 극장 무대에 서서 우리들 한 사람 한 사람을 불러내어 인적(人的) 사항을 확인하곤 순서대로 극장 뒷마당으로 내보냈다. 다만,

남쪽의 의용군 출신들만은 그냥 극장 안에다 남겨둔 채였다. 그러니까 그 인근의 당 간부, 행정 간부들과 인민군 출신 포로만 극장 뒷마당으로 한자리에 모아 앉혔던 것 이다. 그러고 보면, 처음부터 수상쩍었다. 아니, 대강은 짐작이 갔다. 머리 위 함석지 붕 같은 데에 경기관총 등이 우리를 향해 이미 조준되어 있는 게 눈에 띄었다. 눈치 챈 몇몇 인민군 포로들은, 저들 친척 이름을 대며 벌써 마지막 안간힘으로 살 궁리들 을 하고 있었다. 자기 삼촌이 남한의 국군 사단장인 모모라는 둥, 제 친형님이 지금 한국은행의 요직에 있다는 둥, 어쩌고 저쩌고……. 그런데 그러는 게 주로 인민군 군 관 출신들이었다.

그런데 웬일인가. 나는 전혀 두렵지가 않았다. 내가 죽다니, 그건 얼토당토 않았다. 그게 정확히 무엇이었는지, 지금까지도 나는 이따금씩 의아해지곤 한다. 나는 절대로 죽지 않는다는 확실이랄까, 예감이 있었던 것 같다. 아니, 뻔히 눈앞에 죽음 직전의 현장이 벌어지고 있는데 무슨 망발이냐 싶을 터이지만, 그때 실제로 나는 그랬다. 고 성 극장 뒷마당의 좁은 하늘에서 쏟아져 내리는 별은 그날 밤 따라 기가 막혔다. 나 는 옆 사람에게 밤하늘을 가리켜 보이며, 큰곰자리별이 어떻고, 북두칠성과 북극성이 어디쯤에 있고 등등, 무시무시한 그 자리 분위기에 어울리지 않는 큰 목소리로 별 이 야기만을 해댔던 것이다. 마치 내 두 번째 추천소설 「나상」 속의 주인공인 칠푼이 형 처럼. 그렇다! 내가 초기 작품인 「나상」에 유별난 애정을 지니고 있는 것도, 그날 밤 의 그 일과 맥락이 닿아 있는지도 모르겠다. 「나상 」 속의 형은 바로 그날 밤의 나였 던 것이다.

옆 사람은 내 옆구리를 쿡쿡 찌르며 진정시키려고 들었다. 이를테면 죽음 직전에 이르러, 내 머리가 홱 돈 것이라고 여겼던 모양이었다. 그러나 나는 막무가내로 수다 스럽게 별 이야기만을 하였다.

밤이 깊어져 주위가 차츰 고즈넉해지자, 서 있던 자리에 그냥 앉으라고 하여 우리 포로들은 추위 속에서 자는 둥 마는 둥 그날 밤을 넘겼다. 동트기 전에 우리 포로 일 행은 다시 대열을 맞춰서 그곳을 떠났다. 한길로 나오자 겨우 동터 오는 꼭두새벽의 길엔 큰 야포가 금강산 쪽을 향해 긴 포신마다 일떠서 있고, 우람한 군용 트럭들이 헤드라이트를 켠 채 오락가락 무시무시하였다.

우리는 담당 헌병들에게 이끌려 긴 방죽길을 내려갔다. 방죽 왼쪽은 사과 과수원 으로 국광이 새빨갛게 익어 있었던 것이 꽤나 선명한 기억으로 지금까지도 남아 있다. 원체 방죽이 높아서 사과밭은 푹 꺼져 있었고 늙은 사과나무들의 맨 끝머리가 우리의 눈높이로 마주 건너다보였다. 요즘도 고성의 통일전망대에 가면 나는 남달리 감회에 젖곤 하지만, 거기서 빤히 정면으로 건너다보이는 낙타봉과 함께 바다 쪽으로 길게 뻗은 육지가 그때의 그 방죽이었던 것이다. 그 너머 사과밭은 보일 리가 없다. 아니, 지금도 그대로 사과밭으로 있을까? 방죽이 끝나는 바다에는 미리 민간 고깃배 몇 척이 차출되어 있었다. 그날따라 바람이 세서 뿌옇게 흐린 바다는 황토색으로 요동을 쳤다. 우리는 기우뚱거리는 배에 올라탔다. 그리고 어부들이 제각기 노를 저어어선 네 다섯 척은 삼사십 분쯤 지나서 장전(長箭)에 이르렀다. 바로 금강산 초입 외금강으로 들어가자면 으레 거치는 곳이다. 여기서 다시 육지에 올라 북상해 가다가 흡곡(歙谷)에서 국군 수복 뒤에 현지 청년회 일을 보던 자형(姉兄) 최우진(崔祐鎭)을 만나 그이가 현지 주둔 헌병에게 부탁하여 나는 그 포로 행렬에서 쉽게 빠져나왔다.

훨씬 뒤, 70년대 초 언젠가 그 자형 소식을 우연히 들었다. 같은 흡곡 사람으로 월남하지 않고 자형과 같이 황룡산(黃龍山)으로 들어가 유격활동을 하던 분 하나가 '51년 초 봄에 바다 쪽으로 뚫고 나가 야밤중에 쪽배 하나를 타고 원산 앞 여도(麗島)까지 건너가 살아나왔던 것이다. 그이 말로, 국민학교 동창생인 최우진은 십중팔구 잘못되었을 것이라고 하였다.

지금도 못내 궁금한 것은 간성에서 나로 하여금 그렇게 울음을 터뜨리게 했던 그 헌병이다. 꼭 한 번 만나보고도 싶지만, 그보다도 간성의 그 초가지붕 밑의 밥상머리에서는 피차에 그렇게 오순도순하게 마주 앉아 있었는데……. 그이는 바로 이튿날 고성에서도 교대하지 않고 그대로 우리 포로들의 관리업무를 맡았을 것이다. 따라서, 그이도 극장 뒷마당, 여차하면 전원 몰살당할 곳으로 끌려들어가는 나를 어디선가 분명히 보고 있었을 것인데, 그때 그의 심정은 어떠했을까. 아니, 그때쯤 그이는 저녁 먹을 시간이어서 동료헌병들과 같이 술잔이라도 기울이고 있지나 않았을까 모르겠다. 전쟁이란 이런 것이다. 인간의 실존적 상황이 그 극한에 다다르는 것이다. 그 뒤 그이는 어디쯤에서 교대헌병에게 우리를 인계하고 떠났는지 도통 기억이 없다. 그는 떠날 때도 나에게 특별히 헤어지는 인사 한마디 없었고, 애당초에 할 필요가 없었던 것이다. 전쟁 속의 인간관계라는 것이 대저 이렇다.

이 점으로 말한다면 또 한 가지 잊혀지지 않는 것이 있다. 우리 포로 행렬은 그러니까 강릉에서부터 걸어 올라갔는데, 주문진 근처에서였다. 그때의 관리 헌병은 체격이 우람하고 괄괄한 진남포 사람 하사였다. 가을 쑥대가 무성한 들판 한가운데서 잠깐 쉬며 볼일들을 보라고 하여 우리는 제각기 흩어져서 명령대로 좇았다.

그렇게 6, 7분이나 지났을까. 다시 호루라기를 불어 제대로 대열을 맞춰서 떠날 판인데, 군복도 아직 지급 못 받고 있다가 포로로 잡힌 첫눈에도 남한 의용군 출신 청년 하나가 어찌어찌 허리띠가 조금 꼬였던가, 아니면 남 다 작은 일 보는데 저 혼자서만 멀찍이 떨어져 큰일을 보았던가, 허겁지겁 조금 늦었다. 늦어 보았던들 1, 2분 사이였다. 서청 출신으로 보이는 그 진남포사람 헌병하사는 버럭 소리를 질렀다.

그 목소리에 지레 놀라 버린 상대는 와락 겁에 질려 그 자리에 덜퍼덕 꿇어앉으며, "난 삼척에 부모님 다 계세요. 난 죽으면 안 되어요." 하고 두 손 모아 빌더니, "어, 어, 이 놈 봐. 이놈, 어서 일어나지 못해?" 하고 또 한 번 그 헌병이 버럭 소리를 지르자, 갑자기 삼척 청년은 벌떡 일어서더니 이번에는 쑥대밭 속을 허청허청 내달리는 거였다. "어, 어, 저놈 봐. 저놈 봐." 하고 그 모습을 지켜보던 그 진남포 사람 헌병 하사는 권총을 꺼내 비틀비틀 달려가는 그 뒷모습에다 조준, 한 발을 쏘았다. 삼척 청년은 그대로 발뒤축에 맞고 앞으로 고꾸라졌다. 헌병 하사는 그쪽으로 가까이 다가가, 앞으로 엎어진 등 한가운데다 대고 세 발을 연속으로 쏘았다. 그러곤, "자, 출바알!" 하며 권총을 허리춤 총집에 도로 넣었다. 우리 일행은 물 끼얹은 듯이 조용하여, 그 순간, 그야말로 온 천지가 적막강산이었다. 금방 죽은 삼척 사람 시체는 그렇게 가을 쑥대밭에다 버려 둔 채, 언제 그런 일이 있었더냐 싶게 다시 우리는 행렬을 지어 떠났다.

그런데 지금도 일말의 쑥스러움이 섞여 떠오르거니와, 우리 포로들의 관리 책임자 격인 그 진남포 사람 헌병 하사에게 나는 혼자서 좀이 쑤실 정도로 아첨이 하고 싶어서 못 견딜 정도였던 것이었다. 나에게도 그런 경우가 닥칠 것을 저어하여, 이를테면 미리 방패막이로서 그러저러한 실제적인 계산에서가 아니라, 그보다는 더 본원적으로 그이에게 아첨이 하고 싶었고, 양껏 애교를 부리고 싶어졌던 것이었다. 나는 실로 그랬다. 나의 그것이 그이에게도 금방 기별이 닿았는가. 그이도 줄곧 행렬의 내 곁에 붙어 서서 걸으며, 우리는 많은 이야기를 나누었다.

심지어 그날 저녁 그이가 38선을 넘기 직전의 인구에선가 교대를 하고 지프차 타고 원산 쪽으로 떠난다기에, 나는 밑져야 본전이겠다 싶어, 내가 살아 있다는 소식만이라도 전해 달라고 부탁까지 하였다. 원산 중심가로 들어가 기차 건널목을 막 넘으면 왼편으로 백두상점이라는 큰 문구상 점포가 있는데, 그 댁에 들러 내 동갑내기 아이를 찾아 내 소식을 전해달라고 하였다. 그이도 꼭 그러겠노라고 철석같이 약속을 하며 수첩을 꺼내 적기까지 했다. 그리고 그 약속이 지켜진 것을 나는 훨씬 뒤 이영진(李英進) 군을 통해서 확인할 수가 있었다.

그날 해질녘에 영진이랑은 그댁 맨 안쪽의 영진이 방에 몇몇이 앉아 있었는데, 별안간에 벌컥 방문이 열리더니 선글라스 끼고 헌병 완장 찬 국군 하사 하나가 나타나 다짜고짜 내 이름을 대면서 아느냐고 묻더라는 것이다. 영진이는 겁에 질려서 엉겁결에 모른다고 했다는 것이다. 그러자 그이는, 지금 그 아이는 포로로 잡혀 있다, 어제까지 내가 관리하고 있었으니, 친가족에게 알리라고 이르곤 대답도 듣는 둥 마는 둥 사라지더라는 것이었다. 사람 하나를 죽이는 것을 파리 한 마리 죽이듯 하던 그 사람이 또 그런 약속을 정확하게 지키기도 하는, 어떻게 보면 극과 극의 행태가 하루 사이로 벌어지기도 하는 것이 전쟁 속에서의 인간관계였던 것이다. 필경은 사람살이 속에서의 저 모든 작위론들이나 시시비비들이 자칫 상투화되는 근거가 바로 이 점에 있으며, 사람이라는 것이 드러내는 무한이 깊이, 불가해성도 이 점에 그 뿌리가 있는 것은 아닐까.

고성의 통일전망대에 갈 때마다 나는 흔한 망향감에 사로잡히기보다는 40여 년 전의 그 일들이 주마등처럼 눈앞을 스치곤 한다. 통일전망대에서 빤히 정면으로 건너다보이는 낙타봉 옆을 초저녁에 지나면서 그 돌투성이를 쳐다보며 신기해했던 열아홉 살 적의 기억이 새삼 어제 일처럼 선연해진다. 그리고 그때는 지금처럼 원근의 산들이 무시무시하지는 않았다. 작금에는 이곳이 '민통선' 안, 남북 군사분계선에 아주 가깝게 있어서 산천부터가 살벌하고 무시무시하다.

작년('92년)에 남북 여성회담으로 북한을 다녀온 어느 분의 이야기가 새삼 곱씹힌다. 배며 사과며, 돌배, 돌사과도 우리가 40~50년 전에 먹던 그대로이더라고 하였다. 옥수수도 옛날 그대로 재래종 난장들이더라고 하면서 어찌하여 어느 하나도 개량종으로 바꾸지 못했는지 모르겠더라고 고개를 갸우뚱, 신기해하던 것이었다.

그러나 내가 어릴 적에 북한에서 살아 본 5년간의 경험에 의하면 대충 짐작되고도 남는다. 북쪽같은 강권체제 속에서는 어느 누군들 나름대로의 창의력, 창발력을 발휘할 수가 없는 것이다. 오직 주체농법, 주체농법 하고 악악대며, 김일성 부자에의 충성만 맹세하면 되는 것이다. 농사짓는 사람들도 그런 쪽으로만 내몰려서, 농사 그 자체마저 어느 새 뒷전으로 밀려나 있는 것이 그 체제이다.

그렇다면 어떻게 됐어야 하는가.

그 한 보기로, 인도의 자그마한 어촌 마을의 실험에서 하나의 단서나마 찾아볼 수가 있다.

그 마을은 마드라스라는 시가지에서 그다지 멀지 않은 해변에 있다. 인구는 고작 3백 명 정도인데, 해변이라 담수가 부족했다. 우물을 파더라도 원체 바다가 가까워, 소금기 섞인 짠물밖에 나오지 않았다.

그 마을에서 사는 아낙네 하나는 이렇게 말했다.

"동쪽 하늘이 희부옇게 밝아 올 꼭두새벽에 일어나서 큰 물동이 셋을 들고 집을 나섭니다. 하나는 머리 위에, 하나는 손에, 또 하나는 아이에게 들려, 멀리멀리 바다와 반대쪽인 내륙으로 물 길으러 가는데, 아무리 바삐 서둘러도 해가 중천에 뜬 한낮이라야 돌아올 수 있습니다."

땅 자체는 옥토였지만, 원체 물이 부족하여 겨우겨우 목숨이나 이어 갈 만한 분량밖에는 농사도 짓지 못하였다. 이러니 극도의 가난에서 빠져나올 길이 없었다.

바로 이 마을에 프랑스 태생의 C신부가 선교사로서 단신 찾아온 것은 1950년대 말이었다.

C신부는 이 마을에 닿은 뒤 몇 년 동안은 아무 일도 하지 않았다. 손수 흙을 주물러 토막 하나를 짓곤, 그 마을 사람들과 같이 바다에서 고기잡이를 하고 밭일을 하고 그러면서 우선 현지 말을 익히는데 온 힘을 기울였다. 마을 사람들과 똑같은 것을 먹으며 명실 공히 그 마을 사람이 되어 갔다. 이곳에 부임할 때 미리 챙겨 왔던 극히 초보적인 위생 의료 약품을 사용하여 안질을 앓고 있는 현지인들의 눈을 고쳐 주기도 하면서.

이리하여 처음에는 타처 사람 취급을 하던 마을 사람들이 그를 차츰차츰 한마을 사람, 가까운 이웃으로 여겨 주었는데, 그때까지 그는 전혀 아무런 일도 하지 않았다. 그러나 그 사이에도 그는 마을 사람 누구도 눈치 못 채게 혼자서 큰일을 도모하고 있었다. 수맥(水脈)을 찾아 이리저리 돌아다니며, 그 마을의 극빈과 크고 작은 병고(病苦), 놀랍게 일찍 닥치는 노화현상, 유아의 높은 사망률 등, 모든 문제의 핵심이 물 부족에 따른 것임을 알아냈기 때문이었다.

그는 일찍이 신부가 되는데 필수적인 신학, 철학 공부와 병행해서, 농학, 기계공학

도 공부해 두었었다. 따라서 그는 맨발의 현지 아이들과 한가하게 장난하며 놀고 있
는 동안에도, 주위의 여러 가지를 주의 깊게 관찰하곤 하였다. 쥐꼬리만한 월급을 털
어, 때로는 가장 가까운 도시 마드라스로 혼자 나갔다. 혹여나 원근의 토지조사서나
가까운 강, 샘의 자료라도 얻어 볼 수 없을까 하고. 그밖에도 그 근방의 토지나 나무
들과 풀들의 성질을 살피기 위해서.

이렇게 몇 년 지나는 동안에 처음에는 좀체 눈에 뜨이지 않았던 여러 가지가 그에
게도 차츰 보이기 시작했다. 최대의 발견은 비록 극빈 속에 살고 있을망정 이웃 간의
따뜻한 교류와 매사에 서로 도와 가는 정신이었다. 이미 선진국들에서는 도저히 찾아
볼 수 없는, '이웃을 중하게 여기는 마음', 이 마을을 구원해 낼 기반을 그는 그 점에
서 보아 냈던 것이다.

끝내 땅 속 깊이 의외의 곳에서 수맥을 찾아냈다. 그때 C신부는, 흥분해서 마을 사
람들을 불러 모아 수맥을 발견했으니 당장 파 보자고 한 것이 아니라, 어느덧 그의
주위에 몰려와 있던 마을 청년 그룹의 대표들과 차근차근 이 마을의 금후 문제에 대
해서 이야기를 나누었다. 마드라스에서 어렵게 입수한 자료를 그들 앞에다 펴 놓고,
먼 옛날 이 마을 가까이에 있었다고 하는 우물 기록을 보이기도 했다. 청년들이 자발
적으로, 그렇다면 한번 파 보는 게 어떻겠느냐고 나올 때까지, 그는 참을성 있게 기
다렸던 것이다.

드디어 마을 전체가 꿈틀거리며 우물을 판다, 물을 얻게 된다고 술렁거릴 때, C는
먼 이역만리 고국 친구들에게 편지를 썼다. "이제 곧 닥칠 여름방학에 스무 사람쯤의
학생 자원봉사단을 보내 주었으면 좋겠다."라고. 그와 동시에 이 마을의 사정을 상세
히 설명한 것은 두말할 것도 없다. 그의 친구 중에는 여행사 직원도 있었고, 동료 신
부나 학교 교사도 있어, 벌써 파리와 베르사유 등지에서는 이 일을 위한 학생 그룹이
조직되고 있었다. C의 의도와 당장 부딪쳐 있는 그의 형편에 따라, 공학부, 농학부 학
생이 중심이 되었다. 알음알음으로 여행사에 손을 써서, 여행사는 흔쾌히 프랑스와
인도 간 전세편 비행기를 특별히 싸게 내주었다.

그렇게 해서 프랑스 교회들에서 모은 성금까지 지닌 젊은 대학생 남녀 스무 남은
명이 방학 중의 자원봉사단으로 현지 마을에 닿은 것은 초여름 어느 날이었다. 그들
은 그 마을 농가에 제각기 몇몇씩 흩어져서 묵었으며, 아침에는 힌두교 기도에 마을
사람들과 같이 참가하는 것으로 매일 일과를 시작하였다. 그렇게 학생들은 그 마을

젊은이들과 함께 우물을 파기 시작했다. 이 단계에서는 일체 기계라는 것을 사용하지 않았다. 오로지 땅을 파는 괭이와 삽만 이용하였고, 파 올린 흙을 나르는 삼태기까지도 손수 만들었다. 점점 깊이 파 들어가 커진 웅덩이 벽면에다가는 층층다리를 만들어 그곳에 서서 파낸 흙을 릴레이식으로 받아 내었다. 그 받아낸 흙은, 또 다른 한 패거리가 소똥과 나뭇잎 태운 재를 섞어 밭농사에 쓸 퇴비를 만들었다. 여러 날이 지난 뒤 물이 보였다. 수맥에 가 닿은 것이다. 급하게들 혀끝으로 핥아 보았다. 짠맛이 없었다. 소문은 순식간에 퍼져, 온 마을이 들끓었다. 물이다! 물이 나온다!

"우물은 무한정 깊이만 파면 못 쓴다."

"차라리 얕게 두 개 파라. 아니, 열 개라도 파라."

처음부터 우물물은 두레박으로 퍼 올리도록 정해졌다. 한 집 한 집 퍼내는 양도 의논 끝에 미리 정해졌다. 어느 누구 한 사람도 정해진 규정을 어기지는 않았다.

우물파기와 병행해서 농학부 학생 그룹은 밭을 꾸려 내기 시작했다. 프랑스에서 모금한 성금으로 마드라스로 나가 과수 묘목을 사 와서 묘목밭부터 만들었다. 아낙네들과 아이들도 이 일에는 같이 참가했다. 우물물이 나오게 된 뒤로 이 마을 아낙네들은 그 먼 내륙까지 물을 뜨러 가지 않아도 되었으니까, 밭 개간 일에 자청해서들 나섰던 것이다.

그러자 파리 등지에서 온 여학생들은 비로소 자신들이 처음부터 준비해 온 계획을 그 마을 아낙네들에게도 털어놓아 전원 일치의 찬성을 얻어 내고 나서, 마을 소녀들을 상대로 보육(保育)에 대해 가르치며 자신들이 보모가 된 탁아소를 만들고, 일하는 어른들의 공동취사장도 꾸려 냈다.

그해 여름이 가고 또 이듬해 여름이 가면서 우물도 두셋이 더 늘어난 뒤, 이젠 먼 내륙으로 지겹게 물 뜨러 다니던 일을 옛 이야기처럼 하게 될 무렵에야 비로소 C는 마을에 펌프를 설치할 것을 결심했다. 그런데 이번에도 그는 자신이 익히 알고 있는 펌프의 원리를 위로부터 내려 먹이는 식으로 가르치지는 않았다.

이미 완성되어서 제 모습을 드러낸 묘목밭이나 무럭무럭 자라는 열대지방의 과수원에다가 매일매일 두레박으로 물을 퍼서 댄다는 것은 여간 힘든 일이 아니었다. 그러나 마을 사람들 자신이 그 점을 스스로 깨달을 때까지 C는 지그시 기다렸다. 아니나 다를까.

"작은 도랑 비슷한 것을 밭이나 과수 묘목 사이에다 뚫었으면 좋겠네. 일일이 두레박으로 물을 퍼 올리지 않고, 저절로 흘러가도록.” 하고 마을 청년 하나가 혼잣소리처럼 중얼거렸고, 모두가 그 말에 머리를 끄떡이며 동감하였던 것이다. C로서는 이제나저제나 하며 내심으로 애타게 기다렸던 푸념이었다. 이때를 놓치지 않고 C는 우물 속을 가리키면서 말했다.

“물은 저 속 깊이 낮게 있어. 그리고 밭은 저렇게나 높이 있고. 낮은 물이 저절로 높은 곳에 오를 수는 없는 거 아닌가.”

그리고 C는, 그 뒤로 그런저런 핑계를 만들어 마을 청년들을 마드라스로 자주 내보냈다. 그리하여 마침내 어느 날, 청년들은 도시에서 물을 퍼 올리는 펌프라는 것을 보았다. C가 목표한 것도 바로 그거였다. 우물 안에다 두레박을 던져 넣어 당겨 올리는 식으로 몇 번 몇 십번씩 되풀이하지 않고, 손끝으로 살짝 누르기만 하면 콸콸 물을 퍼 올릴 수 있는 놀라운 기계가 있었던 것이다. 두 눈을 반짝이며 그 기계 이야기를 하는 청년들에게 C는 이곳으로 부임해 온 뒤 처음으로 기계의 원리에 해당되는 공학 지식을 비추었다. 청년들은 와락 모여들며 말했다.

“우리도 배우고 싶어요. 문자도, 기계, 학문도 배우고 싶어요.”

위에서 내려 먹이는 식의 공부가 아니라, 그들은 마음 속 깊은 곳으로부터의 당장의 바람, 희구(希求)로서 배우고 싶어 했던 것이다. 이리하여 토담집 학교에서 공부가 시작되었다. 그 옆, 또 한 채의 토담집에는 펌프를 만드는 대장간이 생겨났다. C는 가장 기초적인 필요 부품만을 마드라스에서 구입해 왔던 것이다. 그 부품 하나하나도, 인도 제품으로서 언제 어디서나 싸게 쉽게 살 수 있는 것들뿐이었다. 이제는 프랑스에서 정기적으로 보내오는 돈으로, 일본이나 미국제의 고가품 펌프 한두 개쯤은 마드라스에 나가기만 하면 언제라도 사 올 수가 있었지만, C는 일부러 그러지를 않았던 것이다. 마을 사람들 자신이 머리를 맞대고 끙끙거리면서 어렵게 펌프를 조립해 내면, 뒤에 설령 고장이 나더라도 스스로 고쳐 갈 수가 있는 것이다. 스스로 끙끙거리며 조립해 낸 것은 스스로 얼마든지 개량해 갈 수가 있다. 스스로 손댄 만큼은, 구석구석까지 스스로 꿰고 있는 것이다. C가 노린 점은 바로 그 점이었다.

이때부터 마을은 새롭게 바빠지기 시작했고 활기가 넘쳤다.

물 부족이라는 점에서 대동소이했던 사하라 사막 이남의 목축지 각지에 소위 선진국 몇 개 나라가 ‘물 문제 해결을 위하여’ 어쩌고 하며 요란한 캐치프레이즈를 내걸고 진입한 것은 1960년대 후반이었다. 당시의 독일이나 일본의 최신식 기계가 속속

들어갔고, 현지 말을 전혀 모르는 선진국 기사들이 떼거리로 몰려들어 땅을 파 들어
가기 시작했다. 어떤 곳에서는 10㎞ 반경에 하나씩, 또 다른 곳에서는 6㎞나 7㎞ 반
경에 하나씩 파 들어갔다. 드디어 깊은 우물이 여러 군데 생겨나고 탐스러운 물이 콸
콸 뿜어 나오자, 금방금방 번쩍이는 날씬한 펌프들을 해 박았다. 엄청난 돈을 들인
전기용 펌프였다. 집집이 아직 전기 혜택을 못 받고 있는 터에 우물만은 전동(電動)이
었다. 따라서 그 우물은 처음부터 현지인들의 생활실태와는 겉돌며 부웅 떠 버렸다.
이리하여 그곳 유목민들은 오직 놀라움 섞어 남의 일 보듯이 지켜보기만 했다.

다 완성되자 '원조'를 끝낸 개발단은 두 손 털고 철수해 갔다. 이로써 문제는 다
해결되었는가. 아니, 문제는 해결되긴 커녕 그 전에 비해서 몇 년 동안에 문제는 더
늘어났고 심각해졌던 것이다.

왜냐하면 첫째로, 우물이 너무 지나치게 깊어 땅 속 깊이 흐르는 지하 수맥의 모
든 물을 그 한 곳이 몽땅 빨아들이게 되었던 것이다. 이렇게 근처의 지하수 전체가
깊은 우물 쪽으로 몰리면서, 현지 유목민들이 수천 년 살아온 체험으로 요소요소에
파 두었던 얕은 우물들이 하나하나 말라 갔다. 자연, 사람들도 그 한쪽으로 몰리면서
깊은 우물 중심으로 유목민 군락(群落)이 생겨났다.

가축들도 그 한 곳으로만 몰려서 깊은 우물 주위의 물을 뿌리째 파먹고 땅들을 짓
밟아 굳은 땅으로 변화시켰다. 이리하여 현대의 최고 기술에 의한 우물파기는 한발
(旱魃)과 함께 목초지를 송두리째 잃어버린 채 가축들이 떼거리로 굶어 죽는 가축 상
실 피해를 가져왔다. 그리하여 "테크놀로지만이 유일한 해결책이라고 보는 현대 선진
국 사람들이 흔히 지니고 있는 생각에는 함정과 오류가 스며 있다. 테크놀로지는 원
시적인 자잘한 악덕들을 가장 효율도가 높은 극도의 악덕으로 변화시킨다."라고 어떤
학자는 통렬하게 비판하였고, 빈센트 토스마오라는 신부는 주장한다.

"개발이라는 것은 무엇인가. 그것은 바로 혁명이다. 다만 일체의 종합과 연계 위에
선 혁명이다."

요컨대 인도의 자그마한 어촌 마을에서의 경험이 가르치고 있는 교훈은 무엇인가.

가난 속에 처박혀 있던 그 마을 사람 전체의 자발성, 스스로 일떠서려는 의지를
키워 내는 일, 자신들의 머리로 차근차근 생각하게 하는 일이었다. 또한 스스로 판단
하고 더 이상은 그냥 있을 수 없는 스스로의 내적(內的) 요구의 충동으로 일떠서기까
지 참을성 있게 기다리는 것, 바로 그것이었다. 그렇게 그들 마을 사람들 스스로의

내면으로부터 무르익은 의욕과 바람이 자연스럽게 형태를 취하며 나올 수 있었기 때문에 하나의 종합으로서의 그 마을의 삶은 촌단(寸斷)되지 않았던 것이다. 촌단(寸斷)되긴 커녕 프랑스 젊은이들의 이끌림에 따른 것이긴 했을망정, 그들 삶과 관련된 모든 것, 즉, 위생, 육아, 보육, 청소년 교육, 여성의 지위 향상, 기술력, 생활 정도, 경제력 등등, 모든 것이 만유감 없이 일정한 수준을 지니고 높아질 수가 있었으며, 동시에 수준을 지니고 높일 수가 있었던 기반으로서의 공동체 연대성도 전보다 한층 더 건실하게 키워질 수가 있었던 것이다.

따라서 어떤 사정에 의해 지도자격인 C가 어느 날 갑자기 이 마을에서 사라지더라도, 이제 스스로 일떠선 자주정신과 자신(自信)에 찬 마을 사람들은 앞으로도 너끈하게 해 나갈 수가 있는 것이다.

개발, 진보란 바로 이런 것이다. 그렇다면 해방 직후에 내가 겪었던 북한 체제와 그 뒤에 더듬어 간 길은 이러한 기준에서 볼 때 과연 어떠했을까. 의욕과 패기에 찼던 데 비해서는, 아니, 바로 그 의욕과 패기가 고스란히 강권으로 수렴되면서 오늘 보는 바와 같은 정체(停滯)와 황폐를 불러들인 것이 아니었을까.

김소월의 「山」이라는 시에,

> 산에는 오는 눈, 들에는 녹는 눈
> 산새도 오리나무 위에서 운다

라는 구절이 있지만, 내가 어릴 때 자랐던 마을은 어쩌면 그렇게도 이 시 속의 정감과 꼭 들어맞았다. 이 '정감의 깊이'로 우리 남북은 통틀어 일단 되돌아와야 하지 않을까. 그것이 일단 단초가 아닐까.

해 떠오르기 전, 새벽에는 천지가 하얗게 얼어붙어 있다가도, 설날 세배 다니는 길목의 산더미처럼 쌓인 눈더미들은 벌써 아침 햇살을 받아 물기 자르르해져 반짝이고, 길도 질척질척해진다. 아, 그 질척질척한 황톳길! 그러나 주위의 먼 산, 가까운 산들은 아직도 깊이 눈 속에 파묻혀 있다.

그믐날 저녁은 방마다 자글자글 끓게 장작을 많이 땐다. 대청마루 높이 서까래가 드러나게 등을 켜 달고, 방마다 하다못해 고방이나 뒤주 속까지 촛불 한 자루라도 켜 놓아 온 집안이 구석구석까지 환하여, 여느 때 칠흑같이 캄캄하던 밤에 비하면 아롱 아롱 여간 좋은 게 아니었다. 기왓장 가루로 닦은 제기들이 도처에서 반짝이고, 부침개와 나물 냄새가 온 집안에 진동한다. 봉당과 이어 붙은 닭장 속의 닭들은 부침개 냄새로 알쏭달쏭해져 잠을 못 이루고, 이따금 군침 삼키는 꼬르륵 소리를 내곤 한다. 그 근처 석유초롱 옆에 앉아 있는 누렁이 내외도 낮부터 이것저것 주워 먹어, 포만 끝의 선하품을 번갈아 해 댄다.

이렇게 사람과 짐승이 서로 맞대고 어우러져 있는 속에, 밤은 다시 얼어붙어 마을은 깊은 눈 속에 파묻히고, 별들은 쏟아져 내린다. 아기 울음소리 같은 늑대 우는 소리, 캥캥거리는 여우 우는 소리가 들리며 그쯤 밤도 이슥해지면, 마을방에 있던 문중 아저씨들이 두루마기 차림으로 우리 집으로 몰려온다.

하필이면 증조부께서 설날에 돌아가셔서 자정 가까우면 제사 모시러 오는 문중의 백부, 숙부, 십촌 안팎의 남정네들로 방마다 꽉 들어찬다.

드디어 자정 정각, 부친과 팔촌간인 체구 큰 백부께서 제관을 맡는데, 재배를 올리는 문중어른들이 한도 끝도 없다. 이렇게 증조부 제사를 모시고, 이어서 차례를 올리고 둘러앉아 간단히 음복을 하곤, 그대로 백부, 숙부들은 순서대로 문중 집들을 돌며 차례를 올린다. 그렇다. 이렇게 우리의 설날은 조상님들이 돌아와 우리와 함께 있어 따뜻하고 푸근했던 것이다.

바로 몇 년 전이었다. 작금의 남북관계 돌아가는 일로(정주영 씨 등의 북한행) 잔뜩 들뜬, 나와는 십촌뻘 되는 고향 사람 하나가 충무에서 올라왔다. 우리 집 제사 때 맡아 놓고 제관을 했던 그 몸집 큰 백부의 바로 친조카였다. 소주 몇 잔 나누며 옛날 어릴 때 고향에 살던 이야기를 푸짐하게 나누다가 헤어졌다.

그런데 다시 며칠 뒤였다. 고향 쪽의 다른 인편으로 놀라운 소식을 들었다. 바로 그 충무 사람의 스물일곱 살 먹은 큰아들이 사모아인가에 원양어업을 나간 어선을 탔다가 풍랑을 만나 잘못되었다는 것이다. 마침 딸린 아이도 없어 며느리는 친정으로 돌려보냈다고 한다.

나는 가슴이 철렁했다. 아니, 저런 끔찍한 일이 있나. 그런데 그는 나에게는 그런 쪽의 이야기는 한마디도 비추지 않았던 것이었다. 고향 이야기를 즐겁게 나누는 자리에서 흉한 이야기를 하기가 싫었을 터이었다.

그렇지, 우리는 어쩌다가 그 안온하고 따뜻한 고향에서 떨어져 나와 피차에 이 지경으로 외톨이들이 되어 있는 것이었다. 비단 고향에서만도 아니다. 조상님네들에게서도 너무너무 멀리 떨어져서 아등바등 살아가고 있다. 그래서 사람마다 영악스럽고 가파르다. 어느 누구 말마따나 우리는 죽은 자들과 함께 살지 않고, 너무 산 사람끼리만 살아가고 있다. 그래서 누구나가 종잇장처럼 얇고 여유들이 없다.

　끝으로 앞으로 내 문학의 방향은,

　　주여, 저에게 주시옵소서
　　결코 바꾸어 낼 수 없는 것이면
　　그것 채로 그대로 받아들여
　　감당해 낼 겸허함을.
　　그러나 바꿀 수 있는 것이거든
　　그 어떤 것이건 용기를 지니고
　　변화시킬 헌걸참을.
　　불가능한 일과 가능한 일을
　　확실하게 분별해 내는
　　식별력을.

하고 기도한 저 아시시의 성 프란체스코의 말씀을 인용하는 것으로 족하겠다.*

---

* 이 글의 인도 농촌개발 삽화는 일본의 太養道子 著 『人間의 大地』 속의 「인도의 실험」편을 일부 참조하였음을 밝혀 둔다.

생애 연보

1932 3월 15일(음력 2월 9일). 현 북한의 강원도 원산시 현동 81번지, 아버지 찬용, 어머니 박정화의 2남 3녀 중 장남으로 출생. 조부(1878년 생)와 위로 누이 수덕, 재덕, 동생 호열, 누이동생 영덕. 본관은 전주. 중농 정도의 농업. 네 살에 조부에게서 천자문을 배우고, 여섯 살 때 문중 서당에서 당시 등을 배움.

1939 갈마 초등학교 입학. 초등학교 2학년 때 마을 앞강에서 동갑내기 6촌 동생과 함께 미역을 감다가 급류에 휘말려 죽을 고비를 넘기고 혼자 힘으로 빠져나옴. 초등 4년 때 큰 누나 결혼(자형은 소설가 박찬모의 계씨). 자형으로부터 마로의 「집 없는 아이」와 나쯔메 소오세끼의 「마음」을 선물로 받아 소설과 첫 만남.

1945 원산 공립중학교 입학. 8.15 해방. 해방 직후 일본 '신조사'의 37권짜리 『세계문학전집』 섭렵, 19세기 프랑스 소설과 19세기 러시아 소설에 매료됨. 안톤 체홉을 특히 좋아 함. 부친은 교사가 되기를 희망함.

1948 부친은 북한 당국의 협조 요청을 거부하고 연안파(당수 김두봉)가 중심인 신민당 가입. 안도산과 이상재 등을 추앙하다가 추방되어 원산 중청리로 이사.(이때

※ 여기 수록된 생애 및 작품 연보는 이호철 선생의 홈페이지(소설가 이호철, www.leehochul.com)의 '작가가 작성한 상세 연보'를 바탕으로 했고, 거기 수록되지 않은 최근의 연보는 이호철 선생이 서면으로 정리한 것을 받아서 정리하였음.

의 경험이 『남녘사람 북녘사람』 속의 「변혁 속의 사람들」에 수록) 부친은 국영 한약국에 취직.

1950 6·25 전란 발발. 7월 7일, 고3 학생으로 인민군에 동원, 8월 동해안 고성에서 울진까지 내려감. 9월 26일, 국군과 울진서 일전. 패배 후 북상, 양양 남대천에서 포로가 됨. 흡곡에서 자형을 만나 풀려남. (이 때의 경험은 단편소설 「나상」과 연작소설 『남녘사람 북녘사람』 속의 「남에서 온 사람들」, 「칠흑 어둠 속 질주」 등의 모델이 됨) 12월 초 중공군 참전. (이 무렵의 북한 농촌 마을에서의 경험은 단편 「만조」와 「빈 골짜기」의 모델이 됨), 12월 9일 미군 LST 부산 제1부두 도착, 부두 노동. (그 경험은 첫 작품인 「탈향」의 모델이 됨) 초장동 제면소 도제. (이 때의 경험은 장편 『소시민』의 모델이 됨)

1951 7월 동래 미군 JACK부대 경비원. 단편 「오돌할멈」 초고를 염상섭(해군 정훈국)에게 보내 치하를 들음. 미군식당 웨이트레스를 모델로 단편 「권태」 탈고.

1952 9월, 시인 박남수 소개로 황순원을 처음 만남. 남포동의 금강다방에서 「B양과 고아」(뒤에 「권태」로 발표), 「오돌할멈」, 그리고 첫 데뷔작 「탈향」의 전신인 「어둠 속에서」 세 편을 황순원 선생에게 보이고, 「탈향」으로 55년에 등단.

1953 1월, 상경. 효창동 미군 KRD 기관 경비원. 7월 휴전.

1955 『문학예술』 7월호에 황순원 추천 「탈향」 발표.

1956 『문학예술』 1월호, 「나상」 두 번째로 추천 정식 문단 데뷔. 출판사 '광문사'에 입사, 명동의 '문예살롱', '대성다방', '갈채다방' 출입, 오상원, 박재삼, 박희진, 서기원 등과 교류. 단편 「백지 풍경」(뒤에 「빈 골짜기」로 개제) 발표.

1958 '학원사' 간행의 아동문고 『이순신』 집필. '창원사'에서 톨스토이의 『안나 카레에니나』를 일본어 중역으로 완역 출간.

1960 청운동 하숙에서 4.19 학생의거를 맞음. 9월 공보실 보도과에서 기자 자격증을 얻어 판문점 회담 처음 참관. 북한 기자들과 담화. 이듬해 1961년 『사상계』 3월호에 단편 「판문점」 발표.

1961 첫 단편집 『나상』(사상계사) 출간. 단편소설 「판문점」으로 제 7회 현대문학상 수상. 이어령, 신동문, 유종호 등과 어울림. 청운동, 통의동 등으로 하숙 전전. '전후문학인협회' 제2대 간사 역임. 5월 9일 경, 두 번째로 판문점 회담 참관. 단편소설 「판문점」의 원작자임을 간파한, 작년에 만났던 이화여전 출신의 북한

여기자가 소련 정부 기관지 이즈베스챠 기자에게 인터뷰를 주선했으나 완곡하게 거절함. 1주일 뒤 5 · 16을 맞아, 소설 「판문점」을 썼던 일과, 바로 며칠 전 판문점 현지에서의 이 일로 며칠 동안 피신함.

1962 신당동, 초동, 필동 등으로 하숙 전전. 단편소설 「닳아지는 살들」로 제 7회 동인문학상 수상.

1964 6.3 계엄 선포. 장편소설 『소시민』을 『세대』지에 연재, 단편 「추운 저녁의 무더움」이 계엄 검열 통과 『문학춘추』 게재. 다음 달 『사상계』 홍사중의 월평에서는 그 작품에 대한 언급 삭제.

1965 『산문시대』 동인 김승옥, 염무웅 등과 어울림. 『창작과 비평』 창간에 동참, 첫 호에 단편 「어느 이발소에서」, 발표. '신구문화사'의 『현대한국문학전집』(총 17권) 8권에 장편 『소시민』과 중단편 수록, 말미에 「소설가와 예술가」 게재.

1966 장편소설 『서울은 만원이다』를 <동아일보>에 2월 8일~10월 31일 연재. 단편 「닳아지는 살들」(박용규 번역) 일본 월간지 『자유』지에 게재. 외국어로 번역된 첫 작품. 천호동에 집을 샀다가 얽혀듦. (그 체험은 장편 『남풍 북풍』의 모델이 됨) 12월 말, 『서울은 만원이다』를 집필 했던 원효로 하숙방에서 심한 죽음의 공포와 노이로제에 시달림. <중앙일보> 신춘문예 심사위원.

1967 <조선일보>에 「신민당 남산 유세기」 게재. 11월 26일, 조민자와 결혼. 중편소설 「우국회사」를 <중앙일보>에 연재. 내무부 발행 <지방행정>지에 『공복사회』(뒤에 『심천도』로 개재) 연재, 펜클럽 기금으로 '을유문화사'에서 『4월과 빙원』(뒤에 『4월과 5월』로 개제) 출간.

1969 불광동 280번지(속칭 독발골)로 이사. 처음으로 온전한 자기 집(건평 9평) 마련. <한국일보>에 장편소설 『재미있는 세상』 연재. <서울대 신문>에 에세이 「일상성의 극복」 게재.

1970 하근찬, 이문구, 강용준 등과 어울림. 서라벌 예대(현 중앙대학교 예술대학) 출강. 당시 학생이었던 김민숙, 이시영, 송기원, 윤정모 등과 만남. 『여성중앙』에 중편 「자살클럽」(뒤에 「1970년의 죽음」으로 게재) 연재. 7월 7일 <중앙일보>에 도널드 킨과 한국문학의 해외 진출로 대담.

1971 4월 9일부터 '민주수호국민협의회' 운영위원, 공동대표는 김재준, 이병린, 천관우, 함석헌, 운영위원으로 장준하, 이영희, 원주의 지학순, 장일순 등.

1972 7월, ‘7.4 남북 공동성명’ 발표, 9월 북한 적십자 대표단을 <경향신문>사의 취
      재 차로 문산까지 올라갔다가, 서대문 구치소 앞에서 맞이함. <동아일보>에
      북한 적십자 대표에 보내는 글 게재. <대한일보>에 새 남북관계에 대한 정담.
      9월 1일 ‘남북 적십자 평양회담’을 보고 정치인 민병권, 송원영과 <대한일보>
      지상에서 정담. 11월 교또 <일본문학 심포지움> 참가 차 도일, 중학교 선배
      재일 『한양』지 발행인 김기심과 편집장 김인재 등을 만남. 장편 『남풍북풍』을
      『월간 중앙』에 연재. 창작집 『큰 산』(정음사) 출간. 삼성출판사의 삼성신서 『한
      국문학전집』48, 49에 『서울은 만원이다』 수록.

1973 베트남 파견 ‘국군방문작가단’ 김광림, 고은 등과 베트남 방문. 10월 유신체제
      선포. 11월 5일 YMCA에서 ‘민주수호국민협의회’ 명의의 유신체제 반대 시국
      성명. 11월 29일 기독교 방송에서 차인석, 김성식 등과 ‘지식인의 생명은 주관
      있는 비판정신’ 역설. 12월 30일 <개헌 청원 백만인 서명> 3인 발기인 동참.
      『한국문학』에 장편소설 『역려』를 연재.

1974 1월 7일, 유신반대 <61인 문인 시국성명> 주도, 8일 아침 긴급조치 1호 발동,
      자택 구금에 들어감. 1월 14일, 서빙고 <육군 보안사> 연행, 25일 국가 보안
      법, 반공법 위반 혐의로 김우종, 임헌영, 장백일, 정을병과 함께 ‘서대문 구치
      소’에 수감. 10월 31일 2심에서 집행유예로 풀려나기까지 독거수 생활. (이 때
      의 경험은 단편 「문」과 그 뒤 장편소설로 쓴 『문』에 형상화됨).

1975 1월 10일, 문협이사장 선거(조연현 528표, 이호철 266표) 낙선.

1976 불광동 13번지 이사. 『한길 세계문학 일본 소설선』의 다니자끼 준이찌로우의 「춘
      금 초」와 「여끼 먹는 벌레」, 엔도우 슈우사쿠의 「바다와 독약」, 야베 고오보오
      의 「타인의 얼굴」 등 번역 출간. 창착집 『이단자』(창작과 비평사), 단편집 문고
      『판문점』(범우사) 출간. 동화출판사 『한국단편 대문학전집』에 이호철 편 수록.
      태극출판사의 『한국문학대전집』에 「전야」 수록.

1977 『한국문학』에 장편소설 『그 겨울의 긴 계곡』 분재. 『1970년의 죽음』(열화당)
      출간. 첫 에세이 집 『작가수첩』(진문출판사) 출간.

1978 원주 ‘김지하 석방기도회’ 참가 후 소위 ‘노래 사건’으로 구류 10일. (그러나 법
      적으로 8일 산 것으로 되어 2일 남아 있었음) ‘현암사’에서 장편 『그 겨울의 긴
      계곡』, 『재미있는 세상』(한진출판사), 『역려』(세종출판공사) 출간. 7인 산문집 『정

오의 사상』(진문출판사) 출간.

1979 3월 21일, 원주 사건의 대법 확정으로 잔류분 2일 때문에 6월 21일자로 서울 지검에 소환 서대문 구치소 수감, 이튿날(22일) 출소하는 희안한(?) 일을 겪음. 11월 24일, 모임에 참가했다가 마포 경찰서 유치장 수감 후 12월 9일 출감. 정식 재판 청구. 10월 26일 박정희 피격. '강미문화사'에서 장편『소시민』 출간.

1980 1월 1일 전남 '매일신문' 신년 대담. 5월 15일 대법원 기자실에서 '지식인 134인 시국성명'. 같은 날 YMCA 사건 정식 재판, 대법 확정 받음. 청진동 '자유실천문인협의회' 총회 참석. 5월 17일 자정에 연행되어 남산 지하실에서 2개월간 조사. 7월 13일 서울 구치소로 송치. 9사 상 37방에 갇혀 소위 김대중 내란음모사건으로 육군본부 군사 재판. 11월 4일 2심에서 3년 6월 징역선고 선고 받음, 관할관 확인이라는 절차를 거쳐 그날로 풀려남.

1981 이돈명, 변형윤, 송건호, 박현채, 백낙청 등과 함께 '거시기 산우회'라는 이름으로 지리산, 소백산 등을 등산. 중편소설 「월남한 사람들」(심설당) 출간. 창작집 『문』(민음사) 출간.

1982 단편 「결별」, 「덫」 발표. 『마당』지에 장편소설『물은 흘러서 강』 연재. 신한출판사 간행『한국대표문학전집』8권 '이호철 편' 나옴. '실천문학사'에서 발행한 『현대작가문학소설선』 '이호철 편' 출간.

1983 『실천문학』에 단편 「새원형 소묘」 발표. '민중서관'에서 『한국문학전집』(이호철 편) 출간. 8월 12일, 국방부 장관(윤성민) 직인의 복권장 수령. 형기 3년 6개월이 사면되어 복권되었음을 알리는 내용. 10월 29일~30일 펜클럽 세미나 참석, '60년대와 70년대의 소설을 중심으로'라는 주제 발표.

1984 3월 10일 계명대학교 강연. 6월 4일 <상명여대학보>에 소설 속의 분단 통일문제 게재.

1985 2월 7일 부터 8일까지 자택 연금. 5월 21일 중편소설 「남에서 온 사람들」 250장 완성. 5월 29일 기독교 방송 문화강좌 <분단의 상처와 그 치유> 첫 강의. 11월 22일 '자유실천문인협의회' 대표 맡음. <중앙일보>사에서 『서울은 만원이다』 출간. <삼성출판사>에서 『한국문학전집』 '이호철 편' 출간.

1986 4월 4일 이호철 문학 30주년 기념 작품집『천상천하』 간행. 민주헌법쟁취 서명운동 참가. 9월 11일 자실 문학교실 시작. 9월 22일 단편집『탈 사육자회의』

(정음문화사) 원고 넘김. 11월 5일 산문집 『명사십리 해당화야』(한길사) 출간.

1987　2월 3일 '자실' 압수수색 영장, 2월 14일 '자유 실천문인협의회' 명의로 87문학
인 선언. 4월 1일 「칠흑 어둠 속 질주」 247장 완성. 5월 14일 '헌법쟁취 국민
운동본부' 공동 대표. 6월 7일부터 사흘간 다시 연금. 6월 10일 형사를 대동하
고 중앙일보 문화센터 강의, 6월16일 가택연금, 곳곳에 데모 격화. 6월 25일
오후 가택연금 통보, 6월 26일 연금 해제 통보. 오후 6·25 대행진. '자실' 회
원들은 퇴계로 2가에서 서울역 쪽으로 최루탄 속을 행진. 남대문시장 격전지
방불. 7월 2일 '자실' 운영회의 사의 표명. 9월 1일 신경림과 함께 요산 선생을
설득 '민족문학작가회의' 대표직 응낙 받음. 실천문학사에서 번역서 『뿌쉬킨과
12월 혁명』 출간.

1988　2월, 제 52차 국제 펜 한국본부 심포지움에서 <문학에 있어서의 자유와 평화>
발제. 7월, 일본 방문. '서문당'에서 에세이 집 『마침내 통일절은 온다』, '일월서
각'에서 산문집 『자기답게 사는 길』 출간.

1989　1월 7일, 가칭 '연변 조선족 작가의 집' 설립 준비위원회 발족 주도. 6월 15일
장편 『네 겹 두른 족속들』(미래사) 출간. 9월 캐나다 토론토 세계펜대회 참석,
미국 뉴욕에서 기차로 대륙을 횡단 샌 호세 도착, 10월 2일 귀국. 대한민국 문
학상 본상 수상.

1990　1월 1일 <동아일보>에 컬럼 <세계사의 길목에서, 철조망 친 휴전선에서> 기
고. 2월 13일 <조선일보>에 <개혁 민주주의 무엇이 나쁜가> 기고. 『요철과
지그재그론』(푸른숲) 발간.

1991　1월 6일 KBS TV 일요 대담. 5월~9월 <세계일보> 시론 연재. 10월 5일~11
월 15일 모스크바, 비엔나 등 유럽 취재 여행. 모스크바 대학 한국어과 특강.
서울 돌아와서 『계간문예』, <세계일보>에 「보고드리옵니다」 발표, '청아출판
사'에서 자선 대표 작품집 『소슬한 밤의 이야기』 출간.

1992　1월 장편소설 『개화와 척사』(민족과 문학사) 출간. 1월 27일부터 2년간 <영남
일보>의 '세상만사란'에 연재. 3월 환갑 기념 일본 여행. 5월 25일 일본의 '박
서방'에서 『한국의 현대문학총서』(6권) 제 1권 장편 『남풍북풍』(간상구 역) 수록.
7월 20일 예술원 회원 피선. '문학사상사' 간행 한국 대표작선집 17권에 장편
『소시민』과 단편 「살」을, 18권에 『서울은 만원이다』와 단편 「보고 드리옵니다」

수록.

1994   2월 산문집『희망의 거처』(미래사) 출간. 2월 20일부터 경향신문에서「정동 컬럼」
연재. 6월 실크로드 여행. 10월 이호철 문학 비망록『산 울리는 소리』(정우사)
출간. 2년 기한부로『한국문학』주간을 맡음. 8월 26일부터 <토요신문>에 컬
럼 연재. <평화통일자문회의> 문화분과위원장 피임. 방송위원 피임. 장편『문』
(문학세계사) 발간. '동아출판사' 간행『한국소설 대계』39권 장편『소시민』수
록.

1995   러시아 판 작품집에「닳아지는 살들」번역 수록. 1월 19일~24일, 무용가 이애
주와 함께 MBC TV <일본의 묘지 순례> 기행. 2월 19일 KBS <독서 명서
탐방> 출연.

1996   연작소설『남녘사람 북녘사람』(프리미엄북스) 으로 제4회 대산문학상 수상. 6
월 25일 <문화일보> 통일에 관한 소견 피력. 12월 4일 EBS <문학기행> 대
담. 12월 8일 KBS TV AM7시 30분 <남녘사람 북녘사람> 대담.

1997   50년대 문단 이야기『문단골 이야기』(프리미엄북스) 출간. 9월『이호철 소설창
작 강의』(정우사) 출간. 12월 동아건설 초청 리비아 수도공사 준공식 참관. 스
위스와 이집트 왈소오 여행. 단편「아버지 초」발표. 프랑스에서 번역 출간된
우리나라 대표적인 단편 15편을 묶어낸『단편집』에「큰 산」수록.

1998   6월 17일 현대 정주영 명예회장 소떼 방북 판문점 현장 취재, 8월 27일~9월 5
일 <동아일보>의 취재진 일원으로 48년만에 처음으로 북한 방문. 평양, 백두
산, 묘향산 등 답사, 북한 기행문을 곁들인 새로운 통일론『한 살림 통일론』(정
우사) 간행, 남북 관계에 대한 각종 강의, 강좌, 정담, 토론.

1999   5월 28일 <세계일보>에「바람직한 대북관계의 새 틀은」기고. 6월 29일 부산
MBC <이호철의 귀향> 출연. 9월 스웨덴 요테보리 도서전시회 참석.『남녀사
람 북녘사람』(오가렉 최 번역) 폴란드어판 출간.

2000   1월 20일 <조선일보> 시론「통일의 무게에서 벗어나자」기고. 일본 '신조사'
에서『남녘사람 북녘사람』(강상구 역) 출간. 멕시코에서『소시민』(유해명 번역)
스페인어판 출간. 6월 7일 <한겨레신문>에「첫 만남 이것만도 어딘가」기고. 6
월 12일 <동아일보>에 시론「실향민의 꿈 언제 이뤄질까」기고. 8월 15일 3박
4일간 남북 이산가족 제1차 상봉 참가, 평양에서 50년만에 누이동생 영덕 상

봉. 8월 20일부터 <중앙일보> 3회에 걸쳐 2차 북한 방문기 <나흘 동안의 귀향> 분재. 8월 21일 <동아일보>에 <50년 한 풀이 마른 울음으로 대신한 까닭은> 기고. KBS 1TV 추석 프로 <이호철의 귀향> 방송. 9월 중순 일본 <아사히 신문> 특별 인터뷰.(기사는 10월 21일자 문화면 수록) <마이니찌 신문> 10월 30일자 기사 수록. 황순원 장례식 조사 낭독.

2001 2월 '창작과 비평사'에서 창작집 『이산타령 친족타령』 출간. 3월 2일 '국학자료원'에서 고희 기념 『이호철 문학선집』(전7권) 출간, 세종문화회관에서 고희 잔치. 8월 미국과 멕시코, 쿠바 여행 및 특강. 『우리는 지금 어디에 서 있는가』(고희 기념선집 별권) 출간. 10월 26일 요산 문학상 수상.

2002 1월 12일부터 18일까지 베트남, 캄보디아 여행. 2월 26일~28일, 금강산에서 새해 설맞이 남북 공동 행사. 4월 20일 『남녘사람 북녘사람』(하이디 강, 안인경 역) 독일어판 출간. 10월 9일~30일, 독일 프랑크푸르트 도서 전시회에 초청 받아 현지에서 『남녘사람 북녘사람』의 독회와 남북 문학 심포지움 참석. 10월 19일 은관 문화훈장 수훈. 11월 22일~12월 3일 브라질, 페루 여행.

2003 1월 19일부터 29일까지 중국 곤명 소수민족 마을 여행. 5월 『이호철의 남북한 반세기』(이소북) 출간. 7월 『남녘사람 북녘사람』(최은숙 역) 프랑스어판 출간. 9월 9일~10월 4일 독일 베를린 '세계문학인대회' 참석, 취재 후 소설 「동베를린 일별 기행, 2003년 가을」을 귀국 후 『창작과 비평』에 발표. 12월 중국 상해의 '역문출판사'에서 『남녘사람 북녘사람』(최성덕 번역) 중국어판 번역. 『소설가 이호철이 만난 19명, 이 땅의 아름다운 사람들』과 산문집 『무쇠 바구니의 사연』 '현재'사에서 펴냄.

2004 1월 중국 상해와 장춘, 『남녘사람 북녘사람』 중국어판 출간 기념행사. 6월 구동독을 돌며 소설 낭독회. 예나 대학에서 프리드리히 쉴러 메달 수여. 11월 미국에서 『남녘사람 북녘사람』(킬릭 번역)과 『판문점』(테드 휴즈 번역, 이스트브릿지) 출간. 장편소설 『소시민』 독일 PENDRAGAN 출판사(Heike Lee 역) 출간.

2005 1월 31일 KBS 위성 TV <한국 한국인> 출연. 3월 동독의 라이프치히와 드레스덴 소설 독회. 5월 아리랑 TV 『남녘사람 북녘사람』의 저자 이호철편 방영. 8월 15일 K TV의 <광복 60주년을 맞으며> 진행. 프랑스에서 소설집 『빈 골짜기』(최은숙 역) 출간. 9월 19일~27일 독일 베를린과 뒤셀돌프 소설 낭독회.

2006 1월 5일~12일 인도 뉴델리 국제문화행사 참가. 4월 중국 상하이 여행. 9월 29
일 <경향신문> 창간 60주년 기념 다큐소설 「서울, 1946년 10월 6일」 게재.
10월 '1956년의 헝가리 의거' 50주년 기념 초청으로 부다페스트 여행. 11월
24~30일까지 중국 상하이 여행. 11월 말 『남녘사람 북녘사람』 스페인어 판(유
해명 번역) 출간.

2007 5월 16일, 분단 이후 남북의 기차가 첫 연결되는 동해선 쪽의 기차에 편승, 탑
승기 <조선일보> <서울신문> 게재. 6월 18일부터 캐나다 밴쿠버의 6·25
참전용사들 행사에 초청되어 『남녘사람 북녘사람』 영어판 일부 낭독.

2008 1월 11일-23일, 요르단, 시리아, 레바논 여행. 5월 2일-10일 우즈베크 여행. 11
월 7일-20일 모르코 여행, 귀국길에 사할린 사막에서 1박.

2009 4월 1일 『별들 너머 저쪽과 이쪽』(중앙북스) 출간. 6월 13일 고양시 선유동 자
택 제1회 '단편소설 페스티벌' 개최, 윤흥길, 이순원, 윤영수, 현길언, 현진현
등 작가 출연, 2백여 명이 넘는 대성황. 6월 18일 육군사관학교 독회, 10월 5
일-13일 브라질에서 포르투칼어로 출간된 『우리단편 7인집』에 「닳아지는 살들」
(임윤정 역)이 수록되어 그 기념행사에 참가하기 위해 쌍파울로 여행.

2010 6월 민병모 엮음으로 '이호철 소설 독회록' 『선유리』(미뉴엣) 출간.

작품 연보

▌소설 ▌

제목	발표지	발표일	비고
탈향	문학예술	1955. 7	단편
나상(裸像)	문학예술	1956. 1	단편
백지풍경	문학예술	1956. 4	단편('빈골짜기'로 개제)
무궤도 제2장	문학예술	1956. 9	단편
부군	현대문학	1957. 1	단편('부동하는 군상'으로 개제)
나상(裸相)	문학예술	1957. 1	단편
핏자국	문학예술	1957. 10	단편('오돌할멈'으로 개제)
백서	지성	1958	단편
여분의 인간들	사상계	1958. 1	단편
새옹득실	사상계	1958. 7	단편
살인	현대문학	1958. 9	단편('짙은 노을'로 개제)
만조기	신문예	1959. 3	단편('만조'로 개제)
파열구	사상계	1959. 9	단편
세월	자유공론	1959. 9	단편
탈각	사상계	1959. 2	단편
중간동물	사상계	1959. 12	단편('먼지 속 서정'으로 개제)
무료	민국일보	1960	단편('심심한 여자'로 개제)
세실과	새벽	1960. 2	단편('권태'로 개제)
와동	문예	1960. 2	단편
아침	현대문학	1960. 4	단편
여울	세계	1960. 6	단편
진노	새벽	1960. 7	단편
용암류	사상계	1960.12	단편
판문점	사상계	1961. 3	단편(제7회 현대문학상 수상)

닳아지는 살들	사상계	1963. 2	단편(제7회 동인문학상 수상)
기갈과 울림	신사조	1963. 2	단편
60년대의 배당	사상계	1963. 5	중편
무너앉는 소리	현대문학	1963. 8	중편
천명과 대열	세대	1963. 8	중편
마지막 향연	사상계	1964. 1	중편
비정	신사조	1964. 1	단편
인생대리점	경향신문	1964.1-5월	단편('석양'으로 개제)
타인의 땅	문학춘추	1964. 1	단편
1기 졸업생	사상계	1964. 6	단편
추운 저녁의 무더움	문학춘추	1964. 7	단편
소시민	세대	1964. 7-1965. 8	장편(첫 장편)
등기수속	신동아 복간호	1964. 9	단편('권태'로 개제)
첫 전투	문학춘추	1964.10	단편
부시장 임지로 안가다	사상계	1965. 1	단편
호담아와 산타클로스	현대문학	1965. 2	단편
서빙고 역전 풍경	청맥	1965. 5	단편
중년고비	주부생활	1965. 7	단편
생일초대	청맥	1965. 8	단편
고여 있는 바닥 1	현암사	1965. 9	단편('퇴역선임하사'로 개제)
자유만복	신동아	1965. 12	단편
탈사육자회의	주간한국	1966	단편
어느 이발소에서	창작과 비평	1966. 1	단편
시제터 유람객	사상계	1966. 1	단편
서울은 만원이다	동아일보	1966.2.8-10.31	장편
고여 있는 바닥 2	현암사	1966. 2	단편('퇴역선임하사'로 개제)
고여 있는 바닥 3	현암사	1966. 3	단편('퇴역선임하사'로 개제)
물 마시는 짐승	사상계	1966. 7	단편
공복사회	지방 행정지	1967	장편('심천도'로 개제)
표면이면	문학세계	1967	단편
즐거운 부채	소설계	1967. 1	단편
우국회사	중앙일보	1967.9-10	장편

흰 새벽	월간중앙	1968.08	단편
적막강산	창작과 비평	1968.12	단편
구멍뚫린 화폐들	아세아	1969. 2	단편
역리기	월간중앙	1969. 4	단편('1기 졸업생 3'으로 개제)
재미있는 세상	한국일보	1969.6-1971	장편
자살클럽	여성중앙	1970.1-10	중편('1970년의 죽음'으로 개제)
울 안과 울 밖	현대문학	1970. 4	단편
토요일	월간중앙	1969. 4	단편
큰 산	월간문학	1970. 7	단편
큰 산	문학과지성	1970. 7	단편(재수록)
문중개략사	신동아	1971. 2	단편
고속도로가 보이는 정경	월간문학	1971. 4	단편
1971년의 종(鍾)	월간중앙	1971. 5	단편
그해 십이월	지성	1971.11	단편
여벌집	월간중앙	1972. 01	단편
이단자 1	월간문학	1972. 3	단편
이단자 2	신동아	1972. 5	단편
소슬한 밤의 이야기	한국문학	1972. 5	단편
이산타령 친족타령	라쁠륨	1972 가을호	단편
남풍 북풍	월간중앙	1972. 7- 1973. 10	장편
사람들 속내 천야만야	창작과 비평	1972. 7	단편
이단자 3	창작과비평	1973. 6	단편
탈각	한국문학	1973. 6	단편(개작 발표)
노상에서	문학사상	1973. 11	단편
이단자 4	한국문학	1973. 11	단편
용암류	사상계	1973. 11	개작 발표
역려	한국문학	1973. 12	장편('시간을 거슬러가는 여행' 개제)
이단자 5	월간중앙	1974. 1	단편
비껴부는 바람	월간중앙	1976. 1	단편
안개 속의 부두	뿌리깊은나무	1976. 2	단편
문(門)	창작과비평	1976. 3	단편
생일 초대	문학사상	1976. 5	단편
그 겨울의 긴 계곡	한국문학	1977. 9- 1978. 2	장편

도주	창작과비평	1977.12	단편
반상회	문학사상	1978. 2	단편
어떤 부자 이야기	문예중앙	1978.12	단편
새해 즐거운 이야기	창작과비평	1980. 3	단편
월남한 사람들	심설당	1981	중편
결별	정경문화	1982. 2	단편
덫	문예중앙	1982. 6	단편
물은 흘러서 강	마당	1982. 12- 1983. 12	장편
세 원형 소묘	실천문학	1983. 12	단편
천상천하	문예중앙	1984. 9	단편
남에서 온 사람들	창작과비평	1984. 9	중편(창비 신작 소설집)
밀려나는 사람들	실천문학	1985. 3	중편
칠흑 어둠속 질주	창작과비평	1985. 3	중편(창비 신작 소설집)
까레이우라	한겨레	1986	장편(이호철문학 30주년 기념작품집)
변혁속의 사람들	월간경향	1987. 9	중편
문(門)	문예중앙	1988. 9 - 1989	장편
살	창작과 비평	1988.4	단편(창비 신작소설집)
네 겹 두른 족속들	월간경향	1988.5 - 1989	장편
개화와 척사	민족과문화사	1992	장편
보고드리옵니다	문예	1993.5	단편
헌병소사	기관지	1996	중편('민예총' 기관지)
아버지초	신원문화사	1997	단편
이산타령 친족타령	라쁠륨	1999. 9	단편
사람들 속내 천야만야	창작과비평	1999. 12	단편
탈각	한국문학	1999. 12	단편(개작 발표)
비법 불법 합법	황해문화	2000	단편
용암류	내일을 여는 작가	2000	단편(개작 발표)
동베를린 일별(一瞥) 기행	창작과비평	2004년 봄	단편

▌단편 및 장편소설집 ▌

『나상』, 사상계, 1961.
『서울은 만원이다』, 문우출판사, 1966.
『사월과 빙원』, 을유문화사, 1967.
『공복사회』, 홍익출판사, 1968.
『자유만복』, 서음출판사, 1968.
『큰 산』, 정음사, 1972.
『닳아지는 살들』, 삼중당문고, 1974.
『판문점』, 범우사, 1974.
『서울은 만원이다』, 선일문화사, 1976.
『이단자』, 창작과비평사, 1976. 6.
『1970년의 죽음』, 열화당, 1977.
『남풍북풍』, 현암사, 1977.
『그 겨울의 긴 계곡』, 현암사, 1978.
『재미있는 세상』(상,하), 한진출판사, 1978.
『역려』, 세종출판공사, 1978.
『소시민』, 강미문화사, 1979.
『밤바람 소리』, 한진출판사, 1980.
『문』, 민음사, 1981.
『월남한 사람들』, 심설당, 1981.
『물은 흘러서 강』, 창작과비평사, 1984.
『서울은 만원이다』, 중앙일보사, 1985.
『탈사육자회의』, 정음문화사, 1986.
『까레이우라』, 한겨레, 1986.
『무너앉는 소리』, 청계, 1988.
『판문점』, 청계, 1988.
『네겹두른 족속들』, 미래사, 1989.
『이호철 전집』 3권(『판문점』, 『빈 골짜기』, 『무너앉는 소리』), 청계연구소, 1988.
『이호철 전집』 2권(『재미있는 세상』, 『문/4월과 5월』), 청계연구소, 1990.
『이호철 전집』 1권(『소시민/심천도』, 『서울은 만원이다』), 청계연구소, 1991.
『개화와 척사』, 민족과문화사, 1992.
『문』(장편), 문학세계사, 1995.

『남녘사람 북녘사람』, 프리미엄북스, 1996.
『소슬한 밤의 이야기』, 청아출판사, 1998.
『이산타령 친족타령』, 창작과비평사, 2001.
『이호철 문학선집』(7권), 국학자료원, 2001.
『남녘사람 북녘사람』, 민음사, 2002(1996년판 재출간).
『판문점』, 일송포켓북, 2005.
『별들 너머 저쪽과 이쪽』, 중앙북스, 2009.

▌수필(칼럼)집 및 기타 ▌

『작가수첩』, 진문출판사, 1977.
『제멋대로 산다지만』, 우석, 1984.
『자기답게 사는 길』, 일월서각, 1988.
『마침내 통일절은 온다』, 서문당, 1988.
『凹凸과 지그재그론』, 푸른숲, 1990.
『이호철 문학 앨범』, 웅진출판, 1993.
『세기말의 사상기행』, 민음사, 1993.
『희망의 거처』, 미래사, 1994.
『산 울리는 소리』, 정우사, 1994.
『이호철의 소설창작 강의』, 정우사, 1997.
『문단골 사람들』, 프리미엄 북스, 1997.
『소설, 나는 이렇게 썼다』, 평민사, 1999.
『이호철의 한살림 통일론』, 정우사, 1999.
『우리는 지금 어디에 서 있는가』, 국학자료원, 2001.
『(소설가 이호철이 겪은)남·북한 반세기』, 이소북, 2003.
『이 땅의 아름다운 사람들』, 현재, 2003.
『무쇠 바구니의 사연』, 현재, 2003.
『이호철의 쓴소리』, 우리교육, 2004
『(소설가 이호철이 겪은)분단 60년의 남북한 사람살이』, 문화문고, 2006.
『(이호철 소설 독회록) 선유리』, 민병모 엮음, 미뉴엣, 2010.

연구 목록

▎단평 및 일반논문 ▎

천이두, 「피해자의 미학과 이방인의 미학('닳아지는 살들', '후송'을 중심으로)」, 『현대문학』, 1963.10-11.

천이두, 「이호철론」, 『문학춘추』, 1965.2.

정창범, 「소시민의 한국적 의미(이호철 '소시민'론)」, 『세대』, 1965.11.

김주연, 「왜곡된 소외의 사회학(이호철 '고여 있는 바닥')」, 『세대』, 1967.4.

정명환, 「실향민의 문학」, 『창작과비평』(6호), 창작과비평사, 1967.5.

김치수, 「'소시민'의 의미」, 『월간문학』, 1970.1.

이선영, 「한국현대소설과 인간소외」, 『인문과학』, 연세대 인문과학연구소, 1971.

김흥규, 「일상과 역사」, 『세계의 문학』, 1976.9.

정규웅, 「현실문제 제기의 기법과 정신」, 『문학과지성』, 1976.9.

김병걸, 「현실을 바라보는 세 개의 시선」, 『창작과비평』, 1976.9.

임헌영, 「분단의식의 문학적 전개」, 『세계의 문학』, 1977.가을

김상일, 「복수의 시선—이호철론」, 『현대문학』, 1980.1.

이보영, 「소시민적 일상과 증언의 문학—이호철론」, 『현대문학』, 1980.8.

천이두, 「묵계와 배신」, 『현대한국문학전집』, 신구문화사, 1981.

천이두, 「피해자의 윤리」, 『현대한국문학전집』, 신구문화사, 1981.

천이두, 「광적인 폭주의 의미」, 『현대한국문학전집』, 신구문화사, 1981.

조동일, 「소시민의 생리」, 『현대한국문학전집』, 신구문화사, 1981.

유종호, 「안정된 에뛰드의 세계」, 『현대한국문학전집』, 신구문화사, 1981.

최원식, 「사멸하는 현실과 살아 있는 현실」, 『민족문학의 논리』, 창작과비평사, 1982.

구중서, 「야성적 낭만과 통일론」, 『물은 흘러서 강』, 창작과비평사, 1984.

황송문, 「다시 읽어보는 전후 문제작(이호철 지음 파열구)」, 『북한』(149호), 북한연구소, 1984.5.

김종철, 「통일과 문학」, 『오늘의 책』, 한길사, 1984. 가을.

이광복, 「저자와의 대화: 장편소설 『물은 흘러서 강』 작가 이호철」, 『북한(153호)』, 북한
　　　　연구소, 1984.9.
이재현, 「당대적 삶에 뿌리내리기」, 『천상천하』, 산하, 1986.
박태순, 「막힌 시대의 갱도를 헤쳐온 사람」, 『천상천하』, 산하, 1986.
임헌영, 「분단시대 소시민의 거울」, 『이호철 전집2』, 청계연구소 출판국, 1988.11.
김윤식, 「소설가와 예술가의 갈등」, 『이호철 전집3』, 청계연구소 출판국, 1989.1.
권영민, 「닫힘과 열림의 변증법」, 『문학사상』, 1989.5.
민현기, 「이호철의 풍자소설」, 『한국현대작가연구』, 민음사, 1989.
황송문, 「전쟁이 빚은 인간의 갈등-파열구」, 『분단문학과 통일문학』, 성문학, 1989.
김병걸, 「분단사의 배경과 통일 지향」, 『민중문학과 민족현실』, 풀빛, 1989.
권영민, 「닫힘과 열림의 변증법」, 『문학사상』(199), 문학사상사, 1989.5.
성민엽, 「반공체제에의 감금과 역-감금을 넘어서(『門/4월과 5월』 서평),」, 『창작과비평』
　　　　(65호), 창비사, 1989.9.
유종호, 「비웃음의 70년대 연대기」, 『이호철 전집4』, 청계연구소 출판국, 1990.4.
최원식, 「1960년대의 세태소설」, 『이호철 전집6』, 청계연구소 출판국, 1991.1.
김병익, 「60년대 순진성과 그 풍속의 상실」, 『이호철 전집7』, 청계연구소 출판국, 1991.1.
염무웅, 「개인사에 음각된 민족사」, 『소슬한 밤의 이야기』, 청아출판사, 1991.8.
전영태, 「역사의 격류 헤쳐나가기」, 『개화와 척사』, 민족과문학사, 1991.
정호웅, 「50년대 소설론」, 『문학사와 비평』, 문학사와 비평학회, 1991.
정호웅, 「탈향, 그 출발의 소설사적 의미」, 『문학정신』, 1992.7.
정호웅, 「단독자의 삶과 문학」, 『계간 문예』, 1993.1.
이상갑, 「무위감의 정체와 '집'의 의미」, 『1950년대 소설가들』, 나남, 1994.
권택영, 「소외된 삶, 방황하는 가치관」, 『한국문학대표작선집 18』, 문학사상사, 1994.
이문구, 「큰산을 품은 큰산」, 『산 울리는 소리』, 정우사, 1994.
윤병로, 「역사적 격동기, 소시민화되는 삶 형상화」, 『남풍북풍』, 일신서적, 1994.
임규찬, 「판문점, 소시민 그리고 큰산」, 『한국소설문학대계39』, 동아출판사, 1995.
박훈하, 「이호철 소설에 나타난 형식실험의 의미(-판문점과 닮아지는 살들 연작단편을
　　　　중심으로)」, 『한국문학논총』(17집), 한국문학회, 1995.12.
이명귀, 「이호철 초기 소설 연구」, 『경희어문학』, 경희대 국어국문학회, 1995.
박훈하, 「이방인의식과 분단극복의지(이호철론)」, 『국어국문학지』, 문창어문학회, 1996.
정호웅, 「칠흑 어둠 속에서 솟아오른 통일의 전언」, 『남녘사람 북녘사람』, 프리이엄 북
　　　　스, 1996.
신승엽, 「인물 탐구의 객관성과 민중성(「남녁 사람 북녁 사람」 서평)」, 『창작과비평』(93
　　　　호), 창비사, 1996.9.

서준섭, 「이호철 문학의 원점」, 『동서문학』, 1996.9

김춘식, 「소시민적 체험과 분단인식의 문학(이호철론)」, 『한국문학연구』(18호), 동국대학
　　　교 한국문학연구소, 1996.12.

이호규, 「이호철론—새로운 현실로 나아가기 위한 현실 검증과 그 새김」, 『현역중진작
　　　가연구』, 국학자료원, 1997.

권명아, 「이호철론」, 『현역중진작가연구』, 국학자료원, 1997.

권명아, 「이호철론 - 안으로부터 열리는 새로운 관계성에 대한 탐색」, 『현대문학의 연구』,
　　　한국문학연구학회, 1997.

강진호, 「이호철의 '소시민' 연구」, 『민족문학사연구』(11집), 민족문학사연구소, 1997.

문재호, 「이호철의 「닳아지는 살들」에 나타난 담론 연구」, 『숭실어문』, 숭실어문학회,
　　　1997.

한수영, 「탈향, 그 신산한 역사적 삶의 도정(이 계절의 작가 이호철)」, 『실천문학』, 실천
　　　문학사, 1997.2.

구재진, 「이호철의 '소시민'연구」, 『현대소설연구』, 한국현대소설학회, 1998.

김미란, 「이호철론(이호철 초기 문학의 시간의식 연구)」, 『현대문학의 연구』, 한국문학연
　　　구학회, 1999.

민현기, 「이호철의 1950년대 소설 연구」, 『어문학(66호)』, 한국어문학회, 1999.2.

한기, 「중진작가의 활약—이산타령 가족타령」, 『라쁠륨』, 1999. 겨울호.

강진호, 「사람들 속내 천야만야」, 『문학과 의식』, 2000, 봄호.

강진호, 「한 원칙주의자의 좌절과 선택(이호철의 '심천도'론)」, 『작가연구』(9호), 2000,
　　　상반기.

조갑상, 「[소시민]의 공간연구」, 『동아어문논집』, 동남어문학회, 2000.

강용운, 「이호철 문학의 시원」, 『한국학연구』, 고려대 한국학연구소, 2001.

권오현, 「이호철의 1960년대 소설 연구」, 『한국어문연구』, 한국어문연구학회, 2001.

김종욱, 「감금된 과거, 분열된 현재(이호철론)」, 『실천문학』(61호), 실천문학사, 2001.2.

홍기돈, 「탈향에서 귀향에 이르는 도정(서평)」, 『실천문학』(62호), 실천문학사, 2001.5.

김승환, 「이호철의 『소시민』론」, 『개신어문연구』, 개신어문학회, 2002.

김윤식, 「성지의식 '체호프, 비트겐슈타인'—이호철문학의 원점」, 『한국문학』, 2003. 봄
　　　호.

박은태, 「이호철의 1950년대 소설 연구」, 『수련어문논집』, 수련어문학회, 2003.

정호웅, 「직절(直截)의 정신, 직절의 언어」, 『월간 말』(219호), 월간말, 2004.9.

박은태, 「『소시민』에 나타난 '부산'의 도시 형성 양상」, 『부산학총서』, 신라대학교 부산
　　　학연구센터, 2004.

박은태, 「이호철 소설에 나타난 낭만적 세계의 변화 양상 연구」, 『비평문학』(19호), 한

국비평문학회, 2004.11.

전상기, 「문화적 주체의 구성과 소시민 의식」, 『상허학보』, 상허학회, 2004.

손정수, 「전후세대 작가들의 소설에 나타난 장편화 경향에 대한 고찰」, 『한국현대문학연구』(17집), 한국현대문학회, 2005.6.

김택호, 「일상에 억압된 소시민들에 대한 풍자」, 『한중인문과학연구』, 한중인문학회, 2005.

배경열, 「실향체험의 형상화(이호철론)」, 『관악어문연구』, 서울대 국문과, 2005.

이호규, 「스러진 4월, 뚱뚱한 통속의 5월 그 변화의 일상성」, 『문화콘텐츠연구』, 동의대학교, 2005.

이호규, 「'탈향'에서 '한살림 통일'로: 이호철 소설의 지평」, 나이스북 독서교육, 2005.

정주일, 「이호철의 '소시민' 연구」, 『한어문교육』, 한국언어문학교육학회, 2005.

문한별, 「이호철 초기 소설에 드러나는 공간배경의 변모 양상」, 『한국근대문학연구』, 한국근대문학회, 2006.10.

정원채, 「소시민에 대한 비판과 형식 실험 -이호철의 <무너앉는 소리> 연작」, 『한성어문학』, 한성어문학회, 2006.

이춘우, 「이호철 소설에 나타난 피난과 이산('탈향'과 '탈각'을 대상으로)」, 『겨레어문학』, 겨레어문학회, 2006.

김영미, 「이호철 소설에 나타나는 공간의 양상」, 『한성어문학』, 한성어문학회, 2007.

김준현, 「반공주의의 내면화와 1960년대 풍자소설의 한 경향」, 『상허학보』, 상허학회, 2007.10.

양윤의, 「세 겹의 소리들, 무드의 힘: 이호철의 연작소설 '무너앉는 소리'를 중심으로」, 『학산문학』 57호, 학산문학사, 2007. 가을.

임경순, 「폐쇄된 시간과 정신성으로서의 이념(-이호철의 '소시민'론)」, 『겨레어문학』, 겨레어문학회, 2007.

조남현, 「동아시아 현대소설과 도시(한국현대작가들의 '도시' 인식 방법)」, 『현대소설연구』, 한국현대소설학회, 2007.

정현기 엮음, 『판문점 외』, 푸른사상사, 2007.

이호규, 『저항과 자유의 서사』, 국학자료원, 2007.

이호철 외, 「문학은 사회 현실에 어떤 태도를 취해야 하는가」, 『문화예술』 325호, 한국문화예술위원회, 2007. 여름.

황태묵, 「이호철의 '용암류' 개작 연구」, 『우리문학연구』, 우리문학회, 2007.8.

임경순, 「폐쇄된 시간과 정신성으로서의 이념: 이호철의 '소시민'론」, 『겨레어문학』 제39집, 겨레어문학회, 2007.12.

김복순, 「1960년대 소설의 연애 전유 양상과 젠더」, 『대중서사연구』, 대중서사학회,

2008.6.

이동근, 「이호철의 '소시민'에 나타난 자아심리와 작가의식 연구」, 『한국학논집』, 계명대학교 한국학연구소, 2008.

이평전, 「주체의 장소 만들기와 소시민적 정체성 연구(-이호철의 '소시민'을 중심으로)」, 『배달말』, 배달말학회, 2008.

조현일, 「이호철의 1950년대 소설 연구(-감정과 눈물의 윤리적 의미를 중심으로)」, 『민족문학사연구』, 민족문학사학회, 2008.

류경동, 「세태의 재현과 불온한 유령들의 소환(이호철의 '소시민'을 중심으로)」, 『겨레어문학』, 겨레어문학회, 2008.

길경숙, 『이호철 소설에 나타난 세계의식』, 국학자료원, 2008.

코리아하나재단, 「한반도 분단문학의 대표작가 이호철」, 『통일과 문학』4호, 코리아하나재단, 2008. 겨울.

박철우, 「이호철 소설의 분단인식 연구」, 『한국문예창작』14호, 한국문예창작학회, 2008. 12.

한지원, 「이호철의 '소시민'에 나타나는 인물의 변화에 관하여」, 『전농어문연구』21집, 서울시립대 국문과, 2009.2.

김윤식, 「이호철의 '次素月先生 三水甲山韻'」, 『한국문학』통권 275호, 한국문학사, 2009. 가을.

류동규, 「이호철의 자전적 소설에 나타난 월남민의 정체성」, 『비평문학』33호, 한국비평문학회, 2009.9.

강희철, 「쓸모없는 말로서의 문학을 상상하며」, 『작가와 사회』 제37호, 작가와 사회, 2009. 겨울.

김윤식, 「토착화의 문학과 망명화의 문학1: 이호철과 최인훈」, 『문학의 문학』10호, 동화출판사, 2009. 겨울.

이호철·정호웅, 「세계 속에 분단 문학을 점화시킨 참전 세대의 기수, 이호철 : 통일 시대를 예감하는 상서로운 맑은 길을 찾아 대담」, 『문학의 문학』10호, 동화출판사, 2009. 겨울.

이호규, 「1960년대 패러디 소설의 반영론적 성격 연구(이호철과 박태순의 단편소설을 중심으로)」, 『어문논집』42집, 중앙어문학회, 2009.11.

김한식, 「전쟁과 유민, 도시에서 살아남기: 이호철의 '소시민' 연구」, 『비평문학』34호, 한국비평문학회, 2009.12.

류동규, 「분단체제와의 대면과 이호철 소설의 변모」, 『어문학』106호, 한국어문학회, 2009.12.

백지연 엮음, 『이호철 작품집』, 지식을 만드는 지식, 2010.

▌학위 논문 ▌

서덕순, 「전후문학의 인물유형연구: 1950년대 단편소설을 중심으로」, 경희대 석사, 1987. 8.

박철우, 「이호철 소설연구: 분단상황을 주제로 한 작품을 중심으로」, 중대 석사, 1989.2.

윤성원, 「이호철의 분단의식 연구」, 숙대 석사, 1994.8.

이명귀, 「이호철 소설의 한 연구」, 경희대 석사, 1995.8.

박혜원, 「한국 귀향소설 연구: 이호철, 이범선, 하근찬을 중심으로」, 이대 석사, 1996.2.

김미숙, 「이호철론」, 고대 석사, 1997.8.

김정남, 「이호철 소설 연구: 소외와 그 극복 양식을 중심으로」, 한양대 석사, 1998.2.

강은아, 「1960년대 소설에 나타나는 분단콤플렉스 양상: 최인훈, 이호철의 작품을 중심으로」, 한성대 석사, 1998.8.

김원철, 「이호철 소설의 변모과정 연구」, 서울대 석사, 1998.8.

오창은, 「1960년대 소설의 4·19혁명 관련 양상 연구」, 중대 석사, 1998.8.

구재진, 「1960년대의 장편소설 연구」, 서울대 박사, 1999.

이호규, 「1960년대 소설의 주체 생산 연구: 이호철, 최인훈, 김승옥을 중심으로」, 연대 박사, 1999.8.

정현중, 「이호철 소설의 귀향의식 연구」, 건국대 석사, 1999.8.

장연자, 「이호철 소설의 소시민의식 연구: 60년대 발표작을 중심으로」, 중앙대 석사, 2000.2.

최예열, 「한국전후 소설에 나타난 현실인식 연구」, 대전대 박사, 2000.2.

김재희, 「한국소설에 나타난 중산층의식 연구: 이호철·최일남·박완서를 중심으로」, 중대 석사, 2001.2.

권명아, 「한국 전쟁과 주체성의 서사 연구」, 연세대 박사, 2002.2.

김준현, 「이호철 소설 연구: 결말구조의 유형과 주제의 변모 양상을 중심으로」, 고대 석사, 2002.2.

강인숙, 「이호철 소설 연구: 고향의식의 변모양상을 중심으로」, 경희대 석사, 2002.8.

박진희, 「이호철 단편소설의 인물 연구」, 동아대 석사, 2002.8.

조영희, 「이호철 단편소설의 공간의식 연구」, 서강대 석사, 2002.8.

김종현, 「이호철 초기소설의 담론 양상과 그 의미」, 경북대 석사, 2003.2.

오화정, 「이호철 중기소설의 근대성 연구」, 숙대 석사, 2003.2.

안남일, 「현대소설에 나타난 분단콤플렉스 연구」, 고려대 박사, 2003.2.

김학현, 「분단체제 소설 연구: 해방이후 60년대 소설 주체의 세계인식을 중심으로」, 성균관대 박사, 2003.2.

장현, 「1960년대 한국 소설의 탈식민적 양상 연구: 이호철·최인훈·남정현의 소설을 중심으로」, 가톨릭대 박사, 2005.8.

김효석, 「전후 월남작가 연구: 월남민 의식과 작품과의 상관관계를 중심으로」, 중앙대 박사, 2006.2.

최상경, 「이호철 소설 연구: 50~60년대 소설에 나타난 주제 및 기법의 변모양상을 중심으로」, 성균관대 석사, 2007.2.

이동근, 「이호철의 초기소설에 나타난 현실대응 양상 연구: 인물분석을 중심으로」, 계명대 석사, 2007.8.

임신희, 「이호철 소설 연구: 윤리적 주체 형성을 중심으로」, 건국대 석사, 2008.8.

김미정, 「이호철 장편소설의 탈식민성 연구: '소시민'을 중심으로」, 부산대 석사, 2009.2.

하태진, 「이호철 소설의 구조적 특성 연구」, 고대 석사, 2009.8.

정주일, 「1960년대 소설에 나타난 근대화 담론 연구: 김정한·이호철·남정현 소설을 중심으로」, 공주대 박사, 2009.8.

김영미, 「이호철 소설 연구」, 한성대 박사, 2010.2.

필 자(가나다순)

강진호   성신여자대학교
김재영   연세대학교
김준현   순천향대학교
김택호   명지대학교
류동규   영남대학교
문한별   고려대학교
양윤의   명지대학교
유임하   한국체육대학교
이상갑   한림대학교
이평전   동국대학교
이호규   동의대학교
조현일   원광대학교
하태진   한국항공대학교

편 자

강진호

성신여자대학교 국어국문학과 교수.
주요 저서로 『탈분단 시대의 문학논리』, 『현대소설사와 근대성의 아포리아』,
『북한의 문화정전, 총서 '불멸의 력사'를 읽는다』, 『김정한』, 『한설야』 외
다수가 있음.

글누림 작가총서

이호철

초판1쇄 인쇄 2010년 8월 23일 | **초판1쇄 발행** 2010년 8월 31일

엮은이 강진호

펴낸이 최종숙 | **책임편집** 이태곤 | **편집** 추다영 · 임애정 | **디자인** 안혜진 | **마케팅** 문택주

펴낸곳 글누림출판사

등록 제303-2005-000038호(등록일 2005년 10월 5일)

주소 서울 서초구 반포4동 577-25 문창빌딩 2층(우137-807)

전화 02-3409-2055 | FAX 02-3409-2059 | 이메일 nurim3888@hanmail.net

홈페이지 http://www.geulnurim.co.kr

ISBN 978-89-6327-085-2 93810

　　　978-89-6327-084-5(세트)

정가 : 22,000원

* 잘못된 책은 교환해 드립니다.